JN055574

ロンドン周辺の地名

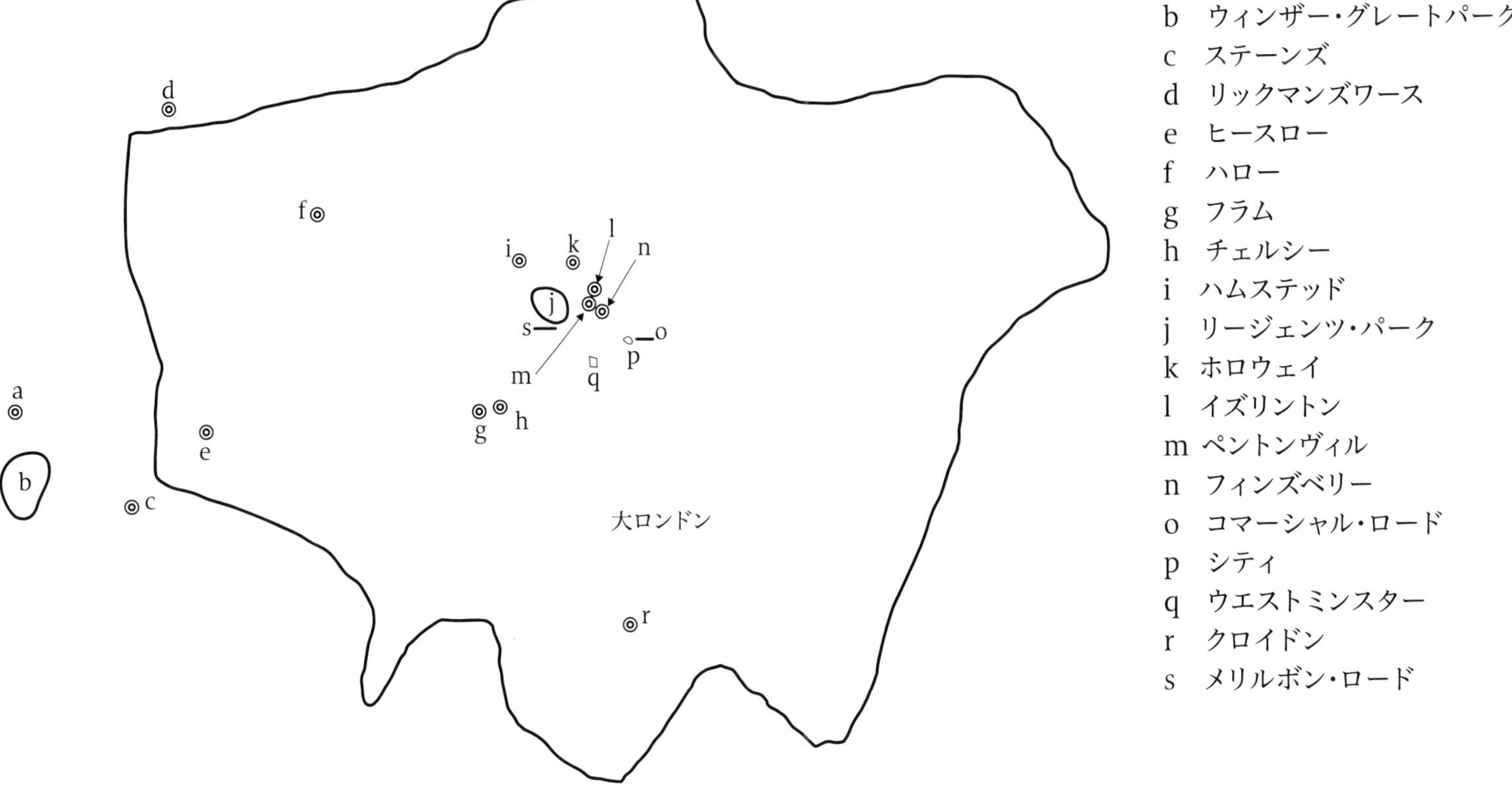

a　ウィンザー
b　ウィンザー・グレートパーク
c　ステーンズ
d　リックマンズワース
e　ヒースロー
f　ハロー
g　フラム
h　チェルシー
i　ハムステッド
j　リージェンツ・パーク
k　ホロウェイ
l　イズリントン
m　ペントンヴィル
n　フィンズベリー
o　コマーシャル・ロード
p　シティ
q　ウエストミンスター
r　クロイドン
s　メリルボン・ロード

作中に登場するロンドンの地名

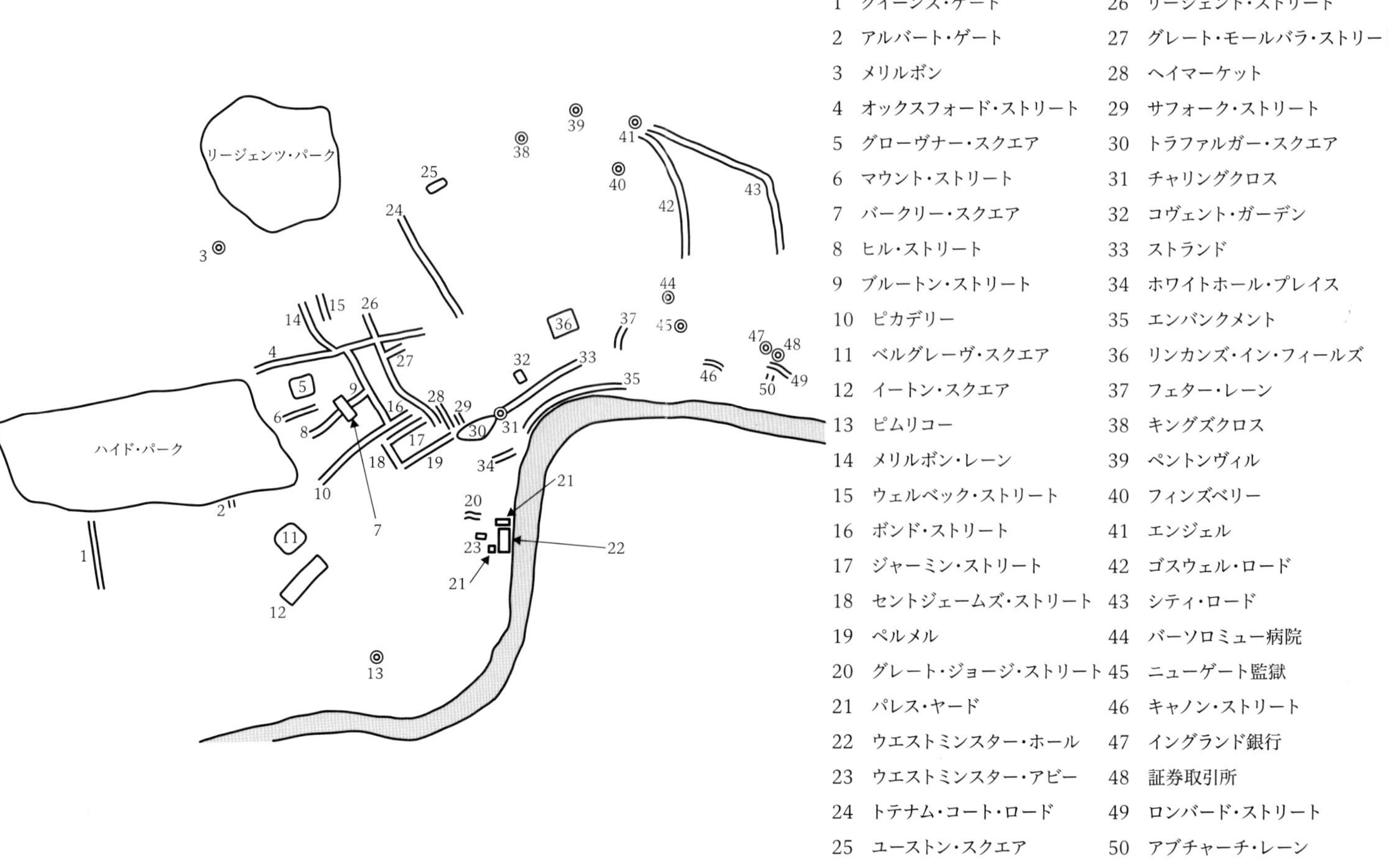

1	クイーンズ・ゲート	26	リージェント・ストリート
2	アルバート・ゲート	27	グレート・モールバラ・ストリート
3	メリルボン	28	ヘイマーケット
4	オックスフォード・ストリート	29	サフォーク・ストリート
5	グローヴナー・スクエア	30	トラファルガー・スクエア
6	マウント・ストリート	31	チャリングクロス
7	バークリー・スクエア	32	コヴェント・ガーデン
8	ヒル・ストリート	33	ストランド
9	ブルートン・ストリート	34	ホワイトホール・プレイス
10	ピカデリー	35	エンバンクメント
11	ベルグレーヴ・スクエア	36	リンカンズ・イン・フィールズ
12	イートン・スクエア	37	フェター・レーン
13	ピムリコー	38	キングズクロス
14	メリルボン・レーン	39	ペントンヴィル
15	ウェルベック・ストリート	40	フィンズベリー
16	ボンド・ストリート	41	エンジェル
17	ジャーミン・ストリート	42	ゴスウェル・ロード
18	セントジェームズ・ストリート	43	シティ・ロード
19	ペルメル	44	バーソロミュー病院
20	グレート・ジョージ・ストリート	45	ニューゲート監獄
21	パレス・ヤード	46	キャノン・ストリート
22	ウエストミンスター・ホール	47	イングランド銀行
23	ウエストミンスター・アビー	48	証券取引所
24	トテナム・コート・ロード	49	ロンバード・ストリート
25	ユーストン・スクエア	50	アブチャーチ・レーン

本書は一八七四年一月から一八七五年八月まで Chapman & Hall から連載され、一八七五年に二巻本で出版されたアンソニー・トロロープの『今の生き方』（*The Way We Live Now*）の全訳である。翻訳に当たっては、Francis O'Gorman 編による Oxford World's Classics 版と Sir Frank Kermode 編による Penguin Books 版を参照した。註の作成に当たっては、両書の註に負うところが大きいが、特に Francis O'Gorman の註によった。

アンソニー・トロロープ

今の生き方（下）

木下善貞　訳

開文社出版

作中に登場するサフォークとノーフォークの地名

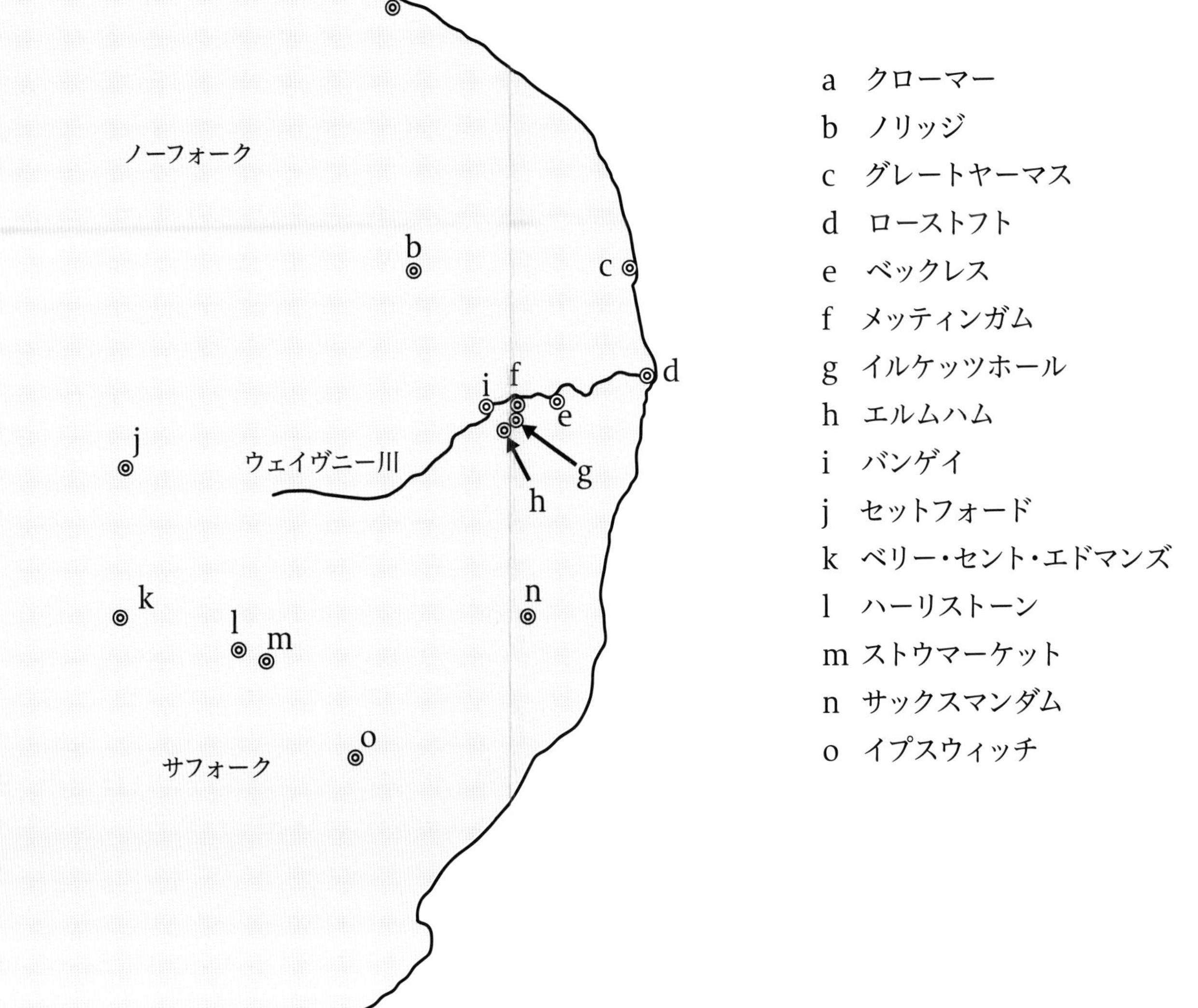

a　クローマー
b　ノリッジ
c　グレートヤーマス
d　ローストフト
e　ベックレス
f　メッティンガム
g　イルケッツホール
h　エルムハム
i　バンゲイ
j　セットフォード
k　ベリー・セント・エドマンズ
l　ハーリストーン
m　ストウマーケット
n　サックスマンダム
o　イプスウィッチ

作中に登場するイギリスの地名

① サフォーク
② ノーフォーク
③ ランカシャー
④ チェシャー
⑤ スタッフォードシャー
⑥ ウォリックシャー
⑦ レスターシャー
⑧ ノーサンプトンシャー
⑨ エセックス
⑩ サセックス

a オークニー
b グラスゴー
c グレトナ・グリーン
d ハル
e オックスフォード
f レイトン・バザード
g サウスエンド
h グレーヴズエンド
i ラムズゲート
j フォークストン
k ブライトン
l チチェスター
m ワイト島
n ペンザンス
o リバプール
p クイーンズタウン
q スカイ島

目次

主要な作中人物

オーガスタス・メルモット　経歴不明の大金融業者。ロンドンのグローヴナー・スクエアに住む。「南中央太平洋沿岸及びメキシコ大鉄道」という得体のしれない鉄道の建設のため、ロンドンに重役会を設置。株価を浮揚させて大衆から金をかき集める。

マダム・メルモット　オーガスタスの妻。ボヘミア出身のユダヤ人。

マリー・メルモット　オーガスタスの一人娘。庶子だが、父の資産の相続人。多数の貧乏貴族から結婚を迫られるなか、最悪の相手を選んでしまう。

エリース・ディドン　マダム・メルモットのフランス人侍女。

クロール　メルモットのドイツ人事務員。

ハミルトン・フィスカー　米国人の株式仲買人。フィスカー・モンタギュー&モンタギュー商会の共同経営者。「南中央太平洋沿岸及びメキシコ大鉄道」という鉄道建設の発案者。

ポール・モンタギュー　フィスカー・モンタギュー&モンタギュー商会のイギリス人共同経営者。メルモットの重役会の一員。ベアガーデンという社交クラブの会員。ロジャー・カーベリーの友人で、遠い親戚。サフォーク・ストリートに住む。

ウィニフレッド・ハートル夫人　山猫のように危険だと言われ、過去にいろいろな噂のある美しい米国女性。ポール・モンタギューと婚約。夫のカラドック・ハートルは亡くなったと言っている。ピップキン夫人の下宿に仮住まいする。

マチルダ・カーベリー令夫人　新聞の編集長に取り入って本を売ろうとする二流作家。サー・パトリック・カーベリーの未亡人。ウェルベック・ストリートに住む。不良の息子を溺愛し、娘にはロジャー・カーベリーとの結婚を勧める。

サー・フィーリックス・カーベリー　カーベリー令夫人の息子で、准男爵。ロジャー・カーベリーのはとこ。メルモットの重役会の一員。ベアガーデンの会員。

ヘンリエッタ（ヘッタ）・カーベリー　カーベリー令夫人の娘。はとこのロジャー・カーベリーから一途な愛を向けられる。

ロジャー・カーベリー　サフォークのカーベリーの郷士。カーベリー本家の長。ヘンリエッタを愛し続ける。

ニコラス・ブラウン　『朝食のテーブル』紙の編集長。

ファーディナンド・アルフ　『夕べの説教壇』紙の編集長。ウエストミンスター選挙区で自由党から立候補して、メルモットの対抗馬となる。

アルフレッド・ブッカー　『文学新聞』紙の編集長。

ニダーデイル卿　オールド・リーキー侯爵の長男。オムニアム公爵のいとこ。メルモットの重役会の一員。ベアガーデンの会員。

アドルファス・ロングスタッフ　カーベリーの近所のカヴァーシャムの郷士。ブルートン・ストリートにロンドン屋敷を持つ。新たにメルモットの重役会の一員となる。妻はレディー・ポモーナ。子はドリー、ソフィア、ジョージアナ。ピッカリングという土地をメルモットに売却する。

レディー・ポモーナ　ロングスタッフの妻。

アドルファス（ドリー）・ロングスタッフ　ロングスタッフの長男。ベアガーデンの会員。スカーカムという弁護士を雇う。
ソフィア・ロングスタッフ　ロングスタッフの長女。
ジョージアナ・ロングスタッフ　ロングスタッフの次女。結婚相手を見つけるためしばらくメルモットの屋敷に逗留する。
アルフレッド・グレンドール卿　スティーヴェネッジ公爵夫人の弟。メルモットの重役会の一員でイエスマン。
マイルズ・グレンドール　アルフレッド卿の次男。メルモットの秘書。ベアガーデンの会員。
ヴォスナー　ベアガーデンで備品を調達し、金を融通するドイツ人管理人。
グラスラウ卿　ベアガーデンの会員で、マリー・メルモットの求婚者の一人。
サミュエル・コーエンループ　ステーンズ選出の国会議員。メルモットの重役会の一員。メルモットの片腕として働くユダヤ人。
ダニエル・ラッグルズ　カーベリーの近所のシープス・エーカーの老農夫。
ルビー・ラッグルズ　ダニエル・ラッグルズの孫娘。粉屋のジョン・クラムと婚約。
ジョン・クラム　バンゲイに住む逞しい訥弁の粉屋。
ジョー・ミクセット　バンゲイのパン屋。クラムの雄弁な友人。
ピップキン夫人　イズリントンで下宿を営むルビーの伯母で、未亡人。ハートル夫人がここに身を寄せる。
ジョン・バラム神父　改宗者をえることに熱心なベックレスのカトリック神父。
イエルド師とイエルド夫人　ロジャー・カーベリーが親しくつき合うエルムハムの主教夫妻。
ヘップワース　ロジャー・カーベリーが親しくつき合うイアドリーの名士。

プリメアロー　カーベリーの近所のバンドルシャムに住む羽振りのいい国会議員。クイーンズ・ゲートにロンドン屋敷を持つ。娘のジュリアはジョージアナ・ロングスタッフの友人。

イジーキエル・ブレガート　トッド・ブレガート&ゴールドシェイナー商会の共同経営者で、五十をすぎた金持ちのユダヤ人。フラムに住み、五、六人の子がいる。

サー・ダマスク・モノグラム　金持ちの建設業者の息子で、狩猟やヨットに熱中している。

ジュリア・モノグラム令夫人　旧姓トリプレックスで、ジョージアナ・ロングスタッフの旧友。

スロー&バイダホワイル法律事務所　リンカンズ・イン・フィールズに事務所を構えるロングスタッフの顧問。

スカーカム　ドリー・ロングスタッフの弁護士。

バンビー　スカーカムが雇う法廷弁護士。

中国皇帝　清王朝第十代同治帝。メルモットから大晩餐会で歓迎される。

ビーチャム・ボークラーク　保守党員で、ウエストミンスター選挙区の選挙でメルモットを応援する。

ライオネル・ラプトン　保守党員で、ウエストミンスター選挙区の選挙でメルモットを応援する。

ラムズボトム　リバプールにいるポール・モンタギューの相談役。

スティーヴェネッジ公爵夫人　アルフレッド・グレンドール卿の姉。長男はバンティンフォード卿。

オールド・リーキー侯爵　ニダーデイル卿の父。

サー・グレゴリー・グライブ　銀行の頭取。

レッグ・ウイルソン　インド局の国務大臣。

ド・グリフィン伯爵　インド局の次官。

フラットフリース　借金の取り立て屋。

リーダム　リーダム&ロイター出版の共同経営者。
セプティマス・ブレイク師　サー・フィーリックスとプロシアを旅する聖職者。
ジョージ・ホイットステーブル　カヴァーシャムの近所のトゥードラムの郷士。
ベイザーボルト　カヴァーシャムの隣の教区の副牧師。

第五十一章　どっちを選びます？

1

　ポール・モンタギューは月曜朝早くサフォークからロンドンに帰り着くと、その翌日ハートル夫人に手紙を書いた。彼は下宿の部屋に座って状況を考えるとき、メルモットの提案を受け入れて、メキシコへ行っていればよかったと思った。そうしていたら、とにかくまじめに鉄道の活性化に努力して、もし全体の間違いに気づいたら、そのとき鉄道を捨てればよかった。その場合、もちろんヘッタ・カーベリーには二度と会えないだろう。しかし、事実はそうしていなかったから、彼の愛が彼にとって――あるいはヘッタにとって――どんな役割を演じているのだろうと思った。彼は夢に見た種類の生活、つまり、ロジャー・カーベリーのそれのようなイギリスの生活、あるいは、もしロジャーが愛する妻をえたら送るような生活を、まったく手に入れることができないように思えた。誰もロジャー・カーベリーのような人になれそうもない！　彼はメキシコへでも逃げ出し、ヘッタに手紙を書いて、誰よりもりっぱな人と結婚するよう伝えるほうがよかったのではないか？

　しかし、もはやメキシコへの旅は消滅した。彼は提案を蹴って、メルモットと喧嘩をした。ハートル夫人についてさらなる措置をすぐ取らなければならない。彼はこの夫人に会うのを最後にしようと決意して、最近二度イズリントンへ行った。それから、彼女をローストフトへ連れて行ったが、そのときもそこで彼女との関係を終わらせようと同じく固く決意していた。今はもう一度イズリントンへ行くと約束していた。もし約束を守らなかったら、彼女のほうが来ることがわかっていた。このようにしてこの関係は終わりそうになかった。

彼は――ハートル夫人からどうしても会いたいと言われるなら――約束通り会いに行くつもりでいた。しかし、手紙を――簡潔な、率直な訴えを――送ったらどうなるか、まず試してみることにした。郵便で送る簡潔な訴えが、充分な効果をあげる可能性はあるだろうか？　彼が今言っている簡潔な訴えとは次のようなものだった。

一八七二年、[1]七月二日、火曜

親愛なるハートル夫人、――

ぼくはイズリントンにあなたをもう一度訪問すると約束しました。あなたがそれをまだ求めているなら、行きます。ですが、そんなふうに会っても、ぼくら双方にとってそれが役に立つとは思いません。会って何がえられるというんでしょう？　これまでのぼくの行動を正当化しようとはまったく思いません。正当化できるはずがありません。サンフランシスコからこちらに来る旅であなたに会ったとき、ぼくはあなたの聡明さと美しさと人柄に魅惑されました。あなたはそのときぼくが見つけたものと同じ魅力を今も具えています。ですが、ぼくらは状況のせいで生活と気質をあまりにも違ったものにしてしまったので、たとえ結婚しても、お互いに相手を幸せにすることができないと確信しました。もちろんぼくが責任を負わなければなりません。結婚式のさなかにこんな結びつきは悲しみと後悔のもとになると意識しながら結婚するより、ぼくは責任を認め、責めをみな引き受け、――どんな悪い結果になろうと――、その結果を背負って、たとえばオレゴンの紳士のように、銃で撃たれるほうがましです。こういう決意をしてすぐあなたに手紙を書きました。あなたがその後取った措置について、あなたを責めることはできませんし、そうする勇気もありません。ですが、ぼくはそのときに言った決意にただ忠実に従うだけです。

ここロンドンであなたに会った最初の日、ぼくは別の女性ができたかどうかあなたから聞かれました。ぼくはただほんとうのことしか答えられませんでした。ですが、愛情が移ったことをぼくのほうから切り出すべきではありませんでした。なぜなら、ぼくが初めてこの娘を知ったのは、すでにあなたとの婚約を破棄する決意をしたあとのことでしたから。ぼくが婚約の破棄を決意したのは、決して彼女を愛するようになったからではありません。彼女への愛が何らかの結果に至ると希望する何の根拠も持っているわけではありません。

今ぼくの精神状態をできる限り正確にあなたに話しました。あなたに与えた損害を埋め合わせることができるなら、——たとえそのことで懲罰を受けることになっても——、ぼくはそれをはたすつもりです。ですが、ぼくはどんな埋め合わせをすればいいでしょう？　あなたはどんな懲罰をぼくに科すことができるでしょう？　ぼくらはこれ以上会っても無駄だと思います。ですが、この手紙を読んだあとでも、あなたがもう一度来てほしいと願うなら、ぼくはそれを最後にそちらへ行きます。——なぜなら、そう約束したからです。

あなたのもっとも誠実な友
ポール・モンタギュー

ハートル夫人はこれを読んだとき、心を二つに引き裂かれた。ポールが書いたことは、みな彼女が——いまだにポケットのなかにしまっている——紙切れに書いた言葉と一致していた。彼女自身もまた便箋にきれいに書かれた彼の言葉を、もっとも寛大にして妥当な回答として書けるだろう。彼女は彼に寛大に接したかった。自己犠牲というあらゆる女性の自然な欲求を具えていたからだ。とはいえ、彼女はふつうとは違う自己犠牲のほうを好んだ。もし彼が破産して一文なしになっているのを見たら、彼女は持てるものをみな彼と分かち合って喜んだだろう。もし彼がびっこか、めしいか、みじめに何か病気になっているのを見つけたら、彼に寄り添い、看護し、慰めを与えただろう。たとえ彼が何か辱めを受けているとしても、彼と一緒にどこか遠い国に逃亡して、どんな彼の罪も許しただろう。彼のためにしていることが彼からみな感謝され、愛のお返しを受けていると感じられたら、どんな犠牲にも耐えることができただろう。しかし、別れて去り、二度と噂にも聞かれないというような自己犠牲には耐えることができなかった！　そんな犠牲に耐えられる女がいるだろうか？　愛を放棄するだけでなく、怒りも放棄する、——そういうことに彼女は耐えられなかった！　飼い馴らされるなんてとんでもない。さほど裕福な生活を送ってはいないけれど、気迫で身を守る勇気を持っているから、今の彼女がある。ついに芋虫のように踏みつぶされ、屈服しなければならないときが来たのだろうか？　イギリス娘よりも軟弱でいいのだろうか？　彼女の愛をもてあそんで、「楽しいとき」をすごし、蜂のようにどこかへ漂い去る彼を許さなければならないのだろうか？　一方で、彼女のほうはひどく焼け焦げ、ずたずたに引き裂かれ、罰せられている！　彼女の全生涯がそんな受け身の忍耐の教えに反対してきたのではないか？　彼女はポケットから紙切れを取り出して読んだ。彼女を喜ばせる女性らしい軟弱さがそこにあると感じた。

やはり、これでは駄目だ。——これを送ることはできない。言葉を写し取ることすらできなかった。それで、彼女は実際には心を二つに引き裂かれていたものの、もう一方の側のいちばん強い感情を全開させた。机に座ると、言葉のあふれるまま、思いのひらめくまま次のように書いた。

ポール・モンタギューさま――

私はたくさん非道な仕打ちにあってまいりましたが、いろいろな非道のなかでもこれほどひどい、許しがたい、――男らしくない仕打ちにはあったことがありません。あなたさまのようにここまで卑怯者で、ここまで不実な嘘つきには会ったことがございません。私が滅ぼした哀れな卑劣漢は、酒に狂って、ただ身勝手な振る舞いをしただけです。カラドック・ハートルでさえこんな非道を計画したことはありません。何ということをなさるのでしょう。――あなたはもっとも厳かな義務を伴う男女の縁を私とお結びになったあと、――その結びつきが私の全生活に深く浸透するころになって――、これがあなたのお考えに合わないから、もう続けても無駄だとでもおっしゃるのかしら？　よく考えてみると、アメリカの既婚女がイギリスの未婚娘ほども快適にしてくれないとおわかりになるから、――それで続けてみてもみな無駄だとでもおっしゃるのかしら！　私には兄も、身近な男性もおりません。――もしいたら、あなたにこんなことをなさる勇気はありませんね。あなたは卑怯者に違いございません。

あなたは償いについておっしゃっています！　お金のことをおっしゃっているんでしょう？　そうはっきりおっしゃっていませんが、お金を意味しているに違いありません。それはいちばんひどい侮辱でしょう。ですが、懲罰についてもおっしゃっています。では、申しあげておきたいです。私はあなたに懲罰を加えてやる、って。約束通りあなたは私のところに来てくれ。――来てくれたら私の手に鞭が握られているのがわかる、って。息切れするまであなたを鞭打ってやるぞ、ってね。鞭打ちのあと、あなたにどうする勇気がおありになるか、――暴行の罪で裁判所に私を突き出そうとするか――、拝見させていただきます。

そうですね。いらっしゃってください。来ていただきます。私がする歓待は今お教えしました。この手紙が届くころには鞭を買ってお待ちします。そんな武器の選び方を私が心得ていることをあなたにわからせてさしあげます。あなたに来るよう求めます。ですが、もしあなたが恐れて、約束を破るなら、私があなたのところへまいります。あなたがいられなくなるくらいロンドンを熱くしてさしあげます。――あなたを見つけ出せなかったら、あなたの仲間みなに私の話を持ってまいります。

今私の精神状態をできるだけ正確にあなたに申しあげました。

ウィニフレッド・ハートル

これを書いたあと、彼女は短い紙切れのほうをもう一度読み返して、もう一度激しい涙にくれた。しかし、その日は手紙を出さなかった。翌朝、彼女は第三の手紙を書いて、それを送った。これが第三の手紙だ。

ええ、来てください。

W・H

この手紙はちゃんとポール・モンタギューの下宿に届いた。彼はすぐイズリントンへ向かって出発した。話し合いを遅らせようという気持ちを今やまったくなくしていた。ハートル夫人への優しさが、つまり観劇に出かけたことや、ピップキンの下宿で一緒にお茶を飲んだことや、海辺へともに旅したことなどが、徐々に彼が征服される証拠として夫人に受け取られてはならないことを、彼はとにかく伝えた。彼は自分の意図をローストフトでちゃんとはっきり――それから最後の手紙で充分はっきり――伝えた。彼女は、もしあのとき武装していたら、彼を銃撃していたと、あそこのホテルで彼に言った。彼女はその気になれば今でも武装することができる。とはいえ、彼はその方面には真の恐怖を感じなかった。彼女を不当に扱う決意であることを、当人に納得させなければならないところに真の痛みを感じた。最悪の部分はもう終えていた。

ルビーがドアを開けて彼を迎え入れた。ルビーは悲しげな表情をしていた。外出を禁じられた夜から二日目の朝で、彼女の苦しみを和らげてくれることは何も起こっていなかった。今この瞬間、彼女の恋人はリバプールにいるはずだったが、実際にはウェルベック・ストリートで寝床に就いていた。「ええ、あなた、夫人は在宅よ」と、ルビーは言った。彼女は両腕に赤ちゃんを抱いて、服の裾に小さい子を寄りかからせていた。「そんなに引っ張らないで、サリー。どうか、あなた、教えてちょうだい。サー・フィーリックスはまだロンドンにいるかしら？」ルビーは閉じ込められた夜にサー・フィーリックスに手紙を書いたが、まだその返事を受け取っていなかった。ポールは自分の問題に専念していたから、サー・フィーリックスのことは何も知らないと答えて、それからハートル夫人の部屋に案内された。

「どうやらいらっしゃいましたね」夫人はそう言ったが、椅子から立ちあがらなかった。

「あなたの願いですからもちろん来ました」

「私の願いはあまりあなたに届かないようですから、なぜいらっしゃったかわかりませんね。そこに座っていただけません？」彼女はそう言うと、いくらか離れた椅子を指さした。「それで、私とは二度と会わないほうがいいと、やはり思っていらっしゃいますか？」彼女はとても冷静だった。しかし、彼はその冷静さが装われたもので、いつ何どき暴力に変わってもおかしくないと思った。飛びかかって来る山猫を予示するようなものが彼女の目にあると思った。

「そう思っています。ほかに言うことは何もありません」

「ええ、何も。明らかに何もございませんね」彼女はとても小さい声で言った。「紳士は心変わりをしたという以上のことを、わざわざ女に伝える必要はありません。女の人生とか、女の心とか、そんなささいなことで大騒ぎをする必要もございません。そうでしょう」彼女はそれから間を置いた。「私の理不尽な願いに応えてお見えになっているうえ、あなたは賢くていらっしゃるから、もちろん沈黙をお守りになるわけですね」

「ぼくは約束したから来ました」

「でも、口を利く約束はしなかったとおっしゃる。——そうでしょう?」

「ぼくに何を言わせたいんです?」

「まあ、何を言わせたいかですって! おっしゃってもらうことをあなたにお教えしなければならないくらい、今の私は弱者になりさがっていますの? 『私は紳士で、約束を守りますから、裏切を懺悔します』と、もしおっしゃったら、あなたはそれで解放されるとはお思いになりません? そうしたら、あなたの心が私から離れてしまったので、あなたの手も足も、心のあとを追ってよいと私は言い、私を望まないあなたの妻になることを軽蔑すると、答えることができるんじゃありません?」彼女はこう聞くとき、徐々に声を大きくして、半分椅子から立ちあがり、彼のほうに体を伸ばした。

「ほんとうにそう答えてもらえるかもしれませんね」と、彼は何と言ったらいいかよくわからずに答えた。

「いいえ、とんでもありません。私は少なくとも自分に正直でいたいです。もちろんあなたからは離れません、ポール、やはりあなたを選びます。——献身によっていつかあなたを勝ち取るという自信を持ってね。私はあなたへの優しい感情をまだ残しています。思うに、私よりも若くて、優しくて、処女であるあの女に比べれば、さしたるものじゃありませんがね」彼女は答えを期待するかのような表情を浮かべた。しかし、これに対する答えをえることはできなかった。「今あなたは私から離れようとしているので、ポール、私が次にどうしたらいいか助言してくださいませんか？　私はあなたのために友人をみな捨てました。家も持っていません。ここのピップキン夫人の部屋が、地上のどこより自分のうちのように感じます。地上のどこにでも住所を選べますが、なぜそこを選ぶか理由を見つけ出せずにいます。資産は持っています。それをどう使ったらいいでしょう、ポール？　もし私が死んで何の噂も聞かれなくなったら、あなたがそれを好きにしていいです」彼女はこれらの発言に応じる回答をえられなかった。応えてもらえそうになかったので、質問するしかなかった。「とにかく私に助言してください。ポール、あなたは私の孤独に――いくらか責任がありますからね。そうじゃありません？」

「責任はあります。ですが、あなたの質問に答えることができないことはわかってもらえますね」

「私が将来の生活に不安を感じていると言っても、あなたは不思議に思われないでしょう。考えてみると、私はここに残るほうがいいようです。少なくともピップキン夫人の役には立ちますからね。昨日下宿を出る話をしたら、夫人はヒステリーを起こしてしまいました。あの夫人はね、ポール、私の国なら飢え死にしてしまいますね。下宿を出たら、寂しくなります」それから、彼女は間を置いた。しばらく完全な沈黙があった。「私の手紙をとても短いと感じたでしょうね？」

「あなたの言いたいことをみな言っていたと思います」

「いえ、違います。言いたいことはもっとたくさんありました。あれは私が書いた三通目の手紙です。今からほかの二通をお見せします。三通書いて、どれを送ったらいいか選ばなければなりませんでした。あなたが私に書いた手紙は、私のどの手紙よりたやすく書かれたと思います。ご存知のようにあなたには疑念がありません。私にはたくさん疑念があります。三通を一緒にポストに入れて送ることはできません。でも、今あなたは三通ともご覧になれます。一通があります。それを最初に読むといいです。それを書いているあいだ、それを送ろうと決めていました」それから、彼女は鞭の脅迫を含む手紙を彼に手渡した。

「これを送られなかったのは幸いです」と彼。

「送るつもりでしたよ」

「ですが、考えを変えましたね?」

「手紙のなかに理不尽と思えるようなところがありますか? 遠慮なく言ってください」

「ぼくのことじゃなく、あなたのことが問題です」

「じゃあ、私のことを考えてください。私が受けた虐待について正当と見られないことを、私は手紙のなかで主張していますか?」

「ぼくには答えられない質問です。どんなに怒っても女性は鞭を振るうべきじゃないと思います」

「女性が鞭を振るうというようなことを言うのは、紳士にはきっと——おもしろくて——心地よいものでしょう。でも、誓って、私はそれについてどう言ったらいいかわかりません。女性は自分に代わって戦ってくれる男性がいるあいだは、戦いを男性に任せるほうがいいでしょうね。でも、助けてくれる男性が一人もいないとき、女性は虐待者に抵抗しないまま、すべてに耐えていていいでしょうか? 女性は肌のために戦うのが女性的ではないからといって、生きたまま虐待者に皮を剥がさせていていいでしょうか? そのとき、あなたの言う女性的なものは、いったい何の役に立っているんでしょう? あなたはこういうことを問うたことがありますか? たぶん男性は女性的なものに魅せられます。でも、もし男性がただ装われた弱さにつけ込むだけのために、女性らしさを持ち出していると知ったら、女性はその女性らしさを捨てませんか? ええ、捨てます。もし女性が餌食として扱われたら、猛獣として戦いませんか? ええ、戦います。——それってとても女性的じゃなくなります! 私も、ポール、そんなふうに考えました。また、ふとした軟弱な瞬間に、私自身が女性らしい弱さの魅力に屈服してしまいました。――そんなときにこのもう一通の手紙を書きました。あなたは手紙を全部読んだほうがよろしいです」彼女はそう言うと、ローストフトで書いた紙切れを彼に手渡した。彼はそれも読んだ。

彼はあふれる涙のせいでそれをほとんど読み終えることができなかった。それでも、内容を把握したあと、部屋を横切ると、すすり泣きながら、彼女の前にひざまずいた。「こちらのほうも送っていません」と、彼女は言った。「私の心がどんな状態だったかわかるようにあなたにお見せしただけです」

「こちらのほうがもう一通よりぼくを傷つけます」

「いいえ、あなたを傷つけることなど私にできるはずがありません――この瞬間もね。落胆があまりにも大きく、怒りがあまりにも御しがたくて、ときどきあなたをバラバラに引き裂くことができたらと思うことがあります！　ねえ――どうして私はこんなふうに犠牲にされるんでしょう？　あなたには前途にすべてが待ち受けているというのに、なぜ私にはまったく空虚な人生しか見通せないんでしょう？　さあ、あなたは両方の手紙に目を通しました。どっちを選びます？」

「あなたの心の表現として、もう一通のほうを選ぶことはできません」

「でも、あなたが離れて行ったら、そのもう一通のほうが私の心の表現になります。――あなたが海辺で私と一緒にいるとき、私はそういう思いにとらわれました。サンフランシスコであなたの最初の手紙を受け取ったときも、そういうふうに思いました。なぜそこでひざまずいているんです？　あなたは私を愛していません。男は愛のために女にひざまずくべきで、謝罪のためにひざまずくべきじゃありません」とはいえ、彼女はこのように話したけれど、彼の額に手を置くと、髪を後ろに掻きあげて、顔を覗き込んだ。「あの女があなたを愛しているかどうか知りたいです。答えはいりません、ポール。あなたはもう帰ったほうがいいです」彼女は彼の片手を取って、胸に押し当てた。「一つ私に教えてください。あなたが償いにふれたとき、——金のこと——を言っていましたか?」

「いえ、断じて違います」

「そうであってほしいです。——金じゃなかったと思いたいです。とにかく、ほら、行ってください。ウィニフレッド・ハートルのことであなたをもうわずらわせません」彼女は鞭の脅迫を含むほうの手紙を取って、ずたずたに引き裂いた。

「紙切れのほうは私がいただいていいでしょうか?」と、彼が聞いた。

「いえ、何のためにあなたが持つ必要があるんです? 私の弱さを証明するためですか? それも私が破棄します」しかし、彼女はそれを手に取ると、紙入れのなかに戻した。

「さようなら、ぼくの友」とポール。

「いえ! これは別れではありません。行って、もう何も言わないでください」それで、彼は出て行った。

玄関のドアが彼の背後で閉まるとすぐ、彼女はベルを鳴らして、ピップキン夫人に来てもらうようにルビーに頼んだ。「ピップキン夫人」と、彼女は下宿の女将が部屋に入って来るとすぐ言った。「私とモンタギューさんの関係はすべて終わりました」彼女は部屋の中央にまっすぐ立って、そう言ったとき、満面に笑みを浮かべていた。

「神のお恵みがありますように」と、ピップキン夫人は両手をあげて言った。

「彼と結婚することになったとあなたに言っていましたから、彼と結婚しないことになったと今伝えるのが当をえていると思います」

「なぜ結婚しないんです? ——彼はとてもりっぱな——穏やかな若者です」

「なぜ結婚しないかについて、思うに、話す用意ができていません。でも、実際にしません。彼と婚約していました」

「それはよく承知していますよ、ハートル夫人」

「彼とはもう婚約していません。それだけです」

「何とまあ！　彼とロートフトへ行ったり、その他いろいろあったりしたというのに」ピップキン夫人はこんなおもしろい話はもう聞けないのかと思うと耐えられなかった。

「私たちはロートフトへ一緒に出かけて、二人とも帰って来ましたが、――一緒にじゃありませんでした。それでおしまいです」

「きっとあなたのせいじゃありませんよ、ハートル夫人。結婚が予定されていて、うまくいかないとき、決して女性のせいじゃありません」

「それでおしまいです、ピップキン夫人。よろしければ、このことについてはもう何も言わないようにしましょう」

「そして、あなたは去って行くんですね、マダム？」とピップキン夫人。女将は立ち退きの通知がなされれば、すぐにもエプロンを目にあげる用意をした。ハートル夫人のような下宿人をどこでまた手に入れたらいいだろう！　ハートル夫人は食事について文句を言わなかっただけでなく、子供にこのプディングを食べるように、あのパイを残さず食べるようにいつも勧めてくれ、この下宿に入って以来請求書の項目について一度も難癖をつけたことがなかった！

「もうこのことについては何も言わないようにしましょう、ピップキン夫人」それから、ピップキン夫人はあまりにもたくさん同情と協力を保証したので、今はもういなくなった恋人の代わりに別の恋人をこの下

14

宿人に約束する用意があるかのように見えた。

註

（1）原文では一八七三年となっている。

第五十二章　恋とワインの結果

サー・フィーリックス・カーベリーはこの運命の木曜［七月四日］に午後二時、三時、四時、五時になってもまだ寝床にとどまっていた。母が彼の部屋まで一、二度となく忍び足でのぼって来たものの、そのたびに彼は眠っている振りをして、母の優しい言葉に返事をしなかった。彼はせいぜい寝苦しい眠りに幾度か短く落ち込むくらいしかできなかった。頭から爪先まで変調を来して、気分が悪く、体が痛んで、どこにも安息を見出すことができなかった。額の激しい痛みを完全な静止によってなだめるため、今の姿勢で横たわっていることと、横たわっている限り外部世界の攻撃から安全でいられると思うことで、何とか安らぎを手に入れようと試みた。結局、彼はカーベリー令夫人から送られた小姓によって起こされた。小姓はお茶を運んで来た。彼は炭酸割のブランデーを持って来るよう小姓に命じたが、そんな飲み物を手に入れることはできなかった。今の状態の彼には、それを手に入れるまで怒鳴りつける気力はない。

彼は今世界が終わったとはっきり感じた。ときの大女相続人と駆け落ちの取り決めをして、若い娘をまったく独りで出奔させてしまった。取り決めによると、娘は大洋を渡る長い旅を始めてやっと、彼が約束をはたさなかったことを知るだろう。彼は駆け落ちを仕掛けたことによってメルモットから敵意を抱かれ、その失敗によって娘から敵意を抱かれるだろう。そのうえ、彼は手持ちの金も――娘の金も――なくしてしまった。哀れな母に金の工面をさせたのに、それさえもなくしてしまった。彼はおびえ切ってしまって、母さえも恐れた。社交クラブで何か喧嘩のようなことをしたのをぼんやり覚えており、――やはり喧嘩をしたと思った。ああ、――いつまたクラブに入って行く勇気を奮い起こせるだろう？　いつまた外に姿を現せるだろう？　マリー・メルモットが彼と駆け落ちしようとして、ぎりぎり最後に見捨てられたことを世間の人みなが知るだろう。恥辱を隠すにはどんな嘘がつけるだろうか？　荷造りした衣類は！　荷物は、みなクラブにあった。――荷物を鉄道駅に運ぼうとしたかどうかはっきりしなかったから、クラブにあると思った。自殺のことは聞いたことがあった。男が喉を掻き切るときがあるとしたら、きっと今がそのときなのだろう。しかし、こういう考えが心に浮かんだとき、彼はただまわりの布団をかき集めて眠ろうとした。彼の場合、小カトー[1]の死を心に切実にとらえることはできなかった。

母は五時と六時のあいだに再び彼の部屋にあがって来た。彼が眠っているように見えたので、母はそばに立って彼の肩に手を置いた。いつまでも寝かせておくわけにはいかない。とにかく寝疲れをしているに違いない。哀れな母は一日中座って考えた。息子の状態を見れば、かなり正確に何があったか読み取ることができた。マリーの運命がどうなったか起こして聞くことはできなかった。母は駆け落ちの計画を細かく聞いていたわけではない。それでも、フィーリックスが水曜の夜にリバプールに着いて、若い娘とは木曜にニューヨークへ向けて出発する手はずであることを知っていた。母はこの目的を支援するため息子に金を用立て、服を買い、彼が意図する旅の理由についてヘッタに嘘をつき、長旅の準備のため二日間娘とともに忙しく働いた。それなのに、彼は旅立つこともなく、酔っ払って卑屈になり家に戻って来た。母は以前感じていたほど罪の意識もなく息子のポケットを調べて、船の切符と残された数枚のソヴリン貨を見つけた。息子にかかわる謎をはっきり読み解くことができた。彼は泥酔するまでクラブにとどまって、博打で金を全部すってしまったのだ。母は戻って来た息子に会ったとき、ヘッタにさらにどんな嘘をつかなければならないか自問した。作り話が朝食のときすぐ必要だった。「メアリーはフィーリックスが今朝帰って来たと、どこへも行かなかったと言っています」と、ヘッタは叫んだ。哀れな母は息子の悪行を娘に暴く気になれなかった。彼が朝六時に泥酔してうちに転がり込んで来たと言うことができなかった。ヘッタは明らかに疑いを抱いた。

「ええ、戻って来ました」と、カーベリー令夫人は言うとき、難儀に傷心していた。「メキシコ鉄道の計画だったと思いますが、つぶれました。彼はとても落ち込んで、体調も優れません。私が世話をします」その後、ヘッタは一日中口を利かなかった。そして今、ディナーのおよそ一時間前、カーベリー令夫人は息子の寝床のそばに立って、話しかけようと決心した。

「フィーリックス」と母は呼びかけた。――「フィーリックス、何か言いなさい。――起きているのはわかっています」彼は唸り声をあげると、母に背を向け、いっそう布団のなかにもぐり込んだ。「ディナーの時間です、起きなさい。もう六時に近いです」

「わかりましたよ」と、彼がついに口を開いた。

「どういうことです、フィーリックス？　きちんと説明しなければいけません。遅かれ早かれ説明しなければね。落ち込んでいるのはわかります。母を信頼すればいいです」

「気分がとても悪いです、母さん」

「いずれよくなります。昨夜は何をしていました？　何があったのです？　荷物はどこにありますか？」

「クラブに。――ぼくを放っておいて、サムに来るように言ってください」サムは小姓だった。

「すぐ独りにしてあげます。でも、フィーリックス、これだけは話してちょうだい。何があったのです？」

「うまくいきませんでした」

「でも、どうしてうまくいかなかったのです？」

「ぼくが行かなかったからです。聞いて何になります?」

「今朝帰って来たときは、メルモットさんに気づかれたと言っていました」

「そう言った! それなら、気づかれたと思います。ねえ、母さん、ぼくは死にたいです。何をしてもそれが何の役に立つかわかりません。ディナーには起きません。このままここにいたいです」

「何か食べなければね、フィーリックス」

「サムに運ばせたらいいです。炭酸割のブランデーを持って来させてください。こんな目にあってひどく無気力で、気分が悪く、行儀よくすることができません。今は話せません。もし小姓がブランデーとソーダ水一本を持って来てくれたら、そのとき全部話します」

「お金はどこにあります、フィーリックス?」

「チケット代に使いました」と、彼は両手で頭を抱えて言った。

それから、母は彼の処方で回復して元気になったら、詳しく説明してもらうという言質を取ると、彼に翌朝まで寝床にとどまることを許し、再び寝床を離れた。サムは外出して、ブランデーとソーダ水を手に入れ、食事とそれを彼に運んだ。それから、彼はまた眠って、しばらくみじめさを忘れることができた。

「兄は病気ですか、ママ?」とヘッタ。

「そうです、あなた」

「お医者さんを呼んだほうがいいです」

「いいえ、あなた、明日にはよくなります」

「すべてを話してくださったら、ママ、もっと気が楽になると思いますよ」

「話せません」と、カーベリー令夫人はわっと泣き出して言った。「聞かないでください。聞いて何の役に立ちますか？　すべてがみじめで、不幸です。何も言うことはありません。――私が破滅したということ以外にはね」

「兄が何かしましたか、ママ？」

「あの子は何をしなければならなかったのでしょうね？　私は彼のすることをどうしたら知ることができるでしょう？　彼は何も教えてくれません。もうこの件について何も言わないでちょうだい。ああ、神さま、子供なんかいなかったら、どんなによかったでしょう！」

「ねえ、ママ、私のことを言っているのですか？」と、ヘッタは言うと、急いで部屋を横切って、ソファーの母のそばにぴったりと身を寄せた。「ママ、私のことを言ってはいないと言ってください」

「あの子だけでなく、あなたのことも言っています。子供なんかいなかったらよかったのに」

「ねえ、ママ、私にむごく当たらないでください！　私はあなたに優しくしています。あなたの慰めになろうとしています」

「それなら、はとこのロジャー・カーベリーと結婚しなさい。彼はとてもりっぱな人ですし、あなたを守ってくれます。あなたは少なくとも家庭を持てるし、私たちは友人を作ることができます。フィーリックスとは違います。あなたは女ですから、酔っ払ったり、博打をしたりしません。でも、あなたは強情で、私が困っていても助けてくれません」

「愛してもいないのに、ママ、ロジャーと結婚するのですか？」

「愛ですって！　私は愛することができましたか？　できませんでした。あなたが愛と呼ぶものを周囲にたくさん見ることができますか？　できませんね。どうしてあなたが彼を愛していけないのです？　彼は紳士ですし、――情け深い、温和な気質を持つ――善良な人です。あなたの一生を幸せにするため奮闘してくれます。あなたはフィーリックスがとても性悪だと思っていますね」

「そんなことを言った覚えはありません」

「でも、あなたはその気になれば私たちのためにできることがあるのを知っていて、それをしないでいるので、私たちにそれだけ苦痛を与えていることを考えるべきです。でも、あなたは他者の利益のために自己の気まぐれを投げ捨てることさえ思いつきません。やはり性悪です」

ヘッタはソファーから退いた。母が再び上へあがって行ったとき、ヘッタはこの問題を熟慮した。ほかの人を愛しているとき、家族の役に立つために別の人と結婚するのが正しいことだろうか？　ロジャーは彼女が踏む土すら崇拝しており、彼女がその気になれば結婚できる人であり、――よく知っているが――、母が言う通りの人だった。彼はそれ以上の人だった。母は彼の情け深さと温和な気質にふれた。しかし、ヘッタは彼が名誉を重んじる気高い勇気の持ち主であることも知っていた。ロジャーは、もし彼女を妻にと切望する恋人でなかったら、今置かれた状況について彼女が助言を求めていい友人だった。彼女は母のためならいろいろなものを犠牲にできると感じた。もし金を持っていたら、たとえ一文なしになっても、それを母に与えることができた。時間も、好みのものも、心の宝も、思うに、命も、母にくれてやることができた。母のためなら、貧乏と孤独と悲痛な悔恨に身をゆだねることもできた。しかし、愛してもいない男の腕にどうして身を託すことができるかわからなかった。

「説明しなければならないことはないと思いますね」と、フィーリックスは母に言った。彼はなぜリバプールへ行かなかったか、メルモットの妨害があったのではないか、出発を止められたというマリーの知らせが届いたのではないか、――あるいはありうることだが――、マリーが心変わりをしたのではないか、そんなことを母から聞かれた。しかし、彼は真実を話すとか、あるいは真実に近い話をするとか、そんな気になれなかった。「うまくいきませんでした」と、彼は言った。「もちろんそれでぼくは茫然としてしまいました。うん、そうです。事情がわかったとき、シャンパンを飲みました。人はこういうことで心に傷を負うものです。うん、それを社交クラブで聞きました。――全部中止だとね。それ以上説明することはありません。それから、ひどく血迷ってしまって、そのあと自分がどうなったかわかりません。切符は手に入れていました。ほらここにあります。ぼくが真剣だった証拠です。手に入れるのに三十ポンド使いました。お釣りがあると思います。それを取っちゃいけません。というのは、それ以外に一銭も持っていないからです」もちろん彼はマリーの金のことや、メルモットから受け取った金のことはいっさい母に言わなかった。母はこれらの金のことを何も知らされていなかったから、彼が言うことに反論することができなかった。母はそれ以上のことを彼から聞き出すことができなかった。とはいえ、遅かれ早かれ耳に届く別の話があることを確信していた。

その夜九時ごろ、ブラウン氏がウェルベック・ストリートを訪問した。彼は今しばしばここを訪れていた。辻馬車でやって来ると、お茶を一杯飲むあいだとどまって、同じ辻馬車で編集室へ帰って行った。カーベリー令夫人がブラウンとの結婚をいちずに自制して以来、彼はむしろ誠実に彼女を慕うようになった。二人のあいだには以前にはなかった真に親しい友情が今はっきり見られた。編集長は以前よりもっと率直に彼の問題を彼女に話した。令夫人もしばしば真実に近いことを彼に話そうとした。二人のあいだに今求愛のかけらすらなかった。彼女は彼の目を覗き込まなかった。彼も彼女の手を取らなかった。ブラウンは女中との口づけを考えないのと同じように、令夫人との口づけを考えなかった。彼はそういった浮ついたことではなく、心配事を――社のオーナーの理不尽な要求や、寄稿者の危うい不正確さなど、彼の両肩にかかるアトラスさえも屈する過大な重荷の内容を――彼女に話した。それから、いくつかの勝利のことも――矛盾することを言った一人の男をいかに論駁して罰したか、敵になろうとした別の男をいかに抑え込んだか――話した。彼自身の美徳――正義感と寛容――についても詳細に話した。ああ、――人々みなが彼の善良な気質と愛国心を知ることができたら。――彼がある場面でいかに鞭を振るうのを思いとどまったか、彼が別の場面でいかにある人を金持ちにしたか、彼が大いなる真実を着実に信奉することで、いかに何百万ポンドの国費を節約させたか！――、カーベリー令夫人はこういう話を聞いて喜び、彼女のささやかな打ち明け話とお世辞で彼に応えた。彼女は彼の薫陶に沿って、アルフ氏をあきらめようとほぼ決心した。アルフはウエストミンスター区への立候補と、メルモットへの攻撃で、世間の笑いものになっていた。このことくらいブラウンが確信している事実はなかった。「ロンドン中の人々が事情を知っています」と、ブラウンは言った。「ロンドン中の人々がメルモットの健全性を信じています。メルモットがやってはならないことを、一度もやったことがないなんて言う気はありません。彼の素性に立ち入るつもりもありません。でも、彼は富と権力と才能に恵まれています。アルフは負けるでしょう」カーベリー令夫人はこんな薫陶を受けて、アルフをあきらめざるをえなかった。

二人はときどき正面の部屋でヘッタと一緒に座ることもあった。ブラウンはヘッタも慕うようになった。しかし、カーベリー令夫人はときどき私室にいることがあった。この夜、彼女は彼を私室に迎えて、すぐフィーリックスにかかわる心労をよどみなく述べ立てた。彼女は今回彼にすべてを語った。ほんとうにほとんどすべてを語った。ブラウンはもうこの話を耳にしていた。「若い娘はリバプールへ行ったのに、サー・フィーリックスはそこにいなかった」と。

「彼がそこにいるはずがありません。このうちで一日中寝床に寝ていました。彼女は行きましたか？」

「そう聞いています。――そのあと、彼女はリバプール駅で警視の待ち伏せを受けました。船に乗せてもらえないままロンドンに警視によって連れ戻されました。彼女は恋人が乗船していると思ったに違いありません。――おそらく今もそう思っているでしょう。彼女が気の毒です」

「もし彼女が船出していたら、もっとひどいことになっていたでしょうね」とカーベリー令夫人。

「そうですね。もっとひどかったでしょう。ニューヨークまで悲しい船旅をして、いっそう悲しい帰路に就くことになったでしょう。息子さんは金について何か言っていましたか？」

「何のお金です？」

「娘は父から奪った多額の金を恋人にゆだねたという噂です。もしそうなら、父はきっとときを移さず金を取り戻そうとするはずです。友人を介してそれをするかもしれません。そういう事情なら、私なら、そうします。もしそうなら、――不快な事態を避けるため――金をすぐ返すべきです。息子さんの信用のためです」ブラウンはそれとなくこの助言の重要性を示した。

これはカーベリー令夫人には恐ろしい事態だった。彼女は返す金を持たなかったし、よく知っているように、息子も金を持たなかった。この金のことは息子から何も聞いていなかった。ブラウンは多額の金ということで、どれくらいの金のことを言っているのだろう？「そんな事態になったら恐ろしいです」と令夫人。

「金のことは息子さんに聞いたほうがいいでしょうね？」

カーベリー令夫人はまた涙にくれた。息子から真実を引き出すことは望めないと思っていた。「多額のお金ってどれくらいです？」

「たぶん二、三百ポンドです」

「私は一銭も持っていません、ブラウンさん」それから、令夫人はすべてを――息子の不品行によってもたらされた貧困の話のすべてを――さらけ出した。彼女は夫の死と遺言から現在に至る金銭問題の細部をみな彼に話した。

「息子さんがあなたを食いつぶしていますね、カーベリー令夫人」彼女はすでに食いつぶされてしまったと思ったが、何も言わなかった。「あなたはこれに終止符を打たなければなりません」

「でも、どんなふうに？」

「あなたは息子さんを切り捨てなければなりません。言うも恐ろしいことですが、それをやらなければなりません。娘が破滅するようなことになってはいけません。ミス・メルモットからいくら金を手に入れたか彼から聞き出してください。返済は私がどうにかします。それをしなければなりません。――それから、彼を海外に連れ出すよう試みてみましょう。いえ、――反論してはいけません。金については別の機会に話しましょう。ここに長くいすぎました。私は社に帰らなければなりません。私が言ったようにしなさいね。彼に金のことを白状させて、社の編集室に言づてを送ってください。明朝早く返済ができたら、最善でしょう。神の祝福がありますように」彼はそういうと急いで去って行った。

カーベリー令夫人の手紙が翌朝早くブラウンに届いて、サー・フィーリックスからやっと聞き出した金の話を伝えた。サー・フィーリックスはメルモットに六百ポンドの貸しがあり、ミス・メルモットからこのうち二百五十ポンドを受け取った。――それゆえ、まだ受け取れる大きな差額があると彼は断言した。令夫人は続けて、息子がこの二百五十ポンドをカード賭博ですったことをやっと告白したと伝えた。この話はかなり真実に近かった。それでも、彼女は息子から言われたことだから、正しいと信じることはできないと手紙で認めた。

註

（1）小カトー（95-46 BC）はローマの政治家、雄弁家。ジュリアス・シーザーのもとで生きることを潔しとせずはらわたを抜き出した。

26

第五十三章　シティのある一日

メルモットは娘を取り戻したので、半分事態をここで収めようという気になっていた。家中の者が娘とサー・フィーリックスの駆け落ちに気づいていることを知らなかったら、シティの友人たちから慰めの言葉をかけられなかったら、彼はおそらくここで収める気になっていただろう。その日の二時ごろには、みなが事情を知っているように見えた。当然、ニダーデイル卿はこの話を耳にするだろう。もし耳にしたら、卿と娘を結婚させるために払ったあらゆる苦労が無駄になる。馬鹿娘がこんなふうに好機を投げ捨ててしまった。いや、輝かしい確かな経歴を投げ捨ててしまった！　しかし、彼は娘によりもサー・フィーリックスに苦々しい怒りを感じた。こいつはこんなことをしないと確約し、――念書を残し、署名をして――、マリーとの結婚の意図を放棄していたのに！　メルモットは二百五十ポンドの小切手がたどった詳細――ディドンがその金を銀行でどう換金し、その金をどうサー・フィーリックスに渡したか――をもちろん知った。サー・フィーリックスが金を受け取ったことをマリー自身が認めた。彼は金を盗んだことで准男爵を告発するつもりでいた。

メルモットがとことん分別のある男だったら、娘を取り戻したことで満足して、これ以上ごたごたを起こさずに、金に目をつぶっていただろう。彼の経歴の特にこの時点で、現金はとても貴重だったが、途方もない規模の大金を動かしていたので、二百五十ポンドなどあってもなくてもよかった。しかし、彼は人々から崇拝されることによってこの数か月間に吹き込まれた傲慢と自信を心のなかで肥大化させ、そのために知性を曇らされて、生来確かに持ち合わせていたあの計算能力を見失っていた。彼はサー・フィーリックスと交わしたさまざまな金の交渉を完全に覚えていた。金額の大小にかかわらず、すべての金のやり取りを正確に覚え、つねに合計を出し、正確に帳簿を合わせ、頭のなかで会計簿をつけることを才能の一つとした。先週火曜に一ペニーの施しをした交差点の掃除夫との金銭関係さえ、ピッカリングの購入に際してまだ支払っていないロングスタッフ父子との金銭関係と同じように正確に覚えていた。彼は株券の購入のためサー・フィーリックスから金を預かった。彼がそんな金を預かったからといって、別の趣旨の金をサー・フィーリックスが彼の娘から受け取っていいということにはならない。こういう問題で、イギリスの治安判事や陪審員はみな彼の味方につくはずだと思った。――特に彼はオーガスタス・メルモットであり、ウエストミンスターから議員として選出されようとしている男、中国皇帝を歓待しようとしている男だったから。

翌日［七月五日］は金曜で――鉄道の重役会の日だった。彼は早朝にニダーデイル卿に手紙を送った。

親愛なるニダーデイル

どうか今日の重役会に出席してください。――とにかくシティの私のところに来てください。特にあなたに話したいことがあるから。

あなたのものである
A・M

彼は婿にしたいと願っている卿に、心のうちをはっきり伝えておいたほうがいいと判断し、これを書いた。

若い卿を持ち駒として持っておく機会がまだあるとするなら、心のうちをさらけ出すことによって、いちばんうまくその機会を手に入れることができる。若い卿はマリーが何をしたかもちろん知っている。しかし、卿はサー・フィーリックス・カーベリーが過去何週間も求婚において卿の対抗馬になっていたことを知りながら、それでも求婚の手を緩めなかった。若い娘が今駆け落ちしようとして失敗したので、卿は勝ちを占める機会をなくすよりむしろ増やしたと、卿を説得することができるかもしれない。

メルモットは金曜の朝に多くの客の訪問を受けた。客のなかでもっとも早く来てもっとも不運だったのは、老ロングスタッフだった。当時アブチャーチ・レーンの事務所では、お偉方のために二つの出入り口――正面階段と裏階段――を使い分けるやり方をしていた。そのやり方では、出入り口に与えられる栄誉と威厳が世間一般になされるそれとは正反対だった。正面階段は時間がかかるうえ、いい加減にあつかわれる一般人用の出入り口だった。一方、裏階段は早くて、確実で、好ましい人物にのみ用いられた。マイルズ・グレンドールが階段をやりくりする係で、客を正しく誘導するため、やらなければならないことを山ほど心得ていた。ロングスタッフは重役会で紹介を受けた前回の金曜に、遅く来たため大人物と私的な立ち話をすることができなかった。それで、この日は一時前にアブチャーチ・レーンに到着した。彼はすぐマイルズの手中に落ちてしまい、ずいぶん丁重に応対されながらも、正面階段を通って正面待合室に案内された。マイルズ・グレンドールはとてもよく喋った。ロングスタッフさんはメルモットさんに面会をお望みですね？　うん、――できるだけ早く会いたいんですね！　もちろんメルモットさんに会うべきです。私、マイルズ、はメルモットさんが特にあなたに会いたがっているのを知っています。メルモットさんはこの三日間に二度もロングスタッフさんの名をあげました。数分間座って待っていただけますか？『朝食のテーブル』はご覧になりましたか？　メルモットさんはたいへんお忙しいです。今このときもカナダ政府代表団の訪問を受けています。――それに頭取のサー・グレゴリー・グライブが数語彼と話したいと言って事務室で待っています。しかし、私、マイルズ、の思うところ、カナダ政府は長く時間を取りません。――サー・グレゴリーについては、用件を後回しにしてもいいかもしれません。私はロングスタッフさんのために面会を割くよう最善を尽くします。特にメルモットさんが友人であるあなたにとても会いたがっていますからね。マイルズ・グレンドールのような人が、担当する仕事を意外にも非常によく心得て、ずいぶん役に立つ存在になっているのは驚きだった。ロングスタッフには、正面待合室で『朝食のテーブル』を手に取らせておこう。ただ彼が二時間以上そこで待たされることになるという事実だけは読者に伝えておこう。

その間にブラウン氏とニダーデイル卿が事務所に入って、両者とも遅延なく大人物に受け入れられた。ブラウンが最初だった。マイルズは相手が何者か知っており、彼をロングスタッフと同じ待合室に座らせるようなことはしなかった。「ちょっと用件を会長に伝えておきます」とブラウン。彼は事務所のカウンターで数語を走り書きした。「私はミス・メルモットからあなたに金を返済するよう依頼されています」編集長はこの数語でただちに聖所への入室を許された。カナダ政府の代表団はもう立ち去っていたに違いない。サー・グレゴリーはまだ到着していないようだった。ニダーデイル卿は編集長とほぼ同時に到着していたが、小さな私室――実際にはマイルズ・グレンドールの休憩室――に案内された。「会長に何かありましたか?」と、若い卿は聞いた。

「何か特別なことですか?」と、マイルズは言った。「ここではたくさんのことがいつも起こっていますから」

「彼から来るように言われました」

「はい、――すぐ入れます。『朝食のテーブル』をやっている編集長が今彼と会っています。編集長の用件が何かわかりません。あなたはどんな用件で呼ばれたか知っておられますか?」

ニダーデイル卿は別の問いでこの問いに答えた。「ミス・メルモットにかかわるこの噂はみなほんとうですか?」

「彼女は昨日の朝逃げ出しました」と、マイルズは囁き声で言った。

「しかし、カーベリーは彼女と一緒じゃなかったでしょう」

「ええ、そうです。――一緒じゃなかったと思います。あいつはしくじったように見えます。とんでもない人非人です。手にするものをみなだいなしにしてしまいます」

「君は、マイルズ、もちろん彼を嫌っていますからね。その点、私にも彼を好きになる理由はありません。駆け落ちなんかできる状態じゃありませんでした。彼は昨日の朝四時にぐでんぐでんに酔って、千鳥足でクラブから出て行きました。大金をすって、最後の一時間はまわりの人たちみなに絡んでいました」

「人非人め!」と、マイルズは心底怒って叫んだ。

「おそらくそうです。しかし、絡むことはできても、リバプールまで行くことはできませんでした。昨夜遅くクラブの玄関広間に彼の持ち物がころがっているのを見ました。――たくさんの旅行カバンやバッグ、まさしくあいつがニューヨークへ持って行こうとしたものです。何とまあ! ニューヨークへ娘を連れて逃げるなんて。果敢ですね」

「みんな彼女が計画したことです」マイルズはもちろんメルモットの家庭内のことに精通しており、ほんとうの話を聞く手立てを持っていた。

「何という大失敗!」と、若い卿は言った。「会長はこの件について私に何を言いたいんでしょう」そのとき、銀の鈴の小さな澄んだちりんという音が聞こえた。マイルズは順番が来たとニダーデイル卿に言った。

メルモットは最近ブラウンから選挙でかなり支援を受けていた。それゆえ、客には相応に愛想よくした。彼は編集長の姿を見るやいなや、立候補に当たって『朝食のテーブル』から与えられた援護射撃に謝辞を述べ始めた。しかし、ブラウンはそれを遮った。「『朝食のテーブル』のことで来たわけではありません」と、彼は言った。「できるだけ正しく進む努力をしたいです。言葉数を少なくすれば、それだけ早く進みます」メルモットはお辞儀をした。「今日はまったく別件で来ました。おそらくこれについても言葉数を少なくすれば、それだけ早く進みます。サー・フィーリックス・カーベリーがつい最近あなたの娘から金を託されて受け取りました。状況のせいでその金は意図された通りに使われませんでした。それで、私はサー・フィーリックスの友人としてあなたに金を返すためにここに来ました」ブラウンはサー・フィーリックスの友人だと名乗りたくなかった。それでも、結婚を断ることで彼に献身してくれた令夫人のため、それにも耐えた。

「ああ、そういうことかね」メルモットはできれば見せたくなかったしかめ面をした。

「きっと事情はみなおわかりのことと思います」

「うん、――わかっている。とんでもない悪党だな！」

「議論はよしましょう、メルモットさん。事態を正すため――あなた宛の小切手を私が振り出しました。金額は二百五十ポンドだと思います」ブラウンはその金額の小切手をテーブルの上に置いた。

「たぶんこれでいいだろう」と、メルモットは言った。「だが、覚えておいてくれ、これでやつの罪が晴れるとは思っておらんよ。あいつはやくざだな」

「とにかく彼はたまたま彼の手に渡っていた金を、若い娘に代わって、受け取る資格のある唯一の人に返しました。さようなら」メルモットは親しみを表そうと片手を差し出した。ブラウンが立ち去ると、メルモットは鈴を鳴らした。彼はニダーデイルを招き入れるとき、小切手を握りつぶして、ポケットに入れた。

賢かったから、返済されれば、サー・フィーリックスを告発するという考えを捨てなければならないことをすぐ悟った。「さて、閣下、ご機嫌はいかがかな?」と、彼は心地よい笑みを浮かべて声をかけた。ニダーデイルからは元気溌剌だとの回答を受け取った。「しょげているようには見えないね、閣下」

それから、ニダーデイル卿は——先ごろまで義父と見なしていた人の前で、何食わぬ顔をしていなければならないとはっきり感じながら——、ある古い歌の繰り返し部分を歌った。私の読者もきっと覚えておられるだろう。

元気を出せよ、サム、
しょげちゃいけない。
よく知っているが、ロンドンには
君を待っている娘がたくさんいる。(1)

「わっ、はっ、は」と、メルモットは笑った。「とてもいい歌だね。たくさん娘がいるのは確かだな。だが、君はこの愚かな一件をマリーとの結婚の障害にするつもりじゃないだろ」

「さあ、それはどうでしょうか。ミス・メルモットは別の紳士への愛情と、私への無関心についてとても明確な証拠を示しましたからね」

「愚かな小娘だ! 愚かなロマンティックな小娘だな! 小説を読んで、誰かと駆け落ちするまでは穏やかに腰を落ち着けられないと思うようになったんだね」

「今回は成功しなかったように見えますね、メルモットさん」

「そうだな。――もちろんリバプールからあれを連れ戻したよ」

「しかし、彼女は紳士より深入りしていたという噂です」

「やつは酔っ払いの不実なやくざだな！　娘は今やつが何者かよくわかったわけだ。娘は二度とあんなことはしないだろう。もちろん、閣下、私は君に謝らなければならない。君に対してつねに公正に振る舞ってきたことは、理解してもらえるだろう。娘は一人っ子でね、遅かれ早かれ私のものをみな手に入れることになる。娘がじきに手に入れるものは、どんな男をも金持ちにするほどのものだ、――私の許可をえて結婚するならね。一、二年もしたら、私は元金に手をつけることなく、今娘に与えるものを倍にすることができると思う。娘が高い地位に就くのを、私が見たがっているのは当然わかってもらえるだろう。この国ではそれが価値ある野心の対象になっていると思う。もし娘があのやくざと結婚したら、私の心は張り裂けていたに違いない。さて、閣下、こんなことがあったからといって、君には娘に対する気持ちを変えることはないと言ってほしいな。君には誠実に対応している。何も隠すつもりはないよ。もちろんあれは不幸な出来事だった。娘というのはロマンティックになるものさ。だが、このちょっとした事件は、君の意図の邪魔になるよりむしろ助けになるのは確かだな。今後娘がサー・フィーリックス・カーベリーに熱をあげることはないからね」

「たぶんそうでしょう。しかし、残念ながら、娘はどんなことでも恋人になら許します」

「娘はやつを許さんよ。誓って、娘にやつを許させせん。経緯を全部話して聞かせる。君はここに来てこれまで通り娘に会ってくれ！」

「さあどうでしょうか、メルモットさん」

「いいじゃないか。あんな愚かな出来事があったからといって、定めた計画を投げ出すほど君は軟弱じゃないだろ！　やつは娘にあまり会ってもいなかった」

「それは彼女の責任じゃありません」

「金は全部あるよ、ニダーデイル卿」

「金のことは確かです、疑っていません。いい収入を手に入れて、身を固められたら、私くらい喜ぶ人間はロンドンにいません。しかし、娘が別の男と駆け落ちしたばかりですからね、誓って、かなり大きな注文です。みんながその話を知っています」

「三か月もしたら、みんな忘れているさ」

「ほんとうのことを言いますとね、会長さん、あなたが認める以上にミス・メルモットには強い意志があると思います。私はわずかな励ましさえ彼女から与えてもらえませんでした。かなり前、クリスマスのころ、彼女はあなたから言われた通りにすると、一度私に言ったことがあります。しかし、そのころから彼女はずいぶん変わりました。取り決めは反故になりました」

「あの取り決めに娘はかかわっていなかった」

「そうですね、――しかし、彼女はそれをうまく利用しました。私に不平を言う権利はありませんが」

「君はただ明日うちに来て、もう一度娘に求婚してくれ。それとも日曜の朝に来てくれ。愚かな娘の愚かな行為によって、私たちが定めた取り決めを白紙に戻されてはたまらない。日曜の朝正午ごろに来てくれないか？」ニダーデイル卿は置かれた立場をしばらく考えたあと、日曜の朝におそらくお邪魔すると言った。それで、メルモットは卿にシティの保守派クラブに一緒に出かけて、お昼を取ろうと提案した。鉄道の重役会まで時間があるだろう。ニダーデイルは昼食を取ることには反対しなかったが、重役会が「たわごと」であるという強い意見を述べた。「あなたはそう思っていて結構だ、若い人」と、会長は言った。「だが、すばらしい資産をあなたが享受できるよう、私は重役会に出なければならない」それから、彼は若者の肩に触れて、正面階段から出ようとする卿を引き留めた。「こっちだよ、ニダーデイル、こっちだ。人から見られないように出なければならない。ずっと私が何も口にしないで、朝から晩まで仕事をしていると思っている連中が、あちらで待っているからね」それで、二人は裏階段から抜け出した。

シティの保守党の社交クラブは、――つねにおいしい昼食を提供しているが――、メルモットをたいそう温かく迎えた。選挙が近づいており、たくさん話すことがあった。彼はシティの大人物の役割を完璧に演じて、帽子をかぶったまま部屋のなかに立ち、すぐ十人以上の男たちに話しかけた。彼はニダーデイル卿と一緒に来ていることを、クラブの人々に見せつけることができてうれしかった。ニダーデイル卿がこの金持ちの公認の――つまり金持ち本人から受け入れられた――求婚者であることを、クラブの人々はもちろん知っている。この金持ちの娘がサー・フィーリックス・カーベリーと駆け落ちしようとして失敗したことも、クラブの人々は知っていた。不幸をかなぐり捨て、終わりにすることくらいすばらしいことはない。ニダーデイル卿を伴うことは、不幸をかなぐり捨てて、言わば帳消しにしたことをクラブの人々に保証するに等しかった。メルモットは三時少し前にアブチャーチ・レーンに戻って、裏階段から部屋に入るつもりでいた。一方、ニダーデイル卿は、ミス・メルモットの求婚者の振りを続けることが役に立つことかどうか考えながら、西へ向かった。数年前なら、まともな男はそんな振りなんかしなかった。そんな振りをしたら、覇気のなさを示すものと受け取られただろう。しかし今は、――成功さえすれば――、男は何をしようとあまりそれを問題にされないと彼は思った。「結局、金だけが問題なのだ」と、彼は独り言を言った。

ロングスタッフはそのあいだ退屈からもどかしさ、もどかしさから不機嫌、不機嫌から怒りへと心境を変化させた。一度ならずマイルズ・グレンドールに訴えに行ったが、マイルズ・グレンドールはいつも回答を用意していた。カナダの代表団が今朝のうちに仕事を決着させようと決意していて、出て行こうとしません。サー・グレゴリー・グライブが頭取のふつうの頑固さを越えて頑なです。銀行の明日の割引率は、メルモットと連絡を取ってでなければ、決められません。細かな点でいつもじつに鬱陶しくなる問題です。ロングスタッフは初め代表団やサー・グレゴリー・グライブにいくぶん度肝を抜かれた。それでも、怒りを募らせるにつれて、そんな団体や地位が持つ権威を小さく感じるようになり、とうとう腹をすかせるにつれて、まったく感じなくなった。彼はカヴァーシャムのロングスタッフ、州の副統監であり、きちんと二時に昼食を取る習慣を持つ男ではないか？　二時間その待合室にいたあと、彼はたんに彼のものを求めているだけであり、相手がヨーロッパのどんなメルモットであろうと、恋々とその場にとどまっていてはならないと思った。息子の弁護士スカーカム——彼の脇腹に刺さっている心配のトゲ——が、ひどく悩ましいことに、きっと干渉してくるに違いないとも思った。それから、彼は部屋を出て、四度目にグレンドールに会う試みをした。ところが、マイルズ・グレンドールも昼食を取りたかった。そういうことで、ロングスタッフは、グレンドールが非常に重要な案件でそのときメルモットに会っているところだと、下級事務員の一人から告げられた。

「じゃあわしはもう待てないと言ってくれ」と、彼は怒って床を踏み鳴らし、部屋を出て行った。

彼はちょうどそのドアを出たところでメルモットに鉢合わせした。「ああ、ロングスタッフさん」と大金融業者は言うと、相手の手を取った。「まさしくあなたに会いたいと思っていたところだ」

「上の待合室で二時間も待っていた」と、カヴァーシャムの郷士は言った。

「チッ、チッ、チッ——誰も教えてくれなかった！」

「グレンドールさんに六度も言ったがね」

「そう、——そうだろ。彼はあなたの名を書いた紙片を私の机の上に置いていた。思い出したよ。ねえ、あなた、私はたくさんのことを頭のなかに抱えているので、それをどう進めたらいいかわからないんだ。重役会に出るだろ？　もうその時間だよ」

「いや」と、ロングスタッフは言った。「シティにこれ以上いることはできない」これほど腹をすかした男が、たった今クラブで昼食を取って来た会長から重役会に出るよう要請されるのは残酷だった。

「イングランド銀行に連れて行かれて、逃げ出すことができなかった」と、メルモットは言った。「あそこにつかまったら、出られないな」

「ピッカリングの支払をしてくれと、息子から求められているんじゃ」と、ロングスタッフはメルモットの上着の襟を断固つかんで言った。

「ピッカリングの支払！」と、メルモットは――記憶がおぼつかない振りをして――それがあやふやなささいな問題ででもあるかのように言った。「支払っていなかったかな？」

「今朝支払われていなければ、確かに支払われていないね」とロングスタッフ。

「それには何か引っかかるところがあったね。だが、何だったか今思い出せない。私的な件に関しては、私の会計副主任のスミスさんがみな管理しているので、そういう話がすっかり私の頭のなかから消えている。残念ながら、彼は今グローヴナー・スクエアのほうにいる。ええと、――ピッカリングだったね！　何か抵当の問題はなかったかな？　確か抵当について何か問題があったぞ」

「もちろん抵当には入っていた。――じゃが、二つじゃなく三つの支払を必要とするだけじゃ」

「だが、書類に何かやむをえない遅れ――抵当権者によって引き起こされた遅れ――があったな。あったのを覚えている。だが、あなたに不便はかけないよ、ロングスタッフさん」

「問題は私の息子じゃよ、メルモットさん。息子は別に弁護士を抱えている」

「若者が性急に金を求めたがることは知っている」と、メルモットは笑って言った。「うん、そうだ。――支払が三つ必要だったね。一つはあなた、一つは息子さん、一つは抵当権者だ。明日私からスミスさんに話しておこう。――弁護士をわずらわせる必要はないと、あなたは息子に言っておいたほうがいい。弁護士は高くつくからね、息子は金をなくすだけだろう。何と！　重役会には出ないって？　そりゃあ残念だな」ロングスタッフは言わなければならないことを曲がりなりにも言ったから、重役会に出ることを断った。新しい所有者がピッカリングをすでに目いっぱい抵当に入れたという、痛ましい噂を昨日聞いたばかりだった。非常に古い友人――知人のなかでももっとも賢く、優れていると彼が思う私設投資会社の一員――から、じつに穏やかにそれを告げられた。「いいですか、私はそれに何もかかわっていませんが」と、その投資家は言った。「そういう報告を受けました。もしそれが正しければ、メルモットはずいぶん金に困っていることになります。支払をしてもらっているなら、あなたにはまったく関係ないことですがね。しかし、かなりせっかちな取引だったように見えます。あなたは支払をしてもらっていると思います。そうでなければ、彼が土地の権利書を持っているはずがありませんから」ロングスタッフは友人に感謝すると、メルモットに何か不注意な点があったことを認めた。それゆえ、彼は西へ向かって歩くとき、元気がなかった。それでも、メルモットに会って安堵した。

サー・フィーリックス・カーベリーはもちろん重役会に欠席した。ポール・モンタギューも、読者がすでにご存知の理由で欠席した。ニダーデイル卿はその日いやになるほどシティの体験を味わったので、出席を断った。ロングスタッフは空腹のせいで追い払われた。会長はそれゆえアルフレッド卿とコーエンループの二人だけで支えられた。しかし、彼らはすばらしい同僚だったので、まるで欠席者がみな出席しているかのように仕事を終えた。重役会が終わったとき、メルモットとコーエンループは一緒に退出した。

「ロングスタッフに支払う金を手に入れなければならないな」と、メルモットは友人に言った。

「えっ、八万ポンドですか！　今週は無理です。来週の今日でもまだ無理です」

「八万ポンドじゃないよ。抵当を新しくしたから五万ポンドだ。息子にやる半分をやりくりできたら、父のほうは何とかはぐらかせるがね」

「全資産から捻出しなければなりません」

「それはもうやったよ」と、メルモットはしゃがれ声で言った。

「金はどこへ消えました？」

「ブレガートが四万ポンドを持っている。それで事態を支えなければならない。あなたは月曜までに二万五千ポンドをやりくりできるだろ？」コーエンループはやってみると言ったが、それにはかなり厳しいところがあるとの意見をほのめかした。

註

（1）"Cheer up, Sam" という米国のミンストレル・ソング。

第五十四章　インド局

保守党はこのころ特に車輪に肩を当てて力を込めていた。馬車を丘の上に押しあげるためではなく、馬車が危険な速度、明らかに破滅的な速度で走りくだるのを食い止めるためだ。保守党は表向きそういう大きな国家目標を掲げて、ときどき車輪に肩を当てている。党が死に瀕していると他党から思われないように、何とか首を水の上に出し、総じて何かをしていたいとの自然な欲求にも突き動かされていた。しかし、何か目標を達成したら、――たとえば、過去三回も自由党員を当選させているポーコラム選挙区にりっぱな老保守党員をねじ込み、当選させたら――、馬車が坂をくだるのを実際に食い止めたと思う保守党員は確かにいる。上流階級の高いところから多くを奪い、下層階級の低いところにそれを与える努力の点で、人々がほんとうのところ真剣ではなかったという信念が、こういう勝利の瞬間にうれしい確信として保守党員に訪れる。巻き揚げ機の取っ手が壊れている。車輪はぐるぐる回って坂をくだっている。巻きあげようとする急進派の進歩のロープは巻き戻っている。保守党がただ肩を車輪に当てて、巻き揚げ機の取っ手が修理されないように注意していたら、取り返せるものがあることを誰もが知っている！　ステックィンザマッドはこれまで不安定な小さな選挙区で、十五人の有権者の過半数で勝ちが決まってきた。長く押せ、強く押せ、みんなで押せ、――そうすれば古きよき日がまた戻って来るだろう。尊敬すべき長老たちはリバプール[1]卿や他の英傑のことを想起して、保守派の主教や、保守派の州統監や、一世代続く保守派の内閣を夢見ている。

　そのような時代が今到来した。ポーコラムとステックィンザマッドは、——いろいろやりくりをしながらも——、雄々しく義務をはたした。しかし、ウエストミンスターは！　もしウエストミンスターという特別な議席が取れたら、人々の心が健全であることがわかり、この四十年——最初の選挙法改革法から無記名投票法に至るまで[2]——の大きな変化が、みな少数の野心家の狡知と裏切によってなされてきたことがわかるだろう。なるほど無記名投票は、急進派の邪悪の最後の勝利だったが、今は保守党からも純然たる悪とは見られていない。無記名投票は、総じて保守党で人気をえている。ほんの少し前まで、保守党は確かに無記名投票を国家的な破滅であり、国家的な恥辱だと見ていた。しかし、この投票法は、ポーコラムでりっぱな結果を出し、ステックィンザマッドでも適切に操られて、好意的に受け入れられている。この投票法は、おそらく党が車輪を長く押し、強く押すのを助けてくれるだろう。それで、今それは破滅と恥辱であるにもかかわらず、一部の人々によって大いに保守党的なやり方だと見られている。無記名投票は、ウエストミンスター選挙区でメルモットの実質的な助けになると思われた。

　今保守党から出ているパンフレットを読み、選挙区で演説を聞く人は誰も、——少なくともこんな選挙騒ぎが実際に何を意味するか知らない遠い世界に住む人は誰も——、イギリスの繁栄がメルモットの当選にかかっていると思うだろう。彼は目下の熱狂のなかで激しい人格攻撃にさらされる一方、それと同じくらいに大きな声で賛辞も浴びた。彼は大陸の大保険会社で起こった破産にかかわる犯罪の件でおもに攻撃された。すっかり座礁するように会社を導きながら、莫大な資産を手に入れたとされ、その会社の株主たちから奪った金をみなイギリスに持ち込んだと言われている。『夕べの説教壇』は今この取引の実態を公にしようと努めて、この会社の本拠地をパリに突き止めた。ところが、正式の本部はじつはウィーンにあることが確認された。こんな主要新聞の失態を見ると、メルモットほどの目覚ましい前歴を持つ商人が、現代主要都市の証券取引所にこれまで花を添えたことがないのは明白ではないか？　ときの二つの新聞が――両紙ともメルモットに敵対していたけれど――、やはり重要な点で意見の食い違いを見せた。一方の新聞は、メルモットが実際には少しも富を持っていないと断言した。他方の新聞は、彼が不幸な株主たちから富を奪ったと力説した。こんな意見の対立くらいひどい食い違いを示すものがあるだろうか？　こんな方向の違いくらい、じつに不誠実な、心細い、悪意のある、無益な、邪悪な、自虐的な――まさしくリベラルなものがあるだろうか？　こういう議論から当然引き出される保守系の新聞の思い、いや避けがたい信念は、メルモットが巨大な富を蓄積しており、かつ株主からは一銭も盗んでいないという確信だった。

メルモットの友人たちは、保守党とは関係のない外部の主張から希望を汲み取って、勝利の予兆を口にすることができた。『朝食のテーブル』はメルモットを支持するけれど、保守派の機関誌ではなかった。この新聞は大人物の政見にではなく、事業上の立場に支持を与えた。この新聞の有名な主筆は、大人物の政見については、彼が国を二分する党の問題におそらくまだあまり注意を払っていないとほのめかした。時代の事業上の問題については、オーガスタス・メルモットほど鋭い洞察を持っている人はいないと、――おそらくまったくいないと――、一般に認められていいと述べた。事業上の経験を獲得した場所がどこであろうと、――メルモットがイギリス人ではないと繰り返し非難されていた――、彼は今ロンドンを本拠地とし、グレート・ブリテンを母国としている。そんな人物がイギリスの国会に議席をえることは、国家のためになるだろう。メルモットを支持するとき、『朝食のテーブル』が用いた論調はそんなものだった。これはもちろん彼の助け船になった。彼が国会に入ることは断じて国の恥になると他紙で主張されていたから、いっそう助け船になった。反発が強ければ強いほど、支持は熱烈になった。申し分のない祖先から汚れのない名を受け継いだ誠実な善人たちや、真に国を愛する人々や、りっぱな紳士たちがあちこちで金を注ぎ、グレート・

ブリテンにおける保守派の大いなる事業上の利害の代表として、この男を国会に当選させようとそれぞれ精力的に、熱烈に努力した！

現在の時点でイギリスの栄光にとってもっとも必要なことが、メルモットをウエストミンスターに当選させることだとすっかり信じ込んでいる人が一人いた。この人は間違いなく無知だった。この半世紀にイギリスを悩ませた政治問題や、この半世紀の初めまでのイギリスの政治史についてまったく無知だった。彼はハンプデン(3)やサマーズ(4)やピット(5)の名をほとんど耳にしたことがなかった。おそらく生涯本を読んだことがなかったからだ。議会の仕組みや国民性についても何も知らなかった。政府の形態についての選り好みもなかった。一瞬たりともそんな問題に心を悩ませたことがなかったからだ。専制君主あるいは連邦共和といった体制によって、どんな違いが生じるかも考えたことがなかった。おそらくこれらの言葉の意味も理解しなかった。しかし、メルモットのウエストミンスター当選をイギリスが求め、求めなければならないことをこの男は強く確信していた。この男こそメルモット本人にほかならなかった。

メルモットはこういう問題に関する考えで確かに混乱していた。彼は非常に危険な勝負に立ち向かう大胆さを具えていたが、危機が重なるにつれて思慮分別を失った。彼自身についてはウエストミンスターを代表すべき人物だと言い張る一方、敵対者たちについては浅ましい個人的な利害に仕える邪悪な小物たちだと、ためらうことなく切り捨てた。彼はウエストミンスターの当選なんかでは物足らないというような表情をして、アルフレッド卿を左手に従え、無蓋の馬車で走り回った。次の総選挙ではシティから出馬することさえ政友にほのめかした。彼は六か月前には貴族の前で謙虚に控えていた。――しかし、今は伯爵を叱り飛ばし、公爵をみくびった。そうするとき、貴族の社会的卓越と結びつくことを彼がいかに誇りとしているかを示すとともに、貴族の社会的卓越がイギリスの紳士一般に影響を及ぼす仕方にいかに無知であるかも示した。彼は傲慢になればなるほど、ますます俗悪になった。アルフレッド卿でさえ、たとえ無一文になっても、彼と手を切ってただちに自由を取り戻すほうがましだと思うほどだった。メルモットのそんな振る舞いで、逆に健全な影響を受けた人がおそらく何人かいただろう。傲慢は確かに服従を生み出す。偉そうな人が値をつけた値でその人を見る人々がいるからだ。そんな人々は尊大な振る舞いのゆえにメルモットを強者と思わずにいられなくて、彼がつま先をあげるだけで、蹴られるために尻を差し出した。私たちはみなこの種の人々を知っており、この種の人々の数が増えたことを知っている。結局、メルモットの不遜な振る舞いは正しく見て有害だった。支持者のなかでも思いやりのある人たちは、彼に助言を与えるべきかどうかを議論した。「アルフレッド卿は彼に一言諫言できませんか?」と、ビーチャム・ボークラーク令息が言った。令息は国会議員であり、党の主導的人物であり、選挙区に精通する金持ちであり、王国で保守派を形成する大きな家族の半分と血族関係にあった。彼は金融王メルモットのためにできる限り努力して、その成功のために奴隷のように働いていた。

「アルフレッドは大人物を半分恐れているからね」と、貴族で国会議員のライオネル・ラプトンは言った。彼はメルモットを国会に入れることが党の利益にかなうとの考えを植え込まれ、スコットランドの銃猟をあきらめて、メルモットとすごす一日に耐えようと思っていた。

「ほんとうにどうにかしなければいけませんね、ボークラークさん」と、ジョーンズ氏は言った。ジョーンズは選挙区内の金回りのいい建設会社で要職に就いて、保守党の政治家になっていた。彼はみずから国会に打って出ることを考えていたけれど、立ち位置を忘れなかった。「大人物は個人的な敵をたくさん作っていますから」

「彼は正真正銘の威張り屋だね」とライオネル・ラプトン。

それから、ボークラーク令息がアルフレッド卿に一言申し入れをすることが決まった。金持ちの令息と貧乏な卿は身内であり、いつも親しくしていた。「アルフレッド、メルモットの振る舞いについてあなたから一言諫言できないか知りたいです」と、クラブから選ばれた助言者はある日の午後言った。アルフレッド卿は鋭く振り返ると、相手の顔を覗き込んだ。「大人物が周囲の人々を怒らせているという噂を耳にしました。もちろんあの人はそんなつもりではないでしょう。もう少し穏やかにやれないものですか？」

アルフレッド卿は囁き声で返事をした。「私に言わせれば、穏やかにやれるとは思いませんね。彼を打ち倒して踏みつけにしたら、穏やかにさせられるかもしれません。が、それ以外に方法はないと思います」

「じゃあ、あの人に一言言うことはできませんか？」

「鞭を持ってやらない限り無理ですね」

大人物に面従しているアルフレッド卿は、こんな強い言葉を口にした。卿はこの朝数時間一緒にこの友人とすごしてずいぶん苦々しい思いをした。無蓋の馬車でともに選挙区を走り回り、集会ですぐ後ろに立ち、選対でそばに座ったあげく吐き気を感じた。それで、この友人について令息から問いかけられたとき、卿は自分を抑えることができなかった。アルフレッド卿は紳士として生まれ、紳士として育てられたので、食い扶持をえるための今のこの立場をほとんど耐えがたく感じた。アルフレッドと呼び捨てにされるとき、初め心外でならなかった。しかし、今は「ちょっとドアを開けてくれ」とか、「ちょっとあの伝言を送ってくれ」とか言われると、ほとんど仕返しをしたいと思うほどだった。鋭い観察眼を具えているニダーデイル卿は、グローヴナー・スクエアですでにアルフレッド卿のこんな姿を観察していたから、卿が貯蓄の一部で最近切り裂き鞭を買ったに違いないと断言した。ボークラーク令息はアルフレッド卿の回答を聞くと、口笛を吹いて引きさがった。とはいえ、令息は党に忠実だった。メルモットは保守党が手を取り、背中を軽く叩いて、神だと言った最初の俗悪な男ではなかった。中国皇帝は今イギリスにいて、インド局で一夜をもてなされる予定だった。アジア第二の帝国インドを担当する大臣が、第一の帝国中国の支配者をもてなすことになった。この日は七月六日土曜だった。メルモットの大晩餐会は次の月曜に設定されていた。ロンドン中の人々が大きな関心をあらわにしてインド局に入り込もうとした。どうして入り込もうとしたかというと、大臣や次官や部長や課長や係長に、さらには伝令長や彼らの妻にまで出された大晩餐会の入場券を卑屈に懇願して手に入れるためだった。もし懇願者が客として壮麗な応接室に受け入れられなければ、皇帝の後ろ姿なりと見られるどこかの通路に立つことさえもできないだろう。――もし受け入れられれば、懇願者の名が翌朝発表される客の名簿のなかに記載されるだろう。今メルモットは家族とともに当然入場券を提供された。彼は皇帝の晩餐会で資産を使うことになるから、皇帝が姿を現すほかの場所にももちろん姿を見せる資格を有していた。メルモットはウインザー・パークの朝食会や、王室の広間の舞踏会ですでに皇帝に会っていた。ところが、彼はこれまで皇帝への謁見を許されていなかった。謁見は――たんに時間的な理由からだけでも――、制限されなければならない。メルモットの場合、あちこち引き回される皇帝ともとより自宅で話をすることができるので、それで充分だろうと思われる。しかし、メルモットは不当に扱われたと感じて、腹を立てた。彼は朝食会でも舞踏会でも第一等の席に着かせてもらえなかったので、王室に対する辛辣な言葉を支持者の一部に漏らしていた。――それで、彼は今インド局で正当な扱いを求めようと決意した。しかし、今回大臣が太陽の弟である皇帝に謁見を許す人々の名簿のなかに、彼の名は載っていなかった。

彼はディナーを取るとき、たっぷりワインを飲んだ。彼の経歴のこの時期、惜しげなく食事をするようになっていた。彼はどんなときにも最高の知性を発揮するよう求められていたから、軽率だった。ほろ酔いだったというふうに理解してもらってはいけない。ワインによってそんな影響を受けない人だったから。しかし、飲む前はただ尊大だったとしても、ワインによって傲慢の高みにのぼり、ほとんど確実に横転しそうだった。アルフレッド卿が切り裂き鞭の購入を決めた——と言われる——のは、おそらくそんなディナーのあとだっただろう。メルモットは妻と娘とともにインド局へ行くと、アルフレッド卿に母娘の面倒を見てくれと頼んで、——むしろ命令して——、すぐ母娘を置き去りにした。マリー・メルモットは皇帝とほとんど同じくらい、人々の大きな好奇心のまとになっていたと、ここで言っておいたほうがいいだろう。ニューヨークに駆け落ちしようとして、恋人を伴わずに家を出た娘として、すこぶる注目されていた。メルモットはインド局がウエストミンスターにあるから、立候補者として今回皇帝に正式に紹介される特別な権利を有していると愚かにも考えた。彼はド・グリフィン伯爵という不運な次官、——そんじょそこらにはいない学究的な若い貴族——、をつかまえることに成功した。この青年はたいして切れる頭も、優れた身体能力も持ち合わせない内気な大富豪だった。しかし、気晴らしとしてさえも遊ぶことなく昼夜熱心に働き、インドに関する書物を読み漁って、ほかの誰よりたくさん知識を蓄えていた。もしメルモットがオリッサの農民の正確な食糧や、パンジャブの租税収入や、ボンベイの犯罪数を知りたければ、ド・グリフィン卿がただちに教えてくれるだろう。ところが、次官は皇帝への謁見というような畑違いの問題ではなすすべがなく、こういう仕事にもっともかかわらない人だった。しかし、彼はインド局で二番目の地位にあった。メルモットはあいにく役所内の彼の地位を知っていた。「閣下」と、メルモットは押しの強さを隠さぬ囁き声で言った。「私は皇帝陛下への謁見を望んでいる」ド・グリフィン卿はこの大人物を知らなかった——部屋のなかで大人物を知らない数少ない一人だった——ので、無力に相手を見つめた。

「こちらはメルモットさんです」と、母娘から離れてまだ主人にくっついていたアルフレッド卿が助け舟を出した。「ド・グリフィン卿、メルモットさんを紹介させてください」

「ええと、――ええ、――ええ」と、ド・グリフィン卿は手を差し出しながら言った。「お会いできてうれしいです。――ええ、はい」卿は誰かを見かけたような振りをして、逃げ出そうと弱々しい無益な試みをした。

メルモットはすぐ逃げ道をふさぐと、ずうずうしくあからさまな要求を繰り返した。「私は皇帝陛下への謁見を望んでいる。どうかウィルソンさんに私の願いをお伝えしていただけないだろうか？」ウィルソン氏はインド担当大臣(6)で、こんな特別な場合だから、大臣らしく忙しく働いていた。

「私にはわかりません」と、ド・グリフィン卿は言った。「申し訳ありませんが、予定はすべて手配ずみです。私はこの件について何も知りません」

「私をウィルソンさんに紹介していただけないか？」

「大臣は上にいます、メルモットさん。大臣に近づくことはできません。お願いですから勘弁してください。申し訳ありません。大臣に会ったら、お伝えします」それから、哀れな次官はもう一度逃げ出そうとした。

メルモットは片手をあげて、彼を引き止めた。「私はこういうことに我慢するつもりはないね」と彼。ニダーデイル卿の父で、それゆえメルモットの娘の舅と目されている老オールド・リーキー侯爵がその場にいた。老侯爵はアルフレッド卿の肋骨に親指を強く押し当てた。「皇帝がありがたいことに月曜に、私の苫屋で晩餐会に出席してくださることは、一般に理解されていることだと思う」と、メルモットは続けた。「皇帝はうちに来られる前に私と知り合いになっていなければ、私のところでディナーを取ることはできない。本気で言っているんだよ。謁見を許されるくらい皇帝と親しくなければ、皇帝といえども私はもてなすつもりはないね。たくさんの人々が押しかけて来ようとしているから、おそらくあんたはウィルソンさんに知らせたほうがいいよ」

「騒ぎになりそうだね」と、老侯爵は言った。「メルモットが言行一致の人であってほしいね」

「彼はワインを少し飲んでいます」と、アルフレッド卿は囁いた。「メルモットさん」と、彼はなおも囁き声で言った。「誓って、場違いです。ここで皇帝に謁見できるのは、インドの人と東方の名士だけ、――インドか中国にいたことがある人か、大臣あるいはそれに准ずる人だけ――です」

「それなら、皇帝はウィンザーか舞踏会場かで晩餐をすればいい」と、メルモットはチョッキを下におろしながら言った。「畜生、アルフレッド！　本気だぞ。私に便宜を計ってくれたほうがいい。もし今夜皇帝に謁見できなかったら、誓って月曜のグローヴナー・スクエアの晩餐会はない。そうすることができるくらい私は自分のうちの主人だと思う」

侯爵が言った通り騒ぎになった。ド・グリフィン卿は震えあがり、アルフレッド卿は何とかしなければならないと感じた。「強情な獣はどれくらい頑固になれるかわかりません」と、アルフレッド卿は居合わせたラプトン氏に言った。豪商には晩餐会の中止を決意してもらい、お引き取りしてもらったほうが、きっとよかったかもしれない。おそらく翌朝までに後悔しているだろう。もし彼が頑固にごり押ししたら、その特別な夜にはイギリス商人の家の晩餐会より、もっといい企画が見つかったと皇帝に説明するのは簡単なことだろう。そうなったら、メルモットはあっというまに支持者を失い、自由党政府のほうがウエストミンスターの議席を獲得することになるだろう。ところが、ド・グリフィン卿はこういうことがわかる人ではなかった。卿はウィルソン氏のところにあがって行くと、追加の謁見要求を大臣――その夜の主人役――に説明した。大臣は政治的経験を積んだ実力者だったから、もし友人を作れるなら、それもたいした代価を払わずに敵をなだめられるなら、一仕事したいといつも念じていた。「そいつを連れて来なさい」と、ウィルソンは言った。「そいつは東洋で何かしたいんでしょう？」「インドにはもう何もありませんよ」と、ド・グリフィン卿は言った。「海底電信はもうできあがっています」ウィルソンはメルモットと中国を結びつける何かを適当に見つけ出すよう付き人に指示すると、ド・グリフィン卿に任務を与えて送り出した。

「なあ、アルフレッド、こんなことくらい私に処理させてくれないか」と、メルモットは次官が戻って来るころ、相談役に言った。「私の立場やその保ち方くらいわきまえている。晩餐会はなしにするよ。月曜にグローヴナー・スクエアでディナーなんか誰にさせるもんか」アルフレッド卿はあまりにも仰天したので、面識のない嫌いな首相に会いに行って、差し迫る恐ろしい難題を通報しようと考えた。しかし、次官の到着で難儀から救われた。

「一緒に来ていただけたら」と、ド・グリフィン卿は囁いた。「何とかします。ちょっと問題がありますが、お望みのように処理します」

「望んでいるさ」と、メルモットは大声で言った。ちょっと成功したからといって、それで納まるような男ではなかった。主張を通した喜びには、いつもトランペットのしゃがれた勝利の轟が伴った。「私のあとについて来てくださるといいです」と、ド・グリフィン卿は言った。こうして謁見が実現した。メルモットは皇帝の足載せ台まで案内されたとき、通訳のことや中国皇帝が必要とする二重通訳のことを一瞬忘れ、ちょっと皇帝と話をしようと決めた。しかし、雲上人の崇高な、穏やかな神々しさにふれて、さすがに彼も軽はずみを慎んだ。晩餐会のことは一言も言い出せないまま、のろのろと歩いただけだった。

とはいえ、彼は主張を通した。ブルートン・ストリートにある哀れなロングスタッフの屋敷に連れて帰られるとき、彼は手がつけられない状態だった。アルフレッド卿はマダム・メルモットと娘を馬車に乗せたあと、逃げ出そうとしたにもかかわらず、メルモットからそばにいるように言われた。「あなたは一緒に来たほうがいいよ、アルフレッド。——寝る前に二、三決めておかなければならないことがあるから」

「もうへとへとです」と、不幸な男は言った。

「へとへとだって、たわごとを言うなよ！　私が切り抜けてきたことを考えてみろ。一日中きわめて苛酷な仕事を懸命にこなしてきたんだ」もし大人物がいつものように先に馬車に乗り、何でも屋の部下をあとに残したら、何でも屋は逃げ出していただろう。メルモットがそんな背信を恐れて、アルフレッド卿の肩に手を置いたから、哀れな男は打ち負かされ、屈従した。馬車で帰るあいだ、卿は鶏鳴のような声を絶えず耳にしたが、言葉がはっきりしなかったので、それに注意を向ける苦痛を免れた。しかし、炭酸割のブランデーと葉巻がロングスタッフ邸の奥の部屋で出て来たとき、大人物はトランペットの音を目いっぱいに響かせた。

「やつらにどうあるべきか教えてやったぞ」と、メルモットは言いながら部屋のなかを歩いた。アルフレッド卿は肘掛け椅子に身を投じて、煙草でできるだけ自分を慰めた。「対等に与え、対等に奪うという言葉はじつにいい金句だな。もし私が相手の背中を掻いたら、相手も私の背中を掻いてくれるということさ。やつらは国賓をもてなすため、一万ポンドを私的なポケットから用立てる人なんか見つけ出すことができないだろう。私以外にそれをする実業家、それができる実業家はいない。ほかの実業家から助けてもらうこともあまりないね。ありがたいことに、そんなやつらの助けなんかいらない。だから、もし誰かに思いやりが示されるとするなら、それは私に示されるようにしたいね。王子は私を下賤の者として扱った、アルフレッド。月曜には王子にそう言ってやる機会を作りたいよ。お客に話しかけることは許されてもいいと思うね」

「もしあなたが王子に失礼なことをしたら、選挙で不利になるかもしれません」

「選挙なんかくそ食らえさ。私はウエストミンスターの有権者の前に、廷臣としてではなく、実業家として——、王子のおべっか使いとしてではなく、実業界の企画を理解する者として——立っている。イギリスの一部にはまだ事情を理解していない者がいるが、私はどんな王子より私のほうが偉大な人物だと思っている。それをはっきり言いたいね」アルフレッド卿はこの男を見つめながら、古い公爵家を強く記憶によみがえらせて身震いした。「やつらにもうじき教訓を垂れてやる。今夜も教訓を垂れなかったかね、——え？　ド・グリフィン卿は年に六万ポンドの金を使うという噂だ。年六万ポンドが何だ。私は思い通り卿を動かさなかったかね？　好きなようにやつらを動かさなかったかね？　あなた方はこうしろ、ああしろと私に言いたいだろうが、たくさん知識があると思っているあなた方より、私のほうがずっと男女のことを知っていると思うね」

こういう話が長い葉巻一本分のあいだ続いた。のちにアルフレッド卿はマウント・ストリートの住まいに帰る道をゆっくりたどりながら、今の隷属状態を逃れる方法はないものかと深く考えた。「獣！　畜生！　豚！」と、彼は何度も、何度も胸中でつぶやきながら、マウント・ストリートへゆっくり向かった。

註

（1）保守党の首相だったロバート・バンクス・ジェンキンソン（1770-1828）のこと。
（2）保守党はGreat Reform Act（1832）とBallot Act（1872）の両方に反対した。
（3）ジョン・ハンプデン（1564-1643）はチャールズ一世に対して議会の権威を擁護した。
（4）ジョン・サマーズ（1651-1716）はホイッグ党の下院議員。権利宣言の起草委員長。
（5）ウィリアム・ピット（大）（1708-78）と（小）（1759-1806）を指す。
（6）当時の実際のインド担当大臣は第八代アーガイル公爵ジョージ・キャンベルだった。

53

第五十五章　教会への寄進

　このころサフォークの人々は、メルモットの成功と富と素性について大いに議論した。そこの人々は彼の生身の姿を目撃した。実際に目で見たものくらい信じられるものはない。彼はカヴァーシャムに滞在した。その地域の多くの人々は、ミス・ロングスタッフがロンドンの彼の屋敷で今生活していることを知っている。サフォークとノーフォークのすべての新聞は、彼がピッカリングの土地を購入したことも紹介した。それゆえ、そこでは彼の過去の詐欺の噂と、所有する富が当てにならないという噂が、彼がイギリスで桁はずれの金持ちだと主張する噂と同じくらいに流布している。新聞はミス・メルモットのささやかな試みも報道した。サー・フィーリックスは「ほんもののサフォークのサフォーク人」とは認められていないけれど、メルモット家の実在感を総じて深める程度に、その名でサフォークと結びついている。サフォークはすこぶる旧態依然としたところだ。そこは全体として見ると、メルモット流を嫌った。そこは残念ながら救いようがないほど一貫して保守的で、メルモットが保守党国会議員だなんて信じなかった。そこは今回の土地売却の件でロングスタッフ家をかなり恥と感じており、本来のロングスタッフが商売にかかわったのは――サフォークの年月の数え方によると――やっと先日のことだったと、機会あるごとに思い起こした。ピッカリングの売却は、特にメルモットへの売却は、卑しいことだった。メルモットがあのフランス・オーストリア保険会社ですべての株主の骨を拾ったことを、サフォークは全面的に信じている。

ヘップワース氏はある朝ロジャーを訪問した。二人はメルモットのこと、とりわけ駆け落ち未遂事件のことを話した。「その件については何も聞いていません」と、ロジャーは言った。「聞いてみるつもりもありません。二人がここに来たとき、はとこがあの娘と結婚したがっていることをもちろん知っていました。娘のほうは彼と喜んで結婚したがっているように思いました。しかし、父が同意していたかどうか聞いていません」

「父は同意していなかったように見えますね」

「二人にとって、そんな結婚くらい不幸なものはないでしょう。おそらくまもなくメルモットの辞任が『ガゼット』に載ります。はとこは一文なしになるだけではありません。わずかな金を手に入れていたとしても、手もとに残しておけないでしょう」

「メルモットは失敗者だと思いますか?」

「失敗者ですって! 彼は金持ちであろうと、貧乏人であろうと、もちろん失敗者です。みじめなペテン師、初めから終わりまで空虚な、俗悪な詐欺師です。彼は時代の堕落の象徴になっていることを除けば、あなたや私にとってあまりにも取るに足らない人なので、話す価値もありません。彼のような人がテーブルの賓客となるとき、私たちはどうしたらいいでしょう?」

「ほんとうにあちこちのテーブルでね」と友人。

「そういうことではいけません、――駄目です。彼をうちのなかに入れないようにしなければ。私も入れません。しかし、国全体で模範が示せていません。模範を示すべき人々は彼の宴会に出かけ、彼ももちろんお返しに彼らの宴会に出かけます。ただし、時代のこれらの指導者は、彼が他の詐欺師より大物の詐欺師なので、今のようになっていることを知っていますし、少なくともそう信じています。結果として、次に何が起こるでしょう？　人々は詐欺と折り合いをつけます。人々は誠実でありたいと思うけれど、詐欺をもういとわしいとは思いません。そのうえ、ほかの人が世間から認められて金持ちになることへの嫉妬が生じます。――世間から認められることをしようという当然の傾向も生じます。メルモットのような人は、社会一般の健全な状態とは両立しないように私には思えます」

ロジャーはその夜エルムハムの主教とディナーをともにした。そのとき、同じ主人公のことを違った見出しのもとで議論した。「彼は副牧師支援協会に」と、主教は言った。「二百ポンドを寄付してくれました。これほどりっぱな金の使い方はないと思いますね」

「当選したくて場当たりをねらったものです！」ロジャーは非常に苦々しい気分でそう言った。

「金は場当たりじゃありませんよ、友人。実際に支払われますからね」

「確実に支払われるとは思いませんね」

「教会慈善活動の献金係は、概して厳格な人たちです。――献金をすると言う人の約束違反を進んで公表します。選挙期間中の献金の受け取りには用心すると思いますがね」

「そんな献金が寄付した人の栄誉になると思いますか？」

「献金は寄付した人が社会の有益な一員であることを示します。――それに、私はいつも有益な人たちを激励するよう心がけています」

「彼らの目的が邪悪で、有害でもですか？」

「質問攻めですね、カーベリーさん。メルモットさんは国会議員になることを望んでいます。あなたが賛成する側に人々が投票するなら、何の問題もありません。議員になろうとする彼の目的が有害であるかどうかわかりません。国会の議席は何世紀にもわたって、我が国の最良の人々の野心の対象になってきましたから、議席がこの人に限って邪悪だと言う理由がわかりません」ロジャーは眉をひそめてかぶりを振った。

「メルモットさんは保守党選挙区にふさわしい議員として、あなたが想定しているような紳士じゃありません。ですが、国は変化していますからね」

「国は畜生道に落ちています――急速にね」

「昔よりずっと速く教会を建てていますよ」

「教会を建てても、そのなかで祈りの言葉が聞かれますか？」と、郷士は聞いた。

「人の心のなかを見るのは難しいです」と、主教は言った。「しかし、心の動きの結果を見ることはできます。人々は百年前より全体としてよりよい生活をしていると思います。宗教的熱狂が減り、迷信も減りました。が、より広い正義の精神、他者に対するいっそうの慈悲心、より活発な博愛が随所に見られます。人々は以前に父がある形式を踏んだというだけで、同じ形式で天国へは行きませんよ、カーベリーさん」

「私がしてもらいたいと思うことを人にする(1)ことによって、閣下、人は天国に行けると思います」

「それくらい無難な教訓はありませんね。しかし、そんなりっぱな自己否定をつねに実践しなくても、救いはかなえられなければなりません。いったい誰がそんな厳しい教えに到達できるでしょう？　あなたが犯す違反、たとえば気分から、あるいは振る舞いから犯す違反について、あなたは即座に許しを願って、いや、許しを要求していませんか？　いつも進んでそんなふうに即座に自分を許していますか？　あなたの行動やその理由を知られないまま、他人から間違って判断され、非難されることに、あなたは怒りで身もだえしていませんか？　そんなふうに間違って他人を判断していませんか？」

「私を例にしてほしくありません」

「私の表現の仕方については謝ります。聖職者は自分が説教壇にいないことを忘れがちです。もちろん私は一般の人ついて話しています。社会は全体として見ると、そこに大きい人も小さい人も、金持ちも貧乏人もおりますが、年々よくなっており、悪くなってはいないと思います。ホラティウスのように、ときどき不平を言って、前年より年ごとに悪くなっていると主張する人々は、目の前のささいなことだけを見て、全体の流れを無視していると思います」

「しかし、ローマの自由とローマの風習は、ホラティウスが書いたころ、畜生道へ向かっていました」

「それでも、キリストが生まれようとしており、人々が幅広い知性を具えて、すでにキリストの教えを受け入れるようになっていました。自由については、その時代から今日までほぼ毎年拡大していませんか？」

「ローマの人々はまさにこのメルモットのような男を崇拝していました。その男は騎士の席に座り、トーガを着てローマの聖道(2)を練り歩きました。しかし、この男は悪行のゆえにあちこち鞭で追い立てられたこと(3)をご存知ですか？　メルモットの名を聞くたびに、私はいつもこの男のことを想起します。コレ、コレコソアナタノ騎士ダ！(4)　こんな男がウエストミンスター選出保守党議員でいいのですか？」

「鞭打ちのことは事実として知っていますか？」と主教。

「鞭打ちがその男にふさわしいことを知っています」

「それはあなたが人からしてもらいたいように他人にするという教訓に背きますね。もしその男があなたの言うような男なら、きっと最後に正体がばれて、罰の日を迎えるでしょう。『エポード』で描かれている男は、おそらく農場や馬をたくさん所有していたにもかかわらず、ひどい目にあってしまったに違いありません。世界はあなたが思っているよりおそらくもっと公正に運営されているんですよ、カーベリーさん」

「閣下、あなたは急進主義者の心をお持ちです」とロジャーは言うと、いとま乞いをした。

「それはありえることです――とてもありえます。ただし、首相にはそれをちくらないでくださいね。でないと、えられるよきものが手に入りませんから」

主教はロジャー・カーベリーのように若い娘に望みのない恋なんかしていなかったので、ロジャーほど物事全般を悲観的に見ることはなかった。ロジャーはありとあらゆるものの関節がはずれてしまっているように感じた。彼はこの朝カーベリー令夫人から手紙を受け取った。それは万一金を必要とするときが来たら、彼が用立てるという約束を思い出させる手紙だった。そのときがいとも早く来た。ロジャー・カーベリーはすでに令夫人に送った百ポンドを少しも惜しんでいなかった。しかし、サー・フィーリックスの邪悪な計画にこれ以上金を出すのはいやだった。愚かな母が息子の実を結ばぬ試みに金を出したので、この借金の訴えがなされたものと、ほぼ確信していた。彼は返信のなかでそんな懸念にふれることなく、ただ小切手を同封して、この金額で現在の緊急事態に充分対応できればいいとの希望を述べた。とはいえ、彼はカーベリー一族が置かれている現状に落胆し、いや気を起こしていた。ポール・モンタギューもいた。ポールはローストフトにハートル夫人を連れて行ったうえ、この夫人を訪問し続ける意志を明示していた。ポールは、思うに、そんな闇路からまったく身を振りほどくことができずにいた。しかし、このポールのせいでヘッタは彼に対して冷たく、頑なだった。彼はヘッタへの彼の愛の誠実さについて自覚しており、彼女を幸せにできると思った。自分には自信を持っていなかったが、生活様式や流儀には自信を持っていた。ヘッタがポール・モンタギューに実際に心を与えてしまったら、彼女はどんな運命をたどるだろうか?

ロジャーはうちに帰ったとき、バラム神父が図書室に座っているのを見つけた。最近神父は強い風によって彼の田舎家の屋根を吹き飛ばされるという事故にあった。ロジャー・カーベリーはこの神父への愛情を失いつつあったが、屋根の修理がなされるあいだ、彼に避難所を提供した。カーベリー・マナーは屋根のある神父の家よりはるかに快適な避難所となった。バラム神父は贅沢に暮らしていた。ロジャーが図書室に入ったとき、神父はお気に入りの新聞『サープリス』を読んでいた。「この新聞を読んだことがありますか、カーベリーさん？」と、神父は聞いた。

「何という新聞ですって？　『サープリス』に載る記事は読みません」

「あなた方が英国国教会と喜んで呼ぶ教会の偏見ですね。メルモットさんが私たちの信仰に改宗してくれました。彼は偉大な人であり、おそらく地上で知られるもっとも偉大な人になります」

「メルモットがローマ・カトリックに改宗した！　熨斗をつけて差しあげます。彼を受け入れてくれてありがとう。しかし、そんなすばらしい厄介払いができたなんて信じられません」

そのあと、バラム神父は『サープリス』の一節を読んだ。「偉大な金融業者であり資本家であるオーガスタス・メルモット氏は、トットヒル・フィールズ[5]にある聖ファブリシアス新教会の祭壇建設のため百ギニーを献金した。献金にはメルモット氏の秘書の手紙が添えられていた。これはウエストミンスター選出新議員が次の議会開会に当たってカトリック党の一員、しかもかなり重みのある一員になることにほぼ疑いがないことを示している」

「それもごまかしですね？」とカーベリー。

「ごまかしとはどういう意味です、カーベリーさん？　献金が――あなたがたまたま認めない――敬虔な目的でなされているからといって、それをごまかしだと言うんですか？」

「しかし、親愛なるバラム神父、同じ大人物は先日プロテスタント副牧師支援協会に二百ポンドを献金しましたよ。この偉大な慈善行為に大喜びしている主教のもとから、ちょうど今私は帰って来たところです」

「そんなこと、つゆも信じられません。それとも、それは迷妄のうちに属していた教会への餞別なのかもしれません」

「メルモットさんを改宗者としてほんとうに誇れますか?」

「魂を持つなら、どんな下賤な人も私は誇りに思います」と、神父は言った。「しかし、もちろん金持ちで偉大な人なら喜んで受け入れます」

「偉大な人って! 何とまあ、神父!」

「メルモットさんのような地位を築きあげた人は偉大です。そんな人があなた方の国教会を離れて、こちらの教会に加わるとき、私たちにとって『真実』が広く行き渡っているしるしとなります」ロジャー・カーベリーはそれ以上何も言わないで、ろうそくを手に取り、寝床に向かった。

註

(1)「マタイによる福音書」第七章第十二節。

(2) *Via Sacra*

(3) ホラティウスが『エポード』(*Epodes*)のⅣで描いた男。次のラテン語も『エポード』のⅣからの引用。

(4) *Hoc, hoc tribuno militum!*

(5) 十八世紀に St. James's Park の南に Tothill Fields Bridewell という刑務所があった。

第五十六章　バラム神父がロンドンを訪れる

ウエストミンスターは、ローマ・カトリックの票をえることをたいせつなことと見なしていた。ローマ・カトリックの票を「獲得」することは、議会の内外において長年重要なことと見なされた。この票をえるのに二つの方法があった。ローマ・カトリックのこの人とか、あの人を高い地位に祭りあげて、それを個人的に確固とした票にする方法がある。もしくは、法王の信者一般に友好の右手を差し伸べて、国の再改宗に向けて全体的な一歩が踏み出されていると彼らに思わせる方法がある。そのどちらかだ。二つのうち最初のやり方は容易だが、効果はいま一つで、すぐ薄れてしまう。祭りあげられた人は、お祈りに関する限り相変わらずよきカトリックとしてとどまるから、懐柔できる党の一員であることをすぐやめ、しばらくすれば党から敵と見なされがちだ。しかし、もう一方のやり方はちゃんとした手続きを踏めば、とても効果的だ。アイルランドとイングランドのローマ・カトリック信者みなに、国全体が彼らのほうを向いて動いていると信じ込ませるようなことがときどき起こった。この選挙区、あの選挙区でそんな確信が醸成されることがあった。プロテスタントの票――つまり特別なプロテスタントの票――と、ローマ・カトリックの票を同時に手に入れることは、達成が難しい離れ業だ。それでも、以前にもそういうことを試みたことがあり、今またメルモットとその友人たちがそれを試みている。プロテスタント信者が、聖ファブリシアスの祭壇への百ポンドの献金を気にする必要はないと、メルモットたちはおそらく考えた。ところが、アルフ氏は抜け目なくて、メルモットの宗教的意見が世間一般の関心のまととなるように世論を操作した。新聞が炎上したその時期を通じて、「神父か？　牧師か？」という特別な問いかけの表題を持つ『夕べの説教壇』の記事くらい、一般の関心を掻き立てた記事はなかった。アルフの部下の筆者は、干からびた教訓的な知恵を交えることなく、初めから終わりまで辛辣な、しかもふつう以上に楽しいこの記事で、国全体が、特にウエストミンスターの有権者が、メルモットの信仰の本質を知ることは非常に重要であると断言した。物惜しみしないこの宗教的慈善行為で、メルモットがはなはだ宗教的な気質の人であることははっきりした。二つの気高い寄進は、確としたキリスト教的慈愛の発露としてこの危機のときに偶然になされた。『夕べの説教壇』は、この献金が来たる選挙にかかわるものだとは一度もほのめかさなかった。『夕べの説教壇』は、メルモットほどの大人物が、寛大な慈善によって現世的報酬をねらっているなどと想像することはなかった。それでも、プロテスタント信者は当然のことながらプロテスタント議員を国会に選びたいと思い、ローマ・カトリック信者は当然のことながらローマ・カトリック議員を国会に選びたいと思うから、おそらくメルモットは信条を公言することに反対はしないだろうと述べた。

この記事は痛烈で、もちろん害悪をもたらした。とはいえ、メルモットと参謀はこれに応じて何らかの動きをするほど愚かではなかった。メルモットは無報酬で人々のために尽くしている。片手で聖ファブリシアスを、片手でプロテスタントの副牧師を支援して、あるがままの結果に身をゆだねなければならない。もし彼がプロテスタント信者からごりごりのプロテスタントだと信じられ、カトリック信者から法王を崇拝していると信じられるなら、それだけ彼にとっては好都合だ。そんな確信を持ちたがる熱狂的な信者なら、明らかに利害関係に染まったアルフの新聞の悪意によって、心の迷妄を破られたくなどないだろう。

副牧師支援協会への献金が、選挙に大きな影響を及ぼしたかどうかは疑わしい。この献金のゆえに投票所へ行く決心をした国教会の人々は、精神が宗教に関しては活動的だが、政治に関しては無反応な少数の人々だっただろう。他方、聖ファブリシアスへの献金のほうは、確たる結果をもたらした。ローマ・カトリック党全体がこの献金を高く評価し、重視した。彼らはメルモットがローマ教会に加わろうとしているとほとんど信じて、ついに一つの文書を広く拡散した。こういう動きはじつに繊細な取り扱いを必要とする。そうでなければ、善ではなく悪が生じるかもしれない。カトリック側は『夕べの説教壇』で問いかけがなされてから二日目の午後、それに対する「牧師のためでなく神父のため」という回答を出した。これはローマ・カトリックの諸機関で提出され、ローマ・カトリックの演説で繰り返されたさまざまな主張を一つにまとめたものので、メルモットがついにこの重要な問題で意を固めたことを明らかにした。アルフの部下の筆者によると、大金融業者は、――大金融業者というのはアルフがメルモットのために特別案出した名だった――、彼の特徴である誠実さのあの鋭い感覚のゆえに、自由党員として国にいちばん奉仕できるか、保守党員として国にいちばん奉仕できるか、この点で事実をはっきり確信するまで疑念にとらわれていた。それを世間の人々は今知った。大金融業者はその疑念を知恵で解決したという。もう一つの疑念が今坩堝の試練をくぐり抜け、火の助けを借りて黄金の確実性へと変わった。ウエストミンスターの人々はメルモットがローマ・カトリック教徒であることをついに今知ったという。さて、候補者はカトリックの票をえることによって大いに助けられるが、彼が真のローマ・カトリックなら当選を期待することはできない。今やそれくらい明瞭なことはなかった。メルモットはこの最新の記事を読んでいら立つと、先祖のプロテスタント信仰を守ると主張する手紙を『朝食のテーブル』に出すことを友人に提案した。しかし、彼は多くの人々から生まれがユダヤ人だと見られ、今や世間でそう囁かれているので、そんな言質を与えたら、おそらく強い逆風にあうだろう。「そんなことをしてはいけません」と、ビーチャム・ボークラーク氏は言った。「たとえ演説会で誰かから質問されても、プロテスタントだと言いなさい。でも、まわりに味方しかいませんから、質問されることはありません。手紙を書くようなことをしてはいけません」

とはいえ、不幸なことに、聖ファブリシアス祭壇への献金が、あまりにも思いがけない賜物だったので、国中の神父が金をこんなふうにりっぱに出してくれた善人に執着しようと決心した。それら多くの神父はこれを、人々の心がローマに美しく有利に働く大きな兆候だと信じたと、私は思う。熱心なローマ・カトリック教徒は、つねに有利に、有利に信じたいことをとらえる。彼らは改宗させるために用いる手段の不誠実さとはきれいに対照をなす、人々を誠実に改宗させたいという願望にとらわれている。バラム神父は大義のためなら、個人的なものは何でも、――時間も、健康も、持っていれば金も、命も――犠牲にする用意があった。神父はカーベリー・ホールでえられる慰めを好むけれど、宗教に口をつぐんでまで、その楽しみを長く確保するつもりはない。彼はロジャー・カーベリーが頑固な心の持ち主であることを知っていた。しかし、水滴は石のような心もうがつかもしれない。もし水滴が石をうがつ前に外部の状況によってそれを止められても、それは彼のせいではない。彼は神父としての義務をとにかくはたすつもりでいた。バラム神父はそんな固い決意の点で称賛に値した。しかも、彼は用いる議論の性質や標榜する事実について、まったく疑念を持たなかった。彼は世間知らずと信仰の意気込みとを混ぜ合わせて、メルモットが大人物であることを確信し、彼を法王の価値ある道具にしようとすぐ決意した。彼は大人物が途方もない富の持ち主なので、地上のどこにおいても権力を振るえることを信じ、『サープリス』で言われているように、大人物が心の底でカトリックであることを信じた。バラム神父によると、人が心の底ではカトリックでありながら、世間でプロテスタントの信仰を標榜することは、ありえないことではないし、不幸なことでもなかった。神父はそういうことをしてきた王たちを尊敬した。王たちはそんな嘘とごまかしの生活を生きることによって、天上の炎の火花をとことん燃やし続けることができたのだ。若い神父はこういう状況のなかに、精神に訴えかける謎と宗教的陰謀の要素を嗅ぎつけた。彼は今が特別なときであることをはっきり理解した。何か行動することがまじめな男としてふさわしい。神父はここ数週間ロンドンに旅する準備をした。聖ファブリシアスの修道者独房にときどき向かう類似の魂の人々とともに、一週間静修をするためだ。バラム神父はちょうどウエストミンスターの選挙のときにロンドンに旅した。

バラム神父はメルモットと一言二言言葉を交わすという妙案を思いついた。一言二言でその人の信仰を確信できると思った。国に真の信仰を取り戻す手段となるよう運命づけられた人物と交流することは、今後の自分にとって有益だろうと考えた。土曜の夜、――メルモットがインド局で成功裏に偉大さを見せつけたあの土曜の夜――、彼は聖ファブリシアスの僧院で宿泊を始め、首都のさまざまなカトリック教会の礼拝を味わいつつ、お祭り気分でいい日曜をすごした。彼は月曜［七月八日］の朝にメルモットを捜し出すためさっそうと出かけた。何かのちらしで住所を知って、まずアブチャーチ・レーンへ行った。しかし、メルモットはこの月曜と選挙がある翌火曜にシティへ出勤する予定はなかった。神父は現在の私邸であるブルートン・ストリートへ行ってみてはどうかと言われた。そこに行くと、大人物はグローヴナー・スクエアで見つかるだろうと教えられた。バラム神父はついに標的をこのスクエアの屋敷で見つけた。メルモットはそこで皇帝をもてなす準備の監督をしていた。

使用人たちというより職人たちは、神父を屋敷内に侵入させた点で過失を犯したに違いない。実際のところ、屋敷内は大混乱だった。花輪や緑の大枝が吊るされ、壁から浮き出るようにしつらえた柱形の木製頭部に厚い金の塗料が最後に塗られ、香が塗料の臭いを消すためにたかれた。テーブルが固定され、椅子が動かされ、帽子や外套を収容する大きな揃いの格子棚が釘づけされた。大広間は混沌状態だった。哀れなバラム神父はウエストミンスターの選挙のことは聞いていたが、皇帝をもてなす話は聞いていなかったので、何の目的でこれらの作業が行われているかわからずに当惑した。とはいえ、彼は混沌のなかを進んで、まもなく晩餐会の広間にいるメルモットの前に出た。

メルモットはアルフレッド卿とその息子に付き添われていた。彼は皇帝用に用意された椅子の前に立って、帽子を横っちょにかぶり、やけに怒っていた。晩餐会が最初に計画されたとき、彼は威厳のある客の真向かいに座ることになると聞いていた。皇帝のなかの皇帝、太陽の弟、天上人その人の面前に座ることになると思っていた。今はそうではないという説明を受けた。陛下が広間を見渡せるように、面前には広い空間がなければならなかった。皇帝の隣に座る王女たちや、王女の隣に座る王子たちにも、同じような処置がなされなければならないという。このようにしてメルモットはまったく目立たない席へ追いやられてしまった。アルフレッド卿がとばっちりを食った。「こんなことを言い出したのは『ヘラルド』紙から来たあの男で、私じゃありません」と、卿は激怒して言った。「客の席順に私はかかわっていません。ですが、席順のせいです」

「自分のうちでこんな扱いを受けてはたまらんな」という発言が、神父が聞いた大人物の最初の言葉だった。バラム神父がグレンドール父子に気づかれずに広間に入り、現場に近づいたとき、メルモットは席を皇帝の近くに動かそうと試みていたが、うまくいかなかった。用意されたメルモットの席を広間の中央から締め出すように、仕切り棒が設置されていた。神父が仕切り棒の内側の、つまり皇帝側のすぐ目の前に現れたとき、「君はいったい誰だね」と、メルモットが聞いた。バラム神父は習慣からこぎれいな服で人前に出ることがなく、いつも年季の入った褪せた黒茶色の服を着ていた。神父をよく知るベックレスでは、彼がどんな服を着ていようとたいして問題にならない。しかし、グローヴナー・スクエアの大人物の広間では、見知らぬ人は身なりの基準に照らしてそれなりの歓迎しか受けなかった。つやつやした黒衣を着た端正な神父なら、もっといい待遇を受けただろう。

バラム神父は帽子を脱ぐと謙虚に立った。神父は無限の勇気を具えていたが、謙虚さを保つことを――少なくともことの初めでは――処世訓としていた。「バラム師です」と、訪問客は言った。「私はサフォーク州ベックレスの神父です。メルモットさんとお話していると思いますが」

「それが私の名だよ、君。何かご用かな？　案内もなく私の食堂に入り込んでいることに、君は気づいていないようだね。こういうことを監督する人たちは、アルフレッド、いったいどこにいる？　おまえが気をつけていてほしいな、マイルズ。誰でも望めばうちの玄関広間に入り込めるのかね？」

「私は使命を持って来ました。が、それが言い訳として通ればいいと思います」と、神父は言った。彼は勇敢だったが、その使命を説明するのは難しいと思った。アルフレッド卿がここにいなかったら、大人物の冷淡な態度にもかかわらず、もっとうまく説明できただろう。

「仕事の話ですか？」と、アルフレッド卿が聞いた。

「確かに仕事です」と、バラム神父はほほ笑んで言った。

「それならシティにあるアブチャーチ・レーンの事務所に行くほうがいいです」と、卿は言った。

「私の仕事はそういうものではありません。私は十字架の哀れなしもべであり、メルモットさん本人の口から彼の心が真の信仰を求めていることを聞きたいです」

「狂人だな」と、メルモットは言った。「ナイフを持っていないか確かめろ、アルフレッド」

「他人の魂に熱中する人々にも、同じ狂気があると見られていますね」と卿。

「ちょっと警察を呼んでくれ、アルフレッド。あるいは誰かを呼んでくれ。あなたは私のそばを離れないほうがいい」

「警察は呼ばなくてもいいです、メルモットさん」と、神父は続けて言った。「あなたと二人だけで数分話せたら――」

「そりゃあ駄目だな。――もちろん駄目だ。私はすこぶる忙しいから。君がどこかへ行かないなら、連れて行ってもらわなければならない。誰かこの人を知っている人はいるかな」

「カーベリーって！　カーベリー・ホールのカーベリーさんが私の友人です」

「カーベリーなんかくそ食らえだ！　カーベリーの誰が君をここに送り込んで来たかね？　乞食の仲間だな！　こいつを追い払え、アルフレッド、なぜどうにかしない？」

「行ったほうがいいですよ」と、アルフレッド卿は言った。「頼みますから、騒ぎを起こさないでください。――ただよそへ行ってくれればいいです」

「騒ぎなど起こしません」と、神父は次第に怒りを募らせて言った。「玄関であなたに取り次いでくださるよう求めて、使用人から入るように言われました。こんなふうに扱われなければならないほど、私は礼儀を欠いていましたか？」

「邪魔になっています」とアルフレッド卿。

「厚かましいやつだな」とメルモット。「あっちへ行け」

「出て行く前に教えていただけませんか？　あなたのために祈るとき、私は正道を安定して過ちなく歩む人のために祈っているのか、過ちと闇のなかにいる人のために祈っているのか、どちらでしょうか？」

「この人はいったい何が言いたいのかね？」とメルモット。

「あなたがカトリックかどうか知りたいんです」とアルフレッド卿。

「この人にとって、それがいったいどうだというんだ？」と、メルモットはほとんど叫び声をあげた。

――そこで、バラム神父はお辞儀をすると、別れを告げた。

「注目すべきことだね」と、メルモットは言った。「じつに注目すべきことだ」彼は哀れな神父のこのいかれた訪問によってさえ慢心を膨らませた。「この人は真剣だったと思う」

「まったく狂っています」とアルフレッド卿。

「だが、あのいかれた人がなぜ私のところに――特に私のところに――来たんだろうか？　私が知りたいのはそれだね。私の考えを教えてやろう。今このときイギリスの人々のなかで、私の心に思い当たる連中は卑しいキリストのしもべくらいだな。私のほんとうの宗教が何かを探るため、『夕べの説教壇』の連中が今ここにこの人を送り込んで来たんだと思う」

「まったく狂っていますよ」と、アルフレッド卿はもう一度言った。――「それだけでそれ以上ではありません」

「愛する友よ、あなたが透視能力を持っているとは思わないね。連中は私をどうとらえたらいいかわからないでいる、というのがほんとうのところだろう。それを連中に教えてやるつもりはないよ。私は勝負をしており、私以外にこの勝負を理解する者はいない。ここに座っていても無駄だな。仕切り棒を動かすことはできそうもないな。何かしたいとき、あなたにどう文句を言ったらいいかね？」

「何がお望みです？　使用人はたくさんいます」

「とにかくこの仕切り棒を取り除きたいね」その後、彼は皇帝に近づかないよううちのなかに特別に設置された仕切り棒を取り除くことができた。「私はあの人がここに来たことを時代の奇妙な兆候と見ているよ」と、彼は続けて言った。「私が服をどこで作らせるか、長靴を誰に測らせるか、やつらはまもなく知りたがるだろう！」この注目すべき大人物の経歴において、このころのもっとも注目すべき状況は、たぶん彼が持てる自分の力を信じるようになってきたということだろう。

バラム神父はむかつく思いをして立ち去ったが、必ずしも落胆していなかった。大人物はローマ・カトリックではないとは断言しなかった。彼は獣の姿をあらわにし、不敬なことを言い、神を呪った。神の代理人と知っている相手に乱暴に無礼を働いた。イギリス紳士として生まれた神父に、紳士でない者の姿をさらけ出した。それでも、大人物はよきカトリック教徒で、少なくとも正しい方向に影響力を持つ善人であるかもしれない。神父の目には、メルモットはその横柄な俗悪さにもかかわらず、ロジャー・カーベリーよりははるかに有望な人に映った。「あの人は私を侮辱しました」と、バラム神父はその夜聖ファブリシアスの僧院内で仲間の宗教家に言った。

「意図的に侮辱しようとしましたか?」

「確かに意図的でした。でも、それは何でもありません。この仕事がなされなければならないのは、洗練された人の手によってでも、礼儀正しい人の手によってでもありません。あの人は何か大きな晩餐会の準備をしていて、頭のなかはそれで占められていました」

「彼は今日この日に中国皇帝をもてなします」と、仲間の神父が言った。彼はロンドンに住んでいたから、起こっていることをときどき耳にしていた。

「中国皇帝ですって! そうか、それで説明がつきます。あの人は確固とした励ましを与えてくれはしませんでしたが、私たちの側についていると思います。ここウエストミンスターの人々はあの人に投票しますか?」

「私たちの仲間は彼に投票します。金持ちで、私たちの助けになると思いますから」

「あの人の富に疑問の余地はないと思います」とバラム神父。

「ある人々はそれを疑っています。――が、ほかの人々は彼が世界一の金持ちだと言っています」

「あの人は金持ちらしく見えましたし、――金持ちらしく話しました」と、バラム神父は言った。「もしあの人がほんとうに世界一の金持ちなら、そんな人に何ができるか想像してみてください！　もしあの人が私たちに敵対していたら、あんなふうには話さなかったでしょう？　無礼でしたが、あの人に会えてよかったです」バラム神父は宗教的な狡さと、それに奇妙に混じり合う素朴さを見せて、ベックレスに帰る前に、メルモットが確かにローマ・カトリック教徒だと信じた。

第五十七章　ニダーデイル卿が再度求婚を試みる

ニダーデイル卿はマリー・メルモットへの求婚を再開することにほぼ同意した。卿はとにかく日曜にメルモットのうちを訪問することを九分通り約束した。しかし、その約束を破った。というのは、日曜にブルートン・ストリートに現れなかったから。卿はあまり深く考えるたちではなかったが、今回は考える必要があると感じた。卿の父はあまり資産を持たなかった。父も祖父も浪費家で、卿自身も一家の金銭的困難を悪化させるのに一役買った。生まれてこのかた、卿が女相続人と結婚することは一家の了解事項となっている。卿のようなうちでは、こんな結果になると、苦境は女相続人によって是正されると一般に了解されている。これは長子相続と同じように制度的なものになっており、秩序を適切に維持するためかなり役立っている。地位が金を浪費し、商売が金を作る。――それから、商売が地位を買って、輝きに金メッキを施し直す。この取り決めが充分了解されて、貴族一般に浸透していたから、老侯爵も全面的にそれを是認した。それで、老侯爵は彼自身が資産を食いつぶすことに正当性を感じた。息子の将来の結婚によって、当然それを取り戻してもらえると思うからだ。ニダーデイル卿本人はこの考えに一度も反対しなかったし、奇抜な異論を抱くこともなかった。卿は持参金を持たない美女と結婚を前提に密通を犯して、父を警戒させることもなかった。ただ、卿は一族の資産の回復に身をささげる前に、「羽目をはずして遊ぶ」権利を主張した。父はそんな自然な欲求に反対するのは間違いであり、愚かであると感じた。父は羽目をはずす息子を寛大な目で見た。しかし、羽目をはずす期間について、父子でちょっとした意見の相違があった。息子が羽目をはずす状況がこれ以上長く続けば、父子の殺し合いを覚悟する必要があると、父は息子に知らせなければならないときが来たとついに知る。ニダーデイル卿は分別でも気質でも健全だったから、事態を適切に見た。卿は「暴れ出す」つもりはないと父に請け合って、女相続人が現れたら、すぐ相手をする用意があり、課された任務に誠実に取りかかると断言した。これはみなこの前の冬にオールド・リーキー城で取り決められたことだった。読者はその結果をご存知だ。

しかし、事態は異様な困難を呈した。メルモットの富はほとんど無限だという評判があったものの、はっきり定まったものではなかった。侯爵はそんな富に飛びついたことで、おそらく間違っていた。二十万ポンドの現金なら、もっと簡単に確保できたかもしれない。ところが、ここに無限の富を手に入れる見込み――おそらくオールド・リーキー一家を金持ち貴族のなかでも富で際立つ一家にする相続の見込み――があった。老人は誘惑に負けてしまった。ただならぬ難儀がその結果だった。読者はその一部をご存知だ。最近は二つの難儀が際立っていた。若い娘がほかの紳士を好きになったことと、不快な噂が広まったことだ。富が築かれた経緯についての噂だけでなく、まさしく富が存在しないのではないかという噂だ。

とはいえ、侯爵は負けず嫌いだ。問い合わせて知る限り、金は――少なくとも約束されたくらいの金は――あるだろう。絢爛たる結婚をするほど充分ではないにしろ、新郎を破産から救い出すのに充分な金が、すでにマリーに設定されており、マリーが実際にそれを所有している。娘の父は弁護士の力を借りて、設定したその金から利子をえる方法を手に入れていた。証券取引所で予期せぬ事故が起こったとき、父は人目につかないところに安楽に潜伏し、おそらく真っ白できれいになって再起できるように資産を娘に移したのだ。父は資産を娘に設定したとき、まもなく駆けあがることになる壮麗な世界をきっと予想していなかった。あるいは、この程度の小さな避難所ではほとんど安全を確保できないほど、危険な荒海に舟を乗り出している事実をきっと予想していなかった。マリーはじつに正確に愛人にこの金の話をした。もしマリーがこの金を父に返す前に結婚したら、夫となる人は——この金を確実に手に入れ、残りの莫大な資産も見込まれるから——、とりあえず安全になるだろうと、侯爵の弁護士は確認した。侯爵は屈せずにやり通す決心をした。ピッカリングが資産につけ加えられることになった。メルモットは権利書の寄託を求められると、当事者みなの同意をえて結婚の日が定められたら、ただちにそうすると約束した。侯爵の弁護士はあえてそれについて疑念を表明した。しかし、侯爵は屈せずにやり通す決意をしている。侯爵がまだ細部を把握していない情報によって、弁護士は心を揺さぶられるような恐ろしい疑念を抱いたことを読者は覚えておられるだろう。読者が覚えておられることを私は信じたい。

ニダーデイル卿にはこだわりがあった。メルモットが何でもないことだと言い切ったあの馬鹿げた駆け落ち、娘が腰を落ち着ける前にちょっと羽目をはずしたかったロマンス、ニダーデイル卿はそれにいちばん拘泥した。娘はなるほどサー・フィーリックスとは駆け落ちしなかった。それでも、誰も妻にしたい女にほかの男と駆け落ちしてもらいたくないだろう。「彼女はもう今ごろあの男にうんざりしているよ、まあそんなところだろう」と、侯爵は彼に言った。「金がそのままなら、駆け落ちなんかたいした問題じゃないね」侯爵はこの脱線を息子に対するたんなる娘の復讐ととらえているように見えた。息子は娘に身を入れていないのを態度に表しているなかで親に結婚を取り決めさせたからだ。ニダーデイル卿はこの点で自分が不注意だったことを認めた。思っていたより娘には気概があると思った。もう一度試してみようと日曜の夜に決めた。卿は予期せぬ果実の見返りが口に入って来ることを期待した。それをもぎ取るため今片手を差し出そう。卿は月曜［七月八日］の昼食どきにブルートン・ストリートの家を訪ねた。メルモットとグレンドール父子はスクエアの仕事から帰って来たところだ。大金融業者は神父の訪問の一件で腐っていた。マダム・メルモットもそこにいた。ミス・ロングスタッフもいた。彼女はその日の午後友人のモノグラム令夫人から招待されることになっていた。みんなが席に着いたところ、マリーが入って来た。ニダーデイルは立ちあがると、――もちろん何事もなかったかのように――、彼女と握手した。マリーは真の困難の真っ只中で懸命にもがきながら、何食わぬ顔をして、ふだんのように一言、二言言葉を発することができた。彼女はぎこちない立場に置かれていた。恋人と駆け落ちし、身内によって連れ戻されたから、くつろいだ姿で社交の場に出るのはしばらく難しいと感じているに違いない。恋人が来てくれるものと期待して――恋人を伴わないで――駆け落ちし、それから――恋人に会えないまま――連れ戻されたので、特別苦しい精神状態にあるに違いない。しかし、マリーはすばらしい勇気を示した。ニダーデイル卿が隣にいても、昼食を食べた。

メルモットは若い卿にとても愛想よくした。「君はこんな話を聞いたことがあるかね、ニダーデイル？」と、彼は神父の訪問にふれて言った。

「まったく狂っています」とアルフレッド卿。

「あの人が狂っているかどうかよくわからない。ウエストミンスター大司教から送り込まれた人だと思う。彼らカトリックが大司教を持っているなら、なぜ私たちもウエストミンスター大主教を持たないんだろう？　国会議員になったら、持てるように私が取り計らおう。主教は置かれていると思うがね、アルフレッド？」アルフレッドは首を横に振った。「参事会長がいることは知っている。彼を訪問したからね。彼は私に投票するつもりはないとそっけなく言ったよ。牧師はみな保守派だと思っていたがね。あの人が大司教から送り込まれたなんてわからなかった。わかっていたら、もっと愛想よくしていたのに」

「まったく狂っています。――それ以外にありません」とアルフレッド卿。

「あの人に会えばよかったのに、ニダーデイル。芝居のようにおもしろかった」

「その人を晩餐会に誘えばよかったです」

「晩餐会なんかいまいましい。うんざりだ」と、メルモットはしかめ面をして言った。「戻らなければならないな、アルフレッド。監督していないと職人たちははかどらない。来い、マイルズ。ご婦人たちには七時四十五分に支度をすませてもらいたい。皇帝陛下は八時きっかりにご到着の予定だ。お迎えするためにその場に居合わせなければいけないから。奥方、あなたはお客を応接室でお迎えしなければならない」婦人たちは上にあがり、ニダーデイル卿は婦人たちのあとに続いた。ミス・ロングスタッフは親友のモノグラム令夫人を待たせることはできないと言い訳して、その場を離れた。それで、マダム・メルモットが若い二人のあいだを取り持つという――非常に難しい――務めを引き受けることになった。いろいろなことがあったから、奥方はどう立ちあがって部屋を出て行けばいいかわからなかった。奥方について言うと、彼女はこの騒然とした日々を息苦しくて耐えられないと感じ始めていた。壮麗な世界に何の喜びも見出せなかったし、夫の業績にも信頼を置くことができなかった。マリーとこの若者を結婚させるために一役買うことを今の務めとしており、ただ立ち去るだけでそれをはたすことができた。それなのに、どうやって椅子から立ちあがったらいいかわからなかった。奥方は今夜はずっと寝床にとどまっていたいとの願望や、皇帝への嫌悪を流暢なフランス語で話した。奥方はここを訪れて来る誰よりニダーデイル卿が好きで、サー・フィーリックスを好むマリーの趣味を不可解に感じていた。ニダーデイル卿は、王や皇帝くらい気をつかわなくていいものはない、ぜんぜん発言する必要がないから、と言って奥方を安心させた。奥方はため息をつくと、頭を横に振り、寝床に入ることを許してもらえたらいいともう一度言った。マリーは徐々に勇気を奮い起こして、王や皇帝はだいたい恐ろしい人たちだけれど、中国皇帝はとてもおもしろいと思うと断言した。それで、マダム・メルモットも勇気を出して、椅子から立ちあがり、ドアのほうへまっすぐ進んだ。「ママ、どこへ行くんです？」と、マリーも立ちあがって言った。マダム・メルモットは顔にハンカチを当てて、歯痛で何もできませんと言った。「ママを介抱してあげなければ」と、マリーは言うとドアに急いだ。しかし、ニダーデイル卿はとてもすばやく反応して、ドアを背にして立った。「みっともないことをしますね」とマリー。

「私たちが話せるようにお母さんはわざと出て行きました」と、卿は言った。「話す機会を私に与えてくださってもいいでしょう？」

マリーは椅子に戻って、もう一度座った。彼女もリバプールから帰って来て、自分が置かれた立場をずいぶん考えた。サー・フィーリックスはなぜ来なかったのか？　彼女が連れ戻されたあと、なぜ彼はここに現れないのか？　なぜ恋人に会おうとする努力をしないのか？　恋人に近づく役を割り振られたら、彼女なら百もの方法を見つけ出せるだろう。日曜の朝は必ずスクエアの庭を散歩して、両側の門を開けたままにしておくよう工夫した。しかし、彼は何の連絡もして来ない。彼はリバプールに向かわなかった——行く気もなかった——と、父はマリーに請け合った。父は金について娘にまったく容赦なくて、サー・フィーリックスがそれを盗んだと大声で非難した。サー・フィーリックスは一度もその金の返済にふれていない。——確かに一片の誠実さも、何の美質も見せなかった。その金を使ってしまったなら、なぜ男らしく姿を見せてそう言わないのだろう？　面と向かってそれを告白する勇気が彼にあったら、マリーはそんな失敗を許すことができただろう。計画失敗の原因となった博打や泥酔さえ許すことができただろう。それでも、彼女はフィーリックスに一貫して見られる無関心、姿を現そうとしない卑怯を許すことができなかった。恋人としての彼をニダーデイルよりましだと思ったけれど、彼の愛については幾度となく疑った。彼女が理解する限り、フィーリックスは今二人の関係が終わったと見なそうとしていた。なるほど彼女はフィーリックスに手紙を書くことができる。手紙を書こうと何度も決心した。それから、もしフィーリックスがほんとうに愛してくれていたら、会いに来てくれるだろうと考え直した。愛してくれていたら、恋人と駆け落ちする用意はできていた。しかし、やたらに相手の気を引くつもりはなかった。それで、日曜の朝に庭の門を開けておく以外に、彼女は何もしなかった。

さて、彼女はどう身を処したらいいだろうか？　理由はわからなかったが、父の生活に見られる現在の混乱が、何か恐ろしい痙攣で終わることになるとの予感があった。彼女くらい結婚して、家を出たがっている娘はいなかった。フィーリックスが再び姿を現さなかったら、彼女はどうしたらいいだろう？　その痙攣が食い止められているあいだは、求婚者たちが現れ続けることを知るくらい、彼女はこの世のやり方を見てきた。リバプールに旅したからと言って、必ずしも男たちみなを尻込みさせるわけではないと思った。それでも、あの旅はニダーデイル卿の求婚には終止符を打つと思った。父から肩を揺すられて、ニダーデイル卿が日曜に来たら、卿を受け入れるようにと命じられたとき、彼女は卿がこの家に現れることは二度とないと答えた。日曜に卿は来なかった。ところが、卿は今ここにいた。応接間のドアに背を向けて立ち、求婚の再開という明らかな意図を持って、彼女の退路を遮っていた。彼女はとにかく遠慮なく話そうと決めた。「言いたいことがあなたにあるとは思いません、ニダーデイル卿」

「私に言いたいことがないとどうして思うのです？」

「なぜなら、――。ねえ、理由はわかるでしょう。それに、これまで何度も言いましたね、殿さま。ほかに好きな人がいると女性が言ったら、紳士はその女性に言い寄り続けるなんてしないと思います」

「そう言われても、あなたに好きな人がいるとは信じません」

「でも、それって厚かましいです！　信じていいです。信じていい理由を少なくとも言ったと思います」

「もうあまり彼が好きではないと思いますね」

「あなたにはそれくらいしかわかりません、殿さま。もちろん私は変わることなく彼が好きです。事故は起こりますから」

「不快なことにはふれたくありません、ミス・メルモット」

「言いたいことをおっしゃってよろしいんです。世間の人はみな知っているのよ。私はリバプールへ行きました。パパはもちろん私を連れ戻しました」

「サー・フィーリックスはなぜ行かなかったのです？」

「それは、殿さま、あなたに関係のないことだと思います」

「しかし、関係はあると思います。理由を言いますね。言わなければならないことを――すぐはっきり――言ってもいいでしょう」

「お好きなことをおっしゃっていただいて結構です。でも、何も変わりません」

「彼と知り合う前から、あなたは私を知っていました」

「それはたいして重要じゃありません。そういうことなら、あなたと知り合いになる前に私はとてもたくさん人を知っていましたから」

「それに、あなたは私と婚約していました」

「あなたがその話を壊したのよ」

「ちょっと私の言うことを聞いてください。話を壊したのは知っています。むしろあなたのお父さんと私の父が話を取りやめにしました」

「もし私たちがお互いに好き合っていたら、父たちがそれを壊すことはしなかったと思います。私があなたからほんとうに愛されていると感じたら、この世の誰によってもあなたから切り離されるようなことはありません。たとえ私がばらばらに切り刻まれてもです。でも、あなたは少しも私が好きじゃなかった。ただお父さんから言われたから、近づいて来ただけです。私もそうでした。でも、今はそれ以上のことがわかっています。あなたは交差点で見つけた老女が好きじゃないと同じように、私が好きじゃなかったんです。私にはそれがわからないだろうとあなたは思っていました。――でも、私にはわかっていました。今またあなたはやって来ました。――お父さんからまた言われたからです。ここには来ないほうがいいです」

「あなたのおっしゃることにはずいぶん真実が含まれています」

「みなほんとうです、殿さま。一言、一言ね」

「私を殿さまと呼んでくれなければいいです」

「あなたを貴族と思うからです。それで、あなたをそう呼びます。私たちが結婚することになったと言いふらされていたころ、私はほかの呼び方であなたを呼んだことはありません。あなたからもほかの名で呼ぶように求められたことはありません。私は結婚に同意したあと本で名を調べるまで、あなたの名さえ知りませんでした」

「あなたの言われることには真実があります。――しかし、今はほんとうじゃありません。あなたにほとんど会えないとき、どうしてあなたを愛することができるでしょう? 今私はあなたを愛しています」

「じゃあ愛する必要はありません。――というのは、その甲斐がないからです」

「今私はあなたを愛しています。リバプールへ行こうとしなかったあの男より、私のほうが誠実であることがわかると思います」

「彼がどうして行かなかったか、あなたは知りません」

「ええと。――たぶん知っています。しかし、そのことを言うためにここに来たわけではありません」「彼はどうして行かなかったんです、ニダーデイル卿？」彼女は口調と表情を変えてこの質問をした。「もしそれをほんとうに知っているなら、教えてください。それくらいいいでしょう」

「いいえ、マリー。――それこそ私がしてはいけないことです。本人が言わなければなりません。あなたは彼が戻って来ると心では信じていますね？」

「わかりません」と、彼女はすすり泣いて言った。「私は彼を愛しています。――心から愛しています。あなたが気立てのいい方であることは知っています。気立ては彼よりいいです。でも、彼は私を愛しました。あなたは私を愛したことがありません。――そうです。少しもね。あなたのおっしゃることはほんとうじゃありません。私は馬鹿じゃありません。わかります。駄目よ。――どこかへ行って。今はそばにいてほしくありません。彼がどんな人でもかまいません。彼に誠実でいたいです。どこかへ行って、ニダーデイル卿。パパやママがここに来させるからといって、こんなやり方を続けてはいけません。来ていいなんて私は言っていません。あなたに来てほしくありません。駄目よ。――あなたに優しい言葉をかけるつもりはありません。世界中の――誰より――私はサー・フィーリックス・カーベリーを愛しています。ねえ！　それを相性と呼ぶかどうか知りませんが、ほんとうです」

「さようならと私に言ってください、マリー」

「ええ、さようならを言うのは何でもありません。さようなら、卿。もう来ないでください」

「はい、そうします。さようなら、マリー。いつか私と彼の違いがわかるでしょう」それで、卿はいとま乞いをした。卿は歩いて帰るとき、求婚を続けるのがひどく難しいと苦しんでいたことを考えると、全体としては成功裏に終ったと思った。「彼女は思っていたタイプの人とはまったく違った娘でした」と、彼は独りつぶやいた。「誓って、すごく愉快な人です」

　マリーはこの出会いのあと、困惑して部屋のなかを歩き回った。サー・フィーリックス・カーベリーは必ずしも思っていたほどいい人ではなかったと、次第に確信するようになった。彼の美しさについては疑問の余地がなかった。それでも、その他の彼の美質については信を置くことができなかった。彼はどうして来なかったのか？　彼はどうして勇気を見せなかったのか？　彼はどうして真実を伝えてくれなかったのか？　サー・フィーリックスがリバプールへ行かなかった理由を知っていると、ニダーデイル卿が言ったとき、彼女は卿の言葉を完全に信じた。理由を教えるのは卿の仕事ではないと言ったときも、卿の言葉を信じた。けれど、その理由が何であるにしろ、もし彼女がそれを知れば、彼女の愛にとってそれは有害だったに違いない。ニダーデイル卿はぜんぜん美男子じゃないと彼女は思った。毛むくじゃらの平凡な顔、上を向いた鼻、高い頬骨、取り柄のない顔色、砂色の頬ひげ、笑っているような輝く瞳。彼女の想像力が描き出すアドニスとは大違いだ。しかし、もし卿が今彼女を愛そうとするように初めから愛してくれていたら、彼女は卿のために身を捧げて、切り刻まれてもいいと思っただろう。

第五十八章　スカーカム氏が雇われる

　ブルートン・ストリートとグローヴナー・スクエアでこういうことが起こっているころ、恐ろしい噂がシティで広まり、西へ広がり、庶民院に達した。庶民院はこの月曜［七月八日］に午後は開会されたが、皇帝にささげられる晩餐会のせいで、七時には延会となる見込みだった。この噂の正確な性質を説明するのは難しい。噂を広めた人々がそれをちゃんと理解していなかったからだ。しかし、偽造という言葉が複数の人々の唇にのぼったのは確かだ。

　メルモットのもっとも忠実な支持者たちは、彼がその日シティに姿を現さなかったのは大きな間違いだと思った。彼が晩餐会場で椅子やベンチのあいだをぶらついて、何の役に立つのか？　その種の仕事を取り仕切る人はほかにいた。彼の仕事は、友人をちょっとしたディナーでもてなして、ワインを出す順番が正しいか自分で確認するような仕事ではない。そういうことについては、彼はただ言われた通りにして、請求書に支払をするだけでよかった。彼の仕事はシティにあった。こんなときだからこそ、こんな危機だからこそ、彼はシティにいるべきだった。彼の顔を前にしたらそんなことを考える勇気さえない連中が、密かに陰で偽造と囁くのだ。

　この特別な噂の出所は、私たちの若き友ドリー・ロングスタッフだった。ドリーは父の脅しに屈することなく、躊躇なく決意して、弁護士のスカーカム氏のところへ行った。父のロングスタッフが初めて鉄道の重役会に加わったあの金曜［六月二十八日］の直後のことだ。ドリーは美質をいくつも具えているが、他者に対する敬意に欠けていることだけは間違いない。「メルモットさんがほかの人より優遇され、特別扱いされる理由がわからない」と、彼は父に言った。「ぼくが物を買って支払をしなかったら、それは金を持っていないからだ。彼の場合も同じだと思うね。それはきっと間違いない。けれど、金が支払われる前に彼が土地を手に入れた理由がわからない」

「もちろん差し支えないんじゃ」と、父は言った。「おまえは実際のところ何もわかっていないのに、全部わかっていると思っている」

「もちろんぼくは理解が遅いから」と、ドリーは言った。「こういうことは理解できない。けれど、スカーカムなら理解できる。本人が馬鹿なとき、仕事の面倒を見てくれる頭の切れる人をそばに置かなければいけないね」

「そんな男に頼ったら、おまえもわしも破滅してしまうぞ。どうしてバイダホワイルさんを信頼しない？スロー&バイダホワイルが一世紀にわたってうちのお抱え弁護士じゃないか」昔からのお抱え助言者について、ドリーは父の耳にじつに不快な発言をして、去って行った。父は息子をよく知っており、息子がスカーカムのところへ行くのを知っていた。父はできる限りしつこくメルモットに金の支払を要求することしかできなかった。彼はメルモットに弱気な手紙を書いたけれど、何の結果もえられなかった。その後、彼は次の金曜に再びシティに出向いて、そこで——読者がすでにご存知のように——不安と動揺とまるまる時間の無駄という事態に遭遇した。

スカーカムはバイダホワイルの人々にとって脇腹に刺さる棘だった。スロー氏は亡くなっており、バイダホワイル一家が父と二人の息子で弁護士稼業を営んでいた。彼らにとってスカーカムは害虫であり、蚊であり、膿の出る腫れ物であり、外聞をはばかる一家の秘部だった。彼らがスカーカムを知ったのは、ロングスタッフの件に関連してだけではなかった。バイダホワイル一家は礼儀正しい、秩序正しい仕事の処理を自慢にした。すばやく仕上げたものは下手になされたもの、早かろう、悪かろうが、一家の原則だった。彼らは決して金のために急がなかったし、仕事を急ぐ顧客もいないと思っていた。スカーカムはこれとは正反対だ。前任者も、共同経営者もいなかった。彼は元手もなくのしあがって、フェター・レーン(1)に小さな事務所を設け、新しい優れたやり方で仕事をするという評判を取った。彼はかなり正直だと言われる。とはいえ、業界のバイダホワイルたちからは、当然これが彼の性格ではないと見られていた。彼は確かに抜け目なく仕事をした。父の利害に対して息子のそれを支援するとき、少しもためらわなかった。彼は一度ならず若い相続人のために、資産における息子の取り分の正確な価値を父の取り分と比較、計算したので、多くのお抱えバイダホワイルたちと敵対した。彼は厳重に監視された。非常に賢くかつ有害な男は、一部の人たちからは押しつぶしてしまいたい相手と見られた。しかし、彼は今のところまだ押しつぶされておらず、長男たちからとても重宝されている。数年にわたって父と係争していた友人が、彼の名をあげるのをドリーは三年前に聞いた。スカーカムからはずいぶん気を楽にしてもらった。

スカーカムはうらぶれた格好をしている小柄な男で、まだ四十を越えていなかった。いつも明るい色の硬い綿の幅広ネクタイを巻き、古い燕尾服とくすんだ色のチョッキを着て、チョッキとは違う色の薄手のズボンを身につけた。たいてい汚れた靴とゲートルをはいた。薄い色の髪と、薄い色の頬ひげと、パテでできたような容貌――ずんぐりした鼻、大きい口、とても輝く青い目――を具えている。彼は同業のふつうのバイダホワイルたちとは、できる限り異なる外見を装うよう心がけた。それで、弁護士だったが、外見からはとても紳士には見えなかった。とても機敏に動き、活動的で、法律にかかわる問題は全部自分で処理し、ただ代書人の仕事だけを三、四人の若い事務員に任せた。彼は土曜にはめったに、あるいはまったく事務所に顔を出さなかったから、多くの敵からユダヤ人[2]だと思われた。穀物粉が嫌われ者の挽き臼に流れ込むのを止めるためなら、商売敵は当然そんな悪口を叩くだろう。ところが、スカーカムはこの悪口がかなり気に入って、むしろそれを助長した。この小柄な男の内面生活を知る者は、彼が土曜には飼い馬に乗りエセックスで狩りをし、夏のあいだは園芸をしていると断言した。彼はそれを埋め合わせるため日曜も懸命に働いているとも指摘した。スカーカムはそんな男であり、古いものが変わりつつある一つの兆候だった。

スカーカムは回転椅子に座り、書類で混乱する机に着いていた。机は壁に向き合っていた。顧客が来ると、彼はポケットに両手を突っ込んで鋭く回れ右をし、ほとんど平面になるまで体を後ろにのけぞらせて、汚れた靴を突き出した。こんな姿勢で顧客の話に耳を傾け、彼のほうからはできるだけ何も話そうとしなかった。ドリーが所有する土地を担保にして作った借金について、ピッカリングの売却金から彼の取り分を手に入れてそれを完済しようと言い出したのは、スカーカムだった。ドリーが今父の支払の遅れについて話すとき、スカーカムは耳を傾けていた。「メルモットの配下がピッカリングで?」と、弁護士は聞いた。それで、大金融業者の業者が、どのようにもうその家の半分を壊してしまったか、ドリーは説明した。スカーカムはじっと聞いていて、調べてみようと約束した。弁護士は権利書を渡すとき、ドリーがどんな承認を与えたか聞いた。ドリーは土地を売ってもいいとは言ったが、権利書を渡すことなどぜんぜん認めていないとはっきり言った。それからしばらくして、彼の父が署名を求めて彼の前に手紙を置いた。それはバイダホワイルの事務所で用意された手紙で、ドリーはそれに目を通すことさえ拒んで、当然署名なんかしていないと言った。スカーカムは調べてみようと再度言うと、会釈してドリーを部屋から退出させた。「彼が酔っ払っているとき、何かに署名させたんだろう」と、スカーカムはつぶやいた。顧客の酒癖についてはいくらか知っている。

「彼の父がやったか、老バイダホワイルがやったか、メルモット自身がやったか知りたいね」スカーカムは、バイダホワイルならそんなことはしないし、メルモットにそんなチャンスはなかっただろうから、彼の父がやったに違いないと推測するしかなかった。しかし、「老いた尊大な馬鹿親父の仕業でもないな」と、スカーカムは胸中でつぶやいた。それで、彼は仕事に取りかかって、バイダホワイルの事務所のじつに尊敬すべき事務員たち——彼らのほうが職業的な立場においてスカーカムより断然高い地位に立つと思っている連中——を相手に、癪に障る態度で不快に振る舞った。

さて、今この噂が聞こえて来た。噂はきわめて詳細な細部を具えており、ピッカリングの土地を取得したやり口として偽造を推察し、メルモットをその偽造の罪で告発した。署名が偽造されたと言われ、偽造の仕方がいろいろなかたちで伝えられた。それゆえ、悪質なことがなされたと、何か大きな詐欺が行われたと、信じる多くの人たちがいた。この詐欺に関連して、一部の人たちはメルモットがすでにピッカリングの土地を担保に、保険会社から目いっぱい金を借り入れたことを確認した。借り入れには何の不正もなかった。しかし、この土地は投機のためではなく、大人物の家族のために使うものとして購入されていたから、この担保の噂さえ彼の信用を傷つけるものだろう。それから、噂が出た日に時間が進むに連れて、他の資産についても別の噂が流れた。ロンドンのイーストエンドにある家並みが購入され、売却されたが、購入に当たって金の支払はなく、売却に当たって購入金の領収書があると言われた。

スカーカムはバイダホワイルの事務所で、権利書を引き渡すことにドリーが同意したことを父の弁護士に伝える手紙を確認した。バイダホワイルの事務所で用意されたその手紙は、確かにドリーの署名をもらうことを意図していた。スカーカムはほとんど口を開かなかったが、ドリーが前夜したことについても翌朝はっきり意識していないことを想起した。署名については、ドリーがいつも殴り書きするように殴り書きされており、酔っ払った男の殴り書きのようには見えなかった。

手紙は老ロングスタッフからバイダホワイルの事務所に、直接他の手紙や書類とともに送られて来たと言われた。バイダホワイル側からスカーカムになされた最初の説明がそういうことだった。バイダホワイル側は手紙の真贋や内容の真偽についてそのとき何の疑問も抱かなかった。それから、スカーカムはもう一度顧客のドリーに会った結果、署名が偽造であるとの確信を抱いて、バイダホワイルの事務所に攻撃をやり直した。ドリーはスカーカムから問いただされたとき、「酔って」いることが多かったことを認めた。ドリーが酒の問題で黙り込んだり、恥辱を感じたりすることはなかった。しかし、酔っているときに手紙に署名したことはなかった。「生まれてこのかたそんなことをしたことはないね。どうあろうとぼくにそんなことをさせることはできない」と、ドリーは言った。「ぼくは社交クラブ以外で酔ったことはないね。手紙がそこに届いたはずもない。ぼくが署名していたら、八つ裂きにされてもいい。それははっきりしている」ドリーは我を忘れてすぐ父のところへ、すぐメルモットのところへ、すぐバイダホワイルのところへ行き、そこで「大騒ぎ」しようとしたが、――スカーカムから止められた。「この件はただ静かに狩り出したいです」とスカーカム。彼はメルモットのような大物の罪を発見すれば、大いに名誉になると考えた。父のロングスタッフはシティでメルモットと最後に会ったあと、土曜［七月六日］までこの件について何も耳にしなかった。ロングスタッフはその後リンカンズ・イン・フィールズにバイダホワイルの事務所を訪ねて、手紙を見せられた。彼はその手紙をバイダホワイルに送った覚えはないとただちに断言した。彼は手紙に署名するよう息子に請うて、断られた。署名のない手紙をそのあとどうしたか、そのときはっきり思い出せなかった。手紙は他の書類と一緒にしたと思う。それでも、息子が手紙を持ち去ったことは考えられる。父は署名を断られて腹を立て、悲しんだことを認めた。署名のないまま手紙を送り返すはずはないと思ったが、判然としなかった。メルモットが家を借りて以来、彼はブルートン・ストリートの書斎に——大人物の許可をえて——一度ならず出かけ、さまざまな書類をそこに残して鍵をかけた。屋敷を貸したとき、書斎に自由に出入りできることを大人物と合意していた。彼が他の書類を弁護士に送ったとき、署名のない手紙をしまい込み、鍵をかけて保管したということはありうると思った。それから、弁護士に書いたロングスタッフ自身の手紙に話が及んだ。彼は息子に署名を求めたことさえ手紙のなかでふれていないこと、息子がいまだに根拠のない問題をでっちあげようとしていると、いつもの尊大な文体で書いていることがわかった。バイダホワイルは事務員に用心が欠けていたことを認めざるをえなかった。ドリーがさまざまな問題をでっちあげているという言及が、あらゆる問題を解消するドリーの同意の手紙とともにあることに——矛盾が同居することに——、当然注意が払われてしかるべきだった。ドリーの手紙は別の封筒で送られて来たに違いない。ところが、そんな封筒は発見されなかった。事務員はそのときのことを記憶していなかった。ドリーの署名を求める手紙を用意した事務員は、手紙がよく知られたドリーの署名つきで注意を引くこともなく再び帰って来たとき、とても満足したと主張した。

スロー&バイダホワイル法律事務所が確認する限り、これが事実だった。——彼らはどんな噂にせよ、噂を流すようなことはしなかった。一方、スカーカムもいくぶんか事実を集めており、こちらのほうはあまり慎重ではなかった。バイダホワイルたちはドリーが手紙に署名したと確信しており、若者がどの日を取ってもその日より前にしたことを記憶していないと信じていた。

顧客のドリーが手紙に署名していないことをスカーカムは確信した。今回ドリーが他人を納得させる充分な姿勢を見せたことが、諒とされなければならない。「そうだよ」と、彼はスカーカムに言った。「ぼくがぼんやりしていると言うのは簡単さ。けれど、いつぼんやりし、いつぼんやりしていないかくらいはわかる。

起きているときも、寝ているときも、酔っ払っているときも、しらふのときも、ぼくはあの手紙に署名したことはないね」それで、スカーカムは彼を信じた。

　月曜［七月八日］の朝、噂がシティでどう広まったか述べるのは難しい。父のロングスタッフはこの問題をこの土曜に最初に耳にしたが、スカーカムは一週間以上もこの件にかかわっていた。スカーカムがささやかにこれを問題にしただけなら、注意を引くことはなかったかもしれない。しかし、確かにこの日メルモットの私的事情に大衆の注意が向けられることになった。――その後明らかになった別の事実もスカーカムの見方を補強していたからだ。南中央太平洋とメキシコ鉄道の多量の株式が市場に投入され、そのすべてがコーエンループの手を通してなされた。コーエンループはシティでメルモットを全面的に代表しており、それはアルフレッド卿がウエストエンドでメルモットを代表しているのと同じだった。そんな状況があるのに、ピッカリングの土地を担保にした抵当貸しがあり、確かにその土地に金が支払われていなかった。また、コマーシャル・ロード(3)近くの家並みの半分に取引があり、多額の金がメルモットのふところに入っていた。ところが、これについても妙な噂があった。金が入っているなら、メルモットはきっと大丈夫だろう。メルモットは百％大丈夫だと思う多くの人たちがいた。これらの噂を徹底的に軽蔑する人々も少なくなかった。それにしても、メルモットがシティにいなかったのは残念に感じられた。

　この日は大晩餐会の日だった。ロンドン市長はもう大晩餐会への欠席を決めていた。ほかの出席者を窮地に陥れることになると、市長が仲間の長老議員から言われたのはほんとうだろう。しかし、市長が答えたように、メルモットは商売人だった。噂は商売上の取引にかかわるものだったから、ロンドン市長はほかの人々より注意深くしなければならなかった。市長はメルモットに疑念を抱いていたので、行くつもりはなかった。中国皇帝に会う栄誉を命じられたシティの選ばれた人たちのなかには、ロンドン市長が出ないのに出るのは差し出がましいと思い、欠席することを決める者がいた。この問題は大いに議論されて、シティからはっきり欠席を言い出す者が六人出た。最後の最後で七人目が病気になり、マイルズ・グレンドールに欠席を言い訳する通知を送った。その通知は皇帝が到着するまさにそのとき、秘書の手に押しつけられた。

しかし、これよりもっと悪い逆風が、――シティの大物たちの慎重さか、臆病によって引き起こされた逆風より、もっとメルモットに害をなす逆風が――あった。横領の噂だった。庶民院は開会中に誇張されたその噂を耳にした。メルモットが大きな資産の譲渡証書を偽造したことが突き止められ、警察がすでに踏み込んでいると囁かれた。中国皇帝を家でもてなしているあいだに、大金融業者はペリシテ人の手に渡るだろうとある人たちは信じた。『夕べの説教壇』の第三版に、この噂について以前から精通する者以外に理解できない奇妙な小記事が出た。「特に名をあげることをはばかられる紳士が、大規模な詐欺を働いたという噂が広がっている。もしそれが正しければ、じつに注目すべきことに、今この瞬間にも詐欺が明るみに出るだろう。私たちは今これ以上のことを確信して言うことができない」詐欺師とディナーをしたいと思う者はいない。詐欺師とディナーをするなんて誰もがいやがる。特に詐欺が発覚しているか、その容疑がかけられているとき、詐欺師とディナーをするなんていやだ。中国皇帝は確かにこの男とディナーをする予定だ。国は皇帝の動向をじつに慎重に管理しているとされていたので、国賓としてもてなすよう詐欺師に要請したことがのちにわかったら、恥辱と見られる事態をもう避けられないように思われた。こういう非難が可能としても、事情はまだ今のところそれが正当と見なされるほど確かではない。それにしても、多くの人々がこの事態を嘆かわしいと感じた。メルモットが皇帝の主人役を最後まで演じることを許され、東洋の君主が退出するとともに捏造の容疑で逮捕されたら、それはどう語られることになるだろうか？　太陽の弟は臨席して栄誉を授けるようながされた晩餐会を、いい思い出にすることができるだろうか？　ニューヨーク、パリ、ウィーンを初め、あらゆる海外の新聞で、米国、フランス、オーストリアから追放されたこの詐欺師が、イギリス実業界の名誉ある偉大な代表に選ばれたことをどう報じるだろうか？　恥辱が行き着くところまで行くのはまだ避けられると考えて、晩餐会を「延期すべきだ」という意見の人たちが議会のなかにいた。野党保守党党首は首相とこの件で数語言葉を交わした。「ささいな噂にすぎません」と、自由党の首相は言った。「問い合わせたところ、実体のある非難と見なせる根拠はありません」

「噂はシティで信じられているようです」

「そんな噂をもとに行動することが、正当とは思われません。王子は欠席できないことにおそらく気づくでしょう。もしメルモットが明日噂についてすべて中傷だと証明し、ウエストミンスターの選挙に影響を及ぼす目的で、噂がでっちあげられたものだと示すことができたら、私たちはいったいどうしたらいいでしょう？　晩餐会は揺るぎなく行われなければなりません」

「あなたは行かれますか？」

「きっと行きます」と、首相は言った。「私の顔を立ててくださるといいですが」政敵はこんな危機に際してりっぱな友人を見捨てるつもりはないと、笑顔で断言した。しかし、保守党党首は自党の党員について責任を負えなかった。保守党の指導者のなかに、メルモットに対する強い不信感があることを党首は認めた。招待された友人たちのなかには、今の状況なら中国皇帝にさえ会いたくないという者もいると彼は見ていた。「招待された人たちは、自国の王子にも会うことになっています」と、首相は言った。「こんな国事で空席を出すのは、王子に対する不敬に当たることを覚えていなければなりません」

「今のところ私だけは責任を負うことができます」と、野党党首は言った。――その瞬間、首相自身がひどく心をかき乱された。しかし、首相はこんな緊急事態で二つの悪のうち、ましなほうを選ぶしか道はなかった。皇帝を詐欺師の晩餐会に連れて行ったら、非常によろしくない。しかし、間違った噂に基づいて皇帝や王女たちみなの来訪を止め、メルモットを見捨てたら、もっとよろしくなかった。

註

（1）Fleet Street から北へ走り、Holborn Circle に至る通り。

（2）ユダヤ教の安息日は土曜だから。

（3）シティの東部 Aldgate East から東に走り、Limehouse に至る通り。East India Dock Road につながる。

第五十九章　大晩餐会

野心のない人、あるいは策略にまったく向かなくて安全な場所にとどまっていたい人が、残酷な状況によってどちらか一方を選択しなければならない立場、どちらを選んだらいいか不確かな拠りどころしかなくて、間違ったほうを選んだら、恥辱を避けられない立場に置かれることが、人生ではときどき起こる。メルモットの晩餐会に出席するか、それとも招待状を受け取ったにもかかわらず欠席するか、どちらにするかすぐ決めるよう急に迫られた多くの人々は、これを難題だと感じた。メルモットをそしる噂は、選挙工作としてたんにでっちあげられたものにすぎないと思う者もいた。アルフ氏が選挙区で翌日勝ちを占めるための工作だという考えだ。選挙妨害としてはとてもうまいやり方かもしれない。しかし、そんな工作によって皇帝に会うことや、王子を支えることを思いとどまった人たちがいるとすれば、それはきっと特定の男たちだった。どうするか聞かれたとき、女たちはメルモットが詐欺師だろうとなかろうと、少しも気にしなかったように見える。皇帝や王子や王女は出席なさるだろうか？　彼女らが心配したのはこの問題だけだ。彼女らは東西の王族の前でほかの妻たちとともにダイヤモンドを見せることさえできれば、メルモットが晩餐会中に逮捕されようと、晩餐会後に逮捕されようと気にしなかった。とはいえ、晩餐会の主人役が晩餐会前に下品な捏造で逮捕されたら、何という大失態だろう！　いちばん肝心な点は、ほかの客が行くかどうか確認することだった。二百人の出席予定者のうち百人以上が欠席したら、出席者はどんなに不快な立場に置かれるだろう！　ぎりぎり最後に皇帝が現れなかったら、事態はどうなるだろう？　大人物になされた非難については、皇帝と王子に知らせないことを首相は決めていた。しかし、疑念を抱いた人々はそのことを知らなかった。街中を飛び回って、正しい情報を握る人々から真実を拾いあげる時間はほとんどなかった。落ち着かぬ不快なかたちで問いが発せられた。「殿さまは出かけられるご予定ですか？」と、ライオネル・ラプトンはスティーヴェネッジ公爵夫人に聞いた。彼は議場を出たあと、六時と七時のあいだにハイド・パークに入って、招待客として知られている人々から手がかりをえようとした。公爵夫人はアルフレッド卿の姉で、もちろん出席する予定だった。「私は約束したら、たいてい守りますよ、ラプトンさん」と公爵夫人。すべてが順調に運んでいることを、卿夫人がアルフレッド卿から保証されて十五分もたっていなかった。アルフレッド卿はその時点で噂を聞いてさえいなかった。結局、ライオネル・ラプトンとビーチャム・ボークラークは晩餐会に出席した。この二人はメルモットの選挙の支援者として、――大人物本人に割り当てられた乏しい数のチケットから――、特別にチケットを受け取っていた。二人は敬意を表すためにも出席しなければならないと思った。ところが、ウエストミンスター選挙区立候補者の保守党政友として最終的に出席したのは、この二人と党首ともう一人の党幹部だけだった。自由党の現閣僚は皇帝と王子につき添う義務があった。しかし、野党の党員は出席したら、政治家としても、人柄としても、メルモットを支持することになる。彼らは政治家としても、人柄としてもメルモットを恥ずかしいと思っていた。

メルモットは妻と娘とともに自宅玄関に到着したとき、噂について何も耳にしていなかった。男が金の問題で極度に悩まされ、心配事でひどく押しつぶされ、危機に囲繞されながらも、疑惑や恐怖から解放され、自由でいられることなど、凡人には想像もできない。そんな重圧に耐えられるなんて、そんな仕事に向いた広い肩幅を持たない人には不思議だろう。――ハンマーを振るったことがない人が、鍛冶屋の腕力を不思議に思うのと同じだ。きっとその男の人生全体が恐怖のそれだったに違いない！　しかし、彼はそのときさらされていた特別な危険や、その夜の仕事に影響を与えた妨害工作について何も知らなかった。彼は玄関広間に立って、妻を応接間に陣取らせ、栄誉に満ちた満足感とともに、グレンドール父子や若いニダーデイルやコーエンループなどの取り巻き連中を配置した。ニダーデイルは議会で噂を聞いたものの、まだ味方の旗下を離れずにいようと決めた。コーエンループも議会からやって来たが、議会では誰からも話しかけられなかった。彼はこの二週間ひどくおびえていたけれど、まだ飛び立つ勇気を持ち合わせなかった。彼のような鳥はどんな土地なら安全と思って飛んで行くことができるだろうか？　彼は噂を聞いただけでなく、この間の事情を熟知していたから、晩餐会を楽しむ余裕などなかった。これより前にみなが玄関広間に揃っていたとき、マイルズは父に恐ろしい話をした。「噂は聞きましたか？」と、マイルズは囁いた。アルフレッド卿は姉の問いかけを思い出して、顔を青ざめたが、何も聞いていないと言った。「シティではあらゆることが噂されています。――文書偽造とか、何ともわけのわからないこととかがね。ロンドン市長は来ないようです」アルフレッド卿は何も答えなかった。卿は不幸が訪れたとき、自然な解決を待つことを人生哲学としてきた。しかし、悲しかった。

皇帝や王族はほとんど時間通り盛大に到着した。そんなお偉方はみな到着した。不幸な皇帝――こんな仕事を苦痛に感じることなく、威厳をもって行うよう強いられている人は、不幸と見られなければならない――は、一階の部屋に招き入れられ、そこから他の王族とともに奥の晩餐会場へ案内される手はずになっていた。メルモットが地面に届くくらいお辞儀をしたあと、御前から後ずさりしたので、皇帝は彼をこの場面に特に選ばれた宮廷の式部官と間違えた。王子たちはみな主人役と握手をし、王女たちは優雅に彼にお辞儀をした。王族のほかに一階のその部屋に入ることを許された人たちは限定されていた。首相と、一人の大主教と、二人の公爵夫人と、前インド総督――皇帝が特別親しみを感じる容貌を持つとされている人物――だけだった。ほかの出席者はアルフレッド卿の監督のもとで、上階の応接間に招き入れられた。全体が上々に運んでいた。欠席しようと思ったのに現れた人々は賢さを自慢した。

しかし、客がディナーの席に着いたとき、空席がはっきりわかって、残念だった。十人か十二人用のテーブルに一人か二人の欠席が作り出す効果を誰でも知っている。空席は何と嘆かわしいことだろう。女主人役が維持しようと努める外的調和と優雅を、これらの空席はどんなに破壊することだろう。怒った女主人が罪深い者たちに二度とテーブルに座る機会を与えまいと、どれほど心で断言することだろう？　二十人くらい――そのほとんどが妻を同伴するよう求められていた――が、出席の約束を破ったから、一致した意図を充分に伝える空席を作っていた。一週間前には、どんなにコネや金を使ってもこの夜の会場には入れなかった。晩餐会の席は神々の宴会の席に等しかった！　今会場は半分しか埋まっていないように見える。シティから六人の欠席が出た。メルモットの属する保守党から六人の欠席が出た。大主教と主教はみな出席した。なぜなら、彼らはほかの人たちほど早く噂を聞かなかったからだ。圧力を加えられたあの猟犬管理者は来なかった。二、三の貴族が欠席した。アルフの席を占めるように選ばれたあの編集長も欠席した。一人の詩人と、二人の画家と、一人の哲学者が折よく社交クラブで知らせを受け取って、そのままうちへ帰ってしまった。一度は政策で合意した庶民院の三人の無所属議員は、文書偽造の疑いのある男の宴会に出席して、励ましを与えるつもりはなかった。ディナーが始まったとき、ほぼ四十の空席があった。

メルモットはアルフレッド卿に大テーブルでは隣の席に着くよう主張し、邪魔になる仕切り棒を取り払い、椅子を一歩中央に近づけて、目的をはたした。こういう場合に自然なことだが、彼は不安に駆られて、繰り返し玄関広間のほうへ目をやり、多くの欠席者が出ていることにもちろん気づいた。「こんなにたくさん空席があるのはどうしてかね?」と、彼は忠実なアカーテース[1]に尋ねた。

「わかりません」と、アカーテースは答えて、かぶりを振り、玄関広間のほうへ顔を向けることを固く拒んだ。

メルモットはしばらくしてまた見回すと、別のかたちで質問を繰り返した。「招待客について何か手違いはなかったかね? もっとたくさん客を入れる余地があるのに」

「わかりませんね」とアルフレッド卿。彼は悲しくなって、メルモットに出会ったことを悔やんだ。

「いったいどういうことかね?」と、メルモットは囁いた。「初めからずっとあなたはこの件にかかわっていたから、知っているだろ。私がブレガートを招待したいと言ったとき、席がどうしても取れないと断言したじゃないか」

「どういうことかわかりません」アルフレッド卿は皿に目を落として固まっていた。

「何がなんでも、突き止めてやるぞ」と、メルモットは言った。「何かひどい手抜かりか、それともペテンがあったんだ。よくわからないところがあるな。サー・グレゴリー・グライブはどこにいる?」

「来ていないと思います」

「じゃ、ロンドン市長はどこにいる?」メルモットは皇帝の面前にもかかわらず、席についたまま今後ろを振り返り、玄関ホールのほうに顔を向けた。「客の席はみなわかっている。どの席に案内されたかね。ロンドン市長に会ったかね?」

「いえ、会っていません」

「だが、市長は来ることになっていた。どういうことだ、アルフレッド?」

「どういうことかわかりません」アルフレッド卿は頭を横に振ったけれど、一瞬たりとも部屋を見回そうとしなかった。

「キルグルー氏や、――サー・デーヴィッド・ボスはどこにいる？」キルグルーとサー・デーヴィッドは高い地位にある紳士で、保守党で重要な職に就くことになっていた。「ずいぶんたくさん来ていない。なあ、部屋全体で半分以上も欠席があるじゃないか。何があったんだ、アルフレッド？　知る必要がある」

「何も知らないと言っているでしょう。いくら私でも客に来させることはできません」アルフレッド卿は声だけで不機嫌でなく、不機嫌な思いも表してそう言った。卿は失敗に敏感に気づいており、一部にはそれが自分のせいだと思っていた。今この瞬間に客から注目されることを避けたかった。メルモットから性急にしばしば質問されることで、特別みなの注目を浴びるように感じた。「もしあなたが騒ぎ続けるなら、私は出て行きます」と卿。メルモットは目を皿のようにして卿を見た。「ただ静かに座って、なり行きを見届けましょう。まもなく事情はわかります」こう言われても、メルモットは心の安らぎをほとんど取り戻すことができなかった。しばらく彼は静かに座っていた。それから、立ちあがると、客を通りすぎて玄関ホールに歩いて行った。

その間、皇帝陛下と王族たちはバンクォー(2)の席に目をやることもなく食事をした。皇帝は満州語しか話せず、満州語を英語に通訳できる人を抱えていなかった。皇帝の通訳はもう一度翻訳が必要な中国語にしか通訳してくれない。それで、皇帝は隣の人たちと会話をはずませることができなかった。皇帝の両側には親戚や夫、兄弟や妻が居並んでいた。想像するに、彼らは絶えず互いにくつろいだかたちで会っていたから、この席であまり話す必要がなかった。彼らは私たちと同じく、はたさなければならない義務を抱えており、私たちと同じく、その義務を退屈と思っていた。兄弟や姉妹や親戚はその義務に慣れていた。まじめな、厳かな、寡黙な、畏れ多い皇帝も、東洋の皇帝の精神が西洋人のそれに似ているとすれば、退屈な時間をすごしていたに違いない。まじめな、厳かな、寡黙な、畏れ多い皇帝は二時間以上もそこに座っていた。彼はあまり食べ物を口にしなかった。というのは、いつも食べ慣れているものではなかったから。あまり飲み物を口にしなかった。というのは、いつも飲み慣れているものではなかったから。それでも、中国皇帝は状況によってこのガヤガヤいう声や、このナイフやフォークの鳴る音を座って聞くよう強いられたとき、畏れ多い胸中に訪れた変化を不思議に思っただろう。「これがいわゆる西洋の王族だ！」と、皇帝は独りつぶやいたに違いない。たとえ私たちの王子がお国のために遥か遠くで異様な人々に交じって、脇腹をつつかれたり、背中をまわりから叩かれたりしたとしても、そのとき王子はこの皇帝の心に訪れたような変化を実感することはないだろう。

「サー・グレゴリーはどこかね?」と、メルモットはシティの友人の椅子越しに前かがみになって、かすれた囁き声で聞いた。それはトッド・ブレガート&ゴールドシェイナー商会の上席共同経営者、老トッドだった。トッド氏はとても金持ちで、シティにかなり多くの信奉者を持っていた。

「彼はここに来ていないかね?」と、トッドは言った。――彼はじつはシティから誰が来て、誰が来ていないかよく知っていた。

「来ていない。――それにロンドン市長が来ていない。――ポスルスウエイトも、バンターも。どういうことかな?」

トッドは答える前にまず片側の隣人を見て、それから反対側の隣人を見た。「私はここに出席している。それが私に言えることだだね、メルモットさん。まことにおいしいディナーをいただいた。来なかった人たちはいともおいしいディナーを逃したわけだ」

メルモットは取り除くことができない重りを胸中に感じた。彼は老トッドの態度や、アルフレッド卿の態度から、彼らにはそれぞれその気になれば話せることが何かあることを知った。ところが、口を開かせることができなかった。それでも、それを知ることはとても重要だった！「紳士たちが来ると約束しておいて来ないとはじつに奇妙だな」と、彼は言った。「出席したがっている人々が数百もいた。座れる余地があると知っていたら、私はそういう人たちを歓迎しただろう。じつに奇妙なことだと思う」

「奇妙だね」とトッドは言うと、目の前の料理のほうに注意を向けた。

メルモットは近づく選挙との関係で、最近ビーチャム・ボークラークにかなり頻繁に会った。彼は下座のほうへ移動して、その紳士を見つけた。片側に空席があった。保守党の紳士たちのためそこに席が確保されていたので、部屋のその部分にたくさん空席があった。メルモットは新しい仲間から真実を引き出せるかもしれないと思って、しばらくそこに座った。彼が分別を具えていたら、沈黙を守っただろう。このしかとあるいは見限りの原因が何であろうと、今さら手の施しようがないことはわかっていた。ところが、彼はあわてて、うろたえて、くるくると心境を変化させた。あるときは傲慢になり、何物にも脅かされないと豪語する。また次にはおびえ切って、びくびく誰かに助けを求める。ボークラークはこの男を個人的にひどく嫌っていた。彼が知っている俗悪で、けばけばしい成りあがり者のなかでも、メルモットはいちばん俗悪で、けばけばしく、傲慢だった。とはいうものの、ボークラークはメルモットの選挙の仕事を請け負っていたから、選挙が終わるまでメルモットの味方をする義務があると思った。彼は今この男の屋敷の客になっていたので、礼儀正しくする必要があった。妻がそばに座っていたから、彼はすぐ妻をメルモットに紹介した。「すばらしいお客さんたちをお迎えしていらっしゃいますね、メルモットさん」と、妻は貴賓席に目を向けて言った。「そう、奥さん、そう。皇帝陛下がお喜びになって、じつに満足していると言ってくださった」たとえ皇帝がほんとうにそう言ったとしても、皇帝を見た人は誰もその言葉を信じなかっただろう。「教えてくれないかね、ビーチャムさん、ほかの紳士たちはなぜここに来ていないのかね？　じつに奇妙じゃないか？」

「ああ、キルグルーさんのことですね」

「そう、キルグルーさんとサー・デーヴィッド・ボスとそのほかの人たちだ。私は彼らが来られるように特別配慮した。もし彼らが招待されないなら、晩餐会を引き受けるつもりはないと言った。晩餐会を政府主導のものにしようとする動きがあった。だが、私はいやだと言った。私たちの党の指導者たちが主導することを主張した。それなのに今彼らはここに来ていない。招待状が送られたことは知っている。――そして、何と！　来るという回答ももらっている」

「何人かは別の約束があったと思います」とビーチャム。

「約束って！　一つの約束をしておいて、別の約束をするなんて、そいつはどんな仕事をしているんだろう？　もしそうなら、なぜ手紙を書いて、言い訳をして来ないのかね？　いや、ビーチャムさん、それは通らない」

「とにかく私は出席しています」とビーチャム。トッドが思いついたのとまったく同じ回答をした。

「うん、そう、あなたは来ているから、あなたはいい。だが、何かあるのかね、ビーチャムさん？　何かが起こっている。あなたは聞いているに違いない」ビーチャムは大人物本人が噂について何も知らないことをはっきり知った。何か齟齬があることは知っていても、悪が露見していることにメルモットは気づいていなかった。「明日の選挙にかかわることかね？」

「何が人々を動かしているかわかりません」とビーチャム。

「この件について何か知っているなら、教えてくれてもいいだろ」

「明日選挙が行われることを除いて何も知りません。選挙については、私とあなたは結果を待つしかなすべきことはありません」

メルモットは立ちあがると、席に戻って来て「うん、大丈夫だと思う」と言った、しかし、大丈夫ではないことを知っていた。政友だけが欠席していたら、欠席を政治的理由にすることができた。それなら、あまり深く身に応えなかっただろう。ところが、ロンドン市長も、サー・グレゴリー・グライブも裏切っているのが打撃だった。彼が席に戻ってさらに一時間、皇帝は厳かに座っていた。それから、皇帝は誰かからの合図を受けて、退出した。淑女たちはすでに三十分前に部屋を出ていた。その夕べのために用意された予定表によると、王室の方々は小さな控えの間にさがって、コーヒーを飲んだあと、そのころまでに到着した大勢の人々の前で二階を練り歩き、皇帝や王子や王女たちと夕べをすごしたと、招待客から言ってもらえる程度に長くその場にとどまることになっていた。晩餐会は予定表通り完璧に実現された。皇帝は十時半に二階を歩かされ、それから用意された肘掛け椅子に厳かに落ち着いて三十分座っていた。そのときの皇帝の胸中がどうだったか、どんなに覗いてみたかったことか！

客が階段を登っているとき、メルモットは宴会場に戻って、広間を抜け、さまよったあげくマイルズ・グレンドールを見つけた。

「マイルズ」と、彼は言った。「騒ぎが何なのか教えてくれ」

「何の騒ぎです？」と、マイルズは聞いた。

「何か齟齬がある。君はみな知っているだろ。なぜ客は来なかったかね？」マイルズは後ろめたそうな表情をして、知っていることを隠そうとしなかった。「ほら、何なのかね？　全部すぐ教えてくれたほうがいい」マイルズは床を見おろして、何かぶつぶつつぶやいた。「選挙のことかね？」

「いえ、選挙のことじゃありません」とマイルズ。

「じゃ何かね?」

「今日シティで連中が何かつかみました――ピッカリングのことで」

「つかんだ? ピッカリングのことで連中は何を話しているんだ? そら、全部教えてくれたほうがいい。連中がどんな嘘をつこうと、私は気にしないと思っていい」

「連中は何か――捏造――があったと言っています。権利書のことだと思います」

「権利書だと! 私が権利書を捏造したとでもいうのかね。うん、なかなかいいすべり出しだな。市長はその噂を聞いたので、招待を受け入れていたのに欠席したのか。よろしい、マイルズ。それでわかった」大金融業者は応接間にあがって行った。

註
(1) トロイアの勇士アイネイアースの忠実な部下。
(2) マクベスの前に亡霊となって現れる暗殺された将軍。

第六十章　ミス・ロングスタッフの恋人

私たちが今到達している物語の時点より数日前、ミス・ロングスタッフはモノグラム令夫人の奥の応接間で、マダム・メルモットの大晩餐会のチケット二枚を譲る条件をこの家の女主人と交渉した。皇帝と王子たちの謁見の場に、マダム・メルモットが謹んで招待する友人の名を記入するチケットの部分は空欄になっている。ミス・ロングスタッフは親友のモノグラム令夫人の家に二、三日招待される条件についても協議した。二人の女性はどちらもできるだけ少なく相手に与え、できるだけたくさん譲歩を相手から取りつけたいと願った。二人の女性はそんな願いを抱きながらも、みなと同じようにふつうのやり方で合意に至った。モノグラム令夫人は二枚のチケットを――夫と自分のため――手に入れることになった。そのチケットはその時点で市場ではたいそう高い値がついていた。この価値ある配慮の代償として、モノグラム令夫人は大晩餐会でミス・ロングスタッフの付き添い役を引き受け、彼女を三日間客として自宅に招待し、その間にパーティーを開くことになった。そうすれば、ミス・ロングスタッフがロンドンにおける交際で、メルモット家以外に頼れる友人を持っていることをみなに了解してもらえるだろう。このとき、ミス・ロングスタッフはこの合意によって正当な対価を親友から受け取っていないように感じた。メルモットのチケットは確かに手に入らない。ちょうどいちばん高値のときだった。それからすぐ少し値が落ちた。晩餐会の夜十時にはただも同然だった。今私たちが扱っている時点で、人々はチケットを求めて殺到していた。モノグラム令夫人はすでにチケットを確保し、机のなかにしまい込んだ。とはいえ、取引ではときどきあることだが、売り手は品物をあまりにも安く手放したので、合意された額にさらに追加がなければならないと不平を言った。

「それについてはね、あなた」と、ミス・ロングスタッフは言った。メルモット株の全体的な上昇以来、彼女は以前身につけていた高飛車なものの言い方を取り戻そうとしている。「あなたのおっしゃることがまったくわかりません。レディー・ジュリア・ゴールドシェイナーには、あなた、いろいろなところでお会いになるでしょう。彼女の義理のお父さんが、ブレガートさんの格下の共同経営者です」

「レディー・ジュリアはレディー・ジュリアでしょ、あなた。ご主人の若いゴールドシェイナーさんはみんなから何らかのかたちで受け入れられています。彼は狩りをします。ハーリンガムのクレー射撃場(1)ではいちばん腕がいいとダマスクは言っています。でも、お父さんのゴールドシェイナーさんには一度もお会いしたことがございません」

「私は会ったことがあります」

「たぶんそうでしょう。メルモットさんはシティの人たちをもてなしますからね。ブレガートさんをうちのディナーに招待することを、サー・ダマスクが私に望むとは思いません」モノグラム令夫人は開催するパーティーについてはすべてを取り決め、客をみな自分で招待して、サー・ダマスクをわずらわせなかった。――夫のほうは夫のほうで友人集団を作っていたから。つまり、妻はいたって賢いやり方で夫を利用した。サー・ダマスクが家に迎え入れる客についてとても気むずかしいと、ほんとうに思い込まされたたかり屋がいた。

「サー・ダマスクとこの件をお話してもいいかしら?」ミス・ロングスタッフはここを先途としつこく迫った。

「いいえ、あなた、そんなことはしないほうがいいと思います。人から干渉されることなく、夫婦で処理しなければならない細かなことがございますから」

「私がよそのうちに干渉するつもりがないことは言うまでもありません。でもほんとうに、ジュリア、サー・ダマスクがブレガートさんを受け入れないとあなたから言われるとき、私はとても奇妙に感じます。シティの人々が今ふつうにブレガートさんを受け入れていることを、あなたも私と同じくらいご存知でしょう。それに、シティの人々はウエストエンドの人々と同じくらいりっぱです」

「ずっとりっぱです。それについて議論するつもりはありません。境界線を引くわけじゃありませんが、境界線は確かにあります。それがどんなものかいつの間にかわかるようになります。ご近所の人たちよりお高くとまるつもりはございません。でも、私はここに来るほかの人たちが会いたいと思う客をここに呼ぶようにしたいです。私は地位を保つくらい充分なものを持っていますし、サー・ダマスクも持っています。でも、新参者を受け入れるほどたくさん持っているわけじゃありません。あなたくらいそれをよく知っている人は、ロンドンにいないと思います、ジョージアナ。ですから、あなたにそれを教えてあげるような振りをしてもそれは馬鹿げています。お気づきのように私はどこにでも出かけます。ブレガートさんにお会いしても、たぶんわかりません」

「メルモットのお屋敷で彼に会えます。あなたは前にいろいろなことをおっしゃいましたが、そこへ行けたら、うれしいでしょう」

「その通りです、でも、そんなことで私を責めるようなあなたじゃないと思います。でも、気にしないでください。ボンド・ストリートの角には肉屋がおり、私の髪を結ってくれる美容師がいます。彼らをうちに招待することは考えられません。でも、もし彼らが突然りっぱな人たちだとわかって、あちこちに招待されたら、きっと私も喜んで彼らをこの家に受け入れます。それが私たちの生き方です。同じようにあなただってそういうことに慣れているはずです。ブレガートさんは今の私にとって街角の肉屋みたいなものです」モノグラム令夫人は鍵をかけた安全なところにチケットを確保していた。そうでなかったら、こんなことは言わなかったと、私は思う。

「ブレガートさんは肉屋じゃありません」ミス・ロングスタッフはほんとうに怒った。

「彼が肉屋だとは言っていません」

「いえ、言いました。口にできるいちばん不親切な言葉を使いました。意図的に不親切な言葉をね。ひどい言葉でした。もしサー・ダマスクが髪結いみたいだと私が言ったら、あなたはうれしいかしら？」

「そうおっしゃりたければ、どうぞ。サー・ダマスクは四頭立て馬車を御しますし、冬になると狩りをして乗馬で首の骨を折ろうとしますし、銃の腕も一流ですし、どの紳士よりヨットに精通していると言われています。残念ながら、夫は結婚前によく賞金稼ぎのボクサーと試合をしたり、こっそり羽目をはずしたりしました。そんなことが男を髪結いにするなら、ええ、夫は髪結いです」

「旦那さんの悪行がずいぶんご自慢なんですね」

「夫はほんとうに気立てがいいんです。夫が私に干渉しないように、私も夫に干渉しません。あなたも同じようになさるといいと思います。たぶんブレガートさんも気立てがおよろしいんでしょうね」

「彼は優れた実業家で、莫大な資産を作っています」

「お子さんは五、六人おられて、成人なさっていますね。きっと大きなお力になっておられるんでしょう」

「子供のことは私が気にしていませんから、あなたが気になさる必要はありません。あなたにはお子さんがおられませんね。かなりお寂しいでしょう」

ですね、ジョージアナ」

「ぜんぜん寂しくなんかありません。望みのものはみな手に入れています。意地悪を言おうと一生懸命で

「どうして彼が――肉屋なんて――言ったんです？」

「そんなことは言っていません。肉屋のようだとも言っていません。私が言ったのは、食卓に新参者を受け入れて、私の評判を落としたくないということです。流行はもちろん好きです。ある人たちは通りで出会った人を思い切って客として招待します。私はそんなことができません。私のやり方を身につけて、それに従うつもりです。ほんとうにつらい線引きです。私が気難しくなかったら、もっとつらい線引きになったでしょう。部屋がいっぱいになる火曜の夜に、あなたがブレガートさんを招待したいなら、招待してもいいです。でも、ディナーに彼を受け入れることは、――私には――できません」それで、この件はついに決着した。ミス・ロングスタッフが火曜の夜にブレガートを招待することで、二人の女性は仲直りした。

モノグラム令夫人はブレガートを肉屋や髪結いに譬えて説明するとき、彼がそういう職業の人々に想定される型への類似性を持っていることに、おそらく気づいていなかった。令夫人がそれに気づかないままでいるようにとにかく願っていよう。ブレガートは太った、脂ぎった、かなりハンサムな人で、およそ五十歳、髪は黒く、顎ひげと口ひげを黒紫に染めていた。二つのとても輝く黒い目が魅力的だったが、キリスト教徒みなを喜ばせることに、その目は顔のなかで近づきすぎていた。恰幅がよくて、ぽっちゃりしてというよりむしろ全体的に太って、――羊や牡牛と長くつき合った肉屋の親方に共通に見られる――あの支配者の表情を顔にたたえていた。しかし、ブレガートはたいそうりっぱな実業家と見られている。彼は末席共同経営者となっている大きな金融会社(2)の指導者だと、実業界では今見られている。トッドの時代はほぼ終わった。トッドはロンバード・ストリート(3)や証券取引所やイングランド銀行のあたりを絶えず歩き回り、商人たちと

たくさん話をして、特殊な事例について独自の意見を持っている。とはいえ、事業はほとんど彼の手の届かないところにあった。ブレガートが今や会社の中心人物と見られた。彼は男やもめで、フラム(4)の贅沢な大邸宅に子供たちと住んでいる。子供たちはモノグラム令夫人が意地悪く言ったように成人してはいない。事務所の机に着いたばかりの十八歳の長男から、ブライトンの学校に通う十二歳のいちばん下の娘までばらばらで、まもなく成人するだろう。彼はつねにほしいものを手に入れる人だった。再婚相手がほしいと決意して、ミス・ジョージアナ・ロングスタッフに後添いになるよう求めた。彼はメルモットの屋敷で彼女に会ったあと、ボーデザート――フラムの大邸宅がこう呼ばれた――でマダム・メルモットやマリーと一緒に彼女をもてなして、グローヴナー・スクエアで求婚し、二日後ブルートン・ストリートで受諾の回答を受け取った。

哀れなミス・ロングスタッフ! 彼女は既婚女性として社会に受け入れられる道を開きたいという欲求に突き動かされて、この婚約の事実をモノグラム令夫人に認めた。しかし、家族にそれを知らせる勇気をまだ持たなかった。相手ははっきりユダヤ人だった。昔のユダヤ人――本人か父か祖父がユダヤ教を信じたことに疑いがあるユダヤ人――ではなく、今のユダヤ人だった。レディー・ジュリア・スタートが結婚したゴールドシェイナーも、ユダヤ人――この淑女と駆け落ちする前の短い期間に少なくともユダヤ教を信じる人――だった。ミス・ロングスタッフはユダヤ人か、ユダヤ女と結婚した多くの「家柄のいい人々」の例を指で数えた。フレデリック・フラムリンガム卿はベレンホッファー家の娘と結婚した。ハート氏はミス・チュートと結婚した。彼女はミス・チュートについてよく知らないけれど、キリスト教徒であるのは確かだ。フレデリック卿の妻やレディー・ジュリア・ゴールドシェイナーは、社交界の至るところに姿を現している。彼女はこの問題をうまく説明できなかったが、今社会全体に嵩あげがあり、ユダヤ教徒かキリスト教徒かをまもなく問題視しない進歩的な変化があると確信した。彼女は生活したいと願う舞台でこれがどう思われるかという観点からしか、この問題を見ていなかった。その種のあらゆる個人的な偏見は超越している。ユダヤ人であろうと、トルコ人であろうと、不信心者であろうと、どうでもよかった。彼女は充分世間を見てきたから、幸せがそのような方面にはないと、幸せが夫の宗教に依存するはずがないと思っていた。もちろん教会へは行くつもりでいる。彼女はいつも教会へ行った。それが適切なことだと感じた。夫については、教会へ連れて行くことができるとは思わなかった。――それが望ましいとも思わなかった。――とはいえ、どの教会へも行かないように夫を説得できると考えたから、キリスト教徒として通すことができるだろう。スタート家が今自慢している若いゴールドシェイナーのキリスト教が、そういうものだと彼女は知っていた。

もし彼女が世界に独りだけだったら、満足して運命を心待ちにすることができただろう。実際には父や母がおり、彼らを恐れた。レディー・ポモーナはいやになるほど時代遅れで、ユダヤ人に近づくだけでもぞっとすると言った。母はユダヤ人をうちのなかに入れることを、キリスト教徒の重大な過ちとして声高に非難した！　さらに不幸なことに、ジョージアナ自身が幼いころ母の意見を繰り返していた。そのうえ、父が真にみずからの意見を持って保守党政治家と呼ばれる権利を勝ちえたのは、ユダヤ人を国会に受け入れるかどうかに関する問題でだった。ユダヤ人が国会に受け入れられたとき、父はイギリスの栄光が永久に地に落ちたと確信した。そのとき以来、債権者が普通以上にしつこいとき、スロー＆バイダホワイルから何もしてもらえないとき、父は悩みをもたらすあらゆる金銭上の困難の原因であるかのように、ユダヤ人を受け入れたあの致命的な国の措置にふれた。彼女はユダヤ人と婚約したことをどう両親に伝えたらいいだろうか？　彼は今土曜にユダヤ教会堂に通っており、侮蔑された人々に共通するあらゆる不潔な忌み事を実践していた。

ミス・ロングスタッフはブレガートが染めた髪で際立つ、太った、脂ぎった五十男だということに苦痛を感じた。――しかし、この小さな苦痛はもっと大きな苦痛のなかに呑み込まれた。彼女はかなり眼識を具えていたから、所有物を正しい秤で量ることができた。美貌と、母の流儀と、父の富を信じて、すこぶる高い志を抱いて人生に乗り出した。彼女は結婚相手を見つける仕事にもう十年就いて、そのときそのときでつねに高すぎる目標を掲げてきたことに気づいていた。十九、二十、二十一のとき、彼女は全世界が目の前に開かれていると感じた。堂々とした姿かたちと、均整の取れた長い顔つきと、輝く肌の色を具えていたから、時代の美人の一人として自分を見て、富と宝冠を要求する資格があると考えた。二十二、二十三、二十四のとき、ロンドンと田舎に屋敷を持つ相手なら、どんな若い貴族でも、貴族の長男でもよかった。二十五と二十六のときは、准男爵や郷士でもよかった。羽振りのいい一流弁護士も、そのころから充分な相手として目をつけた。しかし、これまで自分にいつも少し高すぎる値をつけていたことに気づいた。彼女は三つのことにまだ固執していた。――貧乏にならないこと、ロンドンから追放されないこと、オールドメイドにならないことだ。「ママ」と、彼女はよく言った。「一つだけ確かなことがあります。貧乏になるような結婚はしません」レディー・ポモーナは娘の言うことに全面的に同意した。「それから、ママ、ソフィアのような選択をしたら、私なら死んでしまいます。ジョージ・ホイットステーブルと一生トゥードラムで生活しなければならないなんて想像してご覧なさい！」レディー・ポモーナは、長女にとってトゥードラム・ホールは非常にいいうちだと思っていたが、これにも同意した。「それに、ママ、もし私がずっとうちに残ることになったら、あなたやパパを発狂させてしまいます。ドリーがすべてを受け継いで家の主人になるとき、私はどうなってしまうでしょう？」レディー・ポモーナは自分が亡くなったあとのこと、寡婦産と寡婦用住居がドリーのものになったあとのことをできるだけ考えて、ジョージアナがそのときより前に彼女のうちを手に入れなければならないことを認めた。

どうしたらこれらが実現できるか？　栄光と恩寵をすべて具えた恋人は、十九の娘にはブラックベリーのようにたくさんいると思われたが、二十九の娘には温室の珍しい果物だとわかった。ブレガートは金持ちで、ロンドンに住み、夫にもなれる。人々が今は型破りなことをして、「ときの流れとともにそれを忘れて」いるので、彼女もそういうことをしてときの流れとともにそれを忘れていけない理由がわからなかった。勇気が必要であり、――さらに必要なのは辛抱だ。モノグラム令夫人がサー・ダマスクのことを話すように、彼女はブレガートのことを話せなければならない。彼女は目いっぱい勇気を振り絞って、婚約をやっと旧友に打ち開けることができた。――そうしたとき、彼女と友人ジュリア・トリプレックスが遠い昔、ユダヤ人の名を持つ男――祖父がおそらくユダヤ教徒だった男――と結婚したある哀れな娘に、二人していかに軽蔑を浴びせたか思い出した。「おやおや」と、モノグラム令夫人は言った。「トッド・ブレガート&ゴールドシェイナー商会のね！　トッドさんは――私たちと同じだと思いますが」

「そうです」と、ジョージアナは大胆に言った。「ブレガートさんはユダヤ人です。名はイジーキエル・ブレガートで、ユダヤ人です。あなたのお好きなようにおっしゃってくださっていいです」

「私は何も言いませんよ、あなた」

「あなたのお好きなように思っていいです。あなたと私が若かったころとは、事情が変わってきていますから」

「ずいぶん変わってきたように見えますね」とモノグラム令夫人。結婚式のときを除いてサー・ダマスクを教会で見たことはなかったが、知人の誰も、彼の宗教について一度も疑ったことはなかった。

しかし、ジョージアナは父母に婚約を話す段になれば、モノグラム令夫人に話すときより、もっとたくさん勇気を奮い起こす必要があった。ブルートン・ストリートのメルモット家を去る日の朝、恋人の訪問を受けた。メルモット家の者は当然婚約を知っており、喜んで彼を受け入れた。マダム・メルモットは自分の庇護のもとで慶事がまとまったことをむしろ手柄にしたかった。マリーの不幸な駆け落ちを埋め合わせる慶事だった。それゆえ、ブレガートは望み通りに出入りを許されて、その朝は喜んで来た。二人だけで奥の部屋に座った。ブレガートは結婚の日取りを早く決めるよう迫った。「まだその話はしなくていいと思いますよ、ブレガートさん」と彼女。

「抵抗感を克服して、すぐ私をイジーキエルと呼んでください」と彼。ジョージアナはこんな状況に置かれた女性ならやってみそうな、ちょっと名を呼んでみる甘い試みを避けた。「ブレガート夫人は」——もちろん彼は子供たちの母を指してそう言った——「私をエズィと呼んでいました」

「たぶんいつかそう呼びます」とミス・ロングスタッフ。彼女は恋人を見ながら、まつわりつく面倒なんかなしに、なぜ家と金と妻の名を手に入れることができないか自問した。いつか自分が彼をエズィと呼ぶとは思えなかった。

「日取りはいつにしましょうか？　私なら八月のできるだけ早くがいいです」

「八月って！」彼女はほとんど金切り声をあげた。すでに七月になっていた。

「いいじゃないですか、あなた？　そうすれば、私たちはドイツか——ウィーンで——ちょっとした休暇を取ることができます。私はあちらでも事業をしていて、たくさん友人を知っています」それから、彼は来月に日取りを決めるよう強く迫った。メルモットの屋敷から結婚すれば、都合がいい。メルモット家は八月のどこかでロンドンを離れてしまう。これは正当な言い分だった。メルモットの屋敷から結婚しなかったら、結婚のためにカヴァーシャムに帰らなければならない。——そんなことには耐えられなかった。駄目だ。父母から完全に身を引き離して、メルモット家やブレガート家と一体になり、ときの流れとともにそれを忘れて彼女の立ち位置を作らなければならない。金を使ってそれができるなら、そうしなければならなかった。

「私はとにかくママと相談しなければなりません」とジョージアナ。ブレガートはこの民族にいつも見られる上機嫌で、この回答に満足すると、メルモットの大晩餐会で会おうと約束して去って行った。そのあと、彼女はこの件を家族にどう伝えようかと考えながら、無言で座っていた。家族との訣別の必要――古い絆を完全に断ち切る必要――があることを、すぐ父母に伝えるほうがいいのではないか？　結果、ジョージアナはロングスタッフ家から完全に抜け出て、メルモットやブレガートやゴールドシェイナーと一体となることが暗々裏に認められるだろう。

註

（1）上巻第三十二章の註（3）参照。

（2）Prince's Street からイングランド銀行の前を通って、Cornhill と King William Street のあいだを南東に走り、Fenchurch Street に至る通り。

（3）一六九四年設立のイギリス中央銀行。Prince's Street と Threadneedle Street に面する。

（4）テムズ川北岸に位置し、北は Hammersmith、北東は Kensington、東は Chelsea と境を接する地域。

第六十一章　モノグラム令夫人が大晩餐会へ行く準備をする

モノグラム令夫人とミス・ロングスタッフが前章でささやかな会話を交わしたとき、メルモット氏は栄光に包まれていた。大晩餐会のチケットはたいそう貴重になっていた。それでも、徐々にその値が落ち着いてきた。モノグラム令夫人はブレガート氏を特別に自宅に受け入れなければならなかったので、チケットをえるために大きな代価を払った。このころはみながチケットに大きな代価を払った。ある淑女はマリー・メルモットを一週間田舎に招待すると申し出た。当然、彼女の駆け落ち沙汰が知られる前のことだ。コーエンループ氏はディナーに誘われて、二人の貴族と伯爵夫人に会った。アルフレッド卿はさまざまな贈り物を受け取った。ある若い淑女はニダーデイル卿がマリー・メルモットと結婚することになっていると知っていたにもかかわらず、卿に彼女の巻き毛を送った。マイルズ・グレンドールはグラスラウ卿からかなりの金額の借用書を返してもらった。グラスラウ卿は田舎からロンドンに出て来た二人のいとこを晩餐会に招きたかったからだ。徐々にチケットの値段は――当初はメルモットに対する疑念からではなく、こういう場合によくあるいつもの反動によって――下落して行った。晩餐会の夜の八時か九時になると、チケットは無価値に(1)なった。そのころにはピムリコーからメリルボンまで(2)ロンドン中に噂が広がっていた。社交クラブから帰って来た夫が妻にその噂を話した。ハイドパークにいた女がその噂を聞いた。美容師さえそれを知り、小間使も、馬の鼻面を取り、御者台に座る従僕や馬丁からそれを教えられた。噂は空中に浮き、食堂や化粧台のまわりに漂った。

サー・ダマスクは大晩餐会に向けて着替えをしているとき、身に及ぶ結果を計算したら、この噂を妻に伝えなかったと、私は思う。しかし、彼は噂を聞き、あっけに取られて帰って来たから、何の計算もしなかった。「噂は聞いたかい、ジュ？」と、彼は着替えもそこそこに妻の部屋に飛び込んで言った。

「どんな噂です？」

「外出はしなかったかい？」

「買い物には出ました。あの客と一緒にハイドパークへ行きたくありません。このうちに彼女を受け入れたのは間違いでした。でも、できるだけ彼女と一緒にいるところを見られないようにするつもりです」

「あなたが実際に彼女のことをどう考えていようと、ジュ、親切にしてあげてください」

「面倒よね！　私の仕事はわかっています。どんな噂です？」

「メルモットの正体がばれたっていう噂さ」

「ばれた！」とモノグラム令夫人は叫ぶと、身支度をさせていた小間使の手を止めた。晩餐会へ行かないとするなら、続ける必要のない身支度だったからだ。「ばれたってどういうことです？」

「正確には知らないね。噂は十以上あるからね。老ロングスタッフから買ったあの土地に関する噂だよ」

「ロングスタッフ家がかかわっているんですか？　ロングスタッフ家にどこか悪いところがあるなら、あの客を一日も長くここに置いておけません」

「馬鹿言っちゃいけないよ、ジュ。一シリングも金を持っていないことを除けば、哀れな老人に悪いところは何もないよ」

「じゃあ老人は破滅ですね。――一家はもう終わりです」

「おそらく老人はすぐ金を取り戻すさ。ある人はメルモットが領収書を偽造したと言い、ほかの人は手紙を偽造したと言っている。ある人は権利書全体をまるごとでっちあげたと言っている。ドリーを覚えているかい？」

「ドリー・ロングスタッフね、もちろん知っています」とモノグラム令夫人。彼女はドリーと結婚したら、都合がいいかもしれないと一時期考えたことがあった。

「ドリーが偽造を発見したという噂だ。ドリーには意外なところがいつもあったからね。メルモットはまもなく監獄に入ることになるとみんな言っている」

「今晩監獄に入るわけじゃないでしょ、ダマスク！」

「誰にもわからないようだよ。皇帝と王子たちが退出するまで、警察は使用人のように部屋で待機しているとラプトンは言っていた」

「ラプトンさんは晩餐会に出ますか？」

「あいつは出る予定だった。が、私が会ったときは、出るかどうか決めかねていた。皇帝がお出ましになるかどうかもはっきりしないようだね。どうするか決めるため、閣議が召集されることになったと誰かが言っていた」

「閣議ですって！」

「うん、直前に逮捕されて豚箱に入れられるかもしれない男の晩餐会に、王子を行かせるのはかなりぶざまだろ。最悪なのはそこさ。どうなるか誰にもわからないね」

モノグラム令夫人は手を振って侍女をさがらせた。令夫人は英語を話せないフランス人を侍女として抱えていることを自慢にしており、その侍女のいる前で話す言葉にすこぶる不注意だった。ところが、その侍女はもちろん使用人みなにわかる言葉で、令夫人が話したことをすべて階下で繰り返した。夫が彼の生活領域に戻って身支度を終えるあいだ、モノグラム令夫人はしばらく動かずに座っていた。夫が再び姿を現したとき、「ダマスク」と、彼女は言った。「確かなことが一つあります。――私たちは行けません」

「チケットをえるためにあんなに大騒動をしたのにかい！」

「あの人をこのうちに迎え入れているのが――悔しいです。あの客があああいう人たちの一人と結婚しようとしているのを知っているでしょ？」

「昨日結婚の話を聞いたばかりさ。が、ブレガートはメルモットの仲間じゃないよ。ブレガートは悪いやつじゃないと聞いている。育ちの悪い俗悪なやつだけど、それだけで、彼に悪いところはないね」

「ユダヤ人で――年は七十よ。おまけに目も当てられないようなカツラをつけて」

「あいつが八十でもあなたにどんな関係があるんだい？　じゃあ、行かないことに決めたね？」

しかし、モノグラム令夫人は行かないと決めたわけではなかった。彼女は代価を払った。贅沢に暮らしていても女性特有のあの経済観念を身につけているから、手に入れたものを失うことに耐えられなかった。メルモットの悪行など頓着しない。最初に彼のことを耳にして以来、彼が無辜の人々から富を日々略奪し、蓄積していることを当然のことと見ている。令夫人は商売と詐欺の違いについて混乱した考えしか持たなかった。それにしても、玄関に馬車で乗りつけて、みじめな集まりに入り、――結局皇帝にも王子にも会えないまま――、ぶざまな一団の一人として世間に知られたら、彼女はずいぶん悲嘆に暮れることになるだろう。とはいえ、皇帝も王子もそこにいたと、大使や閣僚や一般社会の優れた人々とともに、王女や公爵夫人もみなそこにいたと、――つまり世間はメルモットの悪行を無視したと――、もし翌朝耳にしたら、そのときはもっとひどく悲嘆に暮れることになるだろう。彼女は夫とミス・ロングスタッフとともに夕食の席に着いたが、この件について自由に話すことができなかった。ミス・ロングスタッフは一日、二日モノグラム家に身を寄せたからといって、まだメルモット家の客だった。モノグラム令夫人はある恐ろしい考えを心によぎらせた。もしメルモット家全体が突然崩壊したら、彼女は友人のジョージアナをどう処遇したらいいだろう？マダム・メルモットは夫が豚箱に入れられたら、この娘を再び受け入れることをもちろん拒否するだろう。女性たちが部屋を出るとき、サー・ダマスクは「あなた方は出かけることになると思うね」と言った。

モノグラム令夫人は部屋を出るとき、振り返って、夫の軽率さを責めた。「もちろん私たちは出かけます――一時間たったらね」と彼女。

「なぜなら、わかるだろ――」と彼は言うと、妻を呼び戻した。「私がここにいなければならないなら、もちろんここにいるよ。が、その必要がないなら、社交クラブへ行きたいね」

「どう言ったらいいかしら？　今夜はクラブのことは忘れてください」

「いいとも。――ただここに独りでいるのは退屈だね」

そのとき、ミス・ロングスタッフが「何かありましたか？」と聞いた。「今夜私たちが外出することに何か問題でもありますか？」

「わかりません。状況がどうなっているかわからなくて、とても困っています。皇帝が出席なさらないという噂があるようです」

「そんなこと、ありえません！」

「ありえないと言うのは、それはそれで結構ですがね、あなた」と、モノグラム令夫人は言った。「でも、みながそういうことを噂しています。メルモットさんが大人物であるのはわかります。でも、おそらく――何かが起こって、そのせいで見捨てられるんです。そういうことは起こります。身支度を終えるほうがいいでしょう。私もそうします。でも、皇帝が出席なさっていると聞くまでは、行けるかどうかわかりません」それから、令夫人は、葉巻を吸うことでわびしく気を紛らしていた夫にふいに襲いかかった。「ダマスク」と、彼女は言った。「あなたが見て来てくださらなくちゃ」

「何を見て来るんだい？」

「王子や皇帝があそこにいるかどうかよ」

「ジョンをやって聞けばいいよ」と、夫は提案した。

「ジョンならきっとへまをします。あなたが行かれたら、ほんとうのことがすぐわかります。馬車に乗って、ただ玄関に入ってください。そうすれば状況がすぐわかります。——私があなたなら、すぐやります」

サー・ダマスクはとても気立てのよい人だったが、この仕事をやりたくなかった。「反対する理由は何です？」と、妻が聞いた。

「よそのうちに行って、当人が行く前に客が来ているか聞くなんて！　ちょっとわからないな、ジュ」

「客が来ているかって！　馬鹿々々しい！　皇帝と王室の全部ですよ！　そんじょそこらのパーティーのような言い方じゃありませんか。こんな催しがたぶん前にあったことも、二度あることもありません。あなたが行かないなら、ダマスク、私が行かなければなりません。私が行きます」サー・ダマスクはしばらくうめいたり、葉巻を吸っていたりしていたが、自分が行くと言い、妻を諫める言葉をたくさん並べた。とんでもなく厄介だった。皇帝も王子も嫌いだったし、こういう雑用の何もかもがいやだった。彼は社交クラブで夕食を取って、晩餐会は取りやめになったと、うちに伝言を送っていればよかったと心から思った。それでも、とうとう屈服すると、妻が部屋を出て辻馬車を呼びに行くに任せた。辻馬車が呼ばれ、来たと告げられた。しかし、サー・ダマスクは大きな葉巻を吸い終わるまで動こうとしなかった。

彼がうちを出たのは十時をすぎていた。グローヴナー・スクエアに到着するとすぐ、晩餐会が行われていることを見て取った。屋敷は照明で明るくなっていた。玄関のまわりには使用人の人混みがあった。スクエアの半分は馬車でふさがれていた。玄関にたどり着くのにかなり時間を取られたが、そこに着いたとき王室のお仕着せを着た人々を見た。晩餐会が進行中であることに疑いがなかった。皇帝も王子も王女もみなそこにいた。サー・ダマスクがそのとき見た限り、晩餐会は大成功だった。しかし、そこを抜け出すのにまた時間を取られた。うちに帰り着く前に十一時近くになっていた。「大丈夫だ」と、彼は妻に言った。「みんなあそこにいる。間違いないよ」

「皇帝がいるのは確かですか」

「当人には会っていないけど、見る限り確かだね」

ミス・ロングスタッフはこのときその場にいて、身柄を引き受けてくれた友人に対してなされたじつに不適切な中傷に、憤慨せずにいられなかった。「こういうことはまったく理解できません」と、彼女は言った。「皇帝はもちろんそこにおられます。皇帝が来られることは先月からわかっていました。こういうことに何の意味があるんです、ジュリア?」

「私の小さな問題は私のやり方で処理することを、あなた、許してもらわなければなりません。たぶん私が馬鹿でした。でも、理由があります。さあ、ダマスク、馬車があるなら、出かけたほうがいいです」馬車があったから、二人は出発した。この種のことに慣れているモノグラム令夫人にとっては前例のない遅れのあと、玄関に到着した。玄関広間にはひどい雑踏があった。人々は階下におりて来るところだった。しかし、二人はついに上の部屋に進んで、中国皇帝と王室のみながそこにいたが、すでに立ち去っているのを発見した。

サー・ダマスクは女性たちを馬車に乗せると、すぐ社交クラブへ向かった。

註

（1）ロンドン南西部ウエストミンスター南端のテムズ川北岸地域。北西に Belgravia、西に Chelsea と隣接する。

（2）Regent's Park の南、Oxford Street、Marylebone Road、Edgware Road、Great Portland Street に囲まれる地区。

第六十二章　大晩餐会の夜

モノグラム令夫人は会場から抜け出せるとすぐ、うんざりしてメルモットの屋敷をあとにした。とはいえ、私たちはしばらくそこに戻らなければならない。客はいったん応接間に入ってしまうと、晩餐会の失敗を直接意識しなかった。群衆は予想されたほど密集していなかった。しかし、客は午前三時か四時まで部屋から出ることができないだろうと、馬車は朝食の時間までグローヴナー・スクエアから出られないだろうと、こういう問題に精通している人々は断言した。このような事態を予想して、メルモットは貴顕貴戚のために私的に退去する手段を用意しなければならないと告げられた。壁をかなり壊し、家全体の配置を動かして退出口が用意された。期待されたような人の集まりはなかった。それでも、部屋はかなりいっぱいになった。メルモットは、致命的なことはまだ何も起こっていないと思って、心を慰めることができた。

集まった人々の大部分は、今日の主人役が法の番人に引き渡される何か大きな詐欺を犯したと確信していた。そんな噂が広まるとき、人々はいつもそれを信じる。それを信じるとき、興奮と喜びを感じる。こんなとき、分別くさくためらうのは鈍感だし、よそよそしい。告発を苦痛に感じるほど告発された人が身近な人だったら、私たちはもちろん噂を信じない。しかし、告発された人から距離があったら、その人についてどんな噂でも信じる。今回の場合、誰もが心からメルモットを嫌っていたから、みんな噂を信じた。こんな男が恐ろしいことをしたというのは、じつにありうることだった！　詐欺が大規模な、恐ろしいものであることを、人々はただただ望んだ。

メルモットはその夜階上ですごすあいだ、ずっと王室の方々の近くにつき従った。心に重荷がないときよりはるかにりっぱに振る舞った。彼のほうから会話を始めようとはほとんどしないで、話しかけられたときだけ簡潔に答えた。彼は客の出席が無罪評決を彼にくだす眼前の証拠だと見なし、細心の注意を払って記憶をたどり、次々に知っている出席者の名をあげた。政府の閣僚がみなこの場に出席しているのを見て、できれば自由党員としてウエストミンスター選挙区から当選したかったと思った。出席が予定されていた一人の王子も、一人の王女も欠席していないのを見て、彼がインド局で一暴れする結果となった王室の怠慢を濡れ衣として許した。どれほど大きな危険が前途に待ち受けているか彼は知っていたけれど、こういうことに心を向けることができた。多くのことがなされているなか、主人役らしくほほ笑もうと努めて立っていた。客が帰るとすぐ彼を逮捕しようと構えて、六人の刑事がすでに玄関広間に、おそらく着飾った一、二の刑事が王族の面前に配置されており、今は彼が逃げ出さないように監視しているところだろう。それでも、彼は重荷に耐えて、ほほ笑んでいた。こんな重荷を負い、いつ押しつぶされるかわからないと意識しながら、つねに生きてきた。こういう危険を冒さなければならないことは覚悟している。危険が近づいても、危険だけなら立ちすくむまいと千度も心に言い聞かせている。彼は住むことにした国の刑法の重いくびきを避け、きわどいことをしようといつも試みてきた。計算を確実なものにするため、刑法を研究した。しかし、外的な状況のせいで、意図したより深い淵に落ち込んでいるといつも感じる。決死隊を率いる兵士が、また真珠を求めて潜る潜水夫が、また熱病のはびこる海岸で宝を探す探求者が、手に入れるものが大きければ大きいほど危険も大きいことを知っているように、彼は人生に可能性が開ければ開けるほど、恐ろしい破局が待ち受けることに気づいている。この世でもっとも高貴な人々をもてなせるくらい高い身分に昇り、今のような大人物になることを、いつも考えていたわけではないし、望んでいたわけでもない。しかし、今や大人物になり、大きな危険も抱えるようになった。これまでのように正確に計算することができなくなった。不名誉なものに穏やかに耐えるよう、浴びせられる非難を無視するよう、不快な十五分がやって来たとき、将来の欠乏に備えて充分なものを蓄え、それを敵の手の届かないところに置いたことを思い起こして慰めとするよう、心の準備をしてきた。とはいえ、知性が新しい計画を描き出すにつれ、また野心が分別に勝ちを占めるにつれ、彼は予想していた安全地帯から徐々にずり落ち、不名誉より悪いものに耐えていかなければならないことに気づいていた。

彼はその場に立ってほほ笑み、うなずき、皇帝の主人役を礼儀正しく演じた。しかし、このときくらい彼自身の性格と行動を正確に調べあげ、厳しい覚悟に至ったことはおそらくこれまでに一度もなかった。そうだ。——逃げ出すことはできない。彼はすぐそのことを確信した。捕まる前にたとえ逃げ出すことができても、あまりにも高く昇りつめているので、逃亡者として逃げおおせることはできなかった。逃げ出すことですぐ罪がばれてしまわなければいいが、実際にはばれてしまうので、今いる場所で耐えなければならない。彼は勇気を持って耐えるつもりでいた。それにしても、すぎ去った一、二時間を今振り返ってみるとき、晩餐会会場ではたんにおびえていただけでなく、おびえたようすを外見にも表していたことに気づく。出し抜けにこういう事態に襲われたため、自分を見失っていた。彼はそれを認めた。トッドやボークラーク卿にあんな質問をすべきではなかった。空席について話すとき、ふだんより上機嫌にアルフレッド卿に対応すべきだった。しかし、覆水を盆に返すことはできない。彼は不意打ちにあったので、狼狽してしまった。とはいえ、二度と狼狽などすまい。何ものにも——警察官の手足にも、治安判事の令状にも、友人の横領にも、シティの軽蔑にも、ウエストエンドの孤立にも——ひるまないようにしよう。明日はまるですべてが順調であるかのように、有権者の前に出て、一歩も退くまい。胸に勇気を具えていることをとにかくみなに知らせよう。彼は傲慢の罪を犯したことも自覚した。私たちが犯して、改めようとしても改められない罪、心のなかでしか自白できない罪を理解するように、彼は今その罪を理解した。今自分に課した課題、状況によって重みを増してきた課題に耐えることをとても難しいと感じた。面識をえたこれらの大物たちに上機嫌に対応すべきだった。金によってだけでなく、友愛の感情によっても、これらの大物たちと結びついていなければならない。今それをみな理解した。覆水を盆に返すことができないことも理解した。彼がこういうことを考えながらそこに立っているとき、おのれの勇気に確信を抱き、それを誇りにしていたと、私は思う。彼はたくさんのことに気づき、いくつかのことを見出した。それでも、それをみな解きほぐすことは容易ではない。すぐ罠にかかるのは小害獣や小鳥だ。しかし、狼や猛禽は捕まる前に激しく戦う。最悪の事態が訪れようと、彼はまだ使える手段を用いて強固に戦いを繰り広げよう。詐欺が巨大であるとき、その多様性と大きさのゆえに安全なところがある。この世のこういう貴顕貴戚が彼の客だったという事実は、彼に好意的に働くのではないか？　太陽の真の弟を実際に晩餐会でもてなした男は、被告席に立たされるはずがない。ふつうの重罪犯のようにそこから監獄に送られるはずがない。

マダム・メルモットはその夜ずっと階段のてっぺんに立っていた。客の到着に間が空いたとき、ちょっと休める椅子を後ろに置いていた。もちろん奥方もディナーの席に着いた――ただそこに座っていただけだ――けれど、女主人役だったので、どんな義務も課されなかった。奥方は噂をまったく耳にしなかった。おそらく家中でもっとも噂を聞く立場にいなかった。テーブルが満席かどうか確かめることなど思いつきもしなかった。大きな目を中国皇帝に釘づけにして座り、皇帝や王子たちを眺めている自分の運命を不思議に思っていたに違いない。奥方は行くようにうながされて食堂から応接間へあがって行き、寝室で休めたらとだけ願いながら、そこで仕事をはたした。彼女は置かれた立場をほとんど理解していなかったし、夫の仕事にほとんど共感を抱いていなかったと、私は思う。奥方は金や安楽やダイヤモンドや豪華なドレスを愛したが、公爵夫人や皇帝とのつき合いを楽しめるはずはなかった。メルモット時代が始まって以来、マダム・メルモットが誰からも話しかけられないのはみなの了解事項となっていた。

マリー・メルモットはディナー・テーブルに着くことを断った。初めこれが父娘喧嘩の原因となった。父は婚約者として認めている若いニダーデイル卿の隣に娘が座ることを望んだからだ。しかし、リバプールへの駆け落ち以来、父はこの問題で弱腰になっている。まだこの婚約に固執しているものの、今は大っぴらに騒がないほうがいいと思っていた。マリーは初め応接間でマダム・メルモットのそばに立ち、のちには雑踏のなかで目立たなくしていた。彼女はじつに奇妙な状況で最近駆け落ちした若い娘として、ある淑女たちの関心のまとだった。とはいうものの、誰からも話しかけられることはなかった。とうとう彼女は面識のある女性を見つけると、今度は勇気を奮い起こして話しかけた。それは母からここに連れて来られたヘッタ・カーベリーだった。

カーベリー令夫人とヘッタはもちろん准男爵の駆け落ち前だが、彼からチケットを贈られた。駆け落ちのあと、メルモット家からチケットについて何か言われることもなかった。カーベリー令夫人はこの一件が私的ないさかいの原因としてメルモットに見られることを心配し、困ってブラウン氏に相談した。ブラウンは今や令夫人が困ったときの頼りの杖だった。ブラウンは晩餐会に出るつもりでいた。こういうことはみな、メルモットの名がまだ雪のように汚れのないときに起こった。ブラウンはカーベリー令夫人がチケットを利用しない理由がわからなかった。たんに皇帝が王子たちに取り巻かれているところを見るチケットにすぎなかった。若い娘の駆け落ちは「あなたの問題」ではありませんと、ブラウンは言った。「この駆け落ちにかかわっていないとあなたが思っていることを示すためにも、私なら行きますね」カーベリー令夫人は助言通りにして、娘を一緒に連れて行った。ヘッタが行くことに反対したとき、母は「馬鹿なことを言わないで」と言った。「ブラウンさんの見方はまったく正しいです。これは私的な晩餐会というより、皇帝に敬意を表する大きな意思表示です。――私たちはメルモット家を怒らせるようなことをしていません。あなたは皇帝に会いたいでしょう」母娘がウェルベック・ストリートを出発する数分前、晩餐会の責任者を通してメルモット家から送られた、鉛筆で書かれたブラウンの短い手紙が届いた。「噂を気にしてはいけません。私はここに来ています。見る限り晩餐会は順調。Eはすばらしく、Pたちはクロイチゴのようにたくさん来ています」カーベリー令夫人は準備に大わらわで報告を聞くような状態ではなく、これが何を言っているかわからなかった。もちろん彼女は行った。ヘッタも一緒に行った。

母は皇帝の恐れ多い穏やかなご尊顔に目を釘づけにして、ブッカー氏に話しかけた。ヘッタがそんな母の近くで隅に独り立っていると、マリー・メルモットがおずおずと忍び寄って、いかがですかと聞いて来た。ヘッタはこの哀れな娘を一つには大メルモットの娘として、一つには兄が駆け落ちに失敗した相手として恐れていたから、あまり彼女に心を開くことができなかった。しかし、マリーはそれにひるまずに、「私が話しかけたことで、気を悪くなさらなければいいです」と言った。ヘッタは愛想よくほほ笑んだ。マリーの母の客としてここに来ていると感じたので、彼女から話しかけられて気を悪くするはずがなかった。「お兄さんとのことはご存知だと思います」と、マリーは視線を床に落として囁いた。

「噂に聞きました」と、ヘッタは言った。「兄からは話してもらっていません」

「ねえ、ほんとうのことが知りたいです。私は何も知りません。ミス・カーベリー、もちろん私は彼を愛しています。心から愛しています！　この世の誰よりも彼を愛していなかったら、あんなことはしなかったとあなたに思っていただきたいです。もし娘が男を愛したら、――心から愛したら――、その愛がすべてに優先されなければならない、そう思いませんか?」

ヘッタはこの問いに答える用意ができていなかった。どんな状況に置かれても、自分なら男と駆け落ちなどしないのは確かだと感じた。「よくわかりません。それに答えるのはとても難しいです」とヘッタ。

「私はそう思います。悲嘆に暮れているとき、何を頼りにしたらいいでしょう? 彼が私に誠実でありさえしたら、人から何と言われようと、何をされようと私は気にしません。なぜ彼が来なかったか、――それについて――教えていただけませんか?」これも答えるのが難しい問いだった。サー・フィーリックスが酔っ払って転がり込んで来たあの恐ろしい朝――もう四日前になるあの朝――以来、今夜まで兄はウェルベック・ストリートの家から出ていなかった。彼はカーベリー令夫人が晩餐会に出発する数分前に家を出たものの、それまではほとんど寝床を離れなかった。ディナーの時間まで寝ていて、それからだらしないかっこうで降りて来て、また寝室に戻って行った。そこで煙草を吸い、水割のブランデーを飲み、頭が痛いと不平を言った。病気、というのが言い分だった。――彼はほんとうに萎縮しており、いつも出かけるところにさえ行く勇気をなくしていた。社交クラブで喧嘩をしたこと、リバプールへ駆け落ちしようとして世間に知られたこと、酔って通りをうろつき回ったことを自覚していた。外に出る勇気をなくして、日に日にその思いを強めていた。今は引きこもっていることにかなり疲れて、できればルビー・ラッグルズに慰めを見出そうと這い出した。「教えてください。彼はどこにいますか?」と、マリーは懇願した。

「兄は最近体調を崩しています」

「病気ですか? ねえ、ミス・カーベリー、教えてください。私のように彼を愛していることがどういうことかおわかりでしょう。――おわかりになりませんか?」

「兄は病気でした。前よりよくなったと思います」

「彼はどうして私のところに来ないんでしょう？　使いを寄越さないいんでしょう？　知らせを送って来ないんでしょう？　残酷じゃありません？　教えてください。――ご存知のはずです。彼はほんとうに私を愛していますか？」

ヘッタはひどく当惑した。この娘は称賛に値する真情をさらけ出した。ほとんど見知らぬ人を相手にこんなふうに愛情を吐露するマリーの遠慮のなさを、ヘッタは理解することができなかった。けれど、マリーが兄に対してはっきり示した愛情に共感せずにいられなかった。「フィーリックスは自分のことをこれまでほとんど私に話したことがありません」とヘッタ。

「もし私が彼から嫌われているなら、彼とのことを終わりにします」と、マリーは重々しく言った。「教えてもらえさえしたら、それでいいです！　彼から愛されていると思ったら、私は――ええ――彼のために世間の冷たさを切り抜けます。パパが何と言おうと、私を止めることはできません。それが私の真情です。あなた以外にこのことを話した人はいません。変じゃありません？　私には話しかける相手がいないんです。それが私の実情です。それを少しも恥じていません。恋することを不名誉とは思っていません。ですから、恋することなしに結婚するのはよくありません。それが私の考えです」

「ええ、それはよくありません」と、ヘッタはロジャー・カーベリーのことを考えながら言った。

「でも、もし私がフィーリックスから嫌われているなら！」と、マリーは声を低い囁きに落として、それでも相手にはっきり言葉を届ける声で続けた。マリー自身が兄からまったく「愛されていない」事実に気づくのがいちばんいいと、ヘッタは今強く思ったが、それを言葉にする気概を具えていなかった。「あなたのお考えをちょっとお聞かせください」とマリー。ヘッタはそれでも黙っていた。「ええ、――わかりました。

つまり、彼をあきらめなければならないということですね？」

「どう言えばいいでしょう、ミス・メルモット？　私はフィーリックスから何も聞いていません。私の兄ですから、――あなたが兄を愛してくださるので、私はもちろんあなたを愛します」ヘッタは言おうとした以上のことを言ってしまった。けれども、何か親切なことを言う必要があると感じた。

「愛してくださる？　まあ！　あなたから愛されるといいです。あなたから愛されたいです。誰からも、私は愛されていません。あそこにいる方は、私と結婚したがっています。彼をご存知かしら？　ニダーデイル卿です。とてもいい方ですが、卿はあなたを愛するのと同じくらいにしか私を愛していません。それが男の方のやり方です。私のやり方じゃありません。私ならフィーリックスと逃げて、彼が貧乏になったら、彼の奴隷になって奉仕します。じゃあ、そういう思いももうおしまいですか？　私の言葉を彼に伝えてくれませんか？」ヘッタは妥当な約束とは思わなかったものの、そうすると約束した。「私が事情を知りたがっていると、それだけ彼に伝えてください。知りたいです。わかってくださるでしょう。真実が知りたいです。今おおかたのところは知っていると思いますが。知ることができたら、どうなろうとかまいません。結局同じことでしょうね。私はあの若い卿と結婚することになります。ひどい結婚ですけれどね。私はただ自分というものをまったく持たない存在になります。でも、いろいろあったあとですから、彼は私に一言言うべきです。一言言うべきだとお思いになりませんか？」

「確かにそう思います」

「じゃあ、彼に伝えてください」とマリーは言うと、うなずいて、忍ぶように去って行った。

ニダーデイルはミス・カーベリーと会話を交わすマリーを観察していた。卿は噂を聞いていたから、ほかの人より当然用心する必要があると感じた。しかし、噂で言われていることを信じなかった。男が徹底的に不道徳に振る舞う世界、博打をし、酔っ払い、借金をし、ほかの男の妻に言い寄る、そんなことが日常茶飯事の世界に卿は住んでいる。その種のことを耳にしてもぜんぜん衝撃を受けなかった。とはいえ、詐欺というものがこの世にあると信じるほど、まだ歳は取っていない。マイルズ・グレンドールがカード賭博でペテンをすることを許容することができなかった。メルモットが文書を偽造したという考えを、将校による戦場逃亡と同じくらいありえない衝撃的なことと見ていた。ふつうの兵ならそんなことをするかもしれないと思った。卿は前回マリーに会ったとき、ほとんど恋に落ちていたから、彼女の父について容赦ない噂があるので、それだけいっそう彼女に優しくしたいと思った。それでも、注意が必要であることはわかっていた。この件で「落馬」したら、とてもひどい落馬になるだろう！「晩餐会は気に入っていますか？」と、卿はマリーに聞いた。

「ぜんぜん好きになれません、殿さま。あなたはいかがです？」

「とても気に入っています。皇帝はこれまで見たなかでいちばんの見ものだと思います。フレデリック王子」――イギリスの身内のところに当時滞在していたドイツの王子――「は腹に麦わらをいっぱい詰めて、毎朝ヘイマーケットの店で化粧直しをしてもらうと言っています」

「王子が話すのを聞いていました」

「もちろん王子は口を利きます。麦わらだけでなく機械仕掛けも腹にあります。王子はこれまでに会ったいちばん威厳のある老人だと思います。彼と一緒に夕食ができてとてもうれしいです。できなかったら、すてきな老いた口に彼が実際に食べ物を入れているかどうかわからなかったでしょう」

「もちろん入れていました」

「先日私たちが話し合ったことを考えましたか？」

「いいえ、殿さま。──あれ以来考えていません。考える必要がありますか？」

「ええと、──おわかりでしょうが、ふつうはそれを考えますね」

「それを考えてはいけません」

「いけないって？　この三か月そのこと以外私は考えていません」

「結婚するか、しないかでしょう」

「言いたいのはそういうことです」とニダーデイル卿。

「私の言いたいのはそういうことじゃありません」

「あなたを理解することは、とてもできそうもありません」

「そうでしょう。あなたが私を理解することはできません。あら、まあたいへん。──みんな帰って行きます。道を空けなければいけません。あれはフレデリック王子でしょう、麦わらについてあなたに話した？　ハンサムですね？　紫のドレスを着た──真珠だらけの──あの方は誰です？」

「ドゥオーザ王女です」

「まあ、──奇妙じゃありません？　人々をたくさんうちに招待しておいて、その人たちに一言も話しかけられないなんてね。みっともないです。さようなら、殿さま。あなたが皇帝を気に入ってくださってうれしいです」

それから、人々が帰って行った。客がみないなくなったとき、メルモットは妻と娘を馬車に乗せた。そのとき、照明を消し、歓待の残り火をあちこちで消している使用人に最後の指示を与えたら、ブルートン・ストリートまで彼は徒歩であとを追うと告げた。これまで捜すようすを見せないように注意しながら、アルフレッド卿を捜していた。しかし、アルフレッド卿は姿をくらましていた。アルフレッド卿は崩壊する家からいつ逃げ出したらいいか知っている人だった。メルモットはアルフレッド卿のためにこれまでしてやったことを一瞬考えた。その一瞬、身内に逃げ出されるという、迫り来る追加的な悪の兆候というより、実体のある忘恩の毒に胸を刺し貫かれた。すべてを考慮すると、晩餐会はとてもうまくいったと、彼は妻を馬車に乗せて言うとき、ふつう以上に愛想がよかった。「もう少し安くあがったらよかったのが、ただ一つの心残りだな」と、笑って言った。それから、彼は屋敷に戻ると、今はまったく人気のない応接間にあがった。照明のいくつかはすでに消されていた。使用人は階下で忙しく立ち働いていた。彼は皇帝が座った椅子に身を投じた。こんな運命に恵まれるなんて、すばらしいことだった。どこかのドブから出てきた少年だった彼が、ロンドンの自宅で中国皇帝とイギリスやドイツの王族をもてなすとは、しかもほとんど首にロープを巻いた状態でそんなことをするとは、何とすばらしいことか。たとえこれですべてが終わっても、彼は人々の記憶に残るだろう。監獄に入れられる前に催した大晩餐会は、歴史に残るだろう。彼がウエストミンスターという大選挙区の保守党候補――おそらく選出されることになる議員――になったことも記憶されるだろう。また、彼にかかわるかなりの部分が、忘却をまぬがれることもそれなりに確信した。彼は皇帝が使って神聖なものとなった肘掛け椅子に座り、堂々たる揃いの部屋を見渡しながら、「私ハ完全ニ死ヌコトハナイ[1]」と彼の言葉で胸中唱えた。

　彼はまだ一人の警官にも悩まされていなかった。「お尋ね者」とほのめかされてもいなかった。これまでのように事態が進まないというような兆しも、はっきり見出していなかった。晩餐会のテーブルに客が減っていたことと、マイルズ・グレンドールが言った言葉以外に、状況は以前と少しも変わらなかった。黒い影におびえてしまっただけではないか？　もちろんそんな黒い影があることは承知していた。前にも同じような黒雲に生を曇らされ、黒雲の続く嵐を切り抜けてきた。晩餐会のテーブルで不意に駆り立てられたあの弱みを、恐怖のせいで表さずにいられなかったあの麻痺を彼はとことん恥じた。あんなおびえを見せてはならなかった。人々から噂されるとき、少なくとも男らしい男だと言われたかった。

彼がこんなことを考えているとき、ドアの一つから頭が覗いて、すぐ引っ込んだ。秘書だった。「君か、マイルズ?」と、彼は言った。「入れ。これから帰るところだ。客がみないなくなったあと、からっぽの部屋がどんなものか見るためにあがって来たんだ。お父さんはどうしたかね?」

「父は帰ったと思います」

「そのようだな」とメルモット。彼は屋敷の没落とその結果起こるネズミの逃亡を広く世間に知らせるように、声に嘲りの調子を込めずにいられなかった。「晩餐会はたいそううまくいったと思うね」

「そうですね」と、マイルズはドアのそばに立ったまま言った。グレンドール父子は数語――ほんの数語――意見を交わしていた。「おまえはちゃんと給料をもらっていますから、今夜は最後まで屋敷を見届けるほうがいいでしょう。私はずらかります。事態がどう転ぶかわかるまで、明日は大人物に近づかないようにしましょう。何とまあ、いやというほどあの男とつき合ってきましたから」しかし、アルフレッド卿はまだいやというほど大人物の金を吸いあげていなかった。――金のことさえなかったら、もっと早くずらかっていたと思われる。

「そんなところに立っていないで、なぜ入って来ない?」と、メルモットは言った。「君が恐れる皇帝はもうここにいない」

「ぼくは誰も恐れません」とマイルズは言うと、部屋の中央に歩いて来た。

「私も恐れない。ほかの人が恐れるからといって、そいつは何者だというんだ。私たちは死ななければならないから、何事にも終わりが来ると思う」

「まあそうですね」とマイルズ。彼は主人の心の動きをほとんどとらえることができなかった。「終わりがどんなに早くても、私は気にしない。私みたいに働いてきたら、人はふつう私の歳には疲れ切ってしまう。明日は十時に選対に行ったほうがいいと思うね」

「それがいいと思います」

「君はその時間までにそこに来られるかね？」マイルズ・グレンドールはゆっくり曖昧にうなずいた。「君の親父に都合がつくだけ早くそこに来てくれるといいと伝えてくれ」

「わかりました」とマイルズは言って、いとま乞いをした。

「野良犬どもめ！」と、メルモットはほとんど大声で言った。「父子とも選対には現れないだろう。やつらは裏切と逃亡で私に害を与えられるなら、害を与えようとするんだ」それから、彼は支払った金にグレンドール父子が値するかどうかふと考えた。「野良犬どもめ！」と再び言った。彼は広間に入ると宴会場を抜け、彼の席があった場所に立った。何という一コマだったろう！　何と心がめいったことだろう！　いちばん応えたのは、ロンドン市長の背信行為だった。「やつらは何という臆病者だろう！」職人たちは彼が何者か気づかず、おそらく気づかないまま片づけ作業を続けた。ディナーは契約でまかなわれたから、契約相手の現場監督がそこにいた。屋敷の維持と改装は、別の契約者に託されていた。そっちの監督は現場が錠で閉ざされるのを待っていた。腹心の事務員――メルモットに長年仕えて主人のやり方を熟知している――が、資産を保護するためそこにいた。「さようなら、クロール」と、彼はドイツ語でその事務員に言った。クロールは帽子に片手で触れて、別れの挨拶を返した。メルモットは事務員の声の調子に注意深く耳を傾け、そこから何か内面のしるしをとらえようとした。クロールは噂を知っているだろうか？　知っていたら、それをどう思っただろうか？　クロールは以前主人が危機に陥ったと知ったとき、それを切り抜けるまで助けてくれた。メルモットは彼に聞いてみようと一瞬間を置いた。しかし、黙っているのがいちばん安全だと最後に得心した。「安全を見守っているんだろ、え、クロール？」クロールは間違いが起こらないように見守っていると答えた。メルモットはグローヴナー・スクエアに出た。

彼はバークリー・スクエアからブルートン・ストリートへと、あまり遠く歩く必要がなかったから、輝く星を見あげながらしばらく立っていた。あの見知らぬ遠い星の一つへ、今の知性を持ったまま今の重荷なしに行くことができたら、この地上でやったよりもっとうまくやれるだろうと思った。今でもこの地上のどこか遠い片隅で、名も声望も富もなく身を置くことができたら、もっとうまくやれるだろうと思った。しかし、彼はオーガスタス・メルモットだ。最後までどんな重荷であろうと耐えなければならなかった。彼の名が知られない、追跡されない遠い場所へたどり着くことはできなかった。

註

（1）ホラティウス『歌章』（*Odes*）第三巻三十番第六行。

第六十三章　選挙当日のメルモット氏

イギリスで無記名投票による選挙が法律で確定してから、ウエストミンスターのような大選挙区の国会議員選挙でそれが実施されたことはいまだなかった。これまで選挙の運営を知っていた、あるいは知っていると思っていた人々——確約された票を数え、明確な反対票を分け、疑わしい票を斟酌してきた人々——は、今当惑していることを告白した。三日前に賭け率はかなりメルモット側に有利だった。これは有権者の政見を分析した結果によるというより、メルモットという名に付随する声望によるものだった。それから、日曜があいだに入る。月曜になると、朝から夕方にかけてメルモットの賭け率はさがり続けた。月曜の朝、支持者たちは支持の落ち込みを、こういう問題でよくある揺り戻しのせいにして軽視していた。しかし、午後も後半に向かうころ、シティの噂が人々の口にのぼると、メルモットの選対にほとんど人がいなくなった。六時には彼の立候補を取りさげたほうがいいと提案する者まで出た。とはいえ、そんな提案を直接本人に向かって言い出す者はいない。——おそらくそれを言い出す勇気を誰も持ち合わせていなかった。月曜夜には、メルモットと党にかかわるあらゆる選挙活動と戦略が徐々に終息し、関心は大晩餐会に移った。

一方、アルフ氏の支持者たちはとても忙しく働いた。対立候補に対してなされたこんな告発に選対がどう対応すべきかについて、少数の人々のあいだで綿密な打ち合わせが行われた。『説教壇』の夕刊は、名を伏せ、詳細を控えているものの、この件に直接かかわる人々には当然わかるように、この噂で言われていることを報道した。アルフは副編集長がこの記事を取りあげたと、新聞が大衆に伝えなければならないニュースを提供したにすぎないと説明した。アルフ自身は、噂は選挙とは無関係であり、勝負ありといったような書き方はしていないと述べた。

アルフの選対の老紳士は、噂を最大限利用すべきだという意見を持っていた。「この噂はまさしく私たちみながずっと信じていたことにほかなりません」と、老紳士は言った。「食い止められるものなら、あんな男に議席を渡す必要はありません」彼は誹毀中傷の告発を受けない程度に、――誇張も含めて可能な限り――、噂を拡散するため、何でもすべきだと言った。賢い老紳士はこれを実行するやり方をいろいろ知っていた。とはいえ、選対は全体としてそんなふうに戦うことに反対した。大衆の意見には法廷が出す審判に似た側面がある。結局のところ、もしメルモットが詐欺を犯していなかったら、――あるいはもっとありうることだが、詐欺で告発されなかったら――、そのときは、非難が純粋に選挙目的ででっちあげられたと言われるだろう。そうなったら、関係者みなを完全に押しつぶす反動が起こるだろう。個々の紳士は、個々の有権者にもちろん好きなことを言っていい。しかし、アルフの選対は、選対として噂をあからさまに利用すべきではないという方針で最終的に合意した。選対で働いていた人々は、それでなくともさまざまなことで充分忙しかった。彼らは皇帝の晩餐会を嘲笑のまとにした。ロンドンにそのとき居合わせた王族をもてなすため、財産を使うことを申し出たからといって、それでシティの紳士を国会に当選させる必要があると思うかどうかを有権者に問うた。メルモットの信用を貶めるため、新聞で多くのことを公にし、プラカードで多くのことを書いてきた。それにしても、もし最新の噂がシティから出て来なかったら、それと同じくらいの毒を持つものは、どこからも出て来なかっただろう。夜の十二時、アルフの選対がお開きになり、メルモットが寝床に就くためうちに向かうころ、社交クラブの一般的な意見は、ずいぶんアルフ側に好意的になっていた。

翌朝火曜［七月九日］、メルモットは八時前に起床した。まだ警察から呼び出されてはいない。告発がなされることになったとの公式の通知も受けていなかった。彼は寝室から降りて来るとすぐ一階の奥の居間、ロングスタッフが書斎と呼んでいる部屋、ロングスタッフの屋敷に入ってから、メルモットがうちで仕事をするときに使っている部屋、に入った。彼は早朝と――アルフレッド卿が帰ったあとの――夜ふけに、しばしばここに入る。この部屋には引き出しが床までついた重い机が二つあった。家主のロングスタッフが机の一つを使っており、鍵をかけていた。家を一時的に貸借する取引をしたとき、メルモットとロングスタッフは親友だった。ピッカリングの購入条件が整ったばかりで、疑惑のどんな芽もまだ生じていなかった。二人の紳士のあいだですべてが何の支障もなく執り行われた。うん、いいとも！　ロングスタッフは好きなときにここに入ることができる。彼、メルモット、はこの家をいつも朝十時に出て、夕方六時まで帰らなかった。女性たちはこの部屋に入らなかった。使用人たちはこの部屋に関する限りロングスタッフを主人と見なすことになっている。もしロングスタッフが認めてくれるなら、メルモットが机の一つの鍵をもらおう。この件はじつに快く取り計らわれた。

メルモットはこの部屋に入るとすぐドアにかんぬきをかけて、彼の机に座り、引き出しから書類――手紙の束と小さな文書の束――を取り出した。彼はちょっと調べたあと、これらの書類から三つか四つ――それぞれの束からおそらく二つか三つ――を選び出した。これらを非常に小さな断片に割き、ガスレンジの火にかざして燃やし、灰を大きな陶器の皿に落とした。それから、開けた窓から庭に灰を吹き散らした。一つの文書を除いて、残りをみなこんなふうに処理した。残った文書は少しずつちぎって口に入れ、紙をかんで柔らかくし、呑み込んだ。これをやり終えて、引き出しに再び鍵をかけ、もう一つの机、ロングスタッフの机、に歩いて行き、ある引き出しの取手を引いた。開いた。――それから、彼はなかのものに触れることなくそれをまた閉めた。そして、ひざまずいて錠と、錠のかんぬきが入る上の穴を調べた。これをし終えてまた引き出しを閉めると、ドアのかんぬきをはずして、彼の机に座り、手近にあった鈴を鳴らした。彼はいつものように大急ぎのやり方で手紙を書いている姿を使用人に見せ、朝食の用意ができたと告げた。いつもまわりに山のように新聞を積んで独りで朝食を取る。この日もそうした。すぐ『説教壇』に彼について書かれた一節を見つけると、顔色を少しも変えることなく、筋肉を一つも震わすことなくそれを読んだ。彼の姿を今見る者は一人もいなかった。――しかし、彼はどんなときも、独りでいるときも、群衆のなかにいるときも、突然発言を求められるときも、――逮捕をほのめかす警官から初めて踏み込まれるときさえも――、筋肉を一つでも震わしたり、心臓から一滴の血でも失ったりして、胸のうちをうっかり外に表すことなどすまいと決意し、行動している。まったくひるむことなく、いつも武装して切り抜けるつもりでいた。やらなければならないからやるつもりでいる。

彼は十時にホワイトホール・プレイス(1)の選対本部に向かって歩いた。四輪箱馬車で行くより歩くほうが、世間にしっかり顔を向けることになると思った。箱馬車には十一時に選対に来て、彼がいなかったら一時間待つように指示を出した。彼はときの大賓客を成功裏にもてなした男として、勝利の笑みを穏やかに浮かべつつ、ボンド・ストリート、ピカデリー、リージェント・ストリート(2)を通り、ペルメルを抜け、チャリングクロス(3)に着いた。クラブに近づいたとき、二、三の知人に会って会釈した。彼らは愛想よく会釈を返してくれたが、一人も立ち止まって話しかけて来ようとしなかった。噂がなかったら、一人くらいは立ち止まってくれたことを知っていた。彼らが通りすぎたあとも、彼は顔に不快な表情が表れないように気をつけた。あるがままにすべてを受け入れて、――警察から許してもらえる限り――穏やかに勝ち誇った商人王のままでいたかった。彼は今演じている役割がインド局で演じた役割といかに違っているか、おそらく気づいていなかった。

選対本部にはほんの数人の下っ端運動員しかいなかった。すべてがいつものように進行していると彼は教えられた。有権者は投票中だった。無記名投票に興奮はまったくない、――そう主任運動員は言った。その運動員は警官が来るまで候補者を取り押さえておく必要があるかどうか、わからないといった半分おびえたような表情を浮かべた。運動員はそこで候補者に会うことを予想していなかった。「アルフレッド卿はここに来たかね？」と、メルモットは聞いた。いえ、アルフレッド卿はいらっしゃいません。「グレンドールさんも来ていないかね？」主任運動員は噂がなければ、「グレンドールさんも」と聞かれるのではなく、「秘書も」と彼から聞かれたことを知っていた。カリブディスの渦巻きを避けるとき、スキュラの岩にぶつからずにいるのはとても難しい。[4] グレンドールは来ていない。おもだった者はほんとうに誰もそこにいなかった。「実際にやらなければならないことはもう何もないと思うね？」とメルモット。主任運動員はやらなければならないことはもう何もないと思った。メルモットは四輪箱馬車を送り返してくれと言葉を残して、またぶらりと歩き出した。

彼はコヴェント・ガーデン[5]に歩いて行った。そこに投票所があった。選挙が戦われている主戦場の一つなのに、その場所は不思議なほど穏やかに感じられた。彼はあらゆることに、あらゆる人に正面から向き合おうと決意していた。投票所に近づいて行くと、ここでさまざまな人たち――おもに下働きの人たち――から候補者本人だと知られた。進み出た人々と握手した。彼は人々と話をしながら一時間そこにとどまって、集まった小さな集団に最後に演説をした。昨日の噂にふれることも、彼の名をあげることを避けた『説教壇』の一節にふれることもなかった。それでも、彼は以前から彼に対してなされた一般的な非難に忌憚なく反論した。どんなに非難を浴びせられようと、非難されるからといって、ここでも、どこでも、有権者たちに会うことを彼が恥とは思っていないことを理解してほしいと言った。候補者としての立場を名誉に感じており、ウエストミンスターの有権者がその立場を認めてくれていることを誇りに思っている。法律についてはーー喜んでそう言うがーーあまり知らないけれど、不当に浴びせられる中傷から彼は法律によって保護されていると言われる。この候補者はじつにりっぱなイギリス人なので、選挙中に当然さらされるふつうの政治的な攻撃を、軽くいなすことを得意にしている。誇らかに当選することを特別期待しているので、おそらくさらなる攻撃に対しても、背筋を伸ばして耐えることができるだろう。とはいうものの、いくら選挙で興奮しているとはいえ、正当化できないことが噂され、デマが印刷されており、こういうものに関しては法律に頼らざるをえないだろう。そう言ったあと、彼は王子や皇帝についてふれ、イギリス人であり、ロンドン人であることが、彼の人生のもっとも誇らかな矜持であると述べて、演説を締めくくった。

これは彼が街頭でした唯一いい演説だとのちに主張された。コヴェント・ガーデン中で喝采されたから、演説は間違いなく成功だった。『朝食のテーブル』の通信員は、現場で仕事に就いていて、有権者の動きに関する小記事を探していたから、新聞にこの演説の記事を書いて、おそらく実際の価値以上にそれを持ちあげた。メルモットは演説によっていちばん上手に名声を一歩取り戻せると考えて、それを計画し、まったく独りでコヴェント・ガーデンに赴いたと、通信員はのちに主張し、メルモットの聡明さの大きな証拠として提示した。ほんとうのところ、この演説はあらかじめ計画されてはいなかった。彼がコヴェント・ガーデンへ行こうと最初に思いついたのは、ホワイトホール・プレイスにいたときであり、人々がまわりに集まって来るまで演説をしようとは思わなかったからだ。

そのとき正午だった。彼は次に何をすべきかを決めなければならない。あらゆる投票所に行って演説をする気に半分なっていた。コヴェント・ガーデンの成功でとても気をよくしていた。しかし、ほかのところでは同じように成功しないかもしれないことを恐れた。有権者を恐れていないことは示せた。そのとき、大胆にシティへ——アブチャーチ・レーンの彼の事務所へ——行こうという考えに思い当たった。今日は休むと決めていたから、事務所に姿を現すことは予想されていない。しかし、彼がそこに現れたら、それが間違って解釈されるはずがなかった。どんな敵意があろうと、どんな危険があろうと、それに真正面から突き当たるつもりでいた。それで、辻馬車を拾って、アブチャーチ・レーンへ向かった。

事務員たちはまるで休日ででもあるかのようにぶらぶらしていた。晩餐会と選挙と噂が一緒になって、彼らはやる気をまったくなくしていた。けれども、少なくとも何人かはそこにいて、反抗をあからさまに示してはいなかった。「グレンドールさんはここに来ていないかね?」と、彼は聞いた。はい、グレンドールさんはここにいません。ですが、コーエンループさんはグレンドールさんの部屋にいます。彼は今コーエンループに会うことを望まなかった。この紳士は彼の取引の多くにかかわっていたが、決してすべての取引に関与しているわけではなかった。コーエンループはピッカリングの土地を購入した経緯や、その土地を抵当に入れた事情を知っていた。コーエンループはそんなふうにえられた金をどう処理したかも知っていた。ただし、コーエンループはメルモットが信用を利用して未払のまま権利書を手に入れたとおそらく推測しているだろうが、ほんとうのことについては何も知らなかった。メルモットはコーエンループに会えば沈黙を守れないこと、話しかければ危険が生じることを恐れた。コーエンループとともに被告席に立たなければならないだろう。しかも、コーエンループには彼の根性が欠けていた。とはいえ、もし彼が古い友人に会わずに事務所を出たら、事務員たちはいらぬことを勘ぐり、噂するだろう。それで、彼は自室に入ると、コーエンループを呼んだ。

「会長が今日ここに来られることは予想もしませんでした」と、ステーンズ[6]の国会議員は言った。

「私も来ようと思っていなかった。だが、投票が行われているあいだ、ウエストミンスターではすることがあまりない。だから、ちょっと手紙を見るために立ち寄ったのさ。昨日の晩餐会はかなりうまくいっただろ、え?」

「並はずれていました。――あれほどの晩餐会はありません。ロンドン市長はなぜ欠席したんですか、メルモット?」

「馬鹿な野良犬だからさ」と、メルモットは怒りを装って言った。「アルフ一派が市長を握っている。市長が晩餐会の招待を受け入れるかどうかで――当初ずいぶん議論があったんだ。招待をいったん受け入れたのに、出席しないのはシティへの侮辱だと私は言いたいね。いつか私は市長と対等になるつもりでいる」

「いつものようにこのまま行きますか、メルモット?」

「行くとも。もちろんこのまま続くよ。何が邪魔するというのかね?」

「ずいぶんたくさん噂がありますから」と、コーエンループは囁いた。

「噂がある。――そうだな」と、メルモットは大声で叫んだ。「聞いた噂をあなたが全部信じるような馬鹿じゃなければいいがね。私を信じるなら、いずれ信じられるものを充分見せよう」

「他人が知っていること、知らないことを知ることはできません」とコーエンループ。

「いいか、コーエンループ」――メルモットも今声を囁き声に落とした――「舌を口のなかに収めておけ。いつものように仕事に取りかかって、何も言うな。大丈夫だ。私たちの頭上で何か重い力が働いているようだ」

「ええ、会長、確かに働いています!」

「だが、私の名の入った文書は、どれもみなちゃんと整っていることがわかるよ」

「噂は何でもありません――まったく何でもありません」とコーエンループ。

「根も葉もないものだ――まったく根も葉もない！　私はある資産を買って、支払をした。別の資産を買って、支払をしなかった。そこに詐欺などない」

「ええ、そう、――根も葉もありません」

「口を慎んで、仕事にかかれ。私はこれから銀行へ行く」コーエンループはこれまで非常に落ち込んで、まだ元気はなかったが、それでも大人物がシティを訪問したことでいくぶん気分を上向かせた。

メルモットは言葉通り銀行へまっすぐ歩いて行った。彼はさまざまな銀行にそれぞれ二つの口座を持っていた。一つは事業用、一つは個人用だ。今入った銀行には家庭用の個人口座を作っている。彼はいつものように頭取と頭取付事務員一人が座る銀行の奥の部屋にまっすぐ進むと、何ごともなかったかのように、――全力を傾注してほぼ何ごともなかったかのように――、暖炉の前の敷物の上に立った。とはいえ、必ずしも平素のように振る舞うことができなかった。いつものようにしようと外見を保つとき、平素よりいくぶん温厚に振る舞わなければならなかった。頭取は彼ほど上手に振る舞えなかったし、事務員は明らかに感情を外に表した。メルモットは雰囲気が変わっているのを見て取った。――もっとも、それは見越していた。「それを押さえつける」目的でここに来ていたからだ。

「私どもは今日シティであなたにお目にかかることをほとんど予想しておりませんでした、メルモットさん」

「私もここに来ようと思っていなかった。やらなければならないことがたくさんあると思っていたが、じつはぜんぜんすることがないということがあるからね。ウエストミンスターではみんなが仕事をしており、投票している。だが、私は投票することができないので、そこにいても役に立たない。今朝コヴェント・ガーデンへ行って街頭演説をしてきた。あそこで彼らが言っていることがみな正しければ、私が恐れることは何もないね」

「晩餐会はかなりうまくいったんですね?」と頭取。

「ほんとうにとてもうまくいったよ。これまで皇帝のためなされたどの行事よりお気に召されたと聞いている」すばらしい想像力のひらめきだった。「私と毎日ディナーをする友人としてなら、いいかね、相手は皇帝よりもう少し話をする友人のほうが望ましいね。だが、君か私かが中国に行ったら、私たち同士であまり話すことはないよ。——そうだろ?」頭取はこの主張に同意を表した。「一つだけひどくがっかりしたことがあった。道の向かいの閣下が来なかったんだ」

「ロンドン市長のことですね」

「ロンドン市長が来なかった! 市長は土壇場で怖気づいてしまった。——どういうわけかシティにおける市長の権威が傷つけられると思ったんだろう。だが、不思議なことに市長なしで晩餐会は続いたね」それから、メルモットはこの日ここを訪れた目的にふれた。私的な必要から多額の小切手を何枚か振り出さなければならない。「ただで中国皇帝にディナーを振る舞うわけにはいかないからね、そうだろ?」彼は——頭取と打ち合わせて——、ふだんは個人用口座から借り越して小切手を振り出した。しかし、今は頭取のいる前で事業用口座から通常のかたちで多額の小切手を振り出した。それから、思いついたように、サー・フィーリックスがマリーから奪った金として、ブラウンから受け取った二百五十ポンドを口座に入れた。

「彼にはあまり問題がないように見えるね」と、頭取はメルモットが部屋を出たとき言った。

「ああやって厚かましく押し通すんでしょうね?」と、古参の事務員は言った。とはいえ、充分議論したあと、その部屋の雰囲気は噂が政治的な戦術だったという意見に傾いた。しかし、もし何か問題があったら、メルモットに現在の時点で貸し越しの振り出しを許さなかっただろう。

註

（1）Whitehall の Horse Guards 前から東にテムズ川へ向かう通り。
（2）Langham Place から南に走り、Piccadilly Circus を抜け、Waterloo Place に至る通り。
（3）Strand 街の西端 Trafalgar Square の西に位置するラウンドアバウト。チャールズ一世騎馬像がある。
（4）『オデュッセイア』第十二巻。
（5）Charing Cross から五百メートルほど北、Aldwych の西、Leicester Square の東に位置する。十九世紀には野菜や果物の卸売市場があった。
（6）Staines-upon-Thames のこと。Heathrow の南西、テムズ川の Windsor 下流に位置する。

第六十四章　選挙

アルフ氏の選対本部はグレート・ジョージ・ストリート(1)にあって、終日熱を帯びた戦いを続けていた。読者もすでにご存じの通り、この選対は前日午後、ロンドン中で噂になったあの声高なメルモット非難を正面切って利用しないとの方針を決めた。非難の真偽を問う充分な時間がなかったからだ。もし噂にちゃんとした根拠があれば、メルモットはきっとすぐ監獄に入るか、指名手配されるだろう。多くの人々は大晩餐会が終わったら、彼がすぐ逃げ出すだろうと思ったが、翌朝彼が選対本部へ向かって歩いているのが目撃されたと聞いてがっかりした。ある人々は彼がぎりぎり最後に候補を降りるだろうとの噂を耳にした。そこから、投票日前日の一定時間をすぎたあとで候補を降りる法的な権限が、彼にあるかどうかという問題が生じた。それで、彼が候補を降りたとか、降りるだろうとか、降りているはずだとか、そんなふうに有権者の一部を納得させようとする試みがなされた。メルモットがコヴェント・ガーデンにいるとき、群衆は真偽を確かめるためホワイトホール・プレイスの選対本部へ行った。メルモットは候補を降りようとなどしていなかった。候補を降りるなんて嘘だとの噂を言いふらした人々は、間違いなくアルフの運動をだいなしにした。第二の揺り戻しが始まる。メルモットが不当な選挙妨害を受けているという思いが強まった。正しい動機からではなく、たんにアルフの当選を確実にするため、メルモットの誹謗中傷がなされていると、多くの人々が少なくともそう断言した。コヴェント・ガーデンの演説のようすが、さまざまな投票所で広められ、保守党側の主張に有利に働いた。アルフの支持者はこれを聞いて、彼も演説するようにとそそのかした。アルフ側が公正に振る舞っており、敵を誹謗中傷などしていないことをたんに示すためにも、新聞で報道しているようなことを言う必要があった。アルフは何を発言しようと、とにかく報道者として好感をえられるという自信を持っていたのかもしれない。

　アルフはその日［七月九日］の二時ごろ演説を行った。『夕べの説教壇』で報道された通りとすれば、それはとてもいい演説だった。アルフは賢い男で、どんな問題についても話す用意があり、ただちに全力をそれに傾注した。たいそうすばらしい演説をした。二人の立候補者のうち、アルフのほうが有権者の考えを代表するにふさわしいから、彼を議員にするように聴衆を納得させるのが、演説の意図だと言っていい。しかし、彼はこの演説で彼の政治思想については一言も話さなかった。議員になりたいと思う本人が、その地位に適任であることを示す根拠についても実際には一言も話さなかった。彼はもう一方の候補者がその地位にふさわしくないことを示すことで満足した。彼と支持者たちは、メルモットがいかにいかがわしい候補者であるかを有権者に証明することに熱心で、それを証明するとき、どんな卑劣なやり方もしていないことを示すことで満足した。「メルモット氏は」と、彼は言った。「保守党の候補者です。彼は保守党全体から支持を受けていると、友人の口を通して私たちに言いました。というのは、本人の口からは多くの言葉が私たちの耳に届いて来ないからです。保守党は私の党ではありませんが、私はそれを尊敬しています。しかし、保守党のメルモット氏支持者はどこにいるんでしょう？　私たちはメルモット氏が昨日催した晩餐会の話をいやというほど耳にしました。彼は保守党の友人のうちごくわずかしか、晩餐会に出席するよう説得できなかったと聞いています。シティのおもだった実業家が、この豪商のテーブルに着くのを辞退したというのも有名な話です。保守党の指導者たちはついに自党の候補者の正体を見破って、彼を見限ったんです。——そして、今は投票所に群がるのではなく、自宅にとどまって、こんな男の立候補を支持した恥辱を身から振り払おうと躍起になっています。メルモット氏の選対へ行って、保守党の大物たちがそこにいるかどうか問い合わせてみてください。見回して、大物たちが彼と一緒に通りを歩いているか、公の場で彼と一緒に立っているか、公園で彼と一緒に散歩しているか見てご覧なさい。私は保守党の大物たちを尊敬しています。ですが、彼らはこの件で過ちを犯しました。そして、それを認めています」続いて、彼は昨日の噂にふれて演説を終えた。「政敵の個人的な性格について」と、彼は言った。「それを証明する立場にありませんが、私は悪口を言うようなことを軽蔑します。メルモット氏について昨日広まった噂、――その出所はシティだと信じます――、その噂に言及したことはありませんし、言及するつもりもありません。噂は嘘かもしれませんし、ほんとうかもしれません。私はこの件について何も知りませんから、嘘だと見なしたいので、あなた方にもそうするように勧めます。とはいえ、噂が人々の口の端にのぼるずっと前から、メルモット氏には議会であなた方を代表する資格が人格的に欠けていることを、私はあなた方に断言してきました。そして、その主張を繰り返します。イギリスの豪商ですって、とんでもない！　この男はその肩書きを与えられる前に、シティでどれくらい長く知られていたと思います？　二年前ヨーロッパ大陸のどこかの町でこの男と取引をして羽を焦がした人々を除けば、誰が、何を、この男について知っているでしょう？　このイギリスの豪商のことをハンブルグやウィーンで聞いてご覧なさい。パリで聞いてご覧なさい。外国の保険会社と関係を持つこちらの実業家に聞いてご覧なさい。そうすれば、この男がイギリス国会でウエストミンスター選挙区を代表するにふさわしい男かどうか教えてくれるでしょう！」演説はまだまだ続いた。アルフが自分に投票するようにうながす目的で、有権者たちに演説した口調はこんな調子だった。

その日二時か三時には、事態がどう進むか誰にもわからなかった。労働者階級はメルモットを支持するように思われた。一部には彼らがたくさん金を使う人を好ましいと思ったから、一部にはメルモットが不当に妨害を受けていると信じたから、――一部には上流階級に危害を加える行為として、犯罪に奇妙な共感を抱いたからだ。多くの人々が、貧富の格差を是正するため、裕福な人々に一定の不法行為を加えることを当然と感じており、犯罪が金持ちを掣肘し、権力者を地位から引きずりおろす傾向を持つゆえに、犯罪者は無実と見られなければならないと思っている。数年前国辱の一人が、人格と奉仕の点でほとんど国の誇りとなる人々に、この国でこれまでになされたもっとも浅ましい中傷を加えた。ところが、そんな浅ましい中傷が、正直な人々に一定の共感を持って受け入れられた。なぜなら、こんなふうに中傷された人々が、運命によってあまりにも恵まれた天祐神助を受けていたから、若干の悪いことを受け取っても当然と思われたからだ。メルモットに対して、そんな感情が広く一般に醸成される時間的余裕はまだなかった。それでも、醸成の初期段階があった。メルモットは大っぴらに金を盗む泥棒だと主張された。誰から金を盗んでいるか？　貧乏人からではない。メルモットくらい週給というかたちで多額の支払をする人はロンドンにいなかった。

『朝食のテーブル』の編集長は、三時ごろカーベリー令夫人を訪問した。令夫人は友人が席に着くとすぐ、「どんなご用でお越しでしょう？」と聞いた。ブラウンはマダム・メルモットの晩餐会の事情を彼女に説明しておく必要があると思った。カーベリー令夫人が進行中の出来事をまだ明確にとらえることができずにいたからだ。

「どうとらえたらいいかわかりませんが」と、ブラウンは言った。「メルモットさんが土地の購入に当たって文書を偽造したという噂が広がっています。――その噂に付随するかたちで、彼が集めた金についても別の噂が出ています。彼の味方がその噂を信じているように見えるという点さえなければ、噂はただ選挙のための策略、じつに汚い企みだと言えますがね」

「あなたは噂をお信じになります?」

「うーん——その問いにはなかなかすぐに答えられません」

「じゃあ彼は金持ちじゃありませんね」

「噂はそう言っていますが、そういうことにはなりません。彼は大きな事業をいくつか抱えているので、資金に困っているかもしれません。それでも、莫大な富を所有しています。請求書には全部支払っているとみなが言っています」

「当選しそうですか?」

「耳にした情報から判断すると、当選しないと思います。一、二時間もすると明らかになるでしょう。今のところ私は意見をはっきり言いたくありません。でも、強いて賭けろと言われれば、彼の落選のほうに賭けます。彼のために運動する人はいません。味方の党から恥ずかしいと思われているのも確かです。昔なら選挙当日にこんなことになったら、候補者にとって致命的だったでしょう。でも、今は無記名投票ですから、重大なことにはなりません。もし私が今候補者なら、選挙の最後の日には寝床に就いて、選対のみなにも投票をすませたらすぐ等しく寝床に就くように言いますね」

「フィーリックスがリバプールへ行かなくてよかったです」とカーベリー令夫人。

「たとえ行っても、事情は変わらなかったでしょう。彼女はやはり連れ戻されたと思います。ニダーデイル卿はまだ彼女と結婚する気でいるという噂です」

「昨夜卿が彼女に話しかけているのを見ました」

「どこかに莫大な資産が隠されているに違いありません。メルモットが二年前にイギリスにやって来たとき、金持ちだったことをみなが知っています。それ以来彼が手でふれたものはみな富を生んだという噂です。

メキシコ鉄道の株は今朝下落しましたが、昨日の朝は額面を十五ポンド超えていました。この事業で莫大な取引をしていたに違いありません」続いて、ブラウンはアルフのずうずうしさを念頭に置いて雄弁を振るった。「アルフが国会議員候補として世間の前に登場して来るとき、編集長を辞任すると発表していたら、私は今こんなに彼を馬鹿だとは思わなかったでしょう。でも、ウエストミンスター選挙区に立候補して、同時にロンドンの日刊紙を編集できると考える人は、頭がおかしいに違いありません」

「その二つが両立されたことはありませんか?」

「ないと思いますね。――つまり『説教壇』のような大新聞の編集長の場合にはね。国会に議席を持つ人が、国会で議論されていることを公平に論じるような振りができるでしょうか? それなのに、アルフは誰よりも多くのことができると信じ込んでいます。ですから、一敗地にまみれるでしょう。フィーリックスは今どこにいますか?」

「私に聞かないでください」と哀れな母。

「どうすごしています?」

「昼は寝床に横たわっていて、夜は外に出ています」

「でも、それには金がかかるでしょう」令夫人はただかぶりを振った。「金を与えてはいないでしょう?」

「私には与えるものがありません」

「私なら家の鍵を取りあげるか、――彼が鍵を差し出さなければ、ドアにかんぬきをかけますね」

「それから寝床に入って、あの子がドアを叩く音を聞くのですか? ――うちに入れなかったら、通りをさまよわなければならないことを知っていながらね。母ならそんなことはできません、ブラウンさん。子は母にそれほど支配力を持っています。理性が母に子を非難するように命じても、心は母にその判決を実行させません」ブラウンは今カーベリー令夫人に口づけすることなど考えていなかった。しかし、令夫人がこんなふうに話すとき、彼は立ちあがると、彼女の片手を取った。彼女のほうは彼の手を握り返したとき、口づけされることをためらわなかった。二人の気持ちは変わっていた。

メルモットはこの夜、うちで妻と娘だけでディナーを取った。近ごろは外食しないとき、グレンドール父子の一人がだいたいいつもこの三人に加わる。グレンドールはほかの約束というような欠席の理由を説明しない限り、いつも一緒にディナーを取ると思われていた。――それで、ディナーに同席することが彼の義務の一部と見なされるようになっていた。メルモットのディナーとワインがおいしかったから、父の「アルフレッド」と息子の両方が顔を見せることもまれではない。ときどき父が息子の代わりを務めた。――しかし、この夜は二人とも姿を見せなかった。マダム・メルモットは迫り来る凶事への不安をまだ誰にも話していなかった。しかし、今日――大晩餐会の翌日――は一人も訪問客がいなかった。奥方はもともとこういう問題にうとかったけれど、その奥方でさえ見捨てられたと感じ始めた。グレンドール父子が身近にいることに慣れすぎていたので、今この父子がいないのを寂しく思った。ウエストミンスターで夫が世間の審判を受けている今日、ほかの日はとにかく今日くらいは父子が夫と一緒にいて、一日の仕事のことを議論してくれたらいいと奥方は思った。「グレンドールさんは来ませんか?」と、彼女はテーブルに着くとき聞いた。

「いや、来ない」とメルモット。

「アルフレッド卿も?」

「アルフレッド卿も来ない」メルモットはこの日のなり行きでかなり慰められてうちに帰って来た。辛辣な言葉を正面から彼に浴びせる勇気を持つ者には出会わなかった。これまでに聞いた噂以上の噂を耳にしなかった。銀行を出たあと、まるで何事もなかったかのように事務所に戻って手紙を書いた。彼が見る限り、事務員たちは勇気を奮い起こしていた。一人の事務員が五時ごろ米国西部からの便りと夕刊の第二版を携えて彼のところにやって来た。その事務員は選挙が順調に進んでいるとの意見を述べた。メルモットは新聞記事――一紙は味方と見られ、他紙は敵方と見られた――から判断すると、彼が置かれている状況は全体的に見て良好だと思った。彼はウエストミンスターの選挙をいちばん重要なものとは見なしていない。人々が選挙について言っていることを、彼の詐欺について人々がどう思っているかを表す指標としてむしろとらえていた。アルフの演説を読んで、アルフには彼に対して新たな告発をする勇気がないことを知って安心した。ハンブルグやウィーンやパリにかかわる告発はみな古すぎて、何の役にも立たない。彼の立候補の全体が、そういう告発に対抗するかたちでなされていたからだ。「私たちはかなりうまくやれると思うよ」と、彼はその事務員に言った。彼がアブチャーチ・レーンにいることそれ自体が自信の源となった。それで、彼はうちに帰って来たとき、以前の尊大さを一部取り戻していた。少なくとも妻や使用人の前ではいばることができた。「アルフレッド卿も来ない」と、彼は軽蔑を込めて言い、それからつけ加えた。「父子はいまいましい二匹の犬――野良犬だな」マダム・メルモットはもちろんこの発言におびえた。奥方はグレンドール父子からこんなふうに見捨てられたことをこの日一日の孤独と結びつけた。

「ヨクナイコトガアルンデスカ、メルモット?」その後応接間の奥の居間で、奥方は夫に忍び寄ってフランス語で聞いた。

「何がよくないと言うのかね?」

「わかりません。でも、何か怖いことがあるように感じます」

「もうおまえも近ごろはその種の感情に慣れたと思うがね」

「今度はどこか違います」

「馬鹿を言うな。いつだって何かがある。いつだっていろいろなことがある。年四百ポンドを四半期ごとにもらうオールド・メイドの生活のように、この種のことがすんなりと続けられるとはおまえだって思わんだろ」

「また引っ越しをすることになりますか?」と妻。

「わからんな。引っ越しをしても、おまえにはたいしてすることはないし、どこへ行っても、飲み食いするものはたくさんある。娘はニダーデイル卿とほんとうに結婚するかな?」マダム・メルモットは首を横に振った。「娘を説得して、カーベリーみたいな若いやくざへの思いをあきらめさせることができないとは、何と無力な母だろう。娘が私を捨てるなら、私のほうが娘を捨てる。言うことを聞かないなら、殴って半殺しにしてやる。私がそう言ったと娘に言いなさい」

奥方が夕方このことを娘に伝えたとき、マリーは「それなら私を殴ればいいです」と言った。「私を殴って結婚させられると思うなら、パパは私のことをまったく知りません」夫あるいは父が妻あるいは娘にその夜再び会わなかったから、とにかくそんな試みはなされなかった。

翌朝[七月十日]早くアルフが当選したという報道があった。票はまだ数えられていないし、帳簿もできていない段階で、――そんな意見が出された。『朝食のテーブル』紙を含めて、すべての朝刊がこの報道を繰り返した。――各紙一般的な意見としてそれを掲載した。事実はその日の夕方七時か八時にならなければわからなかった。予想されるアルフの当選は、もともとメルモットにあった信頼が突如失われたことによると、保守系の新聞はためらうことなく書いた。『朝食のテーブル』紙はメルモットの立候補を支持していたから、理由をあげることなく、他紙よりその結果に疑いを表明した。「我々はどうしてこういう意見になるかわからない」と、主筆は書いた。――「しかし、こういう意見が優勢であるように見える。実際にはまだ何もわかっていないし、わかるはずがないから、この件について我々は意見を差し控えよう」

　メルモットは再度シティに出向いて、事態がほぼいつもの軌道に戻っていると思った。メキシコ鉄道の株は落ちていたし、コーエンループは憂鬱になり、悲しんでいたが、――恐ろしいことは何も起こっていない。起こりそうにも見えなかった。何も恐ろしいことが起こらなければ、鉄道の株はおそらくもとの値に戻るか、ほぼ戻っていくだろう。その日、メルモットはスロー＆バイダホワイル法律事務所から手紙を受け取った。はっきり言って、その手紙自体には何の気休めも含まれていなかった。――しかし、何も悪いことが書かれていないということに慰めが見出せた。手紙はうむを言わさぬ非友好的な口調で書かれており、明らかに敵方から来たものだった。著名な保守党の二紳士、アドルファス・ロングスタッフ氏とオーガスタス・メルモット氏、の交際にこれまで支配的だった友好的な感情が手紙からはきれいさっぱり消えていた。とはいえ、手紙のなかで文書偽造はほのめかされていなかった。刑事訴訟手続きの問題にもふれられていなかった。メルモットが購入したピッカリングの土地の代金を支払ってほしいという、ロングスタッフと息子のまったく自然な欲求以上のものはなかった。

　手紙は金を要求する一節に続いて、次のように書かれていた。「私たちは土地の購入代金を支払うというあなたの了解に基づいて、それを保証する権威ある文書をロングスタッフ父子から受け取ったあと、権利書を譲り渡したという事実をあなたに思い出させなければならない。私たちはその後あなたがその土地を抵当に入れたという情報をえている。これを事実と確認して述べているわけではないが、その情報が正しかろうと、間違っていようと、ただちに購入代金――八万ポンド――を支払うよう、さもなければその土地の権利書をただちに返還するよう、あなたに要求する必要を強く感じている」

　スローとバイダホワイルの署名があるこの手紙は、弁護士がロングスタッフ父子から受け取った権威ある文書に基づいて権利書を譲り渡したとはっきり述べていた。メルモットは今理解する限り、息子のロングスタッフの手紙のなかで署名を偽造したという告発を受けていた。それゆえ、スローとバイダホワイルは彼の味方だった。たんなる借金についてなら、ほとんど心配する必要がなかった。多額の借金をして支払えない多くのりっぱな人々が、ロンドン中を歩き回っていたからだ。

妻と娘が二人とも早く夕食をすませたと言って、一緒に席に着くことを拒んだから、彼はその夜独りでディナーを取った。そのとき、ウエストミンスター選挙区で彼が当選したという知らせが届いた。彼は千票以上の差をつけてアルフに勝った。

ウエストミンスター選出議員になるのは、すばらしいことだった。彼は金も友人も——ほとんど教育も——なしにこの世に投げ出されて、とにかくここまでなりあがって来た。金を愛し、金を使うことを愛し、もうけることも、使うことも好きだったが、人生のどの勝利においてもこれほどすばらしい勝利はなかった。父も母もなく、いいことは何もしてもらえずにこの世の排水溝に放り出されて、今イギリス議会の一員となり、帝国第一の都市の選出議員になった。彼は無知だけれど、達成したことの大きさを理解した。到達した地位に当惑したものの、この瞬間に確かな高揚を鋭く感じた。もちろん文書偽造もやったし、泥棒もやった。確かにそれは何でもなかった。というのは、彼は生涯だまし、偽造し、盗んできたからだ。当然すぐにも悪事の露見と罰の危険にさらされた。露見の日が遠くに先送りされるとは思っていなかったが、それでも勝利を満喫した。やつらが何をしようと、どれだけすばやく行動しようと、彼が庶民院の議席に着くことを止めることはできない。それゆえ、たとえやつらが彼を終身刑に処すことになっても、ウエストミンスター選出議員をそのように扱ったと言わなければならないだろう!

彼はクラレットを一瓶空け、それから水割のブランデーを飲んだ。今襲いかかって来るような災難の場合、ワインで支えを充分えることはできそうもなかった。飲まないほうがいいことは承知している。――つまり、もし世界が仕事も楽しみも自由にさせてくれるなら、飲まないほうがよかった。しかし、もし世界が自由にさせてくれないなら、もし彼がほんとうに懲役刑と滅びに至る運命にあるとするなら、――そのときは残された時間が続くあいだ――、飲んでも許されるのではないか？　もし男の想像力が時間をそんなふうにとらえるくらい強かったら、勝利の歓喜の一時間が男には永遠のように感じられるだろう。それゆえ、彼は水割のブランデーを惜しげなく飲み、飲みながら、恐怖を押し隠し、今なお拘束を免れていられることを心に納得させることができた。いや、――これ以上は飲むまい。彼はもう一杯グラスを満たしながらそうつぶやいた。飲まずに働こう。車輪に肩を押し当てて懸命に奮闘努力し、やがては敵を征服しよう。とりわけ金を惜しみなく使えば、ウエストミンスター選出議員を有罪にすることは容易でないだろう。個人の出費で中国皇帝をもてなした男ではないか？　それは好意的に記憶されるべき出来事ではないか？　国の王侯や総理大臣や大臣を個人のテーブルで歓迎した男を、やつらは罰したがらないのではないか？　彼を有罪にすることは国辱となるだろう。彼は口にグラスを運び、唇から大量の煙を吐き出しながら、こういうことを確認した。しかし、金を使わなければならない！　そうだ。――金を手に入れなければならない！　コーエンループは間違いなく金を持っていた。たとえ臆病者の血から搾り取ることになっても、それを手に入れよう。とにかく絶望はすまい。まだ戦わなければならない戦いがあった。最後まで戦おう。それから、彼は多量に飲んで、慎重なかつまじめくさった歩みで、寝床へとゆっくり進んだ。

註

（1）西に Birdcage Walk 東に Parliament Square に至る通り。

第六十五章　ミス・ロングスタッフがうちに手紙を書く

モノグラム令夫人は、ほとんど骨折り損に終わった皇帝陛下の大晩餐会のあと、マダム・メルモットの家を出たとき、とても不機嫌だった。サー・ダマスクはこういう騒ぎを笑い飛ばす振りをしたものの、実際には妻と同じように私的に皇帝に会いたいと思っていた。彼は何も言わずに妻とミス・ロングスタッフを馬車に乗せると、うんざりして社交クラブに急行した。最後に失敗したことも含めて、晩餐会のこのごたごたは初めから終わりまで妻のやったことだ。彼は奴隷のように働かされ、意思に反してメルモットの屋敷まで行かされたうえ、皇帝にまみえることも、王子と握手することもできなかった！　彼は二人の女性を馬車に乗せてドアを閉じたとき、「妻とこの客はキルケニーの猫みたいに(1)最後まで戦うだろう」と思った。一方の猫の残骸より他方の猫のそれのほうが大きいとすれば、大きいほうの尻尾が妻のだろうと思った。

「何てひどい催しなんでしょう！」と、モノグラム令夫人は言った。「こんな下品な催しを見た人がいるかしら？」これは少なくとも道理に欠ける発言だった。というのは、催しにどれほど下品なところがあったにせよ、モノグラム令夫人は催しそのものを少しも見ていなかったからだ。

「あなたがどうしてあんなに遅れたかわかりません」とジョージアナ。

「遅れたって！　まだ十二時になっていません。スクエアに入ったとき、十一時にもなっていなかったと思います。ほかのところなら、十一時はまだ早いです」

「ご一行が長くとどまらないことはご存知だったでしょう。特にそう言われていました。あなたの落ち度だと思います」

「私の落ち度。ええ、――それは確かです。こういうことにかかわりを持ったのが、私の落ち度なのはわかっています。その報いを今受けなければなりません」

「報いを受けるって、どういう意味です、ジュリア？」

「どういう意味かよくわかっているはずです。明日の夜あなたのご友人をうちにお迎えすることになっています」令夫人は役に立たないあんなチケットと引き替えにする代価がいかに高いと思っているか、これ以上明確な言葉で言うことはできなかった。

「ブレガートさんのことをおっしゃっているなら、彼はいらっしゃいます。彼を招待するようあなたから求められました。私はそれに従っただけです」

「私があなたに求めたって！　ほんとうのことを言いますとね、ジョージアナ、異なる連中とかかわるときは、自分の場所にとどまっているほうがいいんです。ごちゃ混ぜにしようとしても無駄です」モノグラム令夫人は非常に怒っていたので、発言を自制することができなかった。

ミス・ロングスタッフは怒りで今にも身を引き裂かれそうになった。カヴァーシャムのアドルファス・ロングスタッフとレディー・ポモーナの娘である彼女が、ロンドンの第一級の人々の輪のなかで生活していると思われる彼女が、ジュリア・トリプレックスからこんな侮辱を受けることになろうとは！　それなのに、彼女は最適の返答をなかなか見つけることができなかった。今にも泣き出しそうになったが、泣くより戦いたかった。しかし、この友人の馬車に乗って、彼女のうちに連れて行かれるところであり、翌日はこの友人から一日もてなされることになっており、彼女の客として恋人に会うことになっていた。「どうしてそんなに意地悪になれるか知りたいです」と、彼女はとうとう言った。「以前はこんなふうじゃなかったのに」

「私に悪態をついても無駄です」と、モノグラム令夫人は言った。「さあ着きましたよ。馬車を降りたほうがよさそうです。――ほかのところに乗せて行ってもらいたいなら別ですがね」それから、モノグラム令夫人は馬車を降りて、うちのなかを進み、ろうそくを手に取ると、まっすぐ自室に向かった。ミス・ロングスタッフはゆっくりあとについて歩き、自室に入った。半分服を脱ぎかけたところで、侍女をさがらせて、母に手紙を書く準備をした。

彼女は母に手紙を書かなければならなかった。ブレガート氏から慣例に従って、父に――上京したり帰郷したりしているが、今はロンドンにいるロングスタッフ氏に――会いたいと、二度せっつかれた。ブレガートが父に会うのはもちろん儀礼にかなっている。――一方、彼女は一日、二日と父への訪問を延期するようブレガートに求めた。彼女は今多くの疑念に悩まされていた。「異なる連中」とか、「ごちゃ混ぜ」とか、そんな言葉によって――言葉の意図の通り――深く心をえぐられていた。ブレガートは金持ちだ。それは確かだ。しかし、彼女はすでに婚約したことを後悔していた。ずいぶん低い別世界に、ブレガートやメルモットやコーエンループばかりがいる世界に、ほんとうに降りて行かなければならないなら、豪華な屋敷の女主人になっても、何かいいことがあるだろうか？　彼女は州の素封家の排他性を知り、理解し、大いに気に入っていた。カヴァーシャムは退屈で、結婚相手になる若者にはいつも不自由する。それでも、そこは世間から一目置かれる家として自慢できる、話題になる場所だった。母は退屈、父は尊大でしばしば不機嫌だ。それでも、父母はまっとうな人たちで、――父がグローヴナー・スクエアに彼女に行くように言い出すまで――ブレガートやメルモットたちから遠く隔たっていた。彼女は今夜手紙を一通書くつもりでいた。ところが、母に書いて恐ろしい事実を伝える手紙にするか、それともブレガートに書いて婚約解消を請う手紙にするか、決めかねていた。すでに多くの人々がこの婚約を知っているということさえなかったら、彼女は後者に決めていたと、私は思う。モノグラム夫妻はこの婚約を知って、当然あちこちで吹聴した。メルモット家もそれを知った。ニダーデイル卿が耳にしたことも、彼女は知っていた。社交シーズンが終わるまでに、この婚約がきっと世間に広まっていることはすでにある程度想定できる。彼女は最近毎朝、カヴァーシャムに届いた恐ろしい噂の意味を釈明するように求めるうちからの手紙におびえた。あるいは、忌まわしい噂を否定しないのはほんとうかと、怖い顔つきで現れて追及して来る父におびえた。

問題がほかにもあった。彼女はこの夜大晩餐会の会場で、前の女主人マダム・メルモットに会って話をした。奥方の対応から見て、彼女がメルモット家に戻ることは望まれていないと感じた。つい最近、彼女は提供された訪問期間にふれることなく、当分モノグラム家に移るつもりだと父に伝えていた。ロングスタッフは娘がメルモット家を離れることを漠然と喜んでいた。それゆえ、彼女はグローヴナー・スクエアのメルモット屋敷に戻るようにブレガートから望まれたが、戻れるとは思わなかった。ブレガートからそう望まれたあと、父とメルモットのあいだに悪感情が深まっていることにも気づいた。彼女はカヴァーシャムに帰らなければならない。たとえ娘がユダヤ人と婚約していようと、娘を受け入れることをうちの者が拒むことはありえない！

母に婚約を知らせるとしたら、対面で話すより手紙で伝えるほうがやさしいと彼女は思った。それでも、手紙を書いたら、退却できなくなる。――婚約をはっきり告げたあと、家族にどんな顔を向けたらいいだろう？　彼女はいつも自分が勇気に満ちていると思っていた。そして今、あまりの臆病ぶりに驚いた。モノグラム令夫人、旧友のジュリア・トリプレックスからさえ踏みつけにされた。彼女は近ごろまでおのれのために最善を尽くすことをおもな標語として掲げてきた。他人の感情を忖度するつまらぬ配慮をびっくりお化けに膨らませて、そんなものに彼女の前途を邪魔させていいのか？　誰が彼女をメルモット家に送り出したのか？　父ではないか？　それから、彼女はテーブルにまっすぐ座ると、翌朝の日付にして次のような手紙を母に書いた。

十八七――年、七月九日、ヒル・ストリート(2)にて

愛するママへ

あなたがこの手紙を読んでずいぶん驚き、おそらく失望するのではないかと心配です。私はシティにあるトッド・ブレガート&ゴールドシェイナー商会という資産持ちの会社の共同経営者、ブレガートさんと婚約しました。最悪のことをあなたにすぐお伝えしたほうがいいでしょう。ブレガートさんはユダヤ人です」彼女は勇気に欠けていることを手紙で表してはいけないと決めていたから、この最後の言葉を一気に、大仰に書いた。「彼はとてもお金持ちで、銀行業、彼が金融と呼んでいるもの、を営んでいます。彼らはシティでもっとも主導的な役割を演じている人々だと思います。彼は現在フラムのとてもすてきな邸宅に住んでいます。家具をあんなふうに美しく備えつけたうちは見たことがありません。私も彼もパパにまだ何も言っていません。でも、彼は結婚の取り決めについてパパの期待を申し分なく満足させるつもりだと言っています。彼は私が望めばロンドンに別に家を持つと、フラムにも邸宅を保っておくと、ほかにどこか田舎にも場所を見つけようと、申し出てくれています。それとも、私がフラムに邸宅を、田舎に家を持つかもしれません。彼くらい寛大な男性はいません。結婚歴があり、子供もいます。もうママにすべて話したと思います。

パパとママがこれにとても不満を感じていることと推察します。彼が承諾してくれていることを、パパが拒否しないようにお願いしたいです。拒否しても何の役にも立ちません。私は一生今のままでいるつもりは

ありません。これ以上待つこともできません。ブレガートさんより地位において劣るように見えるメルモット家に、私を行かせたのはパパです。マダム・メルモットがユダヤ人であるのは周知の事実であり、メルモットが何者なのか誰も知りません。すべてがひっくり返って混乱しているように見えるとき、古いやり方を続けているのはよくありません。ロンドン屋敷を貸し出すくらいパパが貧乏になっているなら、当然これまでとは違ったふうに振る舞うことが必要になります。

ママが明後日――つまり明日水曜に――私をうちに連れて帰ってくれるといいと思います。今夜ここでパーティーが催されて、ブレガートさんも来る予定です。でも、私はジュリアのもとにこれ以上長くとどまっていられません。メルモット家にも戻りたくありません。パパとメルモットさんのあいだに何かまずいことが起こっていると思います。

ロンドン発二時半の列車に間に合うように馬車を迎えに寄こしてください。――それから、ママ、どうか私に会っても叱ったり、ヒステリーを起こしたり、しないでください。もちろんすべてがよくなるわけではないし、事態がこうなったからには二度とよくなることはありません。ブレガードさんに水曜にパパのところに行くように言います。

あなたの親愛なる娘G

朝が訪れると、彼女は手紙を出すなという誘惑にこれ以上邪魔されないように、使用人に手紙を持って行き、投函してほしいと言った。

その日［七月九日］のおよそ一時ごろ、ロングスタッフ氏はモノグラム令夫人を訪問した。二人の女性は上階で朝食を食べ終わったころに、郷士が入って来たから、どうにか応接間で彼に会えた。ジョージアナは初め身震いしたが、父がまだブレガートについて何も聞いていないことにすぐ気づいた。明日帰るとうちに連絡したことをすぐ父に伝えた。「メルモット家にはこりごりです」と彼女。

「わしもなんじゃ」と、ロングスタッフは真剣な顔つきで言った。

「ジョージアナをもう少し長く私たちのところに預かっていられたら、うれしいですが」と、モノグラム令夫人は言った。「余分の寝室が一つしかないし、別の友人が来ることになっています」ジョージアナはこの発言の両方が嘘だと知っていたが、これ以上お世話になることは考えていないとはっきり言った。「今夜数人の友人をお客としてお迎えしますよ、ロングスタッフさん。あなたも来られて、ジョージアナにお会いになるといいです」ロングスタッフは、ディナーのあとパーティーへ行かせてくれと娘からねだられたとき、老紳士がいつもするように、口ごもって何かつぶやいた。「ブレガートさんも来られます」と、モノグラム令夫人は特別笑顔を作って続けた。

「どなたが来られると？」ロングスタッフはその名になじみがなかった。

「ブレガートさんです」モノグラム令夫人は友人のほうを見た。「私が秘密をばらしていなければいいですが」

「何が何やらわからんな」と、ロングスタッフは言った。「ジョージアナ、ブレガートさんとはどなたかな？」彼はとてもよく理解していた。モノグラム令夫人の態度や言葉から、娘の顔から、ブレガートが受け入れられた恋人として話されていることを確信した。モノグラム令夫人がそう聞こえるように話したから、どんな父でもその口調からそれを理解しただろう。令夫人はのちにサー・ダマスクに言ったように、父のロングスタッフに事情を伝えないままで、そのユダヤ人をジョージアナ・ロングスタッフの受け入れられた恋人としてうちのなかに受け入れるつもりはなかった。

「愛するジョージアナ」と、令夫人は言った。「お父さんは事情をみなご存知だと思っていました」

「わしは何も知らんよ。ジョージアナ、謎めいたことは大嫌いじゃ。みな教えてもらわなきゃな。ブレガートさんとは誰かね、モノグラム令夫人？」

「ブレガートさんは――とてもお金持ちの紳士です。私はそれくらいしか知りません。ジョージアナ、お父さんと二人で話すほうがたぶんいいでしょう」それから、モノグラム令夫人は部屋を出て行った。

これに匹敵する残酷な扱いが、これまでにあっただろうか！　哀れな娘は手紙で書けるほど大胆に話すことができなかったうえ、今口を開かなければならなかった。「パパ、私は今朝ママに手紙を書きました。ブレガートさんは明日あなたに会う予定でした」

「その人と結婚を約束したということかね？」

「そうです、パパ」

「ブレガートさんとは何者かね？」

「商人です」

「メルモットさんと一緒にいるとき、わしが会ったあの太ったユダヤ人じゃなかろうな。――おまえの父と言ってもいいくらいの年じゃないか！」哀れな娘は今はっきりみじめな顔つきをした。父と言っていいくらいの年配の太ったユダヤ人こそ、彼女が言おうとしているまさにその人だった。彼女は父に対してずうずうしく平気な顔で押し通そうと思った。ところが、今この件が持ち出された仕方にあまりにも委縮していたので、どうやってずうずうしく始めていいかわからなかった。彼女は見逃してくれるよう懇願するかのようにただ父を見ていた。「その男はユダヤ人かね？」と、ロングスタッフは声に込められるだけ怒りの雷を込めて聞いた。

「そうです、パパ」と娘。

「あの太った男かね？」

「そうです、パパ」

「わしとほぼ同じ年配じゃろ？」

「いえ、パパ。――どうにかパパほど年を取っていません。五十です」

「ユダヤ人じゃろ？」父は恐ろしい問いをもう一度繰り返し、またも声に雷を込めた。娘はもう特にそれに応えようとしなかった。「おまえがそんなことをするなら、わしはわしのうちとは関係ない娘としておまえにそうさせる。もちろんその男には会わん。わしのところに来るなと言いなさい。もちろん彼に話しかけるつもりもない。おまえは堕落して、身を辱めた。じゃが、わしやおまえの母や姉をおまえに堕落させ、辱めさせるようなことはさせん」

「私にメルモット家へ行くように言ったのは、パパ、あなたです」

「それは違う。わしはおまえにカヴァーシャムにとどまっていてほしかった。ユダヤ人じゃと！　年寄の太ったユダヤ人じゃと！　ああ、そういうことをしっかり考えることができていたらよかったのに！　自分をあれほど誇りにしていたおまえ――わしの娘――が！　母さんには手紙を書いたかね？」

「書きました」

「その手紙は母さんを殺すじゃろ。簡単に殺すじゃろ。それで、おまえは明日うちに帰るつもりかね？」

「そう書きました」

「おまえはうちにとどまっていなければいけない。わしはその男に会って、結婚などありえないことを説明するほうがいいと思う。ああ。――ユダヤ人！　年寄の太ったユダヤ人！　わしの娘が！　明日わしはおまえをうちに連れて帰る。こんなふうに子供から罰を受けるとは、わしが何をしたというんじゃ？」哀れな父はその朝息子のドリーともかなり荒れたやり取りをしていた。「おまえは今日この家を出て、わしがいるジャーミン・ストリート(3)のホテルに来たほうがいい」

「でも、パパ、そんなことはできません」

「なぜできない？　できるじゃろ。わしがそうさせる。おまえを二度とその男に会わせるものか。わしが彼に会う。ホテルに来ると約束しないなら、モノグラム令夫人を呼んで、おまえが令夫人のところでブレガートに会うことは許さんと言ってやる。令夫人には驚くなあ。ユダヤ人じゃと！　年寄の太っちょのユダヤ人じゃと！」ロングスタッフは両手をあげ、絶望して部屋のなかを歩き回った。

彼女は父とモノグラム令夫人が手を組んだら、とても勝ち目はないと思い同意した。所持品を荷造りさせると、身を任せてその日の午後のうちにホテルに移った。彼女は退去する前にモノグラム令夫人に一言言った。「突然うちに呼び戻されたと彼に伝えてください」

「伝えますよ、あなた。お父さんはそんな伝言を認めないと思いますがね」哀れな娘は友人を非難することができないほど気落ちしていたうえ、今は敵を怒らせるのもふさわしくないと思った。少なくとも当座はすべての人、すべてのことに屈服していなければならない。彼女はホテルの退屈な居間で父とほとんど話すことも、話しかけられることもなく寂しい夜をすごした。そして、翌日［七月十日］カヴァーシャムに連れ戻された。その日の朝、父がブレガートに会ったはずだと思った。――しかし、父は一言もそれについて話さなかったし、彼女も父に聞かなかった。

その日はモノグラム令夫人のパーティーの翌日だった。パーティーの夜早く、紳士たちが食堂からあがってくるころ、ブレガートはじつに上品に着飾って現れた。モノグラム令夫人は甘い笑みを浮かべて彼を迎えた。「ミス・ロングスタッフは」と、彼女は言った。「私のところを去ってお父さんのもとへ行きました」

「おやそうですか」

「はい」と、モノグラム令夫人は言い、頭をさげると、それから到着したほかの客の世話をした。令夫人はブレガートに二度と話しかけようとしなかったし、彼を夫に紹介しようともしなかった。ブレガートは応接間で壁に身をもたせかけて、十分ほど立っていたが、それから立ち去った。誰からも一言も話しかけられなかった。しかし、彼は冷静な、愛想のいい人だった。ミス・ロングスタッフが妻となったら、状況はきっと違ったものになるだろう。――彼女はおそらくつき合う相手を替えてくれるだろう。

註

（1）互いに尻尾だけになるまで戦ったとされる。キルケニーはアイルランド南東部レンスター地方の一県。
（2）Deanery Street と Berkeley Square を東西に結ぶ Mayfair の通り。
（3）Piccadilly の南をそれに並行して走り、St. James's Street と Haymarket を結ぶ通り。

第六十六章　「私は恨みを置く」①

「ウィニフレッド・ハートルのことであなたをもうわずらわせません」ハートル夫人は結婚する目的でイギリスにやって来た相手の若者にそう誠意を持って話した。それから、若者がさようならと言って、最後に彼女の手を取るため片手を差し出したとき、夫人はその手を拒否した。「いやよ」と、彼女は言った。「この別れにさようならの意味はありません」

　ポール・モンタギューはそんなふうに夫人と別れたあと、あまり気分よくうちに向かうことができなかった。もし彼女が鞭の脅迫を含むあの手紙――彼に見せて、制御できない情熱のほとばしりだと認め、その後破棄したあの手紙――を、彼に書こうとした実際の手紙として受け取るよう主張していたら、どうだったろう。彼がいかにひどい振る舞いをしたとしても、彼女の振る舞いのほうがもっとひどいと考えて、彼は少なくとも心を慰めることができただろう。彼は怒りで心を温かく、心地よく保つことができたし、どんなかたちであろうと、あんな山猫の爪を逃れることができたのは正しいと確信することができただろう。ところが、彼女は最後の最後に山猫ではないことを彼に示した。彼女は心を溶かして、優しくなり、女っぽくなった。優しくなると、際立って美しかった。彼はうちに帰って来たとき、悲しくて、やってしまったことに後味の悪さを感じた。彼女の人生をだいなしにしてしまった。――少なくともその人生に取り除けないみじめな挿話を作り出してしまった。彼女は彼を追いかけるためにすべてを投げ捨てたから、まったく独りぼっちだと言った。彼は彼女の言うことを信じた。今はもう彼女のためにしてやることはないのか？　彼女は彼を解き放ってくれ、彼女のやり方で彼が犯した悪を許してくれた。それなのに、彼のほうは彼女の運命についてさらに問いかけることもなく、別れることで満足している。それで充分と言えるだろうか？　このままやりすごして、すぎ去った日のように、楽しんだ時間のように、飲み干したワインのように、彼女とのことを見ることができるだろうか？

しかし、どうすることができるだろう？　彼はハートル夫人からうまく逃げ出すことができた。女であろうと、山猫であろうと、彼女とは結婚しないと決めて、それが正しかったことを知った。彼女自身がはっきり言ったように、前につき合った男たちが彼女をそんな結婚に不向きにしていたのだ。もし彼女のところに戻ったら、彼はもう一度火のなかに手を突っ込むことになるだろう。とはいえ、彼女をピップキン夫人の下宿に独りわびしく残す以外に、どうすることもできないと考えると、自分の利己的な冷たさをひどくいやなものに感じた。

続く三日、四日間、大晩餐会と選挙の準備が一方で行われているあいだ、彼はアメリカの鉄道の件で忙しく働いた。再びリバプールにくだり、ラムズボトム氏の助言に従って重役会への手紙を用意した。彼はその手紙で重役を辞任する意図と理由を述べた。もしいつか鉄道会社の状態が望ましい方向に向かうように見えたら、手紙を公表する権利を保持しておくとつけ加えた。彼はフィスカー氏にも手紙を書いた。この紳士にイギリスに来るように請い、差額の支払を受け取り次第、フィスカー・モンタギュー&モンタギュー商会と手を切りたいとの意向を伝えた。残り二人の共同経営者が、伝えられる通り、サンフランシスコの鉄道会社の成功によってもうけているとするなら、彼はそう書いたが、差額はたいした問題とはならないだろう。モンタギューがリバプールでこの手紙を書いたとき、メルモットにかかわる噂はまだ世間に広まっていなかった。彼は晩餐会の日にロンドンに戻って、ベアガーデンで初めてその噂を聞いた。クラブでは、なじみの仲間が今やばらばらになっているのがわかった。サー・フィーリックス・カーベリーは四日、五日音信不通になっている。ミス・メルモットとの駆け落ちについて新聞で読んでいたけれど、彼はやっとその全体像を知った。「カーベリーは入水自殺したとみんな思っている」と、グラスラウ卿は言った。「とはいっても、それで誰かが悲しんでいるという話は聞かないね」ニダーデイル卿もクラブにほとんど姿を見せていない。「卿はあの娘を手に入れる競争で先頭を走っている」と、グラスラウ卿は言った。「卿が今何をしているか誰も知らない。もし私がそれに取りかかっていたら、教会へ行く前に現金を手に入れるよ。卿は昨日晩餐会場にいて、一晩中あの娘に話しかけていた。――これまで卿がやったことがないことだね。ニダーデイルは特別いいやつだが、いつも阿呆だな」マイルズ・グレンドールも三日間クラブで目撃されていない。「あいつが嫌う賭けのやり方をするようになっていたからね」と、グラスラウ卿は言った。「それにメルモットはいつもあいつを目の届くところに置いている。毎日メルモットのうちでディナーを取るようになっているからな」グラスラウ卿は選挙の日――マイルズがパトロンを見捨てたまさにその日――にこの発言をした。その夜マイルズはクラブでディナーを取った。ポール・モンタギューもそこで夕食を取って、メルモットの状況について、できればグレンドールから何か聞き出したいと思った。ところが、秘書のマイルズは必ずしもあらゆる点で主人に忠実ではなかったのに、少なくとも沈黙を守ることでメルモットへの忠誠を示した。グラスラウ卿が喫煙室でメルモットについてあることないことをあけすけに話す一方、マイルズ・グレンドールは一言も口を利かなかった。

翌日［七月十日］午後早く、モンタギューは明確な目的もなくウェルベック・ストリートへとぶらぶら歩いて行き、ヘッタが独りでいるのを見つけた。「ママは出版社へ行っています」と、彼女は言った。「ママは今たくさん原稿を書いて、いつも出版社へ行っています。当選者は誰でしたか、モンタギューさん?」

ポールは選挙のことなど何も知らなかったし、ほとんどそれに関心を持っていなかった。そのとき、選挙はまだ決着していなかった。「あなたの会長が議会に入ろうと、入るまいと関係ないことだとは思いますが?」ポールはメルモットがもう彼の会長ではないと答えた。「あの方と手を切ったのですか、モンタギューさん?」そうです。――力の及ぶ限り目いっぱいメルモットと手を切りました。メルモットを嫌っていましたし、信じてもいませんでした。それから、彼はメルモット一派とのあらゆる関係をかなり興奮気味に否定したうえ、状況によっていちじそんな結びつきを持ったことに深い後悔の念を表した。「じゃあ、メルモットさんについては――?」

「ただの悪党だと思います。それだけです」

「フィーリックスのことをお聞きになりましたか?」

「もちろん聞きました。彼があの娘と駆け落ちして結婚しようとした噂ですね。ですが、詳しくは知りません。今はニダーデイル卿があの娘と結婚しようとしているという噂です」

「そうはならないと思いますよ、モンタギューさん」

「ぼくも卿のためにそうならないよう祈ります。とにかくあなたの兄さんは巻き込まれずにすみました」

「彼女がフィーリックスを愛しているのをご存知ですか?　その点に偽りはありません。彼女はいい人だと思います。先夜晩餐会で彼女から話しかけられました」

「じゃあ、あなたは晩餐会へ行ったんですね?」

「はい。――ママが私を連れて行こうと決めていましたから、拒むことはできませんでした。会場にいるとき、彼女からフィーリックスについて話しかけられました。彼女がニダーデイル卿と結婚するとは思いません。かわいそうな娘。――彼女がお気の毒です。もしお父さんに何か起こったら、どんな転落になるか想像してみてください」

それにしても、ポール・モンタギューはメルモットのことを話すため、ここに来たわけではなかった。偶然によって与えられた好機を見逃す余裕もなかった。彼は一人の恋人と別れたから、別の恋人と始めてもいいと思った。「ヘッタ」と、彼は言った。「ミス・メルモットのこととか、――フィーリックスのこととかより、ぼくはむしろぼくのことを考えています」

「みんなほかの人のことより自分のことを考えますからね」ヘッタは彼が胸中で何を考えているかその声からすぐ察知した。

「そうです。――ですが、ぼくのことだけを考えているわけではありません。ぼくのこととあなたのことを考えています。ぼくにかかわるあらゆる思いのなかであなたのことも考えています」

「どうしてそんなことをなさるかわかりません」

「あなたは、ヘッタ、ぼくがあなたを愛していることを知っているに違いありません」

「あなたが愛して?」と彼女。もちろん彼女は知っている。ポールも彼女の内なる愛について等しく確信を抱いているはずだともちろん思った。もしポールが充分明確だった彼女の合図を読み取ることができたら、カーベリー令夫人とロジャーが一緒に入って来て、二人を邪魔したあの夜に話された数語のあと、彼女の愛を疑うことができるだろうか? 彼女は言葉として交わされたことは正確に覚えていなかったが、ある出来事でポールがイギリスを出て二度と戻って来ないと言ったことと、そのとき彼女がポールをとがめなかったことをよく覚えていた。さらに、彼女はポールへの愛を母に告白したことも覚えていた。ポールは当然その告白については何も知らなかったが、彼女の心を手に入れたことは知っていたに違いない! 少なくとも彼女はそう考えた。女性がちょっと何かしていたいときにするように、彼女は編みかけのレースを取りあげていた。ポールから話しかけられているあいだ、針を動かそうとぼんやり努めていたけれど、今は両手を膝の上におろした。彼女はできればレースを編み続けていただろう。しかし、目がはっきり見えないときや、ほとんど両手が機械的に動かないときがある。

「そう、――ぼくはあなたを愛しています。ヘッタ、一言答えてください。それでいいですか？　ぼくにわかるようにちょっとぼくを見てください」彼女は仕事を続けようと目を伏せていた。「もしぼくよりロジャーのほうがあなたにとっていとしい人なら、ぼくはすぐ立ち去ります」

「ロジャーは私にとってとてもいとしい人です」

「ぼくを愛してくれるのと同じくらい、彼を愛していますか？」

彼女はポールから視線が注がれていることを知って、ちょっと間を置くと、それから低い声で、しかしとてもはっきりその問いに答えた。「いいえ」と、彼女は言った。――「それほどじゃありません」

「そんなにぼくを愛してくれている？」彼は聞きたい回答だったら、ヘッタを胸に抱こうとしていたかのように、両腕を差し出した。彼女はそれを押し戻そうとするように片手をポールのほうにあげた。彼はその手を取ると、ぎゅっと握った。「これはぼくのものですか？」と、彼は聞いた。

「あなたが望むなら」

そのとき、ポールは彼女の足元にあっという間にひざまずいて、彼女の両手やドレスに口づけし、両目に涙をためて彼女の顔を見あげた。こんな成功が望外のものであるかのように喜びで有頂天になった。「ぼくが望むなら、って！」と、彼は言った。「ヘッタ、これまでこれしかぼくが望んだものはありません。ああ、ヘッタ、ねえ。初めてあなたに会ったときから、これがぼくの唯一の幸せの夢でした。それが今ぼくのものです」

彼女はとても穏やかにしていたが、喜びで満たされた。今ポールに愛情を伝えて、それを恥ずかしいと思わなかった。いったんその言葉を口にしてしまうと、どれだけそれを繰り返しても気にならなかった。たとえ彼から愛を返されなくても、彼以外の人を愛せたとは思えなかった。ロジャー――愛するロジャー、最愛のロジャーの場合――、これとは違っていた。同じではなかった。「ロジャーは申し分ない人です」と、ヘッタは手で彼の髪を撫で、彼の目を覗き込んで言った。「あなたよりいつもずっとりっぱな人です、ポール」

「ぼくが知っている誰よりもいい人です」と、モンタギューは力を込めて言った。

「そう思います。――ええ、でも、それだけではないこともあります。いちばんいい人をいちばん愛すべきだとは思いますが、私はそうではありません、ポール」

「ぼくはいちばんいい人を愛します」と彼。

「いいえ、――そうではありません。私はあなたからいちばん愛されているに違いありませんが、いい人だとは言えません。なぜいい人でなくなったかわかりません。まるまる感謝の気持ちから、ロジャーから言われる通りにしようと私がときどき思ったことを、ポール、あなたは知っていますか？　望みのものをみな手に入れてもおかしくない人に、こんなささいなことを拒む理由が私にはわからなかったのです」

「そうなら、ぼくの居場所はなくなっていましたね？」

「まあ、あなた！　あなたなら、ほかの人から幸せにしてもらえました。でも、ねえ、ポール、ロジャーが私以外の人を愛せないことを知っていますか？　こんなことは言うべきではありません。自惚れているように見えますから。でも、私はそう感じます。彼はそんなに若くないですが、恋に落ちたことはこれまで一度もないと思います。一度私にそう言ったことがあります。彼はほんとうのことしか言いません。思い出しても怖いいちずなやり方をします。彼から言われるように私がしなかったら、彼は決して幸せになれないと私に言いました。――それさえほとんど私に信じ込ませました。彼は話す言葉がみな最後には実現するかのような話し方をします。ねえ、ポール、私はあなたを心から愛しています。――でも、彼には従うべきだったといつも思います」ポール・モンタギューはもちろんこれに応えて、言わなければならないことをたくさん見つけた。この不浄な日常世界に金箔をかぶせる神聖なもののなかで、愛はいちばん神聖なものだ。愛はどんな虚偽によっても汚されない。愛は妥協をまったく知らない。どんな言い訳も認めない。どんな外的な状況にも屈服しない。彼はヘッタの心を勝ちえるほど運命の女神に寵愛されていたので、彼の主張がみすぼらしくても、ヘッタからその愛の保証を容易にえることができた。恋敵のロジャーは天使だったが、――ヘッタの心をえることができなかったので――、彼女にごくわずかの主張さえなしえなかった。ロジャーが上手に話をしたので、ヘッタは――少なくともそう思ったから――彼に反論しようとしなかっただけだ。それにしても、哀れなロジャーをこれからどう処遇したらいいだろう？　彼女は今愛の言葉をポールに与えて、よくも悪しくも、ポールに身をささげた。ロジャーが墓に向かってわびしく歩いて行かなければならないとすれば、それは今避けられそうになかった。しかし、そんななり行きはロジャーに伝えないほうがいいのではないか？「私がロジャーをほとんど父のように感じているのは知っていますか？」と、ヘッタは恋人の肩に寄り添って言った。

ポールはこのことを数分考えて、それからロジャーに手紙を書こうと言った。「ヘッタ、いいかい、ぼくはこの先二度とロジャーから言葉をかけられることはないと思いますね」

「それは信じられません」

「理解することが難しい厳格さが彼にはあります。ぼくは彼の家であなたに会ったし、そのとき彼はあなたに妻になってくれるように願っていました。彼は客であるぼくがあなたを愛するような思い切ったことはしないと、頭から思い込んでいました。どうしてぼくにそんな状況が推察できたでしょう?」

「理屈には合いませんね」

「彼は――この件では――理性的ではありません。理性ではなくて、いつも感情に従っています。もしあなたが彼と婚約していたら、――」

「ええ、そのときは、あなたはこんなふうに私に話しかけるができなかったでしょう」

「ですが、彼はぼくがこんなふうだとは思わないでしょう。――ぼくが不実で、恩知らずだと思うでしょう」

「ポール、もしあなたが私たちのことで――」

「いえ、聞いてください。たとえ彼からそう思われても、ぼくは耐えなければなりません。大きな悲しみになりますが、別のかたちになったときの悲しみに比べれば、何でもないことです。彼に手紙を書きます。彼の返事は軽蔑と憤怒に満ちた手紙になるでしょう。あとであなたも彼に手紙を出さなければなりません。あなたは彼から許してもらえるでしょう。ですが、ぼくは決して許してもらえないでしょう」それから、二人は別れた。彼女はカーベリー令夫人が帰宅したらすぐ経緯を伝えると約束した。ポールは夕方ロジャーに手紙を書くことを請け合った。

彼は心にひどいおののきを感じながらやっとのことで手紙を書いた。これがその手紙だ。――

ぼくの親愛なるロジャー――

今日起こったことをすぐあなたに知らせるのが正しいと思います。ぼくはミス・カーベリーに求婚して受け入れてもらいました。ぼくの気持ちがどこにあるか、あなたはずっとご存知でした。ぼくもあなたの気持ちを知っていました。ミス・カーベリーがあなたの求婚を一度ならず拒んだことも知っています。こういう状況下では、ぼくがしたことで友情を裏切ったとか、あなたがつねに示してくれたご親切にぼくが恩知らずだったとか、そんなふうに考えることはできません。ぼくがあのとき彼女に話しかけなくても、あなたにとって事情は変わらなかっただろうと、言っていいとの許可をヘッタからもらっています。（こういう言い方は、ヘッタとのあいだで交わされた会話の公正な表現ではなかった。しかし、手紙の書き手は彼女との話し合いを振り返るとき、そういうことが含意されていると思った。）

あまり言い訳はしたくありません。ですが、万一こんなことが起こったら、ぼくらは永久に別れなければならないと、あなたが言ったことがあることにふれなければなりません。あなたがこの脅し文句に執着すると思ったら、ぼくはとても悲しいし、ヘッタはみじめでしょう。もし男が恋をしたら、きっとそれを告白し、一か八かに賭ける必要があります。もしぼくがそうしなかったら、あなたはぼくを男らしくないと思ったでしょう。親愛なる友、これに返信する前に一日、二日置いてください。避けられるなら、ぼくらをあなたの心から追放しないでください。

あなたの親愛なる友
ポール・モンタギュー

ロジャー・カーベリーは一日も、――一時間も――、置くことなくこの手紙に返信した。彼は手紙を朝食時に受け取ると、テラスに飛び出て、数分間そこを歩いたあと、急いで机に戻り、返事を書いた。書いているとき、憤りで顔全体を赤くし、激怒で目を輝かせた。

言い訳をする者はみずからの告発者だという古いフランスのことわざがあります。もし自分で過ちと忘恩を感じていなければ、君が書いたようには書かなかったでしょう。君は私の心がどこにあるか知っていました。それなのに君は近づいて来て私の宝を蝕み、盗みました。君は私の命を破壊しました。決して君を許すことができません。

君たち二人を私の心から追放しないようにと君は言いました。私の心のことを話すとき、よくも彼女を君と一体のものとして話しましたね！　彼女が私の心からいなくなることはありません。朝も昼も夜もここにいます。彼女に対する私の愛がここにあり、これからもあり続けるように、私は君に恨みを置きます。

ロジャー・カーベリー

これはどう見てもキリスト教徒の書く手紙ではなかった。しかし、この地方ではロジャー・カーベリーはりっぱなキリスト教徒という評判で通っていた。

その朝、ヘンリエッタは母が帰って来るとすぐ言った。「ママ、ポール・モンタギューさんがここに来ていました」

「あの人はいつも私がいないときに来ますね」とカーベリー令夫人。

「偶然でした。ママがリーダム＆ロイター事務所へ行くことを彼が知っていたはずがありません」

「それはわかりませんよ、ヘッタ」

「じゃあ、ママ、出かけることをあなたが彼に言ったに違いありません。それに、出かける直前までママが出かけるつもりでいるようには見えませんでした。でも、ママ、そんなことはどうでもいいです。彼はここに来ていました。そして私は彼に言いました――」

「まさか彼を受け入れたわけじゃないでしょうね？」

「ええ、受け入れました、ママ」

「私の許可をえることもなく？」

「ママ、わかっているでしょう。ママの許可をえることもなく彼と結婚しません。彼を――愛して――いるかどうか聞かれたとき、どうして私がそれに答えずにいられるでしょう？」

「彼と結婚する！　彼と結婚するなんて、いったいどうしてそんなことができるのです？　彼が手に入れたものは、みなメルモットの事件にかかわっていますから、駄目になりました。彼は破産者です。よくはわからないけれど、彼はメルモットの邪悪にまみれて屈辱的な目にあうでしょう」

「ねえ、ママ、そんなことは言わないで！」

「でも、言います。つらいです。フィーリックスのこのもめ事のあと、あなたが私の慰め手になってくれると思っていました。でも、あなたはあの子と同じくらいに悪い――むしろもっと悪いです！　というのは、あなたは哀れなあの子のように誘惑に引っかかってなどいなかったからです。あなたははとこの心を引き裂いてしまいました。かわいそうなロジャー！　私は彼に同情します。――彼は私たちにとても誠実でした！　でも、あなたはそういうことをまったく無視しました」

「はとこのロジャーのことはたいせつに思っています」

「その気持ちゃ――私への愛情――をあなたはどうやって表すつもりです？　あなたがロジャーを受け入れさえすれば、私たちはみんなで入れる家を持てたのに。もう飢えるしかありません。ヘッタ、あなたは私にとってフィーリックスよりずっと悪い子になってしまいました」それから、激怒したカーベリー令夫人は部屋から飛び出して、自室に引きこもった。

註

（1）「創世記」第三章第十五節。神がイヴを誘惑した蛇に言う言葉。

第六十七章　サー・フィーリックスが妹を守る

サー・フィーリックス・カーベリーは生まれてこの方この時期まで、非常に多くの欠点のためおそらくほんの少ししか罰など意識したことがなかった。資産は使いはたした。陸軍の将校任命辞令はなくした。知人たちみなから軽蔑された。幼なじみたちの友情を失った。それに代わる人々の友情もえられなかった。母と妹をほとんど破産させた。そんななか、彼の言葉を使えば、つねに「勝負を続ける」工夫をした。飲み、食らい、博打をし、狩りをし、ロンドンの若者にふさわしいと思われる仕方でふつうに気晴らしをした。これまで何とかやってきた。しかし、今はすべてに終わりが来たように感じる。母の家で寝床に横たわっているとき、資産をすべて数えあげた。数ポンドの現金と、おそらく二百ポンドになるマイルズ・グレンドールの借用書の束を持っている。メルモットには六百ポンド貸している。とはいえ、どこに向かって行き、どう身を処したらいいかわからなかった。彼はリバプールへの旅の経緯を徐々に知った。マリーがどうそこへ行き、警察によってどう連れ戻されたか、マリーの金がブラウンによってメルモットにどう返却されたか、彼がリバプールへ旅立てなかったことがどう世間に知れ渡ったか知った。恥ずかしくて社交クラブへ行けなかった。メルモットの家にも行けなかった。恥ずかしくて昼間に通りへ出ることさえできなかった。母さえも恐れるようになった。今や華々しい結婚は破綻し、まったく希望がないように見える。今や快適さのすべてを母の家庭に依存しなければならない。それで、もはや母を頭から軽蔑して扱うことができなかった。――母のほうもこれまでのように屈服したままではなかった。

彼は一つだけ確信していた。持っているものを現金化しなければならないと。こう考えて、マイルズ・グレンドールとメルモットに手紙を書いた。前者には、ロンドンから——しばらく——出ることにしたと言い、本来なら当然支払われるべき金額の小切手を必要としていると書いた。スティーヴェネッジ公爵の甥なら、博打による二百ポンドの借金くらい返済することができると思うが、——もし返済できない場合——、公爵自身に支払を求める以外に方法はないと続けて書いた。この手紙に対してグレンドールが何の回答もよこさなかったのは、言うまでもないだろう。メルモットへの手紙では、懸案となっている金銭の一点に限定して書いた。マリーのことや、大人物の怒りのことや、重役会の席のことにはまったくふれなかった。ただ計六百ポンドの貸しがあることをメルモットに思い出させて、その金額の小切手を送ってくれるよう要求した。これに対するメルモットの回答は、まるまるサー・フィーリックスが望んだものではなかったが、まったく不満足なものというわけではなかった。メルモットの事務員がウェルベック・ストリートの家を訪問して来て、要求金額に相当する南中央太平洋とメキシコ鉄道の仮株券をフィーリックスに手渡し、手渡す前にその金額の領収書を求めた。その事務員は続けて、金はそれに相当する株を買うため、メルモットの手もとに残ると、雇い主に代わって説明した。サー・フィーリックスは何でも手に入ればうれしかったから、領収書に署名して、仮株券を受け取った。これはウエストミンスターで投票があった翌日、まだ選挙結果が明らかになる前——鉄道の株がはなはだ低かったとき——のことだ。サー・フィーリックスは株の時価を聞いた。事務員は取引値を言うことはできないとはっきり言い、——サー・フィーリックスが仮株券を受け取りたければ——、仮株券を持参していると言った。もちろん彼はそれを受け取った。それから、彼はシティに急いで行って、それが返済してもらわなければならない金額のおよそ半分にしかならないことを知った。仮株券を見た仲買人は何も答えられなかった。それはもちろんかつてとても高い値をつけていた。ところが、わけのわからない恐慌による売りにあった。回復するかもしれないし、――あるいはありうることだが――、紙切れになるかもしれない。サー・フィーリックスは大金融業者を大声でののしったあと、売却のため仮株券を渡した。彼がささやかな事件を起こして以来、明るいうちに家を出た最初の日のことだった。

一方、彼はこのころ楽しいことがなくておもに苦しんでいた。これまであまりにも快楽に満ちた生活を送ってきたので、何の刺激もない一日をどうすごしたらいいかわからなかった。本は読まなかった。黙考は論外だった。人生に一日だって仕事をしたことがなかった。寝床で寝る。飲み食いする。煙草を吸い、無為に座る。カード賭博をする。女と遊ぶ。女の教養が低ければ低いほど、楽しみは大きかった。彼にとってこういうこと以外にこの世は何の意味もなかった。それゆえ、彼は再びルビー・ラッグルズを追いかけることにした。

哀れなルビーは伯母の家でいとも苦しい軟禁状態に耐えていた。彼女は激しく怒り、荒れ狂い、好きなときにうちに出入りできるはずよとののしった。ピップキン夫人はルビーが出て行くのは自由だが、彼女、ピップキン夫人、が望まないのに出て行ったら、自由には帰って来られないと言った。「あたしは奴隷なの？」と聞き返したとき、ルビーは玄関ドアでそのとき引きずっていた乳母車をひっくり返しそうになった。そのとき、ハートル夫人が仲裁に入ったから、哀れなルビーは米国女性の優れた力によってなだめられた。それにしても、ルビーは伯母の子供の子守役が性に合っていないとわかって、とても悲しかった。結局、ジョン・クラムは彼女を少しも愛していなかったのだろう。愛していたら、彼女の面倒を見るためにかけつけてくれていただろう。彼女がこんな状態でいるとき、サー・フィーリックスがピップキン夫人の家を訪ねて来て、戸口でルビーに会いたいと言った。たまたまピップキン夫人がドアを開けて、――玄関先にこんな有害な若者がいることに当惑したから――、ルビーはうちにいないと答える仕儀となった。ところが、ルビーは恋人の声を聞くと、急いで駆けつけて、彼の腕のなかに飛び込んだ。それから、大騒ぎになった。ルビーは伯母が嫌いだと、祖父も、ハートル夫人も、ジョン・クラムも、――誰もかも、何もかも――、嫌いだと断言した。好きなのはこの恋人だけだった。そのとき、ハートル夫人は若者に訪問の意図を尋ねた。ルビーと結婚するつもりですか？　サー・フィーリックスは「いつかしてもいいと思います」と答えた。「ほらね」とルビー。彼女は完全な手続きを伴って結婚の申し出がなされたかのように、「ほらね！」と勝ち誇って叫んだ。ピップキン夫人はとても弱気になった。夫人は意志の強い下宿人の助けを求めることを忘れて、恋人たちに食堂で半時間一緒にすごしていいと言った。サー・フィーリックスがその間に何らかのかたちで、結婚の約束を繰り返したかどうか私は知らない。しかし、彼の口から出た言葉がうれしすぎて、ルビーが約束を繰り返すよう求めることはなかったようだ。「これはもう終わりにしなければね」と、半時間がすぎたとき、ピップキン夫人が入って来て言った。それで、サー・フィーリックスは明日の夜もまた来ると言って去って行った。「彼女と結婚すると一筆を入れてもらわない限りね、サー・フィーリックス」と、ピップキン夫人は言った。「ここに来てはいけません」もちろんサー・フィーリックスはこれに答えなかった。彼はうちに向かうとき、冒険の成功をたいそう喜んだ。株を換金したから、彼にできる最善のことはおそらくルビーを外国へ連れて行くことだろう。金は三、四か月持つだろう。――そして、三、四か月先はほとんど来世だった。

その日［七月十一日］の午後、彼はディナーの前に妹が独りで応接間にいるのを見つけた。カーベリー令夫人はポール・モンタギューの恋という頭の痛い話を聞いたあと、自室にこもったまま、そのあとヘンリエッタに会っていなかった。ヘッタは母の辛辣な言葉や、母が言ったポールの貧しさのことや、妻になるまでに費やさなければならない歳月のことを考えて憂鬱だった。それでも、ポールから明瞭に伝えられた愛情が彼女のあらゆる思いを薔薇色に色づけていた。真に愛されているなら、喜ばずにはいられない。彼を愛しているると言ったからには、どんなことがあっても言行を一致させるつもりでいた。彼女は今胸に抱える問題を兄に話す気になれなかったが、マリー・メルモットから託された約束をはたすにはいい機会だと思った。大晩餐会のことを短く兄に説明したあと、マリーと話したことを伝えた。「兄さんに伝言すると約束しました」と彼女。

「今となっては何の役にも立ちませんね」とフィーリックス。

「でも、彼女が言ったことを伝えなければなりません。ええ、彼女はあなたをほんとうに愛していると思います」

「ですが、それが何の役に立つというんです？　彼女が国中の警察官から尾行されているとき、結婚することなんかできませんよ」

「あなたがどうするつもりか――彼女は知らせてもらいたいのです。もしあなたがあきらめるつもりなら、彼女にそう伝えるべきだと思います」

「どうやったら伝えることができます？　手紙を受け取ることが彼女に許されているとは思えません」

「私が手紙を書きましょうか、――それとも私が会いに行きましょうか？」

「好きなようにしてください。どうでもいいです」

「フィーリックス、ひどく薄情なのね」

「ほかの男たちほどぼくは悪くないと思いますね――その点なら、たいていの女たちほどもぼくは薄情じゃありません。このうちの者が、彼女と結婚するようぼくをたきつけました」

「私は一度も勧めませんでした」

「母さんは勧めました。今は彼女とうまくいかなくなったから、ぼくは非難の言葉しか耳にしません。もちろん彼女なんかあまり好きになれませんでしたがね」

「まあ、フィーリックス、とても信じられません！」

「たぶんひどく驚いたでしょう。おまえはぼくをかなりのワルと見なし、ほかの男たちを虫も殺さぬ人たちだと思っているようです。ですが、ほかの男たちだって、ぼくと同じに悪いか、ぼくよりずっと悪いんです。ポール・モンタギューみたいにりっぱな男は世間にいないと、おまえは信じているようですがね」ヘッタは顔を赤らめながらも、何も言わなかった。兄の前で恋人を自慢するところまでまだ至っていなかった。それでも実際には、ポール・モンタギューほど誠実な若者はいないと思っていた。「ポール坊ちゃんがイズリントンに住む米国の未亡人と婚約していると聞いたら、おまえはきっと驚くと思いますね」

「モンタギューさんが――米国の未亡人と――婚約している！　信じられません」

「おまえに何かかかわりがあるようなら、この話を信じたほうがいいです。ほんとうですから。あいつがかなり長いあいだその女と米国を旅していたことも、二週間ほど前にあいつがローストフトのホテルでその女と一緒にいたこともほんとうです。間違いありません」

「信じられません」と、ヘッタは繰り返した。言葉を発するだけでも、いくらか落ち着けるように感じた。こんなことがほんとうであるはずがない。そんな嘘をつく男が彼女に近づいて来るなんて考えられない。ヘッタはこの話を聞いて仰天し、まるで失神するように気が遠くなった。しかし、心の奥底ではこの話を信じなかった。きっとひどい冗談か、愛する男から彼女を引き離そうとする陰謀だった。「フィーリックス、私にそんな邪悪なことがよく言えますね？」

「どこが邪悪です？　あいつを好きになるくらいおまえが馬鹿なら、ほんとうのことを話してやることこそ正しいことです。あいつはハートル夫人と婚約しています。その女はイズリントンにあるピップキン夫人の下宿に身を寄せています。その下宿を知っていますから、明日にでもおまえをそこに連れて行って、女に会わせることができます。そこが」と、彼は言った。「女のいるところです」――彼は紙切れにハートル夫人の名を書きつけた。

「嘘です」とヘッタは言うと、椅子から真っ直ぐ立ちあがった。「私はモンタギューさんと婚約しています。彼がそんなふうに私を扱うはずがありません」

「それなら、それについて神かけてあいつに申し開きをさせよう」と、フィーリックスは椅子から跳びあがって言った。「もしあいつがそういうことをするなら、ぼくが干渉するときです。ぼくがここに立っているのと同じくらい確かに、あいつはハートル夫人という女と婚約しており、絶えずイズリントンのその家を訪問しています」

「私は信じません」ヘッタは恋人に対してそのとき使える唯一の弁明を繰り返した。

「これは冗談じゃありません。もしロジャー・カーベリーからこの話がほんとうだと言われたら、おまえは信じますか？　ロジャーから言われたら、ぼくの言うこととは正反対のことでも、おまえはすぐ信じてしまうことを知っていますから」

「ロジャー・カーベリーはそんなことを言いません！」

「ロジャーに聞いてみる勇気がありますか？　彼はそう言うと思いますよ。彼は事情をみな知っていますし、――その夫人に会っていますから」

「どうしてあなたがそんなことを知っているのです？　ロジャーから聞きましたか？」

「ぼくは知っています。それで充分でしょう。ポール坊ちゃんと話をして決着をつけます。神かけてそうします！　あいつに申し開きをさせます。ですが、おまえのことは母さんが処置しなければいけません。母さんはロジャーに聞くことをためらいませんし、ロジャーの言うことを信じるでしょう」

「私は信じません」ヘッタはそう言うと部屋から出たが、独りになるとひどくみじめになった。この話には何か根拠があるに違いなかった。フィーリックスはなぜロジャー・カーベリーを引き合いに出したのだろう？　まったく根拠のない話として頭から否定できない何かが兄の態度にはあると感じた。それで、彼女は泣きながら寝床に座ると、不実な恋人について耳にしたいろいろな話を思い起こした。しかし、恋人はもし妻にすると約束したほかの女とほんとうに毎日交際しているなら、なぜ彼女のところに来て、甘い愛の言葉だけでなく、結婚の申し込みまでしたのだろう？

ディナーではこの件は話題にならなかった。ヘッタは難問を抱えたまま食卓に座り、何も言わなかった。カーベリー令夫人も、兄も、ほとんど口を利かなかった。フィーリックスはディナーのあとすぐ、おそらくルビー・ラッグルズに代わる女を探すため、演芸場か、劇場かに逃げ出した。カーベリー令夫人はディナーのあとまたも娘を責めた。息子が知っている話を教えられたからだ。フィーリックスは話の大部分をルビーから聞いた。ルビーはポールとハートル夫人の婚約を当然知っている。ハートル夫人がピップキン夫人にすぐその事実をはっきり伝え、ピップキン夫人は下宿人の婚約者としての立場を誇らしく思っていた。ルビーはポール・モンタギューを下宿屋で目撃しているし、ポールがハートル夫人をローストフトへ連れて行ったことも知っている。ハートル夫人がローストフトの浜辺でロジャー・カーベリーに会ったことも、二人、伯母と姪、は知っていた。そういうわけで、全貌というわけではなかったが、話の全体がかなり詳細にカーベリー令夫人の耳に入った。「フィーリックスが言ったことはね、あなた、ほんとうです。私がモンタギューさんを非難しても、あなたをだましているとは思わないでください」

「兄はどうしてそんなことを知ることができたのでしょう、ママ？」

「あの子は知っています。どうしてか説明はできませんがね。同じ家にいたからでしょう」

「兄はその夫人に会ったことがありますか？」

「会ったかどうか知りません。でも、ロジャー・カーベリーは会いました。私が彼に手紙を書いて問い合わせたら、彼が言うことを信じますか？」

「それはしないでください、ママ。手紙なんか書かないで」

「でも、書きます。彼から教えてもらえるなら、書きますとも。もしあの男が悪党なら、私にはあなたを守る義務がありますからね？　フィーリックスの意見だけならもちろん不安です。兄からしか話が聞けないとすれば、あなたは信用しないかもしれません。それに、フィーリックスはその夫人に会っていないでしょう。その話はほんとうだと、はとこのロジャーがあなたに言えば、――あの男がその夫人と婚約しているのを知っていると、ロジャーが私に言えば――、そのときあなたは満足できるでしょう」

「満足できるって、ママ！」

「私たちの言っていることがほんとうだと納得できるでしょう」

「それなら二度と納得なんかできません。もしそれがほんとうなら、私はもう何も信じません。この話がほんとうであるはずがありません。何かあるとは思いますが、それが言われている通りだとは思えません」

カーベリー令夫人は娘が耐えている苦悩を目の当たりにして苦痛を感じたものの、この話を必ずしも不快とは思わなかった。令夫人はポール・モンタギューを婿にすることを望まなかった。もしロジャーが辛抱強く粘れば、ヘッタをえることができるとまだ信じていた。令夫人はすぐその夜就寝前にロジャーに手紙を書いて、この話をみな伝えた。「もしあなたがハートル夫人という女性がいることをご存知なら」と、彼女は書いた。「モンタギューさんがその夫人を妻にすると約束したこともご存知なら、もちろんそれを教えてくださるでしょう」それから、彼女は娘についての願いをはっきり伝えた。はっきり伝えることによって、ポール・モンタギューを確実に追い払う真の支援を、この機会にロジャー・カーベリーに施すことができると考えた。モンタギューを追い払うことにロジャーくらい強い関心を持つ者がいるだろうか？　モンタギューの生活状態をロジャーくらいよく知る者がいるだろうか？「ヘッタにかかわる私の願いがどこにあるか、モンタギューさんの介入に私がどんなに反対しているか、あなたはご存知でしょう」と、彼女は書いた。「彼が別の女性と今深くかかわっているということが、フィーリックスの言うようにほんとうなら、彼はとんでもない無礼を私たちに働いています。あなたはもし事情をみなご存知なら、きっと私たちを守り、――あなた自身をも守ってくださるでしょう」

第六十八章　ミス・メルモットが決意をはっきり述べる

哀れなヘッタは眠れぬ一夜をすごした。聞いた話が誰かほかの人の話としても、あまりにもひどい話なので、彼女はそれがほんとうだとは思えなかった。男が彼女のところに来て、妻になるように求めた。――しかしまさにそのとき、男は結婚を約束した別の女と日常的に交際する生活をしていた！　それなのに、男は彼女にとても優雅に、とても穏やかに、とても控えめに、それでいてとても長く求愛し続けたのだ！　とつとつとした彼の話し方にもかかわらず、ヘッタは最初に出会ったときから、彼からいかに尊敬されているかに気づいていた！　ポールは心の状態をそっくり外に表しており――そう彼女は思った――、知的で、優しく、愛情に満ちていた。ポールはロジャーの気持ちに気づいており、彼女に近づくことをためらい、距離を置いた。なぜなら、彼はロジャーの友情に負うところが大きいと感じていたからだ。だからといって、ポールの愛が真実でないわけではない。哀れなヘッタにとってそれがいとしくないわけでもなかった。彼女はポールの道義心と愛に確信を抱いたから、いつか求婚されると思って待っていた。それなのに今この男があまりにも下劣な、愚かな恋愛遊びをしていると言われたので、彼女はこういうことをする男の本心がわからなかっただけでなく、こういうことになった原因を想像することもできなかった。これは彼女がこれまでに聞いた男の不実のどんなかたちとも違っている。彼女はみじめになり、心痛に悩まされたとはいえ、この話を信じまいと胸中で誓った。母がロジャー・カーベリーに手紙を書くことは知っている。それに返事が来るまで、手紙については何も知らされないことも知っていた。慰めをえるところはどこにもない。ポール本人に訴えかける勇気もなかった。伝えられた話を一言も信じないようにしようとの決意に頼ることしかできない。彼女はその決意に身をゆだねた。

一方、彼女はこの不幸のほかに別の不幸も抱えていた。彼女は言づてを兄に伝えるとマリー・メルモットに約束した。言づてを伝えたあと、今兄の返事をマリーに伝えなければならない。「すべてが終わった！」と、ほんの数語で伝えられるかもしれないが、それでも伝えなければならなかった。

「できるなら、ミス・メルモットを訪問したいです」と、彼女は朝食のとき母に言った。

「ミス・メルモットに会いたいって、どうしてです？　メルモット家の人たちを嫌っていると思いましたのに？」

「嫌ってなんかいません、ママ。彼女を嫌っていません。伝えなければならない言づてがあります、——フィーリックスからの——伝言」

「フィーリックスからの」

「兄からの回答です。ああいうことがみな終わったかどうか彼女は知りたがっています。もちろん終わっています。兄が言おうと、言うまいと、そうなるでしょう。もう二人は結婚などできません。——そうでしょう、ママ？」

カーベリー令夫人はこの結婚を望ましいとはもう思っていなかった。令夫人もメルモットの資産に疑いを抱き始めており、たとえその娘と結婚することができても、息子が資産を手に入れる見込みはないと思うようになっていた。メルモットが今回息子から受けたような侮辱を許すことなどありえない。「結婚なんてまったく不可能です」と、母は言った。「私たちがかかわったほかのことと同じように、あれもみじめな失敗に終わりました。行きたければ行きなさい。フィーリックスはあのうちに何の義務も負っていませんし、何も受け取っていません。あの娘が受け入れてくれる男性を見つけられるかどうかずいぶん怪しいと思いますね。わかっているでしょうが、独りで行ってはいけません」と、カーベリー令夫人はつけ加えた。しかし、ヘッタはこんなに近くなら独りで行っても大丈夫だと言った。オックスフォード・ストリートを越えてほんのすぐのところだった。

それで、彼女は家を出て、グローヴナー・スクエアへ向かった。メルモット家がブルートン・ストリートへいちじ移転したことを聞いていたが、そのときそれをまったく失念していた。彼女は家に近づくにつれて、そこが荷車と職人で混雑しているのを見てためらった。それでも、進んで行って、広く開かれた玄関のベルを鳴らした。玄関広間の内側では、三、四日前にずいぶん苦労して取りつけられた柱形やトロフィー、花輪やバナーが今引きはがされ、運び出されていた。廃墟の真ん中にメルモット本人が立っていた。彼は今や国会議員であり、その夜［七月十二日］議席に着くことになっていた。もはや何もそれを妨げるものはなかった。議員期間は短く終わるかもしれない。――それでも、ウエストミンスター選出イギリス庶民院議員になったという事実を、履歴に書き込むことができる。彼は今慎重に構えて、いろいろなところに姿を見せることを控えている。今は正午で、すでにシティへ行って来たところだ。ちょうど支払をして工事請負人の機嫌を取ったばかりで、仕事のことでその請負人と話をしていた。今回の不快な噂のせいで、金を持っているという信用を維持する必要がなかったら、こんなに早く支払はしなかっただろう。ヘッタはミス・メルモットの所在を職人の一人に恐る恐る尋ねた。「私の娘に会いたいのかね？」と言いながら、メルモットが近づいて来て、帽子に手を当てた。「娘は今ここに住んでいない」

「そうでした、――今それを思い出しました」とヘッタ。

はなかった。

「どなたが訪ねて来たと娘に伝えたらよろしいかな?」メルモットは今理由もなく娘を疑っているわけではなかった。

「ミス・カーベリーです」と、ヘッタはとても小さい声で言った。

「はあ、そうか。――ミス・カーベリー!――サー・フィーリックス・カーベリーの妹さんか?」男の声の調子には、ヘッタの耳にひどく不快に聞こえる響きがあった。しかし、彼女はその問いに答えた。「ほう、――サー・フィーリックス・カーベリーの妹さん! 私の娘に何の用事があるかお聞きしてもよろしいかな?」まわりに置かれた材木のあいだにたくさんいる職人と、見おろしている疑り深い相手の粗野な顔を前にして、彼女は話をしづらいと感じた。それで、ごく簡潔に答えた。兄の伝言を持って来たと。兄とミス・メルモットのあいだにはいろいろなことがあったけれど、終わりにしなければならないと認めるのが、いちばんいいことだと兄は感じたと。「ほんとうかな」とメルモットは言うと、帽子を頭に載せ、ポケットに手を入れて、眉をひそめ、粗野な大きな目で彼女を見た。ヘッタはこのように示された疑惑をどう否定したらいいかわからず、黙っていた。「なぜなら、ご存知のように、欺瞞と裏切りがたくさんあったからね。サー・フィーリックスは破廉恥な振る舞いをした。そう、――確かに――破廉恥なね。あいつは娘との関係をすべて終わりにすると約束する念書を私にくれたが、それは娘が駆け落ちする一日、二日前のことだった。今はあんたをここに送り込んで来た。あんたが実際に何をしに来たか、どうして私にわかるだろう?」

「何か役に立てるのではないかと思って、私は来ました」と、彼女は怒りと恐れに震えながら言った。「晩餐会であなたの娘さんと話を交わしました」

「へえ、あんたもあそこにいたのか? あんたの言う通りかもしれないが、どうしてそれが信じられるかね? 人はあんなふうにだまされたとき、疑り深くなってしまうからね、ミス・カーベリー」この男は世間に嘘をつく人生を送ってきたにもかかわらず、ほかの男からつかれた嘘の残酷さに心底衝撃を受けていた！「リバプールにまた逃げ出そうとしているんじゃないかね？」ヘッタはこれに答えることができなかった。彼女は耐えられない侮辱を受けていたが、侮辱に侮辱で返す方法を知らなかったうえ、独りぼっちで誰からも支援をえられなかった。とうとうメルモットはブルートン・ストリートまで連れて行こうと申し出た。ヘッタはそれにうながされて彼のそばを歩いた。「娘に何を言うつもりか聞いてもいいかね？」と彼。

「お疑いになるなら、メルモットさん、私は彼女に会わないほうがいいでしょう。もはや疑問の余地はなくなっていますから」

「私のいるところで言ったらいい」

「いいえ、それはできません。でも、もうあなたに言いましたから、私に代わってあなたから伝えてください。よろしかったら、私はもううちへ帰ろうと思います」

しかし、メルモットはマリーがこんな問題で父を信じないことを知っていた。娘はおそらくこの女の言うことなら信じるだろう。メルモットは人を信じるのは難しいと思いながらも、この女が申し出た面会からは悪よりも善が期待できると思った。「じゃあ、娘に会わせよう」と、彼は言った。「あれもあんなことをもう一度やろうとするほど馬鹿じゃないと思うからね」それから、ブルートン・ストリートの玄関ドアが開かれて、ヘッタはやって来た理由を悔やんでいるうちに、ほとんどその広間に押し込まれているのを知った。彼女はメルモットについて二階にあがるように命じられた。それから、長いと思われる時間独りで応接間に残された。ドアがゆっくり開いて、マリーがその部屋に忍ぶように入って来た。「ミス・カーベリー」と、彼女は言った。「とてもご親切ですね――あなたって、ほんとうにご親切です！　来てくださって心から感謝します！　私を愛してくださるとあなたはおっしゃいました。愛してくださっていますね？」マリーは見知らぬ人のそばに座ると、手を取って、相手の腰に腕を回した。

「私が来た理由はメルモットさんからお聞きでしょう」

「ええ、――でも、私はその理由を知りません。パパが言うことを信じませんから」哀れなヘッタはこんな発言に身震いした。「私たちは激しく反目しています。パパはまるで私の魂が私のものではないかのように、私がパパから言われる通りに動かなければならないと思っています。私はそんなことに同意できません。――あなたなら同意できますか？」ヘッタは反抗を唱道するためここに来たわけではなかったが、同じような状況のなかで母に従う気が自分にないことをそのとき思い出さずにいられなかった。「彼は何と言っていますす、あなた？」

ヘッタは三語で伝言を届けた。それが伝えられたとき、それ以上言うことはなかった。「すべてを終わりにしなければなりません、ミス・メルモット」

「それが彼の伝言ですか、ミス・カーベリー？」ヘッタはうなずいた。「それだけ？」

「それ以上何もありません。先夜あなたは兄の言づてがほしいと私に言いました。兄は言づてをすべきだと私は思いました。私は兄にあなたの伝言を届けて、回答を持って来ました。兄にはご存知のように収入がまったくありません。――まったく何も」

「でも、私には金があります」と、マリーは熱を込めて言った。

「けれど、あなたのお父さんは――」

「金はパパの意思とは無関係に使えます。もしパパが私にひどい扱いをしたら、金を夫に移すことができます。そうできることを知っています。もし私が思い切ってそうしたら、彼は受け入れてくれるかしら？」

「不可能だと思います」

「不可能って！　不可能なことなどありません。誠実に恋していると言われる人たちはみな、どんなことも不可能とは思いません。彼は私を愛していますか、ミス・カーベリー？　すべてはそれにかかっています。それこそ私が知りたいことよ」マリーは間を置いて待った。しかし、ヘッタはその問いに答えることができなかった。「あなたは兄さんのことを知っているに違いありません。彼が私を愛しているか知りませんか？　知っているなら、教えてくれてもいいと思います」ヘッタはなおも黙っていた。「何も言うことはありません？」

「ミス・メルモット、――」と、ヘッタはとてもゆっくり話し始めた。

「マリーと呼んでください。私を愛してくださるとおっしゃいましたね？　私はあなたの名さえ知りません」

「私の名は――ヘッタです」

「ヘッタ。――ほんとうの名の短縮形ね。でも、とてもかわいい名よ。私には兄も、妹もいません。ほかの人には言ってほしくないけど、告白すると、ほんとうのママもいません。パパはママと思ってもらいたがっていますが、マダム・メルモットはママじゃありません」彼女はこういうことを早口でヘッタの耳に囁いた。「それに、パパは私にとても邪険です！　ときどきぶちます」マリーがまだ腕を腰に回している新しい友人は、これを聞いて身震いした。「でも、私はそんなことをされても、少しも屈しません。パパが私を叩いたり、げんこつで殴ったりしたら、私はいつもパパに向かって歯ぎしりします。友人をえたいと私が思っているのをあなたは不思議に思いますか？　いつも恋人のことを考えているのを意外に思いますか？　でも、――もし彼から愛してもらえないなら、私はどうしたらいいでしょう？」

「何と言ったらいいかわかりません」と、ヘッタはすすり泣きながら声を絞り出した。この娘がいい人であろうと、悪い人であろうと、愛される人であろうと、疎まれる人であろうと、置かれた立場がたいそう悲劇的だったので、ヘッタは同情で心を溶かした。

「あなたが誰かを愛しているか、その人から愛されているか知りたいです」と、マリーは言った。ヘッタは自分の恋愛のことを話しにここに来たわけではなかったので、これには答えなかった。「ご自分のことを私に話すつもりはないようね」とマリー。

「あなたの慰めになることが言えたらいいですが」

「彼にやり直すつもりはないと思いますか?」

「きっとないと思います」

「彼が何を恐れているか知りたいです。私は何も――何も――恐れません。私たちはどうして家を出て結婚してはいけないんでしょう? 誰にも私を止める権利はありません。パパにせいぜいできるのは私を家から追い出すことくらいです。パパがそのつもりなら、私は思い切って家を出ます」

ヘッタはそんな提案を聞くこと自体が欺瞞――彼女が犯そうとしているとメルモットからずうずうしくも想定されたあの罪――になるように思えた。「そんな話を聞くことはできません。ほんとうにできません。兄はきっと――できない――できないのです」

「彼は私を愛することができないというんですか、ヘッタ? それがほんとうなら、はっきり言ってください」

「ほんとうです」と、ヘッタは言った。するとこの瞬間、相手の娘の顔に女性的な柔らかさをすべて投げ捨てようと決意したかのような、険しい、固い表情が表れた。娘はヘッタの腰に回していた腕の力を緩めた。

「ねえ、あなた、あなたを傷つけるつもりはありません。ほんとうのことを言うようにあなたから求められましたから」

「ええ、私が求めました」

「男の方は娘とは違うと思います」

「そう思います」と、マリーはゆっくり言った。「何という嘘つき、何という獣、――何という恥知らず！　どうして彼はあんな嘘をついたんでしょう？　どうして私の心を引き裂いたんでしょう？　彼は私を愛したことなんかないと、あの卿が言いました。彼は私を愛したことなんかないんですか――一度も？」

マリーが期待するような愛に兄が応えることはできないと、ヘッタは口に出して言うことができなかった。しかし、それが事実であることを知っている。「兄のことはもう考えないほうがいいと思います」

「あなたもそんなふうにおっしゃるの？　私が愛したように男を愛して、愛を告白し、妻になることに同意したあと、まるで使用人か馬でも厄介払いするように、みんなもうその男のことは考えないほうがいいとおっしゃる。あなたはそんな扱いに耐えることができますか？　私は彼を愛するのをやめます。ええ。――彼を憎みます。でも、彼のことを考えなければなりません。彼をさげすむためにあの卿と結婚します。そして、私たちが金持ちになるのを見て、彼は絶望することでしょう」

「兄を許すよう努めてください、マリー」

「いいえ。私が許すなんて彼に言わないでください。そんなことを言わないようにあなたに言っておきます。私が彼を憎んでいると――そう言ってください。いつか会うことがあったら、二度と忘れないような目つきで見返してやると彼に言ってください。できますよ、――ええ！　――やろうと思ったら、私にだってできることを彼は知りません。教えてください。私を愛していないと言うように、あなたは彼から頼まれたんですか？」

「ここに来なければよかったです」とヘッタ。

「来ていただいてうれしいのよ。とてもご親切でした。あなたが嫌いじゃありません。もちろん知らなければなりません。私を愛していないと伝えるように、あなたは彼から頼まれたんですか?」

「いいえ。――兄はそんなことを言いませんでした」

「じゃあ、どうしてあなたはそれがわかりましたの? 彼は何と言いましたか?」

「もうすべて終わったと」

「彼がパパを恐れているからよ。彼が私を愛していないことをあなたは確信していますか?」

「確信しています」

「じゃあ、彼は獣です。不実な嘘つきです。私が彼を足で踏みつぶす(1)と言っていると彼に伝えてください」

マリーはそう言うと、悪いやつがほんとうに足の下にいるかのように、足で床を踏みつけた。それから、誰に聞かれても構わないかのように大声で言った。「私は彼を軽蔑します。――軽蔑します。みんな悪者ですが、彼は最悪です。パパからぶたれますが、それには我慢できます。ママからののしられますが、それにも我慢できます。彼からなら、ぶたれても、ののしられてもいい。我慢できました。でも、彼がいつも嘘をついていると考えると、――それには我慢できません」それから、彼女はわっと泣き出した。ヘッタは彼女に口づけして、慰めようとした。それから、ソファーですすり泣いている彼女のもとを離れた。

その日遅く、ミス・カーベリーが去って二、三時間後、昼食会に姿を現さなかったマリー・メルモットは、マダム・メルモットの部屋に入ると、次のようにはっきり決意を述べた。「私ハニダーデイル卿ノ望ムトキニ卿ト結婚スルトパパニ言ッテクダサイ」彼女はフランス語でとても早口に話した。

マダム・メルモットはこれを聞いてすぐ喜びを表した。「あなたがこの件をやっと考え直したと聞けば、パパはとても喜ぶでしょう」と、彼女は言った。「ニダーデイル卿がたいへんりっぱな若者であるのは間違いありません」

「そうね」とマリー。彼女は話しながら胸中激しい思いを沸き立たせていた。「私はニダーデイル卿とでも、あのぞっとする最悪のグレンドールとでも、グレンドールのもうろくした父とでも、――食卓で給仕する黒人とでも、パパが拾ってくるほかの誰とでも結婚します。相手が誰だろうとぜんぜんかまいません。でも、結婚後はその人にそれなりのみじめな生活を送らせます！　ニダーデイル卿には私に会ったときを後悔させます！　パパにそう言ってもらっていいです」マダム・メルモットにこんなふうに伝言を託したあと、マリーは部屋を出た。

註

（1）「マタイによる福音書」第七章第六節。

第六十九章　議会のメルモット

その日［七月十二日］の夜メルモットはうちに帰って来てから、やっとそのいい知らせを聞いた。たとえもしその知らせに、マリーがマダム・メルモットに伝えた決意という余計な追加が添えられていたとしても、――実際には添えられていなかったが――、彼はそれを聞いて、いい知らせだと思っただろう。今結婚してくれさえすれば、娘が結婚についてどう思っていようと気にしなかった。彼には怒りといら立ちがあった。マリーが二週間前にこの結婚に同意してくれていたら、今ごろまでにはニダーデイル卿をがっちり確保するよう事態を急がせていただろう。娘の愚かさとサー・フィーリックス・カーベリーの悪行によって、今や彼に対する疑惑が生じて来ている――生じて来ているに違いない。とはいえ、彼がいったん侯爵の長男の義父になってしまえば、ほぼ安全になると思った。たとえ何か彼に不利なことが証明されても、――あまりりっぱとは言えない状況で証明されても――、娘がオールド・リーキー侯爵の世継ぎと結婚したウエストミンスター選出国会議員には、いろいろなことが押しつけられることはないだろう！　そうなってしまえば、非常に多くの人たちがかかわりを持つからだ。当然マリーに対するいら立ちは大きかった。当然サー・フィーリックスに対する怒りは際限がなかった。彼はウエストミンスターの議席を手に入れた。まさしく今日世間の前で議席を占めることになる。しかし、彼はまだ娘がニダーデイル卿を受け入れたことを聞いていなかった。

メルモットが議席に就くことに関しては、一部の人々にかなり当惑があった。彼がこの選挙区の保守党候補として推薦されたとき、主要な政治家はそれに強く抗議した。もし彼が当選したら、それは保守党の大勝利として歓迎され、国全体で注目されるというのが党の明確な意図だった。彼は当選したけれど、勝利のトランペットは今のところ大きく鳴り響いていない。四十八時間もしないうちに、保守党は突然この男を恥じるようになった。今は彼を議場に紹介する役を引き受ける者すらいない。しかし、この男を恥じるようになる一方、メルモットが言わば保守党の護民官(1)になるかもしれないとの考えも、他の人々のあいだですでに浮上している。これまで曖昧だった急進主義と時代遅れの混交を彼が体現するかもしれないとの考えを、最近著名な政治家が打ち出した。この政治家は、立ち止まることを明確な目的とする人々からのみ、進歩が期待できるという教えを雄弁に私たちに説いた。四分の一ペニーで買える新しい新聞『野次馬』が、メルモットを政治的英雄としてすでに推しており、彼の商取引の規模の大きさが、変則行為に対する有効な弁護になるというりっぱな教えを説いた。ナポレオンのような人は、計画を実行するとき、たとえ数種族を絶滅させても、数人の黒人に対する残虐行為で罰せられる若い中尉(2)と同じようには、法で裁かれることはない。メルモットの場合にもお目こぼしがあってしかるべきで、大規模な博愛は多くの罪を相殺すると『野次馬』は考えた。『野次馬』の勇敢にしてかつ有能な記者によって打ち出されたくらい明瞭に、こんな理論がこれまでに打ち出されたことがないことを私は知っている。しかし、この理論は実際に知的な多くの人々の心をとらえた。

それゆえ、あの浅ましいスカーカムがピッカリングの購入について噂を流したとき、メルモットは以前ほど高くはないにしろ、大晩餐会の不幸な夜よりは頭を高く掲げていることができた。彼は事務所が用意した手紙に名前だけ署名して、スロー&バイダホワイルの弁護士事務所に返信した。この手紙のなかで、彼はただピッカリングの購入問題をすみやかに決着するとだけ述べた。スロー&バイダホワイルは当然のことながら問題の決着を切望した。彼らは文書偽造で大金融業者を告発することなど望んでいなかった。この一件で彼らと顧客の気持ちをすっきり晴れやかにすることができたら、――先手を打っていやなスカーカムをやっつけることができたら――、それがいちばん望ましいことだと思った。弁護士たちは、メルモットが金を工面してくれることを彼のために望んだ。彼が金を工面すれば、ドリー・ロングスタッフが署名したとされるあの手紙を事務所の外に公表しなくてよくなる。彼らはドリーが手紙に署名したとの信念をまだ主張して、さまざまな言い訳をこしらえていた。たとえドリーを彼らの事務所に呼び出しても無駄だろう。ドリーが来ないことを長い経験から知っていた。彼らが――提案として――書いて、ドリーの父に送ったまさにその手紙は、ドリーのいつもの署名を載せて戻って来たと、――ドリーの父から他の書類とともに送り返されて来たと――彼らは信じていた。これくらいはっきりした正当な弁明があるだろうか？ しかし、代金はまだ支払われていない。それは父であるロングスタッフの手落ちだった。金が支払われたら、すべてが丸く収まる。スカーカムは金が支払われないと頭から決め込んでいたから、バイダホワイルの事務所に絶えず接触してきた。彼はたんなる手紙に基づいて、――しかも偽造された署名のある手紙に基づいて――、権利書を差し出した過ちでスロー&バイダホワイルを非難した。彼は手紙の押収を求めた。バイダホワイルはかなりそっけないメルモットのこの回答を受け取るとすぐ、大金融業者がすぐ金を支払うと約束したこと、一、二日猶予を求めていることをスカーカムに伝えた。スカーカムは顧客のため、ロンドン市長に訴え出るとこれに回答した。

しかし、新たな告発が公的になされないまま二日、三日とこのようにすぎて、メルモットはある程度立場を取り戻した。ボークラークやラプトンのような人たちは、相変わらず彼を嫌い、恐れたが、これまでほど自信たっぷりに大声で彼を非難する勇気をなくしていた。ロングスタッフが金を受け取っていないことは、世間に知られていた。——これはメルモット流に生きる人々の信用を大いに毀損する状況だった。それでも、そこに犯罪はなかった。文書偽造というようなことが、公的な記事でほのめかされることもなかった。ロングスタッフ父子はおそらくじつに愚かだったのだろう。いったい誰が、愚かさ以外のものをこの父子から期待できただろう？　スロー＆バイダホワイルは義務の点でじつに不注意だったのかもしれない。弁護士が近ごろ何をしているか知ったら、驚きだね！　と、ある人々は言った。とはいえ、メルモットがこれよりずっと前に監獄の格子のなかにいると予想して、それに基づいて行動した人々は、今だまされたと思った。

　ウエストミンスター選挙区の勝利が完全な勝利なら、新しい政治的盟友を議場に紹介する喜びをメルモットに示すことは、人気のある保守党員にとって喜ばしい義務となる。そのとき、メルモットは喜ばしい喝采のなかで議場を進み、何の問題もなくそれをこなすだろう。ところが、事情は今そんなふうにはならなかった。カールトン・クラブでこの問題が議論されたとき、その義務を引き受けようという人気のある保守党員は一人もいなかった。「見捨てることはできないと思う」とボークラーク。保守党員のなかでかなり中心的な地位を占めるサー・オーランド・ドラウトは、ニダーデイル卿がメルモットとすこぶる親しいから、卿が紹介すればいいと提案した。しかし、ニダーデイル卿はそんなことをするような人ではなかった。卿はとても好人物で、みんなから愛されている。卿の父がスコットランドのある州で地域的な影響力を持っているから、彼は議員になった。とはいうものの、彼はその州で何もしていなかった。彼が議員の職に選ばれたのは、誰も議員になる者がいないことを世間に明らかにするのと同じだった。「君がやっても損にはならないだろ、ラプトン」とボークラーク。「損にはならないけれど」と、ラプトンは言った。「私もニダーデイルと同じで、若くて役に立たないね。——それにとても内気だから」メルモットはそんな事情をほとんど知らずに四時に議事堂に行った。連れがいないことで少し気後れしたとはいえ、実体のない恐怖によって足止めされないようにしようと、――勇気が足りないせいで失うものがないようにしようと――、決意していた。彼は議員であることを自覚していた。姿を現せば、なかに入ることができ、権利を行使できると決め込んだ。ところが、ここで再び運命が彼に味方した。保守党のまさしく党首、(3) メルモットを使徒だと、擁護者だと認めたあの新しい教えのまさしく開祖、――読者は覚えているだろうが、同僚たちが困惑して、不実に対応した大晩餐会への出席を引き受け、約束を守ってほとんど孤独のうちにそこに座っていた人――、その人が、晩餐会の主人役がドア係から特権の果実を要求しているとき、たまたま議場に入るところだった。保守党党首は「私に付き添わせてください」と、騎士道精神に似たものに駆られて言った。それで、メルモットは党首によって議場に紹介された！　これを見て、多くの人々は噂がまったく嘘だと証明されたと思った。りっぱな地位にふさわしい人として人を保証するのに、これほど充分な保証はないのではないか？

ニダーデイル卿はその日の午後、貴族院の控え室で父に会って、起こったことを話した。老人は晩餐会の日から大きな疑念にとらわれていた。メルモットについていろいろ噂で言われていることがほんとうなら、その娘との結婚によって陥る破滅に気づいていた。しかし、もし息子が今退いたら、結婚話が全部終わりになることもわかっている。老人は噂を信じなかった。結婚の祝いの前に、約束の金を受け取れると思い込んでいた。ただ、もし今息子が退いたら、一銭も入って来ないだろう。老人は息子にこの結婚話をもう少し続けるように勧めるつもりでいた。「キュアー老人は噂を一言も信じないと言っている」と、父は言った。キュアーはオールド・リーキー侯爵家のお抱え弁護士だった。

「ドリー・ロングスタッフが受け取る予定の金について、何か支障があるようです」と息子。

「メルモットが私たちに金を用意してくれてさえいれば、それはどうでもいいことだね。あれほどの男でも二十万ポンドを揃えるのは容易じゃないと思う。私など千ポンドを手に入れるのも容易じゃないと知っている。娘の金を作るのにロングスタッフから多少借りたとしても、私は不平なんか言わないね。おまえは後ろに退くな。牧師が誓いの言葉を言うまで、害は及んで来ない」

「二百ポンド用立ててもらえませんかね、父さん?」と、息子は言ってみた。

「それはできない」と、父はじつに決然とした顔つきで答えた。

「首が回りません」

「私もだよ」それから、老人は議場によろよろと入って行き、そこに十分いたあと自宅に帰った。

ニダーデイル卿も国会の義務をすばやく終えると、ベアガーデンへ行った。そこでグラスラウとマイルズ・グレンドールが一緒にディナーを取っているのを見て、隣のテーブルに着いた。二人は新しい知らせをたくさん持っていた。「君は聞いたと思うがね」と、マイルズは大きな囁き声で言った。

「何の話です?」

「彼は知らないと思うね」と、グラスラウ卿は言った。「とんでもないことだが、ニダーデイル、君もほかの連中と同じように困ったことになったよ」

「何がありました?」

「議場でこれが知られていないとは不思議だね！　ヴォスナーが逐電したんだ」

「逐電！」と、ニダーデイル卿は叫んで、スープを運んでいたスプーンを落とした。

「高飛びしてしまった」と、グラスラウは繰り返した。ニダーデイル卿は部屋を見回して、ディナーを取っている会員たちの顔つきにひどい困惑の表情があるのに気づいた。「何とまあ、高飛びさ！　あいつは私たちの手形をみなグレート・モールバラ[4]在住のフラットフリースという男に売ってしまった」

「その男なら知っています」と、ニダーデイルは頭を横に振りながら言った。

「そうでしょうね」と、マイルズは悲しげに言った。

「シャンペンを一本持って来てください！」と、ニダーデイルはかなり謙虚な声で給仕に訴えた。身に降りかかったこの新しい災難に立ち向かうには、支えが必要だと感じた。給仕はクラブの事情から来る不安で完全に打ちひしがれて、シャンペンが一本もないとの恐ろしい知らせを卿に囁いた。「困ったなあ」と、不運な貴族は叫んだ。マイルズ・グレンドールは首を横に振った。グラスラウもそうした。

「困ったことだ」と、向かいのテーブルにいる若い貴族が言った。そのとき、給仕は相変わらず抑制された陰気な声でポートワインが残っていると勧めた。今は七月半ばだ。

「ブランデーにしよう」と、ニダーデイルが提案した。数本のブランデーがあったけれど、すでに飲まれていた。「人を出してブランデーを買って来てください」と、ニダーデイルは衝動的に言った。しかし、クラブの人々がこんな状態でとても落ち込んでいたので、卿はポケットから銀貨を出して、やっと今求めているささやかな慰めをえることができた。

その後、グラスラウ卿は逐電について知っている限りの話をした。ヴォスナーは前夜九時から姿を消している。給仕頭は多額の請求書に支払期限が迫っていることを知っていた。業者に三千から四千ポンドの借りがあると思われた。業者は今信用貸しがヴォスナーにではなく、クラブに対してなされていると明言した。親切な調達係つまりヴォスナーは、多くの会員から集めた多額の手形をみなフラットフリースに売った。フラットフリースはその日かなりの時間をクラブですごした。彼とヴォスナーはつるんでいたと今言われる。このとき、ドリー・ロングスタッフが入って来た。ドリーはすでにクラブを訪れていて、事情を知っていた。彼は一本のワインも手に入らないとわかると、ディナーを取るためすぐ別のクラブに出かけていた。「ひどい目にあったなあ」と、ドリーは言った。「次から次に災難が降りかかるね！　まもなくみんな一文なしさ。君が飲んでいるのはブランデーかい、ニダーデイル？　ぼくがここを出たとき、何も残っていなかった」

「これを手に入れるため、パブまで人を出さなければなりませんでした」

「今はいろいろなものを手に入れるため、人を街角に送り出している。あの男、メルモット、のことは何か聞いていないかい？」

「彼は手つかずのまま議事堂にいます」と、ニダーデイルは言った。「ぴんぴんしていると思いますよ」

「じゃあぼくに金を払ってくれたらいいのに。フラットフリースというやつが、およそ千五百ポンドになるぼくの手形を見せにここにやって来た。ぼくはひどい筆跡で署名するから、ほんとうにぼくが書いたものかどうかわからない。けれど、畜生、半年で千五百ポンドも飲み食いなんかできないだろ！」

「君のやることはわからないからね、ドリー」とグラスラウ卿。

「そいつはおそらく君のカード賭博の金を立て替えているつもりでしょう」とニダーデイル。

「そいつはまったく金なんか出していないと思うね。賭けが続いているあいだ、カーベリーはたくさんぼくの借用書を持っていたし、ぼくはメルモットじいさんから賭けの金をもらっていたからね。どうなっているかわからない。誰かがD・ロングスタフと書いたら、ぼくが支払わなきゃいけないのかい？　みんながぼくの名を書いている！　こんなことにどう耐えたらいいだろう？　メルモットは捕まらないと思うかい？」

ニダーデイルは捕まらないと思うと答えた。「じゃあ、あいつがぼくの名を勝手に署名しないでくれたらいいな。署名くらいはぼくにさせてくれてもいいだろ。ヴォスナーは詐欺師だと思うね。けれど、いいかい、ぼくはヴォスナーより悪いやつを知っている」ドリーはそう言うと、立ちあがって、喫煙室へ入って行った。

彼がいなくなると、テーブルには沈黙があった。というのは、ニダーデイル卿がメルモットの娘と結婚することになっていることをみんなが知っていたからだ。

その間、庶民院では別種の場面が進行していた。メルモットは保守党の平議員席に座っていた。彼は注目されることもなく忘れられて、そこにかなりのあいだとどまっていた。入場したときにあったささやかな興奮は収まっている。メルモットは今やほかの議員と変わりない。最初帽子を脱いでいたが、大多数の議員が帽子をかぶっているのを見て、またすぐかぶった。それから、興味津々といったようすであたりを見回しながら一時間じっと座っていた。これまで傍聴席にさえ入ったことがない。議場は思っていたより広くなく、ましてや厳めしくもなかった。議長からは予想される威圧で圧倒されることもない。発言者はほかの場所のほかの人と同じように話しているように見えた。最初の一時間は、話されている言葉の意味をほとんどとらえることができなかったし、とらえようともしなかった。議員が次々にすばやく立ちあがって発言する。ある議員はかろうじて立ちあがるか、立ちあがらないかで数語を発する。彼は乾杯の音頭を取ったり、感謝の返礼をしたりするため、ときどき呼ばれるあの祝宴の半分ほども緊張を感じなかった。とても平凡な営みがなされているように思えた。それから、突然やり方が変わって、ある紳士が長い演説をした。メルモットはこのころまでに議場の観察に飽きて、耳を傾け始め、聞き慣れた言葉を聞いた。その紳士はある通商条約にちょっとした項目の追加を提案しており、所得税が徴収されない国で作られた手袋を使うよううながされることで、イギリスがさらされる不公平と損害をとても強い言葉で説明した。メルモットはイギリスの損害にはほとんど、手袋にはまったく関心を払うことなく紳士の雄弁に耳を傾けた。しかし、次に続く議論のなかで通貨価値や、為替相場や、フランやドルへのシリングの交換価値にかかわる問題が扱われた。これについてメルモットは実際にかなりのことを知っているので、耳をそばだてた。議場の同じ側で彼の席のすぐ前にブラウン氏という、――彼がシティでよく知っている――、晩餐会に来なかった意地の悪い紳士がいた。この紳士はお得意の財政理論をものうげに開陳していたが、言っていることを当人がほとんど理解していないように彼には思えた。これは彼には好機だった！　侮辱を受けたことに意趣返しをし、同時にシティの敵を恐れていないことを世間に見せるいい手段がここにある！　議員生活に初めて入って二時間後に、発言のため立ちあがるという――彼が思いついた――この試みには確かに勇気が必要だ。しかし、彼は今心に終始言い聞かせている教訓で頭がいっぱいだった。何物にもひるむまい。鉄面皮の大胆さでできることなら何でもしよう。それはとても簡単なことのように思えた。老いた馬鹿者を正していけないわけがない。彼は議場の慣習について何も知らず、学校の生徒より無知だった。ところが、まさしくその無知のせいで議場の新米議員がふつう感じる怖れを知らなかった。ブラウンは退屈で冗長だった。メルモットは発言しようとする計画を重く見て、そうしようとほとんど心で決めていたが、まだ迷っているうちに、突然ブラウンが着席した。特に話を終えたようにも見えない。メルモットが議論の大まかな筋道をつかんでいるとも言えなかった。それでも、財政について基本的な間違いを含んでいる――とメルモットが思う――一つの陳述がなされた。彼は問題を正したいと思った。とにかくブラウンが話した内容を、ご当人が理解していないことを議場に示したかった。なぜなら、ブラウンが彼の晩餐会に来なかったからだ。ブラウンが着席したとき、誰もすぐ立ちあがらなかった。議題そのものに人気がなかった。この場面は通商関係に熱中する二、三の紳士がその熱意を表明してよい場面にすぎないと、議場のやり方を理解している人々は知っている。議題はそのまま取りさげられるところだった。――が、突然新米議員が立ちあがった。

議場に初めて入って二、三時間もしないうちに、新米議員が発言のために立ちあがったことを、おそらく今ここにいるどの議員も記憶していなかった。そのうえ、この議員は最近非常に風変わりな選挙をへて選出された紳士だった。彼は選挙直前に立候補を取りさげるだろうと、多くの支持者から思われていた。たとえ彼が選出されても、恥ずかしくて人前に姿を現せられないだろうとも、他の支持者から思われていた。また、彼はニューゲート監獄に収監されるため、登院を妨げられるだろうとも、他党の者から思われていた。ところが、彼はたんに議席に座っているだけでなく、発言しようと立ちあがった！ 新米議員が議場で初めて発言するときに見られる好意的な思いやりや、礼儀正しい注目の雰囲気が、メルモットにも注がれた。紳士たちに耳を傾けさせる興奮や、それに伴うほとんど肯定的なざわめきがあった。

メルモットは立ちあがると、あたりを見回し、みなが彼の発言を聞こうと静かにしているのを見て、大きな勇気が指先からにじみ出て行くのをすぐ感じた。議場は、彼が思うに、ブラウンがのろのろと発言しているあいだはまったく威厳を欠いていたが、今は威圧的とさえ感じられた。彼は自分に注がれている大人物たちの目をとらえた。――数分前に帽子の下であくびをするのを見たとき、少しも大人物には見えなかった人たちだ。ブラウンはへたな演説をしたとしても、確かにその準備をしていたし、おそらくこの十五年間に毎年三つか四つ演説をしてきた。メルモットの場合、二語をまとめて喋ることさえ夢にも考えられない。彼はメキシコ鉄道の重役会で議長を務めるとき、ぺらぺら喋るように、言わなければならないことをぺらぺら喋れると頭では思っている。ところが、国会議長がおり、カツラを着けた三人の書記がおり、職杖があった。いちばんよくないのは、向かい側にずらりと並ぶ政治家たちの目だった！ 彼は置かれた立場を恐ろしいものに感じた。ブラウンを打ちのめそうとした最初の意図さえも忘れてしまった。

それでも、この男は勇気に満ちあふれていたから、すぐ勇気を抑えることができなかった。ざわめきが続いた。彼は顔を真っ赤にして汗をかき、すっかり困惑した。とはいえ、最初に思いついた言葉で急いで問題に取りかかろうと決意した。「ブラウン氏はまったく間違っているね」と、彼は言った。立ちあがったとき、帽子を脱いでいなかった。ブラウンがゆっくり振り向いて彼の顔を見た。彼は耳に正確にとらえることができなかったが、後ろから誰かにふれられて、帽子を取るよううながされた。静粛を求める声があったのに、彼はそれが理解できなかった。「そう、あなたは間違っている」と、メルモットは言うと、うなずき、怒りを込めて哀れなブラウンにしかめ面をした。

「議員はおそらくまだご存知ないでしょう」と、議長は作れるもっとも温厚な声で言った。「他の議員を本名で呼んではならないことをね。発言のなかでふれる紳士については、ホワイトチャペル選出議員(5)と呼ばなければなりません。それに話すときは他の議員に向かって話すのではなく、議長席に向かって話さなければなりません」

「帽子を取らなければいけませんよ」と、人のいい紳士が後ろから言った。

こんな立場に置かれたとき、人はいったいどうやってそんなに複雑な多くの教えを一度に理解し、同時に言わなければならない発言の要点を覚えていられるだろう？　彼は帽子を取った。もちろんそうすることでいっそう熱くなり、混乱してしまった。「彼の言うことはみな間違いだ」と、メルモットは続けた。「ブラウン氏みたいなシティの出身者は、てっきりもっと事情を知っていると思っていた」そのとき、静粛を求める声が繰り返しあり、議場の両側から突発的な大笑いがあった。この男はしばらくまわりをにらみつけて立っているうち、ブラウンへの攻撃を再開する勇気を奮い起こして、周囲の嘲笑によっても、場慣れしていないことによっても、萎縮したり、押さえつけられたりすまいと決意した。しかし、戦いを続ける言葉を見つけることがどうしてもできなかった。「もちろん私はこれについてかなりのことを知っている」と、メルモットは言い、座って帽子の陰に怒りと恥辱を隠した。

「ウエストミンスター選出議員は、きっと議題を理解しておられるのでしょう」と、議長は言った。「彼の発言を聞けてとてもうれしいです。入ったばかりの議員が規則を知らないことを議会はきっと許してくれます」

しかし、メルモットは再び立とうとしなかった。大きな努力を払って少なくとも勇気を示した。みなは彼があまり雄弁ではなかったと言うかもしれないが、姿を見せることを恥じなかったことは認めずにいられなかった。議員たちがディナーを取るため先を争って議場を出て行くまで、彼は自席にとどまっていた。それから、できる限り堂々たる態度で退出した。

「うん、あれは勇敢でした！」と、コーエンループはロビーで友人の腕を取って言った。

「あれに勇気なんかいらないね。あの馬鹿な老ブラウンは、自分の言っていることがわかっていなかった。私は議員たちにそう言いたかったが、そうさせてもらえなかった。それだけのことさ。議場は愚かなところのように思えるね」

「ロングスタッフに金を支払いましたか？」とコーエンループ。彼は友人の顔を見あげながら、黒い目を大きく見開いた。

「ロングスタッフや金のことであなたは頭を悩まさなくていい」と、メルモットは箱型馬車に乗り込むとき言った。「ロングスタッフや金のことは私に任せておけ。ほかの馬鹿どもが言うことに、あなたがおびえるような馬鹿でなければいいがね。あなたや私がやっているような勝負をするとき、飛び交う言葉にいちいちびくびくしないよう、分別をしっかり具えていなければいけない」

「うん、あなた、その通りです」と、コーエンループは弁解するように言った。「私が何かを恐れているなどと思わないでください」ところが、コーエンループはまさしくそのときイギリスの危険な岸辺を離れて、逐電しようと考えていた。イギリス警察の令状によって彼のような紳士が引退後の快適な生活を脅かされない、幸せな国がまだ残っているか探し出そうとしていた。

その日の夜、マダム・メルモットはマリーがニダーデイル卿と結婚することを今望んでいると夫に伝えた。――しかし、交差点の掃除夫のことや、黒人の従僕のことについては何も言わなかった。マリーが夫に送らせる生活にかかわる脅迫にもふれなかった。

註

（1）ローマ共和政期に平民の権利擁護のために置かれた官職。

（2）一八二五年四月にヴォートン（Vaughton）という中尉が残酷な扱いのせいで植民地の黒人監督職を解雇されるという事件があった。

（3）ディズレーリのこと。

（4）Great Marlborough Street は Oxford Street の南側をそれに平行して、Regent Street から東に走り、Noel Street につながる。

（5）Wapping の北、Liverpool Street 駅の東、Stepney の西に位置する。

第七十章　サー・フィーリックスが多くのことに干渉する

妹を虐待から守るよう兄に求める義務くらい、世間に定着した確かな義務はない。しかし同時に、今生きていくとき、それくらい遂行することの難しい義務はない。一般的に見ると、それくらい曖昧な義務はないと言っていい。妹がふつうさらされる虐待には、保護や復讐といった義務が必要と認められるが、保護や復讐がまっとうされる余地はほとんどない。決闘は許されていない。[1] 相手の男を杖で叩きのめすやり方はおおかた不快で、めったに成功しない。ジョン・クラムのような人ならおそらくそれを大喜びでうまくやり遂げるだろう。しかし、サー・フィーリックス・カーベリーのような人は、たとえそのとき必要な勇気を具えていたとしても、うまくやれない。紳士が社交シーズン中ずっと娘と楽しく遊んで、ほぼ約束された夫の特権さえ許されたあと、その娘との婚約を突然破棄する――適切な言葉を用いればおそらく娘を捨てる――とき、口数を少なくすればそれだけいいといった受け止め方もある。娘のほうは不実な男への愛のため悲嘆に暮れ、三か月間悲劇のヒロインとなるつもりなどない。娘は再び次の男を目指して、

――きらめく新しい黄金で視線を飾り立て
額に朝の空の炎を燃え立たせる。[2]

今回の男がおそらく前の二、三の男と同じように不実だったとしても、娘は成功への道をまだ閉ざされているわけではない。一ツガ剥ギ取ラレルト、次ガ現レル。ところが、兄が棍棒と切り裂き鞭を用いて、直近の不幸な恋愛で悪名を立てたら、妹は次の男を見つけるのに非常に難儀する。兄は義務を認めて、復讐の用意をする。しかしながら、傷ついた妹のほうはささやかな戦いを独り密かに戦わせてほしいとおそらく望んでいる。

「それなら、神かけてあいつに申し開きをさせよう」と、サー・フィーリックスはじつにもったいぶって言った。兄は妹から婚約の話を聞いたとき、相手の男が別の女とも婚約していることを知っていると思った。ここにはまぎれもない虐待があり、少なくとも人を脅す好機があった。金もかからないし、直接の行動も不要だ。サー・フィーリックスはほとんど出費なしにりっぱな紳士として、尊大な兄として振る舞うことができる。一方、ヘッタは兄のことをおそらく誰よりも知っているはずなのに、愚かだから、兄の脅しを信じてしまった。ロジャー・カーベリーからの回答は翌々日にも届かず、まだ届きそうもなかった。とはいえ、ヘッタは心配事をいっぱい抱えるなか、兄が言った脅しに気を揉んだ。フィーリックスは妹と話し合ったあと、脅したことなど忘れて、この件に一顧も注意を払わなかった。

「フィーリックス」と、ヘッタは言った。「モンタギューさんにあの話を切り出すつもりじゃないでしょうね！」

「何を切り出すって？　ああ！　あの女、ハートル夫人、のことですか？　うん、話しますよ。あんなことをするやつは踏みつぶしてやらなければ。あいつがあんなことをおまえにするなら、必ず踏みつぶしてやります」

「言っておきたいです、フィーリックス。あなたの言う通りなら、私は二度と彼に会いません」

「ぼくが言う通りならって！　はっきりそう知っているると言っているでしょう」

「ママはロジャーに手紙を書きました。確かに書いたと思います」

「母さんは何のために書いたんでしょう？　ロジャー・カーベリーとぼくのうちのことに何の関係があるんです？」

「ロジャーが知っているとあなたが言ったからです！　ロジャーがそう請け合ったら、――つまりあなたも、ロジャーも、モンタギューさんがその女と結婚するつもりでいると請け合ったら――、私は二度と彼に会いません。どうか彼のところへ行かないでください。不幸な目にあうのが定めなら、私は耐えて黙っているほうがいいです。あなたが彼のところへ行って何の役に立ちますか？」

「ぼくに任せてください」サー・フィーリックスはそう言うと、兄らしい空威張りを見せて、部屋から出て行った。それから、彼はまっすぐポール・モンタギューの下宿まで馬車を飛ばした。もしヘッタが兄に義務を思い出させるほど愚かでなかったら、彼は今［七月十二日］この仕事を引き受けなかっただろう。彼もまた馬車で進むとき、決闘が過去のものであることや、こぶしや杖による打擲さえ時代遅れと見られることをはっきり意識していた。「モンタギュー」と、彼は最近の悲しい出来事にもかかわらず残っている威厳を総出しにして言った。「君があのアメリカ女性、ハートル夫人、と婚約していると言っても、ぼくは間違ったことを言っていませんよね」

「じゃあ、今くらいあなたが間違ったことをしているときはないと言わせてください。ハートル夫人のことはあなたの知ったことではありません」

「妹が男から求婚されているとき、ぼくはずいぶんそれに関係していると思いますよ」とサー・フィーリックス。

「まあ――そうですね。それは認めます。乱暴な言い方をしていたら、許してください。今ほんとうのところ、ぼくはハートル夫人と結婚するつもりはありません。あなたがどのようにして夫人の名を耳にしたかわかるような気がします。――それがわかるから、ぼくはこれくらいのことなら言っていいと思います。あなたは夫人をどこで見つければいいかご存知なので、聞きたいことがあったら自分で行って夫人から聞けばいいです。一方、ぼくはあなたの妹さんとの結婚を心から望んでいます。これだけ言えばそれで充分だろうと思います」

「ハートル夫人と婚約していましたか？」

「親愛なるカーベリーさん、ぼくの過去の細部をあなたに話す義務はないと思います。少なくとも敵意ある質問に答えて、話すつもりはありません。ぼくと夫人のあいだの何らかのもつれについてふれるとき、あなたは彼女の兄としてハートル夫人のことでたぶん聞いていいだけのことをぼくに聞きました。もつれなんかないとぼくは言います。それ以上踏み込んだ答えは求められていないと思います。それ以上踏み込みたくありません――とにかく今のところはね」サー・フィーリックスは兄としての立場をできるだけ利用して空脅しを続けたが、はっきりした復讐の措置は取らなかった。「もちろんカーベリーさん」と、ポールは言った。「ぼくはあなたを兄として見たいです。ぼくが乱暴だったとしたら、たんにあなたがぼくに乱暴だったからです」

サー・フィーリックスは今――駆け落ちが失敗したあと初めて――、ロンドンの歩き慣れた場所にいた。それで、勇気を奮い起こしてベアガーデンへ行く決心をした。シェリー酒を一杯すすり、まだそこにいる一人か、二人に会い、こうして徐々に昔の習慣に戻って行けたらと思った。けれど、そこに着いたとき、クラブは閉まっていた。「ヴォスナーはどこにいるんです？」と、彼は言うと、時計を取り出した。五時になるところだった。勇気を奮うときだと感じて、ベルを鳴らし、ドアを叩いた。かなり時間がたったあと、使用人の一人がいわゆる私服でかんぬきを開け、驚くべき知らせをもたらした。――クラブは閉鎖されていた！「ぼくは入れないということですか？」とサー・フィーリックス。使用人は確かにそう言いたかった。というのは、ドアを三十センチほどしか開けないで、その狭い隙間に立っていたからだ。ヴォスナーは姿を消していた。管理委員会が開かれて、クラブは閉鎖された。給仕は胸中にあるそれ以上の情報をサー・フィーリックスに伝えることを拒んだ。

「何とまあ！」若い准男爵は邪険に扱われて、激しい怒りを覚えた。所属のクラブでディナーをし、選ばれた仲間と楽しく遊んで、夕べをすごせると信じて疑わなかった。それなのに今クラブは閉鎖され、ヴォスナーは逐電していた！　クラブを閉鎖してどうするのか？　何の権利があってヴォスナーは逐電したのか？出資金は前払いではなかったか？　世間で一般に言えることだが、人は悪いことをすればするほど、いっそう本人になされた悪にはたいそう怒るものだ。サー・フィーリックスは管理委員会から損害を取り戻すことができると思った。

彼はピップキン夫人の家にまっすぐ向かった。ピップキン夫人が聞いているところでルビーに結婚の約束のようなことを言ったとき、彼は明日また来ると言った。ところが、この約束をはたしていなかったうえ、このことをまったく失念していた。彼のような立場の若者がこんなふうに信頼を裏切っているとき、弁解なんかする必要はない。彼はルビーその人によって出迎えられた。ルビーはもちろん彼に会えて喜んだ。「誰がロンドンに現れたと思う？」と、彼女は聞いた。「ジョン・クラムよ。彼はとてもきちんとした身なりでやって来たけど、あたしは帰ってと言う以外に、話しかけてさえやりませんでした」サー・フィーリックスはその名を聞いて、不快な感覚が背筋を伝うのを感じた。「何のためにあたしを訪ねて来たかはっきりわかりません。でも、二度と会いたくないとはっきり言ってやったのよ」

「たいせつな人ではありませんからね」と准男爵。

「あたしから受け入れられたら、彼はすぐにもあたしと結婚するつもりなのよ」と、ルビーは続けた。彼女は誠実な元恋人が、まったく無視できる人として話されてはならないとおそらく思った。「彼は家具やその他いろいろなものを快適に揃えています。銀行にはたくさんお金を蓄えているという噂です。でも、あたしは彼が大嫌いなの」ルビーはそう言うと、かわいい頭を左右に振り、貴族的な恋人の肩に身を寄せた。

これはピップキン夫人が台所からあがってくる前、奥の居間で起こったことだ。夫人は恋人たちを冷たい外部の現実にみじめにさらすことによって、ロマンティックな至福をかき乱す用意をした。「ええと、さて、サー・フィーリックス」と、宿の女将は始めた。「関係が公明正大なものなら、もちろんあなたが姪に会うのは歓迎です」

「包み隠しのないものなら、どうでしょう、ピップキン夫人？」と、慇懃な、不注意な、才気あふれる女たらしのロサリオ(3)は言った。

「ええと、正直な関係なら、包み隠しのないものでもいいです」

「ルビーも私も正直です。――そうでしょう、ルビー？　彼女をディナーに連れて行きたいです、ピップキン夫人。遅くならないうちに――十時前には――彼女をお返しします。ほんとうにお返ししますよ」ルビーは彼の肩にいっそうぴったり身を寄せた。「さあ、ルビー、服を着替えて帽子をかぶりなさい。そうしたら、ぼくらは出かけよう。あなたに言いたいことがたくさんあります」

言いたいことがたくさんあるって！　結婚の日取りを決めたり、どこで生活するか知らせてくれたり、どんな衣装を身に着けたらいいか決めたり、――たぶん衣装を買いに行くお金をくれたり、彼が言いたいことはそんな話に違いない！　言いたいことがたくさんあるって！　ルビーは懇願のまなざしでピップキン夫人の顔を見あげた。確かにこんな場合、伯母なら、姪が囚人か、奴隷かになるのを望みはしないだろう。「結婚すると一筆書いてくれませんか、サー・フィーリックス・カーベリー」と、ピップキン夫人はむごくも厳粛に要求した。サー・フィーリックスが契約書という手続きを踏んでその意志を示さなければ、ルビー・ラッグルズとほんとうに結婚する気があるとは認められないことを、断固たる意見として打ち出したのはハートル夫人だった。

「書くのは面倒です」とサー・フィーリックス。

「そりゃあそうでしょうね、サー・フィーリックス。書くのは確かに面倒です。でも、紳士が何かしようとするとき、ちょっとした文書は言葉より意志を明確に表します。あなたが一筆書かなければ、ルビーはディナーにも、どこにも、出かけられません」

「ピップキン伯母さん！」と、哀れなルビーは叫んだ。

「ぼくが彼女をどうすると思っているんです？」と、サー・フィーリックスは聞いた。

「姪を妻にしたければ、それを文書にしなさい。そのつもりがないなら、ただそう言って、立ち去りなさい――独りでね」

「あたしは一緒に行きます」と、ルビーは言った。「誰かの囚人のようにここに閉じ込められる気はありません。好きなときに出て行っていいはずです。ちょっと待って、フィーリックス、すぐ下に降りますから」娘はすばやく軽快に上階に駆けあがり、一瞬も考える間を置くことなく着替えを始めた。

「姪を二度とここに入れませんよ、サー・フィーリックス」と、ピップキン夫人は非常に厳粛な口調で言った。「姪は私にとって何でもない人です。愛する夫の妹の子にすぎません。私たちのあいだに血のつながりはありませんから、恥辱になるということもありません。それでも、姪が宿なしになるのを見るのはいやです」

「じゃあ、どうして彼女をぼくにここに送り届けさせてくれないんです？」

「あなたにそれをさせたら、それこそ姪を宿なしにしてしまいます。あなたには姪との結婚を考えていません」サー・フィーリックスはこれについて何も言わなかった。「あなたには姪と結婚する気がありません。つき合いはただの遊びです。――ほら、彼女がいます。ただ捨てるだけの古い靴、ただゴミ箱に掃き込むぼろ布です。私はそんな女たちをたくさん見てきました。私の子なら、むしろ救貧院で死ぬか、餓死してほしいです。でも、あなたのような人はそういうことにまったく無頓着なんです」

「ぼくは彼女に何の害もこれまで加えていません」と、サー・フィーリックスはほとんどおびえて言った。

「じゃあ立ち去りなさい。彼女に害を与えてはいけません。ハートル夫人の部屋のドアが開きました。行って夫人と話してください。夫人は私より上手に話すことができますから」

「ハートル夫人は自分の恋愛さえ上手にこなすことができませんよ」

「ハートル夫人は淑女です、サー・フィーリックス。それに未亡人で、世間を見てきた人です」女将がそう話していると、ハートル夫人が下に降りてきた。サー・フィーリックスがかなりおざなりにハートル夫人に紹介された。夫人はサー・フィーリックス・カーベリーの噂をしばしば耳にしており、彼がルビー・ラッグルズと結婚するつもりがないことを、ピップキン夫人と同じように確信していた。フィーリックスは数分もするとハートル夫人の部屋に二人でいることに気がついた。彼はポール・モンタギューとこの夫人の婚約の話を聞いていたから、特に彼女に会いたかった。ポールと妹の婚約の話も聞いていたから、二重に会いたかった。彼の発言を確証したければハートル夫人自身に聞くようにヘッタに言ってから、一時間もたっていなかった。

「サー・フィーリックス・カーベリー」と、ハートル夫人は言った。「残念ながらあなたはあの哀れな娘に害しか与えていません。彼女に何かしてあげようなんてさらさら考えていません」彼はそういうことはハートル夫人とは無関係だと、社会的な立場を有する者として不当な干渉を受けていると強く思った。伯母のピップキンはじつの伯母ではないし、ハートル夫人なんていったい何者だろう？「ルビーをほんとうに愛している人の妻にしてあげるのがいいんじゃありませんか？」

彼は即座の怒りの爆発を妨げる何かを、ハートル夫人の目にすでに見ていた。それにしても、彼に干渉してくるとは、ハートル夫人とはいったい何者だろう？「誓って、マダム、あなたにとても感謝しています」と、彼は言った。「ですが、ぼくがなぜあなたから受けなければならないかわかりません、そんな――、そんな――」

「干渉って、おっしゃりたいんですか？」

「そうは言っていませんが、おそらくそれに近いことです」

「機会があれば、私は神がお創りになったどんな女性をも救うために干渉します」と、ハートル夫人は力を込めて言った。「私たちはみな偶然ほんの少し与えられる善をなす機会を恥ずかしがって、少々それを待ちすぎるきらいがあります。あなたは好機をすぐとらえて身を引き、フィーリックスさん、彼女を放してあげなければいけません」

「それについては彼女の好きなようにしていいと思いますが」

「あなたは彼女を妻にするつもりですか？」と、ハートル夫人は厳しく聞いた。

「ポール・モンタギューさんはあなたを妻にするつもりですか？」と、サー・フィーリックスは横柄に威張って言い返した。夫人は間違いなく急所に深く届く容赦ない一撃を受けた。自分が抱えている問題を相手が耳にしているとは思ってもいなかった。ポールの親友と知っているあのロジャー・カーベリーと、この相手をかろうじて結びつけていたにすぎない。彼女はポールの愛の対象がヘッタ・カーベリーであることをまだ聞いていなかった。ポールはこの若いやくざ者に彼女の話を一から十まで話してしまったのだろうか?

夫人は彼に答えるまでしばらく考えた。――ちょっと考えなければならなかった。「二つの恋愛問題のあいだには」と、彼女はかすかに笑みを浮かべようと努めながら言った。「何の並行関係もないと思います。私は少なくとも自分の面倒が見られるくらい充分年を取っています。たとえ彼が結婚してくれなくても、私は相変わらず私です。あの哀れな娘はあなたによって夜ごと街に連れ出されたら、私と同じように変わらないままでいられるでしょうか?」夫人は自分のことよりルビーを守りたくてそう言った。夫人が結婚しそうだとか、結婚しそうにないとか、そんなことをこの若者がどう思おうと、それがいったいどれほど重要なことだろう?

「もしあなたが答えてくださるなら、ぼくも答えます」と、サー・フィーリックスは言った。「モンタギューさんはあなたを妻にするつもりですか?」

「そんなことはあなたにまったく関係ありません」と、夫人はぎらぎらする目を彼に向けて言った。

「関係しています。ルビーの件があなたに関係するより、それはずっと深くぼくに関係しています。あなたが答えてくださらないので、ぼくも答えません」

「それなら、あなた、あの娘の行く末についてあなたが責任を負うことになりますね」

「そんなことはわかっています」と准男爵。

「あなたをどこで見つけたらいいか、あの娘を追ってロンドンに出て来た若者はおそらく知っていますよ」

と、ハートル夫人はつけ加えた。

サー・フィーリックスはこんな脅迫に答えずに部屋を出た。とにかくジョン・クラムは今ここにいなかった。ロンドンには警察だっている。彼がもう一度夕べの楽しみを味わうからといって、それがどんな追加的な害をジョン・クラムに与え、どんな危険な怒りをあの恋人の胸に生み出すというのか？　ルビーは頻繁に彼と演芸場で踊っているので、今夜ディナーを彼と一緒にするからといって、ジョン・クラムがいつもより喧嘩っ早くなることなどあるはずがない。彼は下に降りて行くと、ルビーが盛装して玄関広間にいるのを見つけた。「今夜は二度とここに帰って来てはいけません」と、ピップキン夫人は言って、廊下の小さなテーブルをゴツンと叩いた。「その若者とそこのドアを出たらね」

「じゃあ帰らない」とルビー。彼女は恋人の腕に手を回した。

「あばずれ！　ふしだら女！」と、ピップキン夫人は言った。「あたかも肉親でもあるかのように、あなたに尽くしてあげたのに」

「お返しにしっかり働いたと思います。――働かなかったかしら？」と、ルビーは言い返した。

「明日持ち物を取りに人を寄こしなさい。というのも、あなたをもうここに入れません。あなたはほかの娘と同じで、もう私とは何の関係もありません。でも、もし私に救わせてくれたら、あなたを救っていました。あなたについては」――女将はそう言いながらサー・フィーリックスのほうを向いた――「私がたまたま貸間を持っていて、上の階に頼りになる女性がいましたから、こんなにうまくあなたを追い返すことができました。もう二度と哀れな娘を追いかけてあなたにここに来させません」たとえ女将がこの脅迫を実行に移したとしても、ハートル夫人からいさめられる恐れはなかったと、私は思う。

サー・フィーリックスはピップキン夫人や間借り人と充分やり取りをしたと思ったから、ルビーを腕に抱えてその家を出た。ルビーはしばらく勝ち誇って、幸せだった。疲れて、おそらく後悔して、帰って来たとき、伯母がドアを開けてくれるか立ち止まって考えてみることはしなかった。彼女はいちばんいい服を着て、恋人の腕にもたれかかり、ディナーをおごってもらうため外出した。言わなければならないことがとてもたくさん――とてもたくさんあると恋人から言われた！　だからと言って、彼女は得意の絶頂にある最初の一時間に、彼に無礼な質問をするつもりはなかった。ペントンヴィル(4)まで彼と一緒に歩くのはとても心地よかった。羽目を外せる囲い地へ入ったり、半分パブ半分屋外喫茶へ入ったりするのはとても楽しい。彼がおいしいものを注文するのを聞くのはとても快い。彼と一緒にいるとそういうことがみなすばらしい！　ロンドンの小さな地下台所の薄暗がりでずっと食事を取ってきた人にとって、都会ふうのロシャーヴィル遊園地(5)でさえ、楽園に思えたに違いない。そういうことを理解できない人はいない。私たちはルビーを至福のなかに残しておこう。

その日の夜九時ごろ、ジョン・クラムはピップキン夫人の家を訪ねて、ルビーがサー・フィーリックス・カーベリーと外出したことを知らされた。彼はこぶしで脚を打ち、目をぎらぎらきらめかせた。「やつをいつかひどい目にあわせちゃる」と、ジョン・クラムは言った。彼は深夜までルビーを待つことを許されたが、それから悲しみに暮れてその家を退去した。

註

（1）イギリスでは一八五二年に最後に決闘がなされたことが記録されている。

（2）ミルトンの『リシダス』一七〇―一行。

（3）ニコラス・ロウの *The Fair Penitent*（1703）の登場人物。
（4）King's Cross 駅のすぐ東地区。
（5）一八三七年に開園したケント州テムズ川河口 Gravesend にある遊園地。

第七十一章　ジョン・クラムが災難に巻き込まれる

哀れなルビーが邪悪な貴族の恋人とともにピップキン伯母の安全な家を出ると主張したのは、不幸な金曜［七月十二日］の夜だった。そんな男と出かけたら、二度とうちには入れないと、ピップキン夫人からはっきり念押しされたにもかかわらず、ルビーは外出した。「帰って来たら、もちろん彼女をうちに入れてやらなければいけません」と、ハートル夫人は娘が出たあとすぐ言った。するとピップキン夫人は泣き出した。下宿の女将は自分の軟弱な性格をよく知っており、娘を一晩中路頭に迷わせることなど想像することさえできなかった。しかし、こんなふうに悩まされるのは女将にとってつらい、じつに耐えがたいことだった。「私が若いころには、あんなふうに我を通すことはありませんでした」と、女将はすすり泣いて言った。この結末はどうなるのだろうか？　娘がどんな振る舞いをしようと、ずっとここに置いておかなければならないのだろうか？　それにしても、ルビーが帰って来たら、うちに入れてやらなければならないと思った。それから、九時ごろにジョン・クラムがやって来た。その夜の後半は前半よりもっと憂鬱だった。ジョン・クラムに真実を隠しておくことはできなかった。ハートル夫人は哀れな男を見ると、ピップキン夫人がいる前で事実を話した。

「彼女は強情ですね、クラムさん」とハートル夫人。

「それっちゃ、マダム。あの准男シャクと一緒やろ？」

「そうです、クラムさん」

「准男シャクか！　――おりゃあ数日中にそいつを捕まえちゃる。――そいつと一緒にディナーに出かけたんか。ここでディナーを取れんやったんかの？」

ピップキン夫人はこれを聞くと気を悪くして、はっきり言った。ルビー・ラッグルズはロンドンのどの若い娘より健康にいいディナーを、――雄の小牛の心臓とジャガイモを――、いつも食べたいだけ食べていたと。「うちではひもじい思いをさせることも、出し惜しみをすることもありませんでした」とも、ピップキン夫人はクラムに言うことができた。すると、ジョン・クラムはすぐ使い勝手のよさそうなごく厚手の青い外套を取り出した。ルビーによくしてくれた女将への贈り物として、バンゲイからロンドンまで持参したものだった。彼は料理がおいしく多めに出ていたことを疑わないと言って女将を安心させ、失礼ながらあえて敬意を表するため、つまらないものを持って来たと言った。ピップキン夫人が機嫌を直すのには少し手間がかかった。――それでも、女将はとうとう肩から外套をかけてもらった。授受は沈んだようすでなされた。贈るとき、贈り手に晴れやかなささげる喜びがなかったし、もらうとき、もらい手にあふれんばかりの感謝がなかった。ハートル夫人はそばに立って、すばらしいですねと言った。――とはいえ、その場面に喜びが入り込む余地はなかった。「私のような老婆のことを考えてくださって、クラムさん、とてもご親切です。――特にあなたが若い娘のことでたいへんご苦労をなさっているときにね」

「小麦の黒穂病か、ジャガイモの黒あざ病みたいなもんやけえ、ピップキン夫人。――我慢せにゃあいけんと思うな。彼女はあの若い准男シャクに、マダム、特別ご執心なんかの？」この質問はハートル夫人に向かってなされた。

「いちじの気まぐれですよ、クラムさん」と夫人。

「娘たちゃあその気まぐれが、ほとんど男を殺すことを考えんけえ！」それから、彼は椅子に深く座ると、手足を動かさないまま、目をピップキン夫人の部屋の天井に向けて、しばらく黙り込んでいた。ハートル夫人は彼に目配りしながら、編み物をして座っていた。この男はじつにいちずで、じつにのろく、じつに言葉少なく、米国の男たちとはすこぶる違って、――じつにたくさんのことに耐えようとし、同時にじつに深い情をたたえていたので、――ハートル夫人にとって驚くべき存在だった！「サー・フィーリックス・カーベリーか！」と、彼は言った。「数日中にサー・フィーリックスをそれなりの目にあわせちゃる。ディナーだけなら、もうそろそろ戻って来るんやないかの、マダム？」

「二人はどこかに遊びに行ったと思いますよ」とハートル夫人。

「おそらくそうやろ」と、ジョン・クラムは小さな声で言った。

「彼女はかつてないほど踊りに夢中です」とピップキン夫人。

「踊るときゃあどこへ行くんかの？」とクラムは聞くと、椅子から立ちあがって背伸びをした。彼がルビーを追って演芸場へ向かおうと思い始めていることが、二人の夫人には手に取るようにわかった。しかし、二人とも彼に返答しなかった。それから、彼はまた座った。「そういうところじゃあ一晩中踊るんかの、ピップキン夫人？」

「二人はやってはならないことをほとんどみなやっています」とピップキン夫人。ジョン・クラムは一方のこぶしを振りあげ、もう一方の手のひらに重く振りおろした。それから、しばらく黙って座っていた。

「踊りが好きやとは知らんやったけえ」と、彼は言った。「知っちょったら、バンゲイでも彼女のために踊りをしちょったやろ――心から喜んでの。彼女が求めちょるんは踊りと思うかの、マダム、准男シャクと思うかの？」この問いもハートル夫人に聞いていた。

「両方だと思います」と夫人。

それから、また長い間があった。そのあと、哀れなジョン・クラムはかなり激しくののしり始めた。「いまいましい野郎やの！　いまいましい野郎やの！　おれがそいつに何をしたっちゅうんか？　何もしちょらん！　おれがそいつにどねえな干渉をしたっちゅうんか？　何もしちょらん！　そいやけど、やっちゃる。やっちゃる。ベリー(1)でこのため吊るされても驚かん！」

「やだ、クラムさん、そんなことを言わないでください」とピップキン夫人。

「クラムさんは今少しとまどっていますが、やがて克服します」とハートル夫人。

「あの娘はあなたにしたように、ちょいと若者に手を出す汚いあばずれなんです」とピップキン夫人。

「うんにゃ、マダム。――彼女は汚い人やない」と、恋人は言った。「そいやけど、こそこそ歩き回っちょる、えろうこそこそな。粗挽き粉やふすまにまみれるんが無駄なんと同じで、仕事をしても無駄なんやけえ。彼女はこっちで准男シャクと遊んじょる。――それいね、何にもならんし、何の役にも立たん！　何かやるとき、おれにゃあほどほどか、やりすぎか、わからん。おれがあいつの首をひねることにしたら、マダム、おれがどこで間違うちょったかあんたは責任を持って言えるかの？」

「できれば、あなたがあの娘を男から引き離すことができたという報告を聞きたいです」とハートル夫人。

「できりゃあ、おりゃああいつを食うちゃる。――おれができることはそれやけえ。十一時半かの？　もう帰って来るに違いないな？」ピップキン夫人はろうそくに一晩中火を点けておきたくないので、それについては何も請け合えないとはっきり言った。もしルビーが帰って来たら、その夜は入れてやるつもりでいた。それにしても、ピップキン夫人は起きて待つより、寝て待ち、帰ったら入れてやるほうがいいと思った。哀れなクラムは退去するようほのめかされていることを理解することができず、ほとんど口を利かないまま、ルビーが戻って来る希望を抱いて、さらに三十分ほどそこにとどまっていた。しかし、時計が十二時を打ったとき、帰らなければならないと言われた。それから、彼はゆっくり足の力を奮い起こし、それを引きずって出て行った。

「あの若者はいい人ですね」と、ハートル夫人はドアが閉じられるとすぐ言った。

「ルビー・ラッグルズには、よすぎるくらいです」と、ピップキン夫人は言った。「彼は奥さんを養うことができます。カーベリーさんは彼があの地方のどの商人より羽振りがいいと言っています」

ハートル夫人はカーベリーの名が嫌いだったから、この発言をジョン・クラムに好意的な証言とは見なさなかった。「カーベリーさんの友情を勝ちえているからといって、私はクラムさんを好意的には見ません」とハートル夫人。

「カーベリーさんはあのはとこにぜんぜん似ていませんよ、ハートル夫人」

「私はカーベリー家の誰も尊敬しません、ピップキン夫人。こちらの人はみな謙虚すぎるか、高圧的すぎるか、どちらかのように見えます。自分の足場にしっかり立って、ほかの人に干渉しないようにするだけでは、誰も満足できないように見えます」哀れなピップキン夫人はこの発言の意味がまったくわからなかった。

「もう寝床に就いたほうがいいと思います。あの娘が帰って来てドアを叩いたら、もちろん入れてやらなければいけません。彼女が叩く音を聞いたら、私が下へ降りてドアを開けます」

ピップキン夫人は下宿の状態のことでこの下宿人にたくさん謝った。女将はハートル夫人の安眠を妨げないよう、最初の音でドアに向かうため起きて待ち、これ以上頭痛の種を増やさないよう、最善を尽くすつもりでいた。言うことを聞かない娘に義務をはたそうとする努力を、ハートル夫人が理解してくれていると信じた。それから、女将は話を要点に戻して、ハートル夫人がこういう不快な出来事で下宿を立ち退く気にならないように望んだ。「今はこう言ってもよろしいでしょう、ハートル夫人。あなたがここにおられるのは、私にとってとてもたいせつなことです。私には頼りになる杖がありません――下宿人だけです。そして、役に立つ下宿人はなかなか手に入りません！」ハートル夫人は哀れな女将の心に不可解な人として映っていた。ハートル夫人は下宿人としては確かに風変わりだった。夫人は騒動を少しも気にしなかった。むしろルビーを救う努力に手助けできることを好んだ。彼女は女将に寝床に行くよう請うて、ドアを叩く音など少しも気にしないと言った。クラムが出て行ったあと、二人の夫人はさらに半時間をこんなふうにすごした。それから、ハートル夫人はろうそくを手に取ると、自室に向かって階段を半分ほど登って行ったとき、大きなノックの音が二度あった。彼女はすぐ廊下でピップキン夫人に合流した。ドアを開けると、そこにルビー・ラッグルズとジョン・クラムと二人の警官が立っていた！ ルビーが飛び込んで来て、階段に身を投げかけ、両手を振り回し、哀れな泣き声をあげた。「おやまあ、どうしました？」とピップキン夫人。「彼が現れて彼を殺したの！」と、ルビーは金切り声をあげた。「彼がね！ 彼が現れて彼を殺したのよ！」

「この若い娘はここに住んでいますか？」と、警官の一人が聞いた。

「ここに住んでいます」とハートル夫人。それはそれとして、今私たちはジョン・クラムがこの家を出たあとで起こった彼の冒険に話を戻さなければならない。

ジョンは仕事でロンドンに出て来たときよく使う東方方面鉄道駅(2)に近い小さな宿に部屋を取っていた。それで、そこに帰るつもりでいた。彼はいちじルビーと敵を首都のダンスホールで捜してみようとの考えにとらわれた。そういうもくろみを持って聞き込みをしてみた。しかし、その点で助けとなりそうな回答をえることができなかった。夜の首都があまりにも複雑に入り組んでおり、持ち合わせる知識以上の知識を必要とするので、捜索をあきらめた。それで、イズリントン・エンジェル(3)へ向かうと知っている通りへ入った。いくつもの通りがそこで集まっており、そこからなら東へ向かう道がわかるだろう。彼はエンジェルを通りすぎ、ゴスウェル・ロード(4)が終わる地点に着くと、口をぽかんと開け、あたりを見回して、道に迷っていないことを確かめようとした。できれば目に留まった警官に声をかけてみようと思ったけれど、ためらった。なぜなら、警官から職務質問されることを恐れたからだ。そのとき、突然女の叫び声を耳にして、ルビーの声だと聞き分けた。叫び声はすぐ近くで聞こえたが、ガス灯のかすかな光ではどこから聞こえて来たかよくわからなかった。彼はその場に立ち止まると、片手を持ちあげて帽子の下の頭を掻いた。こんな緊急事態に臨んでどうしたらいいか考えようとした。それから、「いやよ。――いやよ」という声をはっきり聞いた。そのあとまた叫び声があった。それからさらに言葉があった。「もういいの――いやよ」彼はついに決心することができた。声のほうへ突進して、ゴスウェル・ロードに戻る右手の脇道に入ると、ルビーが男の腕のなかでもがいているのを見つけた。彼女は恋人と一緒にダンスホールを出て来た。二人が通りの曲がり角まで来たとき、その夜のそれからのすごし方について行き違いがあった。ルビーはピップキン夫人の脅しをよく覚えていたから、伯母の玄関先で運試しをする気になった。サー・フィーリックスは彼女のためにもっとよい趣向を用意することができると思った。彼はルビーからこの思惑にすぐ同意してもらえなかったので、ちょっと優しく強く出たら、うまくいくだろうと思った。それで、ルビーを脇道に引きずり込んだ。不運なやつ！　気晴らしの頂点で何という不運に見舞われたのだろう！　彼は水割のブランデーをタンブラーで数杯飲んでいた。そのせいで、警察の干渉について強気でいられた。別のときなら、警察の介入が怖くて、ルビーから最初に声をあげられたとき、とらえていた腕を放していたかもしれない。しかし、ジョン・クラムが近くにいることを知ることができたら、どれだけ水割のブランデーを飲んだら、彼はその後の経緯に耐えることができただろうか？　突然、彼は上着に手がかけられたことに気づくと、激しく振り飛ばされ、体から息をほとんど全部叩き出されるほど背中を手すりに打ちつけられた。それでも、「ジョン・クラムじゃない！」という、ルビーの叫び声を聞くことができた。そのとき、彼はあたかも世界が終わったかのような破滅の感覚に襲われて、体全体に力を失い、地面に崩れ落ちた。

「立ちあがらにゃ、蛇野郎」とジョン・クラム。しかし、准男爵は地面にしがみついているほうがいいと思った。「立たせちゃる」とジョンは言うと、上着の襟をつかんで体を持ちあげた。「さあ、ルビー、これからこいつに食らわしちゃるけえ」とジョン。そのとき、ルビーは最初にジョン・クラムの注意を引いた声より、はるかに大きな金切り声を力いっぱいあげた。

「倒れている相手を殴らないでくれ」准男爵は命乞いをするかのように懇願した。

「殴らん」とジョン。――「そいやけど、立っちょるやつは殴る」サー・フィーリックスは男の腕のなかではほんの子供のようだった。ジョン・クラムは相手を持ちあげて支えながら、首に左腕をまわして、――学校で喧嘩をするときよくやるヘッドロックをして――、哀れなやつの顔を激しく六度殴った。正確にどこを殴るともなく気にせずに殴ったが、一撃一撃で顔の特徴を消していった。もしルビーが彼に飛びかかって、サー・フィーリックスを彼の腕のなかから救い出してやらなかったら、彼はさらにそれを続けていただろう。「充分食ろうたやろ」と、ジョン・クラムは殴るのをやめて言った。サー・フィーリックスはうめきながら再び地面に倒れた。「食らわしちゃらにゃあと思うちょった」とジョン・クラム。

ルビーの叫び声を聞いてもちろん警官が駆けつけて来た。一人ずつが通路の両端から同時に現場に到着した。今いちばんむごかったのは、警官に訴えるとき、ルビーがサー・フィーリックスに不利なことは一言も言わず、ジョン・クラムの告発については目いっぱい痛烈だったことだ。若い娘が保護を求めて叫んだので、あいだに割って入ったことを、ジョンが警官に理解させようとしても無駄だった。ルビーはじつに早口で、ジョン・クラムはとても訥弁だった。これほど恐ろしい、これほど残酷な、これほど残忍な所行は、これまでになされたことがないと、ルビーは誓って言った。サー・フィーリックス本人は聞かれても何も言うことができなかった。彼は警官たちから立たされて手すりにもたれかかったとき、ただうめいて、顔から流れる血を無益にぬぐうだけだった。ジョンは若い准男爵がいかに邪悪であるか警官にわからせようと努めたが、ルビーに不利なことはいっさい言わなかった。彼を告発するルビーの言葉にさえ少しも怒りを見せなかった。ジョン自身がときどきあとで語ったように、ちょうど間に合って「准男シャクに出会う」ことができ、思いを晴らすことができたので、力業を振るう結果となったことでルビーに少しも怒りを感じなかった。

まもなく現場には三番目の警官や、十人以上の野次馬が集まった。野次馬は辻馬車の御者や、夜行者や、家のない放浪者や、一年のこの季節に救貧院より歩道を好む浮浪者だった。彼らはみなジョン・クラムを悪者にした。なぜ大男が娘と若者の邪魔立てをしたのか？　野次馬の二、三人がサー・フィーリックスの顔をぬぐい、目を軽く叩いて、これとか、あれとかの治療法を提案した。まっすぐ病院に運ぶほうがいいと、ある者は思った。袋だたきにあったので、「正気」に戻ることはきっとないだろうと、ある女は言った。「死者同然だね」と、ませた若者が言った。「ひどくやられたもんだな」と、御者が言った。サー・フィーリックス当人は症状にかかわるこれらの寸評に直接答えず、どこへでもいいからどこかよそへ連れて行ってほしいとほのめかした。

警官たちは相談のうえでやっと行動方針を決めた。彼らはルビーとクラムの一致した証言によってサー・フィーリックスが何者であるかを知った。一人の巡査が彼をバーソロミュー病院(6)へ辻馬車で運び込むことにした。巡査は准男爵が出頭して告発を行えるよう、彼の住所をそのとき聞き出すことにした。ルビーについては、告げられた住所——彼らが今いる現場から半マイルも離れていない住所——に案内してもらい、証言内容に従って、そこに残していいものか判断しなければならなかった。ジョン・クラムについては、疑問の余地なく警察署に留置しなければならない。彼は犯罪者であり、——彼らの知る限り——殺人者だった。誰もクラムについて擁護の言葉を述べなかった。彼自身が自分を弁護する発言をしなかったうえ、警官から示された扱いに反対もしなかった。とにかく彼は徹底的に敵を打ちのめしたという確信で、胸中しかと高揚感を味わっていた。

こうして、ジョン・クラムとルビーを連れた二人の警官が、ピップキン夫人の玄関を訪問することになった。ルビーは恋人を打ちのめした——おそらく殺した——悪漢をしつこく告発した。彼女は嘆きながらも、絞首台や手錠や無期懲役や損害賠償訴訟を口にした。しかし、警官はハートル夫人から真実がどこにあるか聞き出すことができた。うん、確かに——娘はそこに住んでおり——、ちゃんとしたうちの娘だった。逮捕したこの男もまともな人で、娘の正式な恋人だった。殴られたもう一方は疑いなく爵位の持ち主だったが、ちゃんとした人ではなく、娘のただの不道徳な恋人だった。ジョン・クラムの名が出された。「バンゲイのジョン・クラムっちゃ」と、彼は言った。「おりゃあ誰も、何も恐れんけえ。酒は飲んじょらん。うん、飲んじょらん。袋だたきにしたかって！　あいつをちゃんと袋だたきにしちゃった。本気でな。あそこの若い娘はおれの妻になることを約束しちょる」

「いや、していない」と、ルビーは叫んだ。

「そいやけど、約束しちょる」と、ジョン・クラムは固執した。

「それなら、約束しない」と、ルビーは口答えした。

ジョン・クラムは愛情に満ちた表情を彼女に向けて、片手を胸に置いた。そのとき、上役の警官は状況がどういうことかわかったと言い、クラムさんには——ほんのしばらくのあいだ——一緒に来てもらったほうがいいとつけ加えた。バンゲイから来た不幸な主人公は、この措置にまったく異議を唱えなかった。

「ミス・ラッグルズ」と、ハートル夫人は言った。「あなたは最終的にあの若者に身をゆだねなかったら、胸に心など持ち合わせていないことになります」

「まさか、当然心はあるわよ。あっても、それを彼に与えるつもりはないの。彼はふいに現れて、サー・フィーリックスを殺したのよ」ハートル夫人はほんとうにそうしていたらよかったのにと、邪悪な願望をピップキン夫人に囁いた。その後、三人の女は寝床に就いた。

註

（1）サフォーク州の地方裁判所がある Bury St. Edmunds のこと。

（2）東方方面鉄道（Eastern Counties Railway）はあったが、この名の駅はなかった。この鉄道の終着駅は Bishopsgate にあった。

（3）Islington High Street と Pentonville Road のかどにある旧跡。現在はオフィスが入るエンジェル・ホテルが立つ。

（4）エンジェルの交差点に集まる五つの通りの一つで、東南へ向かう。

（5）「創世記」第三章第十四節。サー・フィーリックスは地を這い回る蛇に喩えられている。

（6）Smithfield にあった。

第七十二章　本人に聞いてください

　ロジャー・カーベリーは、ポール・モンタギューとハートル夫人の関係について知っていることをみな教えてほしいという、ヘッタの母の手紙を受け取ったとき、返事を書くことができないと感じた。彼はこの件に深くかかわっていた。しかし、もしかかわっていなかったら、その場合にどう回答できるか心に問うてみようとした。もしかかわっていなかったら、この非常時にどんな助言を母娘に与えることができるだろう？　ヘッタのはとことして、またヘッタの兄のような存在として心に問うなら、ポール・モンタギューはあの米国女とのもつれた関係のせいで、とにかく当座のところはほかの女性に求婚することを禁じられているはずだと、きっとヘッタに回答しただろう。ロジャーは事情を熟知しているから、それが結論だと確信できた。ローストフトでモンタギューと一緒にいるハートル夫人に会っていたし、同じホテルに二人が友人として一緒に泊まったことを知っていた。モンタギューもしばしば認めた婚約について、ハートル夫人がその実現をうながす明確な目的を持って、イギリスにやって来たことも知っている。モンタギューがロンドンでこまめにハートル夫人を訪問していることも知っていた。モンタギュー自身はどんな代償を払おうとも、この婚約を破棄しなければならないし、実際に破棄したと言っていた。ロジャーはその言葉を全面的に信じたけれど、彼の意志の固さについてはぜんぜん信用しなかった。ハートル夫人が婚約破棄を受け入れたと考えていい根拠もこれまで何も見出せなかった。どんな父が、どんな兄が、こんな問題を抱える男との婚約を娘あるいは妹に許すだろうか？　ロジャーはモンタギューにみずから招いた障害を取り除くようはっきり助言した。――それゆえ、友人が現在別の女性と婚約できる状態にあるとはまったく思わなかった。

ロジャー・カーベリーはこういうことをみな手に取るように見ていた。それでも、彼は名誉を重んじる人として、ことさらこの話をしておのれの利益を図ることができないこともはっきり見据えていた。――友人の立場でこの話を知ることができたわけだから――、もしそれを他人に話せば、友人にとって不利になる話として話さなければならない。彼はローストフトの砂浜でモンタギューやハートル夫人と別れたとき、そう心に言い聞かせた。それにしても、今はどうしたらいいだろう？　愛するヘッタは、友人のほうを愛していると告白した。友人はこの娘の心をえるとき、ロジャーが思うに、じつに薄汚い裏切を働いた！　彼は消えることなく続く敵意をもって、この友人と袂を分かとうと心に決めた。同じように、ヘッタに対する愛も消えることなく続くと確信していた。ヘッタの子の一人に――彼が子の父に会わないという明確な合意のもとで――彼の名を与えて、名を永続化させるという考えもすでに彼の胸中にあった。ポールの手紙とカーベリー令夫人の手紙のあいだには、二十四時間しか受け取りに時間の差がなかった。しかし、ロジャーはこの一日のあいだハートル夫人のことをほとんど忘れていた。ヘッタに逃げられてしまった。彼はこうむった喪失とポールの背信のことしかこの間考えられなかった。その後、直接回答が必要な直接の質問が来た。ヘッタがポール・モンタギューを婚約者として受け入れるに当たり、それを不都合にする事実、ロンドンにいるハートル夫人にかかわる事実を、彼は何か知っているかという質問だった。もちろん知っている。熟知している。ただ、その事実をどう話したらいいだろう？　どんな言葉でこういう手紙に回答したらいいだろう？　もし知っている事実を話したら、彼の立場を有利にするために、――少なくとも恋敵を陥れるために――、恋敵について不利な話をしたという疑惑に、彼はいったいどう申し開きをしたらいいだろう？

彼はカーベリー令夫人の手紙に返事を書く自信がなかったので、ロンドンに出ることに決めた。話をしなければならないなら、書いたものより対面のほうがちゃんと話せた。それで、彼は旅をして、夕方遅くロンドンに到着し、サー・フィーリックスとジョン・クラムのあいだで不幸な出会いがあった翌朝［七月十三日］十時と十一時のあいだに、ウェルベック・ストリートのドアをノックした。小姓はドアを開けるとき、仕えている家族に恐ろしい災難が降りかかっているときに作る表情をした。令夫人は病院に呼び出されて、――小姓の報告によると――重傷を負ったサー・フィーリックスのそばに駆けつけていた。小姓は何が起こったか正確に知らなかったから、サー・フィーリックスがこのころまでに手足の大部分を失ったと思っていた。はい、ミス・カーベリーは上の階におられます。きっとはとこにはお会いになります。彼女もたいそうひどいありさまで、とても困惑されています。兄が病院に入り、恋人が忌まわしい米国女の罠にかかっていたら、哀れなヘッタが「困惑」しているのも当然だった。

「フィーリックスにかかわる件はどういうことですか？」と、ロジャーは聞いた。新しい問題は前に起こった問題よりつねに優先される。

「まあ、ロジャー、あなたに会えてとてもうれしいです。フィーリックスは昨晩うちに帰って来ませんでした。今朝シティの病院から人が来て、兄がそこにいると知らせてくれました」

「何がありました？」

「誰かが――誰かが――兄を殴りました」と、ヘッタはめそめそして言った。そのあと、知っている限りのことを話した。病院からの使者は、若者が危険な状態にはないと、骨は一本も折れていないと、しかし顔はひどい打撲傷を受けており、目は恐ろしい状態で、歯は何本か抜け、唇は割れていると断言した。それでも、住み込み外科医は、若い紳士がうちに帰されていけない理由はないと言っていると、使者は続けて言った。「ママは兄を連れて帰るため出かけました」とヘッタ。

「ジョン・クラムでしょうね」とロジャー。ヘッタはジョン・クラムの名を聞いたことがなかったので、はとこの顔をただじっと見た。「ジョン・クラムの名は聞いたこともないでしょう？　そう。――聞くことはないでしょうね」

「ジョン・クラムがどうしてあんなふうにフィーリックスを殴るのです？」

「世間で起こるもめ事のたいていの原因が、女性と言われていますよ、ヘッタ」この娘は兄フィーリックスの罪と愚行の全容を聞かされたかのように目までまっ赤になった。「私の想像通りだとすれば」と、ロジャーは続けた。「ジョン・クラムはこけにされたと思って、その復讐をしたのです」

「その人を――前から知っていましたか？」

「ええ、もちろん、――とてもよく知っています。彼はうちの近くの住人で、心底その娘に恋していました。本来なら彼女を妻にして、優しくしてやっていたでしょう。誠実な人で、彼女に提供する家を持っています。この男と結婚したら、彼女は保護され、敬われ、幸せになったでしょう。あなたの兄さんは彼女に会って、彼女のそんな状態を知っていたのに、つまり正直者のクラムがこの娘の愛に男の幸せのすべてをかけていることを私から教えられていたのに、こんなかわいい娘はジョン・クラムにはもったいないと思ったのです、――うん、そう思ったと思います」

「でも、フィーリックスはミス・メルモットと結婚するつもりでした！」

「あなたは古めかしい人ですね、ヘッタ。新しい恋人と始める前に、昔の恋人と別れるのが昔のやり方です。しかし、それが今はまったく変わってしまっているように見えます。今のりっぱな若者は、一度に二人と恋をすることができます。残念ながらフィーリックスが考えたのはそれです。――彼は今その罰を受けました」

「じゃあ、あなたはみなご存じでしたの?」

「いえ、——みなは知りませんでした。しかし、そうだったろうと思います。ジョン・クラムがこういう意趣返しをすると言っていたのを知っています。遅かれ早かれ、彼が言ったことを実行すると確信していました。もしそうなら、誰が彼を責められるでしょう?」

ヘッタはその話を聞きながら、はとこがクラムという男、名を聞いたこともない男のことを話しているのか、ロジャー自身のことを話しているのか、ほとんど区別ができなかった。ロジャーもまた本来なら彼女を妻にして、優しくしてくれていただろう。ロジャーもまた彼女に提供する家を持っていた。ロジャーもまた、もし結婚したら、彼女を保護し、敬われるようにし、幸せにしてくれる誠実な男だった。ロジャーは話しながら、まるでこの話がヘッタの話ででもあるかのように彼女を見ていた。それから、彼は昔のやり方について、つまり新しい恋人と始める前に、昔の恋人と別れるやり方について話すとき、ポール・モンタギューと米国女のことを話していたのではないだろうか? そうとするなら、ヘッタが彼の話からそれに気づかなくても、それは彼女の責任ではなかった。ヘッタが自分のことを話されていると思っていると推定するには、彼はそれについてもっとはっきり言わなければならない。「とてもぞっとしますね」と彼女。

「ぞっとする——そうですね。ほんとうに衝撃です。お母さんや、あなたに同情します」

「私たちに今後幸せは来ないように思えます」とヘッタ。彼女はハートル夫人についてロジャーに何か話してほしかった。もっとも、それを聞く勇気はまだ持ち合わせていなかった。

「お母さんの帰りを私は待たないほうがいいかもしれません」と、彼は短い間を置いて言った。

「お急ぎでなかったら、どうかママを待ってください」

「お母さんに会いに来ましたが、お母さんはフィーリックスをうちに連れて帰ったとき、おそらく私にはここにいてほしくないでしょう」

「ここにいてほしいです。面倒が起こったとき、ママはいつもあなたにここにいてほしいと思っています。ねえ、ロジャー、私に話してくださったらいいのに」

「何をです？」

「ママはあなたに手紙を書きました。――そうでしょう？」

「はい、手紙が来ました」

「私のことで？」

「そう、あなたのことでね、ヘッタ。それに、モンタギューからも手紙が届きました」

「手紙を書くと言っていました」と、ヘッタは囁いた。

「私がどう返信したか彼からお聞きになりましたか？」

「いえ。――聞いていません。彼に会っていませんから」

「私の返信は不親切なものと思われるでしょうね？　私もジョン・クラムのような感情を抱いていますから。それをクラムと同じように表そうとは思いませんが」

「その娘はクラムという人と結婚の約束をしていたと言いませんでしたか？」

「私はそう言っていません。そうです、ヘッタ、そこに違いがあります。それに、その娘は気まぐれで、婚約から後ずさりしました。あなたはそんなことはしませんね。私があなたについて厳しい見方をするのは正当ではありません。あなたについて厳しい見方をすることはありません。私が責めているのはあなたではなく、ポールです。――考えようによっては、彼はフィーリックスより不実でした」

「まあ、ロジャー、彼はどんなふうに不実でした？」

ここに至っても、彼はハートル夫人のことをヘッタに話したくなかった。話せば、友人からなされたと彼が思う裏切の話になるからだ。「ポールは何が適切であるかわかったとき、その場を離れるべきでしたし、あなたに近づいてはいけませんでした」と、ロジャーは言った。「私の唇からコップの水を奪い取らないようにするのが、私に対する彼の義務でした」

コップの水は彼の唇に一度もふれたことはないはずだと、ヘッタは面と向かって彼に言うことができなかった。しかし、ロジャーが語らなければならない裏切が、ただ一つこれだけだとするなら、彼女は、それはその通りだと受け入れてもよかった。ハートル夫人にかかわるあの恐ろしい話――その話を聞くことができたら、それ――を聞きたかった。その話なら、耳をそばだてて聞くつもりでいた。その一方、恋人のポールが彼女を愛するとき罪を犯したという話など、彼女はどうしても受け入れることができなかった。「でも、ロジャー」と、彼女は言った。「義務うんぬんとは無関係に、結果は同じだったでしょう」

「あなたはそう言うかもしれません。そう感じるかもしれません。そう理解するかもしれません。あなたがそう言うとき、少なくとも私はあなたに反論するつもりはありません。しかし、ポールはそう感じませんでした。そう理解しませんでした。彼は私にとって弟のような存在でした。――そして、彼は私からすべてを奪い取りました。ヘッタ、あなたの言いたいことはわかります。私の成功はありえなかったと言いたいのでしょう！　たとえポールが米国から帰って来なくても、私の幸せはありえなかったとね。私は百回もそう胸に言い聞かせました。しかし、それだからこそ彼を許すことができません。彼を許しません、ヘッタ。あなたが彼の妻になろうと、別の男の妻になろうと、あるいは最後までヘッタ・カーベリーでいようと、あなたに対する私の思いは同じです。私たち二人が生きているあいだ、あなたは私にとってもっとも親しい人であるに違いありません。彼に対する私の憎しみは――」

「ねえ、ロジャー、憎しみのことは言わないでください」

「ポールに対する私の敵意が、あなたに対する私の思いに影を落とすことはありません。あなたはたとえ彼の妻になっても、それでもやはり私の恋人だと言います。人はどうしてつねに恋い焦がれてきた相手について、恋い焦がれるのをやめることができるでしょう？　そうなったら、私はあなたと別れ別れになります。私が死にそうになったら、そのときあなたを呼びます。あなたは私の人生の精髄です。あなたと結びつく幸せ以外に、私は幸せを夢見ることができません。あなたを勝ち取って、骨折り仕事をあなたと分かち合う機会をえられたら、私は資産のすべてを彼に与えてもいいです。私は日々のパンをえるため働きます」

ここに至っても、彼はハートル夫人のことを一言も話さなかった。「ロジャー」と、ヘッタは言った。「私はもう彼に心を与えました。二度と心を与えることはできません」

「たとえ彼がそれに値しなくても、心変わりはしませんか？」

「しない――と思います。ロジャー、彼はそれに値しませんか？」

「私がそんな質問に答えると、どうしてあなたは思うのです？　彼は私の敵です。どんな忘恩の徒より私に対して恩知らずでした。彼は私の甘美なものをみな苦々しいものに、私の花をみなニガヨモギに変えてしまいました。私の道をみなふさぎました。それなのに今あなたは彼に価値があるかと聞いています！　答えることはできません」

「もし彼に価値があると思ったら、あなたなら教えてくださるはずです」彼女はそう言うと、立ちあがって彼の腕を取った。

「いえ。――私は何も言いません。私ではなくほかの人に聞いてください」彼はヘッタの手から身を引き離そうと優しく試みたが、うまくいかなかった。

「ロジャー、あなたはとても気立てのいい方ですから、彼がいい人だと知っていたら、私に教えてくださるでしょう。たとえ彼を憎んでいても、ちゃんと言ってくださるはずです。敵に対してでも誤った印象を残したら、あなたにふさわしいやり方ではありません。あなたにとってこれがどんなにつらいことでも、あなたが信頼できる人だとわかっていますから、聞きます。私はあなたが求める者にはなれません、ロジャー。でも、妹のようにあなたを愛しています。妹が兄のところに来るようにあなたのところに来ています。彼は私の心をえていきます。教えてください。――彼が私の手を求めてはいけない理由が何かありますか?」

「本人に聞いてください、ヘッタ」

「私には何も教えてくれないのですか? 私が危険な目にあっていると知りながら、私を救おうとはなさらないのですか? ハートル夫人って――誰です?」

「彼に聞きましたか?」

「この前、彼と会ったとき、私は彼女の名を聞いていませんでした。そんな女性がいることも知りませんでした。彼がその女性と婚約していたというのはほんとうですか? フィーリックスが彼女の名を出して、あなたが知っていると教えてくれました。でも、私はあなたを信頼するように、フィーリックスを信頼していません。ママはそれがほんとうだと言います。――でも、ママもあなたに聞くように指示しました。そんな女性はいますか?」

「そんな女性は確かにいます」

「彼女は――ポールの友人でしたか?」

「その話がどんなものだとしても、ヘッタ、あなたには話しません。私に対する彼の振る舞いに関する以外、彼の善悪のことは話しません。彼のことについては彼自身に来てもらって、ハートル夫人の話をするように求めなさい。彼は嘘をつかないと思います。たとえ嘘をついても、あなたにはお見通しでしょう」

「それだけですか？」

「私が言えるのはそれだけです、ヘッタ。あなたは私に兄になるように求めます。――しかし、私はあなたの兄の立場に身を置くことはできません。恋人だとあなたにはっきり言い、その立場にとどまります。兄なら、あなたが夫として選ぶ人を歓迎するでしょう。私はあなたの夫を絶対に歓迎しません。二十年たっても、あなたがまだヘッタ・カーベリーのままでいたら、私は老いた恋人でも、まだ恋人でいたいと思います。今はフィーリックスについて、どう対処したらいいか考えましょう、ヘッタ？」

「ほんとうにそうね、――どうしたらいいでしょう？　今回のことでママは悲嘆に暮れると思います」

「相変わらず息子を溺愛するお母さんには腹が立ちます」

「でも、ママにはほかにどうすることができるでしょう？　あなたなら、兄を通りへ放り出すようなことをママにさせはしないでしょう」

「私なら彼を放り出させます。しばらく放り出していたら、おそらくそれが彼のためです。辻馬車ですね。さあ帰って来ました。そう、あなたは下に降りて、私がここにいることをお母さんに知らせてください。おそらく彼を寝床に連れてあがりますから、私は彼に会わなくてすみます」

ヘッタは言われた通りにして、母と兄に玄関広間で会った。フィーリックスは両腕両脚を充分に使える状態だったから、辻馬車から降りると、歩道を横切って家のなかに急いで入ることができた。それから、彼は妹に一言も口を利かないまま、食堂に身を隠した。顔には絆創膏を当てられており、顔の特徴を伺うことはできなかった。両目のあたりは腫れて青くなり、顎ひげの一部は剃り落とされていた。顔がそんなふうに処置されていたので、小姓でもそれが誰かわからなかった。「ロジャーが上にいます、ママ」と、ヘッタは玄関広間で言った。

「フィーリックスのことを聞きつけて、——それで来たかしら?」

「兄については、彼は私が伝えたことしか知りません。あなたの手紙に応えて来たようです。クラムという人が兄をやったのだろうと彼は言っています」

「じゃあ彼はお見通しです。誰からも教えられていないのにね。彼はいつも全部知っています。ねえ、ヘッタ、どうしたらいいでしょう? このみじめな子を連れていったいどこへ行ったらいいかしら?」

「兄は怪我をしていますか、ママ?」

「怪我って。——もちろん怪我をしています。ひどくね。あの獣から殺されそうになりました。傷がずっと残ると言われています。でも、ねえ、ヘッタ。——あの子をどうしたらいいかしら? あなたと私の身をどう処したらいいでしょう?」

ロジャーはとこのフィーリックスにかかわる煩わしさを今回は免れることができた。不運な男は事情が許される限り居間で快適に世話された。カーベリー令夫人はそれから応接間にいる親戚のところにあがって来た。サー・フィーリックスはあらゆる細部について当然嘘をついたが、母は正確さを公正に追求して真実にたどり着いた。なるほど苦痛に満ちた状況では、嘘が必要とされる場合がある。若者が女性によろしくない振る舞いをして、反撃することもなく打ちのめされた場合、若者の愉快な悪行が母の目に直接明るみに出されるとき、嘘をつく以外に何ができるだろう? サー・フィーリックスはあの軽率な対決について、どうして真実を語ることができるだろう? しかし、病院に彼を搬送した警察官は、知っていることをみな話した。准男爵を打ち据えた男はクラムと言い、ラッグルズという若い女のためにそれをした。病院でもそれくらいは知られていた。だから、サー・フィーリックスは嘘であまり多くを隠せなかった。クラムから殴られているあいだ、警官から羽交い絞めにされていたと、サー・フィーリックスが誓って言ったとき、誰からもその話を信じてもらえなかった。こんなとき、嘘つきは人から信じられることを期待していない。彼は恥辱がみなに知れ渡っているのを承知のうえで、彼の言葉でそれをはっきり言う不面目から逃れたいと思っているだけだ。

「あの子をどうしたらいいかしら？」と、カーベリー令夫人は親戚に聞いた。「あの子と手を切るように私に言っても無駄です。それはできません。あの子が悪いのはわかっています。今のあの子を作り出すのに私が大きな役割を演じてきたことも承知しています」彼女がこう言うとき、哀れなほどやつれた両頬に涙が伝った。「でも、私の子です。今あの子をどうしたらいいでしょう？」

この質問に答えることはできそうもないとロジャーは思った。ただ彼はもし本心を口にすることができたら、サー・フィーリックス自身が破滅に突き進む気でいるとき、突き進まなければならない年齢に達していると断言しただろう。実際、このはとこのことを思うとき、救いの可能性を見ることができなかった。「たぶん私なら彼を海外に連れて行きます」とロジャー。

「あの子はここにいるより海外にいるほうがいいですか？」

「海外にいれば、悪行の機会も、あなたを借金に陥れるやり口も減ると思います」

カーベリー令夫人はこの助言を検討してみるとき、これまで夢中になっていた希望のすべて――文学的な野心、火曜の夜の集会、社会的上昇志向、ブラウン氏やアルフ氏やブッカー氏たち、心地よい応接間、今熟年になって世間でひとかどの人物になろうとする決意など――に思いを凝らした。息子のような子を持ったら、ロンドンでは生活できないので、これらの夢をみなあきらめて、フランスのどこかわびしい町に引きこもらなければならないということなのだ。これまでに耐えてきたどんな残酷さより、これには耐えがたい残酷さがあるように思えた。令夫人は命からがら夫の家を逃げ出したことがあったが、そのとき彼女について言われた嘘より、これのほうがずっとむごい仕打ちだと感じた。しかし、海外へ行く以外に息子と一緒にいることができないなら、それさえも受け入れなければならない。「そうですね」と、彼女は言った。「減ると思います。こういうことが死んで終わりになるなら、ただ死にたいです」

「植民地に行くことも考えられます」とロジャー。

「そうですね。──未開地で酒を飲んで自殺するよう、あの子を送り出して厄介払いするのです。そんな話を前に聞いたことがあります。あの子がどこへ行こうと、私も一緒に行きます」

読者がご存知のように、ロジャー・カーベリーは最近身内のこの令夫人にあまり敬意を抱いていなかった。彼女が俗物であり、原則を欠くと思っていた。しかし、今この瞬間、とてももう擁護なんかできない息子に対して度を超えた愛情を注ぐとき、彼女はあらゆる罪を免除され、許された。ロジャーは偽りの口実をでっちあげて押しかけて来た彼女のカーベリー訪問や、メルモット家とのつき合いや、突き止められたささやかなごまかしのすべてを忘れて、彼女の純粋で美しい愛情を評価した。「もしあなたが自宅をしばらく貸家にしたければ、私の家を自由に使っていいです」とロジャー。

「でも、フィーリックスは?」

「一緒に連れて来ればいいです。私はまったく独り暮らしですから、田舎家に仮住まいをすることができます。そこは今からっぽです。それで助かると思うなら、あなたは六か月試しに私の家に住むことができます」

「あなたをうちから追い出すのですか？　いえ、ロジャー、それはできません。それに、ロジャー、――ヘッタはどうしたらいいでしょう？」ヘッタはロジャーと母を二人だけにして、その部屋を離れていた。ハートル夫人に関するやり取りをするとき、彼女がそこにいたら、邪魔になるだろうと確信していた。彼女はその場にいられたらよかったのにと、――話をみな直接聞くことができたらよかったのにと――思った。母を通して届く話が、はとこのロジャーから直接聞く話ほど、混じり気のない真実味に欠けると信じて疑わなかった。

「ヘッタならみずから判断すると信じていいです」と彼。

「娘がこの若者をたった今受け入れたばかりのとき、どうして娘を信じられると言えるんです？　婚約した米国女と彼が今も一緒に住んでいるのは、ほんとうのことじゃありませんか？」

「いえ、――それはほんとうではありません」

「じゃあ、何がほんとうなのです？　彼はその女と婚約していないのですか？」

ロジャーは一瞬躊躇した。「婚約がほんとうであるのは知っています。この前聞いたとき、ポールはその婚約が終わったとはっきり言いました。私はヘッタに彼に直接聞くように言いました。ヘッタはこの女に関する話を母から伝えられたので、事情を知らなければならないと、彼に問い合わせてみればいいです。私は彼が好きじゃありません、カーベリー令夫人。彼にはもう友情を感じません。それでも、もしハートル夫人との関係がどうなっているかヘッタが率直に聞いたら、彼はほんとうのことを答えると思います」

ロジャーはこの家を出る前に再度ヘッタに会わなかった。はとこのフィーリックスにも会わなかった。彼はロンドンの旅でできることをみなもうやり終えたので、その日カーベリーに戻った。公言したことにはそむくけれど、この一家のことは心のなかから全部排除してしまうほうが早いのではないかと思った。ほかの愛が生まれる可能性はなかった。わびしくなり、孤独になるに違いない。それでも、心配事ばかりの世間から身を救い出して、この世にヘッタ・カーベリーのような女などいないかのように生きることを、徐々に学んでいけるかもしれない。いや、それは違う！　彼はこんな考えが正しいと信じる気になれなかった。愛というまさしく事実のゆえに、愛した女とその女にかかわる人々の利益を危険から守ることを義務——義務のなかでもほぼ第一級の義務——と見なした。

しかし、彼はそんなふうにつながる人々のなかにポール・モンタギューを入れなかった。

第七十三章　マリーの資産

マリー・メルモットが本人の承諾なしに移すことができない莫大な資産を、すでに父から与えられていることをサー・フィーリックス・カーベリーに請け合ったとき、真実しか述べていなかった。マリーはこの件について最低限のことしか知らなかった。メルモットは沈黙を守ることが目的に合致するので、取り決めの細部を娘に教えていない。それでも、父は資産を娘に移すとき、たくさん説明しなければ、あるいは説明する振りをしなければならなかった。しかし、マリーは父の予想を上回る優れた記憶力と知性を具えていた。父は外国公債に投資した娘名義の大金から、利子収入をかなり引き出しており、この利子を引き出すため、娘の代理人として権限を行使した。彼は人生航路で出会う難破を恐れて、こういう措置を取った。たとえ運命によって無名の生活、あるいは不名誉な生活を強いられようとも、安楽に、贅沢に暮らせるよう、作った金が充分残るようにしておこうと決めた。どんな状況に陥っても、この金を投機の渦のなかに戻すまいと厳かに誓って、これまで忠実にその誓いを守ってきた。たとえ破産や明らかな破滅が迫っても、マリーの金を使えばその危機を充分回避できるようにそのとき見えるとしても、その金で信用のてこ入れをするつもりはない。万一破産という日が訪れたら、そのときは確かな大金を手に入れて、彼の過去を知らない、富のゆえに温かく迎え入れてくれるどこかの町で、できれば幸せに、とにかく贅沢に暮らすつもりでいる。これが彼の人生設計だった。ところが、彼はさまざまな状況を充分考慮することができなかった。娘が彼の言う通りにならないかもしれない。あるいは、娘が結婚するとき、彼の資産を手放そうとしないかもしれない。あるいは、娘の婚資としてまさしくその資産を必要とするかもしれない。——将来に備えた確かな資産さえも支えられないほど大きな災難に見舞われるかもしれない。今この瞬間、彼は大きな不安にさいなまれた。もし彼がこの資産を彼の手もとに取り戻すことにしたら、ロングスタッフ父子に支払わなければならない全額を支払っても、充分あまりを残すことができるだろう。それを支払ったうえ、ほかのいくつかの難儀もしばらく乗り越えることができるだろう。彼は今ロングスタッフ父子のためにみずからに課した規範に背く気になれなかった。もし破綻が免れないなら、父子はほかの誰よりもいい債権者になるだろう。それにしても、たんなる負債を超えたものがこの取引には含まれている。彼はその事実を痛ましいほど意識していた。老ロングスタッフの引き出しに見つけた手紙に、ドリー・ロングスタッフの署名を真似て、彼の手で署名を書き込んでいたからだ。スロー&バイダホワイル法律事務所宛ての、老ロングスタッフの封筒のなかにその手紙を見つけた。その後、彼は家の近くの郵便ポストに自分でその手紙を投函した。この作業を実行するとき、いろいろな状況が大いに彼に味方した。彼はロングスタッフの屋敷のテナントになっており、同時にロングスタッフの書斎の共同使用者になっている。——その結果、ロングスタッフの書類をほとんど手中に収めることができた。昔取った杵柄で、簡単に鍵をこじ開けることができた。ただし、この特技でもかんぬきをもとの位置に戻すことまではできなかった。彼は鍵をこじ開けて、封筒とともにバイダホワイルが用意した手紙を発見した。ロングスタッフ家の家庭内の事情をすでに充分知っていたから、もし彼が特技によって未完のこの手紙を完成し、送り出さなかったら、手紙は意図された目的地に決して届くことはなかっただろう。こういうことのすべてで、運命がかなり彼に味方した。事情がこういう事情だから、偽造が見つかることはほぼありえない。たとえ若者がこれは彼の署名ではないと誓っても、たとえ老人が署名のない手紙を引き出しに入れてきちんと鍵をかけておいたと誓っても、証拠が出て来るはずがなかった。人々は偽造があったと思うかもしれない。そんな噂をするかもしれない。そんな確信を抱くかもしれない。そして破綻が訪れるかもしれない。それでも、あの充分な資産がある限り、引退後の人生の残りを飲んで食べて楽しくすごせるだろう。

それから、抱えている問題に迷惑な紛糾が生じた。ドリー・ロングスタッフが実際に署名していないあの手紙の場合にとても簡単にいったことが、ほかの場合にはそれほど簡単にいかなかった。それでも、何とかそれをうまく処理できそうだった。彼は直接の必要と、強まる野心と、深まる大胆さが一つになる圧力のもとで、文書を偽造した。それから、広まってきた噂は、――メルモットにとってじつに深刻だったが――、まさしくその偽造を名指しで告発していた。少なくともドリー・ロングスタッフは偽造された、偽造されたと吹聴した。もしメルモットが今こんな告発を、あるいはこれに似た告発を実際に突きつけられたら、文書偽造の罪を犯したと十二人の陪審員から指弾されたら、移したあの資産はみな何の役に立つだろう？ この恐怖が生じたとき、彼はそんな破局から身を守るために、あの資産が必要となるなら、それを使ってもいいのではないかとも思った。ロングスタッフの一件から起こった危険が、ピッカリングの土地の代金を支払うことによって、すんなり収束できることに疑いがなかった。要求される金を支払ってしまえば、ドリー・ロングスタッフもスカーカムも、――メルモットはすでにこの弁護士の名を耳にしていた――、この件に彼を巻き込むことはできない。とはいえ、もし彼の悪行を証明する充分な証拠が出なければ、――彼は出ないと確信していたが――、そのときはあの資産がそんな支払のために無駄使い同然の使われ方をすることになるだろう。

しかし、紛糾させる問題がさらにあった！ メルモットは選んで入った国を賛美するあまり、イギリス貴族が実際に持つ特権よりずっと大きい特権を貴族に想定するきらいがあった。彼は、もしオールド・リーキー侯爵の長男の義父として、世間に知られるようになったら、実際に法の力から逃れられなくても、こんな一件なら法の牙からほとんど安全になれると信じた。必要な保護を力ずくで引き出すために姻戚関係を結ぶ一族を利用できると思った。それに、彼はもしこの逆境を乗り切って、イギリス侯爵を義理の息子にすることができたら、何という栄誉を手に入れることになるか考えた。そんな喜びがいつ訪れるか、そんな喜びがどんな性質のものか、ほかの多くの人と同じように、問うてみることはなかった。しかし、そんな結婚が実現したら、人生に魅力を加えることになると思った。彼は今かなりの資産をはっきり保証しなければ、ニダーデイル卿が娘と結婚する気にならないことを知っている。マリーにこんなふうに移された資産は、卿に約束した金額に届かなかったけれど、当座はそれで何とかなると思った。娘が問題の資産を所有するとの証明書をすでに侯爵の弁護士に与えていた。

この数日内にもう一つ紛糾させることが起こって、メルモットはほんとうに驚いた。彼はある朝書斎にマリーを呼んで、証書に彼女の署名が必要だと言った。娘は何の証書かと聞いた。彼は金にかかわる書類だと答えて、前にもこんな証書に署名させたことがあるのを娘に思い出させ、もっぱら仕事にかかわることだと言った。文書に署名するだけだから、それ以上質問する必要はないとも言った。そのとき、マリーは――父が思っている以上に取引について多くを知っていることを示したうえ――、どんな文書にも署名するつもりはないとはっきり答えて父を驚かせた。父娘のあいだで多くの言葉が交わされることになったのを読者は理解してくださるだろう。「わかっています、パパ。あなたが好きなことをするのに金がいるんでしょ。サー・フィーリックス・カーベリーのことでは、あなたからずいぶん不親切な目にあいましたから、私は署名しません。いつか結婚したら、金は私の夫のものにします！」父はこの言葉を聞いて、ほとんど息ができなくなった。娘をどう説得したらいいか、脅迫によってか、懇願によってか、暴力によってか、わからなかった。この話し合いが終わるまでに、父はその三つをみな試してみた。そんな詐欺的な行為をされたら、娘を監獄に入れることができるし、入れるつもりだと父は言った。そんな途方もないひねくれた行為をして親を零落させないようにと、父は娘に懇願した。最後に父は娘を両腕でつかまえて激しく揺さぶった。しかし、マリーは頑なに考えを変えなかった。父からずたずたに切り裂かれても、署名をする気なんかなかった。

「おまえはサー・フィーリックスが金を全部手に入れることができると考えたと思う」と、父は嘲りを込めて言った。

「彼は金を手に入れることができます。――もし手に入れる勇気があったらね」とマリー。

メルモットがニダーデイル計画に固執するもう一つの理由がこれだった。彼はおそらく直接の利子収入を失うだろう。しかし、一方で侯爵を確保できる。それゆえ、利点と欠点を天秤にかけると、ロングスタッフ家を未払にして、ニダーデイルに金を回すほうがいいと思った。利益のために最善を尽くしているという確信に基づいて、この方針を決めたわけではない。四方から迫り来る危険をひしひしと感じる！　それでも、今のところ大胆さが彼のなかで勝ちを占めた。これがもっとも大胆な反撃だった。マリーは今ニダーデイルでも、――交差点の掃除夫でも――、受け入れると言っていた。

彼は月曜［七月十五日］の朝――これに先立つ木曜に議会で有名になった演説をした――シティにいるとき、バイダホワイルの一員の訪問を受けた。まさしく今こそシティで金が「逼迫して」いることを世間の人みなが知っていると、彼はバイダホワイルに言った。「私たちは商売上の借金の支払を求めているのではありません」と、バイダホワイルは言った。「あなたが買った相当の資産の支払を求めています」メルモットは問題の金がどんな性質のものであろうと、支払わなければならないとき、金はどの金も同じだと言った。

それから、三か月と六か月の二枚の約束手形で適切に利息をつけて支払うと申し出た。ところが、バイダホワイルは怒って、この申し出をはねつけ、権利書を父子に返すよう要求した。

「あなたに権利書を要求する権利はまったくないな」と、メルモットは言った。「支払額の要求しかできないうえ、私は支払の仕方をどうするかすでにあなたに伝えている」

バイダホワイルは当惑して、ほとんど我を忘れてしまった。長いあいだ仕事をしてきたが、りっぱな所属事務所の全記録を見ても、こんな事態に直面したためしがなかった。もちろんロングスタッフが非難されなければならなかった。――少なくともバイダホワイル事務所の者はみなうちうちでそう断言した。ロングスタッフは権利書を差し出すと言い出すほど、金持ちとの取引を強く望んだ。しかし、そのとき差し出した権利書は彼一人のものではなかった。ピッカリングの地所は彼と息子の共同資産だった。上に建っていた家屋はすでに取り壊されてしまった。今買い手は購入金を手形で支払うと申し出た!「メルモットさん、買ったものに支払う金を持っていないとでも言い出すつもりですか? それなのに、権利書はすでにあなたの手もとにないんですか?」

「私はその額の十倍、二十倍、三十倍の資産を持っている」と、メルモットは誇らしげに言った。「だが、大きな事業にかかわる者は、たった一日の通知で、八万ポンドというような金を必ずしもいつも用立てることができないことくらい、当然あなたは知っていなければならないな」バイダホワイルは相手を罵倒するような言葉は少しも用いなかったが、彼と顧客は土地を盗まれたと思っていると言い、法的に許されるもっとも厳しい措置をただちに取るとメルモットに伝えた。メルモットが肩をすくめて、それ以上の回答をしなかったので、バイダホワイルは退去するしかなかった。

この弁護士は――スカーカムと敵対している――所属事務所と顧客に忠実でなければならなかったが、ドリーが署名していないと一貫して言うので、手紙の信憑性について疑念を抱き始めた。少なくとも正直者と言えるロングスタッフ本人は、ドリーが手紙に署名していないと思っていた。彼の息子は間違いなく一度は署名を拒絶した。彼が知る限り、その後息子が手紙に署名する機会はなかったはずだ。しかも、彼の書斎でありかつ最近メルモットが使うようになった部屋で、彼は鍵と錠をかけて引き出しに手紙を残したことを確信していた。その後、メルモットがいる前でその部屋に入ったとき、――そのときもうすでに二人の友情は終わっていた――、彼は引き出しに鍵がかかっていないのを見つけた。くだんのバイダホワイルもそのとき一緒だった。「私が引き出しを開けたとでも言うのかね?」とメルモット。ロングスタッフは顔をまっ赤にして、そんな非難はしていないが、彼は確かに引き出しに鍵をかけて部屋を出たと答えた。身につけた習慣がどんなものか知っており、これまで引き出しを開けたままにしたことがないのは確かだった。「じゃあ、今回に限ってこれまでの習慣を変えたに違いないね」と、メルモットは元気よく言った。ロングスタッフは屋敷のなかではそれ以上口を利こうとはしなかった。しかし、通りへ一緒に出て来たとき、確かにあの引き出しには鍵をかけて部屋を出たこと、彼が信じる限り、署名のない手紙を引き出しのなかに残してきたことを弁護士に保証した。バイダホワイルはこれまでにかかわったもっとも不運な状況だと、発言することしかできなかった。

ニダーデイルと娘の結婚が実現できさえしたら、全体的にそれがいちばんよかった。メルモットはピッカリングに支払う額の三十倍の自己資産にふれたとき、その発言に詩的許容をかなり効かせた。それでも、彼に資産があることを読者は理解しているに違いない。この男はあまりにもたくさんの金を、あまりにも手広く投機していたので、実際彼がどれだけ所有しているか、どれだけ借金しているか知らなかった。しかし、今この瞬間に多額の金を必要としていることは承知していた。現金については、メキシコ鉄道の株を実際に操作しているコーエンループにおもに頼っている。彼は――他人を通常信頼する以上に――コーエンループを信頼していた。鉄道の株については、今手がつけられないことをコーエンループから説明されていた。株価は恐慌を来して、ほとんどただ同然に落ち込んでいる。メルモットは今窮地にあって大鉄道の金がほしかったが、まさしく金をほしがるがゆえに大鉄道は価値を失っていた。悪いときを――悪いひと月を――乗り切らなければならないと、コーエンループから言われた。彼がバイダホワイルに二枚の手形を申し出たのは、コーエンループの示唆によるものだった。「手形を再度申し出ればいいです」と、コーエンループは言った。「相手は遅かれ早かれ手形を受け取るに違いありません」

メルモットは月曜午後、議場のロビーでニダーデイル卿に会った。「近ごろマリーに会ったかね?」と彼。ニダーデイル卿はその朝父のいる前で父の弁護士から、もし卿が現在ミス・メルモットと結婚したら、間違いなく年五千ポンド以上の収入をえることができると保証された。卿はそれ以上のものを手に入れるつもりでいたし、――そんな金額で――マリーを受け入れる気にはなれなかった。もちろん、それ以上のものも手に入れることができるだろう。なるほどピッカリングについては問題があった。メルモットはもちろん終始金を調達している。だから、これについてもたぶん数週間の問題だろう。結婚に当たって若い二人にピッカリングを譲渡すると、メルモットははっきり言っていた。卿の父は結婚の日取りを娘に決めさせるよう卿に勧めた。もし資産が用意されていなかったら、ぎりぎり最後に結婚を取りやめにしてもよかった。

「あなたのうちにすぐにもお伺いするつもりです」とニダーデイル卿。

「五時と六時のあいだなら、きっと女性たちがお茶をしているのが見つかるだろう」とメルモット。

第七十四章　メルモットが友人を作る

「結婚について考えましたか?」と、ニダーデイル卿はマリーに聞いた。マダム・メルモットが二人だけにして部屋を出ることができたすぐあとのことだ。

「たくさん考えました」とマリー。

「で、結果はどうでした?」

「ええ、――あなたと一緒になります」

「それで結構です」ニダーデイル卿はそう言うと、ソファーの彼女のそばにすばやく座って、腕を彼女の腰に回そうとした。

「ちょっと待って、ニダーデイル卿」とマリー。

「ジョンと呼ばれるほうがいいです」

「じゃあ、ちょっと待って、――ジョン。あなたは少しも私を愛していないけど、まあ結婚くらいしてもいいと思っています」

「それは違いますよ、マリー」

「いえ、違いません。――ほんとうのことです。私もちょうど同じように考えていますからね。あなたを少しも愛していないけど、あなたと結婚してもいいってね」

「でも、結婚するんでしょう」

「わかりません。今の時点では結婚したくありません。あなたに真実を正確に知ってもらうほうがいいです、おわかりでしょ。あんなことがあったあと、もう二度とあなたが私のところに来ることはないと思うけど、もし来たら、あなたを受け入れると私は父に言いました。でも、それについてもう何も言うつもりはありません。私が誰に恋していたかご存知でしょう?」

「しかし、もう彼には恋していないはずです」

「ええ、そうね。彼とは結婚できません。それはわかっています。たとえ彼が私のところに来ても、結婚しないと思います。彼はひどい振る舞いをしましたから」

「私はひどい振る舞いをしましたか?」

「彼のようにひどくはありません。あなたは私に無関心でした。好きになれないとおっしゃいましたね」

「いえ、いえ、――好きでした」

「最初はそうじゃなかったでしょ。私がそう言ってほしがっていると思うから、今はそうおっしゃるのよ。でも、もうどうでもいいことです。私たちが結婚することになっているなら、あなたの腕がそこにあっても気にしません。ただ私たちは二人ともこれを仕事と見なすのがいいです」

「とても薄情ですね、マリー」

「いえ、私は薄情じゃありません。サー・フィーリックス・カーベリーに薄情じゃありませんでした。ですから、そう言えます。私は彼を愛していました」

「今は彼がわかりましたね」

「ええ、わかりました」と、マリーは言った。「かわいそうな人でした」

「彼はごく最近、ご存知でしょう、通りで――とてもひどく――ぶちのめされました」マリーはこの話が初耳だったので、驚いて恋人の腕から後ずさりした。「お聞きになっていませんか？」

「誰からそんなことをされたんです？」

「彼に不利な話はしたくありません。しかし、ひどい傷を負ったという噂です」

「どうして彼が殴られたんです？　彼が何かしましたか？」

「若い娘がその件にからんでいました、マリー」

「若い娘って！　どんな娘です？　信じられません。でも、私には関係ない話ね。どうでもいいことよ、ニダーデイル卿――まったくね。あなたが頭のなかでみんなでっちあげたことだと思います」

「それは違います。彼がぶちのめされたことと、それが若い娘にかかわることだったことは間違いありません。しかし、私にとって重要なことではありませんし、あなたにとってもたいして重要なことではないと思います。結婚の日取りを決めてもいいと思いませんか、マリー？」

「かまいませんよ」と、マリーは言った。「日取りが先へ延ばされれば延ばされるほど、それだけ好都合ね。――それだけです」

「私が嫌いだからですか？」

「いいえ、――嫌いじゃないのよ。あなたはとてもいい人だと思います。ただ私を愛してくれていません。でも、私のしたいことができないのは嫌いです。みんなと喧嘩ばかりして、誰ともいい友達になれないのも嫌いです。関心を掻き立てるものを何も持てないでいるのもひどく嫌いです」

「私に関心を持つことができませんか？」

「何の関心も持てません」

「関心を持つようにしてみてはどうでしょう。私たちが住む場所について、何か知りたくありませんか？」

「知っています、お城でしょ」

「そうです。――リーキー城と言ってね、何百年も前からあります」

「古いところは嫌いです。毎週新しい家、新しいドレス、新しい馬、――新しい恋人がいいです。あなたのお父さんがそのお城に住んでいるでしょ。私たちもそこに住む必要はないと思います」

「ときどきそこに行きましょう。結婚はいつにしますか？」

「再来年では」

「そんな馬鹿な、マリー」

「では明日」

「用意ができていないでしょう」

「パパとあなたで好きなように決めたらいいです。あら、そう――私にキスして？　もちろん私にキスしていいです。あなたのものになるなら、キスしてもかまわないわね？　いえ、――私があなたを愛しているとは言いません。でも、いつかそう言うことがあったら、ほんとうのことを言っていると信じていいです。あなたには余計なことかしらね――ジョン」

話し合いが終わったので、ニダーデイルは考えられる限り恋人のことを考えながら歩いて戻った。卿はマリーに求婚を続けようと固く決意していた。この娘に対しては、初めて会ったときより最近とみに魅力を感じている。彼女は確かに馬鹿ではなかった。淑女とは言いがたかったが、淑女たちとも暮らしていけると思われるそれなりの作法を具えていた。卿はいちいち反対のことを言われたにもかかわらず、少しずつマリーから好かれてきていると思った。――卿のほうははっきりマリーが好きになっていた。「女性たちのところへ行ったかね？」と、卿はメルモットから聞かれた。

「はい、行きました」

「マリーは何と言っている？」

「あなたが日取りを決めてよいと」

「じゃあすぐにも式をあげよう。――来月中にはね。八月にはここを出たいだろ。じつを言うと私もだ。生涯この夏くらい一生懸命働いたことはないね。選挙とあのぞっとする大晩餐会のせいだ。金にまつわる恐ろしい重荷を心に抱えていたと言っていい。こんなに短期間に、こんなに大金を工面しなければならなかったことはないな！　まだ完全には切り抜けていないよ」

「どうして大晩餐会なんか催したか知りたいです」

「愛する息子よ」――彼は侯爵の子を愛する息子と呼ぶことをとても快く感じた――「出費については蚊にかまれたようなものさ。私的に使う金なんて――どういうわけかな――私の状態に何の影響も及ぼさないからね」

「私も同じようになれたらいいと思います」とニダーデイル。

「君もマリーの金を持ち出したりしないで、私の事業に身を入れれば、すぐ同じようになれるさ。だが、重荷は非常に大きい。こういう恐慌がどこから起き、なぜやってくるか、どこへ去って行くかわからないな。だが、やって来ると、まるで海で生じた嵐のように荒れる。暴風と荒波の猛威に持ちこたえられるのは、強い船だけだ。受けた打撃のせいで、人はそれまでの半分になってしまう。今回、私ははなはだつらい目にあったよ」

「今はよくなってきていると思います」

「うん、――よくなってきている。何か恐れているかと聞かれたら、何も恐れていないと答えよう。君がマリーの夫になることが今決まったから、すべてを話してもいいと思う。私は君が正直であることを知っている。私の言葉を他言して私を傷つけることになるなら、君がそんなことをしないことも知っている」

「もちろん他言しません」

「知っているだろうが、私は共同経営者――私の事業を把握する相棒――を置いていない。妻は世界一すばらしい女だが、事業については何も理解していない。マリーは私と率直に話し合える間柄じゃない。私と一緒にいるのを君がよく見るコーエンループは、――それなりにいいやつだが――、事業のことを私とは話さない。彼は一つか二つの件――例えばアメリカ鉄道の件――で私とかかわっているが、概して私の家には何の関心も持っていない。私がすべてを両肩に負っている。負担が少し重いと言っていいね。事業への関心を君に持ってもらうことができたら、私にとってこのうえない大きな慰めとなるだろう」

「私が事業を得意分野にすることはないと思います」と謙虚な若い貴族。

「君が参加しても、実際に来て働く必要はないと思う。そういうことは期待していない。だが、状況がどう進んでいるか君に話せると思うと私はうれしいね。選挙の直前に流れた噂をもちろん君はみな聞いているだろ。そのせいで私は四十八時間非常につらい目にあったよ。事実はどうかというと、アルフとその支持者たちが、私を陥れることによって当選できると思ったのさ。やつらは二週間それに取りかかって、――まったく破廉恥なことを言い――、私やまわりの人たちにまったく破廉恥な害を及ぼした。とても残酷な手口を用いたと思うね。やつらはアルフを当選させることはできなかったが、私の資産を五十万ポンド近く失わせることができた。それがどういうことか考えてみてくれ！」

「どうしたらそういうことになるか理解できません」

「信用がどれほど繊細なものか、君が理解していないからさ。やつらは忌々しいあの晩餐会に出席しないように、多くの人たちを説得してまわり、私が破産しているという噂をロンドン中にばらまいた。おかげで私の所有株はあっという間に甚大な影響を受けてしまった。――売却など問題外になってしまった。メキシコ鉄道には百十七ポンドの値がついていたが、それが二日でただ同然になってしまったよ。――コーエンループと私は、こういう株を八千株持っていた。それがどれくらいの金になるか考えてみてくれ！」ニダーデイルはどれくらいの金になるか計算しようとしたが、うまくいかなかった。「いわゆる打撃だな。――ひどい打撃だ。私のように利子に関心を持っていると、――おもに利子にだけ関心を持っていると――、市場の動きに応じて一つの資産を日々別の資産に移し替えているわけだ。それだけの資産を一つの事業に投資したままにしておくことなんかないね。誰もそんなことはしない。そういうとき、恐慌が来ると、どんな打撃になるかわかるかね？」

「株があがることはもうありませんか？」

「いや、ある。――ひょっとするとこれまで以上に高くあがるね。だが、時間がかかる。その間、私はほかの目的のために考えている資産に頼らざるをえなくなる。それが、マリーのために買ったサセックスのあの土地について、あなたが聞いた噂話の意味だよ。どこからでもいいから四、五万ポンドを工面しなければならなかった。だが、それも一、二週間もすればうまく回るようになるだろう。マリーの婚資については、――知っているだろうが――、ちゃんと設定されている」

メルモットは語る言葉をニダーデイルに完全に信じ込ませることができた。未来の義父の役に立ちたいという願望に近いものを若者の心に掻き立てて、親近感も生み出した。ニダーデイル卿は以前大規模な事業の栄光に感銘を受けたことがあったが、今は濃い霧を通して見るように、漠然と事業の困難の一端にまみえたように思った。そんな事業は、ホイストや賭け金制限なしのルーより刺激的かもしれないとふと思った。大人物が話すことを他人に漏らしてはいけないことも心に言い聞かせた。卿は今回メルモットにいくぶん魅惑され、金融業者が大物であり、かつ共感できる相手であり、一定のかたちで身を任せられる人物だとの確信を抱いて、話し合いの場をあとにした。

メルモットは義理の息子に置いた偽りの信頼からも積極的な喜びを引き出した。信頼し切っているかのように若い友人に話しかけるのを心地よいと感じた。とはいえ、彼は他人を心の秘密に引き込むようなことはしなかった。私的事情の真実をうっかり漏らしてしまうことなど論外だと思う。もちろんみな嘘か、嘘を補強するよう意図した言葉しかニダーデイルに話さなかった。しかし、彼は嘘のためだけにこんなふうに話したのではなかった。たとえこの若者との友情がただの偽りの友情だったとしても、――三か月もしないうちにそれがおそらく苦い敵意に変わるとしても――、そこに喜びを見出さないわけではなかった。大晩餐会の日以後、グレンドール父子が彼から去って行った。――マイルズは重病を嘆く手紙を田舎から送って来た。メルモットは話しかける相手がいることに慰めを感じ、話し相手としてマイルズ・グレンドールよりニダーデイルのほうが段違いにいいと思った。

この会話は喫煙室でなされた。話が終わったあと、メルモットは議場に入り、ニダーデイルはベアガーデンにぶらぶら歩いて行った。ベアガーデンは贅沢を抑えてやっと再開された。現金払という厳格な規則を導入しなかったら、これさえも実現しなかっただろう。ヴォスナーはもはや噂にものぼらなかった。しかし、ヴォスナーが未払のまま残した請求書は、クラブにとって有効と見なされた。一方、ヴォスナーが会員から集めた約束手形は、みなフラットフリースの手に渡った。もちろんベアガーデンは悲しみと憂慮に包まれた。それでも、クラブは会員にとって必要不可欠だったので、新たな管理のもとで再開された。ドリー・ロングスタッフは午後一時ごろ起きて、午前三時か四時ごろ寝床に就く生活を日常としていたから、彼くらい一日の毎時間にこのクラブの必要を強く感じた者はいない。彼はあまりにもベアガーデンに依存していたので、時間をすごすこんな場所がなかったら、生活そのものが可能かどうか疑い始めた。しかし、今クラブは再開された。ドリーは慣れ親しんだ贅沢な仕方でディナーとワインを手に入れることができた。

とはいえ、ドリーはこのころ被害者意識でほとんど気が狂いそうだった。状況から見ると、彼は初めほとんど際限のない安楽と贅沢の生活を当てにできると思った。ピッカリングにかかわる取り決めで、借金を完済し、資産を抵当からはずし、そのうえ充分手持ちの金を残すことができそうだった。条件を譲らなければ、きっとそれが実現できると、スカーカムから言われた。彼は条件を譲らなかったから、ねらいのものを手に入れた。今や土地は売られ、権利書は手放した。――それなのに、金は一銭も入らなかった！　親父、バイダホワイル事務所、メルモット、――誰をいちばん大きい声で罵ったらいいかわからない。そのうえ、署名なんかしていないと言っているのに、彼があの手紙に署名したと言われた！　クラブで賭けに負けたことさえ隠し立てしないのに、署名を隠し立てしたと言われた。彼の親父はまれに見る頑固な馬鹿老人だ。彼はバイダホワイル事務所を相手取って訴訟を起こすつもりでいる。スカーカムからその説明を受けた。それにしても、メルモットこそ時代が産んだ最大の悪党だった。「いやはや！　世界は終わったに違いない」と、彼は言った。「あの極悪非道の悪党は国会議員に収まりかえって、あたかもぼくから土地を奪わなかったような、ぼくの署名を偽造しなかったような顔をしている。だから、――だから、あいつこそ縛り首にしなければならないね。縛り首に値するやつが誰かいるとすれば、あいつこそ縛り首に値するやつだ」彼はこれをクラブの喫茶室で大っぴらに話した。ニダーデイルが別のテーブルに着いているとき、まだ話していた。ドリーはディナーのさなか、話しかけている六人ほどの人々の正面に顔を向けるため、椅子のままぐるりと向きを変えた。

ニダーデイルは椅子を離れると、とても上品に彼のところに歩み寄った。「ドリー」と、卿は言った。「私が部屋にいるとき、メルモットについてそんな発言をしないようにお願いします。君が間違っているのは確かです。一日、二日すればそれがわかるでしょう。君はメルモットを知りません」

「間違っている！」ドリーは続けて大声をあげた。「金を支払ってもらっていないと思うのが、間違っていると言うのかい？」

「長く未払のままとは信じられません」

「ぼくの署名が手紙で偽造されたと思うのが、間違っていると言うのかい？」

「メルモットがそれにかかわっていると思うなら、きっと君は間違っています」

「スカーカムは言っているが――」

「スカーカムはどうでもいいです。あの種の連中の勘繰りがどんなものか、私たちはみな知っています」

「ぼくはメルモットよりスカーカムを段違いに信じるね」

「いいですか、ドリー。私はメルモットの事業について君より、おそらく誰よりよく知っています。もし君がここで口を謹んで、数日静かにしていてくれたら、――君が未払だと言っている全額に私が責任を持ちましょう」

「断じて責任なんか持てないね」

「ほんとうに持ちます」

ニダーデイルはドリーにだけ聞かれるように話そうとしたので、おそらく誰からも声を聞かれなかった。しかし、ドリーは声を小さくしようとしなかった。「おわかりだろうが、それは問題外だな」と、彼は言った。「いったいどうしてぼくが君の金を受け取ることができるんだい？　真実はね、ニダーデイル、あの男は泥棒さ。遅かれ早かれ君にもそれがわかる。あの男は親父の部屋の引き出しを壊して、ぼくの署名を偽造して手紙に書き込んだのさ。みんなそれを知っている。今は親父さえ知っている。――バイダホワイルもね。何日もしないうちに、あの男が文書偽造で監獄に入っているのがわかるよ」

ニダーデイルはメルモットの娘と婚約しているか、婚約しそうになっていることをみなに知られていたから、この発言をとても不快に感じた。「君がそんなふうに大っぴらに話すから――」と、ニダーデイルは言い始めた。

「こういうことは大っぴらに話すほうがいいと思うね」

「ですから、私はそういうことを公的に否定します。メルモットさんが君の名を署名なんかしなかったことを確信します。それ以外に手紙について私は何も言うことができません。私の理解では、君のお父さんと弁護士のあいだで何か落ち度があったように思えます」

「それはほんとうだね」と、ドリーは言った。「けれど、だからといってメルモットの未払の言い訳にはならないな」

「金については、私がここに立っていることに疑いがないのと同じように、疑いなく支払われます。いくらですか？――二万五千ポンドかな？」

「全部で八万ポンドだよ」

「うん、――八万ポンドか。メルモットのような人が八万ポンドを工面できないなんて考えられません」

「じゃあなぜ払わないいんだね？」とドリー。

こういうことはみな不快な話で、社交クラブを昔より居心地悪くした。その夜、カード勝負をしようという動きがあった。しかし、ニダーデイルはドリー・ロングスタッフに腹を立てていたので、それに参加しようとしなかった。マイルズ・グレンドールはメルモットと顔を合わせないように、逃げて遠く田舎にいる。カーベリーは顔に上から下まで絆創膏を貼られて、うちに引きこもっている。モンタギューは最近クラブにまったく姿を見せていない。彼は今このときラムズボトムから召喚されて、またリバプールにいた。ドリーはパイプに煙草をつめ、水割のブランデーをお代わりしたあと、「なんとまあ」と口を開いた。「すべてが終わりに向かっているように思えるよ。ほんとうにそう思える。こんな目にあうことは、前にはなかったな。ヴォスナーもいなくなった。彼から借りたとされる額はみんながそのまま支払うことになるようだね。今はカードの勝負さえできない。いつかもとに戻ってほしいと願っても、無駄のように感じるよ」

ニダーデイル卿とドリー・ロングスタッフが議論した問題について、社交クラブの意見はずいぶん分かれていた。ある者は「じつにいかがわしい」状況だと認めた。もしメルモットがそんな大人物なら、なぜ金を支払わないのか？　実際に土地を利用する前に、なぜそれを抵当に入れたのか？　一方で、大部分の人々はドリーが間違っていると思った。ドリーは予想されることながら、自分で署名したものと署名しなかったものをまったく区別することができなかった。そのうえ、金の支払を数年前ほど几帳面にする必要がないという風潮が、今は外部世界からベアガーデンにも染み込んでいる。メルモットは金を有効に利用することを習慣としていた。それゆえ、資産を手に入れることに成功したので、ただそれを利用したにすぎなかった。それにしても、遅かれ早かれ事情は明らかになるだろう！　問題を見る見方の点で、ベアガーデンは広く世間の見方を踏襲した。中国皇帝をもてなす大晩餐会のひどい失敗や、いろいろな悪い噂や、メキシコ鉄道株の破滅的な価値下落にもかかわらず、世間一般はメルモットが「切り抜ける」とおおかた観測していた。

第七十五章　ブルートン・ストリートにて

スカーカム氏は勤勉と切望という熱病に終始取り憑かれていた。彼はじつに頭が切れたので、真実の全体像をとらえたと言えるかもしれない。実際、全体像をとらえていた。――ただし、とらえていることを証明することさえできたらよかったが、それはできなかった。彼はシティで聞き込みを広げたあと、メルモットが十二か月前にどれほど資産を持っていたにしろ、今は負債を返せるほどそれを残していないと納得するようになっていた。スカーカムは――現代における事業というものの回復力をおそらくあまり信じなかったので――、メルモットを墜ちつつある星ではなく、墜ちた星だと確信した。スカーカムはシティで株式仲買人をしている特別信頼を置く友人に、メルモットを「ぼけた間抜け」だと言った。その株式仲買人もいくつか聞き込みをしたあと、その夜メルモットを「ぼけた間抜け」だというスカーカムの意見に同意した。もし事情がそういうことなら、弁護士スカーカムはこのいやな竜を退治する大天使として登場するようようまく操作できれば、しっかり世間で頭角を現すことができるだろう。それで、スカーカムは何とかバイダホワイル法律事務所に入り込んで大暴れした。この事務所の者はスカーカムに対抗することができず、――大失敗を犯してしまったと感じ――、嘘で嘘の上塗りをするよう見えないよう、注意深くしなければならないと思った。「私の顧客が署名したとされる手紙の追及を、あなた方はあきらめていると思います」と、スカーカムは二人の若いバイダホワイルの年上のほうに言った。

「私は何もあきらめていないし、何も断言していません」と、その上席弁護士は言った。「手紙が偽造されたものであろうとなかろうと、それがほかのことを意味すると信じる根拠がありません。あの若い紳士の署名は決して明瞭ではありません。どの署名も似たり寄ったりで、全部ばらばらです」

「もう一度見せていただけませんか、バイダホワイルさん？」それから、この十日間しばしば調べられた手紙がスカーカムに手渡された。「似せようと苦心してやっと似ているような——不自然な似方ですね」

「そうじゃありませんよ、スカーカムさん。私たちはふつう顧客か、顧客の息子から来た手紙に偽造の用心なんかしません」

「そうですね、バイダホワイルさん。しかし、ロングスタッフさんは息子がどうしても手紙に署名しようとしないと、すでにあなた方に伝達していましたね」

「しかし、いったいいつ、どう、なぜ、あんな若者が決心を変えるか誰にもわかりませんからね」

「その通りです、バイダホワイルさん。しかし、おわかりのように、私の顧客の父からそんなはっきりした伝達がなされたあと、手紙は——おそらくそれ自体少し変則的に——」

「手紙が変則的だとは思いません」

「ええと、——手紙があなたの手もとに確認の手続きをへて届いたとは言えませんね。私はただそれを言っているだけです。何の代償も与えられないまま権利書を手放すとは、ロングスタッフさんはいったい何を考えていましたかね——」

「失礼ながら、スカーカムさん、それはロングスタッフさんと我々のあいだの問題です」

「まったくその通りです。——しかし、ロングスタッフさんとあなたが、私の顧客の資産を危険にさらしたわけですから、私が少し発言するのは当然です。逆の立場でしたら、バイダホワイルさん、あなたが発言していたと思います。いいですか、私はロンドン市長にこの件を訴え出るつもりです」バイダホワイルはこれについて何も言わなかった。「署名がほんものであると主張する気は、あなた方にはないと私は今理解しています」

「署名については何も言っていませんよ、スカーカムさん。署名がほんものではないと証明するのは、とても難しい問題だとわかると思います」

「私の顧客の宣誓がありますね、バイダホワイルさん」

「残念ながらあなたの顧客は、自分のしていることが必ずしもはっきりしませんから」

「あなたがそう言うとき、何を言いたいかわかりませんね、バイダホワイルさん。もし私があなたの顧客についてそんなふうに言ったら、あなたはたいそう腹を立てるに違いありません。そのうえ、そういう発言は結局どういうことになるでしょうか？　老弁護士が息子に手紙を渡したら、息子は自分のしていることがわからないまま、それに署名して送り返してきた、――私の顧客がそんな気まぐれにとらわれていたと、老紳士は言うつもりじゃないでしょうね？　私の理解するところ、ロングスタッフさんはメルモットが使っているまさにその部屋の引き出しに、鍵をかけて手紙をしまったと言い、その後引き出しが開けられているのがわかったと証言しています。私の顧客は自分のしていることがわからないので、手紙を手に入れるため、その引き出しをこじ開けたとでも、あなたは言うつもりでしょうか？　どっちの見方をしても、息子が署名をしなかったのは明らかですよ、バイダホワイルさん」

「彼が署名したとは言っていません。私が言っているのは、それが彼の手紙であると考えていい、信頼できる根拠があるということです。それ以上のことを言うことができないことは、ちゃんとわきまえています」

「この件で私たちがある程度運命をともにするという点さえなければ、それでいいですがね」

「私はそれも認めません、スカーカムさん」

「あなたの顧客は過失を犯し、当人と私の顧客の利益を危険にさらしました。しかし、私の顧客は過失など犯していません。その点に違いがあります。私は明日ロンドン市長にこの件を提訴します。今のところ助言に従って、文書偽造に関連する捜査を求めるつもりです。手紙を裁判所に提出せよという命令が、あなたに出されると思います」

「そうなれば、きっとそれを提出すると思ってください」それから、スカーカムはいとま乞いをしたあと、シティでよく知られる法廷弁護士バンビー氏のところへまっすぐ向かった。獲物があまりに手ごわいので、スカーカム独りで追い詰めることはできなかった。彼はこの件ですでに一度ならずバンビーに会っていた。バンビーは金をえるか、金の保証をえるか、どちらかではないかと思っていた。土地売却にかかわるドリーの取り分として、三か月の約束手形でも手に入れることができたら、それを受け取るほうが得策だと、バンビーは考えた。スカーカムは真の売却がなされていないので、土地そのものを取り返せるのではないかと提案した。バンビーは首を横に振った。「権利書が所有を表しますからね、スカーカムさん。権利書に基づいてメルモットに金を貸した会社は、土地を手放してはならないと思うでしょう。手形を受け取りなさい。もしそれが不渡りになったら、それで何が手に入るか、一か八かやってみればいいです。資産はあるに違いありません」

「一銭残らず名義変更されてしまうでしょう」とスカーカム。

この会話は月曜、メルモットが婿予定者に全幅の信頼を寄せた日、にあった。三人の紳士が続く水曜［七月十七日］に、手紙が盗み出されたとされるブルートン・ストリートの屋敷の書斎で会った。老ロングスタッフとドリー・ロングスタッフとバイダホワイルだ。屋敷はまだメルモットの所有になっている。メルモットとロングスタッフは、もはや親しい関係にはない。この場所でこの会合を開きたいとの申請が、正式にメルモットになされて、受け入れられた。会合は十一時――ひどく早い時間――に始まった。ドリーは敵と見なしている二人から挟み撃ちにあうことを当初ためらった。しかし、事情はおそらくすぐ公になるので、昔からのお抱えの弁護士や父に会うのをうまく拒むことはできないとスカーカムから告げられた。それゆえ、ドリーはひどく迷惑に感じたものの参加した。「何とまあ、すべての難儀を独りで引き受けることになるなら、会う価値なんかほとんどないな」と、ドリーはニダーデイルと喧嘩して以来親しくしているグラスラウ卿に言った。ドリーは最後に書斎に入った。そのときまだ、ロングスタッフもバイダホワイルも、手紙が入っていたという引き出しと机に手をふれていなかった。

「さて、ロングスタッフさん」と、バイダホワイルは言った。「手紙を置いたとあなたが思う場所を示してください」

「思うんじゃないね」と、ロングスタッフは言った。「この件が議論されて以来、すべてが記憶にはっきりよみがえっている」

「ぼくは署名なんかしていない」と、ドリーはポケットに手を突っ込んで立ち、父の発言に割って入った。

「誰もおまえが署名したとは言っていないぞ、おい」と、父は怒った声で言い返した。「もしおまえがちゃんと聞いていれば、おそらく真実にたどり着けるんじゃ」

「けれど、ぼくが署名したと、誰かが言っている。バイダホワイルさんがそう言っていると聞いたね」

「いえ、ロングスタッフさん、それは違います。私たちがそんなことを言った覚えはありません。手紙を偽物と見なす根拠はないとしか言っていません。それ以上踏み込んで言ったことはありません」

「どうあろうとぼくが署名することはありえないね」と、ドリーは言った。「どうしてぼくが金をもらう前に土地を手放すような真似をするんだい？　そんな話は聞いたことがないね」

父は弁護士の顔を見あげると、これが息子の救いがたい頑迷さの一例だとでも言わんばかりにかぶりを振った。「さて、ロングスタッフさん」と、弁護士は続けた。「あなたがどこに手紙を置いたか示してください」

それから、父は威厳に満ちた物腰でいともゆっくり――上から二番目の――引き出しを開けると、そこから注意深くたたまれた、付箋のついた書類の束を取り出した。「ここにね」と、父は言った。「封筒のなかじゃなく、封筒の上に手紙を置いた。その二つは束の最初の文書じゃった」今見る限りほかの文書は抜き取られていないと、父は続けて言った。この引き出しには特別に気をつかっていたから、確かに鍵をかけた。引き出しを開け、また鍵をかけたとき、――それは確かだ――、メルモットが部屋にいたのを最近思い出した。当時特にメルモットとは親密だったと、父は言った。メルモットがメキシコ鉄道の重役会に席を提供してくれたのはそのころだった。

「当然あいつが錠をこじ開けて手紙を盗んだのさ」と、ドリーは言った。「きわめて明白だね。充分縛り首にできるくらい明白だね」

「疑念がいかに強く、いかに道理にかなうように見えても、残念ながら証拠というところまで届いていません」と、弁護士は言った。「あなたのお父さんは手紙についてしばらく不確かでしたから」

「ぼくが署名したと思い込んでいた」とドリー。

「今は確信している」と、父は怒って言い返した。「確信を持つ前に、人は記憶をまとめなきゃならん」

「おわかりでしょうが、そういう発言が陪審員にはどう聞こえるかを考えますね」

「ぼくが知りたいのは、どうやったら金を手に入れることができるかだよ」と、ドリーは言った。「できれば――もちろんあいつが吊されるところが見たい。けれど、それより金がほしい。スカーカムが言うには――」

「アドルファス、わしらはスカーカムさんが言うことなんか聞きたくないんじゃ」

「スカーカムが言うことは、バイダホワイルさんが言うことと同じくらい役に立つと思うよ。もちろんスカーカムはあまり貴族的とは言えないけれどね」

「確かにバイダホワイルほど貴族的じゃありません」と、弁護士は笑って言った。

「そう。スカーカムは貴族的じゃない。フェター・レーンはリンカンズ・インよりかなり落ちるからね。けれど、スカーカムは自分がやっていることを心得ている。この件でメルモットを最初に糾弾したのはスカーカムだよ。もしスカーカムがいなかったら、この件で今ほど多くのことを知ることはできなかったな」

老ロングスタッフはスカーカムの名を聞くたびにひどく不機嫌になった。父はこういう家族内の災難が、みなスカーカムに由来するとたいした理由もなく信じていた。もし息子が昔からお抱えのスローやバイダホワイルの手に問題をゆだねていたら、金に困ることはなかったし、ピッカリングの土地についても、こんなにひどい失策は犯さなかったと考えていた。息子は気づいていたが、父はスカーカムの名を耳にするたびに震えあがった。父はもぐもぐ口ごもり、書斎のことでいら立ち、冷静さを失い、頭を横に振り、しかめ面をした。息子はそんな不機嫌なようすに驚いているかのように父を見た。「ここでやらなければならないことはもう何もないと思うね」と、ドリーは言うと帽子をかぶった。

「もう何もすることはありません」と、バイダホワイルは言った。「法廷弁護士に私のほうから説明しなければなりません。状況がどうなっているか、あなた方二人の前で正確に確認しておくほうがいいと思いました。ロングスタッフさん、疑いの余地はないと、あなたは言い切れますね?」

「疑いの余地はないね」

「さて、あなたに私たちのいる前で、引き出しに鍵をかけていただきたいです。ちょっと待ってください――乱暴にこじ開けた痕跡があるかどうか、確認しておくほうがいいでしょう」バイダホワイルはそう言うと、机の前にひざまずいて、錠を調べ始めた。これをとても注意深くやると、「こじ開けた痕跡がない」ことを知って満足した。「誰がやったにしろ、とてもうまくやっています」とバイダホワイル。

「もちろんメルモットがやったのさ」と、ドリー・ロングスタッフはバイダホワイルの肩のすぐ後ろで言った。

そのとき、ドアにノックがあった。――じつに明瞭な正式のノックと言ってよかった。ノックのあと許可を待つこともなくすぐ部屋に入る者がいる。今の場合、もしノックした人がそうしていたら、バイダホワイルがまだひざまずいて、鍵穴の高さに鼻をおろしているところを見ただろう。しかし、闖入者は急いで入って来なかった。弁護士ははじけたように立ちあがったから、ドリーを後ろにほとんどひっくり返してしまった。間があって、そのあいだにバイダホワイルは――もし彼が錠をこじ開けていたら、机から離れたように――机から離れた。それから、ロングスタッフは陰気な声で未知の人に入るように命じた。ドアが開かれて、メルモットが現れた。

三人の紳士は今メルモットが現れることをぜんぜん予想していなかった。この時間にはシティにいるのが彼の習慣であることを知っていた。この部屋でこの特別な時間にこの会合が開かれることを、彼が承知していることも知っていた。――どういう目的で開かれるかも、彼はたぶん推測していたに違いない。ロングスタッフ父子とメルモットのあいだには、今明確な敵意があった。当事者である紳士たちはみな、この機会に彼がわざわざ父子に会うような窮地を避けるだろうと思い込んでいた。「紳士方」と、彼は言った。「今私はこの場の闖入者だとおそらく思われているだろう」三人の紳士はみなそう思っていることを態度で表した。老ロングスタッフはただ冷たくお辞儀をした。バイダホワイルは親指をチョッキのポケットに突っ込んで、まっすぐ立っていた。ドリーは初め帽子を取るのを忘れていたが、口笛を一節吹いて、かかとで体を旋回させた。それが債務者の登場に心から驚きを表す彼のやり方だった。「闖入者だと思われるのは残念だが」と、メルモットは言った。「私が言わなければならないことをお聞きになれば、これを大目に見てくださると信じるよ。あなたは」と彼は言うと、ロングスタッフのほうを向いて、まだ開かれている引き出しをちらりと見た。「机を調べていたようだね。机を離れるときは、もっと注意して鍵をかけてほしいね」

「机を離れるとき、わしは引き出しに鍵をかけた」と、ロングスタッフは言った。「推論もせんし、結論も出さん。引き出しには鍵をかけたんじゃ」

「じゃあ、あなたが机に戻ったとき、おそらくそこに鍵はかけられていたに違いない」

「いや、あんた、引き出しが開いているのを見つけた。推論もせんし、結論も出さん。――じゃが、わしは引き出しに鍵をかけてこの場を離れ、それが開いているのを見つけたんじゃ」

「ぼくなら推論し、結論を引き出して」と、ドリーは言った。「ほかの誰かがそれを開けたと言うね」

「それは目的を考慮に入れていません」とバイダホワイル。

「はずみで言った言葉にすぎないな」と、メルモットは言った。「私は引き出しの鍵について議論するために、不便を押してシティからわざわざやって来たわけではない。三人の紳士がここに集まると知ったので、あなた方に会って今回の不幸な件について提案するいい機会だと思ったんだ」彼がちょっと間を置いたとき、三人は誰も話し出そうとしなかった。ドリーはスカーカムを呼ぶまで、三人に待つように頼もうとふと思った。しかし、ずいぶん手間をかけるうえ、おそらくそうしても何の役にも立たないと考え直した。「バイダホワイルさんとお見受けするが」とメルモットが言うと、弁護士は頭をさげた。「正しく記憶しているとするなら、私はあなたに手紙を書いて、あなたの顧客のために支払をすると申し出たと思うが――」

「スカーカムがぼくの弁護士だよ」とドリー。

「それは事実上同じことだな」

「重大な違いがあるね」とドリー。

「三か月と六か月の約束手形を出すと」と、メルモットは続けた。「手紙に書いて知らせたはずだ」

「手形なんか受け取れないよ、メルモットさん」とドリー。

「利子も出すことにしている。私の手形が拒まれたことは、これまで一度もない」

「土地の売却はね、メルモットさん」と、弁護士は言った。「手形のやり取りといった通常の商取引とは違うことを知らなければなりません。金はいつものやり方、つまり現金で支払われるものと理解されています。あなたが土地をすぐ抵当に入れたと知ったとき、――知ってしまったんです――、もちろん私たちは疑念を抱きました。ええ、疑念以上のものを抱いたと言っていいです。とても――きわめて――常識外れなやり方でした。別の提案があると言っていましたね、メルモットさん」

「私は資金不足で困っていた。そのうえ、このところ私の信用をそぎ、貶め、――私のおもな収益源として知られている株の――株価をさげることを仕事にする敵がいた。隠し立てせずに事実を話そう。ピッカリングを買ったとき、それくらいの支払で不便になることなどまったくないと思っていた。支払日が来たとき、株価があまりにも値をさげていたので、株を売ることができなかった。私は敵意ある訴訟手続に今脅かされている。じつに嘘っぱちの告発にさらされている」――メルモットは話しながら、声を高め、部屋を見回した——「そのせいで、今この危機のなか、ひどい損害を受けるだろう。もしあなた方がシティで始まった手続きの停止を引き受けてくれたら、私は金曜正午にすぐ支払えるよう、五万ポンド——二人の紳士に支払うべき金額——を揃えると言いに来たんだ」

「私はまだ何の手続きもしていません」とバイダホワイル。

「スカーカムだな」とドリー。

「さて、君」と、メルモットはドリーに向かって続けた。「この訴訟手続きが止まったら、金を支払うことを私は保証しよう。——だが、止まらなければ、金を作ることはできない。二か月前なら五万ポンドというような金額で、こんなことを言う必要はないと思っていた。だが、事実はそういうことだ。金曜までにその金を工面するため、財産をひどく痛めつけなければならない。厳しい犠牲を払うことになる。だが、バイダホワイルさんが言うことは正しい。この土地の購入を通常の商取引と見なす権利は私にはない。金は支払われなければならない。——そして、もしあなた方が今私の言葉を信じるなら、私は金を支払う。だが、もし私が明日ロンドン市長の前に出頭を命じられたら、金は支払えない。私に対してなされた告発はまったく嘘っぱちだ。誰がそれを始めたかわからない。誰が始めたにしろ、それはまったくの嘘っぱちだ。告発は嘘っぱちだが、不幸なことに今の危機において私には破滅的なんだ。さて、紳士方、あなた方はたぶんこれに応えてくださると思う」

父も弁護士もドリーを見た。ドリーこそ弁護士スカーカムを代弁者とする真の告発者だった。この訴訟手続きが取られたのは、ドリーの要請によるものだった。「私は顧客のため」と、バイダホワイルは言った。

「金曜正午まで待つことに同意します」

「アドルファス、おまえも同じことを言ってくれると思う」とロングスタッフ。

ドリー・ロングスタッフはあまり感受性の豊かなほうではなかったが、メルモットの雄弁に心を動かされた。この男を気の毒に思ったのではなく、今このときこの男の言葉を信じた。彼はメルモットが署名を偽造したか、偽造させたと確信していた。今この確信を捨てるところまで心を奪われたわけではなかったが、メルモットに言いくるめられて、金融業者が一時的に陥った苦境の理由を信じ、金が金曜に支払われることを信じた。メルモットの嘘の告白が、ニダーデイル卿に及ぼしたのと似たような影響力が、今またドリー・ロングスタッフにも働いた。「ぼくがスカーカムに頼むということだろ」とドリー。

「当然スカーカムさんはあなたの指示通りに行動します」とバイダホワイル。

「スカーカムに頼むよ。すぐ彼のところへ行く。それだけやろう。誓って、メルモット、あんたはぼくに大迷惑をかけるね」

メルモットは笑みを浮かべて謝った。そのあと、金曜正午にまさしくこの書斎で三者が揃い、そのとき支払をすることが決められた。——ドリーは父がバイダホワイルの付き添いを受けるので、彼もスカーカムの付き添いを受けることを要求した。ロングスタッフは渋々これを認めた。

第七十六章　ヘッタと恋人

カーベリー令夫人はこのころ息子のことで非常にみじめになり、滅入っていることに気づいた。滅入っていなければ、娘をポール・モンタギューから別れさせるため盛んに努力していただろう。ロジャーはロンドンに上京したとき、サー・フィーリックスについてじつに率直に意見を述べた。しかし、彼はすぐサフォークへ帰ってしまった。哀れな母は支えと慰めを求めて、おのずとブラウン氏に向かった。ブラウンはほとんど毎夜数分間令夫人に会いに来た。彼は今一日に一度彼女に会うことを生活の一部としている。彼女はロジャーの二つの申し出を彼に話した。第一の申し出は彼女がフランスかドイツの二流の町に住居を定め、サー・フィーリックスを同行させること。第二は彼女が六か月間カーベリー・マナーに入ることだ。「そんなことをしたら、カーベリーさんはどこで生活するんですか?」と、ブラウンは聞いた。

「彼は人ができていますから、寝起きするところを気にしません。彼によると、引っ越せる田舎家が敷地内にあるそうです」ブラウンはかぶりを振った。編集長はそんな寛大な、現実離れした申し出を受け入れてはならないと思った。フランスかドイツの町については、確かにそんな計画が実現できるかもしれない。が、達成される成果が、必要とされる犠牲に値しないのではないかと言った。サー・フィーリックスは植民地へ行くほうがいいと、ブラウンは考えた。「そんなことをしたら、あの子は酒で死んでしまいます」とカーベリー令夫人。彼女は今ブラウンに何も隠し事をしなかった。この間、サー・フィーリックスは上の階でまだ医者の往診を受けていた。確かにひどく打ちのめされたけれど、顔の傷以上に苦しめるものはじつのところあまりなかった。それでも、彼は今のところ部屋を出て世間に立ち向かうより、病人でいるほうがいいと思っていた。「噂によると」と、ブラウンは言った。「メルモットは今彼と彼を信じた人々を壊滅させるようなひどい窮地に陥っているようです」

「娘はどうなりました?」

「娘のことはわかりません。メルモットは詐欺容疑で今日ロンドン市長の前に召喚される予定でした。――でも、それは延期されました。ニダーデイルはまだあの娘と結婚するつもりでいると今朝聞きました。ほんとうのことは誰にもわかりません。ほんとうのことがわかるまで、私たちはそれについて口をつぐんでいましょう」ブラウンが言う「私たち」とは、もちろん『朝食のテーブル』紙のことだ。

確かに、こういう話のなかにヘッタは出て来なかった。しかし、ヘッタは置かれた状況をよく考えるとき、リバプールから送られて来た恋人の二通の手紙を受け取ってから、何か特別な一歩を踏み出すよううながされていると感じた。恋慕の情を告白して以来、彼に一度も会っていなかった。彼女はロジャー・カーベリーがハートル夫人について母にどう回答してくるか、聞きたいと待っていたので、恋人の最初の手紙にすぐ返事を出さなかった。ロジャー・カーベリーから話を聞いたとき、彼女はハートル夫人が決して虚構の存在ではなく、――彼女の幸せにとって――とても有害な事実だと確信した。それから、喜びと愛情と満足に満ちたポールの二番目の恋文を受け取った。その手紙にはハートル夫人の存在に影響を受けたような言葉は一言も含まれていなかった。ハートル夫人がいなかったら、その手紙はヘッタが望むすべてを満たしてくれただろう。母から禁じられなかったら、彼女は好きな人に娘がふつう示す熱狂的な愛情をいっぱい込めてそれに返信していただろう。けれど、ヘッタは今この手紙にそんな調子で答えることができなかった。ロジャーからは「本人に聞いてください」と言われた。彼女はポールに来てもらって質問に答えてもらうか、彼がいいと思えば、ハートル夫人について――この夫人が何者なのか、この夫人が彼女の幸せにどう干渉して来るのか――わかるように説明を書いてもらうか、どちらかを求めざるをえないと思った。それで、彼女はポールに次のような手紙を書いた。――

ウェルベック・ストリートにて、一八――年七月十六日

親愛なるポール

ヘッタはこれまでの経緯から見て、「拝啓」とか、「親愛なるモンタギューさん」とか、そういった頭語で書き始めることはできないと感じて、「あなた」か「親愛なるポール」のどちらかでなければならないと思った。彼は親しい――とても親しい――存在だ。彼は不行跡で有罪とされ、のけ者として扱われるような人ではないと、彼女は思った。ハートル夫人のような人がいなければ、彼を「最愛のポール」と呼んでいるところだ。――しかし、彼女は頭語を選んで書き始めた。

親愛なるポール

ハートル夫人という女性についてある奇妙な話を耳にしました。彼女はロンドンに住む米国女性で、あなたと妻になる約束をしていると聞きました。私はそれを信じることができません。あまりにも恐ろしくて、ほんとうのこととは思えません。でも、残念ながら、――残念ながら――、聞いてみると真実味があって、とても悲しくなります。最初に聞いたのは、兄からでした。――兄には知っていることをもちろん妹に

話す義務があります。私はそれを母と、はとこのロジャーに話しました。ロジャーはこの件ついてきっと全部知っています。――でも、私に話してくれません。彼は「本人に聞いてください」と言いました。それで、あなたに聞いています。私はこのことを把握するまで、ほかのどんなことについても当然何も書くことができません。私がこのことでとても悲しい思いをしていることを記す必要はないと思います。もしあなたがすぐに来て私に会えないなら、手紙に書いてくださってもいいです。この手紙を出すことは母に言っています。

(それから、当然つけ加えなければならない結語と署名を考えなければならなかった。しばらくためらったあと、彼女は次のように署名した。)

愛情を込めて、あなたの友人
ヘンリエッタ・カーベリー

彼女はポールに初めて書く手紙をできれば「もっとも深い愛情を込めて、あなたのヘッタ」という結語で終えたかった。

ポールは水曜［七月十七日］朝にリバプールでこの手紙を受け取り、水曜夕べにウェルベック・ストリートに現れた。ハートル夫人との経緯をヘッタにすべて打ち明けるのが義務だと思った。ほとんど何も隠し立てするつもりがなかった。彼女に愛を求めて成功したあの一回目の機会に、夫人のことを打ち明けることができなかった。こういう問題に聡い読者に、その機会に彼がハートル夫人のことを話せたかどうか聞いてみるといい。話せばひどい結果になったに決まっていると言うだろう。そんな話は二度目か三度目の話し合いまで延期しなければならない。あるいは、そんな話は手紙で伝えるほうがいいかもしれない。ポールはリバプールに来るように言われたとき、この話を手紙で打ち明けてはどうかと考えた。しかし、さまざまな根拠があって、書いたもので伝えないほうがいいと強く思った。男は愛する女に過去の愚行を打ち明けておきたいと思う。あとになって露見するものが何も出て来ないように、たとえ過去のハートル夫人の話がいつか彼の幸せに侵入して来ても、澄んだ表情とひるまぬ心で愛する女に「うん、これがあなたに話したあの件ですよ」と言えるようにだ。そうしておけば、彼も、愛する女も、ともに一つの目的に向かって一体になれる。ただし、彼は愚行について書かれた記録を女に渡したくなかった。対面でなら、男が過去の過ちについてどれだけ甘く、おおようになれるか誰だって知っている。相手は彼のロマンスのなかでハートル夫人によって占められていた隙間を埋めてくれる女だ。その女に対する声の調子やら、途中で途切れる文言やら、混ぜ合わされる愛の言葉やらで、おのずと自己への厳しさに欠けてくるだろう。しかし、書かれた記録では、甘い軟弱な嘘で真実の半分を覆い隠すことは許されない。始めから終わりまで徹底的に明瞭に、自己を責めるかたちで詳しく論じなければならない。二人で会えば、スミレの香りのように甘い嘘も、手紙で送られたら、嘘に嘘を重ねるものとして糾弾される恐れがある。それゆえ、ポール・モンタギューがロンドンに急いで上京したのは、きわめて正しいことだったと思う。

彼はミス・カーベリーが在宅ですかと聞いた。ミス・ヘンリエッタが母と一緒にいるという回答をえて、名を取り次いでもらい、食堂で待っていると言った。彼はこの手続きを取ろうと頭から決めていた。彼が急いでやって来たことを家人は知るだろう。避けられるなら、彼はカーベリー令夫人のいるところでヘッタと話をしたくなかった。そのとき、二階ではちょっとした話し合いがあった。ヘッタは独りで彼と会う権利を主張した。彼女は母の同意をえて、ロジャーから助言された通りに行動している。ハートル夫人に関するこの件を徹底的に調べあげるまで、娘が恋人を再び受け入れようとしないことを、母は確信することができた。一方、娘は恋人が言わなければならないことを自分の耳で聞かなければならなかった。フィーリックスはそのとき応接間にいたので、下におりて妹に代わってポール・モンタギューに会おうと提案した。しかし、母は軽蔑の目で息子を見た。妹はモンタギューさんに独りで会いたいと穏やかに言った。フィーリックスはあの一件でひどく落ち込んでいたから、それ以上何も言わなかった。ヘッタは独りで部屋を出た。

彼女が居間に入ると、ポールは進み出て、彼女を両腕に抱いた。当然の行為だった。彼女はこうなることを予測して、それに備えていた。「ポール」と、彼女は言った。「まず話をみな聞かせてください」彼女はポールから少し距離を置いて座った。――それで、彼はヘッタから少し距離を置いて座らなければならないことを知った。

「ハートル夫人のことをお聞きになりましたね」と、彼は笑みを浮かべようとかすかに試みながら言った。

「はい。――フィーリックスから聞きました。ロジャーは彼女を初めから知っていました。ロジャーは彼女のことを確かに知っていました」

「ええ、そうです。ロジャーは彼女を初めから知っていました。――彼はほぼぼくと同じくらい事情を知っています。あなたのお兄さんはそれほど知っていないと思います」

「おそらくそうです。でも、――私にかかわる――話ですか?」

「もちろん深くかかわっていますから、ヘッタ、あなたは知らなければなりません。ぼくがあなたに話すつもりでいたことを信じてくださると思います」

「話してくださるつもりだったと信じます」

「そうなら、あなたがすべてを知ったとき、ぼくと喧嘩をする必要はないとわかると思います。ぼくはハートル夫人と婚約していました」

「その方は未亡人ですか?」――彼はすぐこれに答えなかった。「結婚しようとするからには寡婦であるに違いないと思います」

「はい。――独り身です。離婚しました」

「まあ、ポール！　米国人ですか?」

「はい」

「そして、彼女を愛していましたか?」

モンタギューは詰問されるより、自分のほうから話したかった。「許してくださるなら、初めから終わりまですべてあなたにお話しします」

「ええ、もちろんです。でも、あなたは彼女を愛していたと思います。結婚するつもりだったのなら、愛していたに違いありません」ヘッタの顔にしかめ面があり、声に怒りの調子があって、ポールを不安にさせた。

「はい。――かつて愛していました。ですが、すべてお話しします」それから、彼は話をした。それを繰り返して読者を引き留める必要はないだろう。ヘッタは注意深く話を聞いていた。――彼女は話の腰を折って一言、二言辛辣な言葉を漏らすことはあったが、まれにしかそんなことをしなかった。アメリカ大陸を横断する長い陸路の旅と、海路の――その海路の終わりにこの女を妻にするとポールが約束した――旅の話を聞いた。「彼女はそのとき離婚していましたか?」と、ヘッタは聞いた。――「なぜなら、海の向こうの人は好きなときに離婚できると思うからです」単純な質問だったけれど、彼はそれに答えることができなかった。「彼女から言われたことしかわかりません」と彼は言って、話を続けた。それから、ハートル夫人はパリへ行き、彼はカーベリーに到着してすぐロジャーにすべてを打ち明けた。「彼女を捨てたのはそのときですか?」と、ヘッタは容赦ない厳しさで聞いた。いえ、――そのときじゃありません。サンフランシスコに戻ったとき、彼は婚約が新たに再開された事実を言えなかったが、解消されなかったことは認めざるをえなかった。それから、イギリスに二度目に帰って来たとき、彼はハートル夫人にすぐ別れの手紙を書いた。――すると、夫人はイズリントンのピップキン夫人の下宿に現れた。「それがどれほど恐ろしいことだったかわからないでしょう」と、彼は言った。「というのは、ぼくの幸せがあなたにかかっていることに、そのころまでにぼくははっきり気づいていたからです」彼はうまくいけばスミレのように甘い、優しい嘘となるものを試みた。おそらく嘘は甘かった。愛情のためにほとんど悲嘆に暮れるなかで、娘がいかに厳格になれるかを見ると奇妙だった。ヘッタは非常に厳格だった。

「でも、フィーリックスはあなたが――つい先日――彼女をローストフトへ連れて行ったと言っています」

モンタギューはすべて――ほとんどすべて――を話すつもりでいた。ローストフトへの旅には、どうしてもヘッタを納得させることができない部分があった。それで、彼はできればそれを省略してもいいと思っていた。「あれは彼女の健康のためでした」

「まあ、――彼女の健康のため。それから、彼女と観劇に行きましたか?」

「行きました」

「それも彼女の――健康のため?」

「ねえ、ヘッタ、そんなふうにぼくに話しかけないでください! 彼女がぼくを追いかけてこちらに来たとき、ぼくが彼女を放っておくことができなかったことを理解してもらえませんか?」

「私はなぜあなたが彼女を捨てたか理解できません」と、ヘッタは言った。「あなたは彼女を愛していたと言い、彼女と結婚を約束していたと言います。離婚した女性――離婚したとしか言わない女性――との結婚なんて私はぞっとします。でも、それは私が米国のやり方を理解していないからでしょう。彼女を観劇に連れて行き、ローストフトにも――彼女の健康のために――連れて行ったとき、あなたが彼女を愛していたのは明らかです。それがほんの一週間前でした」

「ほぼ三週間前です」と、ポールは絶望して言った。

「ふうん、ほぼ三週間前ね！　紳士がこんな問題で気を変えるには、それが長い時間とはとても言えません。ほんの三週間足らず前、あなたは彼女と婚約していました」

「いえ、ヘッタ、そのときはもう婚約していません」

「彼女はあなたと一緒にローストフトへ行ったとき、婚約していると思っていたと思います」

「彼女はそのときぼくを強引に――婚約に――引き戻そうとしていました。ええと、ヘッタ、説明するのはとても難しいですが、きっとあなたは理解してくださるでしょう。ぼくはあなたに対して一瞬たりとも不実であったことはないと、あなたは受け取っていいし、受け取ることができると思います」

「でも、どうしてあなたは彼女に対して不実でいいのですか？　どうして私はあなた方のあいだに割り込んで、彼女の希望をみな打ち砕いていいのですか？　彼女が離婚していることについて、ロジャーが彼女のことを悪く思うのは理解できます。もちろん彼は悪く思うでしょう。でも、婚約は婚約です。あなたはハートル夫人のところへ戻って、婚約を守る用意があると告げるほうがいいです」

「彼女は今はもうその婚約が終わったことを知っています」

「たぶんあなたは彼女にその再考をうながすことができます。彼女はあなたを追ってはるばるサンフランシスコからやって来たとき、劇場へ、――健康のため――ローストフトへ、連れて行くように求めたとき、あなたにとても惹かれていたに違いありません。彼女はここであなたを待っています――きっと意図してね。彼女はとても古い――とても古い――友人ですから、不親切に扱ってはいけません。さようなら、モンタギューさん。あなたは一刻も早く――ハートル夫人のもとへ帰ったほうがいいです」彼女は喉に詰まるごろごろいう小さな音を交えながらこれを言ったが、涙も、一片の優しさも見せなかった。

「ぼくと喧嘩するつもりじゃないでしょうね、ヘッタ！」

「喧嘩かどうかわかりません。誰とも喧嘩なんかしたくありません。でも、あなたが――ハートル夫人と――結婚なさったら、もちろん私たちは友人になれません」

「どんなことがあろうと彼女と結婚するつもりはありません」

「もちろんそれについて私は何も言うことができません。私はこの話を耳にしたとき、話した人を信じませんでした。ロジャーの場合、とても親切ですから、この話をしようとしないとき――でも、否定もしないとき――、私は彼もほとんど信じませんでした。あなたが彼女とつき合っているとき、ほぼ同時に私に近づいて来たことは、ほとんど考えられないことのように思えます。というのは、結局、モンタギューさん、三週間というのはとても短い時間です。ローストフトへのその旅行は、あなたが私のところへ来る一週間余り前にしかなりませんから」

「それが重要なことですか？」

「ええ、そうです。もちろんそうです。――あなたには何でもないことのようです。もう行こうと思います、モンタギューさん。ここに来てすべてを話してくださって、あなたはとてもいい方です。気持ちをとても楽にしてくださいました」

「ぼくを――捨てる――つもりじゃないでしょうね？」

「あなたにはハートル夫人を捨ててもらいたくありません。さようなら」

「ヘッタ！」

「いや。私の体に手を置いてもらいたくありません。さようなら、モンタギューさん」彼女はそう言うとポールから去って行った。

ポール・モンタギューはそこを出るとき、当惑で逆上していた。このハートル夫人のことで、ヘッタ・カーベリーとほんとうに別れることになるとは一瞬も信じる気になれなかった。彼女が事情のすべてをほんとうに知ることさえできたら、こんな結果など考えられなかった。彼は会った最初の瞬間からヘッタに誠実であり、その愛情からそれたことがなかった。彼がその前に別の女性を愛したことは考えられることで、世間並みに言えば、それがヘッタに影響を及ぼすことはないし、及ぼすことはありえない。それなのに、彼女はハートル夫人がロンドンにいることで怒っていた。彼は夫人をロンドンから遠ざけるためなら、資産の半分を投げ出してもいいくらいだった。それにしても、夫人がやって来たら、彼は会うことを拒絶できただろうか？　ヘッタは彼がそんなに夫人に対して冷たく、残酷になることを望んだだろうか？　彼は確かにハートル夫人に対してまずい振る舞いをした。――しかし、夫人の問題は克服している。彼はヘッタに対してまずい振る舞いをしたことはないのに、今ヘッタと喧嘩をしていた。

彼はうちに歩いて帰るとき、ヘッタにほとんど怒りを感じた。彼女のためにできることはみなしてきた。彼女のためにロジャー・カーベリーと喧嘩をした。彼女のために――ハートル夫人から手際よく逃れようと――跳びかかって来る山猫に耐える決意をした。彼女のために――そう独りつぶやいた――家計を支える収入をえようと、あの忌まわしい鉄道会社に黙従してきた。それなのに、今彼女から別れなければならないと言われた。それも米国から追って来た不幸な女に彼が残酷に、無関心に振る舞わなかったからだ。彼女の主張には何の道理も、何の分別も、――思うに――何の同情もなかった。「あなたにはハートル夫人を捨ててもらいたくありません」と、彼女は言った。どうしてそんなにハートル夫人がだいじなのか？　ハートル夫人の戦いは、夫人自身に任せることができるだろう。そうであるのに、彼はみんなから背かれた。ロジャー・カーベリーからも、カーベリー令夫人からも、サー・フィーリックスからも。挙句のはてに、彼女は父ほども年取った男との結婚を迫られている！　彼女がその男を愛しているはずがなかった。それが真実だった。彼、ポール、が彼女に抱くような愛情を、彼女が彼に抱くことはできないに違いない。真の愛はつねに許す。ここには彼が許すべきものがほとんどなかった。彼はその夜寝床に就くとき、そういうことを思った。とはいえ、これまで一度も名を聞いたことがない別の男と、彼女が親密な交際を「ほんの三週間前」まで続けていたことを発見したとき、彼が進んで彼女を許せるかどうか、おそらく自問することを忘れていた。しかし、世間がみな知っているように――若い男と若い女には大きな違いがあった！

ヘッタは恋人を帰らせるとすぐ自室へあがった。母は玄関の戸が閉まる音を心配する耳でとらえると、すぐそこに入って来た。「ねえ、彼は何と言いました？」とカーベリー令夫人。ヘッタは涙を流していたか、――ほとんど流しそうになっていた。涙を抑えようともがいたあと、ほとんどそれに成功した。「あの女についてて私たちが言ったことはみなほんとうだとわかったでしょう」

「容赦なくほんとうでした」とヘッタ。彼女は恋人に腹を立てていたうえ、究極の喜びを邪魔した母にも同じくらい腹を立てていた。

「どういう意味かしら、ヘッタ？　率直に話すほうがいいです」

「ママ、いやというほどほんとうだったと言っているでしょう。どうしたらこれ以上率直に言えるかわかりません。相手の女のみじめな話に立ち入って、細かく話す必要はありません。彼はほかの男と同じだと思います。いやな女ともつれた関係になり、その女に飽きたら、飽きたと言い、――別の女とまた始める以外にすることはないと思う男です」

「ロジャー・カーベリーはそんな男じゃありません」

「ねえ、ママ、ママがそんなふうに強引に続けるなら、私は病気になってしまいます。ママは少しも理解していないように思えます」

「ロジャーはそんな男じゃないと言っているだけです」

「その通りです。もちろんロジャーがそんな人ではないことを知っています」

「彼は信頼できる男だと言っています」

「もちろん信頼できます。誰もそれを疑いません」

「しかも、もし彼に身をゆだねたら、あなたは心配の芽を完全に摘み取れます」

「ママ」と、ヘッタは跳びあがって言った。「どうしてそんなふうに言うことができるのです？　一人の男が合わなかったら、すぐほかの男に身をゆだねることになるのですか！　ねえ、ママ、いったいどうしてそんな申し出をすることができるのです？　何があろうと今以上に私をロジャー・カーベリーに近づけることはできません」

「モンタギューさんに二度とここに来てはいけないと言いましたか？」

「彼に何と言ったか覚えていません。でも、彼は私の言いたいことをよく理解しています」

「それは二人の関係が終わったということですか？」ヘッタは答えなかった。「ヘッタ、それを聞く権利が私にはあります。答えを求める権利があります。あなたがこれまでモンタギューさんと間違った振る舞いをしてきたとは言っていません」

「間違った振る舞いはしていません。あなたにすべて話しています。恥じるようなことは何もしていません」

「でも、彼がひどい振る舞いをしてきたことが今わかりました。彼は――はとこのロジャーにたとえようもない裏切をして――ここにあなたに会いに来ました」

「それはありません」と、ヘッタは叫んだ。

「まさしくそのとき、彼は米国で夫と離婚した女とほとんど同棲していました。もう二度と会わないと彼に言いましたか?」

「彼はそう理解しました」

「あなたがはっきり言っていないなら、私が言わなければなりません」

「ママ、心配する必要はありません。彼にははっきり言いました」それで、カーベリー令夫人はさしあたり満足の意を表して去り、娘を孤独のなかに残した。

第七十七章　またもやブルートン・ストリートの場面

メルモットはバイダホワイルのいる前で、翌々日ロングスタッフとドリーに五万ポンドを支払って、ピッカリングの購入について父子を完全に満足させることを約束した。そのとき、彼は言葉通りにするつもりでいた。読者がご存知のように、彼はロングスタッフの問題に今こそ正面から立ち向かおうと、――嵐が訪れたとき安全な避難所にしようともくろんでいた資産を犠牲にすることで、とにかくこの難儀から抜け出そうと――決意した。これまでこの決意に日々変更を迫られてきた。彼は――幸運が今後続けば――ロングスタッフやその他の問題からまだ逃れられると期待して、最近までこの資産で貴族の婿を買おうと腐心していた。それゆえ、スカーカムから非常に厳しい対応を受けていた。ピッカリングの土地にかかわるこの非難とは別に、メルモットはもう一つ別の問題を処理するようせかされていた。ロンドンの東部の資産に関する問題で，読者は特にそれについて頭を悩ます必要はないが、彼はこの件で愚かな老紳士に金の代わりに鉄道の株券を受け取るよう勧めたと言われる。老紳士は取引のさなかに亡くなり、老紳士の手紙は偽物だと主張された。メルモットはこの資産で二万から三万ポンドを確かに調達して、株式で支払をした。今はその株がほとんど無価値になっていた。彼はこの件の処理だけなら、うまく対処できると思っていた。しかし、今ぎりぎりになって、ピッカリングについてロングスタッフ家に支払をするほうがいいと考えた。

彼は娘に移していた事実上彼のものである資産から、必要な資金を調達しようとした。これをすることに何の疑念もなかった。彼はその資産を娘に譲渡することなど一度も考えたことがない。それを娘の名義にするとき、たんに資産の安全のためにそうしたにすぎなかった。彼は一人娘に対して申し分ない、危なげない支配力を保持していると思った。娘は父から金をだまし取ろうと考えているなら、父の家で穏やかに歩き回れるはずがない。事情を説明すれば、娘は従うと思った。何たること！　じつの娘から金を奪われるとは！——大っぴらに、恥知らずに、鉄面皮のずぶとさで奪われるとは——、考えられない。とはいえ、彼は細心の注意を払ってこの仕事に取りかかる必要があると感じた。ただたんに娘を呼んで、あちこちに署名するように言いつけるだけなら、娘が従わないこともありえる。彼はこれについて熟慮したあと、妻がその場で充分な説明をマリーにして、金は決して娘のものにならないことを納得させておくほうが、賢明なやり方だと思った。それでその日［七月十七日］の朝、彼はシティへ出かける前、妻にそれを指示した。帰って来るとき、ロングスタッフ家への支払のため、マリーの署名を必要とする証書を持ち帰った。彼は署名の証人として事務員のクロールも連れて来た。

彼はロングスタッフ父子やバイダホワイルと別れたあと、すぐ妻の部屋へと向かった。「娘はここにいるかね？」と、彼は聞いた。

「すぐ呼びにやります。もうあの子には伝えました」

「怖がらせなかっただろうね？」

「怖がらせていません。あの子を怖がらせるのはそんなに簡単じゃありません、メルモット。若者たちにちやほやされてから、あの子は変わりました」

「命ジタヨウニ娘ガシテクレナケレバ、脅シテヤル。スグ来ルヨウニ言ッテクレ」メルモットはこれをフランス語で言った。それで、マダム・メルモットは部屋を出て行った。彼はテーブルの上にたくさんの書類を整理して置いた。それから、踊り場に立っているクロールに声をかけて、呼ばれるまで奥の応接間で座って待つように告げた。それから、彼はポケットに手を突っ込んで、妻の居間の暖炉に背を向け、次の話し合いでどんなことが起きるか考えた。娘にはたいそう優しくしよう、——できれば愛情を見せよう——、とりわけ説明に徹するようにしよう。それでも、残念ながら！　娘が父の要求に——正当な要求に——あくまでも反抗したら、——娘が父から金を奪うため実力行使を主張したら——、そのときは愛情を見せられないし、優しくもなれない！　二人の女性は手間取ってなかなか現れなかった。彼がすでに機嫌を損ね始めたころ、マリーがマダム・メルモットに続いて部屋に入って来た。彼はこみあげて来る怒りを——努力して——すぐ呑み込んだ。自制しよう。愛情と優しさが当面の目的の達成を保証してくれるあいだは、それらを全面に押し出そう。

「マリー」と、彼は話を始めた。「私たちがちょうどパリを発つころ、ある目的でおまえの名義にした資産のことを先日話したことがあるだろ」

「はい、パパ」

「そのころおまえはまだ子供だったから、——つまりパリを発ったころだ——、私の目的をほとんど説明することができなかった」

「わかっています、パパ」

「私の言うことをよく聞いたほうがいいよ、おまえ。充分わかっているとは思えないからね。私が一度も説明していないのに、おまえがわかっていたらおかしな話だろ」

「面倒に巻き込まれたとき、パパはその金が出て行かないようにしておきたかったんでしょ」

これはあまりにも正鵠を射ていたので、メルモットは一瞬どう反論していいかわからなかった。とにかく面倒が起こる可能性にふれるつもりはなかった。「事業の冒険にともなう変動にさらされない多額の金を取っておきたかったんだ」

「誰もふれることができないようにね」

「ちょっと先走りすぎるよ、おまえ」

「マリー、パパにちゃんと話をさせてあげなさい」とマダム・メルモット。

「だが、もちろんおまえ」と、メルモットは続けた。「手の届かないところに金を置くことは考えなかった。こんな操作は日常茶飯のことさ。こういう場合、ふつう本人にごく近くて親しい人、信用を確信できる人の名義を使う。それに事故で死ぬ危険が少ないので、若い人を選ぶのが習慣だ。私がおまえを選んだのは、きっと理解してもらえると思うが、こういう理由からだ。もちろん金は独占的に私のものだ」

「でも、実際は私のものよ」とマリー。

「いや、おまえ。一度だっておまえのものだったことはない」とメルモット。彼は瞬間的に怒りに駆られたものの、それを抑えた。「いったいどうしておまえのものになるんだね、マリー？　これまで私がおまえにその金を贈ったことがあるかね？」

「でも、私のものになっていることはわかります――法律的にね」

「法律的なこじつけによってなら――そうだ。だが、その金に対してどんな権利もおまえに与えていない。私はいつもそこから利子を引き出している」

「でも、それを止めることはできるのよ、パパ、――私が結婚したら、当然止められます」

メルモットは娘の強情に気づき始めて不安になったが、そのとき稲妻のひらめきのようにすばやく別の考えに思い当たった。「おまえの結婚を考えるとき」と、彼は言った。「名義変更の必要が出てきたんだ。ニダーデイル卿と父君を満足させるため、財産契約を取り結ばなければならない。老侯爵は私にかなり厳しく接してきている。だが、この結婚はとてもすばらしいので、私は同意した。これらの書類の四、五か所に今おまえは署名しなければならない。クロールさんがおまえの署名を確認するため隣の部屋に来ている。彼を呼ぶところだ」

「ちょっと待って、パパ」

「なぜ待つ必要がある?」

「署名はしないつもりよ」

「しないって。あの資産がおまえのものだと考えることはできないぞ。たとえそう思っても、手に入れることはできない」

「どうしてそういうことになるかわかりません。でも、署名はしないほうがいいです。結婚できるなら、彼から言われない限り私は署名すべきじゃありません」

「彼はおまえにまだ何の権限も持っていない。私が権限を持っている。マリー、これ以上面倒をかけないでくれ。とても時間に追われているんだ。クロールさんを入れさせてくれ」

「いやよ、パパ」と娘。

そのとき、父にあのしかめ面が表れた。マリーが最初にそれを見たとき、これかあれかで屈服するより、耐えて「ばらばらに引き裂かれる」ほうがましだと言ったあのしかめ面だ。父の下顎が角張り、歯が噛み締められ、鼻孔が広がった。マリーは「ばらばらに引き裂かれる」覚悟をした。しかし、父は怒りと暴力に頼る前にあらかじめ用意した別の勝負の仕方があることを思い出した。いかに多くのものが娘の従順さにかかっているかを訴えるつもりでいた。それゆえ、彼はしかめ面を緩め――やり方はよく知っていた――、娘に向けた顔を和らげるとともに再び仕事に取りかかった。「私にとってこれが重要であることをおまえに説明したらね、マリー、おまえがそれを拒まないことは確かだ。明日シティで使えるようにその金を用意しなければならない。でないと——私は破滅だ」発言はとても短かったが、発言の仕方は効果がないわけではなかった。

「まあ!」と、妻は叫んだ。

「そうなんだ。強欲なハーピーたち(1)は選挙がらみで私に打撃を与えるため、私が関係するすべての株の値をさげてしまった。メキシコ鉄道の株を売れないほどさげてしまったんだ。うちのなかにシティの心配事を持ち込みたくなかったが、今回は避けられなかった。鍵をかけてしまい込んでいる総額はとても大きい。だが、それを使わざるをえない。実際、破滅から私たちを救うにはそれが必要だ」彼は非常にゆっくり、しごく厳粛にそう言った。

「でも、私が結婚するからその金が必要だと、パパはたった今言ったばかりよ」と、マリーは言い返した。

嘘つきは自分に都合のいい多くの得点をえる。——しかし、嘘つきは一般に寿命以上の時間を嘘に費やすことができなければ、嘘を得点にすることができない。そんな難問を抱えている。メルモットは一瞬のけぞると、暴力に訴えるときが来たと感じた。邪悪さと愚かさと忘恩を捨てさせるため、娘に当たりたかった。しかし、彼はもう一度へりくだって説明し、説得した。「おまえは私を誤解していると思うね、マリー。夫婦の財産契約が必要なことや、その種のことがなされる前に当然私が資産を取り戻さなければならないことを、おまえに理解してもらいたい。その資産を明日真っ先に私が使うことができるよう、おまえが言われた通りにしなければ、私たちが完全に破滅するということを、いいかい、もう一度言うよ。すべてがなくなってしまうんだよ」

「これはなくなるはずがありません」と、マリーは書類のほうに頭を振って言った。「マリー、――おまえは私が破滅して辱められるところが見たいのかい？　たくさんのことをおまえにしてやったのに」

「私が愛した唯一の人を追い払いました」とマリー。

「マリー、そんな意地悪をしてはいけません。パパの言う通りにしなさい」とマダム・メルモット。

「違う！」と、メルモットは言った。「この子は誰が破滅しようとかまわないんだ。私たちによってあのやくざ者から救い出されたのにね」

「この子はすぐ署名します」とマダム・メルモット。

「いえ、――私は署名しません」と、マリーは言った。「お二人が言うように、私がニダーデイル卿と結婚することになっているなら、卿と相談することなく、文書に署名していいわけがないのは確かです。それに、資産がいったん私のものになったら、パパが破産しそうだからといって、それを手放してはならないのは明らかだと思います。私が資産を手放さない理由はそれよ」

「それはおまえのものじゃない。私のものだ」と、メルモットは歯ぎしりして言った。

「それなら、私の署名なしで好きなようにすればいいでしょ」とマリー。

彼は一瞬間を置くと、娘の肩に優しく片手を載せて、もう一度頼んだ。声色は変わり、とてもしわがれていた。それでも、彼はまだ娘に優しくしようとした。「マリー」と、彼は言った。「父を破滅から救うためにこれをしてくれないか？」

しかし、彼女は父から言われた言葉を一言も信じなかった。いったいどうして信じられよう？　父を天敵と見なすよう、父から教えられてきた。父の目的が、娘を手持ちの駒として父の有利になるように使うことであるのに娘は気づいていた。父のすることが、娘の幸せのためにするとは、一瞬も思わなかった。父からはこの資産が婚約者と娘に婚資を設定するために必要だと言われ、次に即座の破滅から父を救うために必要だと、ほとんど間を置かずに言われた。娘はどちらの話も信じなかった。本来なら、娘がこの件で父の望み通りにすることに議論の余地がない。父は娘を信じられると思ったから、娘の名を使った。じつの娘であり、父の信頼を裏切るはずがない。ところが、娘はあらゆることで父に非情なまでに心を頑なにした。娘はいろいろあったあとでサー・フィーリックス・カーベリーを軽蔑するようになり、押し切られて、ニダーデイル卿と結婚することに同意した。しかし、ほんとうに愛する男とならば駆け落ちしてもいいとまだ思っていた。娘は今彼女のものだと主張している資産を手放してしまったら、そんな駆け落ちの希望を失ってしまう。メルモットは娘に対する要求に哀感に満ちた嘆願の調子を込めようとした。父は声ではある程度それに成功したが、目や口や額では娘をまだ脅していた。父はいつも娘を脅していた。娘は父について考えるとき、父が望めばいつでも彼女を「ばらばらに引き裂ける」という思いにいつも回帰した。父は哀れっぽい口調で要求を繰り返した。「今署名してくれないか――破滅から私たちみなを救うために?」ところが、目では依然として娘を脅していた。

「いやよ」と娘は言うと、加えられるかもしれぬ身体的攻撃を警戒するかのように父の顔を見あげた。「いやよ、署名しません」

「マリー!」と、マダム・メルモットは叫んだ。

彼女は一瞬振り返って軽蔑の目で継母をちらと見た。「いやよ」と、彼女は言った。「署名すべきだとは思いません。――するつもりはありません」

「署名しないのか!」と、メルモットは叫んだ。娘はただ首を横に振った。「おまえは私の子なのに、邪悪さで父を滅ぼすことができるまさにそのとき、父から金を盗もうとするのか?」娘は首を横に振ったが、何も言わなかった。

Nec pueros coram populo Medea trucidet (2)

異様ナ怒リニ駆ラレルメーデイアニ観客ノ前デ
幼子タチヲメッタ切リサセルナ

私は次に続く場面を詳細に描いて読者を苦しめるつもりはない。哀れなマリー! 彼女を野蛮にズタズタに引き裂く仕事が始まった。マリーはしゃがみ込んでほとんど声を出さなかった。しかし、マダム・メルモットはおびえて我慢できずに声の限りに叫んだ。「ネエ、メルモット、アナタハ彼女ヲ殺シテシマウ!」それから、妻は夫を餌食から引き離そうとした。「今署名してくれないか?」と、メルモットはあえぎながら言った。その瞬間、クロールが叫び声に驚いて部屋に飛び込んで来た。クロールがメルモットを怒りの発作から救い出すために干渉したのは、おそらくこれが初めてではなかった。

「ねえ、メルモットさん、どうされましたか?」と、事務員は聞いた。

メルモットは息が切れて、ほとんど口を利くことができなかった。マリーは徐々に回復して、ソファーの隅にすくんで縮こまった。精神的に打ち負かされることはなかったが、命が体から叩き出されたように感じた。マダム・メルモットは目にハンカチを当てながら、ひどくすすり泣いて立っていた。「書類に署名してくれないか?」と、メルモットは要求した。マリーは横になってぐったりしたまま、ただかぶりを振った。

「邪悪な、恩知らずな豚め」

「お父さんを喜ばせてあげるほうがいいですよ」

「ねえ、お嬢さん」と、クロールが言った。「お父さんを喜ばせてあげるほうがいいですよ」

「浅ましい邪悪な娘だ！」メルモットはそう言いながら書類をまとめた。それから、彼は部屋を出て、――クロールもあとに続いた――、書斎に降りて行った。ロングスタッフ父子とバイダホワイルがその書斎を去ってからかなり時間がたっていた。

　マダム・メルモットは娘に近づくと、見おろしていたが、しばらく口を開かなかった。マリーはぼさぼさの髪、しわくちゃの服、荒い息といった体で、ソファーにぐったり横たわり、すすり泣くことも、涙を流すこともなかった。奥方は――継母と呼ぶこともできるが――、夫が失敗した説得を繰り返そうとしなかった。奥方ははなはだ臆病で、メルモットをとことん恐れていたので、娘の勇気を理解することができなかった。夫を悪魔のように恐ろしい強力な存在と見ていたから、日々夫に嘘をつき、その嘘を見透かされていたにもかかわらず、表向き絶対に夫に歯向かわなかった。奥方は娘のマリーが父の力強さと邪悪な頑固さをそのまま受け継いでいると思う。それで、今娘に間違っていると言う勇気がなかった。それでも、奥方は破滅が近づいていると言った夫の言葉を信じ、マリーの従順さによって破滅が避けられると言った夫の言葉を一部信じた。奥方はほぼ日常的に破滅の恐怖のなかで生活していた。この壮麗な二年間があまりにも長く続いたので、マリーは安全地帯にいるという錯覚に陥ってしまった。しかし、年上の奥方にとってこの二年間は、以前の逆境の記憶を根絶するのに充分ではなかった。奥方は一瞬も安全地帯にいると感じたことがなかった。ついに奥方は何をしてほしいかと娘に聞いた。「パパに殺されていたらよかったのに」とマリー。彼女はゆっくり体をソファーから引きあげて、何も言わずに自室に去って行った。

　その間、別の場面が下の部屋では演じられていた。メルモットはその部屋に入ったあと、ほとんど娘にふれることなく、ただ娘の邪悪な頑固さを打ち破るすべは何もないと言っただけだった。振るった暴力については何も言わなかった。今は直接の危機が去ったので、クロールにも主人を諌める気はなかった。大金融業者はちょうど前に配置したようにもう一度書類を広げた。署名させるため娘をまた連れて来ようと思っているかのようだった。それから、彼は娘に何をしてほしかったか、署名をもらうことがどれほど必要なことか、人生におけるこんな危機のときに、娘の邪悪な頑固さによってそれを妨害され、邪魔される――だいなしにされるとまで事務員に言えなかった――のが、いかに残酷なことかクロールに説明した。彼は資産がいかに間違いなく彼のものであるか、それを取りあげる権利が娘にいかにないか、今彼がいかに不条理な、不当な状況に置かれているか説明した！　クロールはこれらの主張に完全に同意した。それで、メルモットはマリーの署名をみずから文書に書き込むことを少しもためらわないと続けて言った。彼は娘の父であり、娘の行為を代行することを正当と見なした。資産は彼の資産であり、彼の望み通りに処理することを正当と見なした。娘の名を書き込んでも、ためらいはないはずだ。そこで、彼は事務員の顔を見あげた。事務員は再び同意した。雇い主の最初の提案に同意したときの快い確かな同意とは、まったく違う同意の仕方だった。とはいえ、クロールはメルモットの提案に少なくとも不賛成の意は示さなかった。そのあと、メルモットはもう一歩踏み込んで、このやり方で一つだけ難しいところは、それが文書として通用する前に、娘の署名が立ち合い人の署名によって確証される必要がある点だと説明した。そして、彼はもう一度クロールの顔を見あげた。このとき、クロールは無表情で、顔の筋肉を一つも動かさなかった。同意の意志はそこになかった。メルモットは相手を見続けた。すると、老事務員の顔に最終的に非常に強い異議申し立てを示す厳しい表情が表れた。クロールは変則的なやり方にこれまで精通していた。メルモットはクロールの経験の幅をよく知っている。それで、メルモットは「こいつは私がほぼ万策尽きたことを知っているな」と、短く胸中でつぶやいた。「もうシティに帰ったほうがいいぞ」と、彼は大声で言った。「三十分後におまえのあとを追うよ。娘を一緒に連れて行くかもしれない。もし娘にこのことを納得させることができたら、そうするつもりだ。その場合に備えて、おまえは準備をしておいてほしい」クロールは再び笑みを浮かべ、再び同意して、去って行った。

しかし、メルモットは娘にそれ以上の説得を試みなかった。クロールが去るとすぐ、机や引き出しからさまざまな書類を探して、二つの署名、娘のとドイツ人事務員の署名を見つけ、薄い透写紙でそれをなぞる作業に取りかかった。彼はドアにかんぬきをかけ、日よけをおろしてこの仕事を始めた。ほとんど一時間かけて二つ署名を作った。次に、さまざまな文書にその署名を写して偽造した。それから、その作業を終えると、文書をたたんで鍵のついたカバンにしまった。その鍵をいつものように財布のなかにしまった。それから、カバンを手に持って箱型馬車でシティへ向かった。

註

（1）女面女身で鳥の翼とかぎ爪を持つ強欲な怪物。

（2）ホラティウスの『詩の叙法』（*Ars Poetica*）一八五行。

第七十八章　カヴァーシャムに戻ったミス・ロングスタッフ

ロングスタッフは家族の三人の女性がカヴァーシャムでわびしくすごしているあいだ、否応なくロンドンに引き留められた。彼はモノグラム令夫人宅を訪問した翌日［七月十日］、次女をカヴァーシャムに連れて帰った。彼は次女が会話のなかでふれるブレガートとの結婚について、まったく論外のこととして話した。ジョージアナはジャーミン・ストリート・ホテルで、自立を求めてささやかな戦いを繰り広げた。「ほんとうに、パパ、私が置かれている状況はとても厳しいです」(1)

「厳しいじゃと？　厳しいことはたくさんあると思う。じゃが、それらに耐えていかなきゃならん」

「パパは私のために何もすることができません」

「何もすることができないじゃと！　生活する家や、着る服や、走り回る馬や、読みたければ読める本を、わしはおまえに与えていないかね？　何を求めている？」

「そんなものが無意味だということをパパはご存知でしょう」

「そんなものが無意味だなどと、よくも厚かましく言えるな？」

「住む家も、着る服も、もちろんあります。でも、その先は何です？　ソフィアは結婚しますね」

「あれが非常に尊敬できる若者、完璧な紳士と結婚できると言えてうれしいよ」

「ドリーは身を立ててどうにかやっていけます」

「おまえはアドルファスとは何の関係もない」

「兄はこの先私とは何の関係もありません。私は結婚しなかったら、どうなります？　私が選んだ相手がブレガートさんだからというので、そう言っているわけじゃありません」

「わしの前でその名を出すな」

「でも、私はどうしたらいいでしょう？　パパはロンドン屋敷を手放してしまいます。そうしたら、私はどうやって人々に会ったらいいでしょう？　メルモットさんのところに私を送り込んだのはパパです」

「メルモットさんのところにおまえを送り込んでなどいない」

「あなたの提案で私はそこへ行きました、パパ。もちろんあそこではメルモットさんがつき合っている人々にしか会うことができません。私だってみなと同じように上品な人たちとつき合いたいです」

「それ以上話しても無駄じゃ」

「それがわかりません。私はこのことについて話し、考えなければいけません。もし私がブレガートさんでいいと思っているなら、あなたやママが不平を言う理由がわかりません」

「ユダヤ人じゃよ！」

「人々は昔のようにそれを考えません、パパ。彼にはすごくたくさん収入があり、私にはいつも屋敷がロンドーー」

ロングスタッフは激高して、無遠慮に次女の発言をそこで止めた。「いいかね」と、彼は言った。「おまえがわしの同意なしにあの男と結婚したいと言うなら、それを止めることはできん。じゃが、おまえをわしの娘としてあの男と結婚させるつもりはない。おまえを家から叩き出してやる。おまえの名を二度とわしの前で言わせない。不愉快で、ーー不面目で、ーー不名誉じゃ！」それから、父は去って行った。

ロングスタッフは翌朝カヴァーシャムへ出発する前にブレガートに会った。しかし、その話し合いのことはジョージアナに何も言わなかった。彼女にも父に聞いてみる勇気がなかった。父が聞いているところで異論のある名が二度と出ることはなかった。彼女はレディー・ポモーナと姉を相手にする悲しい場面に臨もうとしていた。ロングスタッフと次女が到着したとき、哀れな母は出迎えるため玄関広間に現れなかった。――母はその朝次女からユダヤ人に関する恐ろしい便りを受け取ったばかりで、この便りの内容に直接反発する夫の言葉をまだ聞いていなかった。レディー・ポモーナは夫より大きな打撃を受けた。ロングスタッフは申し出られた結婚が論外であり、この種のことはまったく許されないとすぐ言い切って、婚約を破棄するためユダヤ人と会う手はずを整えることができた。一方、哀れなレディー・ポモーナは悲しむ以外に何もできなかった。ジョージアナがユダヤ商人と結婚すると言い出したら、母にはなすすべがない。家族にそんなことが起こったら、すべてが終わったのと同じだった。母は頭を高く掲げることも、社交の場に出かけることも、髪粉をつけた従僕に喜びを見つけることも二度とできないだろう。次女がユダヤ人と結婚したら、隣のイエルド夫人やヘップワース夫人と顔を会わせることさえできないだろう。顔を合わせる勇気はないと思った。ジョージアナは玄関広間で出迎えられなかったので、母のところへ行くことを恐れた。彼女はまずお付きのメイドと自室に入ると、ソフィアが来るまで待った。荷ほどきのようすを見つめる振りをしながら座っているとき、勇気を取り戻そうと努めた。恐れる必要があるだろうか？　とにかくほかの女性を恐れる必要があるだろうか？　いつも母や姉を支配してきたではないか？「ああ、ジョージィ」と、ソフィアは言った。「これってすばらしい知らせね！」

「あなたはこれをすばらしいとは見ていないと思います」

「いえ、そんな。――でも、何て奇妙な組み合わせでしょう！」

「ねえ、いい、ソフィア。いやなら、この結婚について話す必要はありません。私たちにはいつもロンドンに屋敷があります。あなたにはありません。私たちのところに来たくないなら、来る必要はないんです。それだけよ」

「ジョージは私をそこに行かせてくれそうもありません」とソフィア。

「それなら――ジョージは――トゥードラムのうちにあなたを閉じ込めておけばいいです。ママはどこ？こんなふうに私をこそこそうちに入れる代わりに、誰か出迎えて、一言お祝いを言ってくれてもいいと思いますね」

「ママは気分が優れません。でも、自室で起きています。ママがこのことでたいそう動転していることがわかっても、ジョージィ、驚いてはいけません」それで、ジョージアナはブレガートをあきらめる決心をしない限り、このうちではたった独り孤立した状態で満足しなければならないことを悟った。

「帰って来ました」とジョージアナは言うと、かがみ込んで母に口づけした。

「ああ、ジョージアナ、ああ、ジョージアナ！」レディー・ポモーナはそう言うと、ゆっくり体を起こして、顔を片手で覆った。「恐ろしい結婚です。私は死んでしまいます。ほんとうにね。あなたがこんなことをするとは思ってもいませんでした」

「そんなこと、言っても何の役にも立ちませんよ、ママ?」

「こんな結婚って、ありえないことのように思えます。不自然です。亡くなった妻の妹(2)より相手が悪いです。聖書にもきっとこんなことを禁じる言葉があります。あなたは聖書を読もうとしません。もし読んでいたら、こんなことをしようとは思わなかったでしょう」

「レディー・ジュリア・スタートはまったく同じことをしましたが、――どこにでも出入り自由です」

「父さんは何と言っています？　父さんはきっとこんな結婚を許しません。父さんに何か固定観念があるとすれば、それはユダヤ人にかかわることです。呪われた民族です。――それをよく考えてくださいね、ジョージアナ。――楽園から追放(3)されました」

「ママ、馬鹿げたことを言わないで」

「誰が誰かわからなくなるまで世界中にちりぢりにばらまかれて。国会に代表を送り込むことができたのは、あのいやな過激派が出て来てから(4)のことです」

「この国のいちばんりっぱな判事の一人はユダヤ人(5)です」とジョージアナ。彼女は立場を固めるため、すでにいろいろ学んでいた。

「過激派にできないのは、今の姿以外になれないことです。あなたの義兄になるホイットステーブルさんは、きっと彼に話しかけようともしないでしょう」

ジョージアナ・ロングスタッフが昔からずっと軽蔑してきた人が今もいるとすれば、それはジョージ・ホイットステーブルだった。彼は子供時代から嘲笑のまとであり、学校を出ると田舎者と見なされ、成人したあとは田舎退屈男の珍しくない例となった。なるほど彼は美男でも、賢くもなかった。トーリーの両親に生まれた保守派の郷士で、それほど金持ちでもなかった。――ほどほどの田舎屋敷を維持するくらいの収入をえているだけで、それ以上をえていなかった。ソフィアがジョージ・ホイットステーブルでもいいとの意向を初めて表明したとき、野心的な妹は冷笑の矢を容赦なく姉に放った。今はそのジョージ・ホイットステーブルが、彼女の未来の夫に話しかけることなんかないと言われた！　とりわけそのジョージ・ホイットステーブルを辱めないように、彼女はブレガートとは結婚できないと言われた！　これにはとても我慢がならなかった。

「それなら、ホイットステーブルさんにはトゥードラムにとどまってもらって、私や私の夫のことで頭を悩まさないようにしてほしいです。あんな哀れな人が私についてどう思うかなんて、私もきっと悩みません。私がお月さんについて知らないのと同じくらい、ジョージ・ホイットステーブルはロンドンについて知りません」

「彼はいつも州のつき合いをしています」と、ソフィアは言った。「つい先日はキャンタブ卿の家に泊まりました」

「じゃあ、そこに馬鹿が二人一緒にいたわけです」とジョージアナ。彼女はこのときとても悲しかった。「ホイットステーブルさんは優れた若者ですよ。彼はきっとあなたの姉さんを幸せにしてくれます。でも、ブレガートさんについてはね。——私の耳の近くでその名が出ることにさえ耐えられません」

「それなら、ママ、ママはその名にふれないほうがいいでしょう。とにかく私は二度とふれません」

ジョージアナはそう言うと部屋から飛び出して、ディナーの前に応接間に降りて来るまで、母や姉に会わなかった。

彼女は神経にも、感情にも、試練となる状況に置かれた。父がブレガードに会ったと思うけれど、彼女は二人のあいだでどんなことが話されたかまったく知らなかった。父がブレガードに結婚の意志を捨てるようにうながすほど、この結婚に反対の決意を固めていることは想像できた。もしそうなら、彼女がユダヤ人のことでみなから面責されるみじめな状況に耐えている必要はないだろう。ブレガート夫人にはなれないと、まわりの人々みなから言われた。主義を貫いて、ブレガートのために生き、死ぬ心構えを彼女は確かに持っていない。この件ではほとんどうんざりしていた。それでも、この件から後ずさりして恥辱の跡を消すこともできなかった。彼女は最終的にあのユダヤ人と結婚しなくても、ユダヤ人と婚約していたという事実を世間に知られるだろう。きっとそのあとそのユダヤ人から婚約を破棄されたと言われるだろう。彼女はブレガートとの関係を続けるほうがいいか、捨てるほうがいいかわからないまま、心のなかでこんなふうに行ったり来たりした。その夕方、レディー・ポモーナはディナーのあとすぐ「ひどく気分が悪い」と言って、自室にさがった。ブレガートのことが奥さまの悩みの種なのだと、もちろんみなが知っている。奥さまは長女に付き添われて自室にさがった。それで、ジョージアナは父と二人だけあとに残された。父娘は一言も言葉を交わさなかった。父は広げた新聞で顔を隠しながら座っているうち、眠り込んでしまった。娘は大きな部屋に独り放置され、見捨てられたと感じた。使用人からさえも見くだされているように感じた。お付きのメイドからすでにやめると通知されていた。家族みなからはっきり仲間外れにされている。もし彼女がキリスト教徒の友人を一人も持てないまま放り出されたら、たとえレディー・ジュリア・ゴールドシェイナーが至るところで受け入れられていようと、それが彼女にとって何の役に立つというのか？　ユダヤ人とだけ交わる暮らしが、狭められた彼女の野心を満足させてくれるだろうか？　彼女は十時に父の額に口づけして、寝室へ向かった。父は口づけされるとき、ふだんほどぶつぶつ声を出さなかった。彼女は自分がいつも元気に満ち満ちていると思っていた。しかし、こんな苦しみを切り抜けるには勇気が足りないと思い始めた。

父は翌日ロンドンに戻ったから、三人の女性が取り残された。ホイットステーブル家との結婚式の準備が進んでいた。ドレスが作られ、リンネル類に所有者の印がつけられ、相談が重ねられた。ジョージアナはそういう動きからとことんのけ者にされた。受け入れられた恋人が昼食にやって来ると、まるでホイットステーブル家がロンドン屋敷でも所有しているかのように、もてはやされた。ソフィーは勝利感と幸福感ではちきれんばかりに大きく見え、カヴァーシャム中の人々から新たな敬意をもって扱われた。それでも、トゥードラムが年二千ポンドの土地なら、それだけのものであり、——そのうえそこには未婚の妹が二人いる！　レディー・ポモーナは次女を見るたびに半ヒステリー症状を呈したが、それなりにとても高圧的な親の顔を見せた。おお、神よ。――二つの屋敷を持つブレガートは、彼女が受けるこういう仲間外れに値する相手だろうか？　ジョージアナは失いつつあるもののせいで、強い後悔の念に襲われた。カヴァーシャム、彼女が嫌った昔のカヴァーシャム、彼女がみなから尊敬され、いくらか恐れられていたその場所が、永久に魅力を失った今となって、すばらしいと思える魅力を具えて現れた。当時、彼女は父を凌ぐ家の筆頭といつも自分を見なしていた。――しかし、今ははっきり最後尾にいた。

二日目の夜は一日目の夜よりもっとひどかった。ロングスタッフが不在になると、家族はふつう図書室と食堂のあいだの陰気な小部屋にいた。この夜、そこにはジョージアナしかいなかった。彼女は夜がふけたころ二階にあがり、姉を廊下に呼び出して、なぜこんなふうに独りで放置されるのかと聞いた。「かわいそうなママの体調がよくありません」とソフィア。

「こんな仲間外れには我慢できません」と、ジョージアナは言った。「どこかへ行きます」

「仕方がありません。みんなあなたがしたことです。私たちと別れるつもりでいるんですから、こうなることは当然承知のうえでしょう」

翌朝［七月十二日］ロングスタッフから急ぎの便りが届いた。それがレディー・ポモーナ宛の便りだったので、ジョージィにはどんな内容かわからなかった。しかし、彼女は同封の手紙を一つ見てよいと言われた。「ドリーがこの件についてどう感じたか、ママはあなたに知ってほしいと思っています」ソフィーはそう言って、父に宛てたドリーの手紙をジョージィの手に渡した。手紙は次のようなものだった。

親愛なる父さん――

ジョージィがあのぞっとする下品なユダヤ人、老ブレガートとの結婚を考えているのはほんとうですか？　そういう噂を聞きましたが、信じられません。あなたがそんな結婚を妹に許さないと確信しています。妹を牢に閉じ込めておくべきです。

愛情を込めて
A・ロングスタッフ

父はドリーの手紙にひどく怒った。手紙は短かったが、いつも助言か教えを含んでいたから、子から父への手紙というより父から子への手紙のようだった。歓迎して受け取れるような手紙ではなかった。それでも、家長はこの手紙に利用する価値があると思ったから、反抗的な次女に見せるため、カヴァーシャムにそれを転送した。

ドリーは彼女を牢に閉じ込めておけと言った！　閉じ込められるものなら、閉じ込めてみればいい！　彼女は兄の手紙を読むとすぐ、姉のいる前で引きちぎった。「どうしてママはドリーの言葉を気にするんでしょう？　偽善者ね。兄が馬鹿なのは誰でも知っています。そのうえ、パパは兄の手紙に転送してまで私に見せる価値があると思ったようです！　うーん、結局パパのやることなんか気にする必要はないと言わなければなりません」

「ドリーだってほかの人と同じように意見を持っていいでしょう」とソフィー。

「ジョージ・ホイットステーブルもね？　二人とも愚かさの点でいい勝負です。でも、ドリーのほうが世間のことを少しだけ知っています」

「頭のよさや抜け目のなさはね、ジョージアナ、商人階級や、特にある種の人たちのところで見られると」

と、姉は言い返した。「もちろんみんな知っています」

「あなたたちとは絶交です」と、ジョージィは言うと部屋を走り出た。「あなたたちの誰とももう関係を絶ちます」

ところが、若い娘が家族と絶交するのは非常に難しい！　若い男はどこにでも行ける。海で行方不明になり、二十年後に帰って来て資産を請求してもいい。若い男は親から手当をせびって、独りで生活する権利を持っている。若い雄鳥は父の巣から飛び立つものと了解されている。しかし、家のなかにいる娘は夫をえるまで父に忠実に従うように強制される。ジョージィの場合、ブレガートに身をゆだねることでしか、カヴァーシャムの家族と絶交できない。婚約がまだ生きているとブレガートが思っているかどうか、彼女は今のところはっきりしなかった。

その日も言語に絶する退屈のなかですぎた。あまりにも退屈だったので、彼女は結婚衣装のことで一度姉に助言を与えそうになった。朝はきつい言葉を口にしたにもかかわらず、もしソフィーが少しでも心を開いてくれたら、助言していただろう。しかし、ソフィーは残酷に無関心を保った。姉は小さいころいやな目にしかあわなかったので、今は――ジョージ・ホイットステーブルを味方につけて――いい思いをしたかった。そのいい思いは、妹がいやな目にあうことによって無限に高められた。姉はこれまでずいぶん軽蔑されてきたので、一転して人を軽蔑する魅力に抵抗することができなかった。妹が意図するこんな結婚には、執念深く抵抗する義務があると胸中言い聞かせることで、姉は残酷さと良心を和解させることができた。それゆえ、ジョージアナは運命がどうなるか少しもわからないまま、さらに一日をぐずぐずすごした。

註

（1）セント・ジェイムズ区で Piccadilly の南側をそれに並行して走り、St. James's Street と Regent Street を結ぶ通り。

（2）妻が存命中の姉や妹との結婚を聖書は禁じている。「レビ記」第十八章第十八節。

（3）楽園から追放されたアダムとイヴは、律法から見るとユダヤの国の代表ではない。ユダヤの国の祖はアブラハムの子孫ということになっている。「創世記」第二十二章第十七、十八節。

（4）最初のユダヤ人国会議員ライオネル・ド・ロスチャイルド（1808-79）は自由党出身。

（5）サー・ジョージ・ジェセル（1824-83）のこと。

第七十九章　ブレガートの手紙

ロングスタッフは次女を水曜にカヴァーシャムに連れ戻した。次女はブレガートとほんとうに婚約しているかどうかわからないまま、悲しい木曜と金曜をすごした。彼女は父からこの縁談を破談にするとはっきり言われたから、その目的で父がブレガートに会ったと信じていた。彼女は一度も父の考えに同意しなかったし、家族の誰の考えにも従うつもりがなかった。とはいえ、少なくとも父に対しては彼女の意図にしつこく固執しはしなかったと、彼女に対してまだ支配力を握っているという感触を持たせて、父をロンドンに帰らせたと感じていた。彼女はブレガートに憤りを感じ始めた。ブレガートが彼女に相談することもなく、父の反対を受け入れたと思ったからだ。何かが取り決められ、何かが了解される必要があった。こんな中途半端な生活を送っていたら、気が狂ってしまう。ブレガートとの結びつきからは不利益ばかりがあって、利益がまったくないのだ。彼女はブレガートの富や屋敷のことを考えて慰めをえることがほとんどできないのに、ブレガートとの結びつきのせいでカヴァーシャムから全面的な仲間外れにあっていた。彼女は――何を書いていいかわからなかったが――、ブレガートに手紙を書かなければならないと思い始めた。

ところが、彼女は土曜［七月十三日］の朝ブレガートから手紙を受け取った。姉と朝食の席に着いているとき、それを受け取った。姉はそのときトゥードラムからスグリの実を贈られて得意になっていた。トゥードラムのスグリの実はサフォークでは有名だった。手紙の束が運ばれて来たとき、ソフィアは恋人からささげられた籠を白い手で受け取った。「そうよ！」と、ジョージィは叫んだ。「恋人に田舎からスグリの実の籠を贈るなんて！　ジョージ・ホイットステーブル以外に誰がそんなことをするかしら？」

「たぶんあなたには宝石や金の贈り物しかないんでしょ」と、ソフィーが言い返した。「ブレガートさんはスグリの実がどんなものか知らないと思いますね」そのとき、手紙が渡された。ジョージアナは筆跡を知っていた。「ブレガートさんからじゃない」とソフィー。

「誰から来ようとあなたには関係ないことです」彼女は落ち着きを保って堂々としていようとした。しかし、手紙があまりにも重要だったので、冷静さを保つことができなかった。ひそかに読むため自室に戻った。

手紙は次のような内容だった。――

親愛なるジョージアナ

モノグラム令夫人のパーティーであなたに会う予定でしたが、かなわないまま翌日あなたのお父さんの訪問を受けました。私はお父さんから言われたことを考えるため、一、二日置いたあとあなたに手紙を書くと、そのとき回答しました。――あなたもお父さんが言っていることを考えるため、一、二日置いたほうがいいと思います。お父さんは最初の話し合いのときに言ったことをいっそう乱暴に繰り返しました。明らかにそうする必要のないとき、乱暴な口を利く気になったと言わざるをえません。

要するにこういうことです。私と結婚するというあなたの約束をお父さんは頭から認めません。その理由を三つあげています。――第一は私が商売をしていること、第二は私があなたよりかなり年上で、子供を持っていること、第三に私がユダヤ人であることです。第一の点については、お父さんがまじめにそれを言っているとは思えません。私は銀行員の仕事をしていると彼に説明しました。イギリスのどんな紳士も、たんに相手が銀行員であることで、娘の結婚に反対するとは考えられません。そんな反対をすれば、そこには盲目的な尊大さがあるでしょう。お父さんにそんな尊大さがあるとは思いません。この第一の点はたんに他の反対を強めるために添えられたものです。

私は五十一才です。再婚に年を取りすぎているとは思いません。私が年を取りすぎているかどうかは、あなたが判断することです。――年齢の問題は私の子供たちの問題でもあります。あなたが私の妻になってくださったら、子供たちはもちろんある程度あなたのお世話になります。あなたがまるきり若い娘だったら、私はあなたに言い寄る勇気を持たなかったと言っても、礼儀に欠けているとは思われないでしょう。私たちのあいだに年の差があるのは疑いがありません。――あって当然だと思います。私の年の男性は自分と同じ立場の女性とは結婚しようとしません。しかし、問題は女性が決めることです。――あなたが今決めなければなりません。

お父さんが私の宗教について言うことには、説得力があることを認めます。ただし、もっと偏見のない教育を受けた紳士なら、相手を怒らせない言葉で言いたいことを伝えたと思います。とはいえ、私はそれほど簡単には怒りません。今回は、お父さんの言うことを怒らずに聞く用意があります。夫婦は一つの宗教でまとまるほうがいいと、そう考える人がいるのは容易に推測できます。私自身はそういうことに無関心ですがね。あなたが私の妻になって幸せになってもらえれば、私はあなたに干渉しません。あなたも私に干渉しないと思います。もしあなたが娘か、娘たちを持ったら、あなたの影響のもとで娘たちを育てることができるよう心から望みます。(ジョージアナはこの部分を率直すぎると思ったから、手紙を読みながら、誰かに見られていないか確かめるように部屋を見回した。)しかし、私がユダヤ人であることで、あなたのお父さんが特に私に反対しているのは疑いがありません。もし私が無神論者なら、お父さんは宗教についておそらく難しいことは言わなかったでしょう。この問題でも、ほかの問題でも、お父さんはほとんど今の時代の動きと歩調を合わせていないように私には思えます。五十年前なら、ユダヤ人はキリスト教徒と同じに見られるべきだとどう主張しても、そう見られることはありませんでした。特殊な場合を除けば、ユダヤ人は社会から締め出されていました。高い地位に伴う特権からもすっかり締め出されていました。けれど、そういうことも変化してきました。あなたのお父さんはその変化を認めません。彼は変化を見たくないから、目を閉ざしていると思います。

お父さんの考えに対してあなたと一緒に戦うためというより、私の身を守るため、私はこういうことを言っています。どの程度までお父さんの考えに支配されるかを決めるのは、あなた、あなた独りにかかっています。私があなたと結婚する栄誉をえようと考えたとき、まずお父さんのところにお伺いを立てなかったから、父と家族に対して作法にもとる振る舞いをしたと、お父さんはかなり横柄に私に食ってかかりました。この問題では彼とはまったく意見を異にすると、私は言わずにいられませんでした。そう言うとき、興奮していたようすを表さないように努力しました。というのは、私はお父さんのうちであなたに会うことができませんでしたし、お父さんとの面識もありませんでしたからね。あなたは数年前ならおそらく父への完全な服従を、疑問に感じることなく受け入れていたでしょう。しかし、今はそんな服従からある程度解放されていることを、もう一度あなたの年齢にふれる非礼を冒して言わなければなりません。私が友人のメルモットさんの家であなたに会ったように、紳士が社会のなかで淑女に会ったら、彼女に親がいるからといって、思いを告げることを禁じられているわけがありません。お父さんは疑いなく作法に従ってあなたを後見人の手にゆだねました。あなたがそんな状態に置かれているのを見て、私がそれを利用したからといって、不適切な行動を取ったと責められたくありません。

さて、言いたいことは言いましたので、あなた自身の決定に問題を全面的にゆだねなければなりません。私は婚約していただいたからといって、あなたをこの婚約に縛りたくないと思っていることを理解してほしいです。あなたと話し合う前に、あなたが家族の意見を聞く義務があったとは思いませんが、家族の意見を考慮しなければならないことは進んで認めます。お父さんはあなたと家族の決別が避けられないと繰り返し言っています。私に対するあなたの敬意があり、私が整えられる快適さに対するあなたの正しい理解があっても、家族との決別をあなたに受け入れてもらうには、それで充分ではないということがあるかもしれません。こういうことをしっかり考えてもらうために一、二日、時間をかけてください。この前あなたと楽しく話すことができたとき、あなたはたとえ両親に反対されても、あなたの強い願いを前にするとき、そんな反対を退けられると考えているように見えました。私はそんなあなたの考えをうれしいと思いました。しかし、お父さんの態度から見ると、そのときのあなたの考えは間違っていたと思わざるをえません。あなたを非難してこういうことを言っているのではないことをわかっていただけるでしょう。その正反対です。お父さんは理不尽だと思います。お父さんがあんなふうに反対すると、あなたが予想できなかったのも無理はありません。

あなたに対する私の思いは、それをあなたに説明しようとしたときからまったく変わりません。私は年を取りすぎて結婚できないとは思いませんが、恋文を書くには年を取りすぎていると思います。私が非常に誠実な愛情をあなたに抱いていると言うとき、あなたがそれを信じてくださることを疑いません。妻になってくださったら、あなたを幸せにすることを生涯の課題にすると、さらにつけ加えて言うとき、それを信じてくださるように懇望します。

これからあなたに言うもう一つの問題は、お父さんにすでに伝えてあります。しかし、それにふれることはどうしても必要です。ある紳士の失敗のせいで、私は今週中に多額の損失をこうむることになりそうです。その紳士があなたを私に引き合わせる仲介者となってくれましたから、その紳士のひどい扱いを喜んで許します。損失のことはお父さんに知らせるほうがいいと思いましたが、紳士のことはあなたと私だけの内緒事だと理解してください。たとえそんな損失があっても、私の死後に使えるようにあなたに設定すると約束した収入には、何の差し障りもありません。お父さんはあなたが私と結婚したら、あなたには一銭も与えないし、遺産も遺さないと断言しています。しかし、お父さんはこういう資産設定の事情を知っていたら、私が今回の損失について話したとき、私に面と向かって破産した商人だなどとののしるのを控えたかもしれません。私は破産した商人ではありませんし、そうなることもありません。この損失が私の現在の生活水準に影響を及ぼすこともありません。とはいえ、あなたにこれを知らせておくのは正しいと考えました。なぜなら、損失が生じたら、――生じると思いますが――、おそらくこの先二、三年は第二の屋敷を維持するのが難しいと思います。それでも、フラムの屋敷と馬屋は、現在と同じように維持されるでしょう。

婚約にとどまるか、婚約から退くか、決めるため知っておく必要があると思うことはみなあなたに話しました。決めたら私に知らせてください。――でも、決めるにはおそらく一、二日は必要でしょう。私に有利な決定がなされたら、私が幸せな男になることは言わずもがなでしょう。

それまでのあいだ私はあなたの親しい友人です。

イジーキエル・ブレガート

ジョージィはこの長い手紙を読んでひどく動揺し、読んでいるあいだ、どうしたらいいかわからなかった。率直に話された、真実を語る手紙であることは見て取ることができた。彼女はそういう長所のゆえに手紙を称賛するのではなく、手紙を読んでいるうちに無意識にはっきり固定観念を作りあげた。彼女は他人の嘘をたやすく見抜いたから、ブレガートがだまそうと意図する言葉を書いていないことを読み取った。しかし、手紙に表現された男のいちずな真の誠実さをまったく理解しなかった。この男はユダヤ人であり、脂ぎった肉屋ふうであり、五十すぎの子持ちだけれど、誠実な人だから、この男に安心して身を任せてもよいと、手紙を読みながら彼女が胸につぶやくことはなかった。手紙が特別分別に満ちたものだとは把握できず、むしろロマンスの全面的な欠如に心を痛めた。彼女の年齢に最初にふれられたときは当惑し、二度目にふれられたときは怒りを感じた。彼女はブレガートから若いと見られていないと思った。若い女が若く見られるためにする振り、つく嘘に対して、ある種釣り合いを取る重りとして、世間一般が未婚女性を実際より年取って見ることに彼女は気づいている。ブレガートから特別若いと見られたいとは思わない。それでも、彼が年齢にふれたのは不作法だと――おそらく肉屋らしいやり方だと――思った。この判断がそのあとの判断に強い影響を及ぼした。彼女は「娘か、娘たち」のところでとまどった。これは俗悪だと――まさしく肉屋が言うようなことだと――心でつぶやいた。彼女は父を男たちのなかでもっとも物わかりの悪い、もっとも偏見に満ちた、もっとも意地の悪い男だと進んで認める用意がある。しかし、ブレガートが父にそんな言葉を使うのを不快に思った。なかんずく、ブレガートの手紙のなかでいちばん不快に感じたのは、おそらくメルモットとの関係からこうむる損失にふれた一節だった。損失を出したからといって、彼女との約束を破るどんな権利が彼にあっただろうか？　ロンドン屋敷があるから、彼女は婚約に強く心を動かされた。それなのに、三年間ロンドン屋敷がなくなると平気で言うくらい、彼はじつに厚かましかった。これを読んだとき、彼女は怒って当然だと感じた。しばらく何も考えることもなく座っていたかったし、彼にはこれ以上何も言うことはないと、侮蔑を込めて言いたかった。

しかし、ブレガートを拒むという選択にも、むごい苦々しさがあった。拒んだら、彼女はたくらんだ汚い罪を父母からかろうじて許され、ジョージ・ホイットステーブルの結婚式で平凡な花嫁付き添い役を務めることになる。ブレガートを拒んだら、ロンドン社交界の栄光からとことん切り離されてしまうだろう！　ユダヤ人とのこの経緯のせいで、ロンドン屋敷について父と再び交渉する見込みはまるきりなくなるだろう。そうしたら、レディー・ポモーナと姉のジョージ・ホイットステーブル夫人は、父と一緒になって彼女につらく当たるだろう。「社交シーズン」はなくなってしまう。彼女はカヴァーシャムの何でもない人になってしまう。ロンドンへ行くことは、ほとんど望めなくなってしまう！　みんなが彼女とユダヤ人の話を耳にするだろう。彼女はその気になればユダヤ人の妻として、世間に立ち向かう勇気を奮い起こせると思った。けれど、ユダヤ人と結婚したかったのに失敗した若い女としては、勇気を奮い起こすことができないと思った。今申し出られた結婚から身を引く決心をしたら、未来はどうなってしまうだろう？　父にすぐ外国へ連れ出してもらうことができたら、そうしよう。しかし、今父とそんな取り決めをする状況にはなかった。彼女はこういうことをみな徐々に思いめぐらすとき、ブレガートの助言を受け入れて問題をじっくり考えるまで回答を延ばそうと決心した。

彼女は一晩寝て考えたあと、翌日［七月十四日］母にいくつか質問した。「ママ、ママはパパがどうするつもりでいるか知っていますか？」

「どういうことかしら、あなた？」レディー・ポモーナは前に悩まされていた君臨する娘への怖れから解放されて、辛辣な言い方をした。

「ええと、――パパには何か計画があると思うんです」

「あなたの言いたいことをちゃんと説明してくれなければ答えられませんね。なぜ父さんに特別何の計画もないかはわかっています」

「パパは来年ロンドンへ行きますか?」

「お金次第だと思いますよ。なぜ聞くんです?」

「当然のことですが、私はとてもむごい立場に置かれています。それは誰にでもわかるでしょう。きっと、ママ、あなたにもわかっています。つまりこういうことです。——もし私がこの婚約をあきらめたら、パパは私たちを一年間外国へ連れ出してくれるかしら?」

「どうして父さんがそんなことを?」

「イギリスにいたら私の居心地が悪いことは想像できるでしょう。もしここカヴァーシャムにとどまることになったら、私はどうやって身を固めたらいいでしょう」

「ソフィーはとてもうまくやっています」

「でも、ママ、ジョージ・ホイットステーブルは二人もいません。——ありがたいことにね」彼女は母に謙虚に懇願するつもりでいたが、一矢放つことを思いとどまることができなかった。「だからといってソフィーが幸せじゃないと言うつもりはありません。はっきり姉には幸せになってほしいです。でも、姉の幸せは私には何の役にも立ちません。ここにいたら私はとても不幸になります」

「外国へ行ったからといって、あなたがどうやって結婚相手を見つけられるかわかりません」と、レディー・ポモーナは言った。「父さんをどうやってここから連れ出せるかもわかりません。父さんはカヴァーシャムが好きですから」

「じゃあ、私はあらゆる面で犠牲になる運命です」と、ジョージィは言うと、部屋から怒って出て行った。それでも、ブレガートにどんな手紙を書いたらいいか決心することができなかった。もう一晩寝てそれを考えた。

翌日［七月十五日］朝食後、彼女は机に着いたときどう書くかはっきり決めていなかった。しかし、書いた。書き終えた手紙は次のようなものだった。

カヴァーシャムにて月曜

親愛なるブレガートさま

返事を急がなくてもよいと言われましたので、あなたの手紙について考える時間を少しいただきました。パパやママやみなと喧嘩をしたら、もちろん不愉快になります。私がみなと喧嘩をしたら、きっと誰かからはありがたがられることでしょう。でも、パパはこれまでひどく不公平なことを言ってきました。パパに聞いてみないのは、聞いても無駄だからです。もちろんパパはこの婚約に反対しています。パパはロングスタッフの家のことをとても重く考えています。ですから、思うに私も当然重く考えなければなりません。でも、世界はとても早く変化していますから、人は今何につけ昔のようには考えません。とにかく私はただパパから言われるからといって、言われる通りにする義務はないと思います。私はあなたが思っておられるほど年を取っていません。でも、自分で判断できるくらいには年を取っています。――それで、自分で判断するつもりです。あなたは私への愛情についてほとんど話しておられません。でも、愛情は当然のこととしてとらえていいと思います。

あなたが損失を出したという話にパパが当惑したとしても私は不思議に思いません。あなたが――同意してくださった――ロンドン屋敷を持てないとは、かなり多額な損失をこうむるに違いありません。定まった地所が今のところ田舎にありませんから、私は当然ロンドンでしか友人に会うことができません。ですから、ロンドンに屋敷が持てないのは大きな当て外れです。フラムはときどき訪れるくらいならとてもいいですが、一年中住みたいところだとは思いません。あなたがおっしゃる三年間も、私はとても我慢できません。おっしゃっているように、損失が長く影響を及ぼさないなら、何とかロンドンに屋敷をえることはできませんか？　三年でそれができるなら、たぶん今でもできると思います。この質問に答えてほしいです。私は社交シーズンにロンドンにいることをとてもだいじに思っています。

あなたの手紙のほかの部分についても、パパが悲しがっているのを私は前からよく知っています。でも、パパからほとんど幸せにしてもらっていないとき、なぜ私がパパの意向に邪魔されなければならないかわかりません。もちろんあなたはまた手紙を書いてくださるでしょう。そして、ロンドンの屋敷について満足できることを言ってくださることを望んでいます。

いつも誠実にあなたのものである
ジョージアナ・ロングスタッフ

ブレガートがある条件では婚約から退こうと思っているとは、ジョージィはおそらく考えてもいなかった。彼女は高貴な生まれと地位を誇るキリスト教徒の淑女として、ユダヤ商人に身をゆだねる彼女の価値を充分承知しているので、ブレガートがどんな条件でもこの取引に執着すると思っていた。ブレガートの機嫌を損なう部分が、彼女の手紙のなかにあるとは思ってもいなかった。彼女はロンドン屋敷がほしいという主張を何とか実現できると思い、ブレガート側にいろいろ難点があるので、この点では彼が譲歩するだろうと思っていた。しかし、彼女はことここに至るまでブレガートをほとんど知らなかった。彼は二番目の手紙を送るのに一日も無駄にしなかった。シティの事務所に彼女の手紙を持って行って、そこで一瞬も遅れることなく返事を書いた。

ロンドン、セント・カスバーツ・コート[1]、七番
一八──年七月十六日火曜

親愛なるミス・ロングスタッフ

あなたはパパやママと喧嘩をしたら、とても不愉快になると書いています。私はそれに同意しますから、あなたの手紙を私たちの親しい関係に終止符を打つものと見なします。とはいえ、あなたが両親の考え方に忌まわしくも従うというだけの理由で、私がこの結論に至ったと、もしあなたが考えるなら、あなたあるいは私が公正に扱われているとは言えません。田舎屋敷はともかくロンドン屋敷が提供されなければ、あなたが私の妻になりたくないということは、あなたの手紙から見て明らかです。しかし、私は今のところこれをする力を持ちません。一定の収入を明言していましたから、できれば今回の損失であなたとの財産契約に支障をきたすことのないようにしたかったのです。今のところ力を持たないので、ある程度子供たちの体面を損なってしまいました。子供たちを以前の状態に戻すまで、私は完全に幸せになれません。それゆえ、以前の状態に戻すまで、支出の増加を謹まなければなりません。一方、一つの家庭という不便をあなたに分かち合うように求める権利はもちろん私にはありません。あなたには私以外の別の源泉に幸せを求めてほしいと私が願っていること、できるだけうまく私が失望に耐えていくこと、をつけ加えておくのがいいでしょう。

このような状況であなたからいただいた指輪を私が身につけていることを、あなたはおそらく望まないでしょう。それを郵送でお返しします。私から受け取ってもらったつまらないものは、いつもあなたによかれと願った男の思い出として、あなたの手もとに置いてくださると信じます。

誠実にあなたのものである
イジーキエル・ブレガート

これで終わった！　ジョージィはこの手紙を読んだとき、恋人の仕打ちにひどく怒った。彼女は送った手紙がこんな別れを確実にする性質の手紙ではなかったと信じていた。相手をしっかりつかまえているが、ただ彼女の側に相手を受け入れるところまで自信を持てないだけだと思っていた。それなのに、今ユダヤ人から拒絶された！　彼女はこの最後の手紙を幾度も読んだ。読めば読むほど心の底では彼女がこの男と結婚するつもりでいたことを自覚した。結婚すれば不都合なところがきっと出て来るだろう。それでも、結婚しない悲しみよりまだましだった。今彼女は父母によって踏みつけにされ、ジョージ・ホイットステーブル夫妻によって嘲られる、カヴァーシャムの退屈な長い見通し以外に目の前に何も見出せなかった。

彼女は立ちあがると、報復を考えながら部屋を歩き回った。しかし、どんな報復が可能だろう？　周囲の人々はみな今回の彼女の行いでユダヤ人の肩を持つだろう。相手を殴ってくれと、ドリーに頼むことはできそうもない。憤怒の形相をして先方を訪問してくれと、父に頼むこともできない。報復は不可能だった。しばらく、ほんの数秒、彼女はブレガートに手紙を書いて、婚約をこんなふうにおしまいにするつもりはなかったと伝えようと思った。そんなことをしたら、疑いもなくユダヤ人に慈悲を請うことになる。彼女はそこまで身を落とすことができなかった。彼からもらった時計と金鎖は手もとに置いておくつもりでいる。それは百五十ギニー以上すると誰かから言われた。誰からそれをもらったか人に知られているから、身につけることはできなかった。それでも、身につけられる宝石と交換することはできるかもしれない。

彼女は昼食のとき姉と口を利かなかった。午後になると、母に知らせるほうがいいと思った。「ママ」と、彼女は言った。「あなたとパパが深く悲しんでいましたから、ブレガートさんとの関係を終わりにしました」

「当然終わりにしなければね」とレディー・ポモーナ。とても失礼な発言だった。あまりにも失礼だったので、ジョージィは部屋からほとんど飛び出しそうになった。「あの男から何か便りがありましたか?」と、令夫人は聞いた。

「私が彼に手紙を書いて、彼から返事が来ました。決着が着きました。あなたから何か優しい言葉をかけてもらえたらと思いました」不幸な若い女はわっと泣き出した。

「とても恐ろしかったです」と、レディー・ポモーナは言った。「とても恐ろしかった。こんなひどい話は聞いたことがありません。若い何とかさんが獣脂ろうそく製造人の娘と結婚したとき、もしそれがドリーだったら、私は死んでいたと思います。でも、今度のことはそれより悪かったです。その娘の父はメソディストでしたから」

「その人たちは二人とも一文なしでした」と、ジョージィは涙を流しながら言った。

「父さんはあの男が破産寸前だと言っています。でも、終わったんでしょう?」

「ええ、ママ」

「人々が忘れるまで、私たちはみなここカヴァーシャムにとどまっていなければいけません。ジョージ・ホイットステーブルにはとてもつらい状況でした。なぜなら、州の人々がみなもちろんこの話を知っていましたから。このことで彼がソフィーとの結婚をやめるだろうと、私たちは一度覚悟しました。やめられても、何も言うことができなかったとほんとうに思います」その瞬間、ソフィーが部屋に入って来た。「ジョージアナとあの――男との関係は終わりました」とレディー・ポモーナ。彼女は男がユダヤ人であることにさらにふれて、汚名を着せることをかろうじて思いとどまった。

「こうなると思っていました」とソフィア。

「もちろんそんな結婚がほんとうに起こるはずがありません」と母。

「もうこれ以上一言もそれにふれないようにお願いします」と、ジョージアナは言った。「パパに手紙を出してくださるでしょう、ママ」

「時計と鎖を先方に送り返さなければいけませんよ、ジョージィ」とソフィア。

「よけいな口出しはしないでちょうだい」

「もちろん返さなければいけません。父さんは持たせませんよ」

年下のミス・ロングスタッフは思慮を欠く親密さをメルモット家と結ぶことで、こんなみじめな屈辱の深みに落とされてしまった！　ジョージアナは人生のこのみじめな挿話を思い出すとき、嘆きをいつも父の恥ずべき契約違反のせいにした。

註

（1）架空の地名。

第八十章　ルビーが奉公に出る準備をする

私たちの哀れな、誠実な旧友ジョン・クラムは、サー・フィーリックスに通りで暴力を振るったあと、豚箱に連れて行かれて、その夜一晩留置された。もっと頭のいい人だったら、この恥辱が気力に重くのしかかっただろう。しかし、彼の場合はそれほどでもなかった。准男爵を殺していないことを知ったとき、「ベリー・セント・エドマンズで吊される」代償を払うことなく、復讐をはたす喜びを味わえたことに納得した。彼は復讐それ自体に慰めを感じた。実際にルビーがいる前で「あの若い男に仕返しをした」と思うと大きな満足をえた。敵を小突き回す意志と能力を過信していたわけではない。それでも、今回は彼のほうが二人のうちでましなほうだと、ルビーには見えたに違いないと思った。警察署で一晩泊まることなどたいして不便とは感じなかった。彼は自宅の四柱式寝台をとても自慢しているが、ほんとうのところはそんな贅沢があまり好きではない。一晩留置されることを恥辱だとも思わなかった。彼は警官――彼の気質をすっかり把握しているように見える警官――の前でじつに上機嫌だった。錠がおろされたとき、子供のようにおとなしかった。固いベンチに横たわったとき、若い紳士が反撃することもなく野良犬のように四つん這いになるのを見たからには、ルビーがきっともう「准男シャク」に心を向けることはないと思って心を慰めた。ルビーのことをたくさん考えたものの、災難をもたらした役割のことで彼女を責めることはなかった。

翌朝［七月十三日］、彼は治安判事の前に引き出されて、その日早い時間に身柄を釈放すると告げられた。

サー・フィーリックスは暴力を振るわれたことで、その分ひねくれることはなく、彼を打ち据えた男を告訴することを拒んだ。ジョン・クラムは担当となった警官と心から握手して、ビールを一緒に飲もうと誘った。警官はそれを断らなければならないのを残念に思いながら、じきにまた会いたいとの希望を述べて、いちばん新しい罪人に別れを告げた。「バンゲイに来ちょくれ」と、ジョンは言った。「そいなら、そこでおれがどんな生活をしちょるか見せられるけえ」

彼は警察署からまっすぐピップキン夫人の下宿へ向かい、ルビーに会いたいとすぐ言った。ルビーが子供と散歩に出ていると告げられたあと、ピップキン夫人とハートル夫人の両方から、彼はまだルビーの前に姿を見せないほうがいいと助言された。「おわかりでしょうが」と、ピップキン夫人は言った。「ルビーはあなたがあの若い紳士にどんなにむごかったか考えています」

「そいやけど、おりゃあそねえでもなかったけえ。――特別そねえでも。ほんとにあいつあ髪の毛一本乱しちょらんやった」

「しばらく彼女を放っておきなさい」と、ハートル夫人は言った。「ちょっと放っておくのが彼女には効果的です」

「それいの」と、ジョンは言った。「ただ放っちょくことを彼女に悪う取ってもらいとうないな。彼女に規則正しゅう食事を取らせちょくれ、ピップキン夫人」

ハートル夫人はルビーを放っておくよう提案したが、それは食事を食べさせないところまで放っておくのではないと彼に説明した。ロンドンに来るほうがいいと思われたらすぐ連絡するというハートル夫人の確約を受け取ったあと、彼はいとま乞いをした。いつでも一言知らせてくれればすぐここに舞い戻って来ると、好意的な二人の夫人にそれぞれ繰り返し大声で約束した。そのあと、彼はピップキン夫人を脇へ招くと、

「何か必要以上の物入り」があったら、喜んで支払をすると申し出た。それから、お別れを言い、ルビーに会うことなくバンゲイに帰った。

ルビーは子供と一緒に帰って来たとき、ジョン・クラムが訪ねて来たと知らされた。「豚箱に入っていると思っていたのに」とルビー。

「何のために彼を豚箱に入れておく必要があるんです？」と、ピップキン夫人は言った。「彼はいけないことを何もしていません。あの若い紳士は私が理解する限りあなたを引っ張り回していました。クラムさんはそれを止めるために、誰でもすることをしたにすぎません。もちろんそんなことで当局は彼を豚箱に入れておきません。豚箱ですって！　豚箱に入れなければいけないのは彼のほうじゃありません」

「それで、彼は今どこにいるの、伯母さん？」

「他人のいらぬ世話はやめて、バンゲイに帰りました。もう二度とここに来て、無駄骨を折るようなことはしません。彼は持つ価値があるものとないものについて、今はちゃんと理解しています。美はほんの薄皮にすぎませんからね、ルビー」

「ちょっと励ましてやれば、ジョン・クラムは明日にもまた私を追っかけて来るわよ」と、ルビーは言った。「指一本あげればね」

「来ても、ジョン・クラムは骨折り損のくたびれもうけでしょう。それだけです。さあ、仕事に取りかかりなさい」ルビーは仕事に取りかかれと言われるのが嫌いで、頭を振りあげ、台所のドアをバタンと閉め、お手伝いの娘を叱りつけ、それから座って泣き出した。さてどうしたらいいかしら？　フィーリックスはあんな扱いを受けたあとで、彼女のもとには戻って来ないと思った。たとえ戻って来ても、ルビーが胸中でつぶやいた言い方によると、彼はもう「つまらない人」になっていた。あの場面で彼女は准男爵の味方をする気になったものの、殴られた分だけはっきり彼が嫌いになっていた。二度と彼とダンスをすることはないと思った。ダンスがロンドン生活の魅力だったが、それももう終わってしまった。結婚については、彼にその気がないことをはっきり感じ取っていた。ジョン・クラムはでかくて、ぎこちなくて、退屈で、無骨で、若い娘の恋の対象になることなんか考えられない。恋愛とジョン・クラムは水と油だ。しかし！――ルビーはイズリントンで乳母車を転がしたり、ピップキン伯母から仕事に取りかかるように言われたりするのは嫌いだ。ルビーが好きなのは恋とダンスだった。翻って考えると、もしすべてをあきらめなければならないとしたら、伯母のところにとどまってイズリントンあたりで乳母車を転がしているより、もっといいことはないかという問題があるだろう。

ハートル夫人は下宿でいまだ寂しい生活しており、自分のためにすることがほとんどなかったから、ジョン・クラムのために献身した。彼は米国の男のタイプとはずいぶん違う、夫人の会ったことがないたぐいの男だった。「頭のなかに何か考えることがあるかどうか知りたいです」と、彼女はピップキン夫人に一度言ったことがある。クラムの頭のなかにはルビー・ラッグルズとの結婚という強い考えがあるとピップキン夫人は答えた。ピップキン夫人も米国の女のタイプとはずいぶん違うと、ハートル夫人は思ってほほ笑んだ。彼女はピップキン夫人にとても親切にして、女将の子供が食べられるようにわざわざライスプディングを注文した。彼女はできる限りジョン・クラムに支援を与えようと決めていた。

ハートル夫人はクラムに効果的に支援を与えるため、ピップキン夫人と共謀して、ルビーに関する行動計画を用意した。現場ではピップキン夫人が主役のように見えるけれど、計画は完全にハートル夫人のものだった。ジョンがバンゲイに帰った翌日、ピップキン夫人は奥の居間にルビーを呼び出して言った。「ルビー、おわかりでしょうが、こういう状態はもう終わりにしなければいけません」

「何を終わりにしなければいけないのよ？」

「ここにとどまることはできませんよ、あなた、おわかりでしょう」

「あたしは一生懸命働いててよ、ピップキン伯母さん。お手当ももらわずにね」

「お手伝いは一人いれば充分です。――手当を出さなくても、生活費を出さなければいけません。それに別の理由もあります。おじいさんはあちらにまたあなたを引き取ってくれそうもありません。それは確かです」

「どんなに説得されても、じいちゃんのところへは帰らないからね」

「でも、どこかへ行かなければいけません。ずっととどまるために、ここに来たんじゃありませんからね。――私もあなたをここに置いておくことはできません。奉公に出なければね」

「雇ってくれる人なんか知らないけど」とルビー。

「新聞に広告を出さなければね。子供が好きなようですから、子守女として職を求める広告を出すのがいいでしょう。私が人物証明書を出します。――ただしほんとうのことしか書きませんよ。最初はあまりお手当を求めてはいけません」ルビーはとても悲しげな表情をして、目に涙を浮かべそうになった。ダンスホールの栄光からの転落は、あまりにも青天の霹靂で、耐えがたいものだった！「遅かれ早かれやらなきゃならないことですから、今日の午後広告を出したらいいです」

「私を追い出すつもり、ピップキン伯母さん」

「ええと、――追い出すかと言われれば、追い出します。おわかりでしょうが、まるで私が女雇用主ででもあるかのように、あなたは私の言うことを聞こうとしませんでした。出るなというとき、あのやくざ者とデートに出かけました。ちゃんとしたうちにいるとき、うちの人から言われることに気をつけなければいけません。それがあなたにとっていちばんいいことです。あなたは羽目をはずしましたから、おわかりでしょうが、今その代償を払わなければいけません。恋人とも、おじいさんとも喧嘩をしましたから、ルビー、自分で生計を立てていかなければいけません」

これに対する回答はなかった。それで、必要な告示が新聞に掲載された。——ハートル夫人が掲載料を払った。「なぜなら、おわかりのように」と、ハートル夫人は言った。「クラムさんが来てルビーを連れて行くまで、彼女はちゃんとここにとどまっていなければいけないからです」ピップキン夫人はルビーが「あばずれ」で、ジョン・クラムが「薄馬鹿」だとの持説を述べた。ピップキン夫人はハートル夫人の同情があげてその対象からでなく、おそらく夫人自身に由来するものだと考えて、下宿人が姪に抱く関心に少し嫉妬した。

ルビーは子守女を捜している子持ちの母をあちこち訪問しながら一日、二日すごした。いちばん地位の高い貴族からは回答をえられなかった。壮観さに仰天するような家を訪問することもなかった。彼女はたくさん難癖をつけられた。伯母の人物証明書が妨げになった。彼女の長い巻き毛が妨げになった。外見にあるずいぶん軽薄な感じや、あまりに奔放な口の利き方が妨げになった。とうとう五人の子を持つ幸せな母が、当人の紅茶と洗濯は当人持ちという条件で、ひと月働いてもらって気に入れば年十二ポンドで雇うと申し出た。これは奴隷——卑しい奴隷——奉公だった。ルビーは准男爵に愛された娘であり、使用人として入ることになる家よりりっぱな家の女主人に——もし指を一本あげさえすれば——今にでもなれる娘だ！　しかし、彼女はその仕事に同意した。悲嘆に暮れてすすり泣きながら、ルビーはピップキン伯母の家から出る支度をした。

「仕事が好きになれればいいですね」と、ハートル夫人は最後の日の午後に言った。

「ほんとうはこの仕事が大嫌いよ。子供は会った子たちのなかでいちばん醜いです、ハートル夫人」

「醜い子もかわいい子と同じように世話してあげないとね」

「母のほうはとても不機嫌なのよ」

「身から出たさびでしょう、ルビー?」

「道にはずれたことはしていないと思うけど」

「婚約した若者を捨てるのは、道にはずれたことじゃないですか? 今度のことはみなあなたがクラムさんとの約束を守らなかったから起こりました。それさえなければ、おじいさんもあなたをうちから追い出しはしなかったでしょう」

「じいちゃんはあたしを追い出していません。あたしが逃げたのよ。それはジョン・クラムのせいじゃなく、じいちゃんがあたしの髪の毛をつかんで引きずり回したからよ」

「でも、おじいさんはクラムさんのことであなたに腹を立てました。若い娘が若者と婚約したら、約束から退くべきじゃありません」ハートル夫人はこの教えを説くとき、若い男の行動にも同じ法が正しく定められるべきだと確かに思った。「当然あなたは身に報いを受けました。あなたがその仕事をうとましく思うのは残念です。どうやら今はその仕事に就かなければならないようですから」

「就こうと――思うけど」とルビー。彼女はこれくらいまで身を落とす気になれたら、いつか逃げ道が見つかると感じたようだ。

「あなたがどんな仕事に就いたかクラムさんに手紙で知らせましょう」

「ねえ、ハートル夫人、それはやめてちょうだい。いったい何のために手紙を書いたりするのよ? 手紙なんか彼には無意味です」

「あなたの身の振り方が決まったら、知らせると彼に約束しましたから」

「それは忘れてちょうだい、ハートル夫人。どうか手紙は書かないでね。あたしが奉公に出ることを彼には知られたくありません」

「約束は守らなければいけません。彼に知らせてはいけませんか？　彼が何を耳にしようと、あなたにはもうあまり気にならないと思いますが」

「いいえ、気になるわね。これまであたしは一度も奉公に出たことがないの。彼には知られたくありません」

「知らせて、どんなまずいことがあります？」

「とにかく彼には知られたくないのよ。ひどい零落でしょ、ハートル夫人」

「奉公に出るからといって恥じることは何もありません。恥に思わなければならないのは彼を捨てたことです。悪いことでした、——そうでしょ、ルビー？」

「悪意はなかったのよ、ハートル夫人。ただ彼はどうして自分で言わなければならないことを自分で言うことができなかったんでしょう？　それを言うためにほかの男を連れて来るようなことをしないでね。もし男がほかの男の口を通して言いたいことをみな言わせたら、あなたはどう思うかしら、ハートル夫人？」

「彼が最終的に言いたいことをちゃんと言っていたら、私ならあまり気にしませんね」

「ええ、——それはわかるけど」

「彼が今でもあなたにいちずなのを知っていますか？」

「それはあまり確かじゃないわね。彼はバンゲイへ帰ってしまったから。それに、彼は話すのと同じくらい手紙を書くのも苦手なんです。ああ、——帰ってしまって、今ごろはもうほかの人を手に入れているころね」

「あなたから何の便りもなければ、もちろん彼はそうしますね。彼に便りを出すのがいいと思います。どういうことになるかわかっています」

「どうなるの、ハートル夫人？」

「彼はあなたがどんなところに奉公に出たか見ようと、あっという間にまたロンドンに出て来ますね。さて、ルビー、あなたから一言許可をもらったら、私が何をするか言いましょう。すぐ彼をここに呼び寄せて、あなたをバジンズ夫人のところへなんかやりません」ルビーは両手を落とすと、動かずに立ってハートル夫人をじっと見た。「そうします。でも、彼が来ても、あなたはもう前のように振る舞ってはいけません」

「でも、明日バジンズ夫人のところへ行くことになっています」

「バジンズ夫人に人を出して、ほかの人を雇うように言います。あなたはそこへ行くのがひどく悲しいんでしょう。――そうでしょ？」

「行きたくないのよ、ハートル夫人」

「彼はあなたを一家の女主人にしてくれます。彼は話し下手だとあなたは言います。でも、はっきり言うと、私の生涯で彼くらい誠実な男、女をちゃんと扱う――と思える――男に会ったことがありません。心が伴わなければ、口先だけの舌が何の役に立つんです？ ほんものの金属がなければ、安ぴか物やうわべだけの物がたくさんあっても、何の役に立つんです？ サー・フィーリックス・カーベリーはたぶん上手に話すことができます。でも、あまりりっぱな人ではないと、あなたにはもうわかっているはずです」

「彼はとても美しいの、ハートル夫人！」

「でも、ネズミの気力も持っていませんでした。さて、ルビー、一つの選択しか残っていません。ジョン・クラムか、バジンズ夫人かどちらかです？」

「呼んでも彼は来ないわよ、ハートル夫人」

「それは私に任せておけばいいです、ルビー。私にできるとしたら、彼を呼んでもいいかしら？」そのとき、ルビーはじつに小さな囁き声で、ハートル夫人が適切と思ったら、ジョン・クラムをもう一度呼んでもいいと言った。「偉そうな態度が二度とあってはなりませんよ」

「ええ」と、ルビーは囁いた。

同夜一通の手紙がバジンズ夫人に送られた。それもハートル夫人が書いたもので、予期せぬ事情のためルビー・ラッグルズは約束を守ることができなくなったと夫人に伝えた。これに対してルビー・ラッグルズは生意気なあばずれだとの先方の口頭による回答があった。それから、ハートル夫人は自分の名でジョン・クラムに短い手紙を書いた。

親愛なるクラムさん

もしロンドンに来られるなら、ミス・ルビー・ラッグルズがお望み通りになっているのがわかると思います。

誠実にあなたのものである
ウィニフレッド・ハートル

「私の人生でどの娘が世話してもらったより、多くのことをルビーはあなたから世話してもらいました」と、ピップキン夫人は言った。「彼女がそれに値するとは思えません」

「ジョン・クラムはそれに値すると思います」

「ジョン・クラムは馬鹿です。――ルビーについては、そうね、私はあんな娘に我慢ができません。そうね、結局この決着がいちばんいいです。ハートル夫人、あなたがいかにりっぱに振る舞ったか、うまく表現する言葉が見つかりません。この件が落着したからといって、ハートル夫人、あなたが下宿を引き払うことなんか考えないようにお願いしますね」

第八十一章　コーエンループ氏がロンドンを去る

ドリー・ロングスタッフはメルモットに支払を二日待つと約束したブルートン・ストリートの話し合いのあと、ただちにフェターー・レーンへ行かなければならないと思った。この日は水曜で、支払の約束は金曜だった。ドリーはスカーカムがこれ以上訴訟手続きを進めないようにすることを、割り当てられた役目として請け負った。ドリーはスカーカムを訪問することによってしか、この約束をはたすことはできなかった。これはとても厄介な仕事だと思ったが、それでも心に高揚を感じた。トランプのルーをするときとほとんど同じ興奮だった。ロンドンのうだるように暑い七月の太陽の下、辻馬車で出かけなければならないのは——もちろん「ひどく不快」だ。金についてのこの不確かな感じも——もちろん「ひどく不快」だ。父やバイダホワイルと協調して一族の資産の問題にかかわるのは、まったく彼の意に反している。しかし、彼はこういう困難に直面して、大人物になったように気持ちを高ぶらせた。たとえ深く考えもせずに並の素質の人を選んで首相に据えても、その人はおそらくほかの首相と同じ程度にやっていけると言われる。その人は首相としての仕事の偉大さによって、一定のレベルに引きあげられるからだ。そのように、ドリーは実業家と同じレベルに引きあげられて、実体の伴わない能力を感じ、味わっていた。「何とまあ！」メルモットのような大人物が、ロンドン市長の前で告発されるかどうかの鍵を彼が握るなんて。「ぼくはこんな約束をしてはいけなかったんだろうね」と、ドリーは弁護士事務所の脚の長いスツールに座り、口に葉巻をくわえて、スカーカムに言った。彼はこれまでに会ったどんな弁護士よりスカーカムが好きだった。なぜなら、スカーカムの部屋が乱雑で居心地がよかったから。部屋には畏れ多いと感じさせる備品が少しもなかったし、好きな姿勢で座って、ずっと煙草をくゆらすことができたから。

「うん、聞かれれば、私なら約束をしてはいけなかったと答えます」とスカーカム。

「聞こうにもあなたはその場にいなかったから」

「バイダホワイルは私のいないところで、何かに合意するようあなたに求めてはいけませんでした」と、スカーカムは怒って言った。「じつに弁護士らしくないやり方です。ですから、機会があったら彼にそれを指摘してやります」

「ぼくにそこへ行くように言ったのはあなただよ」

「そう、——そうでしたね。あの部屋で連中が何をしているか、あなたに見て来てほしかったんです。ただし、あなたには傍観するだけで何も言わないように言っておきました」

「半ダースの言葉も使わなかったがね」

「何も言ってはいけませんでした。何も言わなければ、お父さんはあなたが手紙に署名しなかったことをはっきり理解したでしょう?」

「うん、そうだね。——親父はご存知のように頑固だが、正直だから」

「それがふつうです」と、弁護士は言った。「すべての人が正直ですが、とりわけ味方に対して人は一般に正直です。バイダホワイルも味方には正直です。あなたはあの弁護士の敵対的な動きを食い止めるため、接戦を演じなければなりません。メルモットは金曜に金を払うと約束したんですね?」

「ブルートン・ストリートに本人が金を持って来る予定さ」

「私はそんな言葉をいっさい信じません。――バイダホワイルもきっと信じません。メルモットはどんなかたちで金を持って来ると思いますか？　日付が月曜の小切手を持って来ますね。それで二日は稼げます。そして、月曜になったら、水曜まで金を預け入れられないと手紙を送って来ます。あんな男と妥協なんかありえません。ただ弱り目に祟り目でしかありません。何もしないよう、何も言わないよう言ったでしょう」

「もう困難から逃れられないと思うね。あなたは金曜に現場に来てくれるだろ。それを認めてくれるよう特に交渉したんだ。あなたが現場にいれば、もう妥協なんかないだろ」

スカーカムは顧客にさらに一言、二言発言したが、ドリーの虚栄心を満たすような追従をしなかった。弁護士と若者のあいだに完全な友好関係がなければ、こんな発言をしたら、ドリーを怒らせていたかもしれない。実際には、むしろドリーのほうが言われたことに対して、いつも以上に弁護士にへつらった。「もしぼくがあなたのように賢かったら、いいかい」と、ドリーは言った。「もちろんちゃんとやっていけただろう。けれど、ぼくは賢くない。わかるだろ」二人はそのあと金曜の昼十二時にブルートン・ストリートで会う約束をして、ロングスタッフとバイダホワイルとメルモットにも会うことに決めた。

スカーカムは決して満足しなかった。彼はこの件で忙しく働いたうえ、東部の家々にかかわる事件でも真相にほぼ到達するところまで探り出し、亡くなった老人の跡継ぎたちに彼を雇うよう何とか説得することができた。ピッカリングの土地に関する追及については、一点の迷いもなかった。老ロングスタッフは期待できる支援の約束と、南中央太平洋とメキシコ鉄道の重役の席という賄賂を差し出されて、土地の権利書を放棄するよう、――彼の権限内での放棄に限られていたが――、言いくるめられ、ドリーにもそうするよう説得した。老人がドリーの説得に失敗したので、メルモットは老人の仕事を――読者がご存知の――巧みな工夫で補足した。スカーカムはこういうことをはっきり見て取ったから、大金融業者に対するじつに魅力的な司法手続きに近づいていると思った。彼は金銭的な期待というよりむしろ、純粋な野心によって突き動かされていた。メルモットを――おそらく世間がこれまでに知った最大の――詐欺師と見ていた。こんな大物の捜査と、順調な刑事訴追と、最終的な誅伐くらい大きな栄誉は考えることができない。メルモットを追跡して逮捕できれば、それはスカーカムをメルモットと同程度の大物にするだろう。ところが、彼は愚かな顧客から不当な妨害を受けていると感じた。金が支払われることはないと思っていたが、遅れを取ればメルモットを捕らえ損なうかもしれない。シティでたくさん情報を仕入れて、メルモットが金を工面することはありえないと信じていたが、苦境を逃れる方法についてはいろいろあると考えていた。

マリーが水曜［七月十七日］に証書に署名を拒否したあと、ドイツ人事務員のクロールがメルモットより先にシティに入ったことを読者は覚えておられるだろう。クロールも目を大きく開いて周囲を見ると、事態が昔ほど順調ではないことに気づく。彼は多年にわたって主人に誠実に尽くしてきた。その忠誠に対して総じていい報酬をもらっている。状況が悪くなるときがあっても、メルモットを信じてきた。メルモットが上昇するとき、忠誠に応じて報酬をえた。クロールは今主人の保護下にないささやかな投資をしている。メルモット事件がいつ変な方向に向かっても、この投資が彼に少しは食べ物を残してくれると思った。メルモットからこれまで直接詐欺の仕事に加担するよう――少なくとも言葉を介して――求められたことはない。クロールは堅物すぎるわけではなかったから、ときとしてメルモットにはとても役に立った。しかし、あらゆるものに限度があるに違いない。やれるだけのことをやっても破局を食い止めることができないことを確信するとき、崩れ落ちる家の残骸の下に身を犠牲にする必要があるだろうか？　クロールはミス・メルモットが署名するのを見ることができたら、もちろんうれしかったに違いない。しかし、偽造というような別種のものに直面するとき、――それは明らかに忠誠というような善意に値しない状況だと思った。

クロールはアブチャーチ・レーンの事務室に入ったとき、「何が起こっているか、知っていますか?」と、若手の事務員から聞かれた。

「たくさんのことがもうじき起こりそうです」とドイツ人。

「コーエンループが姿を消しました!」

「コーエンループさんが? どこへ行きました?」

「行き先を残して行くほど礼儀正しい人じゃありませんよ。友人たちには手紙を書いてもらいたくないんだと思います。彼がどうしているか誰も知らないようです」

「ニューヨークじゃありませんか」と、クロールがほのめかした。

「みんなそこだとは思っていないようです。今まさしくニューヨークではみんながコーエンループを待ち構えています。彼は独りで旅しています。大陸のどこか——今ごろはフランスの半分くらいまで行ったあたり——でしょう。しかし、彼がどういう道筋を通ったか誰も知りません。親父さんにとっては脇腹を指でつつかれるような事態です。——そうでしょ、クロール?」クロールはただかぶりを振るだけだった。「マイルズ・グレンドールがどうしているか知りたいです」と、その事務員は続けた。

「ネズミがいなくなるとき、家のなかがおかしくなっています。ネズミにはいてほしいですね」

「メキシコ鉄道の仮株券を作る正規の製造所があったようです」

「親父はそれについて何も知りません」とクロール。

「親父さんはとにかく帽子いっぱいに仮株券を持っています。もしもう二週間このまま続けることができたら、コーエンループはほぼ百万ポンドを手に入れ、親父さんは銀行同然になっていたでしょう。ピッカリングの権利書の件で、やつらが親父さんをロンドン市長の前に引き出すつもりでいるというのは本当ですか？」クロールはその件についてははっきり言うと、仕事に取りかかった。

メルモットはクロールから二時間も遅れることなく午後遅くシティに到着した。その日はもう遅すぎて金を用立てることができないことに気づいたが、翌日、つまり木曜に金を用意する手立てを整えようと思った。もちろん彼はコーエンループが逐電したことを最初に知らされた。知らせたのはクロールだった。彼ははっと凍りつくと、顎を落として、最初は何も言わなかった。

「よろしくありませんね」とクロール。

「うん、まずいな。やつは私の莫大な資産を扱っていた。どこへ行ったかね？」クロールは頭を横に振った。「災難は重なるものだな」と、メルモットは言った。「だが、みな切り抜けて見せるよ。クロール、おまえが知っているように、今よりもっと悪いときがあったな。だが、今は月末前で――使途の決まっていない――十万ポンドの金を銀行に持っている」

「はい、確かにそうです」とクロール。

「うん、いちばん悪いのは、まわりの連中みなから私がひどく嫉妬されていることだ。精神的に参るのは、私が負けたことじゃなくて、私が負けたと人々がふれ回ることだ。ウエストミンスターに立候補して以来、シティにはずっと私に対する固定した反対派がいる。畜生め、晩餐会の話全体が私を破滅させるために計画されていた。建物の基礎を敷くように、すべてが設計されていた。私のように大きな取引をしているとき、そういうものみなに抵抗するのは難しいな」

「とても難しいですね、メルモットさん」

「だが、やつらはやがて間違っていることに気づくだろう。やつらが私をつぶすにはな、クロール、私のところに現物がありすぎるからだ。資産とは最後にははっきり力として現れるそんなものだ。現物がほんとうにそこにあれば、わかるだろ、何度でも好きなだけ取って味わうことができる。だが、話はここでやめておこう。カスパーツ・コートへ行って、ブレガートを捜し出そうと思う」

「たぶん見つけられますよ、メルモットさん。ブレガートさんは六時よりも前に帰宅することはありません」

それから、メルモットは帽子と手袋とふだん持ち歩いている杖を取り、いつもの快活な顔を注意深く作って出かけた。こんな姿で出かけるとき、彼が歯をぐっと噛み締めて、コーエンループの名をつぶやくのをクロールは聞いた。メルモットはどんな俳優にとっても非常に難しい役を演じなければならなかった。心が内側でほぼ地面まで沈んでいるとき、平素の表情を外で装うことは、難しいというような生易しいものではなく、身を切られるようにつらい仕事だ。精神的に悩み苦しんでいる者は、地面にくずおれたいと願い、孤独をひたすら願うから、そんな思いに同調して手足や姿形に力を失ってしまう。打ちひしがれた精神とついえた希望を抑えて外に表すことなく、洗練されたりっぱな態度を保つことは、たいていの男の能力を超えている。しかし、なかには非常に強い男がいる。メルモットにはほぼこの演技ができた。そのわずかな破綻に気づくことができるのは、クロールのような鋭い知覚の持ち主だけだ。

メルモットはブレガートを見つけ出した。このとき、ブレガートはミス・ロングスタッフに送る手紙を仕上げていた。彼は手紙のなかで、メルモット事件で予想される商業的な失敗から、甚大な損失をこうむる可能性があることにふれた。彼は今コーエンループが逐電したと聞き、それゆえ予想に狂いはなかったとほぼ確信した。それでも、彼は笑顔で古い友人を迎え入れた。大金にかかわるとき、人と人とのあいだに私憤はほとんどない。五十ポンドとか数百ポンドとかの損失の場合、私憤はあるかもしれない。ところが、五万ポンドなら冷静さが必要になる。「それで今日はコーエンループがシティに姿を見せなかったわけですね」とブレガート。

「姿を消してしまった」と、メルモットはしゃがれ声で言った。

「コーエンループは大きな取引に向いていないと、一度あなたにお知らせしたと思います」

「うん確かに聞いたね」とメルモット。

「じゃあ、どうしようもありません、そうでしょう？ それで、今日は何でしょうか？」そこで、メルモットは午後ずっと手に持っていたカバンから、さまざまな書類を取り出して、そのとき希望することが何かブレガートに説明した。ブレガートは友人の事件や一般の事情について充分把握していたから、難なく必要なことを理解した。彼は書類を調べながら、依頼をどう取り決めたらいいか金曜までに回答はできないとはっきり言った。メルモットは五万ポンドならそれほど大きな金額ではないと言い、そのうえ提供する保証はその二倍の価値があると答えた。「今夜は書類を預からせてくれませんか」とブレガート。メルモットは一瞬間を置いて、もちろんそうしようと言った。躊躇なく同意できる充分な自制心と引き換えになら、何でも、どれだけでも、くれてやろう。――そのとき、彼の心には千鈞の重荷があった！

彼はブレガートのところに書類とバッグを残したあと、西の庶民院のほうへ向かって歩いた。この週あるいはこの十日間、午後は議会にときどき出た。シティにはこれより遅くまで、しばしば七時までとどまっていた。今日は水曜で、夜に議会は開かれない。――これを思い出せないくらい心はほかのことでいっぱいだった。エンバンクメント(1)を歩くとき、心はとても重かった。この件はどうなるだろう？――結果はどうなるだろう？ 破滅。――そうだ、だが、破滅よりもっと悪いことがある。ほんの少し前までとても幸運だった。――まったく安全圏にいた。振り返ってみても、彼はどうして敷いていた進路からこんなふうに弾き出されることになったかほとんどわからなかった。破滅が来ることは承知しており、破滅しても、心地いい安全な避難所を確保している。それなのに、狂気のような野心のせいで、投錨地から弾き出されてしまった。過ちは置かれた状況——人が運命と呼ぶもの——にはなくて、ほんとうは置かれた状況に耐えられない自分の無力さにあったと、彼は幾度も心に言い聞かせた。今わかる。今納得する。もう一度やり直すことさえできたら、どれほど違った行動が取れただろう！

しかし、こんな後悔が何の役に立つというのか？　今は物事をあるがままに受け入れなければならない。物事を処理するとき、自尊心にも、臆病心にも、とらわれないように気をつけなければならない。最悪の事態になったら、男らしく立ち向かおう！　確かに彼は男らしさを具えていた。それはこのころの彼の行動のどこにより、自己糾弾という部分に強く表れている。あたかも自分の外に立って、他人の仕事を眺めるかのように自分のそれを判断しながら、欠点を心のなかで指弾した。もう一度やり直せたら、一方で岩との衝突を避けながら、他方で破壊的な打撃も避けることが(2)できると思った。この孤独な時間に思い出として生きとよみがえってくる、荒布と灰(3)で悔悟しなければならない多くの小さな罪——恥ずかしい多くの愚行——がある。それでも、生涯詐欺をして暮らしてきたから、そういう罪を悔いることはこれまで一度もなかった。もし正直に人生を生きてきたら、どんな結果になったたか、そんな思いが心によぎることもなかった。できる限り詳細に自己審問してみるとき、自分が不正直だったとは一度も思わなかった。詐欺と不正直が彼の人生のまさしく原理原則となり、あまりにも血と骨になっていたので、このみじめさの頂点においてさえ、詐欺と不正直について正しい判断をくだすことができなかった。だます、悪を働く、もっと鮮やかにだまして他人より贅沢に暮らす、それが原則であり、それを打開する方向に一度も心を向けなかった。だから、正しい判断が欠けていたと自分を責めることもなかった。しかし、それほどよこしまな彼が、なぜよこしまなマモンの神を友としなかったのか？　なぜロンドン市長に取り入らなかったのか？　なぜ隣人たちみなの感情を害したのか？　なぜインド局で横柄に振る舞ったのか？　なぜコーエンループのようなやつを信じたのか？　国会議員になんかならないで、なぜアブチャーチ・レーンの仕事に専念しなかったのか？　中国皇帝をもてなして、なぜ不必要な注目を身に浴びたのか？　今はもう遅すぎた。それに耐えなければならない。しかし、彼を破滅させたのはこれらのことだった。

彼は歩いてパレス・ヤード(4)に入り、それを横切ると、ウエストミンスター・アビーの入り口に着いて、初めて議会が開催されていないことに気づいた。「そうか、水曜だった！　もちろん水曜だな」彼はそう言うと、回れ右をしてグローヴナー・スクエアへ歩みを向けた。それから、ディナーをうちで取ると、朝はっきり言って出たことを思い出した。今この夕べをどうすごしたらいいかわからなかった。うちは彼にとってあまり居心地のいいところではない。マリーからは疎んじられるだろう。妻と一緒にいてもつね日ごろあまり喜びをえられなかった。しかし、うちにいれば少なくとも独りでいられた。彼は他人の目に注意を向けることなく一心に問題を考えながら、公園をゆっくり横切った。娘に設定した資産を手もとに置くこと、支払ができないとロングスタッフ父子に言うこと、スカーカムからなされる最悪の事態に直面すること、――スカーカムがこの件でいかに忙しく動いているかすでに知っていた――、そうすることがいいのかどうかまだ自問していた。たとえ文書偽造で裁判にかけられても、それがどうだというのか？　審問が続くあいだに、告発された犯罪者が多くの人々の英雄となった訴訟の話を聞いたことがあった。――そいつはみんなから有罪と思われているのに、初めから終わりまで尊敬を勝ちえて、結局無傷のまま出て来た。敵方からどんな証拠を握られているというのか？　ロングスタッフやバイダホワイルやスカーカムは、彼の文書偽造を知っているかもしれないが、知っているからといってそれが評決となるわけではなかった。彼はウエストミンスター選出の議員として、皇帝をもてなした逸材として、ロンドンのもっとも豪華な屋敷の所有者として、大メルモットとして、法廷の大半の人々をきっと意のままに動かすことができるだろう。彼を支持する民衆にどういうことができるかもすでに感じていた。これだけりっぱな希望が残っているとき、落胆する必要などまったくない！　ドリー・ロングスタッフの手紙や、亡くなった老人の手紙を思い浮かべるとき、体が震えた。ほかの証拠が提出されることもありうると思った。とはいえ、金を差し出しても評判を好転させることができないのを見るとき、――はっきりそれがわかる――、金を差し出して乞食になるより、裁判に正面から立ち向かうほうがましではないか？

しかし、彼はあの偽造した文書をブレガートに渡してしまった！　またもや彼は――目の前の問題に慎重に思いを凝らすことなく――、慌てて行動してしまった。そうしたことで自分に腹を立てた。もっとも、どんな措置を取ろうと破滅以外にないとき、人は抱える問題を慎重に考慮することができるだろうか？　そう。彼は文書偽造の罪をはっきり証明する手段をブレガートに与えてしまった。マリーはたとえ証書に署名を拒否したとしても、父が彼女の名を書いたと知るとき、それを彼女の署名だと認めると彼は思った。クロールの名を偽造したことがクロールに害を与えることはないので、事務員からしつこく迫られることもないと思った。ところが、ブレガートは、もしなされたことを発見したら、彼が罪を逃れることをきっと許さないだろう。彼は今無防備にブレガートの手に偽造文書をゆだねていた。

彼は考えを変えたと、朝になったらブレガートに言おう。文書についてどんな措置も取られないうちにブレガートに会おう。ブレガートはきっと文書を返してくれるだろう。それから、娘には資産をしっかり持って手放さないように、前に置かれるどんな書類にも署名しないように、利息収入を自分で引き出すように教えよう。そうしたあと、敵方には最悪のことをさせよう。やつらは彼を監獄に入れるかもしれない。たぶんそうするだろう。偽造で告発されたら、保釈は許されないと思った。それでも、彼はそういうことみなに耐えるつもりでいる。たとえ有罪にされても、まだ終わりは来ていないと考え、処罰に耐えるつもりでいた。とはいえ、敵方が彼を有罪にすることができない確率も、何と大きいのだろう！　亡くなった老人の手紙やドリー・ロングスタッフの手紙について、充分な証拠はあがらないと思った。マリーに資産を放棄させる証書という証拠は、まさしく決定的なものだった。しかし、彼はそれらの文書をまだ取り戻せると信じた。それらの文書を取り戻して破棄することができたら、そのときは何もしないで、今のところ敵の目の前でまで何も恐れていないかのように生活するよう努めなければならない。

彼は家の書斎でディナーを独りで取った。その間、さまざまな文書の束を注意深く調べて、捜査の特権を持つ法の代理人の目にまもなくふれてもいいようにそれらを整えた。ディナーを取り、文書を調べるあいだにシャンパンを一瓶飲むとき、そうしていることにずいぶん慰めを感じた。頭を高く掲げて、敵の顔を正面から見ることさえできたら、まだ切り抜けられると思った。これまで助けを借りることなく、自力でどれだけ多くのことをなし遂げてきたか！　ハンブルクで彼はかつて詐欺で収監され、乞食になって刑務所から出て来た。みじめな、不利な前歴を抱えて友もいなかった。今や彼はイギリスの国会議員であり、おそらくロンドンでもっとも豪華な家具を揃えた屋敷の確たる持ち主であり、資金をえる有能さで押すに押されぬ名声を持つ、全世界のすべての取引所で名を知られる大物商人だ。たとえ有罪とされ終身刑を受けても、必ずしも死ぬわけではない。彼はベルを鳴らすと、マダム・メルモットを呼んでくれと言い、使用人にブランデーを持って来るよう命じた。

十分もすると、哀れな奥方がのそのそと部屋に入って来た。メルモットは――娘にはときどき優しくしていたのでマリーを例外として――、かかわりのある人々みなからある程度畏怖の念を抱かれていた。使用人はみな彼を恐れており、奥方は離れていられないとき、絶対的に彼に従った。奥方は今部屋に入って来ると、話しかけられているあいだ、夫の正面に立った。その部屋で夫の前にいるときは決して座らなかった。夫は奥方とマリーが宝石をどこに保管しているか尋ねた。というのは、この十二か月間に高価な宝石を母娘に提供していたからだ。もちろん奥方は別の質問で答えた。「何か起こりそうですか、メルモット?」

「たくさん起こりそうだな。宝石はこの家にあるかね、それともグローヴナー・スクエアにあるかね」

「ここにあります」

「それなら一つにまとめておけ――できるだけ小さくな。箱や包み布や袋などは捨ててしまえ。引っ越ししなければならないとき、一緒に持って行けるように手もとに置いておけ。わかったな?」

「はい、わかりました」

「じゃあ何か言ったらどうだ」

「何か起こりそうですか、メルモット?」

「何とも言えないな。私のような仕事をしていると、いろいろなことが起こることはもうわかるだろ。おまえは充分安全だ。どんなことが起ころうとおまえが害を受けることはない」

「あなたが害を受けることはありますか、メルモット?」

「害を受けるって! おまえの言う害というのがわからんね。耐えなければならないどんなことがあろうと、耐えなければならないのは私だろ。優しく耐えられるものなんか、これまであったためしがないよ。今度のもあまり優しくないと思う」

「引っ越ししなければいけませんか?」

「そうなりそうだな。引っ越し! 引っ越しにどんな害があるのかね? 引っ越しが起こりうる最悪のことのようにおまえは言うがな。引っ越しもさせてもらえないようなところにどうしていたいと思うかね?」

「監獄に入れられそうですか？」

「口を謹め」

「教えてください、メルモット。――監獄に入れられそうですか？」それから、哀れな女は感情に圧倒されて座り込んだ。

「こんな愁嘆場を見るためにおまえを呼んだんじゃない」と、メルモットは言った。「おまえとマリーの宝石を命じられたようにしておけ。だいじなのは宝石を小さな包みにいれることだ。なぜなら、ぎりぎりの瞬間、慌てて無力になっているとき、おまえにそういうことをする能力がないからだ。さあ、おまえはこれ以上長くこの部屋にいなくていい。私は答えるつもりがないから、質問をしても無駄だ」哀れな女はこんなふうに退去を命じられて、再びのそのそと部屋を出て行き、ただちに奥方なりのゆったりしたやり方で宝石類の処理に取りかかった。

メルモットはその夜の大部分を起きたまますごして、ときどき水割のブランデーをすすり、煙草をくゆらせた。しかし、妻が出て行ってからは仕事をせず、書類にふれることもなかった。

註

（1）議事堂から Blackfriars までテムズ川北岸に沿って走る正式には Victoria Embankment という通り。

（2）スキュラとカリブディスへの言及。

（3）「ダニエル書」第九章第三節。

（4）New Palace Yard のこと。Westminster Hall の北側にある。Old Palace Yard は Westminster Hall（議事堂）と Westminster Abbey に挟まれた広場で St. Margaret Street と Abingdon Street によって東西に分けられている。東側には獅子心王リチャードの像がある。処刑の場所として知られ、サー・ウォルター・ローリーやガイ・フォークスやジェームズ・ハミルトンなどが処刑された。

第八十二章　マリーの辛抱

メルモットは翌朝［七月十八日］とても早く、ロンドンの生活にしてはとても早く、クロールが訪ねて来て会いたがっていると、使用人から告げられた。そのとき、メルモットはクロールには会いたくないとの思いが心にあるのをすぐ確認した。「何か特別な用事かな?」と、彼は聞いた。主人がまだ身支度を調えていないと告げたとき、クロールが待っているとはっきり言ったので、使用人は何か特別なことだと思った。これは朝九時ごろのことだった。メルモットはクロールのようすを詳しく知りたかった。それについての使用人の意見さえ知りたかった。――しかし、使用人に質問してみる勇気がなかった。親切にするのがいいかもしれないと、メルモットは思った。「朝食を取ったかどうか聞いて、取っていなかったら、書斎で何か食べさせてやれ」しかし、クロールは朝食をすでに取っており、軽い食事も断った。

メルモットはこの事務員に会おうか、会うまいか心を決めかねた。この事務員は彼の事務員だ。彼はシティに出かけて、クロールに言づてを送り、戻るまで待つよう命じるのがいいかもしれない。幾度も幾度も意志に反して、逃げ出したいとの欲求にとらわれた。とはいえ、あらゆるかたちで胸中これを議論したあげく、逃げ出すことはできないと悟った。立場を堅持するつもりなら、――自信を持って堅持するつもりでいた――、相手がどんな雷電を持って現れようと、会うことを恐れてはならない。もちろん遅かれ早かれ誰かが雷電を持って現れるに違いなかった。――それがクロールであってもおかしくないではないか？　メルルモットは手にカミソリを持って自室の戸棚にもたれかかり、体を揺れないように支えた。何と簡単にすべてをおしまいにすることができるのだろう！　それから、彼は鈴を鳴らして、クロールを部屋に案内するように言った。

彼は待ち受けるその三、四分をとても長く感じた。不安のせいで泡がまだ顔に残っているのを忘れた。不安をもみ消すことができなかった。絶えず不安と戦っていたが、克服することができなかった。ドアにノックがあったとき、身を支えようとするように胸を抱き締めた。しわがれ声で入るように言うと、クロールがドアを優しくゆっくり開いて現れた。メルモットは書類を入れたカバンをブレガートのもとに残してきた。クロールがそのカバンを持っているのを今ちらと見た。――カバンのかたちから書類が入っているのも見ることができた。事務員はそれゆえ彼の名が偽造されたまさしくその書類を持参していた。何がなされたかクロールが知らないという望みはなかったし、そんな偶然はなかった。「さて、クロール」と、彼は笑みを浮かべようとしながら言った。「こんなに早く何を持って来たかね？」彼は死者のように青ざめていた。いくらもがいても震えを抑えることができなかった。

「ブレガートさんが昨夜私のところに来ました」とクロール。

「えっ！」

「この書類は私からあなたに返すほうがいいと彼は思いました。それだけです」クロールはとても小さな声で話すとき、主人の顔に目をじっと向けていたが、脅迫的な表情とか、動作とかをまったく見せなかった。「えっ！」と、メルモットは繰り返した。たとえそのときとっさに大胆な態度を取って、襲って来るあらゆる悪から身を救い出すことができたとしても、彼はそんな態度を取ることができなかっただろう。それでも、その瞬間、あるひらめきがあった。メルモットがシティを出たあと、ブレガートはクロールと会って、そのとき偽造を発見し、文書をみな送り返すこのやり方を選んだのだろう。彼はブレガートが誰よりも気立てのいいことを知っていたが、これほど純粋な気立てのよさがあることをほとんど信じることができなかった。雷電はまだ落ちて来ないように思えた。

「ブレガートさんが私のところに来ました」と、クロールは続けた。「署名が一つ欠けていたからです。とても遅い時間でしたから、私は書類をうちに持ち帰りました。朝になったらあなたのところへ持って行くと彼に伝えました」

ブレガートもクロールも彼が書類を偽造したことを知っていた。それはそれとして、もしこの二人の友人がともにメルモットをさらし者にすまいと決めているなら、たとえ偽造を知っていても、それがどれほど問題になるのか？　彼は書類を手もとに取り戻したいと望んだ。そしてここにその書類があった！　メルモットは今偽造を突き止めた使用人に、しかるべく話すことができない事態に直面した。どうしても上手に話すことができない。この場面にふさわしい言葉を見つけ出すことができなかった。「強い後押しでした、メルモットさん」と、クロールは言った。メルモットはほほ笑もうとしたが、歯をむき出しただけだった。「私はアブチャーチ・レーンにもう戻りません、メルモットさん」

「事務所には戻らないかね、クロール？」

「そうです。――戻りません。いただける小銭は送ってください。さようなら」クロールはそう言うと、二十年のつき合いのあと、老主人に最後のいとま乞いをした。クロールはパトロンの罪によってよりパトロンの悲運によって、彼の気力を打ちひしがれ、仕事の能力をだいなしにされたと、私たちは想像したい。それでも、クロールは不親切な振る舞い方をしなかった。六回に及ぶ彼の名の偽造を「強い後押し」と言っただけだ。

メルモットはカバンを開いて書類を一つずつ調べた。マリーが六回署名する必要があった。マリーの父は必要なその偽造をみな行っていた。もちろんそれぞれの名に連署の保証がなされていなければならない。――しかし、ここで偽造者はいいかげんな仕事をしていた。彼はクロールの名を五回書いて、偽造した署名の一か所を保証がなされないまま残している！　またもやみずから過ちを犯していた。またもや不注意によってみずからの破滅の手助けをしてしまった。正直な仕事ならどんな愚か者でもできると、人はときとして考えるかもしれない。絶えず敏感に反応し、目を見開いていなければ詐欺はできないのだ。

メルモットは文書を手もとに取り戻したいと望み、今それを手に入れた。ブレガートとクロールが彼の犯罪に気づいたとしても、それが重大なことだろうか？　もし二人がメルモットに対して法的な措置を取るつもりなら、偽造文書を彼の手もとに返しはしなかっただろう。この件を暴露して金を脅し取ろうというような、考えられない緊急事態でも起こらなければ、ブレガートがこの件を口にすることはないと彼は思った。ただし、クロールについては自信が持てなかった。クロールはメルモットの会社を去る意志を明らかにしたので、競争相手の会社に入って、前の主人の敵となるかもしれない。クロールが秘密を守る根拠はどこにもなかった。たとえ暴露して直接の利益をえなくても、喋ることでほかの人におもねることもあるだろう。当然クロールは喋るに違いない。

しかし、秘密を喋られても、どんな害があるというのか？　相手は彼の娘だ！　金は彼の金だ！　証人は彼の使用人だ！　詐欺も、泥棒も、横領目的もなかった。証拠を隠滅してしまえば、たとえ事実を知られても、何の害も身に及ばないと考えると、メルモットは自分のしたことをほとんど誇りに思った。それにしても、証拠は隠滅しなければならない。彼はそのため小さなカバンと書類全部を携えて書斎に入った。それから、朝食を食べると、ガス灯の助けを借りて証拠を消した。

彼はそれをやり遂げると、その日をどうすごしたらいいかわからなかった。ロングスタッフに金を工面するという考えはもうまったく放棄していた。ちょっとした困難が重なって起こり、返済期日を正確に定めることができないので、問題を紳士たちの手にゆだねなければならない。明日集まる紳士たちに説明するそんな言葉さえ彼は考えた。というのは、会合を避けることはすまいと決めていたからだ。その会合を約束したあと、コーエンループが逐電した。責任はみなコーエンループのせいにするつもりでいた。恐慌が起こるとき、一人の商人の破産が別の商人の失墜を引き起こすことは周知の事実だ。コーエンループが責任を負わなければならない。こういう事態だから、シティへ行っても、意味がないだろう。シティへ行っても、もう食い止めることができないほど、彼の金銭的失墜が確実になっていた。彼の個人的な安全が保証されるわけでもなかった。できることは何もなかった。コーエンループがいなくなった。マイルズ・グレンドールがいなくなった。クロールがいなくなった。カスバーツ・コートへ行ってブレガートに会うこともできなかった！議場へ行くまでうちにとどまっていよう。それから、議場で世間に向き合おう。議事堂でディナーを取り、帽子をかぶって喫煙所に立ち、会見室に姿を見せ、仲間の議員たちに混じって席に座ろう。――そしてできるなら、立ちあがって、演説しよう。彼は今にも散々な墜落にあいそうだった。――それでも、彼が男らしく墜落したと世間は言うだろう。

十一時ごろ書斎に座っていると、娘が入って来た。彼はこれまでマリーに優しくしてきたとは言いがたい。しかし、娘はおそらく彼の経歴の全体でわがままを許された唯一の人だった。彼はしばしば娘を叩いた。一方で、同じくしばしば贈り物を与え、笑顔を投げかけ、金があるときはほとんど際限のない小遣いを許した。娘は今彼に従わなかっただけでなく、じつに頑固に振る舞って、すでに発覚した偽造に彼を駆り立てた。もしマリーに対して怒っていい理由が彼にあるとしたら、今こそその理由があった。しかし、彼はこれまでの経緯をほとんど忘れた。とにかく娘に当たったときの感情の激しさは忘れている。もはや娘に資産を放棄させることを望んでいなかったから、娘の拒否を怒っていなかった。

「パパ」と、娘はとても上品に部屋に入って来て言った。「たぶん昨日は私が間違っていたと思います」

「もちろんおまえが間違っていた。――だが、今となってはもうどうでもいいことだ」

「もしパパが望むなら、書類に署名します。ニダーデイル卿にはもうここに来る気はないと思います。卿が来ようと来まいと私は気にしません」

「どうしてそんなふうに思うかね、マリー？」

「昨夜外出してレディー・ジュリア・ゴールドシェイナーのうちに行きました。卿がそこにいました。卿にはきっともうここに来る気はありません」

「卿はおまえに不作法だったかね？」

「いいえ、まったく違います。卿は一度だって不作法だったことはありません。でも、来ないと確信しています。どうしてそうなのか気にしないでね。卿が好きだと私は一度も言っていません。卿が好きだったことはありません。パパ、何か起こりそうなんでしょう？」

「どういう意味かね？」

「何か不幸なことがよ！　ねえ、パパ、どうしてあの人と結婚させてくれなかったんです？」

「やつは無一文の山師だよ」

「でも、結婚したら、彼は私のものとされている資産を手に入れます。そうしたら、私たちみんなに充分な金があります。パパ、もしあなたが許してくれるなら、彼はやはり私と結婚します」

「リバプールへ行ったあと、やつに会ったかね？」

「会っていません、パパ。」

「それならやつから便りはあったかね？」

「一行もありません」

「じゃあ、やつがおまえと結婚したがっていると、どうして思えるんだね？」

「彼をつかまえて求めれば、結婚してくれます。准男爵ですよ。私たちにはたくさん金があります。ドイツへ行って住むこともできます」

「それなら結婚しなくても、同じようにすることができる」

「でも、パパ、結婚したら、私は重要人物に見られると思います。ロンドンから追い出されるように逃げ出したくありません。私は彼が好きです。ほかの人は嫌いよ」

「やつはリバプールにさえおまえと行こうとしなかったんだぞ」

「酔っ払ってしまったのよ。事情はみなわかっています。特別彼がりっぱな人だと言うつもりはありません。特別りっぱな人なんかいないと知っています。ほかの人と変わりません」

「そういうことはできないね、マリー」

「なぜできないんです？」

「たくさん理由があるさ。なぜ私の金がやつのものになるのかね？　もう遅すぎる。今は結婚以外に考えなければならないことがあるんだ」

「書類に署名してもらいたくないんですか？」

「うん、署名はもういい。――書類はなくなった。それに、金は私のもので、おまえのものではない。それを覚えておいてくれ。多くのことでおまえに依存し、あらゆることでおまえを当てにしなければならないだろう。娘にあざむかれたと気づくことがないようにしてくれ」

「サー・フィーリックス・カーベリーにもう一度会わせてくれたら、――そんなことのないようにします」

そのとき、父はまたもや自尊心に駆られて腹を立てた。「それはもう問題外だと言っただろ、馬鹿者め。なぜ私の言うことが信じられない？　母さんは宝石のことを言ったかね？　突然ここを去らなければならなくなったとき、手に持って持ち出せるように宝石をひとまとめにしておけ。あんな若造のことを真剣に考えるくらいおまえは馬鹿者だ。おまえの言う通り、どの若造も同じようなものだが、そのなかでもやつが最悪の部類に入ることを私は知っている。あっちへ行って、言われた通りにしろ」

その日の午後ウェルベック・ストリートで、小姓がカーベリー令夫人のところに来て、階下に若い娘がおり、サー・フィーリックスに会いたがっていると告げた。このころサー・フィーリックスは母の家のごく限られた範囲を動き回っている。彼は掛け金の鍵を密かに奪われ、届いた伝言を母を通してしか受け取れない。顔から絆創膏を取ることもできない。それゆえ、これまでお山の大将だった雄鳥が泥にまみれたときに悩まされるという、好き勝手ができない苦境に陥っていた。カーベリー令夫人は噂に聞いたルビー・ラッグルズが恋人を捜して現れたと思ったので、その娘についていろいろ質問した。小姓は取り立てて特徴をあげることができなくて、ただその若い娘が黒いベールをつけているとだけ答えた。カーベリー令夫人は客を案内して来るよう小姓に命じた。――それでマリーは部屋に案内された。「たぶん私を覚えておられないでしょうね、カーベリー令夫人」と、マリーは言った。「私はマリー・メルモットです」

カーベリー令夫人は初め客が誰かわからなかった。――それでも、答える前にはわかった。「ええ、ミス・メルモット、覚えています」

「はい、――メルモットの娘です。息子さんの容体はいかがでしょうか？　よくなられているといいですが。彼が恐ろしい男から通りでひどい目にあったと聞きました」

「お座りください、ミス・メルモット。あの子はよくなっています」さて、カーベリー令夫人はつい最近ブラウンから、メルモットが「もう駄目だ」と聞いたばかりだった。メルモットがさまざまな文書偽造の罪を犯したとか、ひどく裏目に出た投機のせいで破産者になったとか、端的には大メルモットバブルが今にもはじけそうだとの、そんな強い信念、充分な確信をブラウンから耳にしたばかりだった。「彼は一週間もしないうちに監獄へ行くとみんなが言っています」これがメルモットについてつい昨夜令夫人が彼から聞いた情報だった。

「彼に会いたいです」とマリー。カーベリー令夫人はどう返事をしていいかわからず、しばらく沈黙していた。「彼からみなお聞きになったと思います――そうでしょう？　私たちが結婚する予定だったことはご存知でしょう？　私は彼をとても愛しています。今もそうです。ここに来てあなたにそう言うことを恥ずかしいと思いません」

「すっかり終わったものと思っていました」とカーベリー令夫人。

「私は一度もそんなことを言っていません。彼はそう言っていますか？　あなたの娘さんが私のところに来て、とてもご親切にしてくださいました。彼女が大好きです。私たちのことはすっかり終わったと彼女から聞きました。でも、それはおそらく間違っています。もし彼が誠実な人なら、終わっていません」

カーベリー令夫人は心底驚いてしまった。この若い娘は父の破滅を知って別の住み処を捜しているのだと、しかもかなり大胆に捜しているのだと、令夫人は一瞬思った。マリーが愛情を具え、寛容さを具えているようには見えなかった。それでも、令夫人はぞんざいに答えるつもりはなかった。「残念ながらこの結婚は適切じゃなさそうです」と令夫人。

「どうして適切じゃないんです？　私が金を取りあげられることはありません。たとえパパが私たちと一緒に生活したがっても、みんなに充分なだけあります。——それは私の金です。とてもたんまりあります。——どれだけあるかわかりませんが、莫大です。充分金持ちになれます。私たちは婚約していますから、ここに来てあなたにこう言うことを少しも恥ずかしいと思いません。彼に金がないのはわかっています。この結婚は適切なものと思っていました」

カーベリー令夫人は、もしこれがほんとうなら、つまるところこの結婚は適切なのかもしれないとふと思った。しかし、それがほんとうかどうかどうやって確かめることができるだろう？「お父さんが結婚に反対していることを知っていますか」と令夫人。

「はい、反対しています。——でも、パパは私を止められません。パパは私に金を放棄させることができません。それが年に何千ポンドにもなることを知っています。私たちが勇気を持ってやることができれば、パパはそれを止められません」

カーベリー令夫人は困って気が動転し、何も決められないと感じた。ブラウンに会う必要があると思った。息子をどうしたらいいか、どう縁づけたらいいか、解き放つときに駄目にしてしまわないように、どう片づけたらいいか、——それが令夫人の日常の大きな課題、身を押しつぶす重荷だった。今この娘は厄介者を引き受けて、——そうはっきり言っている——、年何千ポンドも施してくれるだけでなく、頑なにそうすることを熱望している。年に何千ポンドもあったら、——年に一千ポンドの収入でもいい——、そんな結婚は何という僥倖だろう！　サー・フィーリックスはすでにあまりにも凋落していたから、メルモット家が凋落したからといって、息子のためにメルモット家との関係を拒むようなことをしたら、母は何らそれに正当性を見つけ出せないだろう。息子が比較的安全に生活できる適所をどこかに手に入れることができたら、母にはそれが天与の慰めとなるだろう。「あの子は上の階にいます」と、母は言った。「あがって、話して来ます」「私が来ていると、すべてを許すと、私はまだ愛していると、私に誠実なら、私も誠実に尽くすと彼に言ってください」

「顔がこんな状態なので」と、サー・フィーリックスは言った。「とても彼女のところに降りて行けません」

「彼女は気にしないと思いますよ」

「とても降りて行けません。それに、彼女の金の話を信じません。一度も信じたことがありません。ぼくがリバプールへ行かなかったほんとうの理由はそれです」

「私があなたなら会いますね、フィーリックス。会ったら、彼女の資産についてもはっきりします。何にしても彼女があなたにたいそう好意を抱いているのは明らかです」

「父が破産したら、それが何の役に立ちます?」彼は降りて娘に会おうとしなかった。――なぜなら、通りで受けた傷を恥じており、顔をさらすことに耐えられなかったからだ。彼は資産に関するマリーの話を半分信じ、半分疑った。しかし、金の果実はたとえ手の届くところにあっても、遠くにあって、かなり骨を折らなければ手に入らないだろう。一方、マリーと演じる厄介な愁嘆場は、差し迫っていた。いったいどうして絆創膏を貼った鼻で、花嫁に口づけすることができるだろう?

「彼女に何と言ったらいいですか?」と、母は聞いた。

「ここに来るべきじゃなかったと。ぼくならそれしか言いません。母さんはメイドを送って、もう会えないと言わせたらいいでしょう」

しかし、カーベリー令夫人はマリーをそんなふうに扱うことができなかった。令夫人はとてもゆっくり階段を降りて、どう答えようかと考えながら応接間に戻った。「ミス・メルモット」と、彼女は言った。「あの子はあなたと最後に会ってから事情があまりにも変わってしまったので、交際を再開しても何もえられないと思っています」

「それが彼の伝言——ですか?」カーベリー令夫人は黙っていた。「それなら彼は私が聞かされてきた通りの人です。彼を愛してしまったことを私は恥じます。恥じます。——彼を追っかけて来たと思われるでしょうが、ここに来たことを恥じません。男と女が婚約していたら、女が男を追っかけていけない理由はないと思います。でも、こんなに浅ましい人をこんなに愛したことを恥じます。さようなら、カーベリー令夫人」

「さようなら、ミス・メルモット。私に腹を立てないでくださいね」

「いえ、——いえ。あなたに腹を立てたりしません。できるだけ早く私を忘れてください。私は彼を忘れるよう努めます」

それから、彼女は途中でグローヴナー・スクエアの昔の家の前を回り、速い足取りでブルートン・ストリートに戻った。今はどう身を処したらいいだろう? どんな生活を我が身に用意したらいいだろう? この一年の生活は、何から何までみじめだった。人生初期に覚えた貧乏と苦難のほうがまだ耐えられた。世間との交わりを通して学んだ自己主張より前の、父から押しつけられた隷属のほうがまだましだった。王子たちと踊り、父の家で皇帝にまみえ、貴族と婚約するような近ごろの壮麗さの真っ只中で、忌まわしい零落にあった。彼女は心から偶像を愛したのに、その金色の偶像がもっとも粗悪な土くれでできていることを知った。そのあと、粗悪でも土くれを愛そうと心に決めた。——ところが、その土くれさえも彼女にそっぽを向き、愛を拒絶してしまった!

彼女は父に破局が訪れようとしていることをはっきり知った。破局は前にもあって、それが迫って来るのを意識したことがあった。とはいえ、今回の破局はとてつもなく大きな打撃になるだろう。またも荷造りし、引っ越しし、どこか別の町――おそらくとても遠いところ――を捜すよう駆り立てられるだろう。どこに行こうと、もう自分の主人になろう。彼女はブルートン・ストリートの家に再び入る前に、そんな決意を固めることができた。

第八十三章　再び議場に現れたメルモット

その木曜［七月十八日］の午後、メルモットの事業に総崩れがあると、至るところで噂された。コーエンループが逐電すると、まもなく誰もそのことを疑わなかった。大晩餐会に出席しなかったシティの財界人たちは、先見の明を自慢した。疑惑の金融業者のテーブルに着いて中国皇帝に会うことを拒んだ政治家たちも同じだった。グローヴナー・スクエアの屋敷に皇帝を受け入れたとき、晩餐会を準備し、手足となってメルモットのために働いた人々や、ウエストミンスター選挙区に彼を推薦し、彼のために選挙を戦った人々は、激しい攻撃から身を守らなければならないことに気づいた。メルモットについて好意的なことを言う人、彼の罪を疑う人は一人もいなかった。グレンドール父子はロンドンから完全に退いて、もはや噂さえ聞かれなかった。アルフレッド卿は晩餐会の日以来姿を見せなかった。オルバリー公爵夫人も、世間の噂によると、メルモットの事業の総崩れによって黙らせられて、例年より数週間早く田舎に帰った。しかし、私たちが今たどり着いた時点ではまだこの帰郷はなされていなかった。

議長が議場でちょうど四時に席に着いたとき、多くの議員がすでに出席していた。メルモットとその失敗のせいで、議場にはいつも以上に活気があった。ロングスタッフからピッカリングを購入した件に関連して、メルモットが文書偽造の罪で裁判にかけられることが、午前中自信を持って主張されていた。この日メルモットがまだどこにも姿を現していないことも知られていた。人々は彼がブルートン・ストリートのロングスタッフ屋敷にまだ住んでいることを知らないまま、グローヴナー・スクエアの屋敷を見に出かけて、破産と犯罪の荒廃がすでにそこにはっきり見られるとの印象を抱いて帰って来た。「彼がどこにいるか知りたいですね」と、ラプトン氏は議事堂の会見室でビーチャム・ボークラーク氏に言った。

「彼はシティに一日現れなかったそうです。ロングスタッフ屋敷にいると思いますね。哀れ、あいつは四面楚歌です。あいつは田舎に土地を持ち、ロンドンに屋敷を持っています。ほら、ニダーデイルがやって来ました。卿がこういう状況をどう思っているか知りたいです」

「ひどい事態ですね?」とニダーデイル。

「あなたの場合、もっと悪くなるかもしれませんよ」と、ラプトンは答えた。

「そうでしょうね。しかし、いいですか、ラプトン。私はまだ必ずしも全体を把握しているわけではありません。私たちの弁護士が確かに金はあると三日前に言っていました」

「コーエンループは三日前に確かにここにいました」と、ラプトンは言った。「しかし、今はもういません。総崩れはあなたの名誉を守るため、ちょうど間に合うように起こったように私には思えます」ニダーデイル卿はかぶりを振ると、重々しい表情を作ろうとした。

「ほらブラウンが来た」とサー・オーランドー・ドラウトは言うと、この財界紳士に急いで近づいた。「メルモットが議場で前回金融について過ちを正そうとした議員だ。「メルモットがどこにいるか、彼なら教えてくれるだろう。メルモットはコーエンループを追って大陸に向かったと、いいかい、一時間前にそんな噂があったよ」しかし、ブラウンは頭を横に振った。彼は何も知らなかった。けれども、明日の今ごろまでには、警察がメルモットについて知らなければならないことはみな知っているとの強い意見を持っていた。ブラウンは議場で攻撃されたあの記憶に残る一件以来、メルモットに対して非常に手厳しかった。

大臣たちさえも、いつものようにその日の質問者に責め立てられるため座っているとき、もっぱら答弁によりメルモット事件のほうに心を奪われていた。「君はあの件について何か知っているかね？」と、大蔵大臣が内務大臣に聞いた。

「彼の逮捕状はまだ出されていないと承知しています。彼が文書偽造の罪を犯したというのが一般の意見です。ですが、それについて証拠があるとは思いません」

「彼は破産者だと思うね」と大蔵大臣。

「もともと金持ちだったかどうか疑わしいです。ですが、じつを言いますと、——彼はこれまでに現れた最大の悪党です。この十二か月に個人の支出として十万ポンド以上を費やしたに違いありません。皇帝が事実を知るとき、どう思うか知りたいです」内務大臣の近くに座っていた別の大臣は、そんなことを中国皇帝は私たちの首相の半分ほども気にしないと思った。

この瞬間、議場全体にほとんど耳に聞こえそうな沈黙が訪れた。大勢の人々が声を押し殺し続ける低いうなりの感覚を知っている人は、声を完全に止めることで引き起こされる感覚が、耳にいかに明瞭であるかも知っている。みなが顔をあげたが、完全な沈黙のなかで顔をあげた。ある連隊の軍服の色が変更されたことで怒っている質問者に答弁するため、次官が立ちあがったところだった。次官はかなり受けが期待できる巧妙な答弁を用意していた。こんな幸運が下っ端の手にゆだねられることは滅多になかったから、次官は答弁に専念していた。しかし、その次官さえびっくりして、しっかり覚えていた聞かせどころを一瞬忘れてしまった。ウエストミンスター選出議員、オーガスタス・メルモットが議場の中央を近づいて来た。

メルモットはこのころまでに帽子をどう扱ったらいいか——いつかぶり、いつ取るか——や、どう席に着いたらいいか、わかるくらい議場のしきたりを学んでいた。彼は議長の正面のドアから入るとき、習慣から帽子を少し斜めにかぶった。おもに存在感を高めると信じて採用したこの習慣のせいで、外見にぷんぷんと傲慢さを漂わせている。この瞬間、彼は歩き振りや顔の表情に、みなが予想している――とよく知っている――あの破産のしるしを表すまいと、いつも以上に意を決していた。それゆえ、帽子をおそらくことさら傾け、上着の襟をとりわけ広げ、シャツにつけた大きな宝石付ボタンをことさら見せつけた。(1)口と顎には特別傲慢さをみなぎらせた。彼は一頭立て四輪箱馬車でやって来て、ウエストミンスター・ホールまで歩き、議員専用ドアから議事堂に入った。それから、大会見室を通り抜け、門衛のあいだを歩いて来た。――誰からも一言も話しかけられなかった。彼はもちろん知っている人たちにたくさん会った。ほんとうは会った人たちをほとんど知っている。――しかし、この日の冒険の始めから、人々から白眼視されることを予想して、冷たい表情やもっと冷たい沈黙に、気づかない振りをして耐えようと覚悟していた。この課題に向けて構えを整え、それを今実行していた。破産のしるしを察知されることなく、人々のあいだを動かなければならないだけでなく、そんな苦境のなかで、まるまる一晩をすごすことにも耐えなければならない。とはいえ、彼は意を決しており、今それを実行している。いつも以上に注意深く帽子を高く掲げ、いつも以上に丁重に議長にお辞儀をした。野党の三列目のベンチにふだん通り座るとき、いつも以上に活発に手足を振り出した。大男で、つねに振る舞いを印象的にしようと努めていたから、決まって動作で目立ってしまった。今もいつものようにはっきり手足を動かしたいと願った。ところが、当然やりすぎてしまった。目撃していた人々は、議場を歩いたあと着席する彼の態度が特別無礼だと思った。次官は立ちあがっていたが、ほとんど唖然としてしまい、軍服の色についてのおいしい機知をまったく披露しないまま終わった。

あの不幸な若者、ニダーデイル卿、はメルモットが座った隣の席に着いていた。メルモットが国会議員になってからこういう偶然を三、四度経験していた。若い卿はこの金融業者の娘と結婚したいと強く願っていたので、義父を恥じてはならないと思い定めていた。卿はどこから這いあがって来たかわからない百万長者に、若い貴族として与えることができるこの種の配慮を、結婚にかかわる取引の一部だと理解していた。卿は誠実さと勇気を混ぜ合わせた美徳に恵まれて、そのおかげで考えを実行に移す意志と能力を具えていた。国会の慣例についてちょっとメルモットに教えたり、手に入りそうな金を確実にするため、できる限りのことをしたりしていた。ところが、この二日間で卿も、――とても痛ましいことに――卿の父も、この試みを放棄しなければならないことを悟った。もしそういうことなら、どうしてこれ以上メルモットに優しくする必要があるだろうか？　それに、卿は俗悪かつ不快な人に親切にする用意はあっても、偽造の罪を犯したと今確信している人にまで、丁重な態度を取りたいとは思わなかった。それでも、メルモットが隣に座ったからといって、すぐ立ちあがって席を移すというようなことは気質上できなかった。卿はみじめさ半分おどけ半分の表情で右隣の人を見たあと、どんな罰であろうと耐える用意をした。

「今日マリーに会ったかね？」とメルモット。

「いえ。――会っていません」と卿。

「どうして会いに来ないのかね？　娘は今君のことをいつも聞きたがっている。私たちは来週自宅に戻りたいと思っているよ。そうしたら君を心地よく迎えることができる」

この男が偽造の罪で世間からこぞって非難されていることを知らないというような、そんなことがあるだろうか？「事情を教えてあげましょう」と、ニダーデイルは言った。「あなたは私の父にもう一度会ったほうがいいと思いますね、メルモットさん」

「何も悪いことがなければいいが」

「ええと。――わかりません。父に会ったほうが早いです。ぼくはこれから議場を出ます。顔を見せるためちょっと立ち寄っただけですから」卿は外に出るとき、どうしてもメルモットのそばをすり抜けなければならなかった。そうするとき、メルモットは卿の片手をしっかり握った。「さようなら、私の息子」と、メルモットは大声で――議員がふつう会話で使うよりずっと大声で――言った。ニダーデイルは当惑して、悲しくなった。しかし、議場にいる人々はみな事情を理解していた。卿は通路を突進し、急ぎ足でドアをいくつか通り抜けた。会見室に逃げ込むと、そこでライオネル・ラプトンに会った。ラプトンはボークラークと少し会話を交わしていたから、さらに情報を手に入れていた。

「何が起こったか知っているかい、ニダーデイル？」

「メルモットのことですか？」

「そう、メルモットのことだよ」と、ラプトンは続けた。「彼は文書偽造の罪でこの半時間前に自宅で逮捕されたよ」

「そうなっていたらと心から願いますね」と、ニダーデイルは答えた。「議場に入ったら、まぎれもなく本人がそこに座っているのがわかります。彼はまるですべてがふだん通りであるかのように私に話しかけてきました」

「コンプトンがほんの少し前にここに来て、ロンドン市長の逮捕状でメルモットが捕らえられたと言っていたがね」

「ロンドン市長は国会議員ですから、みずから犯人を連行するほうが早いです。とにかく彼は議場にいます。まもなく立ちあがって演説を始めても不思議じゃありません」

メルモットは七時までじっと席に座っていた。議場はその時間に九時まで休会になった。彼は議場を出た最後の一人で、そのあとゆっくり――ほとんど威厳に満ちた――足取りで食堂へ降り、ディナーを注文した。

そこは多くの人々でごった返しており、彼は席を見つけるのに少し苦労した。誰からも進んで席を譲ってもらえなかった。それでも、彼は前から座っていた不幸な人をほとんど押しのけて、ついに席を確保した。誰かからそこを追い出されることはなかったし、誰かに隣に座られることもなかった。給仕からさえ喜んで給仕をしてもらえなかった。――とはいえ、彼は根気と忍耐でついにディナーを手に入れた。庶民院議員の正当な権利に基づいてそこにいる。どんな根拠によっても、彼が求めるそんなもてなしを拒否されるわけがない。まもなく彼はテーブルを独り占めにした。独り占めにしても、それを屁とも思わなかった。彼は大声で給仕に注文を出し、空元気でシャンパンを瓶からついで飲んだ。ニダーデイルと親しげに話したあとは、誰からも話しかけられなかったし、話しかけもしなかった。彼を見つめていた人々は、大胆に振る舞うことが彼には愉快なのだと仲間うちで囁き合った。――ところが、ほんとうのところ、彼はその瞬間におそらくロンドンでいちばんみじめな人だった。もし彼が寝床に入って嘆きと苦悶のうちにその夜をすごしていたら、今の状態よりもっとよく慰めを見出せただろう。しかし、まわりの世界が今や消え去り、踏みにじられた法が怒って科す極度のみじめさしか目の前に見えなくなったとき、彼はとにかく大胆に振る舞ったという評判を取ることで、最後の自由な瞬間をすごすことができた。オーガスタス・メルモットが死ぬ前に身にトーガ(2)をまとったのはこんな具合だった。

彼は食堂を出ると喫煙室に入った。そこでいつも持ち歩いている大きなシガーケースをポケットから取り出し、およそ八インチの葉巻に火を点けた。シティ選出のブラウンが部屋にいた。メルモットはほほ笑んでお辞儀をし、ブラウンに葉巻を一本差し出した。ブラウンは背の低い、丸々太った六十すぎの小男で、いつも唇をすぼめ眉をひそめ、いくぶん平凡な顔にもったいぶった印象を作り出そうと努めていた。ブラウンがこの邪悪な金融業者とふれ合うことを嫌って、後ずさりしたり、あつかましい罪人をとがめて、しかめ面を二重にしたりするのを見るのは、芝居を見るようにおもしろかった。「おわかりだろうが、先夜私が言ったことをあまり重く見る必要はないよ。侮辱する気はなかったから」メルモットはそう言うと、しわがれた大きな声で笑い、勝ち誇ったように集まった人々を見回した。

そのあと、彼は座ると、黙ったまま葉巻を吸った。特におもしろいことでも思い出したかのように、もう一度急に笑い出した。——噂話を信じるなんてまわりの連中はみな馬鹿だと考えて、ずいぶんおかしがっているようだった。それでも、それからはもう誰にも話しかけようとしなかった。彼は九時すぎに議場に再び戻ると、前に座っていた席に再び着いた。このとき、すでにシャンパンのほかに水割のブランデーを三杯飲んで、ほとんど何も恐れないほど気が大きくなっていた。猟獣法に関する議論が進行中で、——この議題に関して——メルモットは雇っている女中と同じくらい無知だった。しかし、一人の発言者が座ったとき、彼は跳びあがるように立ちあがった。別の紳士も立っていた。議長がその別の紳士に発言を求めたとき、メルモットは譲った。別の紳士にはあまり話すことがなかった。数分すると、メルモットはまた立ちあがった。その瞬間に、庶民院議長の威厳のある胸中によぎった思いを誰が描き出すことができるだろうか？　議長はメルモットの悪事について表向きは知らないことになっていた。たとえ知っていたとしても、議長はそれを根拠にしてとやかく言うことができなかった。相手は国会議員だ。ほかの議員と同じように口を開く権利を有していた。とはいえ、そのとき議長は議場を恥辱から救いたいと願っているように見えた。——というのは、議長は二度、三度とウエストミンスター選出議員から「目を合わせられる」のを拒んだからだ。ほかの議員が立っているあいだ、彼から目を合わせられることはないだろう。ところが、メルモットはしつこくて、無視されまいと意を決していた。ついにほかの誰も話さなくなり、議場は投票することなく動議を否決しそうになった。——そのとき、メルモットはまた立ちあがった。まだ固執していた。議長は彼をにらみつけると、議長席に深くもたれかかった。メルモットは前の座席に膝を当てて体を支えながら、まっすぐ立ち、みなに大胆さを見せつけようと決意しているかのように、議場の端から端まで顔をめぐらすと、三十秒間完全に沈黙していた。彼は酔っ払っていた。――とはいえ、たいていの酔っ払いより体を安定させることができたし、ふつうならわかる酔いの兆候を顔にまったく表していなかった。しかし、彼は大胆に振る舞う一方、演説をするには言葉が必要であることをすっかり忘れて、今駆使できる言葉をまったく持ち合わせなかった。彼は前方によろめいて、体を立て直すと、それからもう一度議場を怒りの目で見回し、そのあと前に座っていたビーチャム・ボークラークの肩越しにどうと頭から倒れ込んだ。

彼は自宅にとどまっていたら、おそらくもっとうまくトーガを身にまとうことができたかもしれない。しかし、我が身を噂の種にすることをただ一つの目的としていたら、このやり方より確かな方法を見つけ出せなかっただろう。この場面が演じられたとき、演技者が強制的にどこかわからぬところへ運び去られていたら、まさに記憶に残る場面になっていただろう。議場はかなり騒然となった。ボークラークは生来気立てのいい人だったから、その瞬間はかなり迷惑に思ったものの、平静を取り戻して、急いで酔っ払いを介護した。しかし、メルモットは決して難儀を切り抜ける力を失っていなかった。すばやく立ちあがると、再び席に着き、帽子をかぶり、特別なことは何も起こらなかったかのような顔つきをしようとした。議会はメルモットにそれ以上注意を払うこともなく議事を再開した。酔っ払った議員に取るべき措置について特に規則がなかったからだ。ともあれ、ウエストミンスター選出議員はそれ以上迷惑をかけなかった。彼はおそらく十分は席にとどまっていた。それから、あまりしっかりした足取りではなかったが、それでも向かう方向を充分わきまえてドアへ進んだ。彼は、黙って見つめる人々のなかを退出した。議長と事務官と彼の近くにいた人々にとって、はらはらさせる瞬間だった。もし彼が倒れたら、誰かが――あるいはむしろ二、三人が――

彼を抱えあげて、運び出していたに違いない。しかし、彼は議場でも、会見室でも、パレス・ヤードへの途中でも、倒れなかった。多くの人々から注視されていたが、誰からも手を差し出されなかった。門を抜けて、壁に寄りかかりながら、箱馬車におーいと呼びかけた。彼を待っていた使用人がまもなく彼をブルートン・ストリートの屋敷へ運んだ。それがイギリス国会が新しいウエストミンスター選出議員を見た最後だった。

メルモットは家に着くとすぐ難なく彼の居間に入り、さらに水割のブランデーを求めた。十一時と十二時のあいだに使用人が去ると、彼はブランデーの瓶と三、四本のソーダ水とシガーケースを脇に置き居間に独り残された。家のなかの女性は誰も彼のところにやって来なかった。彼も女性たちについて何も言わなかった。そのとき、彼は使用人に懸念を生じさせるほど酔ってもいなかった。夜は習慣的に独りでそこに残った。使用人はいつものように寝床に就いた。ところが、女中は翌朝九時に彼が床の上で死んでいるのを発見した。彼は酔っ払っていたけれど、――夜のうちにおそらくもっと酔っ払っていただろうが――、それでも青酸を服毒することで、法が科す不名誉と罰から身を解き放つことができた。

註

（1）国会議事堂のこと。

（2）トーガはローマの男子市民が身に着けた帝国の権威の象徴。

第八十四章　ポール・モンタギューの弁明

　これは読者に伝える必要のないことだと期待したいが、ヘッタ・カーベリーはポール・モンタギューと決別しなければならないと決意した瞬間から、じつにみじめな状態に陥ってしまった。彼女は合理的に判断していなかったと、私は思う。しかし、彼女はあまりに威厳を――女としての威厳を――傷つけられたので、ポールを許すことができないと思った。ほかのところから話を聞く前に、彼から直接話されていたら、簡単に彼を許していたのは確かだ。彼女がいちばん優しくしているとき、もしポールがこう話していたら、――ぼくはかつて別の女性を愛していました。その女性は今ここロンドンにいます。ぼくをうるさく悩ませている厄介者です。彼女の経歴はこんな感じで、彼女とぼくの愛の経緯はこんな案配で、愛が薄れていった事情はこんな具合で、あなたに会った最初の瞬間から、この女性がぼくの心の近くにいなかったことを、少なくともあなたは信じてくださるでしょう。――もしポールがこんなふうに話していたら、彼女の怒りを招くことはなかっただろう。ところが実際には、彼は無実を証明するように、話をするというより告白するように、隠されていただろう。ヘッタの兄がとてもすばやく介入して来なかったら、ポールはきっとこう話していた気配がすでにある事実――もしほんとうなら忌々しいとすでに思われている事実――を認めるように強いられた。痛かったのは、一か月前にもならないロースト フトへのあの旅だった。ロジャー・カーベリーはその旅についてヘッタに何も言わなかったが、彼女はロジャーがそのとき思ったことをみなあっという間に理解してしまった。ポールはこの女と——このぞっとする女と——仲よく——仲よくというより親密に——海辺に滞在したり、毎日イズリントンにこの女を訪問したりしている！　この女が到着して以来、彼は一日も欠かさずイズリントンに通っているとヘッタは信じた。それが何を意味するか誰にだってわかるだろう。そしてまさしくこの間、彼は——まあ、おそらく正確にはヘッタをくどいていなかったとしても——、彼女を見つめ、彼女に話しかけ、彼女に言い寄っているとしか見えない動きをしていた。二人はマダム・メルモットの最初の舞踏会で会ってから、もちろん実際には何が起こっているか理解していた。その舞踏会で彼女は——六回以上——踊ることはできないとポールに懇願した。彼女は彼から注がれる愛情を好意的に受け取ったとそのとき彼に伝えるつもりはなかった。けれど、ポールがそれを感じているに違いないことをもちろん知っていた。彼女はこの若者に心を与えたことを胸中で認めただけでなく、母にも伝えていた。それなのに、彼はまさしくこの間この女と、——かつて婚約していたと認める奇妙な米国女と——、ともにときをすごしていた。いったいどうして彼と喧嘩をせずにいられるだろう？　いったいどうしてみな終わったと彼に言わずにいられるだろう？　みんなが彼との結婚に反対した。——母も、兄も、ロジャーも。彼を擁護する言葉は見つけられないと彼女は感じた。忌まわしい女！　不快な、悪質な、大胆な、米国の陰謀女！　友人のポールがこれまでこんな女と親しくなっていたこと、この女と別れようと思うずっと前に、——おそらくこの女と別れて身をきれいにする気なんかなく——、二番煎じの愛の話を携えて彼女のところにやって来たことがつらかった。もちろん彼を許すことはできなかった！　そうよ。——決して許せない。彼のことを思うと胸が張り裂けるに違いない。当然張り裂けるだろう。それでも、彼女は許す気になれなかった。母が何を望んでいるかよく知っている。母は彼女をモンタギューと喧嘩させて、ロジャー・カーベリーと結婚させようともくろんでいた。しかし、母はその点で間違っていることがわかるだろう。ヘッタははとこの値打ちをいつも進んで認めたけれど、はとこと結婚するつもりはなかった。確かに今は誰とも結婚する気になれなかった。こういうふうに決意していたから、母にはこの決意が悩みの種になるに違いないと思って、邪悪な満足を感じた。というのは、彼女はポール・モンタギューの不正についてはカーベリー令夫人とまったく同じ考えに立つ一方、その不正を進んで暴き立てようとする母には怒りを感じていたからだ。

ああ、彼女はポールからもらったブローチを何と注意深くゆっくり動く指で、何と悲嘆に暮れた優しさで、保護ケースから取り出したのだろう！　これまでにもらった唯一の贈り物だった。彼女はこれを受け取ったとき、愛情のこもった率直な言葉でポールに感謝して、この贈り物が彼女にとって――死ぬまで――娘時代に恋人からもらった唯一の貴重品となるように、ほかには贈り物をしないよう彼に請うた。今はこれを送り返さなければならない。これは忌まわしいあの女にきっとたらい回しにされるだろう！　それでも、彼女の指はいつまでもブローチに絡み続けた。たとえ独りでいても、そんな愛情表現をしたら身を汚すことになると思わなかったら、彼女は喜んでそれに口づけしただろう。ポール・モンタギューには回答を与えていた。これ以上ポールと個人的なかかわりを持つことはないので、ブローチを母に持って行って、彼に返してくれと頼んだ。

「もちろんよ、あなた、彼に送り返します。ほかに何かありますか？」

「いいえ、ママ。――ほかにはありません。手紙もないし、贈り物もありません。ママはいつも私たちのあいだで起こっていることを知っていました。ただそれを――何も言わずに――送り返してもらえたら、それでいいです。何も言わないでしょう、ママ？」

「あなたの気持ちを彼にはっきり理解させていたら、私が言うことはありません」

「理解させていると思います、ママ。それは信じていいです」

「彼の品行はとても悪かったです。――初めからね」とカーベリー令夫人。

しかし、若者が初めからとてもよくない振る舞いをしたと、ヘッタは実際に思っていなかったので、彼の不品行のことで母から非難されたくなかった。若者は彼女に会ってすぐ恋に落ちたとき、じつに欠点なく振る舞っていたと、彼女は心から思っていた。――ただし、彼はその後ハートル夫人をローストフトへ連れて行ったとき、よくない振る舞いをした！「そういうことを今さら言っても無駄ですね、ママ。もう彼のことは口にしないでください」

「尊敬に値しない人です」とカーベリー令夫人。

「彼が悪く言われることには――耐えられません」と、ヘッタはすすり泣いて言った。

「ねえ、ヘッタ、今回のことであなたはきっとしばらく悲しみに暮れるでしょう。こんな小さな出来事が人を悲しませます――しばらくね。でも、あまりくよくよ考えないようにするのが結局いちばんいいです。人が思いを存分に遂げて開花させるには、世のなかはあまりにも粗野で厄介です。あなたは将来に目を向けなければなりません。ポール・モンタギューをすぐ忘れる覚悟をすることで、いちばんよくそうすることができます」

「ねえ、ママ、もう何も言わないで。どうしたらそんな覚悟をすることができるのです？　もう、ママ、何も言わないでください」

「でも、あなた、言わなきゃならないことがまだあります。将来の生活が前途にあります。私もあなたも、それを考えなければなりません。言うまでもなくあなたは結婚しなければなりません」

「もちろん結婚なんかできません」

「言うまでもなくあなたは結婚しなければなりません」と、カーベリー令夫人は続けた。「いちばん上手に結婚する方法を考えるのが、あなたの義務です。私の収入は毎日少なくなっています。あなたのはとこにすでにお金を借りています。ブラウンさんにも借りています」

「ブラウンさんに金を！」

「そうです。——ブラウンさんにもね。ブラウンさんから支払義務があると言われたお金を、フィーリックスに代わって支払わなければなりませんでした。出入りの商人たちにもお金を借りています。家をもう保ち続けることができないのではないかと心配です。あなたのはとこやブラウンさんからは、フィーリックスをロンドンから——おそらく海外に——連れ出すのが、私の義務だと言われています」

「私はもちろんママと一緒に行きます」

「最初はそう思うでしょう。でも、たぶんあなたがそんなことをする必要はありません。そんな必要がどこにありますか？　どんな喜びがそこに見出せますか？　フランスかドイツのどこかの町で、フィーリックスと一緒に暮らす私の生活が、どんなものになるか考えてみてご覧なさい！」

「ママ、どうして私をママの慰め手とさせてくれないのです？　どうして私をいつも重荷のように話すのです？」

「人はみなほかの人の重荷です。それがこの世の習いです。でも、あなたはほんの少し譲歩しさえすれば、——ほかの人の重荷にならない——、祝福としてのみ受け入れられるところへ行けます。あなたの後半生を安楽にする機会、あなただけでなく私や兄にとっても、その友情が不可欠な人を友人にする機会、をえることができます」

「ママ、今それを本気で言っているとは思えませんね？」

「本気ですとも。馬鹿げた空想にふけっても、それが何の役に立ちますか？　はとこのロジャーの妻になることを決心しなさい」

「薄情ね」と、ヘッタは苦悶のなかから吐き出すように言った。「ポールのことで私が悲嘆に暮れているのが、――彼を心底愛しているから、彼と別れたことで心がばらばらに引き裂かれているのが――、ママにはわかりませんか？　あの邪悪な女のせいで！　――彼がとてもよくない振る舞いをしたせいで！　――、私が別れなければならないのはわかります。それで、別れました。でも、別れて一時間もしないうちに、ほかの男に身をゆだねるよう、ママから命じられるなんて思ってもいませんでした！　ロジャー・カーベリーとは結婚しません。私が誰とも結婚しないのはほんとうに、ほんとうに確かです。ママがフィーリックスと国外に逃げ出すとき、連れて行ってくれないなら、私はあとに残って生計を立てなければなりません。看護婦として働きに出ようと思います」彼女は返事を待つこともなく部屋を出て、自室へ向かった。

カーベリー令夫人は娘を理解することができなかった。彼女は娘がモンタギューを拒絶した機会をとらえて、もう一人の恋人との結婚を娘に強く勧めるとき、少しも不親切に振る舞っているとは思わなかった。子供がただ安楽に暮らせるよう、――息子に妻を手に入れてやりたかったように――、娘に夫を手に入れてやりたかった。それなのに、娘は世間の常識を聞かされるとき、いつもその厳しい現実にぜんぜん順応することができず、それを侮辱と受け取って、癇癪を爆発させてしまうと、母は感じた。息子からもたらされた悲しみは深く、恥辱は大きかったが、母は娘により息子に共感を抱いていた。もし人生において許すことができないものが令夫人にあるとすれば、それはロマンスだった。ただし、彼女は少なくともロマンティックな詩には喜びを見出していると信じた！　彼女は今じつにみじめだった。運命として待ち受けるように見えるみじめな放浪を息子と始める前に、娘が心地よく身を固めるところを見たいと願う。そこには確かに利己的な気持ちはなかった。

令夫人はブラウン氏から結婚の申し込みを受けたことと、それを断ったことを近ごろよく考えた。奇妙なことに彼の申し込みを断って以来、それ以前よりたくさんブラウンに会い、たくさん彼のことを知った。そのささやかな挿話以前の二人は、多くの親しい二人がそうであるように、作り物の親しさにとどまっていた。二人は互いにほとんど相手を知らないまま、友だちごっこをしていた。しかし、彼の申し出を断って以来、この五、六週間、二人は互いを真に知るようになった。令夫人はみじめな厳しい苦難のなかで自分と息子についてほんとうのことを彼に話した。ブラウンはお世辞ではなく、実際の支援と誠実な助言でそれに応えた。彼は令夫人に対する調子を全面的に改め、彼女も彼に対する調子を変えた。もはや二人のあいだにひどいおだて合いはなかった。彼は彼女に話すとき、ほとんど乱暴な話し方をした。もし彼女がこれをしなければ、馬鹿だと一度言ったことがある。結果から見ると、彼女は彼を捕まえ損ねたことをほとんど後悔した。それでも、あらゆる難儀をただ彼に打ち明けて話すだけで、逃した獲物を取り戻す努力はしなかった。マリー・メルモットが訪ねて来たのは、彼女が娘といさかいをした日［七月十八日］の午後だった。彼女は同じ日の夜、奥の部屋でブラウンと閉じこもって、二つの出来事を彼に話した。「もしあの娘がお金を持っていたら――」と、彼女は息子の頑迷さを悔やみながら口を開いた。

「金のことはまったく信じませんね」と、ブラウンは言った。「私が聞いた話から判断すると、娘に金はないと思います。たとえあっても、メルモットがそんなふうに金をすくい損なうようなことがないのは確かです。私ならそんな金にかかわりません」

「メルモット家と私たちの関係は完全に終わったと思いますか?」

「彼がすでに逮捕されたという噂がたった今届きました」夜の九時と十時のあいだだった。「でも、私が編集室を出るとき、彼は議事堂にいるという話でした。彼が文書偽造で裁判にかけられるのは間違いないと思います。資産から一シリングもすくい出せないことがわかるでしょう」

「びっくりするような進展ですね！」

「そうですね、――私たちの時代に起こったもっとも摩訶不思議な事件です。彼は無謀な個人的出費によって今この瞬間に完全な破綻に至ったと思います」

「なぜそんなにたくさんお金を使ったのでしょう?」

「それで世界を征服し、万人の信用をえられると思ったんです。しかもほぼそれに成功しました。ただ競争相手のねたみの強さを計算するのを忘れていただけです」

「文書を偽造したと思いますか?」

「きっとやったと思います。もちろん私たちにはまだ何もわかりません」

「じゃあ、フィーリックスがあの娘と結婚しなかったのはよかったですね」

「ほんとうによかったです。どんな約束があったとしても、その方面で履行されることはなかったでしょう。メルモットからそんな金がえられなくても、あなたが悔やむことはありません」カーベリー令夫人はかぶりを振った。息子のようにひどく支援を必要としている者にとって、メルモットの金でさえいやな臭いがしないことをそれは意味していた。「とにかくそのことはもう考えないでください」それから続けて、令夫人はヘッタにかかわる嘆きについて彼に語った。「ええと、こちらのほうは」と、彼は言った。「権威のある意見を述べるのが難しいと感じます」

「ロジャーには一銭の借金もありません」と、カーベリー令夫人は言った。「ほんとうにりっぱな紳士です」

「でも、ヘッタが彼を嫌っていたら?」

「いえ、娘は嫌っていません。彼をこの世でいちばんりっぱな人だと思っています。私に従うよりむしろ彼に従います。でも、恋愛については馬鹿げた考えを頭に詰め込んでいます」

「非常に多くの人々がね、カーベリー令夫人、馬鹿げた考えを頭に詰め込んでいますよ」

「そう。――それで、娘のように身を滅ぼします。恋愛はほかの贅沢と変わりがありません。余裕がなければ、それをする権利はありません。余裕がないとき、そんな贅沢にふける人は、このメルモットさんのように一敗地にまみれます。何て奇妙なことでしょう！　私たちみんなが彼のことをロンドンでもっとも偉大な人だと思ってから、二週間もたっていません」ブラウンはアブチャーチ・レーンの今は失墜した偶像について、そんな意見を持ったことなど一度もないと主張しても、意味がないと思ってただほほ笑んだ。

翌朝［七月十九日］とても早く、メルモットがまだ発見されないままロングスタッフの部屋の床に横たわっているとき、一通の手紙が女中を介してヘッタに届けられた。女中はモンタギュー本人がそれを持って来たと言った。ヘッタはそれを貪欲に受け取ったあと、自制すると、無関心な振りをして枕の下に入れた。しかし、女中が部屋を出るとすぐ宝を手に取った。別れた恋人から手紙を受け取っていいものかどうか考えてみることもしなかった。彼女は去れ、永久に去れ、とポールに言った。彼が――おそらく進んで――去ることを当然と見なした。きっと彼は米国女のもとに帰れてうれしいだろう。それなのに、彼女は今手紙を受け取って、読むことに何の疑いも抱かなかった。独りになるとすぐ手紙を開いて、内容を走り読みした。読み続けるとき、恋人の言い訳が受け入れられるかどうか一瞬も考えてみようとしなかった。

最愛のヘッタ

ぼくはあなたからじつに不当に扱われたと思います。かりにもあなたから愛されたことがあるなら、この不当な扱いを理解することができません。ぼくは何ごとでも――言葉でも、瞬間でも――あなたをあざむいたことはありません。ぼくがかつて別の女性を愛したから、それでぼくを捨てるというのでないとすれば、あなたにどんな怒りの理由があるかわかりません。あなたから受け入れてもらえるまで、ぼくはハートル夫人のことをあなたに話すことができませんでした。ご存知のことと思いますが、あの噂があなたの耳に入るまで、ぼくはその後あなたと話す機会をえることができませんでした。ぼくがあなたの告発によってあまりにみじめになったので、先日は何を言ったかほとんど覚えていません。ですが、ぼくはあなたに会う前にすでに、どうあっても彼女を妻にすまいと決意していたことや、あなたに会ったあとはその決意を一度も揺るがしたことがないことを、そのとき言ったと思いますし、今もはっきり言います。このことは難なくロジャーに問い合わせて確かめることができます。なぜなら、ぼくがそう決意したとき、彼が一緒にいましたし、彼の勧めに従ってそう固く決意したからです。それはぼくがあなたに会う前のことでした。

正しく理解しているとすれば、ぼくがそう決意したあとでハートル夫人とつき合ったから、あなたは怒っているということになります。今は彼女と最初に出会った時点に遡って経緯を話すつもりはありません。お望みなら、そのことでぼくを責めても結構です。――彼女との最初の出会いがあなたに対する罪となるはずがありません。ですが、起こったことのあとで、彼女がイギリスにぼくに会いに来たとき、彼女に会うことをぼくが断ることができたでしょうか？　断ったら、卑劣漢になると思います。もちろんぼくは彼女のところへ行きました。彼女がまったく独りでここに来ており、一人も友人を持たず、体調も悪いと言い、海辺へ連れて行ってほしいと求めるとき、ぼくが断ることができたでしょうか？　断ったら、不親切になると思います。ぼくにはひどい迷惑でした。ですが、もちろん連れて行きました。

彼女は婚約をもとの鞘に戻すようぼくに求めてきました。これはあなたに伝えておかなければなりません。

あなたに伝えてもここだけの話になることを知っていますから。ぼくはほかの女性に妻になるように求める決意をしていると彼女に告げて、その申し出を断りました。もちろん怒りと悲しみ——彼女には怒り、ぼくには悲しみ——がありました。ですが、妥協の余地はありません。とうとう彼女が折れました。彼女の不幸がぼくの大きな苦しみとなることを除いて、彼女にかかわるぼくのもめごとは終わりました。そういうとき、あなたが噂を聞いてぼくとの喧嘩を決意していることを突然知りました！

もちろんあなたはすべてを知っているわけではありません。というのは、彼女の経歴をぼくから聞かなければ、すべてを知ることができないからです。ですが、あなたはもうあなたに関連することについては少なくともみな知っています。今夜お母さんから痛烈な三言、四言を添えて、あなたのブローチが送り返されて来ました。夜この手紙を書いています。あなたにはまったく怒る理由がないことをぼくは断言します。もしあなたがぼくをほんとうに愛しているなら、ぼくから別れたがっていることが理解できません。かりにもぼくを愛しているなら、ハートル夫人のせいで今ぼくへの愛に見切りをつけることが理解できません。

ぼくは痛手を受けて非常に混乱しており、何を書いているかほとんどわからず、次々に突飛な考えにとらわれています。あなたをとても深く、強く愛しているので、いったんあなたがぼくを愛していると認めた今、あなたなしに生きることに見通しが立ちません。あなたの愛はこういうものだとぼくが想像しているそんな愛が、突然終わりになるなんて考えられないと思います。ぼくの愛が終わりになることはありません。ぼくたちが別れるのは不自然だと思います。

ぼくの話に確証がほしければ、ハートル夫人に聞いてみてください。何が起ころうと、ぼくたちが二人とも悲嘆に暮れるよりましです。

深い愛情とともにあなたのものである

ポール・モンタギュー

第八十五章　バークリー・スクエアの朝食

ニダーデイル卿は庶民院を出るとき、自分が演じている役割にずいぶん辟易していた。状況を考えるとき、置かれた立場に全面的に愛想を尽かしていた、と言っていい。夜が始まったところだ。メルモットはまだあまり酔っていなかった。大人物はこのうえもなく傲慢に、俗悪に振る舞ったので、恥辱の杯を若い卿にいやというほど味わわせた。メルモットに対する告発がシティの市長の前で取りあげられ、捜査されることになったことを、今はみなが確かな事実として知っている。メルモットが偽造に偽造を重ねたことや、買う振りをした資産に支払をすることができなかったことや、実際には破産者であることをみなが知っていた。――それなのに、若いニダーデイル卿は議場の全議員の前でメルモットから手を取られて、「愛する息子」と呼ばれた。

それだけではなく、卿はメルモットの擁護者として際立つようになっていた。たとえ卿自身が彼の娘との来るべき結婚を大っぴらに話さなくても、ほかの人からその結婚話をされるのを避けることができなかった。卿はメルモットを悪党と呼んだ男と喧嘩をした。メルモットはちょっと俗悪な振る舞いをするものの、根はいいやつだと、卿は親しい友人たちに密かに漏らした。ところが、今はこういう状況なので、卿はメルモット家との親しい関係からどうやって身を引き離したらいいかわからなかった。マリーとは婚約している。この娘に難点を見出すことはできない。彼女が妻にふさわしい相手であることは疑わなかった。今このとき、卿は――彼女の父のあの不快な言葉と、その言葉が発された口調を耳に覚えていたので――この父をひどく憎んだけれど、娘に対しては好意的な感情を失っていなかった。今は当然この娘とは結婚できない。結婚は明らかに論外だ。ほかの人たちが知っているように、彼女自身が金のために結婚することを知っている。今そのバブルがはじけた。とはいえ、卿はおおむね忠実に尽くしてきた友に対するように、彼女に対しては個人的に説明義務をはたす必要があると感じた。それで、説明の言葉を心のなかで組み立てた。「もちろん結婚が問題外であることはおわかりでしょう。あなたが多額の持参金を持っているというので、結婚が取り決められました。今あなたにそれがないことがわかりました。私には金がありません。つまり、私たちには生きていく支えがありません。結婚は論外です。でも、誓って残念です。というのは、私はあなたがとても好きですから。金さえあれば、私たちはふつう以上にりっぱにやっていけたとほんとうに思います」こういう言葉を組み立てた。ただし、卿はそれを言う機会をどうやって見つけたらいいかわからなかった。手紙にしたためなければならないとも思った。しかし、そんなことをしたら、結婚の申し込みをしたという文書上の証拠を残すことになる。メルモットが、――あるいは大人物が獄に入って不在の場合、代理となるマダム・メルモットが――、そんな証拠を卑劣に利用するかもしれないことを卿は恐れた。

卿は七時と八時のあいだにベアガーデンを訪れて、ドリー・ロングスタッフやほかの仲間に会った。みんなメルモットのことを話していた。メルモットはこの瞬間にも捕らえられていると、みんなが思っていた。ドリーは悲嘆に暮れていたが、大物風を吹かして自分を慰めた。「それがほんとうかどうか知りたいね」と、彼はグラスラウ卿に言った。「やつは明日十二時にぼくと親父に会って、借金を払うと約束した。やつは明日金を用意しておくと昨日誓って言ったんだ。けれど、捕まったんなら、約束を守ることはできないわけだ」

「金にお目にかかることはできないね、ドリー。それは断言してもいいよ」とグラスラウ。

「お目にかかることはなさそうだね。畜生、親父は何て馬鹿だったんだろう。資産を放棄する権利は、君にないのと同じくらい親父にもなかった。ニダーデイルが来たよ。メルモットがどこにいるか卿なら教えてくれるね。けれど、先夜卿がひどく怒ったから、話しかけたくないな」

一瞬会話が止まった。しかし、グラスラウ卿がメルモットについて何か知っているかとニダーデイルに囁き声で聞くと、後者は大声で答えた。「はい。――彼とは半時間前に議場で別れました」

「彼が逮捕されたという噂があるね」

「その噂は私も聞きました。しかし、私が議場を出るとき、間違いなく彼は逮捕されていませんでした」

それから、卿はドリー・ロングスタッフに近づくと、肩に片手を載せて、話しかけた。「先日は君がほぼ正しくて、私が間違っていたと思います。しかし、私が何を言いたかったか理解してもらえるでしょう。残念ながら私たち二人にとって、前途はともに暗いようです」

「そうだね。――わかるよ。ぼくの前途はひどく暗くなりそうだ」と、ドリーは言った。「君はうまく抜け出せたと思うね。けれど、喧嘩にならなくてうれしいよ。ホイストの三回勝負をしてはどうかい」

その夜遅くなって、メルモットが議会で演説をしようとしたことと、とても酔っぱらって、前のめりに倒れたこと、倒れてビーチャム・ボークラークを当惑させたことがクラブに伝えられた。「何とまあ、その場面を見たかったなあ！」とドリー。

「その場にいなくてよかったです」とニダーデイル。一同が遊戯用テーブルを離れたのは午前三時だった。そのころ、メルモットはロングスタッフ邸の床の上に死んで横たわっていた。

ニダーデイル卿は翌朝［七月十九日］十時に、バークリー・スクエアの古い館で父と朝食の席に着いた。

そこからメルモットの借家まで、数百ヤードと離れていない。若い卿はこのころ父と一緒に住んでいた。父子は懸案の結婚について、何か取り決めをするため今朝は約束に従って会った。関心事が思うように進まないとき、老侯爵はつき合いにくい相手だ。すこぶる不機嫌になり、じつに不快な言葉を吐くこともあった。――それで、一家の女性たちやほかの身内は、老人と一緒に住むのはおよそ不可能だと思った。しかし、長男は老人に耐えた。一部にはおそらく卿が長男ということで、より丁重に老人から扱われたからであり、おもには卿自身が陽気な気質を具えていたからだ。父の厳しい数語が卿にはあまり応えなかった。父が無礼に振る舞っても、それが何を意味するか卿は知っていた。父が卿の微罪を公平に斟酌してくれるなら、卿もまた父の無礼を斟酌するつもりでいる。これはみな、人は人、自分は自分という卿の持論に基づいていた。今朝の場合、卿は父が少し不機嫌なことを予想しており、それには理由があることを知っていた。

卿は朝食に少し遅刻した。父はすでにトーストにバターを塗っていた。「早起きすれば資産をみな救い出せるときでも、おまえは眠っていたい時間を削ってまで起きて来ることはなさそうだな」

「早起きして一ギニーをもうける方法を教えてください、父さん。教えてくれたら私がその金を稼がないかどうかわかります」それから、卿は座ると、お茶を一杯自分で注ぎ、腎臓と魚を見た。

「昨夜は飲んだだろ」と老卿。

「体調は別に変りません」老人は振り返ると、卿に向かって歯ぎしりした。「事実はね、父さん、飲んでいません。みんながそれを知っています」

「田舎にいるとき、シャンパンがなければおまえが生きていけないのを知っている。それで、――今度のことについてはどんな言い訳をするつもりかね?」

「言い訳ですか?」

「かなり厄介な事態にしてしまったな」

「あらゆることで私はあなたの指示に従ってきました。さあ、もう認めなければなりません。この話は全部終わったと思いますね？」

「どうして終わりになったかわからんな。彼女は持参金を持っていると聞いている」それで、ニダーデイルはメルモットが議場で見せた前夜の振る舞いを父に描いてみせた。「それは重要なことかね？」と、老人は言った。「おまえ、親父と結婚するわけじゃないだろ」

「彼は今ごろ留置場にいても、不思議ではありません」

「それは重要なことかね？　彼女が留置場に入るわけじゃないだろ。親父が留置場に入っても、金が彼女のものなら、彼女が金をなくすわけじゃない。乞食は施す相手を選んでいられないだろ。この娘と結婚しなかったら、おまえ、どうやって生きていくつもりかね？」

「どうにかやっていこうと思います。誰かほかの娘を捜さなければなりません」侯爵は勤勉に、器用にそんな嫁捜しをすることが、息子にはできないと思っていることを態度ではっきり表した。「とにかく、父さん、私は文書偽造の罪で裁判にかけられる男の娘とは結婚できません」

「そういうことがおまえと何の関係があるかわからんな」

「とても結婚できませんよ、父さん。ほかのことなら、あなたを喜ばせるために何でもします。しかし、結婚はできません。それに、娘に金があるとは思いません」

「ちえっ、おまえなんか、くたばってしまえ」老侯爵はそう言うと、椅子のなかでそっぽを向き、葉巻に火を点け、新聞を取りあげた。ニダーデイルは終始冷静な態度で朝食を続けた。食べ終わると、葉巻に火を点けた。「噂だがね」と、老人は言った。「ゴールドシェイナーの娘の一人がたくさん金を持つことになりそうだ」

「ユダヤ女でしょう」と、ニダーデイルはほのめかした。

「どんな違いがあるかね？」

「いえ。――違いは少しもありません。――もし金がほんとうにあるならね。どれだけあるか聞きましたか、父さん？」老人はただうめいただけだった。「二人姉妹に二人兄弟ですよ。娘たちにはそれぞれ十万ポンドも入らないと思います」

「先日死んだあの醸造業者の未亡人は、年におよそ二万ポンド持っているという噂だな」

「彼女が死ぬまでのあいだだけです、父さん」

「生命保険に入れればいいさ。おい、おい、おまえ、何かしなければならんのだ。次々に女を鼻であしらっていたら、おまえ、どうやって生きていくつもりかね？」

「生涯年金しかない四十女が、いい投機になるとは思えませんね。もちろん父さんがどうしてもと言うなら、考えます」老人はまたうなった。「おわかりと思いますが、父さん、私はあの娘にかなり真剣でしたから、ほかの女に声をかけることなど考えませんでした。たくさん金を持つ女がいつも現れます。持参金や期待される報酬を公表する正式の報告書がないのが残念です。そういうものがあれば、ずいぶん手間が省けますね」

「もっと真剣に話せないなら、とっととあっちへ行ってしまえ」と老侯爵。

そのとき、従僕が部屋に入って来て、玄関広間に特にニダーデイル卿に会いたいと言っている者がいると告げた。卿は訪問者に会う気があまりしなかったので、その男が何者か知っているかと従僕に聞いた。「ブルートン・ストリートのメルモットのうちの者だと、若さま、思います」と従僕。この従僕はニダーデイル卿の婚約の事情を充分承知していた。卿は葉巻をまだ吸いながらも、怪訝な顔をして父を見た。「行って会ったほうがいいだろ」と侯爵。それでも、ニダーデイルは立ちあがる前に、メルモットから呼び出されたら、どうしたらいいかと父に問うた。「行ってメルモットに会えばいい。あいつに会うことを恐れる必要なんかまったくないね。現金を見ることができれば、娘と結婚する用意があると、しかしそれが実際に支払われるまでは一歩も動かないと、あいつに言ってやれ」

「彼はそういうことをもう知っています」とニダーデイルは言うと、部屋を出た。

卿は玄関広間で男を見つけて、メルモットの執事だと知った。年取った、鈍重な、がっしりした男で、今は手に手紙を持っていた。しかし、卿は男の顔や態度から話したいことがあるのを知った。「何か問題がありましたか?」

「はい、若さま、――はい。あなた! ――はい、あなた! 事情を聞けば気の毒と思われるでしょう。あそこに来られる人のなかで、あなたくらい主人が頼りにしているように見える人はいませんでした」

「彼が留置場に入れられましたか!」と、ニダーデイルは叫んだ。しかし、男は首を横に振った。「じゃあ、何がありました? 亡くなるようなことは」そのとき、執事はうなずいた。片手を顔に当てて、わっと泣き出した。「メルモットさんが亡くなった! 昨夜は庶民院にいました。彼に会いました。どのように亡くなりましたか?」しかし、太った鈍重な男は目撃した悲劇に強い衝撃を受けて、主人の死のようすをまだ説明することができず、ただ手に持っていた手紙をニダーデイル卿に手渡した。それは父の死を知って半時間以内に書かれたマリーの手紙で、次のように書かれていた。

親愛なるニダーデイル卿

使いの者が起こったことを知らせてくれます。私は狂ってしまいそうです。誰を呼べばいいかわかりません。数分だけでも来ていただけませんか？

マリー

卿は玄関広間に立ってそれを読み、もう一度主人の死のようすを使いの者にただした。侯爵は耳にした言葉や息子が手間取っていることから、何か特別なことが起こったと推測して、今広間に足を引きずってやって来た。「メルモットさんが――亡くなりました」と息子。老人は杖を落として、壁に背をもたせかけた。「この使いは彼が亡くなったと言っています。来てくれと求めるマリーの手紙があります。どのように――亡くなりましたか？」

「服毒――でした」と、執事は重々しく言った。「すでに医者が来ています。服毒に間違いありません。昨夜自分で飲みました。おそらく少し酔っ払って帰宅してから、炭酸割のブランデーを飲んで、葉巻を吸って、――独りで座っていました。それから、朝になって、若い女中が入ってみると、――そこにいました――毒を飲んで！　私は彼が床に横たわっているのを見ました。遺体を抱えあげるのを手伝いました。青酸のあの臭いがありました。それで、彼がどういう状態で、何をしたか、医者が来て言った通りだと知りました」

執事が帰るのを許す前に、父子は不幸の第一波で書かれたマリーの求めに応じるべきかどうか相談した。侯爵は息子がブルートン・ストリートへ行くことに反対した。「行って何になるかね？　おまえが何の役に立つかね？　彼女はただおまえの腕のなかに倒れ込むだけだ。それこそおまえが避けなければならないことだ。――とにかく状況がはっきりわかるまではな」

しかし、ニダーデイルは老侯よりもっとましな心情の持ち主だったから、この助言に従うことができなかった。この娘と婚約している。彼女は不幸に襲われて、いちばんよく知っている友人として卿を頼った。卿は彼の生活を支配する酷薄さを少なくともしばらく捨てた。手に入れることができるもののためではなく、卿の心に非常に近かった人のために尽くしたいと感じた。「私は彼女の求めを断ることができません」と、卿は何度も言った。「断る気になれません。なれません。——行かなければ」

「行けば泥沼にはまるぞ」

「じゃあ泥沼に踏み込まなければいけません。行きます。すぐ行きます。とても不快なことですが、断ることはできません。行けばとても不快な目にあうでしょう」卿はそれから玄関広間に戻ると、執事を通して三十分以内に行くとマリーに伝言を送った。

「馬鹿な真似をして、物笑いの種になるんじゃない」と、父は息子と二人だけになったとき言った。「これはまさしく情深くして身を滅ぼすの一例だな」ニダーデイルはただ頭を横に振ると、帽子と手袋を取ってブルートン・ストリートへ向かった。

第八十六章　ブルートン・ストリートの会合

マダム・メルモットは夫の死をかなり乱暴に知らされて、しばらく茫然自失していた。マリーは哀れな継母の枕もとに立ったとき、残っていた片親を失ったことを初めて知った。マリーは性格に由来する優れた胆力からと同時に、みじめな奥方に付き添う差し迫った必要から、突然の大きな衝撃で陥りがちなあの消沈と虚脱を切り抜けることができた。マリーは悲劇の知らせを最初にもたらした侍女を見つめて、それからしばらく枕もとに座っていた。しかし、マダム・メルモットの激しいすすり泣きとヒステリックな叫びを耳にすると、まもなくまた立ちあがった。そして、そのときから彼女は活動的に、かつ実務的になった。いや。――書斎に降りて行くつもりはない。そこへ行っても何の役にも立たない。医者を呼ばなければならなかった。すぐ医者を呼ぶべきだ。医者と警部がすでに下の書斎に来ていることを、そのとき彼女は知らされた。使用人たちはどんな責任もほかの人に転嫁する必要をただちに悟って、こんな緊急事態のときに指示を出しそうな人たちで屋敷をいっぱいにするため、あちこちに人を送り出した。ディドンが占めていた地位に今就いている侍女が、マダム・メルモットに未亡人となったことを知らせたとき、警察はすでに到着していた。

このときマリー・メルモットに会った一部の人たちによると、彼女はこの場面で薄情に振る舞っていたという。しかし、この非難は間違っている。父に対する彼女の思いは、確かに私たちがふつう娘や姉妹に見るそれとは異なっていた。彼女にとって、父はうちのなかでちやほやされる神のような人ではない。その人のちょっとした必要が法となり、ささやかな願いが真剣に顧慮される課題となり、しかめ面が恐ろしい黒雲となり、ほほ笑みが輝かしい陽の光となり、口づけが日々求められ、口づけがないと嘆きとともに寂しがられる、そんな父ではなかった。彼女にとって、父とはいったいどんな存在だったろう？　彼女は記憶に残る父の最初の暴力の日以来、家族のあらゆる交わりに心地よさや、優しさを見つけ出せなかった。父に対して当然はたすべき義務があることは認めているが、必要以上の義務を父から強要されないように、その分量を調べあげなければならないことを学んだ。もし彼女が従順さに限度を設定しなかったら、父はまったく限度など考えないし、目的のためには喜んで彼女を奴隷にすることを、彼女はずっと前から知っていた。この父とほかの父、彼女とほかの娘を比較してみることはなかった。なぜなら、ほかのうちのやり方をまったく知らなかったからだ。彼女は曲がりなりにも父を愛していた。なぜなら、自然に父への愛を心に感じていたから。しかし、彼女は父を一度も尊敬したことがなかった。父を恐れないようにしようとする決意に、内面のもっともよき活力を費やしていた。「パパは私を切り刻んでもいいです。でも、パパにそんな権利があるとは思えないようなことを、パパの都合で私に強要させません」彼女は父に対してこんなふうに思った。今父が突然自殺を遂げたとき、彼女は保護者も支援もなくこの世の難儀に直面させられて、悲嘆というより畏怖の感情にとらわれた。逝く人はまわりの人に実際に悲しみを感じさせる前に、そういう畏怖の感情を生じさせるに違いない。残された人は死に圧倒される。――残酷な虐待者の死にさえ圧倒される。マダム・メルモットは完全に圧倒された。ただし、純粋な嘆きに打ちのめされたとは、じつのところ言えないだろう。奥方はいろいろなことに恐怖を感じた。孤独の恐怖、突然の変化の恐怖、不快な暴露の恐怖、どこへ行ったらいいかわからないなかで、取り組まなければならない引っ越しの恐怖、皇帝や王子や公爵夫人や閣僚と同席するのが不適切と思われる、哀れな貧しい詐欺師として奥方自身が暴露される恐怖などだ。こういう恐怖やら、つい先日まで暴君だった夫の死体が近くに横たわっている事実やらで、奥方はとことん押しつぶされた。奥方はそれゆえ生きているときよりもっと夫を恐れ、死んだ男に会うのが怖くて、寝室を出る勇気さえなかった。同じ感情や同じ恐怖や同じ畏怖が、マリーにも強く働いた。――しかし、マリーはそれらに押しつぶされなかった。彼女は強かったから、恐怖に打ち勝った。実際に打ち勝っているのに、弱い振りなんかできなかった。こんなうちのこんな父のこんな死は、真の愛情から来るあの穏やかな悲しみをほとんど生み出さなかった。

彼女は間もなくすべてを知った。父は自殺した。金の問題が耐えられないほど大きくなったので、自殺したことに間違いがない。破滅が差し迫っているから証書に署名するよう彼女に迫ったとき、父はほんとうのことを言っていたに違いない。彼女はしばしば父から嘘をつかれていたので、そのとき嘘をつかれたのか、ほんとうの話をされたのか、見分けることができなかった。その後、証書に署名すると父に申し出て、署名しても役に立たないと言われた。――署名を断ったことが父の破滅の原因となったなら、父はそのことで怒っただろうが、そのとき怒っていなかった。それを考えるとき、彼女はいくらか慰められた。

さて、彼女はどうしたらいいだろう？　こういう災難にあった家庭は、一般にどうしたらいいだろう？彼女と奥方は宝石を荷造りするよう指示されて、それに従った。しかし、彼女はそのとき資産のことには無頓着だった。今はどう振る舞ったらいいだろう？　どこへ行ったらいいだろう？　この恐ろしいときに誰の腕に支えを求めたらいいだろう？　愛とか、婚約とか、結婚とか――そういうことはもう終わってしまった。この難儀に当たって、一瞬もサー・フィーリックス・カーベリーを思い浮かべなかった。彼女は見て快いという理由で、彼を愛するほど愚かだったが、彼を頼れる杖と思うほど愚かではなかった。結婚していたら、彼女のほうが杖になっていただろう。ニダーデイル卿から助けをえることは、可能かもしれない。卿は気立てがよくて、男らしくて、――来てもらえたら――役に立つだろう。卿は近くにいたから、とにかく当たってみようと思った。それで、彼女は手紙を書いて、執事を送った。そうするとき、結婚をめぐって互いに話したたわごとが、今はもちろんみな何の意味もないことを相手方に理解させるため、用いる言葉を考えた。

卿は十一時すぎに家に到着した。階段をあがり二階の居間の一つに案内された。途中ドアが一部開いている書斎の前を通りすぎるとき、卿はなかに警官の制服を見たから、遺体がまだそこに横たわっていることを知った。とはいえ、なかを一瞥することもなく急いで通りすぎた。逞しい姿を最後に見たときの男の表情と、あの手の強い握りと、忌まわしい言葉を思い出した。今男は死んでいた。――自殺していた。あの言葉を発したとき、男はこれから何をしようとしているかきっと知っていたに違いない！ 男はマリーにあの最後の懇願をしたとき、みなから見捨てられたと意識しながらも、運命を直視し、死んだほうがいいと心でつぶやいていたに違いない！ 悲運がどんな性質のものだろうと、その全重量を受け止めていたに違いない。破滅したことを彼自身も、世間も知っていた。それでも、彼は娘の結婚を切望する振りをし、それが実現することをまだ信じているように話した！

ニダーデイルがテーブルに帽子を置くとすぐ、マリーが現れた。卿は近づいて、両手で体をとらえ、顔を覗き込んだ。涙の跡がなくて、顔の印象が変わったと思った。彼女のほうが先に口を開いた。

「呼んだらあなたなら来てくださると思いました」

「もちろん来ました」

「あなたなら友になってくださると、ほかの方は友になってくださらないと思いました。父が計画していたことを、ニダーデイル卿、私がもう考えていないことをあなたは残念に思っておられるでしょうね？」彼女が一瞬間を置いたとき、卿はこれに答える用意が何もできていなかった。「何が起こったかご存知でしょう？」

「使用人から聞きました」

「どうしたらいいかしら？　ねえ、ニダーデイル卿、とても怖いです！　かわいそうなパパ！　かわいそうなパパ！　パパが苦しんだと考えると、私も死ねたらと思います」

「お母さんはご存じですか？」

「はい。知っています。誰も何も隠そうとしません。たぶんそのほうがよかったです。――結局そのほうがよかった。悲しみから救ってくれる思いやりのある友人を私たちは一人も持っていません。でも、そのほうがよかったと思います。ママは体調を壊しています。いつも神経質で、臆病です。もちろん今度のことでほとんど死にそうになりました。私たちはどうしたらいいでしょう？　ここはロングスタッフさんのうちですから、明日立ち退くことにしています」

「老人は今それを気にしませんよ」

「私たちはどこへ行ったらいいでしょう？　グローヴナー・スクエアの大きな屋敷に戻ることはできません。誰に面倒を見てもらったらいいでしょう？　医者や警官への応対は誰に頼んだらいいでしょう？」

「私がやります」

「でも、あなたに頼めないことがあります。どうして私があなたに何か頼めるでしょう？」

「友人だからです」

「いいえ」と、彼女は言った。「いいえ。あなたから友人と見てもらうことはできません。私は詐欺師でした。それを知っています。あなたのような方と知り合いになる権利など私にはなかったんです。ああ、次の六か月がさっさとすぎてくれたら！　かわいそうなパパ。――かわいそうなパパ！」それから、彼女は初めてわっと泣き出した。

「どうしたらあなたを慰められるか、わかったらいいのですが」と卿。

「どこに慰めがありますか？　慰めなんかありません！　慰めと言えば、これまでいつ私たちに慰めがあったでしょう？　次から次へ苦労ばかり——不安ばかりでした！　今私たちには友人もなく、家もありません。私たちが持っているものはみな取られてしまうと思います」

「お父さんは弁護士を抱えていたと思いますが？」

「たくさん抱えていました。——でも、私は誰か知りません。二十年以上仕えてくれたパパの事務員は、昨日去って行きました。アブチャーチ・レーンの人々が何か知っていると思います。でも、クロールさんがいなくなったので、私はそこの人の名前さえわかりません。マイルズ・グレンドールさんが以前パパと一緒に行動していました」

「彼はあまり役に立たないと思います」

「アルフレッド卿も同じでしょうか？　アルフレッド卿はつい最近までパパといつも一緒でした」ニダーデイルは頭を横に振った。「同じく役に立ちませんね。彼らはただお父さんが大きな家を持っているから来ていただけです」若い卿は自分が同じ非難に値すると感じずにいられなかった。「まあ、何という生活だったんでしょう！　今は、——それも終わりました」そう言ったとき、一瞬彼女の体から力が抜けたように見えた。というのは、彼女はソファーの隅に後ろ向きに倒れたからだ。卿が立ちあがらせようとしたが、彼女は卿を振り払って、両手に顔をうずめた。卿がまだ彼女の腕を取ってすぐそばに立っているとき、玄関ドアにノックの音があった。使用人たちが広間にとどまっていたので、ドアはすぐ開けられた。「誰かしら？」とマリー。彼女は鋭い耳でさまざまな足音をとらえた。ニダーデイル卿は階段のてっぺんまで出て行って、すぐドリー・ロングスタッフの声を聞いた。

ドリー・ロングスタッフはその朝早くスカーカム氏の後見に身をゆだねた。彼と弁護士はスクエア(1)の角で父とバイダホワイル氏に会った。彼らはまさしくこの時間にメルモットが払うと約束した金を受け取るため、約束に従ってやって来た。もちろん誰もまだ金融業者が最後の大きな支払をした仕方を聞いていなかった。彼らは一緒にドアまで歩いて来たとき、受け取る金のことしか考えていなかった。スカーカムは前日に情報をたくさん仕入れていたので、金が入って来ないことを確信していた。一方、バイダホワイルは金の受け取りに自信を持っていた。「金を手に入れたいとぼくらが願わないわけがない」ドリーがそう言ったとき、父はひどく怒った。父は「ぼくら」という言葉の使い方に敬意が欠けていると腹を立てた。彼らはみな一緒に家に入った。ドリーは取り巻く備品のいくつかに前から見覚えがあるとすぐ大声で言った。「ちょうどあんな具合にコートを受け取ったのを覚えている」と、ドリーは言った。「あの男があの金で何をしたか見当もつかないな」ニダーデイルが階段のてっぺんで聞いた言葉がこれだった。

二人の弁護士はドアを開けた男が見せた表情と、広間に三、四人の使用人がいたことから、状況がふだんとは違うことをただちに見て取った。ドリーがおどけた発言を終える前に、メルモットが――「亡くなった」――ことを執事がバイダホワイルに囁いた。

「亡くなった!」と、バイダホワイルは叫んだ。スカーカムは両手をズボンのポケットに突っ込んで口を大きく開いた。「亡くなった!」と、父のロングスタッフはつぶやいた。「死んだ!」と、ドリーは言った。「誰が死んだって?」執事は首を横に振った。それから、スカーカムは執事の耳に一言囁いた。執事はそれにうなずいた。「ほぼ私が予想した通りです」とスカーカム。それから、執事はロングスタッフに言葉を囁き、バイダホワイルにも囁いた。百万長者が夜のうちに毒を飲んだことをみなが知った。

ロングスタッフがこの家の所有者であることは使用人に知られていた。それゆえ、彼は権限を有すると見られて、メルモットの遺体がソファーに横たわる書斎に案内された。二人の弁護士とドリーもちろんあとに続いた。上の居間から彼らに合流していたニダーデイル卿も続いた。書斎には遺体をただ見守るように見える警官が一人いた。警官は紳士たちが入って来たとき、席から立ちあがった。二、三の使用人も彼らのあとに続いて入ったから、亡き人のまわりに大勢集まった。さらに口にすべき話はなかった。メルモットが前夜議場にいて、そこで酔っ払って面目を失ったことはすでに知られていた。その朝亡くなって発見されたこともすでに伝えられていた。彼らはただまわりに立って、がっしりした体格の遺体の四角い、陰気な、鉛色の顔つきを見つめ、それぞれがメルモットの名を耳にしたことを嘆いた。

「このうちにいたのかい?」と、ドリーはニダーデイル卿に囁き声で聞いた。

「彼女から呼び出されました。私が近所に住んでいるのはご存知でしょう。話し相手がほしかったのです。今からまた彼女のところにあがらなければいけません」

「遺体にはもう会っているだろ?」

「いえまったく。あなた方の声を聞いて降りて来ました。残念ながら、あなた方にはかなりまずいことになりそうですね。――そうでしょう?」

「べろんべろんに酔っぱらっていたと思うね?」と、ドリーが聞いた。

「そのへんのことは何も知りません。彼から一度だけ打ち明け話をされました。しかし、ひどく嘘つきなので、考慮に値することは一言も聞けませんでした。そのときは彼の言うことを信じました。事態がどうなるか、私にはわかりません」

「もう一つのほうももちろん終わりだね」と、ドリーはほのめかした。

ニダーデイルはかぶりを振ると、もう一つのほうも終わりだとほのめかしたあと、マリーのところへ戻った。四人の紳士にそれ以上できることはなかった。バイダホワイルがロングスタッフのロンドン屋敷の資産について短い指示を執事に与えたあと、彼らはまもなくその家を去った。

「彼らはお父さんに会いに来ました」と、ニダーデイルは囁いた。「約束がありました。お父さんがこの時間にここに来るように彼らに伝えていたのです」

「じゃあ、あの人たちは知らなかったんですね？」とマリー。

「何も知らなかったのです、――教えられるまではね」

「あなたも入りましたか？」

「はい、みんなであの書斎に入りました」マリーは身震いすると、顔を再び隠した。「私にできるいちばんいいことは」と、ニダーデイルは言った。「アブチャーチ・レーンへ行って、お父さんがいちばん信頼していた弁護士が誰か、スミスから聞き出すことだと思います。スミスがお父さんの仕事にかかわっていたことを知っています。重役会でお父さんからそう言われたことがありますから。必要なら、クロールを捜します。きっと彼を見つけることができるでしょう。それから、あなたのためにいろいろなことを手配する弁護士を雇うほうがいいですね」

「私たちはどこへ行ったらいいでしょう？」

「マダム・メルモットはどこへ行きたいでしょうか？」

「どこへでも、身を隠すことができるところなら。たぶんフランクフルトがいちばんいいです。いろいろな手続きが終わるまで、私たちはここにとどまっていなくてはいけないでしょうね？　ロングスタッフさんの家から出るため、下宿を手に入れることはできませんか？」ニダーデイルは弁護士に会ったあとすぐみずから下宿を捜すことを約束した。「ねえ、卿、もうあなたに会うことはないと思います」とマリー。

「どうしてそんなことを言われるかわかりません」

「それがいちばんいいと思うからです。どうしてそんなことを言うかですか？　人々が私たちの正体を噂し始めるとき、こういうことがみなあなたの迷惑になるからです。でも、私の過ちのせいでこうなったとは思いません」

「あなたに過ちはありませんでした」

「さようなら、卿。あなたのことをこれまでに会ったいちばん親切な人としてずっと覚えています。これとは違う理由であなたに来ていただいていたら、よかったと思います。でも、あなたにはここに戻って来てほしくありません」

「さようなら、マリー。あなたのことはずっと心にとどめておきます」二人はそう言って別れた。

その後、卿はシティへ行くと、うまくスミスとクロールを見つけ出した。アブチャーチ・レーンに到着したとき、メルモットの死の知らせがすでに広がっていた。ニダーデイルがその時点までに聞いていたより多くのことが、メルモットについて知られ、また知られていると言われた。致命的な一撃は、とクロールは言った、コーエンループの逐電と、ピッカリングの土地についてシティで広がった噂の結果、南中央太平洋とメキシコ鉄道の株価が突然下落したことだった。もしメルモットがこのときピッカリングの土地に手を出していなかったら、皇帝をもてなしていなかったら、ウエストミンスターに立候補していなかったら、つまりどれかをしていなかったら、鉄道が生み出す金だけで、危険を冒すことなくそれらのどれか、あるいはすべてを秋の終わりまでにやり遂げることができたに違いないと、アブチャーチ・レーンは主張した。しかし、メルモットは比較的少ない手持ちの金で身動きできない状態に陥ってしまい、苦境から逃げ出そうと危険から危険へと突進し、ついに囲繞する水が深すぎて飲み込まれてしまった。クロールは早世について少しも驚きを示さなかった。問題が大きくなりすぎたら、メルモットがやってのけると確信していたまさしくそれをやってのけたと、クロールは言った。「この前彼がやろうとしたちょっとした一件がありました」と、クロールは言った。「それは卑劣な――じつに卑劣な――やり口でした」ニダーデイルはかぶりを振っただけで、質問はしなかった。クロールは名を使われたことにふれたものの、それ以上事実を明らかにしなかった。それから、クロールは純粋に善意から発言したに違いないと思われる発言をさらにニダーデイル卿にした。「閣下」と、彼はとても重々しく囁いた。「若い娘の資産は完全に彼女のものです」それから、彼は三度うなずいた。「たとえ何百万ポンドの借金があろうと、誰もその金に手を出すことはできません」彼はもう一度うなずいた。

「彼女のためにそれを聞けてとてもうれしいです」と、ニダーデイル卿は言うといとま乞いをした。

註

（1）Bruton street に近い Berkeley Square のこと。

第八十七章　田舎のカーベリーで

ロジャー・カーベリーはウェルベック・ストリートで親戚に会ったあと、サフォークに帰って来たとき、もどかしい思いでいっぱいだった。彼は置かれた立場に全面的に不満を感じていた。心のすべてを捧げた女性からさらに遠く引き離されたと思った。もしヘッタ・カーベリーがポールに愛を告白する前に、ハートル夫人とポールの婚約の事情をみな教えられていたら、――告白する前にポールから離反していたはずだから――、ヘッタは最終的に彼の言うことに耳を傾けてくれていたと思う。たとえ彼女がポールのほうを愛していたとしても、その愛を胸の奥に秘めて、最後には彼の言うことに耳を傾けてくれていただろう。それなのに、彼の利益にまるきり反するかたちで事態は進行した。ヘッタはハートル夫人の名を聞かないまま、ポールに心を与えてしまった。しかも、彼女は戦利品となるに値しないこの男に心を与えたことを、親しい人たちみなにはっきり告げた。ロジャーはこのことを考えれば考えるほど、ますますポール・モンタギューに怒りを向け、この男から許せぬ害を被ったと確信した。

しかし、ロジャーはそんな思いさえも越える深い悲しみにとらわれた。彼はポール・モンタギューを許せないと倦むことなく心で断言し続ける一方、この男を傷つけてしまったと、ある意味傷つけた責任が彼自身にあると思っていた。彼は――そのとき友人だったこの男、ポール、の信頼を裏切れないとの思いに駆られて――ハートル夫人のことをヘッタに話さなかった。まったく何も話さなかった。しかし、ロジャーほど事情をよく知る者はいない。事情とは、ポールが米国女に近ごろ与えた思いやりは、みな決して愛の結果ではなく、ハートル夫人から優しさを求められたとき、かつて愛した女を見捨てることができないポールの負い目に由来していた、という事情だ。この事情をもしヘッタが正しく知ることができたら、――ロジャーが読み取ることができた程度に、もし彼女がポールの精神状態を顧み、読み取ることができたら――、そのとき彼女はおそらくポールを許すだろう。あるいは、許さなければならないことは何もないと思うだろう。ロジャーは――ポールから害を被ったがゆえに――、ヘッタの怒りがポールに向かって熱く燃えあがることを切望した。ポール・モンタギューが罰されなければならない理由――ポールが彼らの前からすっかり追放され、勝手に生きていかなければならない理由――は充分あると思った。それにしても、ポールが誤った根拠に基づいて罰されるのは正しくない。ロジャーは今知っていることを言わずにいることによって、敵に不正を働いているように感じた。

ロジャーはヘッタを愛しているから、彼と彼ものを彼女の幸せのために捧げるつもりでいるけれど、恋人を失う彼女のみじめさをおもんぱかって、今心の平静を失っているとは、私は思わない。彼女を別の男に譲ることによって幸せにしたいと思うほど、男が献身的に女を愛するというのはおそらく不自然だろう。ポールは危険な夫、気まぐれな夫、状況と感情次第であちこちに流される夫になるだろう。だからヘッタはポールと結婚しないほうがいいと、ロジャーは心でつぶやいた。そのとき、いくぶん自分が欺瞞にかかわっていると思って悲しかった。

結局、ロジャーはヘッタに何も話さなかった。ポール本人に問い合わせるように言った。ヘッタの精神状態は把握していると思い、実際正確に知悉していた。彼女はみじめだった。なぜなら、彼女が恋人によって勝ち取られ、進んで恋人に心を与えたのに、恋人のほうは別の女といちゃついて、彼女にした約束と同じ約束をその女にしていたからだ。しかし、これは真実ではない。ロジャーはこれが真実ではないことを知っていた。彼は当事者同士で雌雄を決する必要があると言うことで、良心の痛みを鎮めようとしたが、そんな安全地帯にいながら不安を感じていた。

彼はこのころカーベリーの生活をじつにわびしいと感じた。バラム神父をうとましいと思うようになっていた。神父はさまざまな排斥にあっても、友人を改宗しようとする努力を一瞬たりとも緩めなかった。ロジャーはこれ以上宗教を話題にしないようにしてくれと一度神父に申し入れた。バラム神父はこれに答えて、そんな条件では誰とも親しい友人にはなれないとはっきり言った。ロジャーがこの条件に固執したので、神父はカーベリー・ホールから彼を追い出すことがここの主人の意図だと思うがどうかと言い出した。ロジャーは何も答えなかった。神父はもちろん追い出された。そして、この件さえもロジャーをいっそうみじめにした。バラム神父は紳士であり、善良で、非常に貧乏だった。ロジャーはそんな人を冷遇し、そんな人を家から追い出すことを忌まわしく残酷だと思った。神父のことでは悲しかったが、彼に戻って来るように言うことができなかった。近所のイアドリーやカヴァーシャムや主教公邸では、ロジャーが神父の影響ですでにローマ・カトリックになったか、なろうとしていると噂された。イエルド夫人はロジャーに手紙を書くことさえ引き受けた。夫人は愛情に満ちたこの手紙のなかで、ロジャーの背信について手に入れた証拠にほとんどふれず、豪華な色彩の衣装を好む淫婦バビロン[1]に対する嫌悪を長々と述べた。

ロジャーはシープス・エーカーの農夫、老ダニエル・ラッグルズについても悩まされた。老人は姪がジョン・クラムと結婚しようとしないので、ひどく腹を立てていた。老ラッグルズはルビーから去られ、隣人からこの娘への残酷な扱いのことで非難されて、じつに簡単に手に入るとわかったあの慰めの源泉に心行くまで溺れた。ルビーが去ってから、老人は毎日酔っぱらって、だいたい厄介者、破廉恥漢になっている。地主がいつものように親切心から介入すると、老人は必ず姪とジョン・クラムがすべての原因だと言った。老人はみじめさのせいで涙もろくなり、今は娘が悪いのと同じくらい恋人も悪いと思っていた。ジョン・クラムには真剣さが欠けている。もしクラムが真剣だったら、すぐロンドンに娘を追っていただろう。ジョン・クラム身内ならルビーに帰って来るように求めたりしない。もしルビーが悔悟し、深く悲しんで帰って来たら、そのときに迎え入れることを考えてやってもいい。――実際には娘はこの間悔悟することもなく、馬鹿な真似をして世間の物笑いになっていた。今のような状態なら、老人は朝早くから一日中もっぱらジンに依存することで、この世の困難にいちばんよく対処できると思っていた。これもロジャー・カーベリーの嘆きの種だった。

とはいえ、ロジャーは仕事を怠らなかった。今のところ所有する農場の世話をおもな仕事とした。彼はこのころ川べりの牧草地で干し草を作っていた。男たちが荷車に干し草を乗せるあいだ、そばに立っているとき、彼はジョン・クラムが畑を横切って近づいて来るのを見た。いろいろなことが起こったロンドンへの旅でも、それ以後でも、彼はジョン・クラムに会っていなかった。しかし、起こったことはみなよく知っている。ふすま商人がどういう具合にはとこのサー・フィーリックスをぶちのめしたか、どういう運びで警察の豚箱に放り込まれ、釈放されたか、――どういうふうに今バンゲイで腕っぷしの点で英雄と見なされ、恋愛の点でひどく「軟弱」と見なされているか、そういうことはみなよく知っていた。クラムの英雄行為の犠牲者がはとこだからといって、ロジャーがクラムと喧嘩をするつもりなどなかったことは、読者に言う必要はないだろう。クラムは申し分なく振る舞って、田舎に帰ってからもサー・フィーリックスのことは一言も口に出さなかった。今クラムが恋人のことを話しに来たのは間違いなかった。――集まった干し草作りたちの前でクラムが告白しなくてすむように、ロジャー・カーベリーは急いで歩いて彼を出迎えた。クラムの下卑た顔に喜びの陽光が射しているのをすぐ見て取ることができた。ロジャーが近づいて行くと、彼は大声で笑い、手に持った紙片を振り始めた。「帰って来るけえ。彼女が帰って来るけえ」というのが、彼の発した最初の言葉だった。この友人の胸中で「彼女」はこの世に一人しかいないし、その名がルビー・ラッグルズであることをロジャーはよく知っていた。

「それはうれしい知らせです」と、ロジャーは言った。「おじいさんと仲直りしましたか？」

「じいさんのことは何んも知らん。彼女はおれと仲直りしたっちゃ。もう一人のやつを手早く片づけたけえ、彼女がおれと仲直りするんはわかっちょった。――わかっちょった」

「じゃあ、彼女は手紙であなたに知らせてきたわけですね？」

「うんにゃ、郷士、――彼女が書いたんやない。彼女は独りやないけえ。あの人たちはそういうやり方をせんっちゃ。みんな同じ意見やけえ」それから、クラムはハートル夫人の手紙をロジャー・カーベリーの手に押し込んだ。

ロジャーはもちろんハートル夫人を敬ったり、好意的に見たりする気になれなかった。ポール・モンタギューが米国から帰って来てすぐ婚約の話をして、ハートル夫人の名を初めて出したときから、ロジャーはこの夫人を陰謀を企てる、邪悪な、不快な女と見ていた。彼は概して米国人全体に偏見を抱いており、ジャック・ケード(2)かワット・タイラー(3)を見るようにワシントンを見ている。彼は米国女性をけばけばしい、男性的な、無神論者的なやつらとして思い描いていた。しかし、ハートル夫人は今回純粋な隣人愛からいいことをしようと努めているように見えた。「彼女はピップキン夫人と一緒に住んじょる」と、クラムは説明を始めた。「淑女らしい淑女やけえ」

ロジャーはこの主張をまるまる正しいと認めることができなかった。とはいえ、彼もハートル夫人のことはかなり知っていると言い、夫人がルビーについて言うことが真実であることはありうると説明した。「真実かの、郷士！」と、クラムは満面に笑みを浮かべて言った。「おりゃあ夫人の言うことをぜんぜん疑うちょらん。もう一度言うけど、真実っちゅうんは何かの？　おれがあいつを片づけたけえ、ルビーはおれを選んだぞ。おれが悪いっちゃ。なぜかって、もっと前にそれをやっちょらんやったけえ。あいつが彼女を追っかけちょると最初に聞いたとき、あいつをやっちょけばよかった。娘たちが好むんはそういうことっちゃ。そいやけえ、郷士、おりゃあまたロンドンに行くけえの」

ロジャーは老ラッグルズが当然姪を受け入れてくれるだろうとほのめかした。しかし、ジョンはそれについて目いっぱい無関心を示した。老人は無関係やけえと彼は言った。老人の金を手に入れたいのはやまやまだが、どうせ老人は永久に生きることができない。いずれ事態は正されるだろう。だから、金のことで老人にぺこぺこする必要はないと、彼はすっかり得心していた。ルビーがすぐ帰れる家をどこかに持てたらいいとロジャーが言うと、ジョンはまたにたりと笑って、豊かで快適な彼の家に注意を向けた。彼はロンドンに到着するとすぐルビーを教会に連れて行き、即座に結婚しようと考えているように見えた。恋敵を打ちのめしたから、結婚を遅らせる理由が今どこにあるだろうか？

しかし、ジョンは牧草地を離れる前に郷士にもう一つ話をした。「あんたは誤解しちょるやろ、郷士。あいつはあんたのはとこやけえ」

「少しも誤解していませんよ、クラムさん」

「そりゃあ、ご親切やの。おりゃああの若いやつにそねえ害を与えちょらんし、何の悪意も抱いちょらん。おれとルビーがいったん一緒になったら、あいつがバンゲイに来た最初の日にワインを一本送らんやったら、くそ食らえやの」

ロジャーはとこに対するこの提案を受け入れることが正当とは思えなかった。しかし、彼は路上の喧嘩でクラムがりっぱに振る舞ったと思うともう一度請け合って、ジョン・クラム夫妻のできるだけ早い末長い幸せを願った。

「うん、それっちゃ、おれたちゃあ幸せになるけえ、郷士」と、クラムは小躍りしながら牧草地を出て行った。

この翌日ロジャー・カーベリーは一通の手紙を受け取った。彼はこの手紙に非常に当惑して、回答を書くべきか、何と回答すべきかわからなかった。それはポール・モンタギューの手紙で、ポールがヘッタへの手紙をみずから彼女の母の戸口に残したあと、ほんの数時間して書いたものだった。ロジャーに宛てたポールの手紙は次のようなものだった。

親愛なるロジャー、――

ぼくはあなたから見捨てられたことを知っています。ですが、これ以外の書き方をしたら、ほんとうではなくなるので、ぼくはこれ以外の仕方であなたに手紙を書くことができません。もちろんよろしければ、返事を書いてください。それでも、正義の名のもとにあなたに訴えていますから、あなたがどうしても返事をしなければならないとは思いません。

ヘッタとぼくのあいだに起こったことは、あなたもご存知でしょう。彼女はぼくを受け入れてくれました。ですから、彼女がぼくを愛してくれていると信じていいと思われるでしょう。ところが、彼女は今ぼくととことん喧嘩をして、二度とぼくに会いたくないと言いました。もちろんぼくはこういう状態に我慢する気はありません。誰がこれに耐えられるでしょう？　あなたは関係ない話だと思うでしょうね。ですが、あなたは、もし正せるなら、彼女が誤った印象にとらわれたままでいることを願わないと思います。

誰かが彼女にハートル夫人の話をしました。誰かというとおそらくフィーリックスです。イズリントンの人たちからその話を聞いたと思われます。しかし、ヘッタは嘘を教えられました。あなたくらい真実を知る人、知ることができる人はいません。ぼくはこの二か月間ヘッタに愛の確証を求め、それを受け取りました。ですが、彼女はまさしくこの間にぼくが進んでハートル夫人と時間をすごしていたと思い込んでいます。ぼくにハートル夫人のことで非難される点があるとしても、――それについては今言わなくてもいいでしょう――、ハートル夫人がイギリスに来ることをぼくが望んでいなかったこと、そしてその到来を考えられる最大の不幸と感じていたことは真実です。それにしても、過去の経緯の結果として、ぼくは確かに彼女をなおざりにすることができませんでした。――彼女が外国人で、こちらに知人がいないので、義務として彼女をなおざりにできないと感じました。彼女の要請に従って一緒にローストフトへ行きました。ぼくが知っている行楽地として彼女にそこの名を出しました。なぜなら、彼女に対してささやかな好意を断ることができなかったからです。そういう事情をあなたはご存知です。ぼくがイギリスでどんな親切をハートル夫人に施そうと、それを施す義務感に駆られていたことを――ほかの人は知りませんが――あなたはご存知です。

これがほんとうのことだと、ヘッタに知らせてくださるようあなたに訴えます。彼女の母と兄だけでなくあなたも、ハートル夫人とぼくの経緯をよく知っていると彼女は思っています。カーベリー令夫人もサー・フィーリックスも、経緯についてはまったく知りません。あなた、あなただけが真相を知っています。あなたはぼくに今腹を立てていますが、ぼくはあなたが知っている真実をヘッタに話してくださるよう求めます。あなたはぼくが嘘の申し立てのせいで破滅しそうに感じていると言うとき、あなたはそれを察してくださるでしょう。嘘を忌み嫌うあなたなら、少なくとも真実を取り戻す範囲でいいですから、ぼくを正しい立場に置く正義をご理解くださると思います。真実を超えてぼくに有利なことを言うように求めてはいません。

つねにあなたのものである
ポール・モンタギュー

「これは私にかかわることかな？」これがモンタギューの手紙を読んでロジャーが抱いた最初の感想だった。たとえヘッタが誤った観念にとらわれているとしても、それはロジャーのせいではなかった。彼は真実にしろ、嘘にしろ、恋敵に不利になる話をしたことがなかった。彼はじつに用心深かったから、一言も話さないように気をつけた。状況によってか、嘘によってか、もしモンタギューについて何か誤った観念がヘッタの心に刻印されたとするなら、それは彼自身の身から出た錆ではないか？　モンタギューは手紙のなかですべてほんとうのことを言っていた。誤った観念のせいで最終的に恋人を失うなら、身から出た錆、結局正当な裁きを受けることになる。彼はハートル夫人を妻にすると申し出て、一度身を辱めたため、ヘッタ・カーベリーに値しない存在となった。ロジャー・カーベリーは事情をみな斟酌して、少なくともそんな評決をくだした。とにかくこの誤った観念を正すことが彼の仕事とは思わなかった。

それでも、彼はこの問題を考えるとき、落ち着いていられなかった。モンタギューの手紙にある言葉はみなほんとうだと信じた。ローストフトの浜辺でポールとハートル夫人に出会ったとき、彼はただ非常に腹を立てただけだったが、二人がそこに来た理由をモンタギューが正確に記述していることを疑わなかった。彼はこういうことをみな考慮するのに二日――大きな悩みと憂鬱の二日――をかけた。結局、どうして彼は飼い葉桶の犬にならなければならないのか？　彼はヘッタから好かれておらず、ポール・モンタギューを見る目とはぜんぜん違った目で見られ、老人と見られている。彼は求愛のときを逃してしまった。今は見つけ出した通りにこの世を男らしく受け入れ、届かぬ高嶺の幸せを求めるあまり悲嘆して、自分を見失わないようにしなければならない。こんな緊急事態においては、内なる感情とは無関係に公正、誠実に振る舞う必要がある。しかし、ジョン・クラムを全体的に支配する情熱、ほかのものをみなしばらく遮断して目的達成のために専念する情熱、そんな強い情熱をロジャー・カーベリーだって具えていた。ロジャーにとって不幸なことに、情熱は強いが、それは他の思いによって邪魔されていた。クラムの場合、彼がルビーにふさわしい夫になれるかとか、ほかの男を好きになったルビーが彼のふさわしい妻になれるかとか、そんなことは考えない。一方、ロジャーは情熱を邪魔する千もの問題を抱えていた。ジョン・クラムはやらなければならないことについて一瞬も迷わない。彼は娘を手に入れなければならず、どんな犠牲を払っても手に入れるつもりでいる。ときどき当惑することもあるけれど、いつも自信を持っている。ところが、ロジャーは自信を欠いていた。彼は勝負に勝てないと思った。落ち込んでいるとき、勝負に勝つはずはないと感じた。彼は昔の習慣に従ってまだ周囲の人々から若い郷士と呼ばれている！　しかし、とんでもない。ときどき八十の年寄りのように感じた。彼はあまりにも年を取っているので、近所の主教や友人のヘップワースら若い人たちとの交流を的はずれに感じた。何らかの訓練を受ければ、自己の幸せを完全に犠牲にし、ヘッタの幸せを第一に考えるようになれるだろうか？

彼はこんな心境でとうとう敵の手紙に回答した。――次のような回答だった。

私は君の問題に干渉しないようにしてきたと思います。君に不利な話をしたことはありません。好意的に話したいと思う話はないし、話したいと思っても、話せる話がないことを知っています。君は私に対して不当に、ハートル夫人に対して残酷に、はとこのヘッタに対して無礼に、振る舞ったと思います。それにもかかわらず、君がある件で私にはできるが、――君が言うには――ほかの人にはできない証言を求めているので、私は次のことを認めます。私の考えによると、イギリスにハートル夫人がいるのは、君の希望に沿うものではなかったこと、君がローストフトに彼女を伴って行ったのは、恋人としてではなく、なおざりにできない古い友人として伴って行ったことです。

ロジャー・カーベリー

ポール・モンタギュー殿

君はミス・カーベリーにこの手紙を見せてくださって結構です。しかし、彼女は一部だけ読むのではなく、全部を読まなければいけません！

ロジャーはこの手紙でおのれに教え込もうとした自己犠牲の精神より、おそらく敵意のほうをたくさん見せた。手紙を速達で出したあとそう感じた。

註

（1）「ヨハネの黙示録」第十七章第五節に「大いなるバビロン、淫婦どもと地の憎むべきものらとの母」とある。新教徒によると、この女はローマ・カトリックを象徴するという。

（2）ヘンリー六世に対してケントで起こした反乱の指導者。一四五〇年に殺害された。

（3）農民の反乱（**Peasant's Revolt**）の指導者で、一三八一年に殺害された。

第八十八章　検屍審問

メルモットは金曜朝亡くなっているのが発見された。同夜遅くマダム・メルモットとマリーは悲劇の現場から遠く離れたハムステッド(1)の仮住まいに引っ越した。クロール氏がその場所を知っており、ニダーデイル卿の依頼でこの件で忙しく動いて、亡き雇い主の未亡人のために部屋をただちに用意した。ニダーデイル自身も一行の出発を手助けした。ドイツ人はメルモットの最後の指示に従ってひとまとめにした宝石を携え、未亡人付メイドとともに母娘を運ぶ馬車のあとを追った。一行は夜の九時まで出発しなかった。マダム・メルモットはブルートン・ストリートにもう一晩いられたら、喜んでそこにいただろう。しかし、ニダーデイル卿は滅多に使わない言葉を使って、翌朝早く検屍審問が開かれることをマリーに理解させた。マリーは命令口調を用いて母に主張を通した。それで、哀れな母はロングスタッフの屋敷から連れ出された。中国皇帝の歓待を手伝った夜以来グローヴナー・スクエアを訪れることがなかったから、そこの自宅の壮麗さを二度と見ることはなかった。

土曜［七月二十日］の朝検屍審問が開かれた。破局に至るどの出来事にも疑念を差し挟む余地がなかった。メルモットが独りで帰宅したこと、夜のあいだ人を遠ざけたこと、死んで発見されたこと、疑いなく青酸を服毒したことを使用人たち、医者、警部が互いに了解し合った。メルモットが庶民院で酔っ払っていたことも証明された。この事実については議会の事務員の一人がまったく彼の意志に反して証言を求められた。メルモットが自殺したことに疑いがなかった。——原因についても疑いの余地がなかった。

不幸な人が人生を耐えられないほど過酷なものと思い、どこかほかに楽なところが見つかるのではないかと向こう見ずに行動したとき、その人が狂っていたかどうかを判断するのは陪審員だ。生き残った友人たちは当然狂気の評決を切望する。なぜなら、この場合それ以上の罰がその人に科されないからだ。遺体は他の遺体と同じように埋葬される。哀れな人は狂っていたと、のちのちずっと言われるが、狂っていたと言われれば、おそらくそれでいいだろう。というのは、はっきり言って、陪審員はふつう正確に確証された事実に基づいて評決には至らないからだ。もし哀れな人が最期の日々まで歴然と上品な生活をしていたら、もしその人が嫌われていなかったら、もしその人が最期の瞬間に世間一般にとって特別不快な人になっていなかったら、そのときその人は狂っていたと断言される。恐ろしい疑念に最期に駆り立てられて、ほかに逃げ出す道を見出せず、難儀から身を解き放った哀れな聖職者に、誰が厳しく当たるだろうか？　恋人の貴人からポイ捨てにされた哀れな女に、誰が疑わしきは罰せずの恩恵を施さないだろうか？　この世でもうこれ以上善をなす力がないと悟り、ただ去るのみと思った情け深い哲学者の遺体を、誰が不浄の地に送るだろうか？　こういう人やこれに似た人は、——友人との交際の最後まで、気がふれたしるしをまったく見せなくても——、もちろん一時的に狂気に陥っていたとされる。しかしながら、メルモットのような男がかたわらに青酸の瓶を転がして死んで発見されたとしよう。——新しい不正で世間を震撼させた男、じつに上手に金持ちの振りをして、金を払わずに資産を売り買いすることができた男、友人たちから富の大黒柱とおだてられ、破産して憎まれた男、嘘をついて庶民院に入り込み、酔っ払って議場を辱めた男、そんな男が死んで発見されたとしよう。——もちろんそんな男は狂気の評決で救われることはない。結局、十字路に捨てられるか、正気を保って自殺した人に許される侮蔑の墓へ行く。今このときメルモットに対して非常に強い反感があった。それは文書偽造の罪を犯したからと同じくらい、庶民院で哀れなビーチャム氏の上に倒れ込んだからだ。彼が毒を飲んだとき、行動に責任を持つことができたと断言することで、時代の美徳は正しさを証明した。彼は自殺者[2]だった。それゆえ、十字路に――あるいはどこかよそに捨てられる。とはいえ、彼がその夜ほかの自殺者と同じように狂っていたと、死なずにいられないといつも感じていたほかの自殺者と同じように、忍耐力を超えて駆り立てられていたと、想像してもいいと、私は思う。彼は起こったことを理解できないほど酔っていたわけではなかったし、起こることを予見できないほど酔ってもいなかった。彼はロンドン市長のもとに出頭せよという召喚状を受け取っていた。人々から――そのなかにクロールやブレガートがいた――文書を偽造したとははっきり知られていた。彼はロングスタッフ家に払う金を持ち合わせなかった。スカーカムがただちに取る措置にも気づいていた。どんなことにも男らしく立ち向かえると、ずっと昔に――実際最近も――確信していた。それにしても、私たちの誰も重荷にどれだけ耐えられるか、どんなもので背骨を折られるか知る者はいない。メルモットの背骨は完全につぶれされていたので、一時的な狂気という評決が妥当と思われるほど狂っていたと、私は思う。

　ともあれ、遺体は運び去られ、誰もどこへ運び去られたか知らない。一週間彼の名は憎まれていた。しかし、その後足跡の見直しがなされ、死者の霊魂[3]に対してある程度名の回復がなされた。ウエストミンスターでは彼は忌まわしい人のままとどまった。議員として選出した[4]ウエストミンスターは決して彼を許さなかった。一方、ほかの地域では彼は犯した罪以上に非難されていると言われ、実業界の古参たちの嫉妬がなかったら、じつにすばらしいことをなしていただろうと言われるようになった。メリルボンはいつも思いやり深くて、愛情深く彼を庇護したので、もし彼の霊がそこの委員会室に金を出したら、彼の霊を国会に選出したことだろう。フィンズベリー[5]は大金融業者のことをしばらく楽しげに話していた。チェルシー[6]さえも彼が狭量な舌によって殺されたと思っていた。もっとも、記念碑の話を持ち出したのはメリルボンだけだった。

ロングスタッフは評決から数日たったあとブルートン・ストリートの屋敷を正式に取り戻してそこに戻った。もちろん独りだった。一家の女性たちをロンドンに連れて来ることはもう考えなかった。ドリーはこの屋敷で死者の霊にまみえる栄誉を、父と分かち合うことをきっぱり断った。それはそれとして、ロングスタッフにも息子にもたくさんすることがあった。恐ろしい男とのかかわりによって、どの程度損害を受けたかが問題になった。父子に融通された金を払い戻さなければ、ピッカリングの土地の権利書を取り戻すことができないのは明らかだった。メルモットの遺産から回収される金から工面することができなければ、それを支払うことができないのも明らかだった。ドリーはスカーカム事務所の腰掛に座って、煙草を吸いながら、――そこで今かなりの時間を費やした――、奇跡的な袋叩きにあった例として自分を見ていた。

「畜生、わかるだろ、ぼくは親父を告訴しなきゃいけない。それ以外に方法はないね、スカーカム」

スカーカムはメルモットの遺産からどれくらい取り戻せるかわかるまで、待ったほうがいいと提案した。彼はそれについて調査もして、遺産はあるに違いないが、入り組んだかたちで縛られているので、すぐそれに手をつけることができないと思っていた。「スクエアの動産、すなわち皿や馬車や馬などは二万から三万ポンドで売れるという噂です。たくさん宝石類がありましたが、女たちが持ち去りました」とスカーカム。

「畜生、全部あきらめなきゃならないのは、女たちのほうじゃないか。こんなことって聞いたことがないね。――家は取り壊されてしまった。――ぼくの家がね。しかも、この件についてぼくの了解はまったくなかったよ。資産は資産だから、こんなことは聞いたことがないと思うな」それから、彼はバイダホワイルたちにさまざまな脅しの言葉を吐いて、「やつらをこっぴどくやっつけてやる」と断言した。

メルモットの事業の処理が、最終的にほとんどブレガート独りにゆだねられたことで、老ロングスタッフはかなり当惑した。ブレガートはメルモットとたくさん取引をしていた。正直な人であり、さらに等しくだいじな点として、精力的で、辛抱強い人だと言える。彼はジョージアナ・ロングスタッフとの結婚を願ったため、ロングスタッフから特別無礼に扱われてしまった。さて、そのブレガートはメルモットが最近まで生活して亡くなった屋敷に立ち入らなければならなかった。亡くなった人の書類――証書や文書や破棄されなかった手紙――がまだそこにあったからだ。これらの書類はすぐ動かせなかった。「ブレガートさんがわしのうちの私室に出入りする必要があるなら、――どうしてもその必要があるなら――、当然それはできなければならない」と、ロングスタッフは運ばれてきた伝言に応えて言った。「じゃが、彼はそんな家庭内への侵入からわしを救う手立てを、もちろんできるだけ早く取ってくれるじゃろ」やがて老人は拒絶した求婚者と仲直りするほうが望ましいことを悟った。特にブレガートが傷を受けたあと不思議と気立てがよく、辛抱強かったからだ。

メルモットが作った小さな借金については、みなすぐ完済という取り決めがなされた。ブルートン・ストリートの屋敷の貸し賃三百ポンドがそれに含まれていたから、ロングスタッフはこの取り決めに心から同意した。それから、メルモットの未払が証明できる借金については、五十％か、それ以上の返済が確実であることが徐々にわかってきた。――これはドリーにとってじつにうれしい取り決めになった。父がいくらか受け取る前に、ドリーの債権への返済がなされなければならないことが、利害関係者みなのあいだですでに合意されていたからだ。ロングスタッフはロンドンにとどまっているこの数週のあいだに、本人と家族については、ロンドン屋敷を見限るだけでなく、備品とともにそれを完全に売却してしまうこと、カヴァーシャムの使用人については、数を削減し、髪粉を用いるのをやめることを決意した。彼は長い手紙を書いて、この決意をレディー・ポモーナに伝え、娘たちに読んで聞かせるように指示した。「わしは大きな損害を被ったが、甘受しなければならない。妻や子供たちも、わしが甘受するように、損害を甘受しなければならない。もし息子が今のような状態じゃなければ、おそらく犠牲はもっと軽かったかもしれん。息子の性質を変えることはできん。じゃが、娘たちからは快活な従順さを期待したい」父が過去の生活のどこから娘に快活さを期待する気になったか指摘するのは難しい。とはいえ、従順さはえられた。ジョージィはさしあたり精神的に参っていた。ソフィアは結婚の見込みに満足していた。レディー・ポモーナは戦う元気をなくしていた。奥方は髪粉を使えないことをいちばん苦にしていたと、私は思う。しかし、奥方はそれについて何も言わなかった。

ところで、このあたりは物語に必要な細部が先走って語られている。ロングスタッフはサフォークで年に一度の大きな祭りがある九月一日(7)を越えてロンドンにとどまった。老人が今述べた長い手紙を書いたのはそのあとだ。この間、老人はブレガートにしばしば会って、この紳士の宗教を嫌悪していたにもかかわらず、ある種の友情をしっかり築いた。――結果、老人は腰を低くしてブレガートに一度ブルートン・ストリートで一緒にディナーをしようと誘った。この申し出は、賃貸料に関する取り決めでロングスタッフが心を和らげていたころ、メルモットの事業処理の初期のころだった。ブレガートがやって来て、ロングスタッフの古いポートワインを一本座って飲んだとき、二人の紳士のあいだでいくぶん奇妙な会話があった。ジョージアナの父が苦々しい多くの言葉を婿志願者に浴びせた日以来、二人はこれまでこの結婚話にふれたことがなかった。ともあれ、ブレガートはこういう問題の扱いでは決して臆病でなかったし、感性も痛ましいほど繊細さに欠けていたから、この夜初っぱなにロングスタッフを驚かせるような仕方で心のうちを明かした。話題はブレガートの金銭問題に関する発言から始まった。彼の損失はロングスタッフが耐えなければならない額の少なくとも倍にはなるだろう。――しかし、彼は損失をあまり苦にしていないようにこだわりなく話した。「もちろん私とあなたでは違いがあります」と、彼は言った。ロングスタッフは非常に大きな違いが当然あると言わんばかりに丁重に頭をさげた。「私たちは仕事で」と、ブレガートは続けた。「もうけを期待しながら、ときどき損失をこうむります。あなたの立場の紳士は資産を売るとき、売却金をえることを期待します」

「当然期待するさ、ブレガートさん。事態を難しくしたのはそれじゃな」

「メルモットの場合はどうだったか、なぜ彼がここロンドンであんな巨額な金を使ったか、私はいまだに理解できません。彼はじつに変則的に仕事をしていました。ですが、仕事はたくさんあって、あるものはとほうもないもうけになりました。私たちを完全にだましました」

「そう思うね」

「最初に彼に惚れ込んだのは老トッドさんでした。――ですが、私もトッドと同じようにだまされました。その後、思い切って社外で彼と一緒に投機をやりました。かいつまんで言えばおよそ六万ポンドの損になるでしょう」

「それは多額じゃな」

「非常に多額です。――あまりにも多額なので、私の日常生活にも影響を及ぼすほどです。娘さんへの手紙のなかでも、影響を受けることを直言するのが私の義務だと思いました。彼女があなたに話したかどうかわかりませんが」

ロングスタッフはこんなふうに娘のことにふれられて、一瞬当惑した。こんなふうに娘にふれるなんてじつに無神経であり、非難に値した。しかし、ロングスタッフはすぐその場で相手をやり込めるやり方を知らなかった。そのうえ、今のところ事業の処理でブレガートの支援を期待しているので、そういう人と言わば喧嘩をする余裕はなかった。それでも、老人は娘がそんなことを話したことはないと断言するとき、ふつう以上に威厳を装った。

「そうでしたか」とブレガート。

「もちろんじゃよ」——ロングスタッフはずいぶん威厳を装った。

「ええ、そうでしょうね。私の提案に耳を傾けてもらえるくらい娘さんと仲がいいころ、結婚したら第二屋敷を持つことを彼女に約束していました」

「結婚はありえないな」とロングスタッフ。そんな祝婚歌はまったく不自然で、問題外だと強く言うつもりでいた。

「その提案がなされたころの状況が続いていたら、結婚は可能だったでしょう。ですが、亡くなった友人の事業から予想される損失の確定を待つあいだ、しばらく私の計画を放棄するのが分別ある判断だとわかって、私はミス・ロングスタッフにそれを知らせるのが義務だと思いました」

「ほかにもいろいろ理由があったんじゃ」と、ロングスタッフは押し殺したほとんど囁くような声でつぶやいた。現在感じている恐れの感情と、今後は沈黙したいとの欲求を伝える囁きだった。

「ほかにも理由があったかもしれません。ですが、ミス・ロングスタッフが私に書いてくれた最後の手紙——私がケチをつける権利なんかない手紙——では、別れの理由はほぼ第二屋敷が持てなくなったことに限定されていたように思います」

「今なぜその話を持ち出すんじゃ、ブレガートさん。今なぜそれを言うんじゃ？　この話題は苦痛なんじゃ」

「私は苦痛とは思いませんよ、ロングスタッフさん。この件を耳にした人たちみなに、私がこの件を苦痛とは思っていないことをわかってほしいです。私は一貫して紳士として振る舞ったと思います」ロングスタッフは苦しんで頭を最初二度横に振り、それから三度縦に振って、こんな疑わしい託宣からどんな解答を引き出そうと、ユダヤ人の好きにさせようと思った。「私が正直な人として振る舞ったのは確かです」と、ブレガートは続けた。「まるで私が何か自分を恥じているかのように、あの件が取り沙汰されるのはいやです」

「こんな繊細な問題は、おそらく口にされなければそれだけ早く癒されたじゃろ」

「これ以上私が言いたいことはありませんし、癒されなければならない傷もありません」ブレガートはさやかなこの発言で会話を終えると、いとま乞いをするため立ちあがった。そのとき、彼はメルモットの事業の事後処理を完遂するため、力の及ぶ限りどんな遠出もいとわないことを約束した。

彼が去るとすぐ、ロングスタッフはまるで不純なものとの接触から身を清めようとするかのように、ドアを開け、部屋を歩き回り、息を長く吐き出した。それから、怪しげな者と交われば汚されずにはすまない(8)と独り言を言った！　相手は何と下品で、何と不作法で、何と感情面で鈍感で、ロングスタッフが招待したディナーの栄誉に何と恩知らずに応えたのだろう！　そうじゃ。――そうじゃ！　ぞっとするユダヤ野郎じゃ！　ユダヤ人が必ずしもみんなこんな嫌悪を人に与えはしないのではないか？　しかし、ロングスタッフは今の資産の危機のなかでブレガートと喧嘩はできないと知っていた。

註

（1）ロンドン北西部 Camdan 区の一部。Holloway の西、Cricklewood の東、広大な Hampstead Heath がある。

（2）原文は *felo de se* となっている。
（3）マネス（manes）というローマ人が信仰した霊。
（4）『リヤ王』第三幕第二場。
（5）Islington 南部。シティの北。
（6）Kensington の南、Battersea のテムズ川対岸。
（7）小麦の収穫祭とヤマウズラの狩猟祭が重なる。
（8）旧約聖書外典「ベン・シラの知恵」第十三章第一節。

第八十九章　『運命の車輪』

カーベリー令夫人が『世界の罪深き女王たち』という大歴史作品を完成し、世に問うてからもうかなりときがすぎた。彼女が日刊紙や週刊誌に従事する文学上の友人たちに支援を請うたのは、遠く二月に遡ることを、日付に注意深い読者なら覚えておられるだろう。これらの紳士たちが彼女からの呼びかけに熱意の差は多少あっても支援で応えたので、『罪深き女王たち』は今季に成功した出版物の一つと出版界で見られていた。リーダム&ロイター出版は第二版からすばやく第四版、第五版を出した。そして、カーベリー令夫人の本が今世紀に出版されたほぼ最良の歴史作品であることを示す、さまざまな批評上の証拠を広告で掲げることができた。広告のため『夕べの説教壇』のコラム記事からさえ一節が抜粋された。――それはリーダム&ロイター出版に勤めるある若者のすばらしい発案によるものだ。カーベリー令夫人はこの間かなり苦しみを味わった。努力には失望がつきまとう。紙や印刷はただでは手に入らない。広告にはとても金がかかる。各版は驚くべき速さで売れたけれど、もともと発行部数が少なかったのかもしれない。リーダム&ロイター出版から――予期せぬ需要でも生じない限り――おそらく三回目の小切手は出せないとの懸念の表明とともに、二回目のかなり少な目の小切手を受け取ったとき、カーベリー令夫人は風刺家の次の有名な詩行を心で繰り返した。

ああ、アモス・コトルよ、筆とインクは
いかに乏しい利益しか生まないかちょっと考えてみよ。(1)

しかし、こういう目にあっても、彼女は次の試みを一瞬も躊躇しなかった。実際『罪深き女王たち』の最終章を完成するとすぐ、次作品に取りかかって忙しく働いた。それは絶え間ない難儀と、ときおりの拷問の六か月だった。息子の行動のせいで一度ならず心がつぶれたと言わずにいられなかった。それでも彼女は辛抱した。毎日さまざまな心配事で心を圧迫されながらも、どんなに難しい状況に置かれても、つねに文章をひねり出そうと不抜の決意をしつつ座って仕事をした。リーダム&ロイター出版は、小説に一定の条件――読者に受け入れられるというあまり高くないハードル――を設けるのが正しいと判断している。彼女は申し出られた金額の小ささや、成功の不確実さや、難儀のなかでする仕事をみな非常に厳しいと感じた。それでも、辛抱して小説を今完成させた。

ほんとうのことを言うと、令夫人は語るべき物語を特別持っていなかった。全体的に小説のほうがほかのものよりいいと、ロイターから言われたから、彼女は小説を書こうと思うようになった。もし同じように激励されていたら、説教集さえも書いて、小説と同じようにせっせと仕事に取りかかっていただろう。小説の長さが最初の問題だった。三巻本にすると、一巻に三百ページが必要だった。どれくらい語数を入れれば、一ページを充分満たすと見なされるだろうか？　申し出られた金額があまりにも少額だったので、気前のいい語数の数え方はできなかった。生きていかなければならないし、この小説が完成したら、もっとよい条件で――と彼女は希望した――できれば次の小説を書きたかった。それから、小説の題名はどうしたらいいだろう？　主人公の名、女主人公の名はどうしたらいいだろう？　当然恋愛物でなければならない。彼女は複雑なプロットが偶然できあがるに任せようと思う。――複雑なプロットができあがった。「不幸な終わり方をしてはいけませんよ、カーベリー令夫人」と、ロイターは言った。「なぜなら、人々は演劇では不幸な終わり方を好むけれど、本では嫌うからです。何を書いてもいいですが、カーベリー令夫人、歴史物は駄目です。あなたの歴史物はね、カーベリー令夫人、読めたもんじゃありません――」ロイターは淑女に話しかけていることを思い出すと、ふいに言葉を止め、「あまりね」という言葉を添えて、最終的に話の勢いをうまく収めた。カーベリー令夫人はこういう指示に正確に従った。

物語の題名が大きな問題だった。この女流作家はプロットを自然な展開に任せて、まだまったく何も作り出していない段階で、題名について途方に暮れた。作品の目的がはっきりしてくるとき、どんな題名がいちばんふさわしいか確認すればいいという点には思い当たらなかった。小説は題名に大きく依存するから、どんな名で呼ばれてもいい甘く香る薔薇(2)とは異なることを彼女はよく知っていた。『完璧な父』『謎めいた母』『熱のない恋人』――そんな題名はもう役に立たない。飾り気のない題名がよければ『メアリー・ジェーン・ウォーカー』がいいだろう。あるいは、大げさな女性的陶酔の文体を一貫して維持することができるなら、『ブランシュ・ド・ヴォー』がいいだろう。しかし、彼女はすばやい事件の展開と奇妙な偶然をいちばんうまく扱えると思うので、もっと仰天させる説明的な題名が小説のねらいにかなうと考えた。一時間考えて、題名が思い浮かんだので、それを書いた。選ばれた『運命の車輪』という題名に内容が一致するように、かなり精力的に作品をかたち作った。題名を選ぶとき、特別な運命、特別な車輪のことは考えなかった。――それでも、この言葉が表す着想によって、期待するプロットをえることができた。ある若い淑女が莫大な資産に恵まれていたのに、伯父によってそれを失ってしまう。誠実な弁護士によってそれをそっくり取り返すけれど、貧乏な恋人にみな与えてしまい、第三巻でまたそれを取り戻す。淑女の名はコーディンガ。

カーベリー令夫人は事実の世界でも、虚構の世界でも、一度も耳にしたことがない名としてそれを選んだ。

息子がどんな母をも悲しませる姿で、まだ家のなかをうろついている一方、娘がみじめに悲嘆に暮れて、まわりの人々みなを敵と見なしている——そんな難題山積の状況のなか、今カーベリー令夫人は机に着いて作品を完成させ、右手に原稿を高く積みあげた。今車輪を完全に一回転させて、結婚した若いヒロインについに末永い幸せの輝きを与え、最後の言葉を書き終えたところだ。彼女はかなりの週を執筆に費やしたあと、定めた時間に正確にそれを完成させた。原稿の山の近くに片手を置いて座り、勤勉の美徳に恵まれていることを誇りに思った。物語がもっと上手に書けたかどうか問うてみることはしなかった。彼女がこの物語に文学的長所を見出していたとは思わない。しかし、もし新聞でこれを称賛させることができたら、貸本屋のミューディーでこれを回覧させることができたら、この本を読んでいることや、読んだと言うことが求められるくらい、一か月間読書界を『運命の車輪』で持ち切りにすることができたら、——そのとき彼女はこの物語を大いに自慢することができるだろう。

彼女が日曜［七月二十一日］の午後自室でそんなふうに座っていると、アルフ氏の到来が告げられた。令夫人は彼の顔を見ると、習慣に従って喜んで温かく出迎えた。こんなとき、つまり彼のように多くの仕事で忙殺されているとき、こんな訪問をしてくれることくらい親切な行為はなかった。アルフは今のところ格段忙しくはないと、いつもの穏やかな皮肉っぽい口調で言った。「中国皇帝はついにヨーロッパを去りました」と、彼は言った。「哀れなメルモットは金曜に毒を飲んで自殺しました。検屍が昨日行われましたね。今日はたいしておもしろいことはないと思います」カーベリー令夫人は知人の刺激的な死より、書きあげた本のことをもっぱら考えていた。そう、アルフを味方につけることができたら！　彼女は以前それを試みて、嘆かわしくも失敗した。それをはっきり自覚していたから、アルフを味方につけることは、ほとんど論外だとの強い確信があった。しかし、ほとんど論外のことも、実現不可能ではないという深く根差す別の確信もあった。もしアルフを味方につけることができたら、彼女の栄光はどれほど大きく広がり、彼の奉仕はどれほど大きな価値を持つだろう！　今この小説の話題を持ち出しても、前もってそれを計画していたようには見えないこのとき、この特別な訪問のかたちでアルフを目の前に送り届けてくれるなんて、彼女はまるで神の摂理によって祝福を受けているように感じた。

「とても疲れました」と彼女は言うと、両腕をゆったり伸ばしながら体を後ろに反らせる振りをした。

「私が疲れを増やしていなければいいですが」とアルフ。

「いいえ、あなた、今の疲れじゃなくて、この六か月の疲れです。あなたがドアをノックしたとき、ずっとかかりきりで、ええ、じつに勤勉に書いてきた小説をちょうど脱稿したところです！」

「へえ、小説ですか！　いつ出版なさいます、カーベリー令夫人？」

「その質問はリーダム＆ロイターにしてもらわなければなりません。私の仕事は終わりました。小説をお書きになったことはおありですか、アルフさん？」

「私ですか？　いいえ、あなた、書いたことはありません」

「小説が好きなのか、嫌いなのか、ときどきわからなくなります。プロットと作中人物の性格にとことんのめり込んでしまうからです！　愛すべき作中人物を熱烈に愛し、憎まれ役を変わらぬ嫌悪で憎みます。精神が作中世界に同調すると、その世界全体がみなすばらしいと思うようにうながされます。自分の哀感に泣き、自分のユーモアに笑い、自分の賢さと知識に賛嘆して自分を忘れます」

「何とすばらしい！」

「でも、それが反転した陰画、コインの裏側が現れます。突然すべてが味気なく、退屈で、不自然になります。昨日は天上的な火花を具えて生きていた女主人公が、今日は動かない土くれになります。最初に目を通したときはとても活気にあふれていた会話が、再読するとまったくおもしろくないことがわかります。昨日私は記念碑的なものができたと確信しました」彼女はそう言って原稿に片手を置いた。「今日はそれがただ重い墓石のように感じます！」

「自己についての判断は、つねに揺れますからね」と、アルフは発言内容と同じくらい冷静な口調で言った。

「でも、自分の作品を正確に判断することはとても重要です！　少なくとも自分が正直に判断していることは信頼できます。批評家についてこれは言えませんからね」

「不正直であることが、批評家の一般的な欠点だとは言えませんよ、カーベリー令夫人。——少なくともこの業界を見る限りそうです。批評家の欠点は無能ということです。私がしてきたささやかな仕事では、無能こそ克服しようと努めてきた罪です。靴がほしいとき、私たちは靴の製造職人のところへ行きます。ところが、批評がほしいとき、批評の職人のところへは行きません。私は『夕べの説教壇』をやめたとき、仕事の熟練者と見ていい執筆担当を社に残してきたと思います」

「『説教壇』をやめたって？」と、カーベリー令夫人は驚いて尋ねた。彼女は新しい立場に置かれたアルフが利用できるか、もしできるとすれば、どんな利用ができるか知ろうと、すぐ心構えを調節した。彼はもう編集長ではないので、重い責任からは解放されているだろう。——それでもまだ影響力は保っているだろう。真の友情の行為をするよう彼を説得できないだろうか？　彼女が高い席から降りて、彼の前にひれ伏し、率直に事実を話し、哀れにもがく女としてお願いしたら、うまくいくのではないか？

「はい、カーベリー令夫人、やめました。国会議員に立候補したとき、当然やめました。今新しい議員がこんなに突然議席を空けたので、私はおそらくまた立候補します」

「もう編集長じゃないのですか?」

「私はやめました。新聞を経営しながら国会議員になろうとするのは、憲法違反だと考える紳士がいます。そういう紳士の疑念をこれで晴らしたと思います。そんな馬鹿げた非難なんか聞いたことがありません。そんな非難がどこから来たかもちろん知っています」

「どこからです?」

「『朝食のテーブル』以外にどこから来るというんです? ブラウンはとてもいい友人でした。ですが、彼は知人たちのなかでいちばん嫉妬深いやつだと思います」

「とても子供っぽい方です」とカーベリー令夫人。彼女はブラウンがほんとうに好きだった。しかし、今はアルフと調子を合わせなければならない。

「新聞の編集長くらい国会議員になる資格がある人はいないと思いますね。――つまり、もしその人が編集長として有能ならです」

「あなたの能力を疑う人はいないと思います」

「唯一の問題は、その人が二重の仕事をする強靭さを持ち合わせているかどうかです。私は持ち合わせていないと思いました。それで、編集長をやめました。残念に思っています」

「残念でしょうね」カーベリー令夫人はそう言うとき、アルフの問題ではなく彼女の問題を話したいと強く願った。「あなたは新聞社にまだかかわりをお持ちだと思いますが?」

「金銭的なかかわりはね。――それ以外にありません」

「ねえ、アルフさん、――あなたなら私の願いをかなえられると思います!」

「私がですか？　かなえられるものなら、かなえたいです」虚偽の心と虚偽の舌の人！　アルフはカーベリー令夫人が求める願いが何かそのとき当然知っており、求められることはすまいと当然心で決めていた。

「かなえてくださいますか？」カーベリー令夫人は両手の指を組み合わせて、願いごとをとうとうと述べた。「あなたが新聞を編集しているとき、私のために何かしてくださるようあなたにお願いしたことはございません。そうでしょう？　頼みごとが正しくないと思いましたから、そういうことはしていません。ほかの人たちと同様、運を天に任せてやりました。言われたことに私が悪びれず耐えてきたことは、きっと認めていただけると思います。不平は言いませんでした。そうでしょう？」

「確かに言いませんでしたね」

「でも、あなたは今新聞社を離れられたので、――もし私のために『運命の車輪』に尽くしてくださるなら――、ほんとうに心から尽くしてくださることになります！」

「『運命の車輪』って！」

「それが小説の名です」とカーベリー令夫人は言うと、原稿に優しく手を置いた。「今これが広く世に出たら、私の運命を作ってくれます！　ねえ、アルフさん、私がそんな支援をどれほど期待しているかおわかりになりますか！」

「私は編集の仕事にもうかかわっていません、カーベリー令夫人」

「もちろんあなたなら人に書かせることができます。あなたの一言があれば、書評は確実に出ます。小説はおわかりのように歴史物とは違います。私はずいぶんこれに骨を折りました」

「それなら、その小説はきっと本来の長所のゆえに称賛されます」

「それは言わないでください、アルフさん。『夕べの説教壇』は――ええ、それは――天上の玉座のようなものです！　その玉座の前で自分のほうが正しいと言える人はいません。あなたは小説本来の長所なんて言っていないで、書評を書かせると言ってください。そう指示したからといって、誰にも何の害も及ぼしません。すぐ五百部売れるでしょう。――つまりほんとうに愛情をもって書評してもらえるならです」アルフはほとんど哀れむように彼女を見ると、かぶりを振った。「あの新聞はとても高い雲の上に位置していますから、その種のことを一度したからといって傷つくことはありません。女があなたにお願いしています、アルフさん。私がじたばたするのは子供のためです。こういうことはとても高潔とは言えない動機で毎日のように行われています」

「『夕べの説教壇』でそういうことがなされたことはないと思いますね」

「いろいろな本がそこで称賛されているのを見ました」

「もちろんそれはします」

「一つの小説が高く評価されるのを見たことがあります」

アルフは笑った。「いけませんか？　小説をけなすことが『説教壇』の目的だとは思わないでしょう？」

「いえ、そう思っていました。でも、あなたがここで例外を作ってくれたらいいと思いました。そうしてくれたら、とても感謝します。――とてもうれしいです」

「親愛なるカーベリー令夫人、私があの新聞と手を切ったと言うとき、どうか私の言うことを信じてください。文学の美点をあなたに説教する必要はありませんね」

「いえ、説教は結構です」彼女はそう言ったが、相手が何を言いたいか理解できなかった。

「王笏は私の手から離れました。後継者が公正であることを私が立証する必要はないでしょう」

「私がその後継者にお会いする機会はありません」

「ですが、あの新聞の文学上の規定に干渉することなんか、私がまったく考えていないことをあなたに納得していただかなければなりません。妹のためとしても、それに干渉することはできません」カーベリー令夫人は苦痛に満ちた表情をした。「その本を送って、運を天に任せてみてください。その本が友情のしるしとして褒められているとわかるより、称賛に値するから褒められているとわかるほうが、あなたにとってどれほど誇りとなることでしょう」

「いいえ、もう運試しはいたしません」と、カーベリー令夫人は言った。「本がほんとうに売れるような称賛の記事は、担当者が友人のために出す以外に出ないと信じています。担当者がどういうふうにそれをやるかわかりませんが、確かにそれをやります」アルフは頭を横に振った。「いいえ、やります。あなたの目から見ればそんなやり方でよろしいのでしょう。もちろんあなたは廉潔の美徳のお目付役ですから、そんなことを認めないでしょうがね。でも、『新しいクレオパトラ』の女流作家はとてもきれいな女性だという噂です」カーベリー令夫人はうっかり癇癪を起こして、くだんの女流作家を寵愛しすぎたという非難と、その不適切な寵愛のためコラムの正義を犠牲にしたという非難、そんな二重の非難をアルフに浴びせた。彼女はいつも以上に苦しんでいたに違いない。

「私は今あなたがふれている女流作家の名を覚えていません」とアルフは言うと、立ちあがっていとま乞いをした。「そんな女性がおり、そんな本があったとしても、本の書評をした紳士がその女性に会ったことがないのは明白です！」それから、アルフは去って行った。

カーベリー令夫人は自分にも、アルフにも強い怒りを感じた。彼女は説得を試みるうち、同情を引こうとしただけでなく、うっかり怒りにも流されてしまった。身を貶めて謙虚に振る舞っていたのに、悔しさという愚かな発作によって、いい結果になったかもしれないものをだいなしにしてしまった。彼女は投げ込まれた非常に過酷な世界で生きていかなければならないのだ。独り取り残されたとき、悲しくて座って泣いた。それでも、アルフとその行動をときどき思い出すとき、軽蔑を抑えることができなかった。彼はしゃあしゃあと嘘をついた。その気になれば、当然彼女のために尽くすことができた。彼女は男の嘘より、男の装われた誠実さのほうがはるかに悪いと思った。『説教壇』は批評について、はっきり二つの目的を掲げている。ほかの新聞にはおそらく目的は一つしかない。共通する目的は、友を助け、敵を滅ぼすという目的だ。もちろん『説教壇』でもそれが優勢だ。ところが、『説教壇』には著者をつぶすことによって読者の歓心を買うという第二の目的がある。それは公開処刑が行われるとき、人が吊るされるのを見たいと昔群集が思ったのと同じ心理につけ込むやり口だ。とはいえ、第一の目的も第二の目的も、――アルフやその新聞が体現すると主張する――どんな権威をも厳しく批判するあのアリステイデス(3)的正義とは両立しなかった。アルフがウエストミンスター選挙区に多額の金を使い、落選することを彼女は心から願った。

令夫人は翌朝［七月二十二日］みずから原稿をリーダム&ロイター出版に持ち込んだ。そこで原稿の束にほとんど敬意が払われないのを見て、また傷つけられた。原稿は六か月の汗の所産――彼女が成果について熱っぽく話すとき、血と頭脳の結晶、集中した精神の精髄と言ったもの――だった。リーダムは見たところ十六歳くらいの事務員にそれを放り投げた。若者は包みを無造作にカウンターの下に入れた。作者は作品が万全の防火金庫という聖所に安置されるまで、敬意に満ちたしっかり握る手でそれが受け取られ、安全な場所に思いやり深く保管されることを願う。それなのに、まさか。それがなくなってしまったら！――燃えてしまったら！――盗まれてしまったら！　軽率に扱われ簡単に失われる紙束が、あとで同じ重さの金よりーーはるかにーー価値があるものと認められるかもしれない。もし『ロビンソン・クルーソー』が失われたら！　もし『トム・ジョーンズ』が炎に包まれたら！　これが『ロビンソン・クルーソー』のような原稿かもしれないし、『トム・ジョーンズ』よりいい原稿かもしれない。それが誰にわかるだろう？「そこで安全ですか？」と、カーベリー令夫人は聞いた。

「まったく安全です、——安全ですとも」とリーダム。彼はかなり忙しかったのに、彼女の著作の量と質に見合わないほどしばしば彼女のほうに目を向けた。

「原稿はあそこ——カウンターの下——に置かれているように見えますが」

「その通りです、カーベリー令夫人。荷造りされるまであそこに置かれます」

「荷造りですって！」

「私たちの閲読者に送る原稿が今週は二、三ダースあります。彼はスカイ島(4)にいます。荷袋がいっぱいになるまで原稿を保管します」

「郵便で送りますか、リーダムさん？」

「郵便じゃありません、カーベリー令夫人。郵送料を払う人はいません。船便でグラスゴーへ送ります。なぜなら、ちょうどこのころは時期的にあまり急がないからです。出版は冬になりますね」あら、どうしましょう！　その船がグラスゴーまでの長い船旅の途中で沈没でもしたら！

ブラウンはその夜も今やほとんど毎日の習慣となった令夫人宅への訪問をした。彼女は『朝食のテーブル』の編集長とのあいだにある現在の深い友情を思うとき、これ以上文学上の好意を彼から求めることに尻込みした。手に入るどんな支援も、どんな助成も、利用しなければならないことは充分わかっていた。おそらく彼女くらいそれがわかっている女はいなかった。こんな不肖の息子を抱えて、前途に戦いを控えているとき、どんな藁をもつかもうとしないのは間違いではないか？　しかし、彼女は今この編集長から誠実に接してもらっており、支援について後ろめたく感じているので、どうやって彼にさらなる支援を請うていいかわからなかった。彼から求婚されて断ったとき、求婚してくれたことに深く感謝した。彼は結婚を断られたにもかかわらず、金を貸してくれ、絶えず相談に乗ってくれ、みじめなときに支えてくれた。今度の本のことでも支援してやると、もし彼から申し出られたら、彼女はひざまずいてその親切を受け入れよう。しかし、彼女ですらその他いろいろな好意のうえに、今度のことを加えるよう彼に求める気になれなかった。彼女はアルフについての質問から話を始めた。「それで彼は新聞をやめたのですか？」

「ええ、そうです。――名目上ですが」

「名目だけですか？」

「彼が仕事を実際に手放すとは思いません。誰だって力を失うのはいやですからね。仕事を分担して持ち、権威を保っておくでしょう。ウエストミンスターの選挙で彼が勝てるとは思いません。みんながすでに文書偽造の噂をしているとき、彼はあの哀れなメルモットに負けるくらいですから、保守党がこれから手に入れる候補者に対抗できるとはとても思いません」

「彼は昨日ここに来ました」

「勝ち誇っていたと思いますね？」

「ご自分のことはあまりお話しになりません。私の新しい本――小説――について話しました。彼は新聞とはもう手を切ったとはっきり言いました」

「たぶんあなたに言質を取られたくなかったんです」

「その通りです。もちろん私は彼の言うことを信じませんでした」

「私も約束はできませんが、できることがあるか見てみましょう。たとえ親切なことができなくても、少なくとも意地の悪いことは言いません。ええと、――本の名は何と言いますか？」

『運命の車輪』です」と、カーベリー令夫人は恥ずかしそうに新しい本の題名を古い友人に伝えた。

「出版社にできれば早く――予定より一、二日早めに――原稿を送らせましょう。もちろん原稿閲読者の意見に私が責任を負うことはできません。でも、あなたが気に入らないような意見は出させません」それから、彼は昔の感じやすさがほとんど戻って来ているかのように、手を取って彼女を見つめた。

編集長が去ったあと、彼女は状況――自分の境遇と彼の親切――を考えながら、独り座っているとき、二度と彼を老頓馬と呼ぼうとは思わなかった。彼をそんなふうに呼んだとき、見誤っていたと今感じた。彼から与えられた最初の一度だけの口づけ、彼女がそれについてずいぶん嘲り、じつに穏やかに、しかしじつに傲慢に彼を非難した口づけは、今彼女の記憶のなかでかなり神聖な位置を占めていた。彼女はこの人から一貫して愛されているに違いない！　こんなことがあるとは、すばらしいことではないか？　彼から妻になる機会を与えられたとき、やんわりとではあっても拒絶するなんて、どうしてそんなことができたのだろう？

註

（1）バイロン卿の *English Bards, and Scotch Reviewers: A Satire*（1809）から。アモス・サイモン・コトル（1766-1800）はあまり知られていないイギリスの詩人・翻訳家。

（2）「薔薇はほかに何と呼ばれようと香りのよいもの」『ロミオとジュリエット』第二幕第二場。

（3）アテナイの政治家・将軍。第一章の註（14）参照。

（4）スコットランド北西部、ヘブリディーズ諸島にある。

第九十章　ヘッタの悲しみ

ヘッタ・カーベリーは――数章前で読者に提示した――手紙を恋人からもらって読んでも、少しもみじめさから抜け出すことができなかった。六回以上読んでも、彼と和解できるとは思えなかった。彼はヘッタと婚約するころ、それより少し前に婚約していたもう一人の女とつき合うことで、ヘッタに罪を犯しただけでなく、彼女の身内にも彼の過ちを知られてしまった。おそらく彼女は性急すぎたのだ。あの男を拒絶せよという母の要求に――事実として――進んで応じてしまった。ポールを拒絶した。ロジャー・カーベリーさえそれを知っている。こんなあとでポールを呼び戻すことなど不可能だと彼女は思う。ところが、彼女の心が変わっていないことはみなに知られていた。もしロジャー・カーベリーからいつかこの件についてさらに質問されたら、きっとそれを知られるだろう。そうなったら、それを否定することはできないだろう。彼女はポールが――汚らわしい米国女ともつれた関係になって――不適切な振る舞いをしたことを知っていたが、彼への思いについては誠実さを貫くつもりでいた。

ポールはヘッタが非常に公正さを欠いていると手紙で言った。彼女の不当な扱いを理解することができないと言った。彼は手紙を懇願で満たすのではなく、彼女への非難で満たした。彼女はなるほどどんな懇願によってより、非難によって心を動かされた。悪を是正するにはもう遅すぎる。確かに、彼女はポールを不当に扱ったと確信していた。これについて考えれば考えるほど、当惑するばかりだった。どうしてポールと喧嘩なんかしたのだろう？　ポールが以前ハートル夫人と恋に落ちたからか、それともハートル夫人を今の恋敵と見なす理由が彼女にあったからか？　彼女はハートル夫人が嫌いだった。嫌いな女とポールが親密な関係になったことで、彼女はポールに強い憤りを感じた。――しかし、ポールと喧嘩したとき、そのことを喧嘩の第一の理由にあげなかった。彼女自身がポールを愛したように、ポールもまた少し前にハートル夫人を愛したというのが、おそらくほんとうなのだ。ポールが厄介な状況のなかで、女とローストフトへ行かずにいられなかったということはあるかもしれない。女と一緒に行ったのだから、彼女がポールを拒絶したのは正しかった。――というのは、婚約した男が数か月前に別の女とも婚約しており、その女と田舎へ旅行するなんて、どうしてそんなことが許されるだろう？　それでも、そこには厄介な事情があったかもしれない。彼女、ヘッタ、にとっても状況はじつに厄介だった。彼女はこの男を心から愛している。彼なしに人生の幸せを思い描くことはできなかった。しかし、今は拒絶したままでいなければならなかった。

彼は話の確証がほしかったら、ハートル夫人当人に当たるように手紙の終わりでヘッタに求めていた。彼は手紙を書いたとき、もちろん彼女がハートル夫人のところへ行くことはないし、行かないだろうと思っていた。しかし、彼女は三、四日手紙を手もとに置いて、――というのは当然それに返信することなどできなかったから――、一語一語暗記するまで読み返したころ、ハートル夫人の話を聞くことができたら、今はわからない多くのことを明るみに出せると思い始めた。彼女は手紙を読んで、考え続けていくうちに、徐々に怒りを恋人から母、兄、はとこのロジャーへ向けていった。ポールはもちろんよくない、じつによくない振る舞いをした。――しかし、この人たちがまわりにいなかったら、彼を許す機会があったかもしれない。この人たちのせいで、彼を拒絶するよう駆り立てられ、今出口を見つけ出せなくなっている。まわりに陰謀があって、彼女はその犠牲者だった。米国女のあの恐ろしい話によってもたらされた当惑と苦悩のなか、――

今は毎時間薄れているものの――、出鼻で恐怖にとらわれて、敷かれた罠にまっさかさまに落ちてしまった。失地を回復するには遅すぎるとわかっている。とにかく遅すぎるのは確かだ。それでも、彼女はただ母や身内の思い通りにはならないことを示すためにも、この件で彼らと戦うつもりでいた。彼女はあらゆる権威に対して反逆するところまで残忍になった。ロジャー・カーベリーなら、彼女がハートル夫人と連絡を取ることはまったく不適切で、無神経だと考えるだろう。二、三日前に彼女はそう思った。しかし、世間からあまりにもつらく当たられたので、礼儀や上品さは捨ててしまえると思い始めた。彼女が一度は受け入れて、心から愛したこの男、あらゆる落ち度にもかかわらず、まだ彼女を確かに愛しているこの男、男の愛についてもう彼女が疑わなくなっているこの男は、彼女を不誠実だと責めて、話の確証を恋敵に問い合わせるように求めた。彼女はハートル夫人に問い合わせてみようと思った。相手は汚い陰謀をめぐらす憎むべき、忌むべき米国女だ。しかし、恋人はこの女の話を聞くように望んだ。もし女が話してくれるなら、話を聞くつもりでいた。

彼女はそう決意すると、ハートル夫人に次のような手紙を書いた。書きすぎても、書き足りなくてもいけない作文にずいぶんてこずった。それでも、彼女の気持ちをあからさまにすることについての娘っぽい恐れとか、にせの遠慮とかで自分を縛ることはすまいと決意していた。手紙は最終的に堅苦しく、冷淡だったが、目的にかなっていた。

マダム

私はポール・モンタギューさんから彼とあなたのあいだにあった事情を、あなたに問い合わせるように言われました。私が彼と婚約してから間がないことと、彼とあなたの関係を伝えられたあと、彼との婚約を解消せずにいられなかったことを、あなたに伝えておくのが適切でしょう。あなたから言われることで私が気持ちを変えるとは思いませんが、彼が私から不当に扱われていると私を責めるとともに、あなたに事情を問い合わせるように求めましたので、この申し出をあなたにしています。私は一度温かく結びついていた人から不当に扱われたと責められたままでいたくありません。もし受け入れてくださるなら、あなたが指定するどの午後にでも訪問するつもりです。

ほんとうにあなたのものである
ヘンリエッタ・カーベリー

彼女は手紙を書きあげたとき、これについて恥ずかしいと思っただけでなく、ずいぶん心配もした。米国女がこれを新聞に掲載したらどうしよう！　米国ではすべてが新聞に掲載されると聞いたことがあった。このハートル夫人がひどく横柄な返事を返して来たらどうしよう！——あるいは、そんな返事を彼女にではなく母に返して来たらどうしよう！　それからまた、米国女がたとえ彼女の訪問に同意したとしても、当たり前のように荒々しい言葉で彼女を踏みつけにしたらどうしよう？　彼女は手紙を一、二度脇へ置いて、発送すまいとほとんど決心した。——それでも、とうとう捨て鉢で気力を奮い、手紙を持ち出してポストに投函した。手紙のことは誰にも言わなかった。思うに、彼女は母から薄情に扱われ、心情を無視され、いつもみじめな気持ちにさせられた。今の苦境にあって母に同情を求めることはできない。共感してくれる友人もいなかった。すべてを独りでやらなければならない。

覚えておられるだろうが、ハートル夫人は恋人争奪戦から最終的に身を退き、負けを認めようと決意していた。この結論に至るまでの彼女の変化する心の様態や、さまざまな漠然たる決意を適切に描くことは残念ながら不可能だ。彼女がこれを結論にすると確信してすぐ、ポール・モンタギューにそれを伝えたあとも、ときどきそれに逆行する決意、漠然とした別の決意が戻って来た。彼女は破れかぶれに鞭で復讐すると脅す手紙を書いて、その後それを送るのを控え、のちにそれを彼に見せた。それに対応して行動しなければならない手紙としてそれを見せたのではなく、それを受け取ったら、そんな復讐を受けるに値しないと彼が言うかどうか確認するためそれを見せた。その後、彼女は別れの言葉を言うことも聞くことも嫌って、ポールと別れ、もう婚約はしていないとピップキン夫人に言った。それまでに、できることはみなやり尽くした。勝負をして、賭け金をすってしまった。ハートル夫人は復讐の思いを放棄するため、自制心を身につけようと心を鍛えた。しかし、ときどきそんな軟弱さは彼女のやり方ではないとの思いが胸中に起こった。誰が彼女にこれまで優しくしてくれただろうか？　誰が彼女を斟酌してくれただろうか？　もし塵のなかで踏みつけにされたくなければ、一インチ一インチの地歩をえるため、爪と歯でも戦わなければならないと知ったのは、つい最近のことではないか？　彼女は西部の荒々しい人たちに交じって、じつに荒々しく立場を守ってきたのではないか？　それなのに今は恋に悩む女学生のように、ただ片隅に引きこもってしくしく泣くだけ。それでいいのか？　彼女は不当な行為をされたら、たとえそれを勝利に変えることができなくても、少なくとも復讐はしようと固く決意していた！　これからでも世間の見ている前で彼の喉をつかんで、卑劣な偽証者だったことを否定できるなら否定してみろと、彼に言うことができるとときどき思った。

その後、ハートル夫人はポール・モンタギューから熱のこもった長い手紙を受け取った。ポールがロジャー・カーベリーやヘッタに書いたほかの手紙と同じころに書いたものだ。ポールはこの手紙でヘッタ・カーベリーとの婚約の事情をすべて伝え、彼が真実を語っていることを確証してくれるよう夫人に懇願した。彼女は長いあいだ恋人だった男、こんなかたちで別れた男からこんな手紙をもらって確かに驚いた。しかし、この手紙のせいでさらに怒りか、悲しみかを男に募らせることはなかった。もちろん彼女はこういうこともあると承知していた。あるときは、こういうことはただ自然なこと――当然のなり行き――だと心でつぶやいた。彼女はこの若いイギリス男とは縁がなかったのだ。思うに、彼が飼い馴らされて垢抜けした家庭用動物である一方、彼女のほうは洗練された都市によりも、森にふさわしい野生動物であることを知っていた。彼女はうちなる軟弱な感情のせいで、この過度に文明化された柔和な男にうっかり縛られてしまったことを、半生の失敗の一つと見なした。結果は予想された通り悲惨だった。彼女はポールをほとんどばらばらに引き裂いてしまうほどの怒りを覚えた。とはいえ、彼が恋敵について書いてきたからといって、さらに怒りを募らせることはなかった。

ハートル夫人の唯一の友人が今ピップキン夫人だった。ピップキン夫人は彼女を扱うとき、非常に敬意を払ってくれたけれど、失った彼女の恋人について倦むことなく問いかけた。「あの手紙はモンタギューさんからでした?」と、ピップキン夫人は手紙を受け取った朝聞いた。

「どうしてそれがわかりました?」

「きっとそうだと思いました。手紙がしょっちゅう来ると、筆跡でわかるようになりますから」

「彼からの手紙です。いいじゃありません?」

「ええ、あなた、いいですとも。――もちろんいいですとも。またあなたとのよりが戻るよう、彼には生涯毎日手紙を書いてもらいたいです。失恋くらい私を悩ませるものはありません。彼はどうして姿を見せないんでしょう、ハートル夫人?」

「彼が姿を見せることはありません。みな終わったことで、それについて話しても無駄です。私は今週土曜にニューヨークに帰ります」

「まあ、ハートル夫人！」

「一生何もしないで、おわかりでしょう、ここにとどまっていることはできません。目的を持ってここにやって来ました。それももう過去のことです。今はもう帰るだけです」

「彼があなたを虐待したのを知っています。知っていますとも」

「それについては話したくありません、ピップキン夫人」

「心のうちを吐き出したら、体にいいと思ったんです。私がそんなふうにしてもらったら、体にいいと思います」

「吐き出したいことが心にあるなら、ほかの人にではなく、直接その紳士に言います。実際には誰にも二度とそれを言いません。あなたはとても私に親切にしてくださいました、ピップキン夫人。あなたのところを離れるのが残念です」

「ねえ、ハートル夫人、この暮らしが私にとってどうだったか、あなたにはおわかりになりません。内面のことだけではありません。私のような者は上流の人たちのように内面だけで耐えることはできません。あなたがこの夏私にとっていかに天の助けだったか、言っても恥になるとは思いません。――思いませんとも。時計のように正確に肉屋にも、パン屋にも、税務署にもみな支払をしました。今あなたに出て行かれたら！」ピップキン夫人はすすり泣きを始めた。

「帰国する前にクラムさんに会おうと思います」とハートル夫人。

「ルビーは彼に値しませんね？　彼女はいまだに彼に敬意を表す言葉を使っていません。彼をバギンズ夫人のうちの子供よりましとしてしか見ていません。それだけです」

「自分の家を持ったら、彼女はちゃんとなりますよ」

「私はまったく独りになるんですね」とピップキン夫人は言うと、エプロンを目に当てた。

ハートル夫人がヘッタの手紙を受け取ったのはこのあとだった。夫人はまだポール・モンタギューに返事を書いていなかった。――返事を書いて送るつもりもなかった。ポールの要請に応じるなら、彼に返事を書くより、くだんの娘に書いたほうがむしろ効果的だろう。そんな手紙は書かなかったが、――もし書くとすれば――、書く内容や、使う言葉や、伝えなければならないことを考えた。彼女は何時間も座ってそれを考えた。もし万一話すとすれば、ポールの目的に沿うかたちで話すか、彼の目的を徹底的に打破するかたちで話すか、どちらにするか決めようとした。その気になれば彼を破滅させることもできることを疑わなかった。なるほどそんなふうに復讐することができる。とはいえ、それは女性的なやり方だから、ハートル夫人は気に入らなかった。拳銃か、乗馬用鞭か、鋭い嘲罵と憎悪の言葉を浴びせながらの激しい首締めか、そういうもののほうがふさわしい復讐だろう。それを放棄したら、虐待された話をほかの女にしても何の役にも立たない。

それから、ヘッタの手紙が来た。ハートル夫人が独り言で言ったように、それはじつに堅苦しく、とても冷淡な、非常に誠実な――いかにもイギリス女の手紙らしい――手紙だった。ハートル夫人はそれを読んでほほ笑んだ。「あなたから言われることで私が気持ちを変えるとは思いませんが、この申し出をあなたにしています」もちろん彼女の答え方次第で、この娘は気持ちを変えるだろう。実際にはこの娘は本心を変えることを望んでいないのだ。ハートル夫人はこの娘が男に心を定めていることを充分見て取ることができた。それでも、彼女は――その気になれば――男と娘の結婚を不可能にするように話すことができることを疑わなかった。

彼女は当初この手紙には応えまいと思った。この手紙が何だというのか？　恋人たちには子供っぽいやり方で、とことん痴話喧嘩をやらせておけばいい。男が誠実で、本気なら、娘が男のところへ戻るのは確実だとハートル夫人は思った。彼女の干渉なんか不必要だろう。しかし、しばらくすると、愛してやったイギリス男の愛情を奪ったこの生意気なイギリス娘に、会ったほうがいいと思い直した。もしこれが復讐を放棄し、受けた損害のお返しにどんな罰をも求めない、そんな場合に相当するとするなら、二人の前に立ちはだかる困難を取り除くため、彼女は優しい言葉をかけてやってもいいのではないか？　彼女は山猫だったが、残酷さより優しさのほうが気性に合っていた。それで、彼女はヘッタに手紙を書いて、面会の予約をした。

親愛なるミス・カーベリー

もし木曜か金曜の二時から四時のあいだにここを訪問するご都合がつけば、喜んであなたにお会いします。

誠実にあなたのものである

ウィニフレッド・ハートル

第九十一章　恋敵

カーベリー令夫人と娘は、このころとても快適とは言えない窮屈な関係にあった。ヘッタは母から不当に扱われていると思ったから、超然とした態度を保ち、私的なことやもめごとを母に話そうとしなかった。母は娘に思い切って口を利くことができず、見守っているうちに、娘の沈黙に突き当たってとうとうおびえてしまった。ヘッタが恋人と喧嘩をしてブローチを送り返すと知ったとき、母は風向きが変わったと思った。ポールが急速に忘れられて、——それとも忘れられたように脇に置かれて——、はとことの結婚を利益にかなうことと、娘がじきに理解するようになると母は確信した。彼女はこんな見通しを持ったから、娘の悲しみに同情しないようにするのが母としての義務だと思った。そんな悲しみは世間では日常的に起こっている。野心とか、貧困とか、強欲とか、不幸な恋の行き違いとかによって、感情を押し殺し、思いを踏みにじるように駆り立てられなかった、そんな幸せ者がいるだろうか？　彼女はそんな祝福された人を知らなかった。そんなふうに幸せだったこともなかった。彼女自身、この数週間内に彼女の運命をほんとうに好きな男の運命と合わせることを断念したばかりだ。なぜなら、邪悪な息子をみじめな重荷として彼女の両肩に負っていたからだ。もし女が自由に行動できる充分な富を不幸にも持たなかったら、適切な生活を手に入れるため、身も、心も——そんな問題を抱えていたら——魂までも、みなあきらめなければならないと彼女は思った。ヘッタは他人よりいい幸運を期待していい資質なんか具えていないのに、今は運命によってそんな幸運に恵まれている。ヘッタにひどく執心しているはとこは、どこから見ても欠点がなかった。彼なら苛酷な束縛と残酷な気性でヘッタを苦しめることはない。彼なら酒は飲まないし、愚かな金の使い方はしない。まずまず自由に生きていけるよう、必要な品々をみな与えてくれる。彼女はそんな男との結婚を娘に勧める努力を通して、母の義務をちゃんとはたしていると心で繰り返した。彼女は目標を定めたとき、厳正で熱心だった。ところが、これに応えて娘がいかに辛辣になれるか――報復としていかに憂鬱に、いかに寡黙に、いかに冷淡になれるか――知ったとき、彼女は自分のしていることにほとんどおびえてしまった。娘がいかに一徹に、いかに辛抱強くなれるか知らなかった。「ヘッタ」と、母は言った。「どうして私に話しかけようとしないのです？」ヘッタはまさしくこの日、イズリントンにハートル夫人を訪問しようとしていた。これを誰にも打ち明けていない。ヘッタは金曜［七月二十六日］を選んだ。なぜなら、この日の午後は母が出版社に行くことを知っているからだ。偽りがあってはならなかった。帰って来たらすぐ、彼女がしたことを母に言うつもりでいる。それでも、娘はまわりの人たちの束縛から解放されたと思っていた。まわりの人たちみなから恋人を奪われてしまった。奪われることは甘受したが、ほかのことに従うつもりはなかった。「ヘッタ、どうして私に話しかけてくれないのです？」とカーベリー令夫人。

「なぜなら、ママ、お互いにきっと悲しむ話しかないからです」

「何てひどいことを言うのです！　哀れなあの若者以外にあなたの関心を引く話題はないのですか？」

「ほかにはありません」と、ヘッタは頑固に言った。

「何て愚かな！　そんなふうに話していいとも、そんな考えを抱いていいとも、私は言っていません！」

「心の悩みをどう制御したらいいかわかりません。私はある方を愛しているとあなたに認めたあと、――それを彼にも、最悪なことに自分にも認めたあと――、彼と別れなければならない状況に置かれたとき、彼のことで悩まずにいられると、ママ、思いますか？　悩みはすべてを覆う黒雲です。私は視力も、発話能力もなくしてしまいました。万一フィーリックスが亡くなったら、あなたが陥りそうな状態です。私は押しつぶされそうです」

ヘッタは兄にふれることで母を非難した。非難が感じられるように話したから、母はそれを感じたが、返答することができなかった。母が息子に関心を払いすぎて、娘に真の愛情を感じていないという非難だ。

「あなたは世間を知りません、ヘッタ」と母は言った。

「とにかく今は世間から教えを受けているところです」

「あなたの前に苦しんだほかの人より、あなたのほうが苦しい教えを受けていると思いますか？　まわりに見る限られた世界のなかで、娘は心を定めた若者といつも結婚できると思いますか？」母は間を置いたけれど、ヘッタはそれに応えなかった。「あなたがモンタギューさんを慕うように、マリー・メルモットはあなたの兄を熱く慕っています」

「マリー・メルモットって！」

「あなたがあなたの気持ちをだいじにするように、彼女も彼女の気持ちをだいじにしています。あなたはほんとうに夢にふけっていると思います。夢から目を覚まして、体をゆすり、生きるために、ほかの人と同じように最善を尽くさなければなりません。そういうことを自覚する必要があります。世間の人はふつうバターつきのパンを食べられません。ケーキや砂糖菓子は手に入りません。娘は夫に身を任せることを考えるとき、そういうことを頭に入れておかなければなりません。もし娘が充分な資産を持っていたら、相手をついて選ぶことができます。でも、何も持たなかったら、選ばれるに任せなければなりません」

「じゃあ娘は相手が好きか嫌いかじっくり考えることもなく結婚するわけですね？」

「もし結婚が適切なら、娘は相手が好きになるように身を修めるべきです。私は相手が金持ちだからといって、邪悪な人や、残酷と傲慢で有名な人をあなたに押しつけたりしません。はとこのロジャーは知っての通り――」

「ママ」とヘッタは言うと、席から立ちあがった。「私の言うことを信じたほうがいいです。どんなに説得されようと、私ははとこのロジャーとは結婚しません。私が心の底からほかの方を愛しているのを知りながら、ママがそういうことを主張するのを聞くとぞっとします」

「あなたをすこぶる傲慢に扱った男に対して、あなた、どうしてそんなふうに話すことができるかわかりませんね?」

「彼から傲慢な扱いを受けたことなど一度もありません。彼が私と会う前に知っている女性を愛したからといって、私が腹を立てる理由がどこにありますか? 不幸で、みじめで、悲しい出来事でしたが、ポール・モンタギューさんに腹を立てるどんな権利も私にはないとわかっています」彼女はそう言うと、それ以上答えを待つこともなく部屋から出て行った。

カーベリー令夫人は非常に悲しかった。ポール・モンタギューを赦す言葉をはっきり娘に言わせてしまったことと、ポールと娘のあいだに努力して築こうとした障壁をこうして弱め、壊してしまったことに今気づいた。しかし、母はヘッタの考え全体に浸透する非現実的で、ロマンティックな人生観にいちばん胸を痛めた。そんなあだな夢の愚かさを教えられていない娘が、この世でどうやって生きていけるだろう?

その日の午後、ヘッタは独りメリルボン地下鉄の迷路に身をゆだね、正確にキングズクロス駅[1]に現れた。地理を調べていたから、そこからイズリントンへ向かって歩いた。ハートル夫人が住む通りの名と番地を覚えていた。しかし、玄関先に到着したとき、初めそこに立ってノッカーを持ちあげる勇気がなかった。静かな空っぽの通りを端まで通りすぎると、考えをまとめ、奇妙な願いを切り出すきっかけとなる言葉を見つけて、文章化しようとした。もし女が横柄だったら、明確な行動を取ろうと決めた。彼女は自分が臆病な性格ではないにしろ、荒々しい発言に対応する能力には欠けていると思った。とにかく逃げ出すことはできる。最悪の場合でも、女は彼女が逃げるのを妨げることはできないだろう。彼女は通りの端まで行ったあと、早足で引き返すと、ドアをノックした。ドアはすぐルビー・ラッグルズによって開かれた。彼女はルビーに名を伝えた。

「まあ――ミス・カーベリー！」と、ルビーは訪問者の顔を見て言った。そうだ――確かにフィーリックスの妹に違いなかった。しかし、ルビーはフィーリックスのことを聞いてみる勇気を持たなかった。彼にはもう愛想が尽きたと、ジョン・クラムには戻って来てよいと、彼女はまわりの人々みなに公言していた。それでも、ミス・カーベリーを下宿の居間に案内するとき、彼女は心をざわつかせた。

ヘッタは真夏だったけれど、ベールを降ろしたまま部屋に入った。ルビーの後ろから階段を登るとき、恋敵からじろじろ見られることをふいに恐れてベールを直した。ハートル夫人は椅子から立ちあがり、前に進み出ると、両手を差し出して、訪問者を迎えた。夫人はとても繊細に、注意深く身繕いしていた。――リボンも鎖も花も飾りもない地味な黒服だった。それでも、女らしい意図を背後に隠して、彼女の外見がいちばんよく見えるように装っていた。共通の恋人による最初の選択が正しかったことを、恋敵に証明しようと思ったのだろうか？　それとも、米国女にも独自の優雅さがあることを、イギリス女に教えようと思ったのだろうか？　夫人は穏やかな優雅な身のこなしで前に進み出た。心地よい笑みを口辺に浮かべていた。最初の瞬間、ヘッタは夫人の美しさ――美しさと安らいだ優雅な冷静さ――にふれて、ほとんど呆然としてしまった。「ミス・カーベリー」と、夫人は美しさとほぼ同じ程度にかつてポールを魅惑した、あの低い豊かな声で言った。「あなたにお会いすることに、どれほど関心を抱いていたか言わなくてもおわかりでしょう。はっきりお顔が見えるように、ベールを取るようお願いしてもいいかしら？」ヘッタは呆然として口の利き方を忘れていたから、ベールを取るとき、夫人をじっと見つめて立った。彼女はハートル夫人がどんな容姿の人か聞いたことがなかったので、これとはぜんぜん違った容姿を予想していた。夫人が青い目と明るい色の肌と髪を持つ、粗野で、大きい人だと思っていた。実際には、この二人の女性は二人とも同じ浅黒い肌、ほぼ黒い髪、黒い目を具えていた。ヘッタはこのときそんなことを考えながら、――この夫人が持つような美しさを気取ることなどできないと心で認めた。「それで、あなたは私に会いに来てくださったのね」と、ハートル夫人は言った。「あなたがよく見えるように座ってください。会いに来てくださってうれしいです、ミス・カーベリー」

「とにかくあなたが怒っておられないのがうれしいです」

「怒ってなんかいませんよ。会いたくなかったら、断っていました。理由はわかりませんが、あなたにお会いするのはどこか楽しいです。私たち女は男の玩具になるみじめな時代に住んでいます。――そうじゃありませんか？　昔私のものだった女たらしのこのロサリオ(2)も、あなたにひどい振る舞いをしています。そうでしょう？　彼はもう私のものじゃありませんから、あなたにしてあげられる助けがあったら、あなたは率直に私に助けを求めてくださっていいです。もし彼が米国人なら、私に不当な振る舞いをしたとはっきり言います。――でも、彼はイギリス人ですから、おそらくそこは違うんでしょう。さあ言ってください。――私があなたに何をしてあげられ、何を言ってあげられるでしょう？」

「あなたからなら、ほんとうのことが聞けると彼から言われました」

「どんなほんとうのことかしら？　ほんとうじゃないことを言う気はもちろんありません。あなたも彼と喧嘩をしましたね。そうじゃありません？」

「確かに喧嘩をしました」

「好奇心から言っているわけじゃありません。――でも、たぶんどんな喧嘩をしたか教えてくださるほうがいいです。私はよく知っていますから、彼が人を怒らせるのがわかります。彼はあるときは若々しい熱意にみなぎっているかと思うと、次のときは老人のように用心深くなります。でも、あなたにそんな警告をする必要はないと思います。どんな喧嘩ですか、ミス・カーベリー？」

ヘッタはとても説明が難しいと思った。

「ハートル夫人」と、彼女は言った。「私は最初彼から妻になるように求められたとき、あなたの名をまったく聞いていませんでした」

「たぶんそうでしょう。どうして彼は私のことをあなたに話さなきゃいけないんです？」

「なぜなら、――ええ、なぜなら――、彼があなたとかつて婚約していたのがほんとうなら、はっきりそれを私に話すべきだからです」

「婚約は確かにほんとうです」

「あなたはこちらに来られていましたが、それについて私は何も知りませんでした。もし私が――を、――を知っていたら、もちろん事情はずいぶん違っていたはずです」

「彼にちょっかいを出すウィニフレッド・ハートルのような女がいることを知っていたら、ということでしょう。それから、偶然その女の名を聞いて、あなたは腹を立てた。そうじゃありません？」

「私は彼に対して不当な振る舞いをしたと今彼から言われ、あなたに事情を問い合わせるように言われました。私は不当な振る舞いをしたとは思っていません」

「それについてはよくわかりません。私が思っていることを言いましょうか？　彼はむしろ私に対して不正を働いたと思います。ですから、彼はあなたから不当に扱われるなら、相応の報いを受けていると思います。彼を弁護することはできません、ミス・カーベリー。彼は、思うに、私がたどって来るに値しない一連の長い不幸の最後で、最悪のものでした。でも、私が受けた不正にあなたが復讐するかどうかは、あなたの判断にゆだねられていることに疑いありません」

「なぜ彼はあなたとローストフトへ行ったのです？」

「私が彼に頼んだからです。なぜなら、彼は多くの男たちと同じで、残酷にはなれても、意地悪にはなれなかったからです。彼はできればあそこへ行かなくてもすむように手を尽くしたでしょうが、私にいやとは言えませんでした。あなたはわざわざここまで足を運んで来られましたから、ミス・カーベリー、ほんとうのことを知っていただくほうがいいでしょう。彼は私を愛していたにもかかわらず、あなたに会うずっと前に、私の敵や彼の友によって、私との愛を捨てるように説得されました。私にかかわる部分を話すのは恥ずかしいと感じますが、どうして恥ずかしいと感じるか理由はわかりません。私は彼を愛していますから、おそらくそこイギリスまで追って来ました。本心に忠実でありたかったから、彼を追って来ました。でも、おそらくそれは女がすべきことじゃなかったんです。私は彼から必要じゃないと言われました。――でも、必要とされたいと思いました。彼を誘惑して婚約に引き戻せたらいいと思いました。でも、完全に失敗しました。そして、悲嘆に暮れた女として、とは言いませんが、――悲嘆に暮れていることを認めませんからね――、砕けた魂の女として、(3)米国に帰らなければなりません。彼から不当に踏みつけにされて、ただ彼を許すしかなかったんです。キリスト教徒だからというのではなく、まだ愛している人を罰するほど私が強くないからです。彼に短剣を突き刺すことができません。――できればそうしたいよ。彼に弾丸を打ち込むことができません。――できればそうしたいよ。私は彼の不誠実に突き当たって、こけにされました。でも、彼を傷つけることができません！　私を侮蔑し邪魔する者に激怒のお返しをすると心で誓った私が、彼を罰することができません。でも、もしあなたが彼を罰したければ、そんな正当な行為を止めるのは私の本意ではありません」それから、彼女は間を置くと、まるで返事を待つかのようにヘッタを見あげた。

しかし、ヘッタは返事をすることができなかった。足を運んで来て聞きたかったことはもうすでに聞き出していた。彼女はこの女から聞いた言葉によってほんとうに慰められた。彼女はポールを糾弾したことについて自分を正当化するため、この訪問を試みたと心でつぶやいた。ポールを拒絶したことが正しかったと証拠で武装することが訪問の目的だったと信じた。しかし、今ポールがこの女にはどれだけ不実であっても、彼女にはとことん誠実だったと言われた。この女はポールについて好意的に話さなかった。――むしろ最大限敵対的に話すつもりだったように見える。結果、この女はヘッタに対するポールの罪をみな無罪にするように話した。米国のこの見知らぬ女に対してポールが不実だったことが、ヘッタにとってどうだというのか？　そのことで彼に腹を立てることなどまったく不必要であるように思えた。この恋敵が彼から受けた悪行に対して、ヘッタは復讐を引き受けるかどうか決めなければならないと女から言われた。その復讐をするとき、この女が受けた悪の復讐以外に復讐すべき悪は存在しないように感じた。もし心地よく応対してくれたことをこの女に感謝して立ち去りさえすれば、彼女は独りになったとき、次に何をしたらいいか決めることができる。ポール・モンタギューに再び身を任せるとはまだ決めていない。ただポールを許さなければならないと心でつぶやいた。「あなたはとてもご親切でした」と、彼女はとうとう言った。何か言う必要があるからそう言ったにすぎなかった。

「不親切なことばかりがあるこの世で、ちょっとした親切があるのはいいでしょう。率直に話しすぎたとしたら、ミス・カーベリー、私を許してくださいね。もちろんあなたは彼のもとに帰るんでしょう。もちろん彼の妻になりますね。あなたは彼を心から愛していることを、私が同じことを私の話であなたに告げたように、はっきり私に告げています。彼から裏切られたという私の説明にあなたが満足していることをたとえ私が目に見ることができなくても、あなたがここに来たこと自体が、彼を心から愛していることをはっきり私に告げています」

「まあ、ハートル夫人、私のことに踏み込まないでください！」

「でも、ほんとうのことです。ですから、あなたとは喧嘩をしません。彼は私ではなくあなたを選びました。私に関する限り、話は終わりです。私は女で、あなたは娘です。――彼はあなたの若さを好みます。私は荒々しい世間の残酷さを経験し、あなたはまだそれにふれていません。ですから、あなたはさわってみると、私より柔らかいんです。それ以外の魅力であなたが私より優れているとは思いません。でも、それで充分です。あなたが勝者です。私はあなたのことで許すことは何もないと認めるくらい強いんですが、彼の裏切のすべてを許すほど強くありません」ヘッタは今夫人の手を握って、すすり泣いていたが、なぜ泣いたかわからなかった。「あなたに会えてとてもうれしかったです」と、ハートル夫人は続けた。「彼の妻がどんな人かわかりました。数日もすると、私は米国に帰ります。そうしたら、あなたたち二人がこれ以上ウィニフレッド・ハートルに悩まされることはありません。帰国する前に彼が一度会いに来ても、私はできるだけ親切にすると彼に伝えてください」

ヘッタはこの伝言の使者となることを断らなかったから、少なくともポール・モンタギューにまた会うことを決意していたに違いない。また会うとすれば、よりを戻すことをポールに告げることになる。彼女は恐れても軽蔑してもいた女に心から口づけしたあと、今急いで部屋を出た。通りへ出て独りになると、状況全体をすぐ考えようとした。あの米国女の顔は何と美しかったことか！　女の声はよく知られている鼻にかかる話し方を少し特徴とするけれど、何と豊かですばらしかったことか！　とりわけ女の立ち居振る舞いは何と力強く、くつろいで、優雅だったことか！　この女がポール・モンタギューの妻としてふさわしくないことをヘッタは確信した。しかし、ポールにしろ、ほかのどの男にしろ、この女を愛し、この女から愛され、そしてみずから進んでこの女と別れようとしたのは、すばらしいことだった。ポール・モンタギューはこの女よりヘッタ・カーベリーを選んだ。ポールは年上の女に直接事情を問い合わせるように彼女に請うたとき、彼の目的を遂げることに間違いなく成功した。

喧嘩についてはもちろん終わりにしなければならない。彼女はポールに不当な振る舞いをした。当然悔悟と告白によってそれを正さなければならない。鉄道駅に急いで帰るとき、これまで以上に恋人に優しい愛を向けようと思った。知り合った当初からポールが彼女に誠実だったからだ。誠実さ以外に何を女は望む権利を持つだろうか？　彼女は疑いなく乙女の心をポールに与えた。ポール以外にこれまで彼女の唇にふれ、手を握ることを許され、とがめられずに賛美して目を覗き込んだ男はいなかった。どんな足跡もついたことがない雪のように白い純粋な身を、こんなふうに愛した男に与えるのは彼女の誇りだった。ポールを受け入れるとき、彼女は今もこの先も彼が彼女に誠実であることを望んだ。未来は彼女が自分で作るものであるに違いない。「今」については、ハートル夫人からその確証を充分与えられたと感じた。

彼女はこの心変わりをすぐ母に知らせなければならない。うちに入ったとき、もうすねても、黙りこくってもいなかった。好意的に受け入れてもらえるなら、母に優しくしたかった。――しかし、彼女は何があろうと目的を見失うまいと決意していた。玄関で少年からカーベリー令夫人が帰って来ていると聞いたので、すぐ母の部屋に入った。

「ヘッタ、どこへ行っていました？」とカーベリー令夫人。

「ママ」と、彼女は言った。「私はモンタギューさんに手紙を書いて、彼に不当な振る舞いをしたと伝えるつもりです」

「それはいけません、ヘッタ」とカーベリー令夫人は言うと、席から立ちあがった。

「いえ、ママ、不当に振る舞っていましたから、そうしなければいけません」

「あなたのところに戻って来るよう伝えることになりますよ」

「そうよ、ママ。――そうするつもりです。戻って来たら、受け入れると彼に言います。彼が戻って来ることはわかっています。ねえ、ママ、仲よくしましょう。そうしたら、私は全部話します。ママはどうして私に愛情を出し渋るのです？」

「ブローチは送り返したでしょう」と、カーベリー令夫人はしゃがれ声で言った。

「もう一度もらい直します。私が何をしたか聞いてください。あの米国女性に会いました」

「ハートル夫人に！」

「はい。――夫人に会いました。すばらしい女性です」

「それで、その夫人があなたにすばらしい嘘をついたのですね」

「夫人がどうして私に嘘をつく必要がありますか？　夫人は嘘なんかついていません。彼について好意的な話はまったくしませんでした」

「それは信じられます。誰であろうとどうしたら、彼について好意的な話ができますか？」

「でも、モンタギューさんが私には不当な振る舞いをしなかったことを、夫人は私に確信させる言葉を話してくれました。私はすぐ彼に手紙を書きます。よろしかったら、手紙を見せますね」

「彼に出すどんな手紙も引き裂いてやります」と怒ったカーベリー令夫人。

「ママ、私は全部話しました。でも、このことは私自身が判断しなければなりません」それから、ヘッタは母が折れて出そうもないのを見て取ると、それ以上話すこともなく部屋を出て、手紙を書くためにすぐ机を開いた。

註

（1）Pancras Road と York Way に挟まれて St. Pancras 駅のすぐ東に位置する。ロンドンの主要駅の一つで、北方の Leeds や York やスコットランド方面への運行がある。

（2）ニコラス・ロウの劇 *The Fair Penitent*（1703）に登場する女たらし。

（3）「詩篇」第五十一篇第十七節。

第九十二章　再びハミルトン・K・フィスカー

前章で語られたヘッタとハートル夫人の面会から十日がたった。――ヘッタは恋人に手紙を送ったものの、その十日間に彼の返信を受け取らなかった。その日［八月五日］リバプールのある部屋で二人の紳士が会った。二人はこの物語の初期に同じ部屋で会った。私たちの若い友人ポール・モンタギューと、それほど年上でもない友人ハミルトン・K・フィスカーだ。メルモットは七月十八日に亡くなった。逝去の知らせは電報でサンフランシスコにただちに送られた。数週間前、ポール・モンタギューは共同経営者に手紙を書いて、南中央太平洋とメキシコ鉄道について説明し、――彼が信じるイギリスにおける会社の実情を描き出して――、フィスカーにロンドンに来るよううながした。彼は米国の共同経営者から返事を受け取ると、すぐリバプールへくだり、友人のラムズボトムと相談しながら、そこでフィスカーの到着を待った。その間、ヘッタの手紙はベアガーデンに留め置かれた。ポールはこのクラブからヘッタに手紙を書いて、返信を下宿へ転送するよう求めることを失念していた。まさしくこのころベアガーデンはうまく運営されていなかった。実際はずさんな運営がなされていたので、彼はその返信を受け取ることができなかった。――もし受け取っていたら、これまでに書かれたどの手紙よりそれに大きな魅力を見出すことができただろう。

「事業はひどい状態ですね」と、フィスカーはモンタギューが待つ部屋に入るなり言った。「メルモットがこんなかたちで破産するとぁ夢にも思いませんでした」

「完全に破綻しました」

「知っておくべきことを彼がみな知っていりゃあ、破産しなかったはずです。破産するとも思わなかったでしょうね。どう扱ったらいいか理解していりゃあ、南中央鉄道でどんなことでも切り抜けられたでしょう」

「今こちらで南中央鉄道は低く見られています」とポール。

「それはね。――あなた方が大きいことをするとき中途半端だったからです。丸呑みしないでかじるだけでした。もちろんあなた方がかじるだけなのを人々は見ています。メルモットなら根性があると思いました」

「残念ながら、彼が偽造の罪を犯したことに疑いの余地はありません。自殺に至ったのは、偽造の発覚を恐れてのことでした」

「初めから終わりまでひどく不器用だったと言いたいですね。――じつに不器用でした。メルモットはもっと違った人だと思っていました。あんな人を信用したことについて、半分以上私の責任を感じますから忸怩たる思いです。あのコーエンループがたくさん金を持って逐電しました。メルモットがコーエンループなんかに出し抜かれるとぁ、ちょっと考えられませんでした！」

「サンフランシスコでは事業はもうつぶれているんでしょう」と、ポールはほのめかした。

「フリスコでつぶれているって！　私の知る限り、そりゃあありません。どうして事業が解体したりするんです？　メルモットのような馬鹿がロンドンで頭を吹き飛ばしたからといって、あちらのみながたがたになるとでも、あなた、思いますか？」

「毒を飲みました」

「毒ですか。そりゃあアメリカ流じゃありませんね。私がこれから何をするか、私がなぜこんなに慌ててこちらにやって来たか、あなたに教えてあげましょう。大鉄道の株価は今ロンドンでほとんどただ同然になっています。その株を市場で買い占めるつもりです。勝負をだいなしにしないよう、手に入れられるだけたくさん株を手に入れるよう電報を打ちました。こちらの人員は一掃するつもりです。つぶれたって！　私は彼を大物と思っていましたから、残念です。――が、彼がやったことぁ海の向こうの私たちの成功の手段にすぎません。あなたは事業から抜けるつもりですか、それとも私と一緒にフリスコに帰るつもりですか？」

ポールはこれに答えてサンフランシスコには戻らないと強く言った。大鉄道にはもううんざりしており、どんなことがあろうとこれ以上かかわるつもりはないと、おそらく率直すぎる言葉で共同経営者に伝えた。フィスカーは肩をすくめただけで、申し出られた決別に不快なようすを見せなかった。彼は実業界のあの大原則――仲間うちでは名誉を保たなければならないこと――を礼賛していたので、共同経営者に進んで公正に――いや寛大に――振る舞おうとした。とはいえ、ポール・モンタギューが彼の共同経営者としてはふさわしくないことを確信した。フィスカーは悪事をためらわなかっただけでなく、他人が悪事をためらうことを徹底的に軽蔑した。彼の人生哲学によると、九百九十九人はためらうがゆえに曖昧な人たちだ。一方、千人目はそんなしがらみから解放されて、卓越し、商取引による富の輝きのなかに入る。彼は商取引上の誠実さについてもそれなりの持論を持っていた。やると約束したことはやれる限りやるつもりでいた。彼の契約が信用できるものになり、彼の約束も等しく信用できるものになることを願うからだ。しかし、彼は壮大な嘘によって広く人々から盗みを働く仕事を義務としたばかりでなく、生涯の喜びとも、野心ともしていた。これほど大きな男が、ポール・モンタギューのような小さな男と組む共同関係に、どうして耐えることができるだろう？「ところで、ウィニフレッド・ハートルのことぁどうなりました？」と、フィスカーは聞いた。

「どうしてそれを知りたいんです？　彼女はロンドンにいます」

「うん、ロンドンにいることはわかっています。ハートルはフリスコにいますが、彼女のあとを追ってこちらに来たいとはっきり言っています。ただ金を持っていないだけで、できれば来たがっています」

「やはり彼は死んでいないんですね？」と、ポールはつぶやいた。

「死んだって！　――いや、とても死にそうにありません。彼女はいつかあいつに会ってひどい目にあうでしょう」

「でも、彼女は離婚したんでしょう」

「彼女はカンザスの弁護士にそう言わせましたが、彼のほうはフリスコの弁護士に離婚というようなことぁないと言わせました。彼女もへたな勝負をしていません。というのは、金を処理して、彼には一ドルも手に入らないようにしたからです。たとえ彼女と結婚するほうが都合よくても、おわかりでしょうが、危険のないことがはっきりするまで、私なら彼女とぁ結婚しませんね」

「ぼくは彼女と結婚するつもりはありません。――あなたがそう思っているならね」

「あなたについてフリスコでそんな噂がありました。――それだけです。ハートルはいつもより少しおかしくなっているとき、彼女があなたとこちらにいると言い、近いうちにあなたを訪ねるつもりだと言っているのを聞いたことがあります」ポールはハートル夫人のことをもう充分耳にしたし、言ったと思ってこれに返事をしなかった。

　二人はまだ共同経営者だったから、翌日一緒にロンドンに上京した。フィスカーはすぐメルモットの事業処理に没頭した。彼はブレガートと連絡を取り、アブチャーチ・レーンの事務所や鉄道会社の部屋に出入りし、クロールを容赦なく詰問し、会社の帳簿を調べられるだけ調べ、グレンドール父子を実際ロンドンに呼び出した。アルフレッド卿とマイルズはこれ以上奉仕する必要はないと察知して、メルモットが亡くなる一、二日前にロンドンを去っていた。アルフレッド卿はフィスカーの呼び出しを横柄に無視した。ロンドンの会社の重役に出頭を求めるなんて、この米国人は何者なんだ？　重役はその気にならなければ仕事をする必要がないことをみんな知っている。それゆえ、アルフレッド卿はフィスカーの手紙に応えてやることさえしなかった。――しかし、息子にはロンドンへ行くように忠告した。「私がおまえなら、行くしかないね。忌々しいあの会社から給与をもらっていたからな」と、用心深い父は言った。「だが、そこへ行っても、私なら一言も発言しないね」それで、マイルズ・グレンドールは父の言葉に従って、ロンドンに再び現れた。

一方、フィスカーはかいがいしくマダム・メルモットと娘に実利的な注意を向けた。事務員のクロールを除くと、フィスカーが到着するまでハムステッドのわび住まいに母娘を訪問する者はいなかった。ブレガートはこんなひどい事情で奥方が未亡人になったのだから、独りでいたいだろうと察して近づくのを遠慮した。ニダーデイル卿はお別れを告げていたから、もはや何もできないと感じた。言わずもがなだろうが、アルフレッド卿は哀れな奥方と数か月間家庭的に交際したとはいえ、高尚な分別を持っていたので、こんなときに近づくことはしなかった。サー・フィーリックスは父が亡くなったあとに娘に求婚を再開する気にならなかった。しかし、フィスカーはロンドンに来て二日もしないないうちに、ハムステッドに出かけて、マダム・メルモットに会うことができた。四日もしないうちに、いろいろな不幸にもかかわらず、マリー・メルモットが疑いなくまだ莫大な富の所有者であることに気づいていた。

政府はメルモットの動産全般について干渉を控えるようながされた。政府は検屍官の判断によって手に入れた死者の皿や椅子やテーブルなど動産全部の権利を放棄した。マダム・メルモットへの手加減からではなく、哀れなロングスタッフ父子のような債権者のためだ。しかし、マリーの金はこれとはまったく別の扱いを受けた。彼女はこの資産に関する考え方の点でも、文書の署名を拒否した点でも正しかった。――その拒否が父のあの行動に導いたということがなければの話だ。彼女自身は導かなかったと信じている。なぜなら、彼女は父が亡くなる前にその拒否を取りさげて、書類に署名すると申し出ていたからだ。父から最初に頼まれたとき、彼女が署名していたら、最終結果がどうなっていたか、今は誰にもわからなかった。もし署名していたら、この金がみななくなっていたことは間違いないだろう。金は今彼女のものになった。――フィスカーは独自の嗅覚ですぐその事実を知った。

哀れなマダム・メルモットはみじめな状態に置かれて、米国人の訪問に救いを見出した。死によって伴侶を奪われた人にとって何が役に立ち、何が役に立たないか、この点について世間は大きな過ちを犯している。悲しみがあまりにも深く、あまりにも圧倒的なので、そこに首を突っ込むと、よけいに苦しみを増すことになる、というのはときとしてまさにその通りだ。こういうことは遺された人の激しい身体的な苦痛にも、ひどい精神的な苦悩の期間にも感じられる。一方、遺された人がそんな圧倒的な悲しみの振りをしたがり、それなりの権利と特権を持って、そんな振りをするので、友人たちが引いて近づかないということもしばしばある。ところが、マダム・メルモットは悲しみに押しつぶされることも、押しつぶされている振りをすることもなかった。奥方は突然の死と破滅への恐れに襲われて、麻痺してしまった。何年にもわたって無慈悲な暴君だった男、残酷な力の権化のように見えた男が、悲運に屈し、無力であることを示した。奥方は口数の少ない女で、今回も娘にさえほとんど何も話さなかった。しかし、フィスカーがやって来て、奥方がこれまでに知っている以上に夫の事業について話し、奥方の将来の生活について語り、お湯割のブランデーの小さな一杯を作ってくれ、フリスコが未来の住まいにふさわしい場所になると告げたとき、奥方は確かにフィスカーを差し出がましい男とは思わなかった。

マリーは貴族と准男爵から求婚され、結婚直前までいった。新しい境遇については――充分ではないにしろ――少なくとも母より自覚している。そんなマリーもフィスカーが好きになった。彼女は父を悼む真の悲しみに沈淪して、もう深い愛情にのめり込むことはなかったが、愛情に染まりやすかった。メルモットによってとても甘やかされた一方、しばしば残酷に扱われた。彼女は甘やかされても特別感謝しなかったと同様、残酷にされても特別腹を立てなかった。彼女の幸せに資する優しさとか、配慮とか、真の思いやりとかは一度も父から示されなかった。げんこつと装飾用小物とのあいだの振れ、ある日の殴打と次の日の宝石とのあいだの振れという、生活のなかのでこぼこを、彼女は当たり前と見るようになっていた。父が亡くなったとき、彼女はしばらく宝石や装飾用小物のほうを覚えていて、げんこつと殴打のほうを忘れていた。それでも、慰めを必要としていないわけではなかったから、彼女もフィスカーの訪問にそれを見出した。

「昔は文書のいろいろな箇所によく署名しました」と、ある夜ハムステッドの小道を二人で歩いているとき、彼女はフィスカーに言った。

「今は同じことをしなければなりません。ただしほかの人に文書を渡すのではなく、あなたが金を引き出すために銀行員に提出しなければなりません」

「それってカリフォルニアでもできるでしょう?」

「ここでもまったく同じです。何の面倒もなく銀行員があなたに代わってやってくれます。私を信頼してくれりゃあ、私がやります。心配事が一つだけあります、ミス・メルモット」

「何です?」

「あなたがこちらの人々との交際に慣れ親しんだあと、私たち米国人とどういうふうにやっていけるかわかりません。私たち米国人はかなり粗野な連中だと思いますからね。が、私たちは果物で言やあ、おそらく見た目で失っているものを味で補っています」フィスカーはこれをいくぶん悲しげな口調で言った。フリスコにはっきり見られる実質的な長所が、ミス・メルモットが慣れ親しんだ社交界の喪失を補うほど、充分ではないと危惧しているかのようだった。

「私は気取り屋が嫌いよ」マリーは彼のほうをさっと振り返って言った。

「そうですか?」

「毒みたいに嫌いです。気取り屋は何の役にも立ちません。言っている言葉を本気で言っていないからですし、――あまり多く言葉を喋らないからです。半分以上目が覚めていないから、少しも他人に関心がありません。私はロンドンが嫌いよ」

「そうですか?」

「ええ、嫌いですとも」

「フリスコが嫌いかどうか知りたいですね?」

「楽しいところだろうと思います」

「じつに楽しいところです。私が――嫌いかどうか知りたいですね?」

「フィスカーさん、馬鹿げたことを言わないで。なぜ私が誰かを嫌わなければいけませんの?」

「が、嫌っています。あなたが嫌っている人を一人、二人見つけました。フリスコへ行ったら、私を嫌わないようにとだけあなたにお願いしますね」それから、彼は優しく彼女の腕を取った。――しかし、彼女はすばやく身を振りほどくと、行儀よくするように言った。それから、二人は下宿に戻った。フィスカーは都心に帰る前にマダム・メルモットのためお湯割のブランデーを作った。寡婦服を着たマダム・メルモットは、なるほど見た目に美しくはなかったが、グローヴナー・スクエアやブルートン・ストリートにいたときより、全体としてハムステッドで快適にしていたと私は思う。

フィスカーは南中央太平洋とメキシコ鉄道の今はほとんどがらんとした重役室で、マイルズ・グレンドールに「私は帳簿係として、いいですか、あなたを重く見ていません」と言った。マイルズは父の助言を思い起こして、一言もそれに答えなかった。彼の仕事をこんなふうに厚かましく批判する生意気なよそ者に、ただ驚いた表情を作ってみせただけだ。フィスカーはこれに先立って三つ四つすでに小言を言っており、そこにいたポール・モンタギューとクロールの両方に同意を求めた。フィスカーは重役であるサー・フィーリックス・カーベリーとニダーデイル卿とロングスタッフ氏にも出席を求めていた。しかし、三人とも来なかった。サー・フィーリックスはフィスカーの手紙を無視した。ニダーデイル卿は短いけれど独自の返事を書いた。「親愛なるフィスカーさん、――私はその件についてほんとうに何も知りません。あなたのものである、ニダーデイル」ロングスタッフは面倒を苦にしない熱意をもって、欠席の理由をきちんと四ページ書いた。フィスカーでさえそれを最後まで読んだかどうか疑わしいので、私がそれをここで引用して読者を悩ませるつもりはない。「メルモットがこういう状態に我慢していたとぁ、私にぁ驚きです」と、フィスカーは続けた。「あなたは事業についてある程度理解していると思いますが、クロールさん?」

「事業の経営が私の専門というわけじゃありません、フィスカーさん」とドイツ人。

「専門家なんかどこにもいません」と、横暴な米国人は言った。「知っていなければならないことがありますからね、グレンドールさん、あなたを証人席に立たせることももちろんありえます」マイルズは墓のように沈黙していたが、どこか金のかからない心地よいドイツの隠れ家で秋をすごそうと、秋の隠居は数日以内に始めようと、――数時間で始められるかもしれないと――、すぐ心を固めた。

しかし、フィスカーは真剣に脅迫していたわけではない。ほんとうのところ、彼はロンドン事務所の混乱が大きければ大きいほど、サンフランシスコの会社の前途がそれだけ開けると考えていた。マイルズは三、四時間追及を受けて煉獄の苦しみを味わった。解放されたとき、メルモットの秘密をもちろん何一つ漏らしていなかった。ともあれ、彼はイギリスをいちじ留守にするほうがいくつかの点で望ましいとわかったので、ドイツへ行った。この物語のなかで彼が再び取りあげられることはないだろう。

メルモットの事業が最終的に処理されたとき、証明される負債については完済できるほぼ充分な資産が残っていることがわかった。じつに多くの人々がにわかに彼から金を盗まれたと主張して、とてつもない要求を掲げて現れた。混乱のなかで誰がほんとうに金を盗まれたか、誰がたんに盗もうとする試みに成功しなかったか、確定するのが難しかった。哀れなブレガートの場合のように、ある人々は確かにメルモットの賢明さを当てにして投機し、ほんとうにひどい損をした。しかし、ロングスタッフ父子の場合のように、直接負債を証明することができる人々は結局それほど悲しい目にはあわなかった。私たちのすばらしい友人のドリーは早々に金を手に入れたので、スカーカムの指導のもとで新しい生活を始めることができた。彼は借金を完済したうえ、銀行にまだ多額の金を残したから、新規まき直しをするつもりだと、友人のニダーデイルに断言した。「ぼくはスカーカムから月の手当をたくさん出させるだけでいい。請求書のたぐいはみな彼のところへ送らせる。彼が全部処理して、ぼくにへまがあったら叱るんだ。スカーカムが好きさ」

「彼が金をくすねることはないかい、君?」と、ニダーデイルはほのめかした。

「もちろんくすねるさ。――けれど、彼はほかのやつらには盗ませない。人はむしり取られるのがつねだけど、手順にのっとってむしり取られるのがだいじだからね。彼が一ポンドについて十シリングをぼくに持たせてくれたら、何とかやっていけると思う」スカーカムが慈悲深くて、ドリーが高潔な決意に沿って生きていけるよう期待しよう。

とはいえ、事件のこういう後処理は、フィスカーがカリフォルニアに発ったずっとあと、冬が終わるまで決着しなかった。フィスカーがマダム・メルモットやマリーと親しくなる前に予想していたより、ずっとあとまで後処理は続いた。フィスカーはマダム・メルモットの問題にしばらくかかり切りになった。家具や皿はもちろん債権者のために売られた。それでも、マダム・メルモットが自分の資産だと特別主張したものは、みな手もとに残すことができた。――宝石については、たくさんのことが言われたけれど、没収されるような目にはあわなかった。マリーは奥方の生活に必要なものは手に入れてやるからと請け合って、宝石をあきらめるよう助言した。しかし、メルモットの未亡人はどの資産も進んで手放すように見えなかったし、宝石もあきらめなかった。老女とフィスカーは宝石をニューヨークへ持って行くことで合意した。「もし手放したければ、あちらでもロンドンと同じ額で取引できます。あちらでは誰もそのことで何も言いません。こちらではロケットも鎖も世間の騒ぎなしに売ることができません」

マダム・メルモットはこういう問題で、フィスカーに全幅の信頼を、――実際に結果を見れば正当と思われる信頼を――寄せた。フィスカーは老女から金を盗んで大物になろうとはしなかった。マダム・メルモットにとって、フィスカーは彼女がこれまでに会った最良の紳士であり、アルフレッド卿がいちばん親切なときより態度においてはるかに快かった。アルフレッド卿はマイルズ・グレンドールより優れたところをたくさん示して、じつに親切で、――特に甘い水割のブランデーをあの温かい小さな広口コップで用意してくれたとき――、誰よりも奥方をよく理解してくれたけれど。「彼から言われることは何でもします」と、奥方はマリーに言った。「この国のここに私がとどまっている理由はもうありません」

「喜んで一緒に行きます」と、マリーは言った。「ロンドンにとどまっていたくありません」

「あなたは求められたら、彼を受け入れると思います」

「それについては何もわかりません」と、マリーは言った。「男の方って結婚したいと思わなかったら、とてもいい存在かもしれません。私は誰とも結婚しないと思いますね。結婚が何の役に立ちます？　ただ金だけよ。誰も金以外に関心がありません。フィスカーはとてもいい人ですが、ただ金しか求めていません。もし私が一銭も持っていなかったら、フィスカーが私に結婚を求めると思いますか？　求めませんとも！　彼はそういうことに目聡いんです」

「私はとてもいい若者だと思いますね」とマダム・メルモット。

第九十三章　真の恋人

ヘッタ・カーベリーは恋人を不当に扱ったと自覚したから、改悛と愛情に満ちた手紙を彼に書いた。ハートル夫人と話し合った詳細を長々と綴り、戻って来てくれるように彼に懇願し、ブローチを持って来るように言った。ところが、ポールがベアガーデンから手紙を書いたので、彼女はこの手紙を不運にもそのクラブに返送した。一つにはポールの手落ちのせいで、一つにはかつて完璧だったクラブの風紀紊乱のせいで、手紙は彼の手に届かなかった。それゆえ、彼はロンドンに帰って来たとき、当然のことながら、彼の訴えの手紙に注意を払うことさえ、ヘッタから拒絶されたと思った。それでも、彼はもっとジタバタしようと決めていたし、多くの困難と戦わなければならないと感じていた。ハートル夫人や、ロジャー・カーベリーや、ヘッタの母がみな彼に敵対している。ハートル夫人は雌ライオンのように怒り狂いはしないと彼に言ったけれど、この問題で彼の友人になってくれるはずがない。ロジャーは彼を裏切者と決めつけて、それを繰り返し口にしている。カーベリー令夫人は、彼にはよくわかっているが、ヘッタと彼の結婚につねに反対しており、これからもつねに反対するだろう。それとは対照的に、ヘッタは彼を愛していると認め、彼の愛撫を受け入れ、彼の賛美を誇りにしてくれた。ポールは愛する女性の性格を注意深く分析することはしなかったが、こんな娘を勝ちえたのだから、彼の見込みが完全に絶望的であるはずがないと本能的に感じていた。それにしても、いったいどういうふうにジタバタしたらいいだろう？　どんな武器で戦い続けたらいいだろう？　手紙を書くというのは相手がそれに応えようとしないとき、ただ一方的で面倒な手続きでしかない。それに、客を入れないよう使用人に指示を出している戸口を訪問しても、——不面目ではないにしろ——不愉快になるだけだ。

ところで、ヘッタは手紙を恋人以外にもう一通、もっときちんとそれを受け取ってくれる人に送っていた。彼女は怒りに駆られてポール・モンタギューと喧嘩したとき、それをすぐ母に伝え、母を通してはとこのロジャーに伝えた。彼女はロジャーを恋人としては受け入れなかったが、一族の長として、別格の友人として、彼女がしたことやされたことをみな特別に知る資格を有する人として彼を認めている。それで、彼女ははとこに手紙を書いて、ポールについて考え違いをしていたと言い、ポールが彼女にいつも誠実に振る舞っていたことを今疑わないこと、つまりポールがいちばんりっぱな人、いちばんだいじな人、いちばん虐げられた人だと信じていることを伝えた。彼女はポールの妻になる以外に、この世で幸せになる機会はないと熱っぽく主張し、親愛なる友にしてははとこであるロジャーに、彼女に敵対しないで、救いの手を差し伸べてくれるように懇願した。手紙に書かれた強い言葉がまったく通じないたぐいの人がいる。強い言葉をほとんど真に受けないで、言われていることの半分も頭に入らない人がいる。しかし、ロジャー・カーベリーはそんな人ではなかった。彼ははとこの手紙を手に取って、カーベリーの庭壁の上に座ったとき、ヘッタの言葉の重みを充分受け止めた。彼はこれをみな熱に浮かれた娘の饒舌と片づけて、得心しようとはしなかった。そういうものなら娘を適切に説得して、すぐ別の思考様式に向かわせ、しつけることもできるだろう。彼は庭壁の上に座ってヘッタの手紙を読み、読み返すとき、少なくとも今はもう彼女に希望を持てないことを悟った。彼はまったく変化を受け入れなかったし、まったく変化することができなかった。愛する娘を失ったら、おのれを奮い立たせて、受け身の喜びを人生に期待することさえできなかった。——それでも、彼は真実と信じたことを心に言い聞かせた。幸せであろうと、不幸せであろうと、彼女なしにやっていかなければならないことを、彼はついに直接はっきり自覚した。思い切って彼女を愛し始める前に、あまりに速くあまりに長くときを経過させてしまった。彼は今失望に耐えて、破綻した調子外れの半生をできる限り利用していかなければならない。しかし、たとえ彼がこれを認めるとしても、――はっきり認めたけれど――、こんなふうに彼を貶めた男女を将来どう扱ったらいいだろうか？

この瞬間、ロジャーは精神を高貴な高みに保つよう微調整した。できれば、彼は利他的に振る舞いたかった。しかし実際のところ、ポール・モンタギューに親切にする気にはどうしてもなれなかった。彼はポールに背信がなかったと考えることができなかったし、そこに想定される裏切を許すこともできなかった。とはいえ、ヘッタの重みと比べれば、この男なんか何でもないと心で断言した。ヘッタがポールの妻になっても、――友人が貴重な存在であるように――、彼にとって彼女が貴重な存在としてとどまることを、一度彼女に確認することができたら、ポールと喧嘩を続けることにほとんど意味はなかった。そんな確認あるいはそんな許容が、重大な意味を持つことがよくわかる。もしそんな確認が取れたら、ヘッタの子はカーベリーの名を名乗り、――考えられる限りロジャーの実子に近づき――、彼の相続人にならなければならない。ヘッタの支持がえられるなら、彼は長子相続の法を捨てなければならない。その法を非常に神聖なものと彼は見なしていたので、これまでサー・フィーリックスを――見さげはてたこの若者には、まったくそれがふさわしくなかったにもかかわらず――彼の相続人にするつもりでいた。しかし、その法を捨てなければならない。ヘッタの結婚を彼の胸中で受け入れられたら、そういう手続きに変更を加える必要がある。カーベリー屋敷を新婚夫婦の住まいにするように二人を説得できたら、そうしなければならない。将来、子が生まれるに違いない。彼はすでにそんな子を期待しており、年を取ったとき、その子に慰めを見出せると思った。彼はポール・モンタギューを二度と心から愛せなくても、それでもヘッタのために、愛情に満ちた関係をポールと保って生活していかなければならない。ヘッタを――何の過ちもなかったかのように――とことん許さなければならない。ポールの過ちを許すように最善を尽くすことが求められる。彼は正義を熱烈に愛し、かつ寛大になろうともがいたが、正しく振る舞う仕方をとらえることができなかった。実際、彼がまったく虐げられていないと考えることはできなかった。罪を許せという大いなる教えを考えるとき、ポール・モンタギューから犯されたような罪を許すことが、ほんとうに聖書で意図されているものかどうか、ときどき自問せずにいられなかった！　しかし、彼は庭壁から立ちあがったとき、ヘッタを完全に許す必要があると、ポール・モンタギューをまるで許されたかのように扱う必要があると、心に定めていた。ロジャー自身は、――この世のめぐり合わせが彼には不親切だったが――、めぐり合わせに従うつもりでいた！

結局、彼はヘッタの手紙に返事を書かなかった。まだ彼女への希望を漠然と抱いていたので、そんな返事を書いたら、残された最後の機会をなくしてしまうと感じた。ヘッタは手紙に返信を直接求めていなかったし、実際のところ返信を必要としてもいなかった。彼女はある理由で愛する男と喧嘩をしたけれど、もうその喧嘩をやめることにしたとだけ伝えて、彼女の考えに同意してくれるようはとこに求めていた。ロジャーは同意という積極的な動きによってより、反対しないことによってむしろ彼女の求めていることを実現できると感じた。ヘッタが実際に彼に望んでいるのは、彼のほうから母に影響を及ぼしてもらうことだった。彼がただ手紙を一通書くだけでは、令夫人にそんな影響を及ぼすことはほとんど期待できないだろう。ロジャーはそう考えて、もう一度ロンドンに上京しようと決心した。旅のあいだに状況を再検討し、ヘッタの結婚に同意する気になれるかどうか自問する時間を取ることができるだろう。それに、彼の希望の断念と、ヘッタとポールの希望の実現を最終的に決断する前に、人々に会えばその態度や言葉から、さらに何かを知ることができるだろう。

　彼は上京した。旅の空き時間をあまり有効に使うことはできなかったと、私は思う。考えることに慣れていない人にとって、旅の空き時間を有効に使うことくらい難しいことはない。いろいろなことをいいかげんに胸中で思いめぐらして、論理的な思考によってよりむしろ、最後の瞬間におそらく感情に流されて、ある結論に達し、――それで、考えたと思う。つまり、一つの議論を最後までたどって、それで到達した基盤の上に別の議論の開始を基礎づける、そういうことを私たちはふつうやらない。ロジャーはそんな論理的な思考を得意としなかった。彼は旅のほこりにまみれてみじめになり、一人の女から不快な食料籠を真向かいに置かれて気を滅入らせてしまったので、慈愛に満ちた前日の決意をほとんど反故にしてしまった。しかし、夜彼はホテルの近くの広場を独りで散歩して、天体の美しさを充分に堪能し、輝く月を見あげたとき、彼よりはるかに若く、この世の喜びを享受するにふさわしい二人の幸せに干渉したがる自分とは何者なのだと再び自問した。それから、彼は風呂に入り、旅のほこりを払って、ディナーを取った。

　彼は翌朝早くウェルベック・ストリートに出かけた。ドアをノックするとき、カーベリー令夫人か、ヘッタか、どちらの在宅を問うか決めていなかった。しまいに「淑女たち」はご在宅かと聞いた。在宅との報告を聞いて、彼はすぐヘッタのいる応接間に案内された。駆け寄って来たヘッタをすぐ両腕に抱いて口づけした。こんな挨拶は前にしたことがなくて、手にさえ口づけしたことがない。はとこで、親しい友人ではあったが、一度もこんなふうにヘッタを扱ったことがなかった。ロジャーがこんな挨拶をするのは、彼女の願いに優しく従ってくれるしるしだと、彼女はすぐ本能的に察知した。ごく親しいよき身内として、もっとも信頼できる友人として、ほとんど兄として、この男から口づけされることを彼女は確かに歓迎した。恋人にはならないと同意してくれさえすれば、もっとも深い愛でロジャーにしがみつくことができる。「まあ、ロジャー、あなたに会えてとてもうれしいです」と彼女は言うと、彼の腕から優雅に逃れた。

「返事を書くことができなかったので、やって来ました」

「あなたはいつもいちばん親切なことをしてくださいます」

「わかっています。親切なことにしろ、不親切なことにしろ、――今は私がすることは何もないということがね。すべてが私の助けを借りることなくなされています。ヘッタ、あなたは私にとってこの世のすべてでした」

「私を非難しないでくださいね」と彼女。

「ええ。――はい。非難なんかしません。あなたは何の罪も犯していません。誰かを非難するつもりなら、私はここに来ていません」

「そう言ってくださってありがたいです」

「あなたの望む通りにします――どうしてもそうしなければならないならね。それに耐えることに決めました。この話はこれで終わりにしたいです」彼はこういうと、ヘッタの手を取った。ヘッタは頭を彼の肩に載せて、すすり泣き始めた。「しかし、これからもあなたは私にとってこの世のすべてです」と、彼はヘッタの腰に腕を回して続けた。「あなたを私の妻にできないので、私の娘にします」

「あなたの妹になりますね、ロジャー」

「むしろ私の娘、私がこの世に持つすべてにします。老人が若者を思うように、あなたを思うようになりたいので、私は急いで年を取ります。もしあなたが子をえたら、ヘッタ、その子は私の子にならなければなりません」彼がこのように話すとき、ヘッタは新たにまた涙した。「私はね、あなた、心のなかでそういうふうに計画しました。そら、よしよし！　あなたをもっと幸せにするため、私にできることがあれば、それをします。あなたを幸せにすることを、私の生涯唯一の楽しみとしていることを――信じてくれなければいけません」

ヘッタは彼に切り出すことができなかった。彼がこんなふうにヘッタを譲り渡そうとしている当のポールが、戻って来てくれという彼女の手紙に返事さえ寄越していないことを。ヘッタは郷士の優しい愛情に打ち負かされ、謝意を強く伝えたかったので、今すすり泣いていた。しかし、ポール・モンタギューの名をどう切り出したらいいかわからなかった。「あなたは彼に会いましたか?」と、ヘッタは囁くように聞いた。

「誰に?」

「モンタギューさんに」

「いいえ。――どうして会わなければいけませんか?　私がここに来たのは彼に会うためではありません」

「でも、彼の友人になってくれるでしょう?」

「あなたの夫をきっと私の友人にします。――たとえ友人にしなくても、彼の過ちを私に対する過ちとは見なしません。彼の過ちをみな忘れます、ヘッタ、――忘れられるだけ忘れます。しかし、あなたに会って話すまでは、彼と話したいとはまったく思いませんでした」その瞬間ドアが開いて、カーベリー令夫人が部屋に入って来た。令夫人は客に挨拶したあと、まず娘、次にロジャーを見た。「この結婚に同意を表すためやって来ました」と、彼は言った。カーベリー令夫人はとても沈んだ顔つきになった。「私の願いがどういうものだったか繰り返す必要はないでしょう。ヘッタが私の願いの通りにならないことをとうとう知りました」

「どうしてそんなことを言うのです?」と、カーベリー令夫人は叫んだ。

「どうか、どうか、ママ――」と、ヘッタは言い始めたが、次に続ける言葉を見出すことができなかった。

「あなたがそんなことを言う筋合いはないと思います」と、カーベリー令夫人は続けた。「ヘッタの結婚はあなた次第だと思っています。その結婚があなたの願いと一致しなければ、もちろん私がそれを推し進めることはありません」

「ヘッタはポール・モンタギューと婚約していると思いますが」とロジャー。

「まったく違いますね」とカーベリー令夫人。

「いえ。ママ、——その通りです」と、ヘッタは大胆に叫んだ。「私は彼と婚約しています」

「私はそれに同意していないし、——今理解する限り、モンタギューさん自身も同意していないことを郷士に知ってほしいです」

「ママ!」

「ポール・モンタギューが!」と、ロジャー・カーベリーは不意に叫んだ。「ポール・モンタギューがこの結婚に同意していないって! ポールの同意に疑問の余地がないことは私が請け合ってもいいです」

「二人は喧嘩をしました」とカーベリー令夫人。

「彼はきっとあなたと喧嘩なんかしていないと思いますね、ヘッタ?」

「彼に手紙を書きましたが、——まだ彼から返事をもらっていません」と、ヘッタは悲しそうに言った。

そのあと、ロジャーが感心にも辛抱強く聞いているあいだ、カーベリー令夫人はこの間の経緯をいくらか偏見を込めて忌憚なく説明した。「この結婚はどこを取ってみても不快です」と、彼女は最後に言った。「彼の収入は不安定です。例の夫人にかかわる彼の行動はとてもあくどいものです。不幸にも自殺したあのみじめな男と、彼は行動を共にしていました。今回ヘンリエッタが私の許可なしに——私の明確な指示に背いて——、彼に手紙を書いたとき、彼はまったく娘を無視しました。彼からの贈り物はきちんと送り返されています。彼はそんな娘の行動にきっと腹を立てています。これからも腹の虫が治まらないと思いますね」

ヘッタは今ソファーに座って顔を隠し、すすり泣いていた。ロジャーは動かずに立ったまま、カーベリー令夫人が話を終えるまで、敬意を込めて黙って聞いていた。彼はどう言えば上手に言えるか考えていたので、なかなか発言しようとしなかった。「私がポールに会うほうが早いと思います」と、彼は答えた。「想像するところ、もし彼がヘッタの手紙を受け取っていなかったら、問題はなくなります。そんな偶然を利用して彼につけ込んではいけませんからね。彼の収入については、何とかなると思います。メルモットとのつながりについては、不幸なことですが、彼の過ちによるものではありません」カーベリー令夫人がメルモットといちじ緊密に結びつきたがっていたことを、ロジャーはこのとき思い出さずにいられなかった。しかし、彼はじつに寛大な人だったので、それを蒸し返して言うようなことはしなかった。「私がポールに会いましょう、カーベリー令夫人、そしてもう一度あなたに会いに来ます」

ポール・モンタギューには会わないでほしいと、カーベリー令夫人は思い切ってロジャーに切り出すことができなかった。ロジャーが誠実さと包容力の点で非常に優れており、もし彼が実際に彼女と対立する立場に立ったら、彼に反対しても無駄なことを彼女は知っていた。――それに、彼を一族の守護天使としてしばしば認めていたから、なおさら彼に反対することができなかった。それでも、もし彼が辛抱していたら、彼がまだヘッタを妻にすることができると、彼女は考えていた。

ロジャーがポール・モンタギューを見つけ出したのは、その夜遅くだった。ポールはフィスカーと一緒にリバプールから帰って来たところだった。フィスカーのその後の行動については、私は少し順序を変えて記録している。

「どの手紙のことを言っているかわかりません」とポール。

「ヘッタに手紙を書いたでしょう?」

「もちろん書きました。彼女には二通書きました。ぼくの最後の手紙は、彼女から当然返事をもらってもいいと思える内容でした。ぼくがハートル夫人とローストフトへ旅した話を不幸にも別の情報源から耳にしたとき、彼女はぼくを受け入れてくれていましたから、それについて弁解する権利を与えてくれたんです」

ポールはロジャーが好意的な役割をはたそうとしてやって来たことを初め理解できなかったので、怒りを込めて熱っぽく彼の立場を弁護した。

「彼女は返事を書いています」

「一行も返事をもらっていません。――一言もね」

「彼女は君の手紙に返事を書きました」

「ぼくに何と書いたんです?」

「それは私には言えません、――君が彼女に聞かなければ」

「ですが、彼女が会ってくれなかったら?」

「彼女は君に会います。それは保証します。次のことも言っておきます。――若い娘が会いたがっている恋人に書くように、彼女は君に手紙を書いているとね」

「ほんとうですか?」ポールは飛びあがって叫んだ。

「それがほんとうだと君に言うために特別ここに来ました。疑いがあったら、こんな知らせを持って来ません。君は彼女のところへ行っていいいし、行くことを恐れる必要もありません。――ひょっとして、彼女の母の反対を恐れているのでなければね」

「彼女は母より強いです」とポール。

「そうだと思います。さて、今度は私が言わなければならないことを君に聞いてほしいです」

「もちろんです」ポールはそう言うと、かしこまって急いで座った。この瞬間まで、ロジャー・カーベリーは確かにいい知らせを運んで来たが、喜びに満ちた共感的使者としてそれを伝えていなかった。ロジャーの顔つきは厳粛で、声の調子はほとんど耳障りだった。ポールはロジャーから来た直近の手紙の言葉をよく覚えていたので、旧友から優しい対応を期待していなかった。おそらく非常に不快なことを言われるだろうが、持てる限りの忍耐力でそれに耐えなければならない。

「私がどんな気持ちでいたか、私の愛情を邪魔すると見られるものにどれほど深い怒りを感じていたか、君は知っているはずです」と、ロジャーは話し始めた。「しかし、喧嘩にどんな正当な理由があろうと、私と君のあいだに喧嘩があってはなりません――」

「あなたと喧嘩していません」と、ポールは話を始めた。

「私の言うことをしばらく聞いてくれたら、そのほうがいいです。私と君がたとえ喧嘩をしても、私たちのどんな怒りにも彼女の幸せを破壊させてはなりません。私たち二人が世界中の残りの人々を合わせたより彼女を愛していると思うからです」

「愛しています」とポール。

「私も愛しています――これからもずっと愛します。しかし、彼女は君の妻になります。それで、私は彼女を私の娘にします。私の資産を彼女に与えます。彼女の子を私の跡継ぎにします。私の家を彼女の家にします。――君と彼女がそれに同意してくれたらですがね。――それとも、彼女の子を私の跡継ぎにします。私のことを心配する必要はありません。それくらい君は私のことをよく知っていると思います。もし私が結婚式で娘を君に引き渡す父になれたら、君は私からえられる支援を当てにすることができます。彼女の幸せをおもな目標にするから、こういうことをするのです。さあ、さようなら。今は何も言わないでください。将来もっと平静な気持ちでこれらのことを話すことができるでしょう[(1)]」彼はそう言うと急いで部屋を出て行った。ポール・モンタギューは今伝えられた知らせにとまどったまま独り取り残された。

註

（1）「ルカによる福音書」第一章第二十九節。

第九十四章　ジョン・クラムの勝利

サフォークではこの間、あのもっとも幸せな恋人ジョン・クラムの結婚の準備が仰々しく進行中だった。ジョン・クラムはロンドンに上京して、ルビーと正式に和解した。ルビーはきわめて優雅にとはいかなくても、未来の夫を満足させる程度に、粉っぽい抱擁を受け入れた。ジョンはハートル夫人に深く感謝し、ピップキン夫人に惜しみない気前のよさを示した。彼は前に与えた外套に加えて、今回は紫色の絹のドレスを後者に贈った。彼はこの訪問のあいだルビーにも、准男シャクにも、怒りを表さなかった。ピップキン夫人は彼を喜ばせたいと思って、サー・フィーリックスがまだ「血のりべったりでどろどろの状態」だと思われると知らせた。すると、ジョンは穏やかにほほ笑んで、「あんな軽い数発」で誰もそんなに悪くなるはずがないと言った。彼はロンドンに数時間とどまっていただけだが、この数時間ですべてを取り決めた。ピップキン夫人がルビーは夫人の下宿から結婚するのがいいと提案したところ、彼は感謝してその提案を断り、片目をつぶって見せた。老ダニエル・ラッグルズが水割のジンを飲み続けて弱っている。ジョン・クラムは老人をないがしろにしてはならないと思った。少し配慮するだけで、少なくともルビーの婚資として本来約束されている五百ポンドを確保できるとほのめかした。結婚はサフォークで祝うほうがいいと彼は思った。祝宴を出すようダン・ラッグルズを説き伏せることができれば、シープス・エーカー農場で、――説き伏せることができなければ――、ジョン自身の家で、祝宴を開くほうがよかった。この最後の提案は当世の習慣にぜんぜん合致しないと、二人の夫人がジョンに説明したとき、彼の結婚という特殊な状況においては、世間の通常の規則がいちじ停止されてもおかしくないとの意見を彼は述べた。「何しろおれたちゃあ切り抜けたんやけえ、ほかの連中と同じやない」と、彼は言った。妻をえるためみずから戦わなければならなかったから、今回は望めば花婿が式の日に朝食を出す資格があると、おそらく言いたかったのだろう。とはいえ、花嫁の祖父が祝宴を出そうと、花婿自身がそれを出そうと、——祝宴は出さなければならないから——、客を招待することに決めた。彼はピップキン夫人とハートル夫人を祝宴に招待したうえ、式のためピップキン夫人をバンゲイに連れて来ることを、とうとう最後にハートル夫人に約束させた。

それから、日取りを決める必要があった。それにはルビーとの相談が欠かせなかった。祝宴を出すことや、二人の夫人を招待することについて花婿の願いを話し合うあいだ、ルビーは議論に参加していなかった。彼女は連れて来られ、しかるべく口づけされたあと、また子供たちのところに戻っていた。彼女は戻る前に、ジョー・ミクセットには式にかかわらせたくないという一つの願いを三人に残した。しかし、日取りが彼女なしに決められるわけがなかった。それで、彼女が呼ばれた。クラムは信じられないくらいせっかちで、次の火曜を提案した。——結婚の申し込みは金曜だった。バンゲイ中の人々に食べさせる充分な肉を火曜までに料理することができる。彼にとって日取りを遅らせる理由は、料理の手はず以外になかった。「それはとんでもない話よ」と、ルビーはきっぱり言った。二人の年上の夫人が彼女を支持したので、クラムは快く折れたが、彼女らの反対の理由を評価しなかった。なぜなら、彼の考えでは、正装用ドレスはどんな店でも既製品で買えたからだ。そこで、ピップキン夫人はこういうことに彼がまったく不案内だと笑って言った。八月十四日という日が取りあげられたとき、彼はただ頭を掻いて、セットフォード(1)の定期市があるとか、何とかぶつぶつ言っていたが、仕事より愛情を優先させることに同意した。もし火曜が夫人たちにも都合がよかったら、結婚式と定期市を結びつけることができるのにと彼は思った。しかし、ピップキン夫人がこれ以上彼の口出しは無用だと言ったとき、彼は快く折れた。ロンドンを発つ前に豚箱でお世話になった警官を愛想よく訪問したあと、彼はついになし遂げた結婚の手柄が、どんなに栄光に満ちたものか心で思いめぐらしながら、ときを移さずサフォークへ帰って行った。

老ラッグルズは式の当日までに、孫娘を許し、結婚に全面的に同意するよう強くうながされた。ジョン・クラムはロンドンから勝利者として帰って来たことと、行きつ、戻りつした求婚のあとルビーがとうとう定めの日に妻になることが決まったことを、トランペットの一斉奏撃のごとくバンゲイ中に知らせた。そうすると、バンゲイ中の人々が彼の味方をして、ダニエル・ラッグルズに対する全面攻撃に参加した。老人は一筋縄ではいかなくて、娘にはふしだらなところがあったと、准男シャクと一緒に逃げたと申し立てて、長く抵抗した。とはいえ、老農夫はたいそう強い反論の奔流に出会ったため、完全に自信をなくしてしまった。人々は二週間前には進んでルビーの評判をはぎ取ろうとしていたが、今は一転して彼女のために多くの嘘をついたように見える。というのは、ルビー・ラッグルズがある時期若い娘にふさわしくない行為をしたとか、ふさわしくない言葉を口にしたとか、そんなことをほのめかそうとする連中の頭に、ジョン・クラムがいつでも鉄拳を食らわす用意のあることが、バンゲイでは一般に知られていたからだ。ジョン・クラムに対する信頼が押しなべて強かったので、ルビーは町の男たちすべての賛辞の対象となった。バンゲイの女たちはロンドンにおけるルビーの問題のある振る舞いについて、ちょっと疑念を囁くかもしれない。それでも、クラムに対する好意的な感情があまねく浸透しており、彼の志操堅固がよく知られていたので、祖父は結婚への流れに抵抗することができなかった。「うちのことを好きなようにできん理由がわからん」と、老人はパン屋のジョー・ミクセットに言った。ジョーはバンゲイの町当局から送り込まれた少なくない代表の一人として、シープス・エーカー農場に来ていた。

「彼女はあなたの血と肉ですからね、ラッグルズさん」とパン屋。

「いや。ありゃあ違う。――ありゃあまさしくピップキンの血じゃ。わしがピップキン家の者を嫌うんで、それでありゃあピップキン夫人とのつき合いを始めたんじゃ。客への朝食はピップキン夫人に出させにゃあなぁ」

「彼女はあなたの血と肉であり、――あなたの姓も名乗っていますね、ラッグルズさん。それに彼女はりっぱな人のりっぱな妻になろうとしています、ラッグルズさん」

「わしゃあ朝食を出さん。――そりゃあ変わらん」と農夫。

しかし、老人は結婚に反対する理由をうっかり取るに足らぬ朝食の問題に置くとき、おおかた降伏していた。朝食はキングズ・ヘッドで出されることになった。こんなやり方には先例がないと各方面から言われたが、請求書は花婿が支払うことがわかった。ラッグルズは当初約束していた五百ポンドも出すつもりがなかった。ルビーがシープス・エーカーを出たとき、この点に関する約束は反故になったと、老人は理解している。老人が孫娘から頭髪を引き抜いてしまいそうになったから、娘の反抗は正当と見なされるようになったと指摘されたとき、老人はその主張に反論しなかった。それでも、もしルビーがそういうことを主張して婚資をえようとしないなら、それは彼女の責任だとほのめかした。とはいえ、老人はあの夜ルビーをいくぶん手荒く扱ったことへの償いとして、婚資に相当する金をジョン・クラムに設定し、老人の死後渡すことにとうとう同意した。弁護士も、ジョー・ミクセットも、老人が水割のジンの量を増やしていることに気づいていたから、ほとんどそれを贈与に等しい取り決めと考えた。さらに、老人は結婚式の前夜にピップキン夫人とルビーを農場に受け入れるよう説得された。ミクセットの母がこの必要な手配をした。この母はじつにりっぱな老夫人で、最上等の黒絹の正装用ドレスを身につけ、周囲を圧倒するボンネットをかぶって、宿屋から一頭立て貸馬車に乗って農場にやって来た。息子が雄弁を受け継いだこの老夫人は、老農夫をとことん恥じ入らせて従わせた。それは結婚前夜にピップキン夫人に必要と思われるお茶と、白砂糖と、ビスケットの箱を送ると、老夫人が老人に約束したあとのことだ。ハートル夫人を特別に宿泊させるため、宿屋に私的な居間が確保された。ハートル夫人はシープス・エーカー農場では適切にもてなせないほど高い地位の女性と見られた。

花婿は結婚式前日に一つの問題で額を曇らせた。式の関係者のなかに、ジョー・ミクセットを入れないようにとルビーから求められた。ジョン・クラムは恋人らしい優雅な態度を見せて、――少なくとも沈黙が同意と見られる限り――、その求めに同意した。ところが、この件をかなり検討してみたところ、友人の助けなしに彼が牧師の問いかけに答えることはできないと感じた。「さりげのう後ろから入って来いや、ジョー、まるでそれについちゃあ、おりゃあ何も知らんかのようにの」と、クラムが提案した。

「私のことを特別話題にしないでください。そうしたら、彼女はきっと何も言わないでしょう。魔女のいたずらに、あんたはそんなふうにいいように操られてはいけませんね、ジョン?」ジョンはかぶりを振ると、額に粉をこすりつけた。「私を除け者にしようとしているのは、彼女だけです。私に反感を抱くなんて、私が何をしたっていうんです?」

「彼女にちょっかいを出そうとしたことはなかったかの、――口づけとかの、ジョー?」

「何を言い出すんです！　あんなことで、彼女を敵にまわすことなんかありません。私を除け者扱いするようになったのは、シープス・エーカーのあの夜、彼女がほかのことに心を向けているとき、私が男らしく立ちあがってあんたの擁護をしたからです。あんたにはぜんぜんそれがわかっていません。みんなが教会に入るとき、ジョー・ミクセットがそこにいるからといって、彼女が逃げ出すことはありません。大きく賭けてもいいですが、あんた、私と彼女は六か月もたたないうちに、バンゲイでいちばん親しい友人になっていますよ」

「いや、いや。そのときゃあ彼女はおまえよりもっとましな友人を持っちょる、ジョー。さもなきゃあ、その理由を調べにゃいけんようになるけえ」しかし、ジョン・クラムは嫉妬するには広すぎる心を持っていた。彼は結局ジョー・ミクセットが新郎の付き添い役になることに同意して、式のあとルビーとの行き違いを正すことを引き受けた。

彼は駅でハートル夫人とピップキン夫人を歓迎するとき、――彼にしては――じつに雄弁だった。ルビーにはほとんど何も話しかけなかった。しかし、新しい帽子をかぶり、結婚式の補助的な衣装を身につけ、あたりに輝きを放っている彼女を非常にうれしそうに見た。「きれいやな?」と、彼はプラットホームでハートル夫人に大声で言い、この場面に同行していたバンゲイの半分の人々を大いに喜ばせた。ルビーはこんなふうに賛美されるのを聞いて、ピップキン夫人のほうを向き、こわごわしかめ面を作ると、「こんな馬鹿よ!」と囁いた。一、二ヤード離れていた人たちだけがこの囁きを聞くことができた。それから、彼は宿屋へ運んでくれる乗合馬車のところまでハートル夫人を案内した。そのあと、みずから馬車でピップキン夫人とルビーをシープス・エーカーまで送った。彼はカッタウェイの緑のモーニング・コート姿でこの義務をはたした。コートには結婚式用にわざわざ作らせた真鍮のボタンがついていた。「帰って来たか、ルビー」と、老人が言った。

「長いあいだ困らせるつもりはなかったのよ、じいちゃん」と娘。

「何より。――何よりじゃ。こちらがピップキン夫人かな?」

「はい、ラッグルズさん。ピップキンです」

「あんたの名は聞いたことがある。聞いたことがあって、二度と聞きとうないと思うのぉ。じゃが、あんたはこの娘に親切にしてくれた。そんな親切がなかったら、この娘はいまだにロンドンにいると噂されているなぁ」

「じいちゃん、それはほんとうじゃないのよ」と、ルビーは力を込めて言った。老人は言い返すことはしなかった。ルビーは二人で使う寝室に伯母を案内するよう言われた。「ねえ、ピップキン夫人、よく言われるけど」と、ルビーは言い訳をした。「娘があんな老人と一緒に生活することなんかできるわけがないでしょ」

「でも、ルビー、その気になればいつでも若者と生活してよかったんです」

「ジョン・クラムのことを言っているの？」

「もちろんジョン・クラムのことです、ルビー」

「選ぼうにも二つのあいだに大差がないわけよ。一方は恨み言ばかり言い、もう一方はまったく何も言わないんだから」

「ああルビー、ルビー」と、ピップキン夫人はまじめな説諭口調で言った。「特に食べ物が確保されているとき、愛する心のほうが、気まぐれな舌よりましなことを学ぶようになってほしいです」

翌朝バンゲイの教会の鐘が陽気に鳴った。ジョン・クラムが新郎になるのを見るため、住民の半分が参列した。どんな雇われ御者も彼ほど安全に人を運べないと彼は言い、農場にみずから馬車で出かけて、花嫁とピップキン夫人を町に連れて来た。式の前にこんな仕事をしているのを見られても恥ずかしいと思わなかった。彼はみんなにほほ笑みかけ、うなずいた。ときどき特別親しい友人に出会うと、彼は「それいの、いろいろ難儀におうたけど、とうとう彼女を手に入れたっちゃ」と言っているように、馬車のなかで振り返って、鞭でルビーを指した。哀れなルビーはこういう扱いを受けてみじめになり、できれば馬車から逃げ出したかった。しかし、今はまったく男の手のなかにあって、逃げ出すことはできなかった。ピップキン夫人は教会に入る直前、宿の部屋でボンネットを置きながら、「彼の振る舞いのどこが気に入りません？」と、ルビーに言った。「ちぇっ、――私はひどく腹が立つので、あなたに平手打ちを食らわせたいくらいです。彼はあなたが好きなんでしょ？　自分の家を持っているんでしょ？　ありのまま振る舞っていいんでしょ？　行儀作法！　作法って何です？　私は彼の振る舞いにおかしなところがあるとは思いません。彼は言うことを本気で言っています。それが作法で最良のものと思います」

ルビーは教会に着いたとき、外部の状況にとことん威圧されたので、ジョー・ミクセットがいることにも気づかなかった。ミクセットはボタン穴にすばらしい花束を刺して、平然とそこに立っていた。この場面では、彼女は夫の沈黙についてお決まりの不平を言うことができなかった。彼女は耳に聞き慣れた言葉を牧師に聞き取らせるほど、大きい声で答える気になれなかった。一方、花婿は「私ジョンは――汝ルビーを――妻とし、――この日からのち――とわに――、よきときも悪しきときも――、富めるときも貧しきとき――」と、誓いの言葉の終わりまで建物全体に響く大きな声を出した。ルビーに与える「この世の持ち物」の一節に来たとき、彼は特別力を込めた。日取りが決められて以来、彼は誓いの言葉を暗記するため暇な時間をみな使ったから、今は彼より先に牧師にほとんど言葉を言わせないほどだった。彼は徹底的に式を楽しんだから、できれば毎日でも何度でも結婚したかった。

それから、朝食のときが来た。彼は片方の腕にハートル夫人の腕、他方の腕にピップキン夫人の腕を取って、バンゲイの宿屋の広い階段を会場まで案内した。この場合妻と腕を組むべきだと言われたが、妻とはこの先たくさん会えるけれど、ハートル夫人とピップキン夫人に礼を尽くす機会はめったにないと彼は言った。それで、哀れなルビーは前に一言断っていたにもかかわらず、ジョー・ミクセットその人によって会場に案内されることになった。ルビーはパン屋について花婿に言った指示をこのとき忘れていたと、私は思う。彼女はもうジョー・ミクセットに会いたくないと思ったとき、お高くとまっていた。――しかし、今は立場という外部の状況によって抑え込まれ、従順になっていた。それで、振る舞い方を知っている誰かに近くにいてもらうほうがよかった。「クラム夫人、あなたの末永いご健康とお幸せをお祈りします」と、ジョー・ミクセットは囁いた。

「そう言ってくださってご親切ね、ミクセットさん」

「彼はいいやつです。そうでしょう」

「ええ、たぶんね」

「ただ彼を愛し、なだめ、だいじにしてください。彼を相手にしてできないことは何もありません。――彼は赤ん坊と同じですから」

「いい男が赤ん坊と同じじゃいけないわね、ミクセットさん」

「彼はあまり飲まず、懸命に働きます。どこに行っても立場を守って譲りません」ルビーはそれ以上何も言わないで、まもなく夫のそばに座っていることに気がついた。じつに多くの人々がジョン・クラムに大きな尊敬を払っており、彼の顔に広がる粗びき粉や小麦粉を気にしていないように見えた。それが彼女にはほんとうに不思議だった。

ジョン・クラムが「ちょっとしたディナー」と呼んだ朝食のあと、もちろんミクセットが祝辞を述べた。「私はジョン・クラムとつき合う喜びを長年享受してきました。ミス・ルビー・ラッグルズ――ジョン・

クラム夫人と呼ぶべきでした（と、彼はみなの許しを請うた）――とは、彼女の子供のころから知り合う栄誉をえてきました」「まったくの作り話よ」と、ルビーはハートル夫人に囁いた。「この二人くらい生来の資質によって互いの幸せに相性よく貢献する人たちを知りません。マルスとヴィーナスはつねに仲よく暮らしたと私は理解しています。この幸せな若い二人を異教の神々に譬えても、おそらくここにいる二人は私を許してくださるでしょう。というのは、ミス・ルビーは――クラム夫人と言うべきでした――、確かに昔のヴィーナスのように美しいです。ジョン・クラムはどんなマルスのような人にも打ち勝てると思います。マルスとヴィーナスが子供を持っていたかどうか今は思い出せません。しかし、まもなくバンゲイの娘たちが目をつける、多くの若いクラムたちが生まれることを希望します。矢筒にいっぱい矢を持つ夫は幸せです。私に言わせていただければ、妻もまた同じだと思います、クラム夫人」この祝辞は――ここではほんのわずかしか取りあげることができないが――、居並ぶ紳士淑女から大いに称賛された。哀れなルビー独りを除いてだ。彼女は再び連れ戻されると確信できなかったら、逃げ出して奥の部屋に鍵をかけて閉じこもっただろう。

午後、ジョンは花嫁をローストフトへ連れて行き、翌日、あらゆる恵みに満ちた自宅に連れて帰った。新婚旅行は短かったが、ルビーに有益な影響を及ぼした。彼女は二人だけになったとき、彼を夫として認めて、妻として勝ち取るため彼がしたことを考え、彼を尊敬しようと思った。「さあ、ルビー、夫にキスしちょくれ――本気での」

「まあ、ジョン、――何て馬鹿な！」

「おれにゃあ馬鹿なことやないの、確かっちゃ。これまで飲んだワインみなよりおまえのキスがほしいけえ」それから、彼女は夫に「本気で」キスをした。彼女が翌日夫とバンゲイに帰って来たとき、妻として夫への義務をはたす努力をしようと決意していた。

註

（1）ノーフォーク中南部 Breckland 地区の町。Norwich の南西約四十五キロに位置する。

第九十五章　ロングスタッフ家の結婚

サフォークのバンゲイからあまり遠くない別のところ――カヴァーシャム――では、ルビーの友人たちが彼女にしてあげたように、友人たちが問題を上手に処理できなかった女性がいた。八月の初旬、ミス・ジョージアナ・ロングスタッフは非常に痛ましい状況に陥っていた。ジョージ・ホイットステーブルと姉の結婚は、サフォークでは一年でいちばん神聖な日とされる九月一日(1)に定められた。カヴァーシャムとトゥードラムの両家は、この慶事に力を合わせて当たった。哀れなジョージィはあらゆる点から見て、みじめな立場に置かれた。結婚式の歓喜のせいで、彼女はかえってそのみじめさがはてしなく増大するのを感じた。彼女が姉を非常に高いところから見くだして、トゥードラムの郷士をとことん軽蔑したのは、ほんの先日のことだった。そのころ、といってもまだごく最近のことだったが、こういう蔑視がほとんど無理からぬことだと周囲から受け止められていた。ソフィアは思い切ってその蔑視に反抗することができなかった。ホイットステーブル自身が、当世風の未来の義妹によって放たれる皮肉の矢と争うことをいつも恐れた。しかし、そういう状況が今一変してしまった。ソフィアは誇らしい立場を取り戻して暴君になった。ジョージ・ホイットステーブルは婿の卵にいつも差し出される砂糖菓子でもてはやされ、屋敷の寵児となり、どこまでも気取った態度を取った。このころロングスタッフはうちにいない。彼はブレガートとの結婚の危険がなくなったことに安心して、ロンドンにとどまっている。メルモットの問題に始末をつけるためには、ブレガートが必要だと考えて、次女の不機嫌に耐える役を哀れなレディー・ポモーナにゆだねた。この結果、カヴァーシャムの家族は三人の女性からなり、トゥードラムから来る毎日の婿の訪問によって活気づけられることになった。こんな状況では、ジョージアナにほとんど慰めがないことはわかるだろう。

彼女が姉とあとに引けぬ喧嘩をして、花嫁付き添い役になることを拒否するのに、あまり時間はかからなかった。懐中時計と鎖の件で、これらの装身具を贈り主のブレガートに返さなければならないと、家族の二人の女性が言ったのを読者は覚えているだろう。ジョージアナはブレガートから最後の手紙を受け取って、一週間たってもそれらを返していなかった。レディー・ポモーナはこの件を忘れていた。しかし、ソフィアは一族の名誉について幸いにも敏感だった。「ジョージィ」と、彼女はある朝母のいるところで言った。「これ以上遅れることなくブレガートさんに、時計をお返しすべきじゃありません?」

「人の時計のことに口を出さないでちょうだい。時計はあなたがもらったものじゃありません」

「私は返すべきだと思います。まだ持っているのをパパが見つけたら、きっととても怒るでしょうね」

「怒ろうと怒るまいと、あなたの知ったことじゃありません」

「送り返さなければ、ジョージがドリーに言いますよ。そうしたらどうなるか、おわかりでしょ」

ジョージ・ホイットステーブルが彼女の問題に干渉してくるなんて、――あの男が時計と鎖のことに口を出してくるなんて――、耐えられなかった!「私は死ぬまでジョージ・ホイットステーブルに口を利きません」彼女はそう言うと、椅子から立ちあがった。

「そんな恐ろしいことを、あなた、言わないでちょうだい」と、不幸な母は叫んだ。

「言いますとも。ジョージ・ホイットステーブルが私とどんな関係があります?　みじめなほど愚かな男です!　あなたはあの男を釣りあげたから、彼が家族みなを牛耳ってもかまわないと思っているんです」

「ブレガートさんには時計と鎖を返さなければいけないと思いますね」とソフィア。

「当然返さなければね」と、レディー・ポモーナは言った。「ジョージアナ、送り返さなければいけませんよ。ほんとうにね。――さもないとパパに言いつけます」

その後同じ日に、ジョージアナは時計と鎖を母に差し出して、ずっと持っていようとは一度も思わなかったと抗議し、パパがカヴァーシャムに戻って来たら、すぐ差し出そうと思っていたと説明した。今レディー・ポモーナはそれらを返す権限を与えられて、忌まわしいジョージ・ホイットステーブルに無条件にそれを託した。ジョージは結婚式に必要な服のことで、ロンドンにこのころ旅することにしていたから。ジョージアナは今のところ負けていたが、姉との喧嘩を続けた。花嫁付き添い役を引き受けるつもりも、ジョージ・ホイットステーブルに話しかけるつもりもなかった。結婚式の日は引きこもる気でいる。

彼女は非常にむごい扱いを受けていると感じた。未来を切り開くためにできることとしてどんなことが残っているだろう？　どうなることを父母から期待されているだろう？　彼女は努力して達成すべき課題として、いつも目の前にはっきり結婚を見据えていたので、父の家に安穏にとどまり、ふさわしい求婚者から見つけ出されるまで待つという考えに耐えられなかった。彼女は――もがきにもがいて――いまだに無益に格闘している。年を取るにつれて、この格闘がいっそう過酷になるとの確信が、精神のあらゆる努力や、日々の生活のあらゆる思いに浸透していた。水のなかに入った泳ぎ手は初め技術を知り、力に自信を持ち、自由に全力を駆使して水を進む。しかし、岸が遠ざかり、力がなくなると、待ち焦がれる足場がまだ遠く届かないと感じ、――以前には危険があるとは思わなかったところに危険があると――感じ始める。するると、泳ぎ手は無力な掻き方で大慌てに水を打ち、まさしく命がかかる息を不安な喘ぎに無駄に使ってしまう。哀れなジョージィ・ロングスタッフはそんな状態だった。何らかの手当てがすぐなされなければならない。でなければ、まったく処置なしになるだろう。彼女が流れに最初に飛び込んでから、十二年――青春の十二年――がすぎた。相変わらず岸からは遠かった。いや、目を信じる限りさらに岸から遠ざかっている。あきらめて頭上に押し寄せる波に身をゆだねるつもりがないなら、大急ぎで水を掻かなければならない。とはいえ、ここカヴァーシャムにいたら、いったいどうやって水を掻いて進むことができるだろう？　今も波は頭上に押し寄せている。波の音が耳に聞こえていた。さざ波はすでに唇のまわりまで来て、息を奪っている。ああ！　――岩の上でもいい、岸へ一気に運んでくれる最後の大きな突発的な努力はもうできないのだろうか！

　彼女は結婚のもくろみが水泡に帰したら、溺死も同じだと信じて一瞬も疑わなかった。オールドメイドとして生きる可能性など、落ち着いて考えたことがなかった。結婚が実現すればいいかもしれないが、もし実現しないのが運命なら、未婚のまま平穏にすごすのもいいかもしれない。こんな発想が彼女には最初からなかった。ほかの人が彼女のために未婚の生活を考えてくれるとも思わなかった。両親の生活認識が娘のそれと同じと想定して差し支えないほど、彼女は確かに長年両親の保護のもとで結婚への戦いを遂行してきた。レディー・ポモーナはとても開けっ広げに娘を教育した。ロングスタッフは娘が夫を捕まえることができるよう、ロンドン屋敷を開いておくことをいつも黙って支持した。その両親が今彼女を見捨てて、真の難儀のなかに突き落とした。――すなわち、夏のあいだカヴァーシャムですごすよう初めて彼女に言い、それからロンドンではメルモットのうちに住むように言い、その後ブレガートとの結婚を彼女に禁じた。この親は娘がパンを望むときに石を、魚を求めるときに蛇[2]を与える、人道にもとる親だと彼女は思った。残っている友人ももういない。彼女が夫を持とうと持つまいと、気にするように見える人は一人もいない。彼女は公園を独りで散歩するようになり、これまで習慣としなかったいかめしい真剣さで多くのことを考えた。

「ママ」と、ある朝彼女は言った。家中の人々がジョージ・ホイットステーブル夫人の今後の快適さに、――おもにリネン類にかかわる快適さに――、もっぱら関心を抱いていたときのことだ。「パパが私をどうしようと思っているか知りたいです」

「あなたのどんなことについてかしら?」

「どんなことについてもです。パパは私を永久にここで暮らさせる気ですか?」

「ロンドンに屋敷を持つ気はもうないと思いますね」

「私はどうしたらいいでしょう?」

「私たちはここカヴァーシャムにとどまることになります」

「それなら私は尼僧院の尼さんのようにここに埋められることになります。――ただし尼さんは納得してそうなりますけど、私はそうじゃありません! ママ、それには耐えられません。ほんとうに」

「それは、あなた、おかしいと思いますよ。田舎の人たちが連れを見つけるように、あなたもここで連れを見つけるんです。――どうしてそれに我慢できないと言っているかわかりません。あなたはパパの家族の一員ですから、当然パパが住むところで暮らさなければいけません」

「まあ、ママ、そんなふうに言うなんて! ――ひどい――ひどい! まるでママが事情を少しも知らないかのようにそんなふうに言うなんて! 何もわかっていないかのようにね! ときどきパパは事情を理解しないと思うことがあります。もしパパが理解していたら、こんなふうに残酷にはなれないでしょう。でも、あなたは、ママ、私と同じくらい私が置かれている状況を知っています。私はどうなるんでしょう? 何の見込みもなしに、たった独りここらあたりをうろついていたら、簡単に狂ってしまいます。自分の住む家を持つ機会がない、そんな思いをママだって私の年になって感じたいとは思わないでしょう。なぜママは私に協力してブレガートさんと私を結婚させてくれなかったんです？」彼女はこう言うとき、情熱のせいで雄弁になった。

「パパがそんな話に耳を傾けないことは」と、レディー・ポモーナは言った。「あなた、わかっているでしょう」

「パパの意向がどうあろうと、あなたが助けてくれていたら、私は結婚していたと思います。あんなふうに私に威張り散らす権利がパパにありますか？　ありません。私が望むなら、どうして彼と結婚してはいけないんでしょう？　結婚していいはずです。こういうことがわかるくらい私は充分年を取っています。ママは今尼僧院に娘を閉じ込めることなんか、まったくありえないことのように言います。でも、尼僧院に閉じ込めるのはどんな結婚よりずっと悪いです。パパはぜんぜん私を助けてくれません。どうしてパパは私のためになることを私にさせてくれないんです？」

「ブレガートさんと結婚できなかったことを、あなたは残念に思っていないはずです！」

「どうしてそういうことになるんです？　残念に思っていますとも。もし彼が来てくれたら、明日にも彼を受け入れます。その結婚は悪いかもしれませんが、カヴァーシャムほど悪くはありません」

「あなたに彼を愛せるはずがありません、ジョージアナ」

「愛せるはずがないって！　今日日誰が愛のことを考えるんです？　愛しているから結婚するという人に会ったことがありません。愛しているからソフィーがあの馬鹿と結婚するなどと、まさかあなたは言い出さないでしょうね！　ジュリア・トリプレックスは大資産を持つあの男を愛していたでしょうか？　あなたがドリーにマリー・メルモットと結婚してほしいと願ったとき、彼の愛のことなんか考えていませんでした。私は二十歳になる前に、すでにそんなことを問題にしない境地に達していましたね」

「若い妻は夫を愛する必要があると思いますよ」

「ママがそんなふうに言うのを聞くと、私、胸がむかつきます。ほんとうにむかつきます。りっぱな結婚を実現するため、――あなたから何の秘訣も拝聴しないまま――、十二年頑張ってきました。そのあなたから敵意をむき出しにされ、愛について教えられるなんて！　ママ、あなたが助けてくれたら、ブレガートさんとはまだやり直せると思います」レディー・ポモーナは身震いした。「ママが彼と結婚するわけじゃありません」

「ひどすぎます」

「結婚に耐えなければならないのは誰です？　あなたでも、パパでも、ドリーでもありません。少なくとも私は自分の家を持つことができます。行く末に何が待ち受けているか、たぶん予想することができます。もし私がここにとどまっていたら、狂ってしまいます、――もしくは死んでしまいます」

「そんなこと、ありません」

「ママ、あなたが味方してくれたら、きっとやれます。彼に手紙を書いて、ママが会ってくれると言います」

「ジョージアナ、私は会いませんよ」

「どうしてです?」

「彼はユダヤ人でしょ！」

「何という忌まわしい偏見。何という邪悪な偏見！　ママはまるでそういうことがもう通用しなくなったのを知らないようです！　彼の宗教がどれほど重要だというんです？　もちろん彼が俗悪で、年寄で、たくさん子供がいることは知っています。でも、私さえそういうことに我慢できたら、パパやママに干渉する権利はないと思います。彼の宗教が重要であるはずがありません」

「ジョージアナ、あなたを見ていると私はとても悲しくなります。そんな不満を抱えたあなたの姿を見ているとみじめになります。あなたのために何かできることがあるなら、やります。でも、私はブレガートさんのことに口を差し挟むつもりはありません。口を挟めと言われてもそんな勇気がありません。パパがどんなに怒るかあなたは知りません」

「パパを人食いお化けにしても私は怖くありません。パパに何ができます？　ぶたれないと思います。でも、ここに閉じ込められるより、ぶたれるほうがましです。ママは私のことを少しも気にかけていないように見えます。ソフィーがあのとんまと結婚する間際で、あなたはその姉をとても誇らしく思っていますから、ほかの人のことなんかぼんやりとしか意識していないんです」

「とても不当な言い分ね、ジョージアナ」

「何が不当か、誰が虐待されているか、わかっています。私は手紙を書いて、結婚の準備が整ったとブレガートさんに伝えるつもりです。そのことを、ママ、あなたにはっきり言っておきます。彼がパパを恐れない理由を知っています。私ももうパパを怖がりません。私が今言った通りにパパに話していいです」

レディー・ポモーナはこれを聞いてとてもみじめになった。彼女は娘の脅迫についてロングスタッフには知らせないで、ソフィアと話し合った。ソフィアはジョージアナの脅迫が本気ではないと考えて、そう考える理由を二、三あげた。第一に、もし妹が本気なら、レディー・ポモーナに何も言わずに手紙を書いていただろう。もし妹が本気なら、レディー・ポモーナがブレガートの件で力を貸すことを断った直後に、そんな手紙を書くと母に言い出しはしなかっただろう。そのうえ、――今初めてこの情報がレディー・ポモーナに伝えられたが――、ジョージアナはほぼ毎日公園で隣の教区の副牧師に会っていた。

「ベイザーボルトさん！」と、レディー・ポモーナは叫んだ。

「ほとんど毎日ベイザーボルトさんと散歩しています」

「でも、彼はとても厳格な人ですよ」

「ほんとうなのよ、ママ」

「彼はあの子より五つ若いでしょう！　それに副牧師職以外に何も持っていません！　しかも独身主義者ですよ！　当人が独身主義者と言ったので、主教が笑ったと聞きました」

「そんなことはたいした問題じゃありません、ママ。妹が絶えず彼と一緒にいるのを知っています。ウィルソンが二人を目撃しました。――私は知っています。パパならおそらく彼に聖職禄を手に入れてやることができます。ドリーはすでに資産と一緒に聖職禄を手に入れています」

「ドリーなら、聖職禄なんか推薦権にして、さっさと売ってしまいます」とレディー・ポモーナ。

「主教は彼が独身主義者じゃないと知ったら、何とかしてくれますよ」と、心配する姉は言った。「どんな相手でも、ママ、ユダヤ人よりましです」レディー・ポモーナはこの最後の主張に心から同意した。「もちろん副牧師との結婚は零落です。――でも、聖職者はだいたい上品な人たちと見られていますから」

ホイットステーブルの結婚準備は進んだ。ベイザーボルトとジョージアナの親しさに、はっきり注意を向ける者は誰もいなかった。この二人のことで何か悪いことを気づかう必要もなかった。ベイザーボルトは非常に優れた若者で、宗教にのみ身を任せていたから、たとえソフィーの疑念が正しいとしても、信頼してジョージアナと公園を歩かせておくことができる。たとえ彼がいつ何どき名乗りをあげて、この女性を妻にすることを許してほしいと申し出ても、そこに何ら恥ずべきところはない。彼は聖職者で、かつ紳士であり、――結婚して貧乏になっても――、それはジョージアナ本人の問題だった。

ロングスタッフは長女の結婚式前夜になって、ようやくドリーを伴ってうちに帰って来た。妹の結婚式に出席するのは兄としての義務だと、父は息子を説得するのにずいぶん苦労した。ドリーはかろうじて出席に同意した。九月一日にヤマウズラがたくさん棲息する地方に入るのを、若者はふつう難儀とは思わない。特にドリーは自他ともに認める狩猟家だ。それでも、彼は家族のために大きな犠牲を払ったと思っており、レディー・ポモーナからは彼があたかもよその息子たちの輝かしい模範であるかのように歓迎された。彼はうちのなかがあまり快適ではないと感じた。というのは、ジョージアナは花嫁の付き添い役になることも、ホイットステーブルに話しかけることも拒否していたからだ。とはいえ、彼はうちに帰ることで、――それだけでもカヴァーシャムにとっては僥倖だ――、何らかの支えを家のなかに与えた。金銭問題がこのとき快適に決着していたので、彼は父と口論するようなことをしなかった。娘の一人が結婚するのは大事件だった。ドリーは約五フィートの高さの大きな陶器の犬を、結婚の贈り物として持参しており、再会の喜びを著しく高めた。レディー・ポモーナは公園のあの散歩のこと、耳にした深まる親密さのその他の兆候を夫に言おうと決めていた。――しかし、ホイットステーブルの結婚式後までそれを延期した。

ところが、その式が執り行われる朝九時に、ジョージアナがベイザーボルトと駆け落ちしたという知らせが届いて一同みな仰天した。彼女は六時前に起きて、公園の門で彼と落ち合い、馬車に乗り、ストウマーケット駅(3)で早い列車に乗った。その後、さまざまな彼女の持ち物が、徐々に隣村のベイザーボルトの下宿に運ばれていたことも明らかになった。それで、ジョージアナには着るものがないという、レディー・ポモーナの心配は無用となった。駆け落ちの事実が最初に知らされたとき、みなはびっくりして、ホイットステーブルの結婚を延期しなければならないと感じたほどだった。しかし、ソフィアはこの件について母に言いたいことがあって、それを言った。結婚式は延期されなかった。ドリーは初め下の妹を追いかけようと言い、父はさまざまな電報を打った。しかし、逃亡者を連れ戻すことはできなかった。いくぶん時間は遅れたものの、――遅れたためこの結婚はおそらく教会法には基づかなかったが、違法ではなかった――、ジョージ・ホイットステーブルは果報者になった。

これだけはつけ加えておく必要があるだろう。およそ一か月もするとジョージアナはカヴァーシャムにベイザーボルト夫人となって帰って来て、それから半年間結婚の至福の生活をそこで夫とともにすごした。その後夫婦は小さな禄の教会に移った。その禄を買うため、ロングスタッフは必要な金を何とか用立てた。

註

（1）第八十八章の註（7）参照。

（2）「ルカによる福音書」第十一章第十一節。

（3）Ipswich と Bury St. Edmunds の中間あたりに位置するサフォークの町。

第九十六章　「野のロバも渇きをいやす」[1]ところ

ベアガーデンでは事態がどう進んでいたか読者に伝えるため、物語を少し前――およそ三週間前――に遡らなければならない。この社交クラブはヴォスナーの逐電でひどい打撃を受けた。彼はクラブから金を盗み、彼とあえて個人的な取引をしたクラブの人々から金を奪った。深手を負った会員たちは疑いなく彼に悪感情を抱いた。けれど、クラブ全体にほとんど葬式のような陰鬱さを投げかけたのは、それだけではなかった。悲しみは次の点、すなわち、ヴォスナーとともにあらゆる快適さがクラブから失われてしまったことにあった。もちろんヴォスナーは泥棒だ。それはみんなが間違いなく初めから了解していたことだ。若い紳士の賭けのつけを処理するため、朝のどの時間に呼び出されてもいいと思う男は、泥棒以外にいない。ヴォスナーはかかわった人の誰からも、正直者とは見られていなかった。それでも、彼は泥棒としてじつに快くみなに尽くしたので、盗みによっていちばん被害を受けた人たちからさえ、ほとんど愛情に近い思いで不在を惜しまれた。ドリー・ロングスタッフはクラブの誰より法外に金を奪われたが、それでも賄い屋ヴォスナーの逐電以来、今ロンドンは住むに値しなくなったと言う。もしヴォスナーの偉大な同国人、ビスマルクが突然姿を消したら、ドイツがしばらく崩壊するように、ベアガーデンも一週間崩壊した。しかし、ドイツがビスマルクなしでも生き延びる努力をするように、クラブも新たな努力をした。譬えはこのへんでおしまいにしなければならない。ドイツはきっと最後には成功するだろうが、ベアガーデンは挽回不能に見える打撃を受けた。管財人として三人を指名することが初め提案された。ヴォスナーが持ち逃げした金を埋め合わせたうえ、将来の賃貸料を心配し始めている地主を満足させるため、もっと多額の起債をする目的で選任される管財人だ。成功裏に終わったクラブの総会で、満場一致でそんな計画を立てることが決定された。管財人に対して多少嫉妬が生じるのではないかと初め危惧された。クラブはたいそう人気があり、管財人の地位に付与される権威は非常に大きいので、AとBとCはDとEとFに与えられる大きな力を見て傷つくかもしれない。上記の総会で一、二の名が管財人として提案されたが、適当な人物が見つからないというより、この嫉妬の問題を考慮して、最終選考は内密に取り決められるべき細部として延期された。しかしながら、管財人になってくれとの提案が、名誉と責任のあらゆる重みとともに打診されたとき、ベアガーデンの主要な会員さえ受諾を躊躇した。ニダーデイル卿は金がないことを初めから隠さず言い訳として用い、管財人にはかかわらないと言い切った。ビーチャム・ボークラークは頻繁にクラブを利用していないからと釈明した。ラプトンは実業家として忙しいから受けられないと明言した。グラスラウ卿は父を言い訳に使った。クラブは当初から、ドリー・ロングスタッフが管財人を引き受けてくれることを当てにしていた。というのは、ドリーは今金銭問題で満足できる取り決めをしているではないか？　金について彼が蛮勇を振るうことを、みなが知っているではないか？　しかし、そのドリーすら断った。「ぼくはスカーカムと話し合った」と、彼は管理委員会に言った。「スカーカムはそんな話に耳を傾けようとしない。スカーカムは調査をして、クラブがガタガタだと知っているのさ」委員の一人がスカーカムについて悪意のある発言をした――実際には、スカーカムは地獄の悪魔に引き渡されてしかるべきだとほのめかした――とき、ドリーはいきり立ってこの問題を取りあげた。「君はそれでいいだろうがね、グラスラウ。けれど、正しく導いてくれてお説教をしない指南役を持つ心の安らぎを、もし君が知れば、スカーカムを軽蔑なんかしないだろう。ぼくは独りでやろうとしたが、うまくいかないのがわかった。スカーカムはぼくの個人教師さ。彼にぴったりついて行くつもりだよ」

その後、スカーカム自身も、世間でりっぱに生活し、失うもののない三人の紳士を選ぶことができれば、問題を減らせるかもしれないと助言した。けれども、管財人についての当初の意気揚々たる計画は地に落ちてしまった。そのとき、ドリーはマイルズ・グレンドールがいいと提案した。しかし、委員会は頭を縦に振らなかった。三人のマイルズ・グレンドールを基盤にして、クラブが再建されるとは思わなかったからだ。

それから、ベアガーデンはやはり見捨てられることになるという恐ろしい噂が届いた。「とても残念です」と、ニダーデイルは言った。「なぜなら、こんなにいいところはなかったからです」

「室内は煙草の煙だらけだったね！」とドリー。

「閉めるなと言えばぐずぐず文句は言わなかったな」と、グラスラウは言った。「カーペットをすり減らしても、金を払わんような我慢ならんじじいはいなかった」

「品行を気にしなくてよかったし、守らなければならないいやな規則もありませんでした。私が好きだったのはそれですね」とニダーデイル。

「一人を天国に入れたら」と、ラプトンが言った。「そいつが天国をあまりにも熱くしたから、そこに置いておけなくなった、というのは古い話です。君たちがここでしたのはそれですね」

「ぼくらがしなければならないのは」と、ドリーは言った。彼はスカーカムを味方につけることができて、多幸感に包まれていた。「ヴォスナーのような人を手に入れて、固定給のほかにぼくらからどれだけ盗みたいか聞くことさ。そうしたら、ぼくらで義援金を募ることができるだろ。うまくいくと思うね。スカーカムならきっとそんな人を見つけてくれるよ」しかし、新しいヴォスナーはこんなふうに相談を持ちかけられたら、彼の強欲の度合いがどれくらいかわからないだろうというのが、ラプトンの意見だった。

ホイットステーブルの結婚式より前のある日、クラブを救済する新しい天与の着想がなければ、八月十二日にクラブが閉鎖されると伝えられているころ、ニダーデイルとグラスラウとドリーが、クラブの広間の階段のところでディナーの前のシェリー酒とビターを飲んでいた。そのとき、サー・フィーリックス・カーベリーが街角を曲がってやって来て、玄関広間のドアにためらうように忍び込んで来た。彼は上唇にまだ少し絆創膏をつけているが、怪我からほぼ回復していた。それにしても、前歯を二本叩き出されていないかのような表情や話し方をすることはまだできない。彼はヴォスナーが逐電してからベアガーデンで起こったことをほとんど、あるいは何も耳にしていない。この前、クラブに現れてからもう一か月がすぎていた。打ちのめされたことで、ほとんど九日間会員の驚きの的になった。しかし、最近はほとんどその存在を忘れられている。今彼はやっと勇気を奮い起こして、行きつけの場所に戻って来た。最近の事件のせいでまったく委縮していた。それでも、彼は勇気を奮い起こして、まるでどんな邪悪な目にもあっていないかのように、昔の仲間と話をしようと決めていた。ディナー代を払い、ホイストの三回勝負を始めるくらいの金をまだ持っていた。つきがなかったら、ほかの連中が前にやったように、負担にはなるが、借用書を書いてもいい。「おやおや、カーベリーがいる！」とドリー。グラスラウ卿は口笛を吹くと、背を向け、上階へあがって行った。しかし、ニダーデイルとドリーは久しぶりに会う人の握手を受け入れた。

「君はロンドンにいないと思っていました」と、ニダーデイルは言った。「最後に会ったのはずいぶん前ですね」

「ロンドンを離れて、サフォークへ行っていました」と、フィーリックスは嘘をついた。「ですが、今戻って来ました。こちらの状況はどう運んでいますか？」

「運んでなんかいないよ。――みな終わってしまった」とドリー。

「全部めちゃくちゃです」と、ニダーデイルは言った。「ぼくらはみんな支払いをしなければなりません。どれくらいになるかわかりません」

「ヴォスナーは捕まっていませんか？」と准男爵。

「捕まるって！」と、ドリーが叫んだ。「いや。――逆にやつがぼくらを捕まえてしまったよ。ヴォスナーを捕まえるという考えはあまりなかったと思うね。クラブは次の月曜に閉鎖するんだ。家具には法的措置が取られることになっている。フラットフリースはいわゆる売買契約書に基づいて、家具が彼のものだと言っている。会員のものは実際みなフラットフリースのものになっているようだね。彼はしょっちゅうクラブに出入りしているし、地下貯蔵庫の鍵を持っている」

「それはたいしたことじゃありません」と、ニダーデイルは言った。「ヴォスナーはワインを置かないよう気をつけていましたから」

「フラットフリースはフォークやスプーンをみな手に入れたから、ただ好意でぼくらにそれを使わせているのさ」

「ここでディナーを取ることもできると思いますが？」

「うん、今日は大丈夫でしょう。おそらく明日もね」

「カード遊びはできますか？」と、フィーリックスは当惑して聞いた。

「この二週間カードには目もくれていないな」と、ドリーは言った。「遊ぶ人はいなかったね。すべてがうらぶれてしまった。知っているだろ。メルモットの事件があったから。――事件のことはみな知っていると思うがね」

「毒で自殺したことはもちろん知っています」

「その事件のせいなのさ」と、ドリーは話を続けた。「けれど、あんな関係のないやつが毒を飲んだからって、ほかの連中がカードで遊んじゃいけない理由がぼくにはわからないな。去年二月にやっと一日だけ田舎へ行くことができたその日に、誰か年寄が死んだというんで、猟犬が来ないことがあったな。ぼくらの狩りがその年寄にどんな害を与えるっていうのさ。ひどいとばっちりだと言いたいね」

「メルモットの死の衝撃がかなりひどかったです」とニダーデイル。

「娯楽が何もないことほうが倍もひどいね。今あの娘はフィスカーと結婚するという噂さ。君やニダーデイルがそれを苦々しく思っているのはわかるよ。ぼく自身はあの娘をえようとしたことはなかったけれどね。スカーカムにはそれが理解できないようだった」

「かわいそうな娘です!」と、ニダーデイルは言った。「私なら喜んで彼女を迎え入れます。彼女の身の処し方としておそらくそれが賢明なのでしょう。私は彼女がとても好きでした。――好きじゃないなんて言ったら、首をくれてやってもいいです」

「カーベリーも好きだったと思うね」とドリー。

「いえ、ぼくは好きじゃありませんでした。ほんとうに彼女が好きだったら、ぼくらはうまくいっていたと思います。もしそうしたいと思ったら、彼女をちゃんとアメリカへ連れて行っていました」それがこの件についてのフィーリックスの見方だった。

「喫煙室へ行こう、ドリー」と、ニダーデイルは言った。「私はたいていのことに我慢するし、我慢しようとします。しかし、何と、こいつはこんな人非人なので、こいつにだけはとても我慢できません。君や私はなるほどワルですが、――カーベリーほど薄情とは思いません」

「ぼくが薄情とはまったく思わないね」と、ドリーは言った。「ぼくは親切にしてくれるみんなに親切にして、――親切にしてくれない多くの人たちにも親切にしている。来週は妹の結婚に立ち会うため、わざわざカヴァーシャムまで出かけるつもりさ。あそこも嫌いだし、結婚も嫌いだけれどね。たとえ吊るされても、義弟になろうとするやつと話をするつもりはないよ。けれど、カーベリーに関する君の意見には賛成だね。彼に親切にするのはとても難しいな」

しかし、こんな辛辣な意見があるにもかかわらず、サー・フィーリックスは何とか彼らに近いディナー・テーブルに着いて、将来の見通しについて曲がりなりにも食事中に語ることができた。彼は旅をして世間を見て回るつもりでいた。本人の説明によると、ロンドンの生活を味わい尽くして、それがまったく不毛であると看破したという。

私は暮らしのなかであらゆる変化を試みて
行きすぎた愚かさのなかにも
喜びという喜びを探し出し
町の半分に耐えてきた(2)

サー・フィーリックスはおそらく言葉をきちんと耳にしていなかったから、古い歌を正確に引用しているとは言えなかった。それでも、彼は今そういう趣旨の話をした。新しい場面を探し求め、その探求のために広大な既知の世界を旅しようと決心していた。

「旅はとても楽しみだね！」とドリー。

「転地になると思いますね」

「変化、はてしなしさ。誰か一緒に行くのかい？」

「ええと。――そうです。旅の連れを手に入れました。――とても感じのいい人で、たくさん知識を具えており、いろいろなことでぼくを指導できます。ご存知のように、海外に出ることで学ぶことがたくさんあります」

「個別指導教員みたいな人ですね」とニダーデイル。

「牧師だと思うな」とドリー。

「ええ。――聖職者です。誰から聞きました？」

「ただの当てずっぽうさ。うん。――そうだね。ヨーロッパを牧師と一緒に旅するなんて、すばらしいね。ぼくなら、金に見合うほどの成果が、そんな旅からはえられないだろうな。けれど、君にはぴったり合っていると思うよ」

「金がかかるでしょう？」と、ニダーデイルが聞いた。

「ええと。――かなり金がかかります。ですが、ぼくはここの生活にうんざりしました。――あの鉄道重役会がおしまいになるし、クラブがつぶれてしまうし、――」

「マリー・メルモットがフィスカーと結婚するしね」と、ドリーはほのめかした。

「つけ加えたければ、それもあります。ですが、ぼくは変化がほしいし、変化を手に入れるつもりです。こちら側の状況は見てきました。今は向こう側をちょっと見てみたいです」

「君は先日誰かと通りで喧嘩をしなかったかい？」グラスラウ卿がふいにこの質問をした。卿は彼らの近くに座っていたが、会話に加わらず、これより前にはサー・フィーリックスと一言も言葉を交わしていなかった。「その喧嘩について一部は耳にしているが、正しい話は聞いていないな」ニダーデイルはテーブル越しにドリーをちらと見た。ドリーは口笛を吹いた。グラスラウは回答を待つ人の表情をして准男爵を見た。ラプトンもグラスラウと一緒に食事をしていたが、返事を期待して座っていた。ドリーとニダーデイルは黙っていた。

サー・フィーリックスがクラブに足を向けなかったのは、これを恐れてのことだった。グラスラウはまさしくこういう問いを発するような――意地悪な、横柄な、でしゃばりな――やつだと、フィーリックスは心でつぶやいた。とはいえ、この問いは何らかの回答を必要とした。「そうです」と彼は答えた。「ぼくが娘と一緒にいるとき、通りで背後から男に襲われました。ですが、やつはあまりうまくやれませんでした」

「ふうん。――やれなかったんだ?」と、グラスラウは言った。「全体として見れば、そう、君が海外へ行くのはいいことだと思うね」

「ぼくの旅が君とどんなかかわりがあるんです?」と、准男爵は聞いた。

「そうだね。――クラブが解散しそうになっている今、それが私たちに大きくかかわるとは思わないね」

「ぼくは友人のニダーデイル卿とロングスタッフと話をしていて、君とは話をしていません」

「そんな区別が便利なことは認めるがね」と、グラスラウ卿は言った。「ニダーデイル卿とロングスタッフ氏にはお気の毒だと思うね」

「何が言いたいんです?」とサー・フィーリックスは言うと、椅子から立ちあがった。彼にとって、今の敵はジョン・クラムのように恐ろしい相手ではなかった。社交クラブの男たちは今めったに仲間の頭を殴ったり、剣を抜き合ったりしないからだ。

「ここで喧嘩はやめましょう」と、ラプトンは言った。「喧嘩をするなら私は部屋を出て行きます」

「解散しなければならないなら、平穏無事に解散しましょう」とニダーデイル。

「喧嘩をするなら、ぼくはもちろんどっちかについて戦うことになる」と、ドリーは言った。「いやなことがあると、ぼくはいつもそれをやらなくちゃならない。けれど、その種のことは少し時代遅れだとは思わないかい？」

「誰が始めたんです？」と、サー・フィーリックスは言って、また座った。そのとき、グラスラウ卿は食事を終えたので、部屋から出て行った。「あの人はいつも喧嘩をしたがります」

「一つ慰めがあるのがわかるよ」と、ドリーは言った。「喧嘩をするには二人が必要なのさ」

「そうですね」サー・フィーリックスはこれを味方の発言ととらえて言った。「ぼくはその片棒を担ぐほど、馬鹿になりたくありません」

「そう、そう、あれはかなり本気だったよ」と、グラスラウは娯楽室でのちに言った。一緒にいたほかの連中はフィーリックスを独りだけ残すと、すぐグラスラウのあとを追ってあがって来た。彼らはカード遊びをしようと思ったからではなく、喫煙室より邪魔されないと思ったからここに集まった。「私たちは誰も二度とここに来ることはないと思うね。あいつがやって来たから、私の気持ちを最後にはっきり言っておこうと思ったのさ」

「そんな面倒は何の役にも立たないね」と、ドリーは言った。「もちろんあいつは悪いやつさ。たいていのやつがどっちにしろ悪いやつさ」

「だが、あいつは全面的に悪いね」と、憎悪に満ちた敵は言った。

「そして、これがベアガーデンの終わりですね」と、ニダーデイル卿が特別沈鬱な声で言った。「懐かしいお気に入りの場所！　あまりにもいいところだったので、長続きしないとずっと感じていました。ものをあまりに簡単にすることが、うまくいくとは思いません。――人はそれに途方もない代償を払わなければなりません！　それから、おわかりでしょうが、ものをあまりに簡単に手に入れると、それが言うことを聞かなくなります。――そして、どこにいるかわからないうちに、たくさんごろつきに取り囲まれているのがわかります。人が正直でいたければ、どっちにしても一生懸命そうあるよう努力しなければなりません。こういうことはみな、アダムの堕落から来ることだと思いますね」

「たとえソロモン(3)とソロン(4)とカンタベリー大主教を丸めて一つにしても、君ほど智恵を持って語ることはできないでしょう」とラプトン。

「生きて学べ、です」と、若い貴族は続けた。「私くらいベアガーデンを愛した人はいないと思います。しかし、こんな羽目外しはもう二度としません。明日は議会報告書を読み始め、カールトン(5)で食事をします。次の会期には議場を一日も休みません。復活祭前に私が演説をすることに五ポンド賭けます。一ダース二十シリングの安クラレットになじむように努めます。乗り合いバスの二階に陣取って、ロンドンを乗り回します」

「結婚はどうするね？」とドリー。

「そう。――それはなるようにしかなりませんね。親父の問題です。君たちは誰も信じないでしょうが、誓って私はあの娘が好きでした。許されれば最後まで彼女に執着しました。――ただし、人にはできないことがあります。あいつはとんでもないやくざですよ！」

しばらくするとサー・フィーリックスが彼らを追って上にあがって来て、まるで下で不快なことなど何もなかったかのように、娯楽室に入って来た。「三回勝負はできませんかね？」と彼。

「まあできないでしょうね」とニダーデイル。

「私はしません」とラプトン。

「カードを置いていないんだよ」とドリー。グラスラウ卿は一言も口を利こうとしなかった。サー・フィーリックスは口に葉巻をくわえて座り込んだ。ほかの連中は黙って煙草を吸い続けた。

「マイルズ・グレンドールがどうなったか知りたいです」と、サー・フィーリックスが聞いた。しかし、誰もそれに答えず黙って煙草を吸い続けた。「あいつはぼくが貸した金をまだ一銭も返してくれません」それでも、誰も一言も口を利かなかった。「あいつは決して返さないと思いますね」さらに間があった。「ぼくが会った最大のやくざ者です」とサー・フィーリックス。

「同じくらい大きいか」と、グラスラウ卿は言った。「同じくらい小さいやくざ者を私は知っているがね」

また一分の間があった。それから、サー・フィーリックスはカードがないなんて馬鹿げているとか何とか、ぶつぶつ言いながら部屋を出て行った。ベアガーデンの仲間と彼の関係はこれで終わった。これ以降、彼は二度と彼らに姿を見られることはなかった。あるいは見られても、彼と知られることはなかった。

残った人たちは特別おもしろい娯楽の興奮がなかったにもかかわらず、夜が更けるまでそこにとどまっていた。彼らはみなこれがベアガーデンの終わりだと感じていた。煙草だけで気持ちを慰めながら、その場にふさわしく沈鬱に、真剣に悲しい話を低い声で囁いた。「ぼくはこれまでこんなに泣きたいと思ったことはないね」とドリーは真夜中ごろ言うと、水割のブランデーを一杯求めた。「お休み、みなさん、さようなら。ぼくはカヴァーシャムへ行くつもりさ。たとえぼくが入水自殺しても、不思議じゃないよ」

フラットフリースがいかに法に訴えて、クラブの家具を売ろうとしたか、いかにみんなを脅し、みんながついに哀れなドリー・ロングスタッフを特別の犠牲者として選び出したか、ドリー・ロングスタッフがいかにスカーカムの助けを借りて、フラットフリースをとことん論破し、器用ではあるが不幸なその男を妻や子供とともに徹底的に破滅に至らしめたかは、この物語では詳細に読者に語られることはないだろう。

註

（1）「詩篇」第百四篇第十一節。
（2）Oliver Oldschool こと Joseph Dennie（1768-1812）が収録した「モリス大尉の名高い酒盛りの歌」から。
（3）「列王記上」第一章から第十一章で記されているイスラエルの王（c.970-931 BC）
（4）ギリシアの民主主義の基礎を置いたとされるアテネの政治家（c.638-c.558 BC）
（5）上巻第四十五章の註（1）参照。

第九十七章　ハートル夫人の運命

ハートル夫人はピップキン夫人とジョン・クラムの求めに応じて、ニューヨークへの旅を延期し、バンゲイに赴き、ルビー・ラッグルズの結婚に光彩を添えた。かかわった人たちへの愛情からとか、イギリス生活の一面を見たいからとかという理由より、ポール・モンタギューへの抵抗しがたい弱みからそうしたのだ。ハートル夫人はやっとのことで彼が住むイギリスを離れる気になったが、もう一度ポールに会いたいと思った。彼女にポールを取り戻す見込みはない。それははっきりわかっている。彼をあきらめることは納得している。彼の裏切を許し、――恋人の地位を奪った恋敵にさえ――彼のために親切にした。それでも、彼女はポールの近くでぐずぐずしていた。知り合ったイギリス人たちとの限られた交際で、イギリス的なものを嘲り続ける一方、故国に帰ることを逡巡していた。米国の荒々しい嵐と比較するとき、目にしたイギリスの生活のいくぶん愚かな穏やかさが心の底で好きになっていた。思うに、彼女が知るどの米国夫人よりピップキン夫人は知的に劣っている。ジョン・クラムくらい鈍く、緩慢で、同時に二つのことが考えられない人は、確かに米国にはいない。しかし、彼女はピップキン夫人が好きで、ジョン・クラムをほとんど愛していた。ジョン・クラムがルビーに対して誠実であるくらい、彼女に対して誠実な男性に出会うことができたら、彼女の人生はどんなに違っていただろう！

彼女はポール・モンタギューを心から愛し、ポールを愛する自分を軽蔑した。彼は何と弱々しかったのだろう、何と役に立たなかったのだろう、何と栄誉ある機会をつかみ損ねたのだろう、何と疑念と偏見に包まれていたのだろう、――理解と行動の迅速さという点で――、何と米国人と違っていたのだろう！　それでも、彼女はそういう欠点のゆえにポールを愛し、米国の気の利いた知性より、イギリスのやり方にどこか心地よいものがあるのを認めた。ポールは彼女に対して不実――はなはだ不実――だった。結婚を誓ったにもかかわらず、誓いを破り、彼女の全生涯を荒廃させてしまった。裏切によって彼女の前途を空虚にしてしまった！　とはいえ、彼女もまたポールに必ずしも誠実ではなかった。初めはだますつもりはなかった。――ポールもそうだった。二人は互いに一勝負して、彼は弱みである知的劣勢にもかかわらず、――男なので――勝った。彼女は時間をずいぶん費やして、これらのことを考えた。ポールが望み通りに恋の相手を取り換え、ついに誰よりりっぱな恋人になることができたのに、彼女はポールの背信によって破滅した。ポールが新鮮な花を求めて見回し、大胆に蜜を探すことができたのに、彼女はただ座って、蜜を吸い取られたのを嘆くだけだった。イズリントンにあるピップキン夫人の孤独な下宿より、カリフォルニアのほうがそんな嘆きに耐えられると、彼女は確信することができなかった。

クラムの結婚式から帰って一、二日後、「フィスカーさんは――モンタギューさんの共同経営者でしたね？」と、ピップキン夫人が彼女に尋ねた。というのは、フィスカーがハートル夫人を訪ねて来て、ハートル夫人がピップキン夫人にいろいろな話をしたからだ。「今は彼のほうがモンタギューさんよりいい人だと思います」ピップキン夫人は下宿人が恋人をなくしたので、――おそらく別の恋人を手に入れたがっていると思い――、イギリス人をけなして米国人を称賛するのがいいと感じた。

「蓼食う虫も好き好きね、ピップキン夫人」

「それもほんとうです、ハートル夫人」

されていた。

「モンタギューさんは紳士です」

「彼について、ハートル夫人、私はいつもそう言っていました」

「フィスカーさんは――典型的な米国人です」ハートル夫人はこう言うとき、よほどポールへの弱みに侵されていた。

「そりゃそうです！」とピップキン夫人。夫人は友人のこの発言の意味をまったく理解しなかった。

「フィスカーさんはサンフランシスコの耳寄りな便りをもたらして、私を米国に一緒に連れて帰ると申し出てくれました」ピップキン夫人はすぐエプロンを目に当てた。「いつかは去らなければなりません」

「去らなければならないと思います。ずっとここにあなたにとどまるよう願うことはできません。そうできたらいいですけどね。あなたと一緒に暮らした安楽な日々を忘れません。毎週ちゃんと勘定を払っていただきました。じつに淑女らしい――じつに女大尽らしい――やり方でした！　私には、ハートル夫人、あなたが銀行をポケットに持っているように感じました」哀れな女は悲しみに突き動かされて、確かな真実を口にした。

「フィスカーさんは特別親しい友人じゃありません。彼はほかの女性たちも一緒に米国に連れて帰ると言っています。一行に加わるのも悪くないと思います。退屈しないでしょう。今は多くの理由から連れがいたほうがいいです。九月一日に出発します」この発言が八月の半ばごろになされたので、哀れなピップキン夫人は慰めとなる残りの日々を手に入れることができた。手に入れた二週間は大きかった。フィスカーはイギリスに仕事で来ており、仕事はいつもどうなるかわからないから、さらに遅れが生じるかもしれない。ハートル夫人にはさらにもう一つ、ピップキン夫人に伝えておくことがあった。後者の夫人がドアの取っ手に手を載せるまで、それを切り出さなかったが、おそらく特別それを言いたかった。「ついでながら、ピップキン夫人、あす十一時にモンタギューさんが来られることになっています。来られたら、ちょっと上に案内してください」もし何かそんな指示を出しておかなかったら、紳士が来たとき、玄関でちょっとした騒動が起こるかもしれないことをハートル夫人は恐れた。

「モンタギューさんですか。――ええ、もちろん、ハートル夫人、――もちろんです。お任せください」それから、ピップキン夫人は恥じ入って退室した。――下宿人が抱えている難題が最終的に解決されるなら、モンタギュー氏より別の男性がいいと思ったことで、大きな間違いを犯したと感じたからだ。

翌朝、ハートル夫人は確かに日ごろに勝るとも劣らぬ注意を払って、いつも以上に地味にドレスを身に着けた。朝食後すぐ机に着くと、次の一時間は特別な客など待ち受けていないかのように、着実に仕事をしようと思った。試みた書き物については、もちろん一言も書くことができなかった。完全な平静を心に命じたのに、もちろん心は乱れていた。

ポールに会いたいと思うのは間違いだと、彼女はおおかた自覚していた。ポールを許していたから、これ以上何を言う必要があるだろうか？　ヘッタと会って、ある程度ヘッタを受け入れた。好奇心は満たされ、復讐熱は冷めた。ポールに今何を言うか定まった方針を持たなかったし、今このとき方針を立てるつもりもなかった。フィスカーと一緒にサンフランシスコに帰ろうとしていると言うことはできたが、ほかには何も言うことがないのを知っていた。その後、玄関のドアにノックの音を聞いた。心臓が胸のなかで跳びあがるのを感じたが、平静になろうと最後の大きな努力をした。階段に足音を聞いた。それからドアが開かれ、モンタギューの名がピップキン夫人によって告げられた。そのとき、ピップキン夫人は下宿人への感謝の気持ちに完全に満たされていたので、一度もドアからなかを覗かなかったし、一瞬もとどまって鍵穴から聞き耳を立てようとしなかった。「私が発つ前にもう一度会いに来ていただけると思っていました」ハートル夫人はそう言うと、ソファーから立ちあがることもなく、彼を迎えるため片手を差し出した。「お互いに相手の顔が見えるように、その向かいに座ってください。ご面倒をおかけしているのでなければいいですが」

「来るようにあなたから連絡をいただきましたから、もちろん来ました」

「あなたのほうから自発的に来ていただくことを期待するのは、きっと無理だったでしょうね」

「あなたから命じられなかったら、おわかりと思いますが、来る勇気はなかったでしょう」

「そういうことはわかりません。——でも、来ていただいたので、来られた動機について争うのをやめましょう。ミス・カーベリーからもう許してもらえましたか？　あなたの罪は許してもらえましたか？」

「私たちは友人です。——そういうことをおっしゃりたいならね」

「もちろんあなた方は友人です。あなたがそしられていたことを、彼女はただ誰かに指摘してもらいたかっただけです。誰がそしっていたかは、たいして重要じゃありません。あなたについて好意的なことを言ってもらえたら、彼女は誰の言うことでも喜んで信じました。おそらく私以外にもそれができる人がいました。でも、私でも充分役に立てたと思います」

「私のために好意的なことを言ってくれましたか？」

「ええと、いえ」と、ハートル夫人は答えた。「そんなことをしたなんて鼻にかけるつもりはありません。私たちの最後の出会いですから、嘘をつきたくありません。あなたについて好意的なことはいっさい言いませんでした。どんな好意的なことが言えたでしょう？　でも、あなたの美徳を謳いあげるかのように、やむことなく一時間あなたにとても有利なことを言いました。実際には、あなたがどんなに私に辛辣に振る舞ったか彼女に説明しました。あなたが彼女に会った瞬間から、どんなにあっさり私を捨てたか彼女に話しました」

「事実は違いますね、あなた」

「事実なんてどうでもいいじゃありませんか？　人は友人のためにためらわず嘘をつきます！　あなたの背信を細かなところまで精査することはできません。苦痛に満ちた一度の短い話し合いだけで、あなたが彼女の美しい目を見る前から、いかにイギリス的な礼儀正しさで私に対する愛を捨てようとしていたか、彼女に理解させることはできません。あなたのお役に立ちたいとは思いますが、私の恥辱を彼女にさらけ出していいとは思いません。私がそれをしたら、彼女はきっと何よりそれを喜んだでしょう。それができないので、あなたがいかにいやいや私に一時間を割いていたか――いかに私を面倒臭く思っていたか、いかに私を避けていたか――、それを彼女に話しました！」

「ウィニフレッド、それはほんとうじゃありません」

「みじめなあのローストフトへの旅は大きな罪でした。ロジャー・カーベリーさんは私にとって毒のようなものだと思いますが、その彼が――」

「あなたは彼を知りません」

「申しあげておきたいんですが、彼を知っていようと知っていまいと、私は私の意見を持っていたいんだ、ってね。カーベリーさんは私にとって毒だと言いたいです。彼があの旅についてヘッタの心に最悪の罪を想起させ、同じ屋根の下で私たちが二晩をすごした特別な邪悪さ、同じ馬車で私たちが一緒に旅した恐ろしい事実を詰め込みました。あなたにとってあの旅が幸せへ向かう道のつまづき石となるほどまでにね」

「ロジャーは私たちがあそこへ行ったことを彼女に一言も言っていません」

「じゃあ誰が言ったんです？　でも、もうどうでもいいことです。彼女はあの旅のことを知りました。――それで、彼女の目にあなたが潔白に見えるようにするただ一つの方法として、私はあなたがいかに私に残酷に、いかに私に冷酷に振る舞ったか彼女に話しました。あなたが私に再び示し始めていた友情が、カーベリーさんの浜辺への出現で、いかにウエンハム社の氷(1)のように硬く凍りついてしまったか、私は彼女に説明しました。一歩踏み込んで、私から逃げ出すいちばん手軽な方法をあなたに提供するため、ローストフトの出会いは仕組まれていたと、彼女にほのめかしました」

「あなたはそれを本気で信じていませんね」

「私があなたの面倒を見なければならなかったことがわかるでしょう。私に対するあなたの扱いが浅ましければ浅ましいほど、彼女の目にはますますあなたが誠実に見えていました。こういうふうに話してあげたことで、私はあなたに感謝されてしかるべきでしょう？　私に対するあなたの扱いが愛する誠実な紳士のそれだったと、きっとあなたは私に言ってほしくなかったでしょう？　逆に、私はあなたから底なしの絶望に突き落とされたと彼女に告白しました。——裏切られ、虐待されても、復讐することができない女が塵にまみれるように、私は身を貶められ、塵にまみれました。私が打ちひしがれ、絶望していることを彼女が確信するとき、そのときいっそう彼女が勝ち誇り、満足できることを私は知っていました。あなたの戦車の車輪に轢かれて、私がいかにばらばらにされたか、あなたのために彼女に話しました。それなのにあなたは今感謝の一言も私に言ってくれません！」

「あなたの言う一言一言が短剣です」

「あなたは私が引っ掻いた傷の塗り薬が、どこで手に入るか知っています。私は私の砕けた骨をつなぐ外科医をどこで見つけたらいいでしょう？　短剣って、ほんとうかしら！　私があなたのことを考えるとき、しばしば短剣を連想していたことはご存知ないでしょうね。気の抜けた未熟なこのイギリス娘の腕からあなたを救い出すため、どうして私はあなたの胸に短剣を突き刺さなかったんでしょう？」ハートル夫人はこの間ずっと座ったまま、体を傾け、両手を額に当てながら、彼を見つめていた。「私は下品な女の言葉遣いをしていますが、でも、ポール、それはその言葉があなたを傷つけると思うからではなく、それが――たいした慰めではありませんが――私を慰めてくれるかもしれないと思うからです。あなたはこの場にいるあいだ、しばらくは居心地悪く感じるでしょう。あなたが一言も答えられないと思うとき、私は残酷な喜びを味わいます。でも、あなたはこれから彼女のところへ帰ったら、幸せになれるじゃありませんか？　あなたが彼女の腰に腕を回して座り、彼女があなたのほほ笑みをもてあそぶとき、そのとき私の言葉の記憶があなたの喜びを邪魔することはありません。こんな蜂の一刺しが一瞬以上長く続くものかどうか、胸に手を当てて聞いてみてください。でも、私のほうは幸せと喜びを求めてどこへ行けばいいでしょう？　記憶にのみ頼って生きていかなければならないことが、どういうことかおわかりになります？」

「慰めの言葉が言えたらいいですが」

「私がイギリスに来てからあなたが言った言葉をみな取り消さなければ、慰めの言葉を私に言うことはできません。もうあなたに慰めを期待していません。でも、ポール、最後まであなたに残酷に振る舞うつもりはありません。これを言えば、私に対するあなたの扱いを正当化することになるでしょうが、知っていることをあなたに言います。彼は死んでいません」

「ハートル氏のことですか？」

「ほかの誰のことを私が言っていると思います？　判決で言い渡された離婚は、離婚じゃないと彼は主張しています。フィスカーさんはその知らせを携えて、ここに私を訪ねて来ました。フィスカーさんは特別私のお気に入りというわけではないし、あなたとの関係では私の敵だったことを知っています。――でも、私は彼と一緒にサンフランシスコへ帰ります」

「彼はマダム・メルモットとメルモットの娘を、一緒に連れて帰ると聞きました」

「そう承知しています。彼らはみな投機師です――私のようにね。ですから、私たちはしっくりいくと思います」

「フィスカーがミス・メルモットと結婚するという話も聞きました」

「それに反対する理由はありません。その娘に対するフィスカーさんの思いやりに嫉妬する必要はありません。カリフォルニアに戻ったとき、親しく話せる人が身近にいるのは都合がいいです。私はそこで友人の支援を必要とする仕事に就くかもしれません。大海原の半分までも旅しないうちに、同行の人たちと親しくなっているでしょう」

「彼らが親切にしてくれるといいですね」

「それはありません。――でも、私は親切にします。親切にすることでほかの人の心を奪ってきました。でも、ほかの人から親切にしてもらったことはあまりありません。私は親切にし、愛想よくすることで、あなたの心を奪いました。ああ、あの哀れなやつが酒に自分を忘れてしまうまで、私がどんなにあいつに親切にしたことか！　ポール、私は昔よく上流の人たち、もっと柔和な人たち、清潔な、魅惑的な、優雅な人たち、野生のニンニクではなくラベンダーの香りのする人たちのことを考えたものです。私は美しい女っぽい女たちに憧れました。私が見たものを見たらおびえる女たち、私がしたことをするくらいなら、死んでしまったほうがいいと思う女たちを夢見ました。そして、あなたに会いました、ポール。夢がかなうと私は思いました。かなうはずがないことを当然知っておくべきでしたね。ほんとうのことをみなあなたに告白する勇気がありませんでした。間違いを犯したことを知っています。今は罰を受けています。ええと、――あなたはもうさようならを言いたいと思いますね。お別れを引き延ばしても何の役にも立ちません」それから、ハートル夫人は椅子から立ちあがると、両腕を力なくおろして、彼の前に立った。

「神の祝福があなたにありますようにね、ウィニフレッド」と、彼は片手を差し出して言った。

「でも、私は神から祝福してもらえません。――善をなす人が善のゆえに祝福され、悪をなす人が悪のゆえに呪われると見るのが正しいとすれば――、どうして私が祝福してもらえるでしょう？　私は善をなすことができません。今はあなたに私のところに戻って来てほしいと願う気持ちを捨てることができません。あなたが戻って来たら、それがあの娘をみじめにしても、少しも気にしません。私がきっとあなたにもたらすみじめさも、少しも、少なくとも今は少しも、気にしません。ねえ、いい。――これを返してもらいたいとは思いませんか？」彼女はそう言いながら、ニューヨークでもらった彼の小さな肖像画を胸から取り出して、彼のほうへ掲げて見せた。

「あなたがそれを願うなら、――もちろん返してもらいます」と彼。

「カリフォルニアの金をみなやると言われても、これを手放すつもりはありません。引き換えに何をもらっても、これを手放すつもりはありません。私が別の男と結婚しても、――するかもしれませんからね――、その男はこれを私と一緒に受け取らなければなりません。私が生きている限り、これを胸の近くに置いておきます。ご承知のように、私は浮き世の作法にほとんど敬意を払いません。愛する男が別の女の夫になったからといって、その男の肖像を捨てなければならない理由が理解できません。あなたを愛するといったん言ったからには、あなたが私を捨てたからといって、言を食みたくありません。ポール、私はあなたを愛しました、――ああ、心の底から――愛しています」彼女はそう言いながら彼の腕に身を投げかけ、顔にたくさん口づけを浴びせた。「ちょっとだけ私を追い払わないでね。ちょっとだけそばにいさせてください。ああ、ポール、私の恋人。――私の恋人！」

彼はこういうことをたんにみな苦痛に感じた。彼女が正しく言ったように、すぐ忘れてしまう苦痛だったとしてもだ。それに、彼は女から愛を告白されても、――別の女に対する愛を確かめる途上にあって、お返しに愛を約束することができないので、そんなふうに告白されても――、勝利の喜びを感じることはできなかった。女が雌虎のように荒れ狂うのを、――そんな目にあうのが彼の定めだと一度は思ったものの――、見たくはない。それでも、この愛情の洪水より穏やかな憤りの持続のほうがまだましだと思った。彼はもちろん彼女の腰に片腕を回して立ち、もちろん愛撫を返した。とはいえ、こわばって窮屈に返したから、彼女はそれがいかに冷たい愛撫かすぐ感じ取った。「さあ」と、彼女は痛切の涙のなかでほほ笑みながら言った。――「さあ、もうあなたを解放します。指にさえも二度とふれません。私たちのこの最後の出会いであなたを悩ませたとしたら、許していただかなければなりません」

「悩ませてなんかいません。――ですが、ひどく胸に応えます」

「それは避けられませんね？　私たちのように二人で馬鹿な真似をして世間の物笑いの種になったら、何か罰があると思います。私が去ったあと、あなたの罰は重くないでしょう。私は来月一日まで発ちません。それが友人のフィスカーさんが定めた日です。そのときまで私はここにとどまります。私がここにいるのがピップキン夫人には都合がいいんです。でも、あなたをわずらわせてもう一度私のところに来てもらうようなことはしません。来る必要がないのは確かにいいでしょう。さようなら」

彼はハートル夫人の片手を取り、彼女を一瞬見つめて立った。一方、夫人はほほ笑んで優しくうなずいた。彼はもう一度口づけしようと、彼女を引き寄せようとした。しかし、彼女はほほ笑みながら、彼を拒んだ。「いいえ、あなた、駄目です。もう駄目です。二度と――二度と――二度とね」[2]そのころまでに彼女は片手を引っ込めて、彼から離れて立った。「さようなら、ポール。――さあ行って」それから、彼は振り返ると、何も言わずに部屋を出た。

夫人は手足を動かさないでじっと立ち、階段をおりる足音やドアの開閉に耳を傾けた。それから、窓のカーテンのわずかな遮蔽に身を隠して、彼が通りを歩いて行くのを見守った。彼が街角を曲がったとき、彼女は部屋の中央に戻ると、壁のほうに両腕を伸ばして一瞬立ち、それから床の上にうつむきに倒れた。彼女が心から彼を愛していると言ったとき、ほんとうのことを言っていた。

それでも、彼女はその晩お茶を一緒にいただこうとピップキン夫人を部屋に招き入れて、これまで以上に哀れな女将に親切にした。好奇心の強いおべっか使いの女将が、モンタギューについて質問したとき、ハートル夫人は過去の恋人について、じつに率直に――たいした苦痛もなしに――回答するように見えた。恋人と二人で額を合わせて相談した結果、結婚が適切ではないとわかったと彼女は言った。二人ともそれぞれ自国を愛しているから、それで別れることに同意したと言った。その夜、ハートル夫人はいつも以上に快活に振る舞い、子供たちを部屋に入れて、ジャムとバター付きパンを与えた。彼女は次の二週間ピップキン夫人と家族のためにできる限り快活に振る舞ったように見える。彼女は子供たちに玩具を与え、ピップキン夫人に応接間用の新しいカーペットを無条件で与えた。それから、フィスカーがやって来て、彼女を米国へ一緒に連れて行った。感謝しつつも寂しがっているピップキン夫人があとに残された。

「米国人について悪口を言う人がいます」と、ピップキン夫人は通りで友人に言った。「知ったか振りはしません。でも、いなくなった米国人にそっくりの人を、神が下宿人として送ってくれればいいと祈るばかりです。あの夫人はとてもりっぱな性質を持っていましたから、まるで自分の子供でも見るかのように、うちの子供がプディングを食べるのを見たがりました」

ピップキン夫人は正しかったと、ハートル夫人は欠点があるにもかかわらず、気立てのよい女性だったと、私は思う。

註

（1）ウエンハム湖製氷会社はマサチューセッツに本社があったが、ストランドに支店を持っており、ウエンハム湖の純粋な湧き水による氷や、もっと安いノルウェーの氷を売った。

（2）『リヤ王』第五幕第三場。

第九十八章　マリー・メルモットの運命

マリー・メルモットはこの間マダム・メルモットとともにハムステッドの下宿で生活して、将来についてまったく新しい見方を持つようになった。フィスカーが求愛というあの旧式の奉仕によってではなく、実利というおそらくより誠実な貢献によって、マリーの献身的な従者になっていた。マリーこそメルモットがイギリスに初めて到着してすぐ譲渡した資産の疑いない所有者だと、フィスカーはこの娘に代わって確認した。マリーもフィスカーと同じように、その事実を最大限に利用した。彼女がどんなに優れた女実業家になれるか、どんなに上手にフィスカーの奉仕を利用できるか、もし今見ることができたら、六か月前に彼女を知っていた人たちは驚いただろう。フィスカーを公正に見るとき、彼が学んできたことをマリーに少しも隠さず教えた点が評価されなければならない。彼は真偽を見抜く娘の能力にはっきり気づいたから、そういう誠実さによって今のもくろみをいちばんうまく成功させることができると感じた。「あれぁまさしくあの父の娘ですね」と、彼はある日アブチャーチ・レーンでクロールに言った。というのは、クロールは偽造に名を使われたと知って、メルモットの会社をやめていたものの、今は漠然とした立場でマリーの奉公人に戻っており、彼女とマダム・メルモットとともにニューヨークへ行くことを約束していた。

「ええ、そうですね」と、クロールは言った。「ですが、娘のほうがもっと大物です。父は激情型で、自分を見失い、大物意識で膨れあがって」そのとき、クロールは体で雄牛の大きさに身を膨らませる蛙でもあるかのような身振りをした。「破裂しちゃいましたね、フィスカーさん。父は大物でした。ですが、大きくなれば大きくなるほど、ますます愚かになってしまいました。食事に注意することができなくなり、たくさん食べたので、太りすぎていましたね」クロールはこんなふうに亡き主人の人物を分析した。「ですが、お嬢さんのほうは、――ええ、彼女は違います。決して食べすぎないし、いつも食事に気をつけています」彼は若い女主人の人物もこんなふうに分析した。

マダム・メルモットとマリーは当初すんなりと関係を結ぶことができなかった。二人が血によって結びついていないことを、読者はおそらく覚えておられるだろう。マダム・メルモットはマリーの母ではなかった。法の目からみると、マリーはメルモットを父として主張することもできなかった。彼女はまったくこの世に身寄りのない孤児だった。母の名が何だったか、父のほんとうの名が何だったか知らなかった。死後二週間以内に当然のようにいろいろなところで公表される故人の伝記では、メルモットの誕生と、両親と、初期の経歴についてさまざまな説明がなされた。一般的な意見によると、彼の父はニューヨークの有名な贋金造りで、メルモディという名のアイルランド人だったという。ある伝記では、メルモットの偽造の技術を検証することで、彼がメルモディの子孫である確率が議論されていた。それはさておき、マリーはこんなふうに寄る辺のない身であり、数週間前には彼女の経歴に関心を示していた貴族や公爵夫人から今は見捨てられているけれど、譲渡資産の所有者であることに間違いはない。が、マダム・メルモットはこの事実をぜんぜん受け入れることができなかった。奥方は多額の金が難破から救い出されたから、それゆえ穏やかな豊かさを余生に期待してもよいと思った、――そう思えて喜んだ。奥方はまもなく夫が亡くなったことを難儀の終わりと、――はっきりそう認めはしなかったけれど――、見るようになった。それでも、奥方はなぜマリーが資産をすべて主張することができるか、理解することができなかった。奥方はその資産を分けてもらいたいと思ったから、マリーとクロールの両方にそういう取り決めを提案した。フィスカーがマリーと結婚して資産をみな手に入れるため、娘に全額を与えるという不正を思いついたと考えたので、奥方はフィスカーを恐れた。クロールは事情を完全に把握しているので、奥方に十二回はそれを説明したが、まったく骨折り損に終わった。奥方は自分のために弁護士を雇うことをおずおずと提案した。マリーが弁護士を立てて争うことに即同意したので、やっとそれを思いとどまった。マリーが救い出された宝石の権利を同様に即放棄したので、奥方は心を和らげることができた。若い娘の宝に比べると小さなものだったが、奥方はこうして自分の宝を持つことができた。若い娘は結婚した暁には気前よく振る舞うことを約束した。

二人は諸事情が収まって出発できるようになるとすぐ、フィスカーの案内で一緒にニューヨークへ向かうことに同意した。マダム・メルモットは八月の半ばごろ、九月三日の切符が取れたと知らされた。それ以上のことは知らされなかった。マリーが独身で行くか、ハミルトン・フィスカーの婚約済みの花嫁として行くか、まだわからない。奥方は多くのことが秘密にされていることに傷ついて、フィスカーに敵意を抱いた。夫があとに残したものをみな最後に呑み込もうとする、陰謀を企てる腹黒い男と彼を見なした。一方、奥方は個人的に思いやりを見せてくれるクロールを全面的に信頼した。フィスカーはむろんサンフランシスコに向かおうとしている。マリーもまたアメリカ大陸を横断するつもりでいる。しかし、マダム・メルモットは宝石を手に入れ、マリーから資産の取り分をもらえたら、ニューヨークを居住地にしたいと思った。どうして身を引きずってまで大陸を横切り、カリフォルニアくんだりまで行く必要があるだろうか？　クロールはニューヨークにとどまる意図を明らかにしていた。その後、メルモットという名がニューヨークでは知られすぎており、変えたほうが賢いとわかった。そのとき、クロールがその他の点に加えて名としても役に立つことに未亡人は思い当たった。奥方はクロールと長年顔なじみで、思うに、ほぼ同年だ。クロールは金をいくらか蓄えている。奥方のほうは少なくとも宝石を持っている。もし彼の問題を奥方の問題と一つにすることができたら、クロールは奥方のものになる資産の一部をおそらく手に入れることができるだろう。それで、奥方はクロールにほほ笑みかけ、囁いた。奥方がキュラソーの二つのグラスを、——ほとんど宝石を安全に守るように——、両手に持ってクロールに渡したとき、クロールはその意図を理解した。

こういう状況のなか、マリーがどうするつもりでいるか、それを知ることが未亡人にとって重要だった。マリーは決して口数の多いほうではなく、従順でもなかった。「ネエ、アナタ」と、未亡人はある日前置きも、言い訳もなくフランス語で聞いた。「アナタハフィスカーサント結婚スルツモリデスカ?」

「どうしてそれを聞くんです?」

「知っておくことがとても重要です。どこに住むか? 何をするか? どれだけ金を持つか? 誰が友人になるか? 女は知っておく必要があります。気に入れば、あなたはフィスカーと結婚するつもりでしょ。どうして私に言えないんです?」

「わからないからです。わかっていたら言います。明日の朝まであなたから聞かれても、これ以上答えられません」

これはほんとうだった。マリーにはまだわからなかった。彼女が自分の運命についてまだわからなかったのは、フィスカーのせいではなかった。というのは、彼はしばしばマリーの手を求め、雄弁の限りを尽くして結婚をせがんでいたからだ。ところが、マリーはこれまで頻繁に求婚されてきたので、段階を踏むことの重要性を徐々に感じ始めていた。結婚に関するロマンティックな見方をかなりすり切れたものと、結婚に関する物質的な見方も傷ついたものと見ていた。マリーはサー・フィーリックス・カーベリーに恋に落ちたとき、彼が立つ地面さえも崇拝すると何度も請け合った。この体験を通して、彼女は恋に落ちるというこの問題を、体感としてよりむしろ教訓として体に教え込んだ。富の力でこの求婚者と彼女を結婚させようとした父の最初の試みのあと、――突如導き入れられたきらびやかな世界に仰天して、彼女がほとんど反対できなかった父の試みのあと――、彼女は恋をするのが正しいと小説から学んで、サー・フィーリックスを偶像として選んだ。彼女の半生においてその挿話がどう終わったか読者はご存知だ。彼女は今もう確かにサー・フィーリックス・カーベリーに恋していない。その後、ニダーデイル卿――初期の求婚者の一人――の腕のなかに言わば逆戻りした。愛が勝ちを占めることはないし、誰かと結婚するほうがいいと思うとき、卿がおそらくほかの誰よりましで、ほかの多くの男たちよりいいと感じた。彼女はほとんどニダーデイル卿が好きになり、卿からも好かれていると信じるようになった。しかし、悲劇が訪れる。ニダーデイル卿はじつに気立てのいい人だったが、結局彼女を捨てた。彼女は一瞬も卿に腹を立てる気になれなかった。卿が彼女を捨てたのは当然だ。彼女の資産はまだ大きかったが、卿との取り決めにあがった総額ほど大きくなかった。しかも、その資産は父の血で汚れている。父の死の瞬間から、卿から結婚してもらえるとは夢にも思わなかった。どうして卿から結婚してもらえるだろう？　サー・フィーリックスにはいやというほど苦々しい思いをした。――一方、ニダーデイルにはまったく苦々しい思いをしなかった。いつかまた卿に会っても、――過去を思い出せば快くはないが――、少なくとも気分を害することなく握手して、ほほ笑みかけることができる。しかし、こういうことのせいで彼女は一般に結婚をあまり好ましいものとは思わなかった。彼女は十万ポンド以上の個人資産を持っている。金によって生じる力を意識し、その富で好きなことができることを知りながら、真剣に人生に注意を向け始めた。

もし彼女が独身の女主人としてとどまる決意をしたら、その金で何をすることができるだろうか？　また、どのように人生をかたち作ったらいいだろうか？　フィスカーを拒絶するとしたら、どういうふうに始めたらいいだろうか？　その場合、この男を追い出すことになる。残っている友人、すなわち前の国から名を知っている友人は、父の未亡人とクロールだけになるだろう。彼女はクロールに関するマダム・メルモットの意図をすでに察知し始めていた。資産に釣り合った規模で、この年長の二人と一緒に所帯を持っている自分の姿を、思い描くことができなかった。独身女性として完全に独立して独りで生活している自分の姿も、心地よく思い描くことができない。女性の権利——特に金にかかわる——女性の権利について、彼女は一家言を持っていた。米国では若い女はイギリスほど基本的に後ろ盾を必要としないという漠然とした考えも持っている。それで、ボストンか、フィラデルフィアにりっぱな私邸を持つという考えがいいとは思わなかった。というのは、マダム・メルモットが住みたがっているニューヨークを避けなければならないと思ったからだ。彼女ははっきりフィスカーが気に入っていた。この男はフィーリックス・カーベリーのように美しくなかった。ニダーデイル卿のように気立てはよくなかった。彼女はイギリス紳士をたっぷり見てきたから、フィスカーが紳士とはずいぶん異なることくらいはわかった。ただし、たっぷり見てきたからと言って、フィスカーを不快に思うほど見てきたわけではない。この男はサンフランシスコに大きな屋敷を持っていると言った。当然彼女は大きな屋敷に住みたかった。この男は羽振りよくやっていると言った。職業上重要な立場に立っていなければ、確かにここロンドンに現れて、父の事業を差配していないだろうと推測した。米国ではイギリスより既婚女性が自分の金を自由に使えることを彼女はどうにか知った。この情報がフィスカーに有利に働いた。全体を考慮するとき、——もし資産という観点から進路をはっきり見るなら——、マリー・メルモットとしてよりフィスカー夫人としてのほうが世間でやっていけるように思える。

「一等船室を手に入れましたよ」と、フィスカーはある朝ハムステッドで彼女に言った。こういう出会いでは、愛情の問題より先に仕事が扱われ、マダム・メルモットの同席は許されなかった。

「私は個室になりますか？」

「そうです。マダム・メルモットとメイド用の船室と、あなた用の船室があります。すべてが快適に運ぶでしょう。あなたが気に入ると思う——もう一人同行する女性——ハートル夫人がいます」

「その人には夫がいるでしょう？」

「同行はしません」と、フィスカーははぐらかすように言った。

「でも、夫がいるでしょう？」

「ええ、そうです。——が、夫にはふれないほうがいいです。そいつぁ夫としての資格を少しも具えていませんから」

「彼女はほかの男性と結婚するためにこちらに渡っていたんじゃありません？」——というのは、マリーはサー・フィーリックス・カーベリーと蜜月のころ、ハートル夫人の話をいくらか聞いていたからだ。

「いわく因縁があります。たぶんいつかみなあなたにお話しします。が、知る必要のない人とつき合うようあなたに求めちゃいけないのぁ確かですね」

「そうね、——自分の面倒は自分で見られますから」

「その通りです、ミス・メルモット、——その通りですね。それはとても強く感じます。が、私が言いたいのぁこういうことです、——私のものにしたいと願っている女性に、淑女が知り合っちゃならないような女性を紹介しちゃあならないとね。そう理解してもらえたらいいですね、ミス・メルモット」

「よくわかります」

「さらに言ってもいいですが、もし私がたんにあなたの友人としてじゃなく、あなたから受け入れられた恋人として、あの船に乗ることができたら、特にあちらに上陸したとき、あなたを快適にするもっと多くのことをすることができます、ミス・メルモット。私の心を疑わないでください」

「どういう根拠に基づいて、あなたの心を信じていいかわかりません。私の見るところ、紳士の心には疑わしいところがたくさんあります。多くの紳士にはまったく心がないと思います」

「ミス・メルモット、あなたは栄光に満ちた西部を知りません。あなたの過去の経験は、情熱が支配することが許されないこの国、活力を失った石のように冷たいこの国から引き出された経験です。太平洋が洗うあの金色の岸辺じゃ、男はまだ誠実であり、——女はまだ親切です」

「待って見てから判断したほうがよさそうですね、フィスカーさん」

しかし、フィスカーはこれについて彼女のような見方をしなかった。あの金色の岸辺には、誠実でありたいと願う男たちが彼のほかにもたくさんいるかもしれないからだ。「それに、女性の資産を規定するあちらの法律は」と、彼はかなり巧みに言いたいことを訴えた。「こちら側で男性が貪欲に確立した法律とは真逆です。あちらじゃ、妻は夫の資産のうち妻の取り分を主張することができるうえ、妻の資産は妻だけのものです。米国は確かに女性に手厚い国です——特にカリフォルニアはね」

「そうね。——あちらに数か月いたら、そういうことがみなわかると思います」

「が、もしあなたがその気になれば、既婚女性という、あるいはすぐにも結婚を控えた女性という、ずっと保護されたかたちでサンフランシスコに入れます」

「独身女性はカリフォルニアでは重く見られませんか?」

「そうじゃありませんがね。いいですか、ミス・メルモット、私が言いたいことぁわかるでしょう」

「ええ、わかります」

「一緒に生活を楽しみましょう。私たちは二人でこれまでまれなほどうまくやってきました。私は——今のところ——自宅に住んで年三万ドルを使っています。いずれみなわかります。あなたのものと私のもの——両方を一緒にしたら、あそこの誰より遠くに手を広げることができると思います」

「遠くに手を広げることなんかどうでもいいことを知っています。そういうことはもうすでに見てきました、フィスカーさん。引っ込めることができる以上に手を広げてはいけません」

「私についてそれを心配する必要はありません、ミス・メルモット。私ならあなたの金に一ドルもふれることぁないでしょう。夫婦としてフランシスコに入れりゃあ、とても誇らしいと思います」

「しばらくそこで生活して周囲のことがわかるまで、結婚は考えないほうがいいです」

「屋敷を見るまで！　ううん。——それは一理ありますね。屋敷はちゃんとそこにあります。その屋敷があなたのお気に入りになることについて、私は少しも心配していません。が、もし私があなたと婚約したら、あなたに何でもすることができます。サンフランシスコに独りで入って、いったいあなたはどこにいるつもりです？　ねえ、ミス・メルモット、私はとてもあなたを崇拝しています！」

この最後の保証に大きな効果があったと、私は思わない。しかし、それを言い出した趣旨はある程度功を奏した。「じゃあどうしたらいいか言いましょう」と彼女。

「どうしたらいいですか？」彼は跳びあがると、彼女の腰に腕を回し、そう聞いた。

「そういうことじゃありません、フィスカーさん」と、彼女は身を引いて言った。「こういうふうにするつもりです。あなたは私と婚約していると見なしていいです」

「私はこの大陸一の幸せ者です」と、彼は有頂天になって言ったが、米国にいるのではないことを忘れていた。

「でも、私がフランシスコに着いて、心変わりするようなことを見つけたら、婚約を解消します。私はあなたがとても好きです。でも、無謀な企てをする気になれません。何物かわからない人とは結婚しません」

「それはその通りです」と、彼は言った。「その通りです」

「私たちが婚約していることを船上で発表してもいいです。私は同じことをマダム・メルモットに言います。彼女とクロールはニューヨークより先へは行かないようです」

「それを悲しむ必要はありません。――そうでしょう?」

「そうね。たいして重要じゃありません。――ハートル夫人が受け入れてくれるなら、夫人と旅を続けます」

「夫人はたいそう喜ぶでしょう」

「私たちが婚約していることを夫人に言います」

「私のいとしい人!」

「でも、あなたの口癖になっているフリスコに着いたとき、この婚約がいやだと思ったら、カリフォルニアのどんな掟にも縛られるつもりはありません。――そうね。あなたはそうしたがっていると思いますから、私に口づけしてもいいです」それで、――ここまでのところ――、フィスカーとマリー・メルモットは互いに夫婦となることを約束した。

その後、フィスカーはイギリスで残された仕事を円滑にこなした。彼がマリー・メルモットと婚約したことがハムステッドで受け入れられた。マダム・メルモットがクロールと結婚することもまもなく了承されるようになった。一方の女性の父であり他方の女性の夫だった人が、最近亡くなったばかりだったので、これらの取り決めは確かにある程度批判的な意見にさらされた。しかし、メルモットが生死両方において一般人とあまりに違っていたので、彼の関係者たちもふつうの尺度では測れないという雰囲気があった。それに、あまり大きな問題にもならなかった。というのは、関係者たちは取り決めがなされたあとすぐ旅立ってしまい、ハムステッドの人々は彼らのことを二度と耳にしなかったからだ。

九月三日に、マダム・メルモットとマリーとハートル夫人とハミルトン・K・フィスカーとクロールが、リバプールを出発してニューヨークへ向かった。三人の女性はかんばしい思い出がなかったこの国を二度と訪れまいと意を決していた。これまで読者と同行して来たこの年代記作者は、マリー・メルモットがサンフランシスコに到着してすぐフィスカー夫人となったことを、明らかにしていいくらい見通すことができる。

第九十九章　カーベリー令夫人とブラウン氏

　地位と資産を有する若者が長年習慣としている伝統にのっとって、サー・フィーリックス・カーベリーが次の数か月を外国旅行に費やすこと、新教徒の牧師をその旅に同道することを、ベアガーデンで友人たちに断言したとき、必ずしもすべて嘘を言っていたわけではない。彼の発言に通常まつわりつくうさん臭さよりも健全な真実がそこにはあった。彼は当然いつものようにできれば友人たちに誤った印象を与えたかったたし、――誰も信じないと思うようなことを主張して――、誤った印象を与える試みをしたかった。彼は聖職者と一緒にドイツへ行き、一年はそこにとどまるつもりでいた。プロシャ北東部の商業の町に定住するイギリス人新教徒が、最近ロンドン主教に対して牧師の派遣と支援を要請した。主教はこの件に心を動かされた。故国を去ってもよいという牧師が見つかったけれど、提示された報酬がじつに少なかった。問題の商業の町のイギリス人新教徒は敬虔ではあったが、気前はよくなかったわけだ。『朝食のテーブル』がこの件に関心を抱いて、この新聞のいつものやり方で寄付に訴える事態となった。主教とこの件にかかわったすべての人々は、もしこの問題に誠意をもって取り組むよう『朝食のテーブル』を動かせたら、ことはなされたのも同然だとはっきりとらえていた。同紙の完璧な誠意をえることができたので、とうとう聖職者の指名をブラウン氏に委託した。セプティマス・ブレイク師――ローマ・カトリックの火から拾い出された燃え木とも言える人――が説得されて、謝礼と引き換えにサー・フィーリックス・カーベリーの扶養と全面的な監督を引き受けた。支援にもかかわらずまだまだ報酬が少なかったからだ。ブラウンは准男爵について知らなければならないことをブレイクに伝えて、若者の扱いに関する助言を多く与え、サー・フィーリックスに故国に帰る手段を絶対に与えないよう特に牧師に命じた。たとえこの若い紳士が望む快適さ、あるいは利益とは多少違った状況になっても、外見上見苦しくない仕方で、しかもほどほどの支出で、サー・フィーリックスにドイツの生活をできるだけたくさん見せること、――しかし特に若い紳士があっという間にイギリスに帰って来ないようにすること――をブラウンは切に願った。

カーベリー令夫人は初めこの計画に反対した。息子の扶養が大きな重荷になっているが、母は彼を故国離脱に追いやる考えに耐えられなかった。しかし、ブラウンはすこぶる頑固で、じつに理詰めで、思うにいくぶん非情だった。「じゃあ今のように甘やかしていて、最後にどうなりますか?」と、彼は腹に据えかねて彼女に言った。というのは、このころ大編集長はカーベリー令夫人と一緒にいるとき、前によく手を握り目を見つめていたあのブラウンとはずいぶん違っていたからだ。彼が率直に直言する態度を取るようになっているので、令夫人は彼をまったく別人のように見ていた。彼女は彼の言葉をほとんど否定することができなかった。それなのに、彼女がほんとうに思い、感じていることを話すよう彼から強いられていると感じた。

「あなたは最後の一シリングまで息子に食い尽くされて、一緒に救貧院へ行くつもりですか?」

「ねえ、あなた、私がどれほどこのことで苦しんでいるかご存知でしょう!　そんな恐ろしいことは言わないでください」

「この件について何か言わなければならないと私が思うのは、あなたがどれほど苦しんでいるか知っているからです。でも、彼がプロシャで十二か月牧師と一緒に生活するからといって、あなたにどんな苦しみがありますか?　彼にはこれ以上にいい救済策はありません。今送っている生活から引き離し、転地させる以外に、どんないい良薬が彼に見つけられるでしょう?」

「あの子が結婚することさえできたら!」

「結婚って! 誰が彼と結婚してくれます? 娘が金を持っていたら、どうして彼なんかに身をゆだねます?」

「あの子はとても美男子ですから」

「彼は美しいせいでどうなりました? そんなことはみな愚かで、間違っていると、カーベリー令夫人、私に言わせてください。あなたが彼をここに置いておくなら、彼の破滅に手を貸すだけでなく、あなた自身もきっと破滅します。当人は行くことに同意しています。——行かせなさい」

彼女は屈服を強いられた。ほんとうのところ、サー・フィーリックス本人が同意していたから、母は屈服せざるをえなかった。旅に出るようサー・フィーリックスを説得するとき、ブラウンはおそらく手腕と決意の固さによって大きな勝利をえた。「お母さんはね」と、ブラウンは言った。「君を数か月甘やかせ続けるために、君の妹やご自分を貧困の極みに落とすことはやめようと決心しました。君をドイツへ行かせることにお母さんはもちろん耐えられません。でも、君を家から追い出すことはできるんです。ですから、たとえ君がドイツへ行かなくても、お母さんは君を追い出しますよ、ブラウンさん」

「母はそんなことを言わなかったと思いますよ、ブラウンさん」

「そう。——お母さんはそう言いませんでした。でも、私がお母さんの胸中を代弁して、差し向かいでそう言いました。お母さんはそうでなければならないと認めました。お母さんがそうするつもりでいるという私の言葉を君は紳士として受け入れなければいけません。もし君がお母さんの意向を受け入れるなら、年百七十五ポンドが君の生活費として支給されます。——でも、もし君がイギリスにとどまるなら、この先一シリングも受け取れません」准男爵は金欠状態だった。ソヴリン貨はほとんど失っている。上着にしろ、長靴にしろ、商人から掛け売りで買えなかった。ドアの鍵は取りあげられている。小姓からさえ侮蔑的に扱われる。服は着古している。次の秋か冬には娯楽も見込めなかった。彼は東プロシャにそれほどときめきを感じなかったが、どんな変化でもいいほうへの変化に違いないと思った。それゆえ、彼はブラウンの提案に同意して、セプティマス・ブレイク師にしかるべく紹介された。その後、最後のソヴリン貨をベアガーデンの最後のディナーに使ったとき、彼の旅立ちをきっと嘆くに違いないクラブの友人たちに近い将来の計画を説明した。

ブレイクとブラウンは旅立ちをぐずぐず遅らせて機会を逸しないように協力した。サー・フィーリックスは愚かな母から別れ際に最後の五ポンド紙幣を搾り取って、八月が終わる前にブレイク夫妻と子供たちとともに、ハルからハンブルグへ向けて船出した。「彼が引き返して来るのに充分な金額ですよ」と、餞別の話を聞いたとき、ブラウンは怒って強く言った。しかし、カーベリー令夫人は息子をよく知っているから、フィーリックスが目的というような分別で、支出を抑制することはないと言って安心させた。「一行が目的地に着くずっと前に、あの五ポンドはなくなっています」と令夫人。

「じゃあどうしてそれをやったんです?」とブラウン。

ブラウンは非常に強い不安を感じたので、半年分の手当てを自前でブレイクに前払いした。実際、彼はカーベリー令夫人のためにさまざまな金を使った。――それで、不幸な令夫人は大編集長にほとんど奴隷のように従属していると、しばしば心でつぶやいた。彼は週に三、四度夜の九時ごろに訪ねて来て、彼女がなすべきこと全般について指示を与えた。「もし私があなたなら、次の小説は書きませんね」と、彼は言った。これは厳しい指摘だった。彼女は小説を書くことを大きな野心としていたからだ。書いた作品はいいものだとうぬぼれていた。ブラウンのところの批評家はそれをとてもいいとほめてくれた。『夕べの説教壇』はもちろんそれをこきおろした。――なぜなら、こきおろすのが『夕べの説教壇』のやり口だったから。彼女はそう納得して、非難が悪意から来る一方、賛美はみな正しいと独りつぶやいた。『朝食のテーブル』で賛美の記事が出たあと、もう小説を書かないようにブラウンから言われるのは酷であるように感じた。彼女は悲しそうに彼の顔を見あげたが、何も言わなかった。「書いても引き合わないことがわかると思います。多くの作家と同じように、もちろんあなたも書くことができます。でも、それはほとんど何も伝えません！」

「金を稼ぐことができると思いました」

「リーダムさんはあまりあなたに期待していないと思います。――ほんとうにそう思います。私なら何かほかのことに向かいますね」

「仕事をしてそれに金をもらうのはとても難しいですね」

ブラウンはこれに直接答えなかった。しばらく沈黙して座っていたあと、いとま乞いをした。まさしくその朝、カーベリー令夫人は息子を見送った。まもなく娘とも別れることになっているので、たいそう悲しかった。ウェルベック・ストリートのこの家を、たとえその手段を持っていても、一人のために維持し続けることはできないと感じた。どう身を処したらいいだろう？　どこに行けばいいだろう？　コップに落ちたいちばん苦い一滴は、小説を書くことを禁じるブラウンのあの言葉だった。結局、彼女は賢い女ではなかった。――ほかの女と同じふつうの女だった！　まさしくその朝、彼女は希望のすべてを『朝食のテーブル』のあの論評に託して、小説家としての来るべき成功を誇りに思った。私たちみなにごくふつうのあの精神的な反動で、彼女は舞いあがった分だけ落胆した。ブラウンは理由もなくこんなふうに彼女を意気消沈させはしないだろう。彼は今は厳しいが、――以前はとても優しくて――、とてもいい人だった。彼に反抗することなど、思いも及ばなかった。彼のこの発言のあと、『朝食のテーブル』に称賛の記事はもう出ないだろう。――その称賛がなければ、彼女のどんな小説も成功しないだろう。彼女が彼のことを考えれば考えるほど、いっそう彼は全能であるように見えた。彼女が自分のことを考えれば考えるほど、ほんの十二か月前の文学的船出当初のあの高い希望からは墜落し、いっそう完全に地に伏しているように思えた。

翌日、ブラウンは令夫人のところに姿を現さなかった。彼女は何もしないでみじめに独り座っていた。押し迫るヘッタの結婚に関心を抱くことができなかった。その結婚がロジャーにかかわる彼女の計画に正面から敵対しているからだ。そのうえ、彼女はブラウンに小説のことを思い切って打ち明けることができなかった。じつは二番目の小説の第一章となる最初の数ページを書いていたからだ。今は書いたものを見ることさえできなかった。彼女はこういうことのせいでとても悲しくなった。夜はまったく独りですごした。というのは、ヘッタがはとこの友人である主教の妻、イエルド夫人、に招待されて、サフォークへ行っているからだ。令夫人は過去の生活と来るべき生活を考えるとき、やり方に誤りがあったことに気づいて、曲がりなりにも後悔していた。でもすべてどうでもいいことです、と彼女は独り言を言った。まったくの虚栄――虚栄――虚栄よね！　彼女は真の喜びをどこにも見出せなかった。いつか好ましいことが起こることを信じようと、心に言い聞かせているだけだ。――実際に好ましいことなんかまだ何も見つけていなかった。それを期待して待っているだけだ。――しかし、今はその期待さえなくなってしまった。ブラウンは息子を海外へ送り出し、これ以上小説を書くことを彼女に禁じた。――しかも、彼から求婚されたとき、彼女はそれを拒否してしまった！

彼は翌日いつものように訪ねて来ると、令夫人がまだ非常にみじめな状態でいるのを見つけた。「私はこの家を手放します」と、彼女は言った。「維持する余裕がありません。実際、家はいりません。どこへ行ったらいいかわかりませんが、どこへ行ってもたいして違いはないと思います。今私にはどこでも同じです」

「どうしてそんなことを言い出すかわかりません」

「かまわないでしょう?」

「ロンドンを出ることを考えてはいないでしょう?」

「それもいいのじゃありません? いちばん安く住めるところへ行くのがいいと思います」

「私が会えないところに住むことになったら残念です」と、ブラウンは悲しげに言った。

「私もです——とても。——あなたは誰よりも私に親切にしてくださいました。でも、どうしたらいいでしょう? ロンドンにとどまるとしたら、どこかみじめな下宿にしか住むことはできません。あなたが私を笑って、私の考えが間違っていると言うのはわかっています。でも、フィーリックスがどこへ行こうと追いかけて、彼の近くにとどまって、助けを必要とするときに彼を助ける。そういうのが私の考えです。ヘッタからは必要とされていません。

「私にはあなたが必要ですよ」と、ブラウンはとても穏やかに言った。

「まあ、——とてもご親切ですね。親切を施すことくらい人を高めるものはありません。——友人の親切くらい、友人同士をしっかり結びつけるものはありません。あなたは私を必要としていると言ってくださいます。なぜなら、とても悲しいことに、私があなたを必要としているからです。私がいなくなっても、あなたはただ毎日の面倒がなくなっているのに気づくだけです。でも、私はどこに友人を見つけたらいいでしょう?」

「あなたを必要としていると言うとき、私はそれ以上に言いたいことがありました、カーベリー令夫人。私は二、三か月前に妻になるようにあなたに求めました。私が正しく理解しているとするなら、おもに息子さんにかかわる事情で、あなたはそれを断りました。今はその事情が変化しました。それで、私はもう一度あなたに求婚します。私はこの結婚が私の幸せにいちばん役に立つと確信しています。――疑念がないわけではありません。疑念はみなあなたにお知らせします――、それでも私はこの結婚が役に立つと確信しています。最愛の人、それがあなたの幸せを損なうこともないと思います」

彼はじつに穏やかな声、ごく落ち着いた態度でこう言い、誤解が起こりえないほど明瞭な言葉を使った。それなのに、令夫人は当初それが何を意味するかほとんど理解できなかった。もちろん彼は結婚の申し込みを再度繰り返していたが、その申し込みが真剣でないと彼女に感じさせる口調を用いた。彼が冗談を言っているとか、気の抜けたへたな賛辞を捧げているとか、そんなふうに彼女が受け取ったというのではない。彼女は曲がりなりにもこれをとらえるとき、求婚であるはずがないと頭から思い込んでいた。つまるところ、とても考えられないことだった！　彼女は自分についてじつに低い評価をしており、自分の虚栄と小ささと見せかけにつくづくうんざりしていたので、これほどの人物がほんとうに彼女を妻にしたがっていることを受容することができなかった。この瞬間、彼女は自分について実際の価値より過少に、ブラウンについて過大に評価していた。彼女は黙ったまま座って、相手の顔を少しも見ることができなかった。一方、彼は肘掛椅子に深くもたれて、一心に彼女の顔に視線を注いでいた。「さて」と、彼は言った。「あなたはどう思います？　私は以前あなたから拒否されたため、前ほどあなたが好きになれませんでした。拒否されたのは、私があなたの息子さんからばつの悪い思いをさせられるのは、正当でないという理由だったと思います」

「それが理由でした」と、彼女はほとんど囁いた。

「今私を受け入れてくれたら、それだけ私はあなたが好きになれます、――もしあなたが受け入れてくれたらですが」

令夫人は過去のさまざまな光景を眼前に思い浮かべた。生活費には注意するよう諭された娘時代の野心、うちから逃げ出さずにいられなかった夫の残酷さ、出戻ったときに許す夫のいっそうの残酷さ、——みじめだと口に出したことはないが——ひどくみじめに落ち込ませる誹謗中傷、ロンドンの生活の試み、文学上の成功と失敗、息子の惨憺たる経歴、——どの光景を取って見ても幸せは見出せず——慰めさえなかった。彼女はいちばん甘くほほ笑んでいるときでさえ、いちばん重い心を抱えていた。今とうとう真の平安を、堅い海底をとらえた錨から来るあの安定を、手に入れたと言えるだろうか？　それから、最初のあの口づけ——あるいは口づけの試み——を思い出した。あのとき、彼女は優越感から来る高慢さから、この男は感じやすい老頓馬だと心でつぶやいた。男の感受性が今あるようなものだとはそのとき思わなかった。彼女がそのとき正しい判断をくだしていて、男の感情と性質のほうがそれ以後変わってしまったのか、あるいは男は一貫して変わらずほんとうに彼女を愛していたのか、今もまったく判断できなかった。相手が黙っているので、彼女は答える必要に迫られた。「あなたはこれについて充分考えていなかったはずです」と令夫人。

「たっぷり考えましたよ。少なくとも六か月は考えてきました」

「私にはとてもたくさん負い目があります」

「あなたの負い目って何です？」

「インドには私について悪い噂があります」

「それはみな知っています」と、ブラウンは答えた。

「それに、フィーリックスがいます」

「それについても知っているると言っていいと思います」

「それに、とても貧乏になりました！」

「金のためにあなたに結婚を申し込んでいるわけではありません。私にとって幸運なことに、――私たち二人にとっても幸運なことであってほしいですがね――、金のために結婚する必要はありません」

「それに、私はあらゆる点で失敗しているように思えます。あなたから申し出られたもののお返しに、私が差しあげなければならないものがわかりません」

「身一つですよ」と、彼は言うと、右手を令夫人に差し出した。彼は手を差し出して、そこに座っていた。――それで、彼女は手をそこに差し出すか、きっぱりとそれを拒否するか、どちらかをするよう求められていることがわかった。彼女はじつにゆっくり手を差し出すと、相手を見ないでそれを与えた。それで、男は彼女を引き寄せた。彼女は次の瞬間男の足もとにひざまずいて、顔を男の膝に埋めた。二人の年齢を考えると、おそらくその姿勢はぎこちなかったと言わなければならない。誰かに見られていると想像したら、彼らもきっとそう思ったに違いない。とはいえ、この種の多くの馬鹿馬鹿しさが、たんに心地よいものと思われるだけでなく、――それらが冒涜的な目で調べられず謎としてとどまるなら――ほとんど神聖なものとも思われる！　年寄は情熱を感じ、情熱を認めることを恥じない。情熱をあからさまに見せるのは優雅さに欠けるが、若者はそれを自慢にし、年寄はそれを名残惜しく思う。

そのとき、二人のあいだにはそれ以上話すことがなかった。彼は疑いなく真剣で、彼女は彼を受け入れた。彼は編集室に向かうとき、相手にだけでなく自分にも最善を尽くしたと独りつぶやいた。かたや、彼女は何らかの美徳によってというより、以前拒否したことによって今彼を完全に勝ち取ったと、私は思う。

彼女は夜遅くまで独りで座っていた。このとき、完全な精神の反動にさらされた。その日の朝は世界をまったく空虚なものに感じた。目の前に何一つ興味ある対象を見出せなかった。今はすべてがバラ色だ。愛情と誠実さの確かな証拠を差し出して、このように彼女を縛った男は、世間ではかなり名のある人物であり、

——そう彼女は心でつぶやいた——、彼に比べればたいていの人が偉大でも、有力でもなかった。そんな彼の妻になり、彼の友人たちを受け入れて、彼から照り返される栄光で輝くのは、どんな女にとってもりっぱな経歴と言えるのではないか？　彼女の希望が実現されたか、あるいは——人の希望は決して実現されないので——、彼女の満足がどの程度まで確実なものとなったか、残された紙面で私は語ることができない。しかし、次の冬が終わる前にカーベリー令夫人がブラウンの妻となったこと、彼女の決意を徹底させるため、夫の名を名乗ったことは言っておかなければならない。ウェルベック・ストリートの家は維持されて、ブラウン夫人の火曜の夜は、昔のカーベリー令夫人のそれよりも文壇でははるかに重視された。

第百章　サフォークにて

ロジャー・カーベリーが訪ねて来たあと、ポール・モンタギューがヘッタとのあいだの問題を解決するため、時間をかけなかったことは言うまでもない。ポールは翌朝早くブローチを持って、もう一度ウェルベック・ストリートへ向かった。カーベリー令夫人は初め反対を続けていたものの、実際にはほとんど彼の邪魔にならないほど弱々しい反対しかできなかった。ヘッタは今やロジャー・カーベリーを味方につけているので、この問題で母より強い立場に立つことや、何も恐れる必要がないことを充分理解していた。「どうやって生活していくかわかりません」と、令夫人は悲しげな口調で将来の恐れにふれた。ある若い娘は、未来の夫がジャガイモを食べて生きていくことに同意してくれるなら、彼女はジャガイモをむいて満足すると断言したという。ヘッタはその娘の確信を別の言葉で繰り返した。ポールがフィスカー・モンタギュー＆モンタギュー商会と交わした最終的な取り決めに言及して、満足できるその内容をぼんやり口にしたとき、「収入のようなものは見当たりませんね」と、令夫人は言った。「でも、ロジャーがちゃんとしてくれるようです。彼が今は全部引き受けてくれるように見えます」とはいえ、令夫人がこう言ったのは、ブラウンの二度目の結婚申し込みによって彼女によき時代が始まる前のことだ。

とにかく二人の結婚が決められた。式は来春に予定された。結婚が最終的に整ったとき、屋敷に戻っていたロジャー・カーベリーは、彼が今演じたいと熱望する役割にヘッタが慣れるように、秋にも、できれば冬にも、彼女をサフォークですごさせるのがいいと思った。彼はこの目的のため主教の妻イエルド夫人を説得して、主教公邸にヘッタを招待させた。ヘッタは招待を受け入れて、ロンドンを発った。彼女が母とブラウンの婚約の知らせを聞く前のことだ。

ロジャー・カーベリーは――胸中の強い葛藤なしに――、ポールとヘッタを恋人として認める気になれなかった。二人の関係を素直に承服できなかった。ロジャーには二つの強い確信があった。その二つとも二人を恋人と認めることに反対した。第一の確信は、ポール・モンタギューより彼のほうがこの娘にふさわしい夫だと告げた。第二の確信は、ポールから踏みつけにされた仕方を見ると、彼を許すのは愚かで、かつ男らしくないと断言した。というのは、ロジャーはキリスト教精神に忠実な、信心深い人柄だけれど、もし加害者が不正を悔悟しなければ、その害を許してはならないと思っていたからだ。外套を盗んだ泥棒に上着をも与えるようなことをするなら、(1)――自分や他人がそんな教えに導かれるなら――、邪悪で怠惰な人が心地よく衣服にくるまるために、誠実で勤勉な人が裸にならなければならないと思った。もし誰かから外套を盗まれたら、確かに彼は泥棒をできるだけ早く監獄に入れ、少なくとも過ちを後悔するまでそいつに寛大にはなれない。今思うに、ポール・モンタギューは彼の外套を盗んだのだ。もし彼、ロジャー、がこの愛の問題で屈服したら、ポールに上着をも与えてしまうことになる。それはいけない！　ポールを何とか監獄に入れ、陪審員の前に引き出して、少なくとも罰の判決に服させるよう、非難の評決をえる義務が彼にはあった。それなのにどうして屈服できようか？

それに、ポール・モンタギューは女性に関してとても弱いところを見せてしまった。ハートル夫人がイギリスに現れたとき、彼がそれを苦痛に感じていたことは考えられるし、きっとそれがほんとうだっただろう。ところが、彼は恋人として夫人とともにローストフトへ行った。そんなことをする男は、ヘッタ・カーベリーの夫としてまったくふさわしくないとロジャーは思った。この件でモンタギューを悪しざまに言うつもりはなかった。言えと言われても、言うつもりはなかった。それでも、ヘッタが真実を知り、それによって若い恋人を拒絶するよう導かれるべきだと強く確信した。

とはいえ、これらの確信に加えて、第三の——等しく強い——確信が彼にはあった。それはヘッタがその若い男を愛しており、彼、ロジャーを愛してはいないと言い、もし彼、ロジャー、が彼女を愛しているなら、彼女を幸せにするためにできるだけのことをしてその愛を証明することが男としての義務だと告げた。彼は両手を後ろ手に組んで堀のそばの歩道を行ったり来たりし、ときどき立ち止まってテラスの庭壁の上に座った。一つの考えに精神を集中させて何マイルも歩道を歩き、これ、これだけを彼の義務と感じるように心に教え込んだ。そうでなければ、愛とは何だろう？　愛する人のために自己犠牲に向かわなければ、男が望む献身とは何だろう？　男は女のために危険を背負い、どんな苦役にも服し、女のために死にさえする！　しかし、もしこれがただ女を勝ち取るためにのみなされるなら、真の愛——他者への自己犠牲がそのもっとも正しい証明となる真の愛——はどこにあるのか？　それで、彼はその義務を実際にはたそうと徐々に決意した。あの若い男は友人に対して悪い振る舞いをしたが、必ずしも心底悪いわけではなかった。しっかり保護されればよくなりうる男だ。彼、ロジャー、は堅実な目標を掲げ、誠実な心を持っているので、若い男の至らぬ点をあげつらうことで、新しい希望を心に掻き立てることなどできなかった。この件についてヘッタよりも正確に判断できると考えるどんな権利が彼にあっただろうか？　それで、彼は何マイルも何マイルも歩いたあと、利己心を克服し、——克服するとき、心を粉々にしてしまったが——、ポール・モンタギュー夫人を幸せにする仕事に精力を注ぐという決意に到達することができた。彼がこの前ロンドンに行った際、ポール・モンタギューに対して怒りを完全に抑え込み、ヘッタに対してとても優しく振る舞うとき、この決意に沿って行動しているのを私たちは見た。

ロジャーが葛藤を克服して、ヘッタが恋敵の妻になることを彼の心に受け入れるこの仕事をなし遂げたとき、私が思うに、彼は疑念にとらわれていたころより精神的にくつろいで、穏やかになった。昔彼のものとして思い描いていた幸福を、彼のものとすることができなかった。彼は結婚をすまいと決めた。ヘッタの長男が古い名を受け継ぐという条件で、カーベリーの土地をその子に設定する用意をした。彼は実子と呼べる子を持つことはないだろう。しかし、もしこれらの人々がカーベリーに住むように、あるいは屋敷に活気を与えるため少なくとも年の一定期間ここに住むように、彼らを説得することができたら、彼は再び奮起して、資産に関心を持つことができるだろう。これに至る第一歩として、彼は自分を老人としてとらえる必要があった。つまり、彼の家庭を作るという目的のためにはあまりにも年を取りすぎた人、それゆえ他人の家庭を幸せにするため、献身しなければならない人として自分をとらえる必要があった。

彼は自分についてそう考え、そう決意したあと、この件を友人の主教にずいぶん相談した。こういう打明け話の結果、イエルド夫人はヘッタを主教公邸に招待した。ロジャーは結婚前にはとこに話しておくことがまだたくさんあると感じた。それはロンドンでより田舎でむしろうまく話せた。サフォークをふるさととして、愛着のある州として、見るよう彼女に教えたかった。ロジャーは難儀のときに同情を請える唯一の友人――主教――に、ヘッタのことを話そうと思い、彼女が到着する前日、到着したらすぐ彼女に会いに来るよう友人に請うという名目で主教公邸に出かけた。「彼女か、あなたが、彼女の子に資産を設定することについては」と、主教は言った。「まったく論外ですね。弁護士なら、あなたがそうすることを許さないでしょう。とどのつまりあなたが結婚することに決めたら、どこへ行くつもりですか?」

「私は結婚しません」

「結婚しそうもないですね、――ですが、するかもしれません。あなたの歳の男が結婚問題についてどうする、どうしないと、今はっきり言うことはできません。遺言を作って、好きなように資産を処理すればいいです。――遺言は作っても、取り消せますからね」

「私が感じていることを、正確にとらえてもらっていないように思います」と、ロジャーは言った。「私自身もそれをうまく説明できないことがわかっています。もし彼女が私のほんとうの娘だったら、私の娘に振る舞うように振る舞いたいです。もし彼女が息子を持ったら、その息子が私のほんとうの世継ぎであるように振る舞いたいです」

「ですが、たとえ彼女があなたの娘でも、あなたがじつの息子を持つ可能性か、機会かがある限り、彼女の息子はあなたのほんとうの世継ぎにはなれません。正当にあなたに与えられた権利を、手の届かないところに投げ捨ててはいけません。もし権利が正当にあなたのものなら、それはほかのところにあるよりあなたのところにあるほうがいいに決まっています。私はあなたのはとこをとても高く評価していますから、彼女が結婚しようとする紳士についても肯定的にとらえるほかありません。あなたは今のところ資産を自由に処分できる権利をそういう二人に存分に振るうことができます。それがあなたの願望を次世代にそっくり守らせるため、一定の効果を持つとあなたは期待するかもしれません。ですが、そういう期待はたんに人のさがにすぎません」

「私はそうは思いませんよ、閣下」と、ロジャーはいくぶん怒って言った。

「それはあなたが今このとき、世間の一般の規則を無視するほど熱い思いに心をとらわれているからです。ゴネリルやリーガンのような娘を持つ父はあまり多くいません。――ですが、老王の愚かさから教訓を引き出す人々はたくさんいます。『金の冠を与えてしまったとき、あなたは禿げ頭にほとんど知恵を残していな

かった』と、道化は老王に言いました。思うに、世間は道化が正しいと知っています」(2)

主教はポール・モンタギューの子に資産を設定するという考えを、ロジャーに捨てさせることに成功した。しかし、ロジャーは彼と彼の利害をヘッタのそれに従わせようと固く決意していた。彼は二日後に公邸にヘッタを訪ねて、彼女が庭園にいるのを見つけた。彼女と一緒に二時間そこを散歩した。「問題がみな決着していればいいですが」と、彼はほほ笑んで言った。

「フィーリックスとママのことを」と、ヘッタは言った。「言っているのですか？」

「いえ、そうじゃありません。フィーリックスのことで、カーベリー令夫人は最善を尽くしたと思います。おそらくブラウンさんから助言をえたのでしょう。ブラウンさんは分別のある方のようですね。あなたのお母さんが今は快適に暮らしていればいいと思います。しかし、私はフィーリックスやお母さんのことを言っているのではありません。あなたと——私のことを考えていました」

「あなたに問題がなければいいですが」

「問題がありました。今はあなたに率直に話します。あなたが私の妻になることはないと確信したとき、私はほとんど動転して、思うに、失恋状態になってしまいました。そんな状態に落ち込んではいけなかったのです。年を取っていますから、あなたをえる機会などあるはずがないと知っておくべきでした」

「まあ、ロジャー、——そういうことじゃありません」

「ええと——それとかその他いろいろなことがありました。もっと早くそれを悟って、もっと早くみじめさを克服すべきでした。もっと男らしく、もっと強くなければなりませんでした。結局のところ、男の生活のなかで恋はすばらしい出来事ですが、男がここにいるのはたんに恋のためだけではありません。はっきりと私に定められた義務があります。喜びによって義務を放棄してはならないように、悲しみによってもそれを放棄してはなりません。しかし、私はやり遂げました。失望を克服しました。私の未来の幸福の源泉として、あなたとポールにカーベリーにいてほしいと苦もなく言うことができます。彼を弟のように、あなたを娘のように歓迎します。あなたに求めることは、カーベリーにいることを遠慮しないでほしいということです」ヘッタはただ彼の腕に寄り添ってそれに応えた。「あなたに言いたかったのはそれです。いちばん親しい、愉快な友人として、夫以外にもっとも強く頼れる人として、私を見るようになってくれませんか？」

「そう見るのに努力する必要なんかありません」と彼女。

「父に寄り添うように、あなたを私に寄り添わせますよ、ヘッタ。私がとても年取っていることがじきわかります。急速に年取っているので、若くて愚かなものからすでに遠ざかっているように感じます」

「あなたが愚かだったことなどありません」

「若かったこともないと、ときどき思います。しかし、あなたは今約束しなければなりません。カーベリーを住まいとするよう彼を説得するため最善を尽くすとね」

「私たちはまだ何も計画していません、ロジャー」

「それなら、あなた方が私の計画に乗るのはきっとたやすいでしょう。もちろんあなた方はカーベリーで結婚しますね？」

「ママは何と言うかしら？」

「お母さんはここに来て、きっと式を楽しんでくれます。決まったものと見なしますね。じゃあ、式のあとそこをあなた方のうちにしてください。――あなた方がほんとうにその場所を気にかけ、愛するようになるためです。おわかりでしょうが、そこはいつかほんとうにあなた方のうちになります。私が死んだら、あなたの子が郷士になる年齢に達するまで、あなた自身がカーベリーの郷士にならなければなりません」ヘッタに対する愛と新しい夫婦に対する善意にもかかわらず、彼はポール・モンタギューにカーベリーの郷士となるように言う気になれなかった。

「まあ、ロジャー、どうかそんなふうにおっしゃらないでください」

「しかし、あなた、言っておかなければなりません。私の願いがどういうものか知っておいてほしいからです。もしできるなら、あなたの願いがどういうものかも知っておきたいです。私は将来の生活について完全に方針を定めています。もちろんあなたにそれでどうこう指図したくありません、――たとえ指図しても、モンタギューさんに指図することはできません」

「どうか、どうか彼をモンタギューさんと呼ばないでください」

「じゃあ、呼びません。――ポールにです。怒りの残りかすが飛び散って行きます」ロジャーは空中に怒りをまき散らすかのように両手を振りあげた。「あなたや彼に指図する気はありません。しかし、私が子孫のために執事として資産を保有していること、また私が奉仕する人たちが、この件で私と関心を共有してくれているとわかれば、執事としての私の満足が途方もなく大きくなること、そういうことを知っておいてもらうのはいいことです。私の苦労に対するあなたと彼のお返しはそれくらいです」

「でも、ロジャー、フィーリックスはどうなります」

彼はこれについてヘッタに回答するとき、少し額を曇らせた。「妹に向かって」と、彼は重々しく言った。「兄の悪口を言いたくありません。この件については、私の判断に基づいて結論をくだしたいと思います。ずいぶん考え、ずいぶん悩んだ――そう言っていい――問題です。私の意見は旧式ですから、今ここでそれを説明する必要はないでしょう。私が今願っている長さに匹敵するくらい長く、あなたと一緒にいられたら、きっとあなたも私の意見に賛同してくれるようになると思います。家の資産は、たとえ私のそれのように小さな資産であっても、思うに、人が気まぐれによって——愛情によっても——処理してはならない問題です。人は彼の土地に住む人々や、国に対して義務を負っています。それから、こう言うのは途方もないことのように聞こえるかもしれませんが、人は祖先に対して、すなわち資産が子孫の手で維持されるように明確に願った人々に対して、義務を負っていると思います。こういうことをとても神聖に感じます。私は今やっているいくつかの点で、私の人生観から離れています。——しかし、今取っている方針によって、今述べた義務をいちばんよくはたしているという、完全な確信に基づいて離れています。それについては、ヘッタ、これ以上話す必要はないでしょう」彼がじつに真剣に話したので、ヘッタは言われたことを必ずしもみな理解したわけではなかったが、彼の意志についてあえてこれ以上議論する気になれなかった。ロジャーは彼女に約束を取りつけることもなく、さまざまな意図を説明したあと、娘に口づけするように彼女に口づけして、いとま乞いをすると、公邸に入ることもなく馬車で帰って行った。

そのあとまもなくポール・モンタギューがカーベリーにやって来た。ロジャーはヘッタに言ったのと同じことを前ほど重々しくなくポールに言い、昔と同じように彼を受け入れた。ロジャーはポールに対する怒りを捨てると言い、前と同じように彼を扱うと誓ったからには、どんな代償を心のうちで払おうとも、その約束を厳正に守った。彼はヘッタに対する愛や、昔の希望や、彼の男らしさをほぼ奪った失望のことなどを、幸運な恋敵には一言も漏らさなかった。モンタギューはすべてを知っていたが、すぎ去った不幸に今さらふれたくなかった。ロジャーはヘッタに対しては、これからおそらく何年も先に彼の忠誠を思い起こすときを期待したけれど、ポールに対しては、ヘッタのことを彼が愛した女性として二度と話すまいと厳粛に決意していた。それで、彼は土地や借地人や労働者のこと、農場のこと、収入額のこと、収入が家庭内の必要よりつねに上回るように生活する必要のことをたくさん話した。

春がめぐって来たとき、ヘッタとポールはカーベリーの教区教会で主教の導きにより結婚した。ロジャー・カーベリーが花嫁を花婿に引き渡す役をはたした。結婚式を見た人々はみな、郷士が末長い幸せを喜んでいるようには見えなかったと断言した。ジョン・クラムは——老ダニエル・ラッグルズの死によって空いた土地に入って、今はロジャーの借地人の一人となっていたから——、妻とともに結婚式に参列して、その式が彼の式と同じくらい楽しかったとはっきり言った。この意見がかなり大きな声で述べられたとき、「ジョン、あなたって何て馬鹿なの！」と、ルビーは夫に言った。「そう、それっちゃ」と、ジョンは言った。「そいやけど、おまえを手に入れそこなうほど馬鹿やなかったけえの」「いいえ、ジョン。そのころ馬鹿だったのは私よ」とルビー。「子が生まれりゃあ、それについちゃあはっきりするけえ」と、ジョンは同じくらい大声で言った。それから、ルビーは口をつぐんだ。ブラウン夫妻もカーベリーにやって来て、式に列席することで、ポール・モンタギュー夫妻に大きな栄誉を添え、家族内の確執が終わったことを明らかにした。サー・フィーリックスは現れなかった。このころまで、幸いなことにセプティマス・ブレイクは——きっとかなり苦労しながら——、その紳士をドイツの町の新教徒のなかにとどめ続けた。

註

（1）「マタイによる福音書」第五章第三十三節から第三十七節。

（2）『リヤ王』第一幕、第四場。

あとがき

今なぜトロロープを読むか、という問題があるだろう。これに答える一つのいい指標がある。少し古いが『ニューズウィーク日本版』二〇〇九年夏期合併号に「いま読むべき本。その理由。」と題した特集記事が出た。これには「この複雑な世界を読み解くためのオールタイム・ベスト五十冊」という副題がついており、『倒壊する巨塔』（ローレンス・ライト著、白水社）とか、『熊』（ウィリアム・フォークナー著、岩波文庫）とか、『予想どおりに不合理』（ダン・アリエリー著、早川書房）とか、『GOD――神の伝記』（ジャック・マイルズ著、青土社）とか、五十冊がジャンルと時代を超えて今読むべき本としてあげられている。日本からは村上春樹の『アンダーグラウンド』（講談社文庫）が入っている。この五十冊の第一位に選ばれているのがトロロープの『今の生き方』だ。

「今」というのは刻々変化するものだから、この本は今からおよそ十五年前にたまたま第一位に選ばれたというにすぎない。じつはそのころナスダックの会長バーナード・マドフが巨額詐欺事件を起こして逮捕（二〇〇八年十二月）された直後で、その余波に揺れていたからだ。

マドフは典型的なポンジ・スキーム（後発の投資家から集めた金で先行投資家に収益金を払うという自転車操業）で年率十％の利益を払うと客を勧誘。ナスダックの会長が運用するファンドという触れ込みで客を広げ、被害にあった投資家・金融機関はおよそ四万、百三十か国にのぼり、被害額は六百五十億ドル（約七兆円）に及んだ。日本では野村ホーディングスやあおぞら銀行が被害を受けた。

『今の生き方』が今読むべき本第一位になった理由として次のようなコメントがついている。「英ビクトリア朝時代の金融（と倫理）危機を巡る風刺小説。巨額詐欺事件で服役中のナスダック元会長バーナード・マドフのような悲劇の詐欺師メルモットが登場する」と。

トロロープが生きた時代はイギリスが莫大な富を蓄積する時代であり、貧富の差が拡大した時代だった。それは現代と同じように大転換の時代だった。転換は政治的にはおもに産業革命の進展の結果として必然的に生じた新旧の秩序の対立だった。土地所有に基づく安定した階級社会を支えた農本主義、保護貿易主義が、海外進出にともなう自由貿易主義、通商主義によって脅かされた。選挙法改正や教育制度、国際関係などについて保守党と自由党のあいだで対立があった。トロロープはどちらかというと失われてゆく伝統のほうに軸を置いてその転換を見ていた。ウラソーンのソーン氏（『バーチェスターの塔』）は頑強な保護貿易主義者だったから、時代の流れに押し流されるとき、保護主義をエレウシスの秘儀のように胸中の祭壇に祭るほかなかった。

転換は宗教的には低教会リベラル派の台頭や無神論者の広がりとして現れる。低教会派のプラウディ主教とスロープ氏の出現は、バーチェスターの主教座聖堂を震撼させる。なぜなら、聖堂の高位聖職者はみな伝統的に高教会派に属していたからだ。アラビン氏は低教会リベラル派の台頭のなか、時代の流れに逆行するように、聖なるものを外部の世界に見出す、より高教会的な立場に立とうとする。

転換は職業人の台頭として現れる。貴族や郷士階級は土地からの収入に依存して、働かなくてもいい生活を送っている。ロングスタッフ氏は働かなければ食べていけない階級を見くだしている。しかし、実業家、大商人、弁護士、医師といった有能な職業人が台頭してくる。サー・ロジャー・スキャッチャード（『医師ソーン』）のような大実業家が出てきて、その資産が借金まみれの郷士グレシャムの家を救う。モーティマー・ゲイズビー氏は有能な弁護士で、ジェントリー階級の女性からも、貴族階級の女性からも結婚相手としてふさわしいと考えられている。ソーン先生も医師として既成階級と上手に渡り合っている。

転換は社会的にはマンモン崇拝の台頭として現れる。階級社会は成金の出現によって揺すぶられる。モファット氏は郷士階級の旧家の長女と婚約していたのに、結婚直前にそれを破棄して、マーサ・ダンスタブルに乗り換える。マーサはかなり年を取っているが、「レバノンの香油」という薬で巨万の富をなした商人の女相続人だからだ。モファット氏自身が金持ちの仕立屋の息子で、ド・コーシー伯爵の後ろ盾をえて国会議員になったというのに。

社会の転換は当然のことながら、マンモン崇拝に絡む倫理欠如を生む。そこでオーガスタス・メルモットの登場だ。彼は巨万の富を持って、どんな企業をも動かし、歪めることができる金融界の魔術師だ。素性の知れないよそ者で、態度は粗野であるにもかかわらず、貴族からも、保守、自由両党からも、こぞって歓迎され、称賛される。保守党の国会議員にもなる。このメルモットをトロロープは「時代の堕落した商慣行」に染まり「みんなから金を巻きあげる偉大な投機家」（『自伝』）の典型として描いている。メルモットは「南中央太平洋沿岸及びメキシコ大鉄道」という事業を立ちあげるけれど、これはレールを敷設し、列車を走らせる実業ではなく、大衆の投機熱を煽り、株価を釣りあげ、集めた金をただ再投機して利潤をえる虚業だ。重役会には貴族や郷士などのおべっか使いが集まっており、事業については何も知らない連中だ。

トロロープは『今の生き方』について『自伝』で「私はあえて諷刺家の鞭を手にし」、「投機家の不正」を猛烈に攻撃したと述べている。トロロープは失われつつある伝統のほうに軸を置いて、マンモン崇拝に血道をあげ、倫理を見失った人々に風刺の矢を向ける。偉大な投機家であるメルモットは言葉のマジックを用いて新秩序をもたらす。「私たちは過去何年ものあいだ商品の代価として現金の代わりに手形を交わしてきたが、今新しいメルモット体制のもとでは、言葉の交換で充分やっていけるように思われた」(四十五章)と語り手は言う。メルモットは言葉を紙幣に変える錬金術を駆使する。カーベリー令夫人は大衆をあざむいても本を買わせようとするが、その執筆活動はメルモットの新秩序と軌を一にしている。マイルズ・グレンドールがベアガーデンで出す大量の借用書も、マリーから手を引くと書いたサー・フィーリックスの誓約書も、メルモットの株券と変わらないこの新秩序に基づいている。

トロロープは詐欺師メルモットにすり寄る人々、マンモン崇拝熱にとらわれた人々、とりわけそんなイギリスの貴族や郷士を風刺する。メルモットの腰巾着アルフレッド・グレンドール卿、メルモットに使われる卿の次男マイルズ、マリーに設定された金をねらうニダーデイル卿やサー・フィーリックスやハミルトン・フィスカー、重役会に入ろうとする郷士ロングスタッフや、軽蔑しながらもメルモットの家に逗留する娘のジョージアナなど、枚挙すればたくさん例があげられる。既成階級のほとんどがメルモットにすり寄っていることが大晩餐会や選挙で明らかになる。政界もメルモットを受け入れる。保守党も自由党も同罪だ。カトリックも国教会もメルモットを受け入れる。投機熱につかれた大衆の貪欲とメルモットの貪欲には区別がつかない。これらがみな風刺の対象となる。

トロロープはメルモットがシティで行う金融詐欺とベアガーデンのカード賭博に並行関係を見ている。メルモットの投機とカード賭博はマンモン崇拝熱の縮図となっている。サー・フィーリックスはカード賭博の金をメルモットの株に替える。マイルズのイカサマはメルモットのイカサマの相似形だ。米国人のフィスカーが常連の金を巻きあげるというのも象徴的だ。

この頽廃に対して、トロロープはサフォークの田舎に住む郷士ロジャー・カーベリーに伝統的な立場を代弁させる。ロジャーは「決して嘘をつかない人」(三十章)であり、言葉よりも事実がだいじだとルビーに言う。「使う言葉！　言葉がそんなに重要ですか？　クラムはあなたを愛しています。あなたを物笑いにしたり、面汚しにしたりするのではなく、幸せにし、上品にしたいという強い思いであなたを愛していますす」（四十三章）メルモットの新秩序を否定する立場、すなわち言葉よりも事実を貴ぶ立場に立つのは、ロジャー・カーベリー、ポール・モンタギュー、ヘンリエッタ・カーベリー、ジョン・クラムだ。ただし、こちらの立場は劣勢だ。ロジャーは孤立した生活を送っており、後継者を作ることにさえ苦労している。

トロロープはこの新旧の対立について『自伝』で「一つの小説のなかにはっきり別個の二つの部分を具えさせ、その両方に読者の関心を向けることはほとんど不可能に近いと思う。二つがはっきり別個だとすれば、一つはもう一方の埋め草にすぎなくなるように見える。――ロジャー・カーベリーとポール・モンタギューとヘンリエッタ・カーベリーはおもしろくない」と書いている。新秩序を風刺的に描く部分は成功しているが、作者の立場を代弁する部分はおもしろくないわけだ。

経済回復後の一八五〇年代のイギリスには多くの外国人が流入した。これも社会の大きな転換を表している。古きよきイギリスは外国人たちに侵略されている。『今の生き方』には多くの外国人が登場し、伝統を守る立場から風刺の対象となる。メルモットはパリやウイーンから追放され、laissez-faire を許してくれるイギリスをぬるま湯と見た。メルモットを支えるコーエンループ、口八丁のフィスカー、鞭や拳銃を使うハートル夫人、新聞王アルフ、ベアガーデンを食い物にするヴォスナー、実業家ブレガートなど、米国人、ユダヤ人、ドイツ人など多彩な顔触れだ。サフォークの田舎にさえも外国人（プリメアロー）が入り込んでいる。

しかし、イギリス側も負けていない。島国根性や偏見を外国人たちに向けて差別する。たとえば、ポール・モンタギューはハートル夫人のような――男を銃撃し、夫と決闘した――女なら、結婚を拒否しても当然だと思う。ロングスタッフ家は次女のブレガートとの結婚に猛反発する。マダム・メルモットについて率直な反ユダヤ的表現もある。結局、おもだった外国人はイギリスから追放される。メルモットは自殺し、コーエンループとヴォスナーは国外へ逐電する。マリー、フィスカー、ハートル夫人、マダム・メルモット、クロールらはひとまとめに米国行きの船に乗せられる。現代のルワンダ棄民政策を連想させる状況だ。

しかし、トロロープは単純な風刺で終わらないところに作家としての優れた資質を見せる。メルモット、ハートル夫人、ブレガート、カーベリー令夫人はたんなる風刺の対象にとどまらない。

メルモットは時代の倫理欠如を体現する相場師であり、弱いものをいじめる乱暴者であり、口先だけのペテン師だ。彼はフランス人とも、ユダヤ人とも、アイルランド系米国人とも言われる外国人だ。メルモットはそれゆえ風刺の対象であるが、徐々にその姿に厚みを増していく。ロジャー・カーベリーは彼が「他の詐欺師より大物の詐欺師なので今のようになっている」（五十五章）と言う。ハートル夫人によると、彼は「大将軍が軍を犠牲にして一国を征服するとき、人間性なんか超越しているように」「正直かどうかを超越して」おり、「そんな壮大さは、小心な良心とは相容れ」ないものだという。ハートル夫人が「ピグミーは小さな溝で立ち止まるけれど、巨人はいくつもの川を大股で歩く」（二十六章）というとき、メルモットについて別の見方があることを示している。メルモットは中国皇帝をもてなし、失望を味わうけれど、その姿は王侯の高みにも至っているようだ。語り手は破局に近づくころしばしばメルモットの内面にメンタル・エントリーする。次の引用は代表的な例だ。

こんな後悔が何の役に立つというのか？　今は物事をあるがままに受け入れなければならない。物事を処理するとき、自尊心にも、臆病心にも、とらわれないように気をつけなければならない。最悪の事態になったら、男らしく立ち向かおう！　確かに彼は男らしさを具えていた。それはこのころの彼の行動のどこにより、自己糾弾という部分に強く表れている。あたかも自分の外に立って、他人の仕事を眺めるかのように自分のそれを判断しながら、欠点を心のなかで指弾した。もう一度やり直せたら、一方で岩との衝突を避けながら、他方で破壊的な打撃も避けることができると思った。この孤独な時間に思い出として生き生きとよみがえってくる、荒布と灰で悔悟しなければならない数多くの小さな罪――恥ずかしい多くの愚行――がある。けれども、生涯詐欺をして暮らしてきたから、それを悔いることはこれまで一度もなかった。もし正直に人生を生きてきたら、結果がどうなっていたかというような思いが心によぎることもなかった。できる限り詳細に自己審問してみるとき、自分が不正直だったとは一度も思わなかった。――だます、悪を働く、もっと鮮やかにだまして他人より贅沢に暮らす、それが原則であり、それを打開する方向に一度も心を向けなかった。だから、正しい判断が欠けていたと自分を責めることはなかった。（八十一章）

メルモットは切羽詰まった状況に至って生き方を変えようというのではなく、忍耐してどこまでも悪を追求しようとする。やり方をうまくやればやり直せるし、限界を恐れずに埒を超えて行こうと思う。愚行はあっても、うまくやれなかっただけで、後悔はない。反省しても、それは男らしくうまくやり直す方法を見つけるためだ。彼の心は「だます、悪を働く、もっと鮮やかにだまして他人より贅沢に暮ら」そうという傲慢な自信に満ちている。ここにはあくまでも一筋に悪の道を歩こうとするストイックな姿勢さえ見られる。死を前にしたこんな姿勢には威厳さえ見出せる。メルモットはたんなる風刺の対象ではなく、『フランケンシュタイン』の怪物に見られる悲劇的に埒を超える者 overreacher の姿を最後に見せる。

語り手はメルモットの事業が最終的に処理されたとき、「証明される負債については完済できるほぼ充分な資産が残って」（九十二章）いたと言う。マリーに移された資産も、宝石類も手つかずのまま残る。ブレガートは二年で損失を挽回するという。フィスカーは手に入る株を米国で利用するため買い取る。怒った債権者の取りつけ騒ぎも、ほかの自殺者も、連鎖倒産もない。事実として、メルモットがもともと莫大な富を持っていたことがわかる。倫理的危機は起こるが、金融危機は起こらない。メルモットをめぐるプロットは一抹の夢のように扱われている。

ハートル夫人は鞭と拳銃を操る米国人として風刺の対象となる。しかし、夫人はオレゴンの男や、カラドック・ハートルや、離婚や、資産の訴訟について発言するとき、男女差別の解消と平等を強く主張し、精いっぱいそれを行動で表す。ハートル夫人はポールとの婚約を信じ、独り（大陸横断鉄道と大西洋航路の）長旅をして彼を追って来た。ロンドンに着くと、ポールとの接触を繰り返し、メキシコ出張の話があったときは、一緒にメキシコへ行こうと彼に申し出る。ところが、物語の終盤（九十二章）でカラドックは生きており、離婚の手続きも不完全であることが明らかになる。夫人は逃れようとしても逃れられない檻に閉じ込められた山猫だ。ポールを求めて独り長旅をしてきたのも、救いを求める一縷の望みに身を託してのことだったた。イギリスでの、メキシコでの新しい生活は檻から抜け出そうとする夫人のかなわぬ夢だったとわかる。夫人は最後に悲劇的な姿を現して、ステレオタイプ的で限定的な風刺の対象を超えた丸みを獲得する。

ブレガートは物語の図式で見ると、古きよきイギリスを壊そうとする外国からの侵入者であり、風刺の対象ということになる。しかし、ブレガートは誠実な、分別ある実業家だ。それはジョージアナ・ロングスタッフへの別れの手紙――「率直に話された、真実を語る」手紙――（七十九章）や、メルモットの破産処理の手際のよさを見ればわかる。それで、ブレガートはむしろ逆にロングスタッフ氏やジョージアナに見られる反ユダヤ主義の俗物性や底の薄さを暴く物差しとなる。

カーベリー令夫人は本を買わせるため大衆をあざむくペテン師として登場する。しかし、最後はブラウン氏を夫として受け入れ、溺愛する息子を海外に送り出し、文学をやめる。令夫人も風刺の対象として登場するけれど、単純な図式では終わらない。

作中人物の多くが、たとえばマリー・メルモットも、単純な図式に収まらない丸みと複雑さを示している。これがトロロープの書き方の特徴と言っていい。だから、ロジャー・カーベリーは図式から見ると、古きよきイギリスの代表であり、メルモットについての意見も、ハートル夫人についての意見も正しいけれど、反面偏見と不寛容にとらわれすぎて、やはりおもしろくないのだ。

訳者紹介

木下善貞（きのした・よしさだ）

1949年生まれ。1973年、九州大学文学部修士課程修了。1999年、博士（文学）（九州大学）。著書に『英国小説の「語り」の構造』（開文社出版）。訳書にアンソニー・トロロープ作『慈善院長』『バーチェスターの塔』『ソーン医師』『フラムリー牧師館』『バーセット最後の年代記（上下）』『アリントンの「小さな家」』『自伝』（開文社出版）。北九州市立大学名誉教授。

今の生き方（下巻）　（検印廃止）

2024年5月31日　初版発行

著　者	アンソニー・トロロープ
訳　者	木　下　善　貞
発行者	丸　小　雅　臣
組版所	アトリエ大角
カバー・デザイン	アトリエ大角
印刷・製本	日本ハイコム

〒162-0065　東京都新宿区住吉町8-9

発行所　**開文社出版株式会社**

電話 03-3358-6288　FAX 03-3358-6287

www.kaibunsha.co.jp

ISBN 978-4-87571-892-5　C0097